廖静仁散文选 上

廖静仁 著

天津出版传媒集团
百花文艺出版社

图书在版编目（CIP）数据

廖静仁散文选 / 廖静仁著 . -- 天津 : 百花文艺出版社，2025. 1. -- ISBN 978-7-5306-8985-1
Ⅰ . I267
中国国家版本馆CIP数据核字第2024883EX8号

廖静仁散文选

LIAO JINGREN SANWEN XUAN

廖静仁　著

出 版 人：薛印胜　　选题策划：张立云
责任编辑：王　欣　　装帧设计：云上雅集
出版发行：百花文艺出版社
地址：天津市和平区西康路35号　邮编：300051
电话传真：+86-22-23332651（发行部）
+86-22-23332656（总编室）
+86-22-23332478（邮购部）
网址：http ：//www.baihuawenyi.com
印刷：长沙市精宏印务有限公司
开本：880毫米 ×1230毫米　1/32
字数：430千字
印张：19
版次：2025年1月第1版
印次：2025年1月第1次印刷
定价：158.00元

如有印装质量问题，请与长沙市精宏印务有限公司联系调换
地址：长沙市开福区德雅路1246号
电话：（0731）85817162
邮编：410023

自序

生命总是残缺的，尤其是人，根本就来不及求全，永远都只能是在求全的途中，而坚忍并顽强的脚步，也只能是生命途中打下的一长串省略号……诚如我手头正在编辑的这一套散文选集。说是选集，当然得有所选择，然而，率真文章乃天成，一旦问世，也就有了自己的生命，而在这权衡和选择中，我又只能将它们的去留归纳于使命了。

我是从二十世纪八十年代中期开始写作散文的，所发的处女作究竟是哪一篇，叫什么标题，都已经记不清楚了。只记得最开始写的题材就是身边的这条资江，如获得《散文》月刊第二届百花文艺奖的《船魂》以及被众多选刊和选本选载并被《中国文学》翻译成英法文的《纤痕》《过滩谣》《红帆》等资水系列。我也因此而一度被《湖南日报》誉为“资水河畔的‘高尔基’”，文学批评家伍振戈撰文《船魂·江魂·民族魂》称我为“资水系列散文”的开拓者。第二类题材便是乡土和乡情系列，也就是曾获得过湖南省青年文学奖的《井湾里，我的乡亲啊》等。第三类则多以山为题材，也就是曾一度获得过评论家与读者好评的《山雾》《山猎》《山空》等篇什。一时间，所发散文的报刊上百家。记得那年进京参加全国青年文学创作会议期间，著名散文家、编辑家吴泰昌先生找到我并自荐要为我即将出版的第一本散文集《纤痕》作序。我的好友李电晖也曾撰文《从水到山的廖静仁》，发表在《文学报》。但遗憾的是，正值写作散文的黄金时期，我却没有能够将发表作品的报刊悉心珍藏，以至于在后来出版作品集时，散失的文章已经远不止用一句简单的“遗珠之憾”可以概括的了。更遗憾的是，二十世纪八十年代末，组织上又将我从安化县文联调到新创办的县委机关报《安化报》任总编辑，从此进入了新领域，迈向更高的台阶。

人生匆匆，如资水荡荡，浪奔浪涌间，从县城到省城，从一穷二白到小有家业，领老婆儿女为生计一路忙碌如船夫撑篙过长滩，刚至水湾处，想抚平岁月风浪的擦痕时，一转眼又到了退休的年龄。还至本处，从起点到归途，竟又是落脚在同一个被称为家乡的地方。

一切皆是使命。文如其人，人亦若其文，所有的努力都不过是在生命途中打下的一串省略号……不赘。

是为序。

廖静仁散文选（上）

目录

第一辑　纤痕

第二辑　境界

第三辑　穿越村庄

第一辑

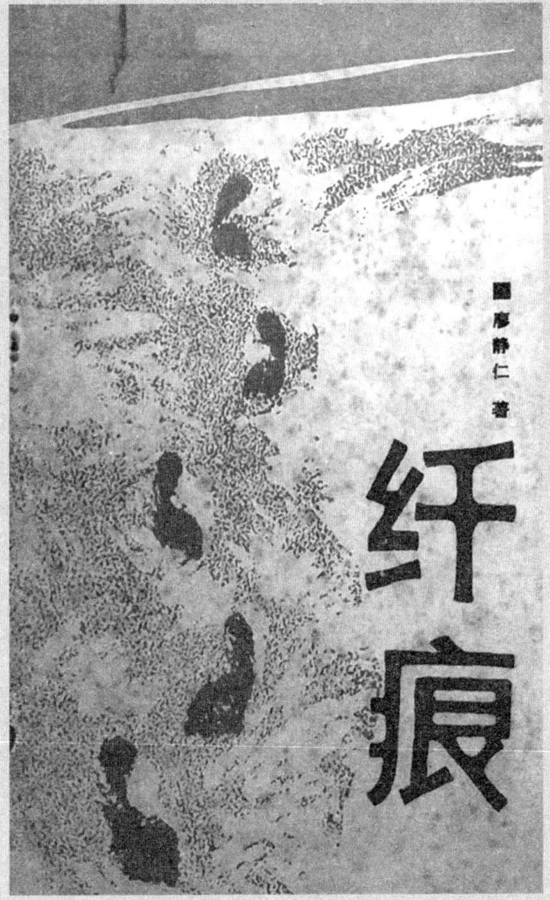

纤　痕

——献给拉过纤的前辈及朋友们

儿时的事情，是最难忘却的。就说那一道道纤痕罢，至今，仍然深深地刻在我的记忆里。是的，使我最初对纤痕产生感情的，是我的姐姐——纤妞儿。

我的家，坐落在资水中游北岸。傍江极近。一条窄窄的纤道，就在门前的阶沿下，随江水向两端蜿蜒。大概从我蹒跚学步的那天起，我就几乎每天都跟着姐姐以及邻家的伢儿们，在这窄窄的纤道上爬滚。也许，因为爸爸是纤夫，他的儿女们也就那么自然而然地感觉到这纤道的亲切吧。

我们常在纤道上捡石子玩，把那石子一颗一颗扔进江水里面。尤其姐姐是玩得极认真的，她每扔一颗，总要骄傲地咋呼一声："扔掉一颗绊脚石！"那神情，像很值得炫耀。

是的，我们还拾那些纤夫遗弃的，被石子磨得破烂不堪了的草鞋。那草鞋大多是纤夫们从益阳买来的。当时，我还不太稔知世事，更不懂得纤夫们的艰辛，总以为是那益阳人编织出的草鞋质量不高。而姐姐却说："纤夫们的脚板那么重，能不烂吗？"我们把那些拾到的草鞋，用一根长长的绳子串起，一路拖着玩。倘使我们哪一回拾得多了，就学着爸爸他们拉纤的样，一步一杭育地两手扒着地走。每当我们弓着腰拖草鞋时，妈妈看了，就会摇着头轻轻地叹息。她叹息什么呢？我想姐姐是一定知道的，可她没有说。

当然，我们玩得最严肃的，还是用手小心翼翼地抚摸纤痕。

那是我们屋侧约五百米远的纤道拐弯处。那儿的纤道，被隆起的巨崖挤得只能容下一只脚板。纤夫们拉着沉重的木船仄身从那儿经过，那艰辛，是不能用文字表达得出的。湍急的资水，由于崖石的夹挤，显得更加势不可挡。闻名整个资水两岸的崩洪滩，就在这个地方。倘是重载船逆水上滩，须得等伴船才行，因为一只船不过两三个纤夫，上别的滩可以，上崩洪滩这样的大滩就不是能办得到的。长长的资水，像这样的滩有好几处，所以，在一般情况下，帆船都总是三五结伴而行。要是有船从下游来，老远老远我们就能听到纤夫们那如歌的号子声。“杭育 ——杭育——！”的声音浑厚低沉。

我姐姐的耳朵最灵，每次都比我们先听见。“快去哟！快去哟！”她那极好听的声音一响起，我和邻家的伢儿们，都会一阵风往崩洪滩跑去。纤夫们正紧绷着脸，嚅动着嘴角，那被太阳烤晒得黝黑而发着乌光的胳膊以及背脊，仿佛变了形一般，显得嶙峋。一双双铁铮铮的脚掌，紧扣着路面，像要把那路面扣进去似的。他们的腰板起初弓着，而后又拼命向前伸直。由于抓爬那能够牵引向前的什么东西，手指甲裂开了，指头溢出了鲜血……看到这情景，我们都呆住了。姐姐在发怒，朝我们吼着：“还发么子呆啊，没良心的东西！”话音未落，她已进入了纤人们的行列。我们方才醒悟，继而便毫不犹豫地把母亲早就准备好的、用粗白布一层粘着一层、针线儿扎得密而又密的纤搭肩，迅速地背在肩膀上。那纤搭肩的尾首处扣着一个麻竹结，拉纤的时候，只要把那麻竹结往纤绳上一反，便锁得紧紧的了。于是，我们拾草鞋时学会的本领，便派上了用场。拉呀！拉呀！只有这个时候，我们才真正地感到了生活的严峻。

波涛啃咬船舷的声音，江风鼓动帆篷的声音，纤夫呻吟号子的声音（这时的号子，大多是哼不成声的），以及那纤绳勒进崖石里进出的声音……还有比这声音更动人的吗——在这个世界上？！我想问姐姐，但见她像在拼命，知道是不会答话的。

拉过了这一程，便到了我们屋脚下。这里水平缓了，于是才泊船休息。这时，我们这些伢儿便一窝蜂跑散了，而纤夫们则要待好一阵才能喘过气来，他们胡乱地用衣袖或是衣襟擦把汗，就朝我们家里走去。姐姐早已将凉茶准备好了，一海碗一海碗地给他们盛着，待解了渴，他们又来劲了，夸过我们这群伢儿（夸得最多的是我姐姐），便是半真半假地和我的婶子们搭讪起笑话来。姐姐似乎很害羞，躲在一旁怯怯地笑。而此时，妈妈则在灶房里忙着煮饭、炒菜。不管是不是我爸爸他们一道的纤夫，只要到我们家歇脚的，总是要吃过饭了才让走。就在纤夫们吃饭的这段时间，我们这些伢儿便围到了崩洪滩的纤痕旁看“稀奇”。起初，我们中有些伢儿总爱拣石块砸那纤痕玩，被我姐姐知道了，便赶了来：“谁要你们砸的？真不懂事，一年一度，大人们要从这纤痕中分辨出过了多少趟上水船呢！”那时，姐姐已是大姑娘了，她说的话，我们都当是大实话。谁还对是不是能从纤痕中辨出个什么来质疑呢？因此，纤痕在我们的感觉里，渐渐地神圣起来。要是硬心痒不过，也只是用手去小心翼翼地抚摸抚摸。

我们就在崩洪滩的拐弯处，一边玩着、抚摸纤痕，一边等着拉纤的纤夫。他们吃得饱饱的了，再来拉第二趟、第三趟……我们便这样一直帮着把船拉完。

兴许，岁月也是纤绳吧，渐渐地，我爸爸以及和爸爸他们一道拉纤的纤夫们，眼角和额头都勒进了深深浅浅的“纤痕”。就在这一年春初，姐姐出嫁了，嫁给了常和我爸爸他们一道拉纤的那位年轻壮实纤夫。听说，我那姐夫的家也就在资水北岸，不过不是中游而是下游。只是我忙于学业，未能送姐姐到姐夫那里去，因此，他们家里的情况，也就不怎么知道。记得就在我姐出嫁的前一天，我看见她在崩洪滩隆起巨石的拐弯处，坐了很久很久。一双被江风刮得皱巴的手，拿着一条薄薄的绸绢，小心翼翼地抚摸着那一道又一道纤痕。谁知她是不是想要把往昔的每一趟上滩船都记进心里，而在将来的某一次，再从这纤痕中分辨出以后的每一趟呢？或许，她是在向纤痕述说着满腔的离情别意吧。

时间过得真快哟！转眼许多年过去，爸爸已经退休了，姐姐的伢儿已经能够走路了，我也即将大学毕业。因为学校有倡议，凡是文科班的学生，每人要交一篇写新人新事的文章。“就写我们资水，写我们资水两岸的人吧！”在一片去工厂、去军营采访的声浪中，我在心里作下了这样的决定。

第二天，我乘车直抵离学校最近的资水江畔——益阳。下车后，便匆匆地循着涛声赶去，来到江边，我神往了！许多年沉浸在书海中，只知道社会有了变化，竟没想到这变化会如此地大。满江里大大小小的船只，都已改了旧时容颜：船上没有了桅杆，不见了帆篷，全是一色由马达带动螺旋桨的机器船。我那拉纤的姐夫不会失业了吗？我遐想着，不知不觉地踏上了一条沿江的小路，而且走了很远很远。要不是被一阵伢儿的哄闹声惊醒，我还真不知会“梦”游到哪里去了呢。

“那是我爸爸和爷爷他们雕出来的！”

“羞！羞！是我爸爸和外公他们雕出来的！不信？不信去问我妈妈。”

于是，指手画脚的伢儿们便一哄而散了。那嚷嚷声，也随之飘远。大概，伢儿们果真是问他们的妈妈去了吧。震颤耳膜的只剩下一片浪涛的撞击声。原来，我已走在了一处和崩洪滩相似的江峡中，刚才那群伢儿，就是在争论这滩头拐弯处的纤痕。他们不知这纤痕是被纤绳勒出来的，竟以为是父辈们雕凿出来的！

的确，这不正是力与美的雕塑？！

这记录着资水江畔一代又一代纤夫艰辛的纤痕哟！我身不由己地蹲下，小心翼翼地用手把它抚摸，抚摸……

“啊呀！这不是弟儿吗？”我正沉湎于往昔的追忆中，一个极好听的声音突然飘进了我的耳朵。循声觅去，我看得呆了：迎面走来的竟是我的姐姐——纤妞儿！原来我那姐夫就住在这里。莫非刚才那群伢儿中，就有我的一个外甥？从姐姐的口中，得到了证实。继而，还知道我那姐夫，如今已是“资水壹号”客轮的船长了；姐姐这个只启过蒙就停学了的纤夫媳妇儿，通过培训，竟已是他们乡村夜校的骨干分子。就在我起步随姐姐去她家做客之时，我还忘不了要回头深情地望那已被风雨锈蚀得不甚光滑了的纤痕。姐姐是最理解我的，她意味深长地叹了口气，说：“我们毕竟从那段沉重的历史中拉过来了。留下的，只有这纤痕！”

是啊，我们毕竟从那段沉重的历史中拉过来了，留下的，只有纤痕！我在心底里，默默地重复着姐姐的话。

或许，就在明天，这里会拓宽成公路，那刻着一道又一道纤痕的崖石，将会像我们儿时扔绊脚石一样地，被大炮扔进江水里面。然而，作为记忆，我想：它是已经刻在我们拉纤人的心里了的。

红　帆

我忘不了那一队帆船，尤其那一艘红帆船……

——题记

资水浩浩荡荡，将近八百里水路，有滩九九——八十一个。当然，最长最险的要数骆滩和崩洪滩了。

此一时间，船女家的船正在上崩洪滩。

按理，上崩洪滩是应该等伴船的，纠一帮子纤夫将船按先后顺序拉上滩涂。可偏偏船女家急着要上前面镇子去买粮食，且看着正顺了风向，于是才想侥幸一回试试。

资水两岸山高崖陡，尤其崩洪滩更是险峻，两面危崖，将河道逼得成了一线细缝，轰隆隆的水声，犹如千万匹嗥啸的野兽从江峡中撞过。

船开始上滩了。船女正急匆匆地挥着手中竹篙，撑得滩石当当地响。到激流处时，那船就如同被钉子钉住了一般，只听见船舷边的水流飙得嗖嗖有声，而且还挟带着一股冷风；那浪涛，就仿佛是成堆成块的岩石在涌动，雄劲地压向船头，使整个船身就像在这一瞬间会裂开一般……船女急了，她把篙尖死死地顶住一个位置，篙尾就强压在自己的肩胛以上，用劲到极狠处时，就迸出一句号子来：

“咿哟哟——嗬！”

待那“嗬”字一出声，她便借了咬牙巴骨的力量，把脚扣住船头的腰板，拼命地压下去、压下去，那单薄的身腰，也颤颤抖抖的了，似乎随时都有被折断的危险。她用整个身和心在抗争着，但是滩水的阻力太大了，船身只是稍微向前动了动，竹篙就“吆”地拱了起来——在这样惊心动魄的对峙中，竹篙也胆寒了！

船女的父亲不愧是一名老手。他操着舵柄，虽然心中也有几分吃紧，但表面却显得若无其事。他从鼻子里哼了一声，咬咬牙便将舵柄往外推去了好几寸，继而，把系帆篷的绳索，向里边一扯，让正面上滩的船，稍微倾斜了些角度，船头便开始向外偏去；这一招果然很灵，船奇迹似的抖了抖身子，便开始缓缓地前行了。

行至丈余远，船又往里面扳了几寸，继而，那系帆篷的绳索，也又朝外一拉扯，船头便向里面翘了过来……这叫作绕“S”字，是驾上滩船应急的绝招，然而也是跑长途的船最忌讳的（因为常年风吹雨蚀，系帆篷的绳索毕竟不会是很牢的呀）。船女的父亲不是不清楚这些，只是船已至此，除此招已无别的办法了。他在心里暗暗地祈祷着。

船女能喘口气了。她抬头望了眼匍匐地拉着纤缆的母亲，当看到母亲佝偻的身子，几乎是贴着地面，双手又拼命地向前伸直着，似乎总是想能够抓到点什么——哪怕是能抓到一棵小草，那也是力的牵引呀！船女的心弦，又被绷得紧紧的……

她就像一头被激怒了的狮子，急促的号子声又一声声从喉咙中迸出：

“咿哟哟——嗬！咿哟哟——嗬！”

……然而，就在这时，意想不到的事情发生了——那船绕完了三个“S”字，正开始绕第四个“S”字时，系帆篷的绳索啪地被拉扯断了！随即，那兜着满风的帆篷，便叹息着跌下了垂直的桅杆……只听得呼啦一声，船女手中的竹篙嘎地一下子弹出去老远；那舵叶，也嘎巴一声被扭断了……在一阵天旋地转中，船头已转了一个三百六十度……

船女的父亲起初也一蒙，但马上又镇定住。他气得粗气大喘，黑红的胸脯内，像撞击着万顷浪涛，起伏、起伏……他的手抖动着，蓦地，将五指叉开，狠狠地"掔"进了花白的发蓬中，狠狠一揪，指缝间便满是发丝了……他是打了一个趔趄的，但没有倒下去，那双粗大的、长满了硬茧的手，死死地握紧那叶以防万一时用的桨片，此刻唯一能把握船与人命运的桨片，机智地闪过暗礁，躲过漩涡……

船女的嘴唇早咬破了，血与泪已经模糊了她那张虽然经受过不少风风雨雨，但仍然显得很是稚气的脸，她正扭转着披散乱发的头，在绝望地呼喊，呼喊着她那连人带纤缆坠入了江中的母亲……

——母亲！母亲啊！

鸟雀在啼鸣，猿在哀嚎，滩啸声一阵高过一阵……仿佛天籁都汇集在这幽深的江峡中：想是为船女的母亲举行着极其悲壮的葬礼吧？

船终于在平缓处停了下来。这时，刚好从下游开来了一队船帮，当这群专喝老白干，爱骂粗野话，腰壮脖子粗的汉子知道了船女家惨遭不幸时，一个个都低下了头颅。没有人怨恨生者，只有一片为死者惋惜的抽泣声。

父亲毕竟是条血性汉子，他把牙齿磨得哧嚓哧嚓响，又狠狠地捶打了一阵波浪般起伏的胸脯后，便轰地跳进了江水中……好一阵，他终于把自己的亡妻打捞了起来。于是，就有人帮着把船上的帆篷解下来，将死者安放在惨白的帆篷上，而后，又有人扶着船女给母亲磕了三个响头……

处理完死者的后事，船照样还得起锚。资水有首民谣：

前面滩涂打烂船，
后面滩涂船扬帆。

一代又一代，驾船人的生活就是这样！

——开船啰——开船啰！！

从粗犷嗓门中迸出的，使整条资江也感到战栗的吼喊声，仿佛向崩洪滩宣战一般——然而又仅仅是崩洪滩吗？

也不知是这雄浑厚重的号子声能给人力量，还是死者的灵魂在激励着生者……面对着曾经吞噬过多少生命的崩洪滩，船女反而没有了一丝畏惧和惊恐，她仿佛在一夜间就长成了大人。

船一停泊，她就会跳上江岸，去寻找那力与美的雕塑。到了纤痕旁，她就很是虔诚地蹲下身子，用自己的衣角，抑或从怀里掏出手绢来，小心翼翼地拭擦那纤痕，把沾在上面的尘埃，拭擦得干干净净。而后，她固执地，也很沉稳地抱起了纤缆。

从母亲肩头卸下的，渗透着斑斑血痕的纤搭肩，扣在了她那显得有些单薄的肩上。她感觉到有一种沉重的东西在胸间撞击，仿佛纤痕勒进她的心里。她沿着那条窄窄的、弯弯曲曲的纤道，匍匐地向前走去、走去……

——走向那群铜雕般的纤夫的行列！

远远地、远远地看去，在那一队船帮的当中有一片帆篷是红色的；那是生命的火焰在燃烧，那是青春的血液在流淌……

——啊，红帆！红帆！

船　魂

五岗洲，资水上游的一个江湾。景致极美，却少田少地，生活没有着落。几十户人家，全靠给做水上生意的人驾毛板船赚钱度日。

那就是我的家乡。

然而驾毛板船，一年里也只能有几周。因为毛板船笨重、庞大，只能在夏水暴涨时才能不被滩涂浅住。

记得我第一次学驾毛板船时，那水势却太大太猛，满河满谷漂浮的杂草、树木、泡沫，仿佛蚂蚁列队一般。用一万匹野兽嗥叫着出山来形容那洪水的气焰，恐怕也是不尽意的。哗哗的涛声，时不时从上游推来几线白浪，说明水势还在上涨。

父亲的眉头拧紧了，脸色由黑变青。

他是把驾毛板船的好手，一帮船七八艘，包括水手、艄公等上百条汉子，每次都是推举我父亲作领头的。

水手和艄公见领头犹豫，知道是担心洪水太狂，怕途中没有把握泊岸。但又有什么办法？生活已把人推到了如此地步！

父亲手里握着那根闪着幽幽光亮的竹篙，像一尊雕像立在船头。他喘着粗气，那肌肉发达的红黑色胸脯，如同波涛般起伏、起伏。

——开船吧——开船吧！！

一声比一声更高的催促，一声比一声更紧的乞求，在江谷中随波涛翻滚、奔腾。

父亲抽出竹篙，粗犷的嗓门中迸出了惊天动地的吼喊：

“呜——开——船——啰——！”

说时迟，那时快，几十根竹篙，齐崭崭射向了江岸。

毛板船成了脱缰的烈马，随着浪涛抛起又跌下，一路颠簸着直往下游闯去。那浪涛，仿佛有意为难毛板船，即使是飙滩的时候，也会骤然间涌起几排逆浪，把船推搡得左颠右晃。我紧紧地挨在父亲的身边，灵魂随着毛板船一同颤抖。父亲的胆量是让人吃惊的，偶尔船头撞起遮天蔽日般的水花，像瓢泼大雨向人砸来，他也毫不躲闪，只依旧把那两束目光，射进浑浊的江水深处，射向迷蒙混沌的远方。父亲很少言语，指挥航向全靠那生动形象的手势。倘是遇上急转弯，艄公的舵一口气难得扭转时，父亲就会很迅速地操起船头的招来，那招被他那青筋隆起的双手，扳得“叽呀叽呀”直叫，只几下，便将船头车转了过去，又随着水心很驯服地前行了。每当飙滩的时候，其他的水手们是无事可做的，他们三五个蹲在一起，尽管喝老白干，尽管骂粗野话。然而，一旦船行至死水长塘，他们便忙碌起来了。按每艘船八人分成两排，只听得“飕飕”风响，几十叶桨片便如翅膀般展开。首先由我父亲起调喊出一句号子：

“咿——哟哟——嘿——！”

随那号子的尾音，大家便紧接了过来：

“咿——哟哟——嘿！”

“嘿——嘿——喂哟——嗬！”

雄浑、深沉、原始、古朴，在江谷中回荡，又飘向遥远。惊起两岸猿啼，惊飞两岸鸟雀。

毛板船一旦远离了江岸，汉子们个个都是脱光上衣，赤条条的身子，被风吹，被浪打，被太阳晒，就像一尊尊铜像，闪着幽暗的青辉。那线条，那力度，那色彩，令人沉思，引人遐想。起初，见这样的情景，我还真有点害怕。然而渐渐地，我感觉到那样做是很必要的，那是为了使力能无遮掩、无阻挡地漫溢出来。毫无顾忌地，我也脱光了上身，加入了他们那赤身前行的行列。

天色暗下来了。父亲打了个泊岸的手势。于是，水手们便各找各的衣服穿上。

驾毛板船，难就难在途中停泊。比破逆浪、躲暗礁还难上十倍百倍。那制作粗糙、仿佛蛋壳的船身，只要稍一擦岸，就会顷刻散架，连货带人，就会被恶浪、激流所吞噬。

毛板船停泊，只有一个办法：事先就由一条壮实汉子，扛了纤缆泅水上岸，再迅速而牢靠地把纤缆拴住岸边的古树。这样，船就有可能在离岸丈余远处停下来。只要头船停妥，后面的船便有了安全的依靠，也就不难停泊了。

然而，由于水势实在太猛，泅水上的汉子，没有在理想的地域拴住纤缆。毛板船仍然凭着惯性向前撞去。父亲急了，朝那些不知所措的水手怒吼：

“蠢货！还不再递圈纤缆来，雷打呆了吗？！”

为了防止万一，领头的毛板船是准备了两圈纤缆的。我父亲自己出马了。他毅然地接过纤缆，往脖颈里一放，便毫不犹豫地跳进了波峰浪谷之中。可是，就在这时，突然从上游呼啸着撞来了一堆叉成喜鹊窝形状的树木，像山一般向父亲压去……

整艘船的气氛顿时紧张起来了。空气也仿佛在这一瞬间凝固了。我再也忍受不住了，发狂地向着空蒙的江谷呼喊：

“父亲！父亲啊！”

船上乱套了，那些有着同生共死传统的血性汉子，像从噩梦中惊醒过来，正欲向江中跳去……就在这千钧一发之际，突然，奇迹般地传来了父亲闷雷一样的斥骂声：

“娘的！你们碰鬼了哇！！”

“——啊？！”

船上顿时爆发出一片惊呼声，随即，便把我高高地托举起来，像是为了镇定我的情绪，又像是为了慰藉我的父亲。然而，我却真正地感到了羞惭！

黑色的帷幕，已满满地拉开，遮没了整个江面，一切，都变得模模糊糊。我使劲地睁大双眼，两束目光如锥子般穿透深沉的夜色，死死盯住父亲的身影。他毕竟身负着那圈沉重的纤缆，爬上坚实的江岸。并且，正向着一棵千年古树爬去，爬去……

毛板船终于安全停泊了。

几乎就在毛板船停住的同一时刻，突然，一声尖厉的惨叫声从岸上传来，使人毛骨悚然！我还在惊悸中，水手们已簇拥着抬来了一个人。似乎有某种预感，我拨开人群扑过去——天啊！那竟然是我的父亲！他的那双铁骨铮铮的腿，有一条已经被纤缆无情地勒断了……

滩啸声由远而近，由近而远，仿佛一支旋律低沉的哀歌，在江谷中回荡，在人心间撞响！

那一夜真长呀……

毛板船又启航了。父亲没有再去撑篙，由我扶着坐在船头。他的脸色更难看了，目光亮得刺人。

哦，前面，便是闻名整条资江的崩洪滩了。那是三百里水路的最后一道难关！

世界顿时缩小成一条弯曲的狭缝，天籁骤然汇作了一川愤怒的呐喊。毛板船一颤，它的狂妄不羁的本性又显露出来了。

蓦地，父亲撑着我站了起来。眼睛里，像有股寒气溢出。他一边沉稳地打着手势，一边朝水手们怒吼：

“给我蹲下去！给我蹲下去！！”

原来，毛板船已进入崩洪滩最险要的江域——飙水洞了！

飙水洞传说是孽龙藏身的地方。江水流到那儿，仿佛成了一挂瀑布，一下跌落两丈余高。千百年来，也真不知这孽龙已吞噬了多少船只，多少生命啊！我吓得浑身瑟瑟发抖，不敢正视前方了。

——轰隆！！

一声震地撼天的巨响，仿佛把整个世界都引得爆炸了！兴许，是无数怨魂汇成的怒吼吧。船头“哗”地刺进水里，一股凉飕飕的气浪扑面而来，整个骨骼都像在这一时间散架了一般。我软下去了，顿觉天在旋转、地在旋转，整条资江也在旋转……

“——呜——嗬！！”

朦胧中，我听得撕心裂肺的一声吼喊。待我睁开眼时，父亲正以惊人的毅力一只脚站了起来，他抓过了那根伴随他整整半辈子的竹篙，以迅雷不及掩耳之势刺进了咆哮的激流，继而，把整个身子死死地压了下去……呵呵！父亲就是船魂！

有他在，就一定有船在。他在拼命哪！我忽然周身一热，腾地站起身来，向父亲扑去……

毛板船奇迹般地又浮出了水面。

紧接着，第二艘船也闯过来了……

第三艘船又闯过来了……

多么悲壮！多么神奇啊！驾毛板船的汉子们就这么如此一代接一代地，在这条被暗礁、恶浪挤窄的江河中闯过来了！撞过来了！！

过 滩 谣

我怎么也忘不了少年时那段拉纤的生活经历。

那时，我还只有十三四岁，刚刚小学毕业。因为家父蒙难，家里唯一的生活来源被切断了，无可奈何，我只好离开学校，跟随一位堂伯走上了艰难的纤道。

其实沿江是有一条较好的路的，但那是一条人行道，而纤道却是时断时续的，遇到崖嘴和较大的江湾子，拉纤人便只能攀藤抓草爬过山崖，或蹚水涉过江湾子。这种时候一帮纤夫中，最艰辛的要数拉头纤的人了。拉头纤的人肩上还要负着沉重的一卷纤缆，那是拉远距离所必需的，所以拉头纤的人在攀崖嘴或淌江湾时，因纤缆拖累而摔倒，那是常有的事情。每每见到这种情景，我真有些受不住了，然而我那拉头纤的伯父却一笑置之，说："这算么子，你还根本就没尝到拉纤的苦味呢！"

真正尝到拉纤的苦味，是在那个严寒的冬天。

那时年关将近了。俗话说：有力好攒年关钱，一天硬要抵两天。一帮纤夫，在年关时包一两艘长途船，装货老板比起平常日子来要慷慨得多。

我们那回包的是一艘从洞庭湖区启碇的装粮船。那路程是相当远的：得转沅江，溯益阳、桃江等好几个县城才能到达目的地安化。沿途有八八六十四滩呐！而偏偏又碰上大雪纷飞的天气。沿江的行人道上，人迹已被白雪覆盖，就连平素弄潮戏水的啄鱼鸟也早已藏匿进崖巢里去了，那纤夫们用脚掌抠挖出来的纤道，就更难寻见了。而我们，就凭着过去对它的熟悉，一步一探地摸索着行走。

起初，不管我们怎样把脚踝严严实实地用棕片紧裹起来，再套上益阳板子草鞋，但那雪水还是渗进了皮肉，像有千根万根针尖在猛扎。到后来，便渐渐地麻木了，双脚完全失去了知觉，只有耳朵听见脚掌“咔嚓咔嚓”地抠进雪地里去的声音，以及心灵微微地颤抖的声音。直到拼命拉滩了，才全身发起热来，于是那冻僵过的双脚便感到了痛楚，那是一种奇痒无比的痛楚啊！

到了崩洪滩滩脚下，我被这条闻名整个资江的险滩吓得目瞪口呆。然而就在此时，从我伯父的口中突然迸出了一声悲壮的《过滩谣》的号子声来：

呃——纤夫过滩哪——嗬嘿！

陡地，我发现纤夫们全都一怔，抬起沉重地勾着的头颅，用异样的目光投向江心。我曾听伯父说过，纤夫号子是非常单调的：“呃哩喂哟——嗬！呃哩喂哟——嗬！”就这么反复咏叹。而像今天这种悲愤的《过滩谣》却是轻易不喊的，只有在纤帮中有同伙遇了难时，才会喊起这种号子来。究竟出了什么事？我定睛看那灰蒙蒙的江心，果然有一具尸体被寒流冲了下来。那一定是拉纤人没有辨清路线或者是过崖嘴没有攀住藤蔓而失足掉在江中的——他的肩膀上，还紧紧地系着纤绳呢。

一声惊呼，我倒在了纤道上……

应该感谢纤夫们那陡然同呼悲壮的《过滩谣》——

纤夫过滩哪——嗬嘿！
不惜命哪——嗬嘿！
前面有人坠下滩哪——嗬嘿！

后面纤道脚板响哪——嗬嘿！

…………

凝重、深沉，越来越响，越来越响。朦胧中，我倏忽意识到那惊心动魄的呐喊是在呼唤着我。顿时，只觉得周身的骨骼、肌肉在膨胀，血管里的热血在流淌……

我吃惊地睁大了眼睛。

伯父他们已经把我甩下一段路了。我不能等着船被拉上滩，不能等着伯父来把我抬上船。我的眼睛里迸着火焰，腾地爬了起来，不顾一切地拖着一双结冰的脚向前面滩涂赶去。

船仿佛被冰冻凝住在滩涂上了。

所有的纤夫都死死地把铁耙般的脚掌抠进积雪，抠进地面。尽管北风呼呼地嚎叫，他们的躯体却在咝咝地冒着热气；他们那弓成桥拱状的脊背，在嘎巴嘎巴地作响；而那一双双粗手，都颤颤抖抖地向前伸着，企图想抓到一点点能够牵引自己的东西——哪怕是一根细藤，哪怕是一棵小草，那也是救星呀！

除了那凝重、深沉的《过滩谣》还在江峡中回荡，却听不到哪怕是一丝一缕的呻吟和哀叹。如果自己不是一名纤夫，我无论如何也想象不出在这种冰天雪地的严冬，把一艘沉重的木船拉过资水第一险滩——崩洪滩的滋味是什么。

生命就是拼搏，仿佛有一种能穿越洪荒、穿越茫茫黑夜的力量在冲击着我的胸壑，我的胸腔裂开了……我发狂般地吼叫着：

我来了——我来了——！

一个懦弱者的灵魂，在这苍凉、激越的《过滩谣》的号子的冲击下，毫无畏惧地重又迈进了这支背负着人生苦痛，却又能征服激流险滩的队伍！

在拉纤的日子里

滔滔资水，日里夜里不停息，流走了多少动人心魄的悲壮故事。然而江岸崖石上那许多深深浅浅的纤痕，滔滔资水却是无法冲走的，船工与纤夫额上的艰辛劳苦的印迹，滔滔资水也一样无法冲走。

作为一名纤夫，那段拉纤的日子我自然还清楚地记得。

那时还只有十来岁年纪吧，背着个纤搭肩，我在瘦而长的纤道上行走，拉纤的种种艰辛，算是体验得深了，凝练成一句：纤夫是铁打铜铸的汉子！

尤其是盛夏的正午，那墨绿墨绿的一江流水，挟带着灼人的气焰，正喧嚣着向东撞去时，那笨重又庞大的木船，又偏偏是毫不相让地顶着石块般拱来的浪涛逆行，那种对峙，也难说不使人心惊肉跳。

纤夫们不会想象，想象不出自己是怎样的不同凡响的人物。他们总觉得自己很卑微，卑微得如同江岸峡谷中耸立的铁黑礁崖，之所以嶙峋地出现在江峡两岸，那是命运所注定。

入滩了。水流愈发湍急，浪涛也愈发凝重，轰轰隆隆的滩啸声，在江峡中撞来荡去，真让人疑心是沉雷在滚动。然而纤夫们像是有意要与这一滩浪涛比气势，浊重的声音，喊起了纤夫号子：

——咿哟——嗬嘿！

——咿哟——嗬嘿！

…………

我挤在大人们的行列中，一副纤搭肩，紧紧地扣在稚嫩的肩胛上。每每我跟着大家喊起纤夫号子时，就总觉得有一股潜在的力量，陡然间从身心中膨胀开来。资水有首戏谑纤夫的民谣：

纤狗子，
真好耍；
四脚四手，
路上爬。

其实除去前两句带有贬义性也不贴切外，后两句倒是很形象的。此时，我们就把黑红背脊，弯成了桥拱形状；两只脚掌，正死命地扣进路面，扣进一个个深深的坑去；而叉开着十指的双手，又是怎样地颤颤巍巍想要抓扒前面的什么东西！我们的眼珠已鼓成了弹丸，时刻都有可能射出眼眶，而所有的气力又全都凝聚在纤缆上，这根似乎永远也无法拉直的纤缆呀，咝咝地在切割着拐弯处隆起的崖石了（我们的肩胛也在被纤搭肩切割着啊）！然而那木船，却总也无法切割开疯狂地压向船头的浪涛，那整个的一江激流，就如同稠稠的一江黏合剂，死死地把我们的船黏合住，不让动弹。

我们开始呼哧呼哧地喘着粗气了，甚至白沫也从两边嘴角渗了出来，那纤夫号子，渐渐地已经哼不成声了：

——嗬——嗬！

——嗬——嗬！

而那姿势，却还是崖石一般坚强地向前倾扑着的，大汗淋漓地，我们显示着不屈骁勇和强悍。

我们的船实在太古老太沉重了，吃水很深很深。用落进陷阱的马来比喻它，恐怕是算不得有丝毫夸张的。我们的力量在消耗着，时间在流逝，而船根本就没有前移哪怕是一尺一寸。墨绿墨绿的石块，拱动得好凶猛呀，挟着雄风，裹着沉雷，怕硬是想要把我们的船拱下滩去，怕硬是想要把我们的船压进谷底？

这是拼搏的时刻啊，纤夫们！

我那位拉头纤的伯父发怒了，牙巴骨咬得嘎嘎响，还断断续续地骂出些粗野话来。他是在骂船上掌舵的我父亲，骂他为什么不把布帆升起来。

那是昨日在凝重的夕阳下，我们赶着缝补好的布帆哪！那布帆曾旗帜般轰轰烈烈过一阵子呢！穿洞庭，过长江，任其顺风啵啵啵地赞颂它，但也就在赞颂它的同时，也在撕扯着它呀！

布帆在赞美声中被撕成了碎片。

我们这一帮纤夫中（也包括船工），又没有哪怕半个女人，布帆烂了，当然得由我们自己来缝补（其实我们随手甩在船板上的衣服也早已破碎了，那同样也是被风牙浪齿啃咬破的）。我们，沉默的身影如岩石，投影在滩涂展开的布帆上。平时，我们根本就没有用过针线，于是我们就只好用头号钢针，引了粗麻绳笨拙地缝补布帆。在我们看来，布帆被风浪撕扯破了是一件悲壮而光荣的事情，再度接受缝补复又升上桅杆，那又将是怎样的一种骁勇强悍的展示啊！

然而谁知补好了的布帆却还沮丧地蜷缩在桅杆下面……

白热的太阳在下沉。仿佛已压上了我们的头顶，压上了我们的背脊，嗞嗞嗞，正在吸着我们毛孔里的汗水呢。炎阳下，我们黑红的肌肤，在凝重地闪光。

哦，原来风早已经窒息了。

伯父突然把向前伸直的手缩了回来，颤颤地又攥成了拳头，呼的一声，擂在纤道上，擂得尘土四溅。

——给我稳住！

——给我死死地稳住！

他大声地断喝。而后，便把手合成喇叭筒，撕开喉咙呼起了喊风号子来：

哦噢——喂——！

哦噢——喂——！

这是一种古老的、涂上了很浓很浓的地方民俗色彩的，然又能恰到好处地表达纤夫们奢望的方式啊！

还是在很小的时候，我就听祖母讲过，说风是由一位神婆所掌管的，她有一个风袋，把天下的风全都装在袋子里，只要她把袋子张开一线细缝，就有风呼呼地吹出来。但风婆总喜欢睡懒觉，睡着了，就忘记了把风袋张开。驾船人如果需要风了，就只好大声地呼喊……

伯父一定是在忏悔自己错怪了我父亲。他已经完全明白了是因为死了风父亲才没有升起帆篷来。于是，他就想起了风婆，祈祷风婆给我们协助。他把喊风号子呼得那样响亮，响亮得如同金属的震鸣；他喊得那样虔诚，虔诚得如同一位清教徒。

哦噢——喂——！

哦噢——喂——！

声音如铅球，仿佛要把压抑着这江峡的两面山崖全都撞击成粉末……

太阳的熊熊火苗在我们的裸背上腾跳、腾跳……想是有意要给我们身上镀一层灼烫的沉雄。

也不知是不是伯父的喊风号子真的感动了风婆，还是碰巧这时要起风了，江岸山巅上的树梢在开始骚动，纤道旁卷缩着叶片的小草也摇晃起来，那如同石块般向船头拱去的浪涛，也已有了粼粼波纹逆向闪动……

哦嗅——喂——！

哦嗅——喂——！

在此起彼伏的喊风号子声中，布帆庄严地升上了桅杆。

伯父的嗓音渐渐喑哑下去，嘴角也渗出了鲜红的血浆。他顺手从纤道旁扯了几株卷缩着叶片的嫩草塞进口中，执着地，复又弯下身子，且把脊背复又弯成桥拱形状，两只脚掌，复又死死地扣进路面……似乎刚才什么都不曾发生过，平静而慷慨地，把力量凝聚在那根似乎永远也拉不直的纤缆上。

我们的船终于能切割开石块般坚硬的浪涛前行了。然而，滩还长着哩，我们愈来愈感觉到自己肩上的责任是沉重的，同时，也是神圣的！

——那段拉纤的日子啊！

船夫号子

长久地，有一种声音，在江河湖海中回荡，深沉、凝重，含着哀怨，含着追求，含着喘息，含着自豪……渐渐地，就在这种声音中，你被皱纹密密地缠裹住了。然而，你却豪爽地解下了腰间的酒壶，咕噜咕噜一阵狂饮后，便庄严地向着苍茫的海天宣告：

我还站着——！我还站着——！

是的，你还站着，站在桅杆的后面，站在舵柄的前方，站在所有江河湖海的浪涛之上。

——咿哟哟——嗬！——咿哟哟——嗬！

哦，那是船夫号子，那声音便是船夫号子。

船夫号子，渗入了你的肌体，你的肌体在膨胀；船夫号子，渗入了你的骨骼，你的骨骼在坚硬。你一手扳着舵柄，一手反撑着竹篙，双脚便死死地堵住了中舱的横梁……那是最惬意地一仰啊！仰起头颅和胸脯，把自身的健美和力量，向着蓝茵茵的苍穹展览，向着红润润的太阳展览……你那黑黝黝的身材便是粗豪奔放的力在舞蹈，便是春情春意在舒张……

——咿哟哟——嗬！——咿哟哟——嗬！

深沉、凝重的船夫号子，原来就是从你的口中迸涌出来的，就是从你那唱惯了江水河水湖水的口中迸涌出来的。你的嗓音嘶哑了，但号子很响亮：带着极强的冲击力、穿透力、扩展力……那不就是历史行进的节奏吗？

带着铁矛的竹篙，在你那粗犷的抵压下，“嗞”地被撑得佝偻了。竹篙在颤抖，江河在颤抖，而你的身子却如一座巍巍大山，仰着往下压、往下压……

你那古铜色的脊背也被岁月撑得佝偻了啊！

千遍万遍，你重复着这支船夫号子。

——咿哟哟——嗬！——咿哟哟——嗬！

在这金色的犷吼中，你把宣言写在自己的脸膛上。那是被骄阳、滩声、雨暴烤灼与捶击过的脸膛啊——直面风雨无涯的海天，我无所畏惧——包括激流，包括险滩，包括漩涡，包括暗礁……不是每一场沉没都象征死亡，不是每一场风暴都制造深渊——你说：“我的存在便是佐证！”

船夫号子，是一支痛苦的号子，是一支艰辛的号子。船夫们就是用这支痛苦而艰辛的号子，坚强懦弱者的灵魂，嘲笑浪妖风魔，给沮丧者新的骁勇和荣光。

奇迹，便是在船夫号子声中产生的啊！

——咿哟哟——嗬！——咿哟哟——嗬！

船夫号子，呐喊着一个永恒的主题：彼岸！彼岸！

哦，彼岸在长久地逗引着你；希望在你的眼里，远了又近，近了又远。执着地，你在江河湖海循环，你要拥有这世界的三分之二的天地啊！

你无论如何也是一个拓荒者。

你用你的勇气和力量，不断地开辟着使祖先陌生得吃惊的领域，虽然你同样也借助于祖先借助过的长风，但是，你并未轻信谗言，将忽左忽右的风向作为自己航行的指针。

你的舵叶“咔嚓”一声被暗礁扭断了，狂风巨浪的喧嚣中，你却丝毫没有惊慌，而是腾跃下去，把自己的身子插入水中；异常清醒地，你用主体的自己定向拨航。你的皮肉被凶残的浪齿啃咬得青一块紫一块了，你的骨骼被咸涩的海水浸泡得发酸了……然而，你却豪爽地呼起了船夫号子：

——咿哟哟——嗬！——咿哟哟——嗬！

啊，船夫号子，何等深刻而丰富！

赤色的天光，从你裸露着的胸脯上辐射开去，给四起的波状的回声镀一层炽热的沉雄。你的身影，在随着肱二头肌缩短拉长。你一手扳着舵柄，一手反撑着竹篙，双脚死死地堵住中舱的横梁……太阳如火球，灼烫地压了下来，压在你的头颅上，压在你仰着的胸脯上……噢噢，太阳是在为你输送鲜活的血液呀！

太阳自己却因为输血过多而成了月亮。

——咿哟哟——嗬！——咿哟哟——嗬！

似是在梦里，却不是在梦里，你只觉得一阵猛烈的颠簸，头晕目眩中，一艘巨大的壳船擦着你的船舷而过了，擦着你的身边而过了。

你的船被甩在一个死水的港湾。

你无疑便成了历史长河中一个标点。

在九泉之下，你却含笑着告诉祖先：

一支崭新又年轻的船夫号子诞生了！

船

疲倦得不能呻吟，甚至不能喘息了，你被阴险的暗礁浅住，成了囚徒。

然而你却还实实在在存在着。你以你的存在无声地宣告：

我不屈服！

你曾被十二级台风暴戾地追逐着。那台风以它的威力召集起雷的怒吼、电的光鞭，旋起漫天铅云，卷起万顷浪涛，企图埋葬你的形体，毁掉你的灵魂……

最后还是失败了，但你从来就没有屈服过！

桅杆斜倾着，你的信念却是垂直的。只要你的躯体还在，你的灵魂还在，甚至连这一切都不复存在了，而你的信念却还是存在着的！存在着的啊！

斜倾的桅杆上桅灯还亮着——那布满着血丝的眼睛，依然红红地亮着啊！那是在竭力辨认着真的善的美的，也是在甄别着假的丑的恶的，更是在期盼着再一次远航啊，去开辟祖先没有开辟过的航线！即使你已经不止一次遭遇过台风暗礁恶浪漩涡……

最后你还会失败，但你从来就没有屈服过！

坚实的船底破裂了，那一根根船钉也早已锈迹斑斑，那不就是一排排参差不齐的利齿吗？哦，面对着风暴暗礁恶浪漩涡，原来你也是那般凶狠，甚至凶狠到残忍的程度啊！

最后又会失败的。但你毕竟没有屈服过！

来吧！暴戾的台风，你施展所有威力，召集起全部雷的怒吼电的长鞭，旋起漫天铅云卷起万顷波涛……

——你就是把我毁掉把我埋葬，我也会是不被毁掉不被埋葬的不屈者！

撒网人

1

一条弯弯曲曲的路，就沿了那同样是弯弯曲曲的江水蜿蜒。

这是一条什么样的路呢？狭窄得顶多只能涉过一只脚板，且又一忽儿没入水中，一忽儿挂在山腰上。过往行人，无不为之喟叹。兴许，是因为江岸多峭壁陡崖，这路，才只能如此屈辱着存在？！

仿佛别无选择，你，又走在了这条路上。

好浓的雾，把整个江谷填得严严实实。你那双深不可测的眼睛，总是眨也不眨地试图穿透浓雾，盯进那同样是深不可测的江水。你那两只厚实的脚板，仍然蹬着益阳板子草鞋。那草鞋的后跟，早已经磨穿，就连前掌上的鞋耳也断了好几只，穿与不穿，差不了多少。一张渔网，湿漉漉的，又搭在你壮实的肩膀上，那根棕红色的钢绳正牢牢地握在你的手中。

你，又是沿着这江岸小路来撒网的。

2

看神采，你似乎有些郁悒，又似乎是从容不迫。脚下的乱石与刺条，你是无所顾忌的，每走一步，你都迈得那么沉稳。看来，你并不是那么急着要把网撒出去的。

前面的滩涂隐隐约约地传来了钢凿和铁锤的撞击声。只有这声音，才会偶尔牵动你那钉子般钉进江水的目光。似乎，你是被这声音深深地感动了！

绕过一个弯子，钢凿与铁锤敲响二重奏的滩涂就出现在你的眼前了。滩涂上，倒扣着一只小船。这艘小船是什么时候被江河所抛弃的？你已经不止一次与它相遇了，且也曾不止一次地激起过你的同情心：哦，这小船，定是航行了很遥远很遥远的里程吧，搏败过无数次风浪的袭击，闯过了无数次礁岩的暗算。于是，才显得这般疲倦，才喘息着蜷缩在这滩涂上……

当第二次路过这滩涂时，你又呆呆地在这小船旁沉思默想了许久许久。是为它的残损惋惜呢，还是替它所取得的胜利庆幸？

——纵然这船已经是遍体伤痕了，且还有锈迹斑斑的铁钉，参差不齐地从船底龇露出来——那是一排排锋利的牙齿呢，它曾啃咬过无数明崖暗礁，无数激浪漩涡呢……

这小船如今毕竟有人来修补了。看到这情景，你在心里默默地说：

“是啊，早就应该来修补的！”

这回，你并没有再在小船处久留，且匆匆地向前走去。只是你的脚步迈得似乎是更沉重了。就这样刚走出几步，你又回过头来，向那小船投出深情的一瞥。

一轮旭日，就像是刚从这江水中洗涤过，湿漉漉地挂在东边的山梁，那遮眼的浓雾眨眼间全都溃退了、消散了。但见江中的激流，正喧嚣着向前撞去、撞去。纵然被礁崖撞得粉碎了，它依旧还会聚集，再度向前、向前！

3

前面是一道崖嘴。老远，你就发现了那在翻卷着银白色的细浪。那细浪似乎是在跳跃，又似乎是在向前浮游。

“呵呵，成功了！成功是属于我的了！”

你不由得一阵狂喜，不顾一切地向崖嘴奔去。

是谁说过的呢？——失望过的人，虽然最害怕再一次失望，但是一旦他感觉到希望在前时，又会忘记了一切。

真的，你此时什么也来不及想，来不及顾了，那被砺石刺破的脚掌在流血，你似乎也是一点都不得而知的。来到崖嘴边，你还没有来得及站稳身子，就“嚓——”地将网撒了出去。

撒得好圆哟——这一网！

你激动得不能控制了。心，怦怦地撞击着胸口；手，瑟瑟地抖着。这时，你才想起要回过头去看看自己所走过的这条路。奇怪的是，这路却在你的瞳仁中变得平坦、壮阔了；你还觉得这江岸险峻的大山也并不会比此时的你高大哩。

是啊，能不激动吗？仅仅就为了这一瞬间的安慰，你已一连沿这江岸的小径走了整整三天哪！假如说，在这三天里，你已经在这江河中撒过了九九八十一网的话，那么，每一网，又似乎都是一无所获的。而值得庆幸的是，此时此刻，你毕竟已真正地网住了希望！

滔滔东去的江水哟，不是在为你奏一曲希望之歌吗？

许久许久，你总算平静下来了。于是，你开始虔诚地、缓缓地收着渔网。那钢绳颤颤的，很是沉重。然而，就在渔网即将被拉出水面时，你突然感到了一阵眩晕，一阵从未有过的眩晕。手就僵在半空，眼睛也不敢再看渔网……

哦，那银白色的细浪，原来是被崖嘴伴着激流泛起的浪花……

太阳西沉了。碧蓝碧蓝的江水已成了深黑色。你身后滩涂上敲响的凿与锤的二重奏，早就听不清了。兴许，那船已完完全全地修补好了。那么，就在明天，它又会去远航的。去和风浪、暗礁撞击，去显示它生命存在的价值!

难道真是这样的——人，就是靠了线希望所支撑的？一旦那一线希望断绝了，他就会垮下去？这么说来，你已经不会再来这江边撒网了，你已不会再向生活的长河撒网了？！

然而，不，你并不是那样的弱者！你的手中仍然牢牢地握着那根棕红色的钢绳!

青春，在大海上扬帆

那曾经是一片白帆。

母亲就在那片白帆下怀了你，又在那片白帆下生了你，你是在那片白帆下长大成人的。

你清楚地记得：儿时，母亲怕你掉进大海，曾用一根缆绳，把你拴在擎着那片白帆的桅杆的旁边。起初，你老是哭老是嚷啊，当你陡然发现了那片白帆，那片打满了补丁的白帆时，你幼小的心灵却感到了歉疚。此后，你就再也没有哭嚷过了。你只是凝眸注视着它，注视着它那张惨白的脸啊！

就这样，在咸涩的风浪中，你终于长成了一条壮实汉子。然而，你的母亲却衰老了；她的脆弱的气力，再也无法征服那狂妄不羁的大海了，不得不与那汹涌的生活告别……

于是，一串脆亮的锚链的声响，就随了你那粗犷嗓门中迸出的、使大海也感到战栗的吼喊声，合奏着一支与陆地告别的雄壮的“启航曲”。

——开船啰——开船啰！

声音雄浑、厚重，与波涛在壮阔的海面翻滚、奔腾。你的那双从小就经受惯了风浪磨砺的粗糙的手，正紧紧地握住一根竹篙；那竹篙也仿佛蓄足了万钧气力，随手一甩，便将海岸远远地撑开了……那片白帆，那片打满了补工的白帆，就如同你高举的手臂，向陆地、向雕像般站立在海岸上，眺望你的母亲，深情地招呼着：再见！再见！

大海上的天气是变幻莫测的。刚才还是一碧如洗的晴空，转眼便是乌云密布了。咸涩的海风刹那间就纠集了沉重的成排的涌浪，喧嚣着朝你扑了过来。你感到势头有些不对，忙收了那仅仅收获过“失望”的渔网，继而，撑着船篷一纵身又稳稳地扎在后艄的船板上了。

风，一阵比一阵更紧了，像是非要把那片打满了补丁的白帆撕扯得粉碎不可；浪，也一排比一排来得沉重、凶猛，将那叶小小的渔船，一忽儿托入云霄之上，又一忽儿甩进浪谷之中。仿佛决意要踏平脚下这万顷波涛，铁塔似的，你叉开着两腿屹立在白帆的下面。那个希望的船把，牢牢地紧握在你的手中。

天色渐渐地暗了下来，碧蓝的海水已成了深黑色。浪涛翻滚得更加厉害了，像一座又一座险峻的山峰向你压来。更使你难以忍受的是，暴雨也像箭矢般猛烈地射着你的胸脯，射着你的脸颊。然而，你的那双由于愤怒而通红了的眼睛竟一眨也不眨地紧盯着前方，盯着那些耸出水面的、残暴的崖石。

突然，“哗——”的一声，小船被一方阴险的、藏匿于水中的暗礁浅住了。你心里一沉，也来不及细想，便一纵身跳进了咸涩的、坚石般锋利的浪涛。你真不愧是条在大海上长大的汉子，分明已经被巨浪淹没进海底了，仿佛只在千分之一秒的瞬间，你又一抖身子，鲤鱼打挺般跃出了水面，而且还一把抓住了船尾。好险啦！你心里暗自惊讶。是的，如果稍有一丝迟缓，搁浅的小船就会被发狂的巨浪撞翻，乃至会惨遭吞噬……

你全身的皮肉已被激浪抽打得青一块紫一块了。你是明智的。你已经在把小船推过暗礁时，毅然地将航向拨了个一百八十度的急转弯，朝着最初的启航处驶去；但谁敢说你是在这汹涌的生活面前退缩畏惧了呢？！

你没有能够再上船了。因为那把握命运的舵艄，已在触礁时被损坏了，你不得不强迫自己用手抓住船尾，把下肢插入水中为小船做定向引航的用处。

不知过了多久，你的壮实的手臂麻木了，你的充满着活力的双腿也在发酸……难道你就甘心如此失败吗？难道你年轻的生命就如此结束了？不成？不行！不行啊！你在心里呼喊着。你的心中也在滚着波涛，卷着狂风……哦，你的心并没有失去知觉，小船上那根象征渔人信念的垂直的桅杆是不会夭折的，永远也不会夭折的！是的，你不能玷污桅杆，你不能玷污白帆！你使劲把那片厚厚的嘴唇，卷进了牙与牙的锋刃里……忽然，你感觉到海浪是在托举你，你感到青春在萌动，是的，人的躯壳是会衰老的，生命也会在某一时刻如流星般消逝，然而，青春却是充满着希望，充满着活力的，永远、永远……

此时，风明显地弱了些，雨也似乎有了几分倦意，而你，却不知从哪里涌出了一股力量，一股从没有过的力量；借助着浪涛的推动，凭着对航线的熟悉，你仿佛一位至高无上的命运之神，左右着小船在这夜色深沉的大海上向前、向前！

终于，小船甩脱了咸涩的海浪的冲击，白帆也躲过了凶残的风暴的蹂躏；哦，你靠岸了！在这黎明的时刻，你靠岸了！

那位身子微微地向前斜倾的、飘散着满头银丝的老渔妇，不就是你的母亲吗？当她远远地看见了你，看见了你的那叶小船，看见了小船上垂直的桅杆，以及那片虽然百孔千疮，却依旧牢牢地系在桅杆上的白帆时，长长地，也是轻微地喘了口气。

兴许，你也该在这坚实的陆地上，在母亲的身旁，美美地躺一会儿，接受母亲慈祥的、温柔的爱抚吧：抚你的皮肉上的伤痕，抚你的心灵上的痛楚……然而，你没有。你抖擞精神，敏捷地解开了系帆的绳索，把那片被激浪狂风扯得不成其形了的白帆落了下来，铺开在母亲的身旁。

母亲是早有准备的。她从怀里掏出了三段不同颜色的布来。起初，你似乎还没有明白，母亲为什么会买回三色与渔家生活毫不相干的布匹呢？当看到母亲很是虔诚地将那旭日般温暖，蓝天般宁静，鸽子般平和的三色布匹，一段段抖开，再小心翼翼地贴上帆架时，你终于懂得了母亲的一片苦心。

不是吗？那旭日般温暖、蓝天般宁静、鸽子般和平的颜色，是母亲对儿子的前程由衷的祝福啊！

母亲仿佛已是返老还童了。那双皱巴巴的、平时总是抖抖瑟瑟的手，竟然变得那般灵巧。一针一针，一线一线，母亲在细心地缝合着那片三色帆——纵然，老人家早已深知大海本来就不可能有片刻的宁静与和平！但是，她却是那么执着地奢望着自己的举动，能够感动海神，能够感动上苍……

那是怎样的一个晴和的吉祥的日子啊！你的强壮的身子一俯一仰，你的坚实的手臂一屈一伸；哦，那片由母亲一针一针，一线一线缝合的旭日般温暖、蓝天般宁静、鸽子般和平的三色帆，正缓缓地，缓缓地升上桅杆，升上了垂直的信念的桅杆。

开船啰——开船啰！

从你那粗嗓门中迸出的雄浑、厚重的，使大海也感到战栗的吼喊，就随了那串脆亮的锚链的声响，合奏着一支与陆地、与母亲告别的雄壮的“启航曲”。这“启航曲”正与波涛在壮阔的海面翻滚、奔腾呢！

呵呵！你的经过整修的小船重又起航了，你的青春重又起航了——即使未来的航程上，仍然会拥挤着狂涛恶浪、暴风骤雨，以及明崖暗礁，但你并不会胆怯。

胆怯什么呢？你有着一腔沸腾的青春的热血，有着不可夭折的信念，更有着高高地系在桅杆上的母亲的祝福啊！

年轻的船老大

纵然资水河所有的船帮，早已由机器船取代了木帆船，但每艘船的船头上，却还固执地竖立着一根粗壮的桅杆。

哦，那桅杆，已经牢牢地竖立在资水河船老大的不断延续的日子里！

——题记

生你，是在船上，于是有了这名字：船儿。

那时你父亲才20岁，船老大的位置还刚传让给他。资水船帮本来有个规矩：做了媳妇的女人是不准随船跑长途的。仅仅一条资江，水路就长达八百余里，还要经湘江，过洞庭，入长江，把货送往湖北汉口，抑或江苏南京；风狂浪猛，生死难卜啊！可你那倔强的母亲，凭了她从小就在船上爬滚的资历，死活也要同你父亲前去，说是紧要关头，她这船老大的媳妇也能搭上一只手的。

转回程的途中，你便降临了……

资水汤汤，眨眼，你20岁了。20岁，正是展示生命价值的年龄哪！

虽然你母亲早已顺应了资水船帮的规矩，离开你父亲，离开船帮，孤身陋居在江岸的木板屋里；而你却一直是生活在船上，一直在与激浪狂涛斗技。但你又毕竟只是辅佐你的父亲，人们毕竟是喊你“船老二”。这老二的别号便是“边把式”，也就是说，大风大浪中，你无法把握船的命运，而船老大是你的父亲。是你的那位额头上淌着岁月的江河的父亲！

常常地，你父亲总是像礁崖一样地沉默无语。除了星星点点的阳光或月光偶尔落在坑坑洼洼的眉目之外，除了滔滔滚滚的资水湘水长江水无休无止地滋润喉咙之外，除了一双铁掌死扣在后艄船板上，一双老虎钳般的手紧握舵柄外……沉默的礁崖便是把拴牢在腰间的酒葫芦解下来，嘴对嘴亲热好一阵，那酒是你母亲专为他酿的，用了所有的柔情，用了所有的蜜意。其时，谁又敢说你父亲没有想起自己的女人来呢？喃喃地，他准在心里自语：能把女人像酒葫芦一样拴在身上该多好！当然他随即又不得不感叹：“唉，风浪无情啊！”他于是只好微微地合上一双眼睛，从梦里抑或幻觉里，在这闲暇的片刻中走到自己女人身边去……

然而今天，就在你满20岁的日子里，风与浪与女人的诱惑便也开始无情地雕刻你了，一直把你雕刻成嶙峋黝黑的一尊无言的礁崖。

你的骨骼好粗壮，你的腰板好硬朗，你这即将满20岁的汉子有着急需发泄的精力啊！父亲偏偏在这时一挥手命令你上岸去。这同样也是资水船帮的规矩：十八九岁的汉子，这是婚配的最佳年龄。无论如何也得在岸上找女人成个家的。

但你的生命是属于船，你的驰骋的领地也毕竟是在拥挤着狂风恶浪激流险滩的江域啊！锚链响了，涛声在召唤你，无论如何也得挣脱自己女人温柔的手臂，向着帆船挪动脚步的。你要是不回眸该多好，其时，你粗壮的脚杆像是灌满了铅，浑身瑟瑟发起抖来……你险些坠倒在地上了。

你的那位柔弱的女人早已泪流满面，痴痴地站着，是要站成一尊望夫崖在这江边成为优美的传说吗？

得感谢螺号，是陡然吹响的嘟嘟嘟的螺号声给你注入了意志和力量，那是资江在呼唤你，那是湘江在呼唤你，那是洞庭湖在呼唤你，是长江在呼唤你啊——船儿！船儿！

你的精神陡然一震，扯开粗犷的嗓门狂应：“来啦！来啦我来啦！”你的父亲并没有责怪你，只用严厉的目光铺一条路通往斜倒着桅杆的滩涂去。

为什么要选择这么一个阴晦而又凶险的日子呢——父亲哪？！

涛声，在咆哮；激浪，在翻滚；险滩，正张开着巨口；暗礁，正潜伏着利齿……整个世界都在预谋着灾难啊！然而此时你却并没有犹豫。有的，只是20岁的无畏和骁勇！朝着你父亲指引的方向，你甩开了大步，直逼向搁在江岸滩涂的桅杆，呼呼生风地，你自己将自己紧紧地拴牢在桅尖上了！

那桅杆是怎样地在你父亲的操纵下竖立起来的呢？

你似乎全然没有注意到，使你刻骨铭心的是，当桅杆笔挺地竖立在船头的那一刻，当你以桅杆同样的姿态悬立于桅尖上的那一刻，你那礁崖般惯于沉默的父亲，突然奇迹般爆发出狂放的“哈哈哈”来，声音雷动，把风的怒吼和浪的咆哮全都压了下去。紧接着，便是当地甩出竹篙，江岸被撑得远了（一同被撑远的，还有那个如望夫崖般的女人）。你于是在一阵紧似一阵的螺号声中，在呼啸般滚来的你父亲的狂笑声中，立时紧张起全部精神与大幅度摇撼桅杆的浪涛展开了角斗，陡然间，天在旋转，地在旋转，江河在旋转……而你，正铁青着脸用20岁的尊严在这旋转的世界中接受着苦难的雕刻啊！

……骆滩，过去了；崩洪滩，过去了；渣鲤滩，过去了……向湘江，向洞庭，向长江……待那两眶离别自己女人时蓄着的泪水被狂风刮干了之后，待那身粗布衣服被激浪撕扯得成了碎片之后，待脸上的皮肉被时间的雕刀刻出了一条条江河之后……慢慢地，你竟也成为一尊用沉默无语来宣告你是胜利者的塑像了！

狂风，你咆哮得更猛烈些吧！浪涛，你翻滚得更汹涌些吧！

仿佛是从原始混沌的蛋壳中爬出的一个新的生命，一个真正的全新的生命，你的瞳孔在扩大，你的视野在拓宽，展示在你眼前的是一派恢宏与庄严的、永远不能压缩和割让了的广阔啊，其时，你的每个毛孔在迸溢着无与伦比的快感；甚至，你感到自己的身躯在膨胀，在长高，长成了一根又粗又垂直的桅杆，膨胀成一叶抖擞又魁梧的帆……

20岁，这是值得纪念值得庆贺的日子啊！父亲把船老大的位置传让给了你，父亲把征服狂风、恶浪险滩暗礁的胆魄传让给了你……感谢你的父亲吧！感谢资水河这一代接一代延续的饱含着厚爱的粗野和蛮荒的特殊传位方式吧！

——父亲啊！

——资水河啊！

纵然，就是船桅在哪一阵狂风暴雨中突然折断，那大声地向着这天空宣告的自然是你：

把我的脊梁拿去吧——竖立成桅杆！

——你这资水河20岁的船老大啊！

飙水溪上放排人

湘中有条飙水溪。

正是桃花水陡涨的三月。

连日风雨之后，飙水溪的本性完全显露出来了，它像一匹从笼中跃出的巨兽，一路嗥叫着奔腾着。

有谁敢与我斗技！有谁敢……

放排人站在溪岸上，嘴角上挂着一丝讥笑。

你的目光热辣辣的，正瞅着拴在溪边湾子里的木排。那是你承包的，交售给国家的木排。你从大森林里伐倒树木，扛着它们穿过灌木丛、刺蓬，踩着窄陡得几乎不成其路的路来到这溪边，然后再编扎成木排。

是的，放排是飙水溪两岸人最引以为自豪的活计。只要是生长在飙水溪畔的一条汉子，都会毫不犹豫地选择这蔑视平庸生活的斗技场！

你从容地向木排走去。近了，近了……只见你抽出横插在腰间的那柄锋口闪着幽幽青光的板斧，手起斧落，“呼”的一声，系排索被你猛然砍断。

哗！哗哗！！

飙水溪似乎感觉到来者有些不善，一连甩出好几排大浪，把木排抛起又跌下，继而，直往下游撞去……说时迟，那时快，随着你一声壮胆的吼喊，“霍”的一声，竹篙紧咬着排尾射去，轻轻一纵，整个身子便腾空向木排跃去，一瞬间，紧握竹篙的你，便奇迹般稳扎在木排的当中了。你很沉稳地向前移了两步，便用叉开的脚指头，钉子般钉牢在木排上。

你铁塔似的站着，眼睛紧紧盯着前方。紧盯每一道拐弯处，紧盯每一座耸出水面或暗藏在水里的礁岩。你不能有哪怕是一丝的疏忽和大意。

不好——

你突然大吼一声。原来你发现了前方不过一箭之地的溪沟左侧，有一个隆起的土坡已被昨夜的暴雨冲开了一条大裂缝，而且正在不断地从裂缝间倾泻着石块和泥土。这是随时都有可能会崩裂的。若是木排能抢在崩裂之前冲过去，那便不会有太大的危险；倘是这木排还没来得及冲过，抑或是刚好到那儿就崩裂了呢？那后果将不堪设想。已没有什么退路了。你只是紧紧地咬着嘴唇，舍命左右挥篙，拼尽全力地向前撑去，撑去。

——轰隆！

一声撼天震地的巨响，仿佛整个世界都要在这一瞬间爆炸了。哦，你却仍然奇迹般地挺立在排头。

你抖了抖溅在身上及脖颈里的水珠，继而，又松开了那片厚厚的嘴唇，那嘴唇被咬破了，正滴着血，嘴角上仍然挂着讥笑。

那热辣辣的目光怎么陡然变得冷峻起来呢？

哦，前面，便是有名的三急湾了！

浑黄的泥浪，大起大落地撞向板着脸孔的峭壁，又被咆哮着堵了回来，于是，便造成了一个接一个的漩涡。你与那板着脸孔的峭壁一样，也保持着沉默。又一次，你把那厚厚的嘴唇，卷进了牙与牙的锋刃之间。

其实，出现在你眼前的这一场面，还仅仅是拉开的一道序幕。

你把身子微微地向前倾斜。眼睛里像有股寒气溢出。凭经验你会意识到：这样的险滩光靠呆板的技艺是无法闯过去的，还得保持头脑的冷静。当排身猛地一抖，带着危险的信号以迅雷不及掩耳之势射向黝黑的陡崖的瞬间，你却冷不防感到了一阵从没有过的眩晕，天在旋，地在转；耳边卷着的砂石，卷着的巨浪，也仿佛在一瞬间消失，一切音响、一切念头都仿佛已经消失……突然，你爷爷被这陡崖撞翻木排落水时的情景，竟奇迹般地出现在你的脑海里。

你完全地清醒过来了。随着一声撕心裂肺的呐喊，你手中的竹篙弯成了“弓”字形。你那双充满活力的脚板，牢牢地蹬住木排中间的杂木横杠，像决意要踏平这发狂的浪涛；人呢，几乎是斜躺在木排上了。就这样一直僵持了十多秒钟后，木排终于随着一股巨浪转过身来，很不驯服地紧擦着陡崖向第二道急湾闯去。

终于第三道急湾也闯过去了。

纵然前面还会有险滩，有急湾，有暗礁，你是决不回头的了。那根竹篙，仍然紧紧地握在你手中。你驾驭着木排，征服了飙水溪的恶浪，你是一个生活激流中的进击者呢！我飙水溪上的放排人啊！

荒　岛

这曾经是一座荒岛。

想来，那时我也确确实实想有所为的，不约而同，我和你各撑一叶小舟，栉风沐雨，来到了这一座荒岛上。

带着种子，带着开荒的镰刀和锄头，带着智慧和勇气。老虎和豺狼，大蟒和毒蛇，藤萝和荆棘……全都败倒于我们的手下。一天一天，一月一月，也不知到底淌了多少汗、流了多少血，掌心的茧子长了一层，又脱了一层；脱了一层，又长了一层……春去了，秋来了，唯一清楚这些的，只有脚下这缄默的荒岛——是的，现在它不再是荒芜的了，它已变得肥沃，已经长满了能够展示丰收景象的庄稼，它出脱得美丽富饶了！

我们都陶醉了，完完全全地陶醉了，面对着这一切，许久许久，谁也没有说出一句话。是在憧憬着更加美好的未来吗？从你的眼神里，我似乎领悟到了某种信息。然而，当时我却是在回顾那已经成为过去了的昨天，在计算着昨天所付出的代价啊！

你终于按捺不住那比老窖酒更醉人的沉寂了。用激动得有些发颤的声音，你说："我们应该暂时放弃这儿，让后继者收获这一切。"顿了顿，你继续说："在寻找和开拓中度过一生，兴许，生命会更有价值些。"

我没有正面回答你（那是不屑于回答），只是"哼"了一声，你的脸陡地一红，然后又紫又白……嘴角动了动，想说什么，但终于又没有说出。

我们都望着远方。

起雾了，眼前，一片迷茫，什么都看不见了。只有海啸声一阵紧似一阵，像为出征者吹响的号角，又似为丧生者鸣奏的哀乐……

带着种子，带着镰刀和锄头……一步步，一步步，你毅然地走向了那叶长满了青苔的小舟。没有回头，没有言语，长长地，也是重重地，你只叹息了一声。

一阵急促而铿锵的锚链声响过，那片打满了补丁，然而却又被风浪撕扯得破碎了的白帆，正徐徐地、徐徐地升上了桅杆。你还真有闲暇，一手操持着木桨，一手还托着那只千里万里也不会迷失方向的信鸽。

大海是没有片刻的宁静与和平的，风，喧嚣着；浪，涌动着；像决意要与你为难。你的胆量真好，赤着的身子就如一尊铜像，很是沉稳地，驾着那叶小舟紧咬着波浪前行。

突然，“哗——”的一排巨浪打来，把你连同那叶小舟重重地抛入波峰，而后又狠狠地扔进浪谷……

我不敢再目睹这惨景了。紧紧地，我闭上了眼睛，颓然坐了下来，感到再也没有生存下去的勇气了……

然而，地球依旧在旋转。冬去了，春来了，野草又占领了整座岛屿，藤蔓缀满了我全身。在昏昏迷迷中，我忽然感到有一道闪光在眼前掠过，定睛一看，我怔住了，那不是你携带去的那只千里万里也不会迷失方向的信鸽吗。惊疑间，聪明的鸽子已把口中衔着的信件塞给了我。啊，那竟是你写来的！我一下子被你所描绘的壮丽图景给吸引了。你已经用无穷的智慧和力量，开拓出了一个宽阔无比的大岛屿；如今，你正在争分抢秒地撒播种子……你的那叶小舟还在，那片打满了补丁，然而却早已被风浪撕得不成其形了的帆还挂在垂直的桅杆上；你将还会去寻找，去开拓新的岛屿啊！你却并没有告诉我，你是如何逃脱死神的追捕的，不，你写了一句话。

胜利是属于强者的！

我羞惭了。胸口在隐隐作痛，我该怎样回答你呢？那只聪明的信鸽在等待我。

旋转的乡音

那都是儿时寄居在外婆家的事情了。

那时，我外婆家还没有抽水机，灌溉山冲以外的几十亩稻田，就靠那看来似乎骨瘦嶙峋，然而却能执着地掬起清粼粼的溪水的筒车。

筒车是由松木、杉木、楠竹等材料构成。松木弯成的转盘边上均匀地嵌着一块块薄杉木板子，用于挡水。就在这挡水的杉木板中间，牢牢地拴着一个竹筒。竹筒的口子一律向转盘的中心倾斜着。整个筒车，就由一根横埋在土中的木轴挑起。这样，在湍急的溪水不断地推着挡水叶片的时候，松木转盘也被带动了。拴在挡水叶片中间的竹筒，就能自然而然地将那溪水掬起，从脚下直举到头上“哗哗”地流淌。继而，顺着人们早就安放好的木槽，淙淙地流向那比小溪的水准线高几米的盼水的田野……

儿时的我，常凝视着筒车出神。记得我曾经这样想：如果我将来成为诗人，定要写一首关于筒车的诗，赞美它几经斧锯后，仍然怀抱着青松、翠杉及楠竹的理想，把自己的一份绿色，输送给盼绿的土壤。它不畏艰辛劳苦，有时甚至疲惫得再也直不起身子，但胸腔里，仍旧流淌着对未来的美好向往！

我记着那一架筒车，全是因为忘不了同生外公的缘故。

同生外公的家离我外婆家不远，就在溪边边上，傍近着筒车。他四十出头了，还没有娶婆娘，听人说，因为1949年前他无田无地，替人帮工，女人都嫌他太穷。新中国成立后，他又年近四十，故一直无人敢登家门。

同生外公利用工余农闲给冲里人管筒车，灌田水。他人缘极好，像我们这般大的伢儿，都喊他“同生公”。同生公和我外公是同辈，我自然得喊他“同生外公”。

同生外公最盼的是春天。春天到了，那待转的筒车，盼灌的稻田，满可以做他的伙伴，为他驱赶单身汉的寂寞和孤单。这时，别人还穿着鞋袜正走亲戚，拜新年，脸庞醉得像关公，他却早已将那肥大的裤管高高挽起，在溪沟里忙开了。

因为每年秋收之后，田里不再需要灌水时，他便把那引水堤挖穿了，让溪水又沿着那干了大半年的溪床，耍着野性子流去，一直流入资江，给江水增一叠浪响。这样，筒车便能闲上几个月，让他的主人——同生外公，精心进行一番维修。一旦开春，同生外公便把那已经修理的筒车又安装在溪边上。于是，他又来垒引水堤了。

才开春的山溪水，全是严冬时积在大山里的冰与雪融成的。像是些细细的针尖儿，扎着同生外公的脚杆。然而，他是丝毫也不顾忌的。从早到晚，搬石头垒那引水堤，再用泥箕挑来泥土，直筑得无缝无隙，一点滴水也不让往堤外漏走。

引水堤垒好了，筑得不再漏水了，筒车也就转了起来，于是，同生外公就挨队催队长派人吆牛开犁：

“田里水足了呢，派人犁田吧？”

若是人家队长应得爽快，他会乐得像个伢儿，脑壳鸡啄米一样的：

“那就好，那就好！”

倘是有哪个队长说：“不急吧。”同生外公就不管人家喜欢还是不欢喜，嘟哝你一阵，发一通牢骚：

“春天时光金子一样贵哩，还能让时间等人不成？唉——！”

同生外公叹着气走开，脸涨得通红，好些天都感到不舒服，心里像有毛毛虫在啃咬。一直待那懒散的队长派人犁田后，他才觉得松了一口气，那干瘦的脸上才又有了笑容。

最难忘的是那年春天，久久地没有下雨，山冲里小溪快要断流了，田里却等着要水开犁耙。同生外公急得一连几天都没有吃饭，人消瘦多了，他那深深地凹进去的眼睛，也显得更深了。他整日整夜地查那漏水眼，哪怕是只有针尖儿细的渗水处，他也是不放过的。可是，尽管如此，那溪水毕竟太疲惫了，无力推动那沉重的筒车。于是，同生外公就用手帮着推那转盘。他身子一俯一仰，那瘦削的臂膀却也能显出一瓣一瓣鼓起的肌肉，那手上的青筋，兴许是因为力的压挤罢，暴露着，像一条条黏土的蚯蚓。起初，同生外公是穿着一件有补丁的青布衣衫的，推着推着，那衣衫不知是被筒车的水溅湿的，还是被汗水浸湿的，已经水淋淋的了。后来，同生外公就干脆把衣衫甩脱，只穿着那条挽得一高一低的肥大裤管的裤子。推呀推呀，他喉咙里“呼哧呼哧”地喘着粗气，那筒车却仍然只是慢慢悠悠转着圈子，那竹筒里的水也只能溢出几滴……

本来，我和几个伢儿，是为了看着好玩而站在溪畔看新奇的，见到这情景，我们不再忍心了。一个个无声地走到了同生外公的近旁，帮他推那筒车。只有在这个时候，我们幼稚的心灵才真正地感到了生活的沉重！

也就是那一次吧，我的脚被筒车的挡水叶片划破了一大块，鲜血直流，我吓得蒙了，“哇”地哭出声来。同生外公知道了，赶忙丢了手中的活计，一把将我揽进怀里，抱到一块平整处，而后又就近扯了些生肌止血的草药，再“嚓”地撕下自己的一块衣角，替我把受伤处包扎起来。同生外公的嘴角嚅动，眼眶里盈盈地泛着泪水，一边为我包扎，那皱巴的皲裂的手一边颤抖……当时我真不明白：难道同生外公也很痛吗？

从那以后，同生外公一有空闲就来替我换草药，就来背我到他家里去玩。他家的房子很小，只有三篷两间。中间是没装板壁的，用杉木皮与楠竹篾夹着。就在那夹着的板壁处，放着一张老式床铺。床铺上四季垫着垫子，几件贴着补巴的衣服放在床上当作枕头。每回背我来他家里，同生外公总是小心翼翼地把我安顿在这床上，然后，再煮饭，炒菜留我吃。那时的粮食很短缺，同生外公自己常常总是挖些野芋之类的东西填肚子。而给我却煮着喷香喷香的白米饭，还一口一口地喂给我吃。我一边吃着饭，一边痴呆呆地凝视着同生外公。我发现他老多了，瘦多了。我也就更希望自己脚上的伤口快些好。伤好了，我便能帮同生外公做些该做的事情了。

遗憾的是我已经到了上学的年龄。因为外婆家乡的教学条件差些，爸爸几次写信要外婆送我回城里去开蒙读书。

那天，送我出冲口的，还有同生外公。他一路嘱咐我，都是怎样要争气、要发奋，将来好考上大学之类的话。

当时，我真有些怨他。同生外公啊，你就不知道嘱咐我不要把你忘了吗？到将来你老了后，要我来给你做伴，要我来帮你推那筒车？！

送到冲口的筒车旁，我外婆决意不要同生外公送了。提醒他该去灌田水。同生外公嘴角动了动，像还要说什么，又没有说出声来。只有那一架筒车，依旧在悠悠地、悠悠地旋转……

兴许岁月也是旋转着的吧，我没有使同生外公失望，真的考上了大学。因为忙于学业，这些年来，我是很少去过外婆家，更很少见到过同生外公了。然而我想：在祖国正迅速地向四个现代化进军的今天，我外婆家门口的那一架筒车，总该被电力排灌所取代，那像筒车一样含辛茹苦了许多年的，我时时都在惦记着的同生外公，也总该能喘一口舒心气了吧……

然而，作为记忆，我却总希望那一架筒车，能永远、永远地在我的心胸间悠悠、悠悠地旋转……

九峡溪的男人们哪

七十里水路，有峡崖九道，那溪名亦便成了九峡溪无疑。

九峡溪是资水上游的一条支流，发源于雷打洞。雷打洞幽幽深深。流水挟带着彻骨寒风从洞内溢出，发出一种很是奇异的声音，嗬嗬嗬，嗥嗥嗥，让人听了，心惊肉跳，毛骨悚然。相传那洞里是藏了一条孽龙的，但又无人见过，莫非是还未修炼成“器”就被五雷当孽龙劈死了，那也是不可知的。

可知的是这雷打洞一带无论如何是深山，古木莽莽，遮天蔽日，似乎是一片混沌初开的境地。渐渐地后来便有了人迹，亦有了伐木声和山歌声。

一把钢锯一把斧呃
伐得料木呃
打得虎噢
料木成排送汉口呃
剥下虎皮呃
给你情姐姐呃
作一身上等好衣服噢
…………

山歌情歌好粗野，粗野如这一片混沌初开的境地中伐倒的古木。这样的大山里自然是绝无女人的，所唱的山歌情歌却又实实在在是为了女人。

终于把三月望来，望来了涨桃花水的季节。

其时，这一带深山丛林复又归于了沉寂。人迹亦复又被树叶杂草做了短暂的覆盖。当然九峡溪便倏忽间热闹起来，一冬里所伐倒的树木就趁桃花水滥涨之际，轰轰烈烈被赶到资江去，在资江编扎成排后，再一路颠狂去洞庭，过长江，被送往湖北汉口，送往江苏南京，换得大把大把的票子回来。

九峡溪自古不能放排。峡崖的狭窄处，过人都得仄着身子，滔滔洪水涌到峡崖处时，又冲又撞又咆哮，如同狂狮猛兽，显不可一世之威风雄劲，然终于无可奈何，最后便只能屈辱着委身窄窄的峡崖。那水于是翻翻滚滚，成了发狂发怒的孽龙。无疑料木也就只能锯成一丈来长短，而亦只能一段一段散着在这样一条溪里放行。

那叫着“赶野羊”。一个“野”字，就不难想象那是满山遍野狂奔乱跑的“羊”了，而把在九峡溪放木料比喻成赶野羊，便可见放木料的不易了。

不易还有从山中到溪里的那一段路程。伐木汉子们一段一段地把木料扛上肩来，瞄准最佳路线，再轰隆一声抛甩开去，让木料从陡峭的土滑道上呼啸着飞驶而下，一直挟泥带土飙进雷打洞下面的溪谷。那飙木料的声音使四山摇撼，真是惊心动魄。稍有不慎，人就会连同木料一并坠入陡峭的滑道，在滑道的深槽里，被料木与料木的冲撞挤压得骨碎肉泥。

在九峡溪赶野羊自然更容易出现这等惨事了。当满溪满谷的洪水载着成千上万段木料疯奔疯涌时，木料又常常不是被某处高耸的礁崖绊住，便是在过峡崖时有其中的一段或两段突然一横，呼啸一声便把活活的一条水路拦死，于是一拦十，十拦百，倏忽间便横插竖插成为喜鹊窝形状了。

赶野羊最怕的就是这种喜鹊窝。一旦木料在峡崖处插成“窝”了，任你是怎样鲁莽骁勇的一条汉子，也不敢独自贸然去拆窝的。得发出信号全体集合，共排险阻。伐木汉子们发信号自然是只能把手合成喇叭筒形状，嘶声竭力地打噢嗬。窄窄的溪谷里，一声噢嗬四山回应，能惊破天门，不到一袋烟工夫，汉子们便赶紧聚集拢来了，其时，大家才眼睁睁地发现自己是衣无领裤无裆的了，赤条条的身子还带着许多血痕。溪边上满处是杂树刺条，在赶着野羊迅跑时，谁还顾及得衣服和身子呢？根本连性命也顾不得了！

唯独用葛藤缠紧在黑红腰间的满竹筒苞谷酒还在。

那是汉子们进山之前自家母亲和女人（或未正娶的人）专为儿子或男人酿制的上等烧酒。

汉子们于是把这烧酒连同自己母亲或自己女人的情意，一并严严地封着，一直舍不得打开来；就是伐木扛料时一身骨骼劳累得要散架了，也只是把竹筒从腰间解下来，放近鼻子闻一闻，复又原封不动地缠捆于腰间。他们非常清楚，母亲与女人的情意虽然是缠绵的，但酿成酒却是那般浓烈，能给人以无穷无尽的力量。

只有在拆喜鹊窝过峡崖时，汉子们才毅然地解下竹筒，或坐或站在岸边，大口大口畅饮起来。这些赤条条的伐木汉子，其时，便是惊人的大度和慷慨，你把竹筒递到我的嘴边，我把竹筒递到你的嘴边，不分尊卑，不分辈分，不分以前交往的恩怨，一种生离死别的气氛好浓烈好浓烈。谁敢保证在拆喜鹊窝时不会被那突然雷鸣般崩坍散开的木料撞成粉末呢？生与死、吉与凶在九峡溪是无可卜算的。

酒喝得够了，喝得酩酊大醉了，汉子们便觉得肉在发痒，骨在发胀，于是嗬嗬嗬地就怪叫着跳起舞来。手摆脚跳，腰扭头摇，难说有什么节奏。乍一看去，似乎突然，似乎不可思议，但一沉思：那何尝又不是一种力的展示，不是一种饮酒后才能感觉得到的生活的满足，以及冥冥中希求上苍保佑的一种表达方式呢？

那“嗬嗬嗬”的声音低沉喑哑，却很有穿透力，让九峡溪出口处傍近资水边上的老幼妇女们都能听到，于是那些吊脚木屋里就响起了卜卦的声音，响起了老人为自己儿子、女人为自己男人虔诚地祈祷的声音，也就有了缕缕香烛与纸钱化成的青烟飘出了房檐屋脊……

然而卜卦也罢，烧纸钱香烛捧出一颗颗心来作为供品祈祷也罢，在九峡溪赶野羊流血是免不了的。那本来就是流血的事业，本来就是一场殊死的搏斗！

在苞谷酒强烈的烧灼中，在某种说不清来源的力量的支撑下，第一道峡崖的喜鹊窝被拆除了，第二道第三道甚至第四道第五道峡崖处的喜鹊窝也被拆除了。汉子们好高兴好自豪啊！这是一次力量的大检阅，这是一次生命存在的价值的大衡量！但谁又说得准第六道第七道峡崖不会被突然横卧的料木拦阻？其时，不知是谁一语道破：酒已早早地牛饮干净了。一个个空空的竹筒捆缠在腰间，被风灌出呜呜的哀叹声来。

汉子们怎么能少得了酒呢？在这种特定环境中，酒就是胆就是精神就是力量就是必胜的保障！

汉子们一个个重又低下了头去，木然地解下腰间的竹筒，咕噜咕噜地灌着九峡溪的桃花水，然后便是咕噜咕噜地灌进自己的口中……哦，他们是在把水当酒饮，一直把肚子灌得隆起后，复又狂舞狂跳好一阵，复又舍生忘死，力排阻拦……

然水毕竟抵不了酒。当过完九峡溪最后一道峡崖时，这些铁打铜铸般的汉子不禁浑身打起颤来，整个骨骼也像成了一摊稀泥，软软地倒了下去，似乎在顷刻间什么也不复存在了，万念俱灰。而这些失去了控制的野羊，在这倏忽间变得宽敞的溪谷中，狂冲狂撞着……

当第一段木料撒着野即将闯入九峡溪出口处的资江时，白胡须白头发的先兆公便鼓着腮吹响了“呜呜”的牛角号，先兆公是九峡溪最有声望的老者，是头一个闯进雷打洞深山丛林间伐木的勇士，他的声音无疑是这九峡溪的号令。倏忽间，那地方的老者少者，一个个都手握着套了铁反钩的竹篙，一字长蛇阵般地排开在九峡溪口子上了。霎时间只听得“哧哧”水声风声，木料便一段段地被抢上岸来，聚拢成堆，等待着编扎成排后再度下水，去寻找最终的归宿。

年轻的女人们则一律地狂跑着寻找自己的男人去了（只有母亲们留在家中，摆上三牲三熟，跪跪拜拜，在感谢上苍对儿子们的保佑），待寻到横七竖八像卧着一尊尊沉默的石雕的汉子们旁近时，却是一个个木木地站住了呜呜咽咽，唱起了歌来。那首歌当然不同于任何地方任何时候听到的歌。汉子们起初只能隐隐约约地听到一种很是苍邈的声音，似乎是从远古传来，又似乎是从自己的体内发出；渐渐地，汉子们便在歌声中感觉到了难受，痛苦，在难受和痛苦中便又意识到了自己的存在，同时也能辨别出哪一缕歌声是自己女人唱出来的了；沉迷中，他们微微地把眼睛睁开，一种异样的光焰便从这微睁着的眼中迸射出来；汉子们就这么久久仰视着自己的女人，任自己的女人在这光焰中幻化成头顶着蓝天手托着炼石的女娲……此时，他们的骨骼在咔吧咔吧地发出脆响，心也在擂鼓般怦怦地跳荡，血液也陡然间沸腾起来……哦哦，九峡溪轰隆隆的桃花水呀，不就是汉子们的热血在涌动、澎湃奔泻吗？

——啊，九峡溪的男人们哪！

神　伞

引子

在我记忆的天空，常常撑开一把蔚蓝色的神伞。

那伞由一位圣母掌管。她的心地最善良了，为了不至于让人们遭受风雨的打击，她总是不知疲倦地将神伞撑着、撑着。然而人们却很难见到她，因为她是圣母，是将真身隐去了的；同样也很难发现那把神伞，因为那伞是蔚蓝色的，它与苍穹融为了一色。只是当你在严寒时得到温暖，在风雨交加时得到了祖护后，你才感觉到原来圣母就在你身边，那神伞正撑开在你的头顶上……

这是一个极其优美的传说，还是很小的时候，我就听祖母讲过。

一

祖母身居乡间，家务事和地里的农活，总是堆积在她所有的日子里。那时，倘是祖母扯猪草，抑或打柴火离家较远时，我就总是希望老天爷能够下一场透雨。那样，祖母就会像母鸡祖护小鸡般，把我掖进怀里，还用那大襟衫把我团团紧裹，好像我淋上一点雨水，就会发霉腐烂似的，一双小脚噌噌噌地往家里赶。我好淘气哟，乃至到了家后，都还久久地舍不得离开祖母那虽然皮皱皱的，却很是温暖的胸怀。

这时，祖母就会气喘吁吁地嗔我："下来呀，你下来呀，把祖母累死了，就再也没有人抱你了！"

我当然不敢再撒娇了，忙滑下来，怔怔地望着祖母，我害怕祖母真的会在一瞬间突然死去。见我那副可怜巴巴的样子，祖母却感到了歉疚，重又把我搂在怀里，抚着我的脑壳，讲起关于神伞的传说来，末了，还梦呓般地叨叨："蠢宝！祖母怎么会死呢，舍得你这小宝贝吗？！"

二

小时候，我是个出了名的瞌睡虫。每天天色还没有完全暗下来，我就闹着要睡觉了。因为母亲早早地辞别了人世，父亲又在外工作，自然是由祖母陪着我睡的。

祖母总喜欢把我紧紧地搂在怀里，还用手肘为我作枕头。一上床，祖母就会给我讲起我那位早已仙逝了的爷爷。讲他年轻时生得怎样的虎背熊腰，是一名闯骆滩、闯崩洪滩的好舵手。我当然不关心这些事情，听着听着就不耐烦起来，吵嚷着要祖母讲那个似乎是永远也听不厌的神伞的传说。

祖母却不愿滥讲，把我往怀里搂了搂，说："好好盖住被子睡吧，睡着了，就会梦见。"

那晚，我当真就做梦了，是一个蔚蓝色的梦！

然而，好几次我从蔚蓝色的梦境中醒来，却不见祖母睡在身边。我委屈得哭了。哭声牵系着一双小脚，噌噌噌，祖母进房来了。一边走，还一边抖着沾在身上的草屑。原来，祖母让我入睡后，就由圣母在梦中陪着我，她自己却就着飘飘拂拂的昏暗油灯，在灶屋里剁着猪草。

"莫哭了，莫哭了，祖母在你的身边，祖母在你的梦里呢！"

祖母和衣重又上床，把我紧紧地搂着，用那豁了牙的嘴亲我，还喋喋不休地向我认错，并且保证不再瞒着我半夜里起来做事了。

祖母是多擦一根火柴都觉得心痛极了的人，然而那晚，她竟毫不吝惜灶屋里正在燃着的灯火会把灯盏里的煤油燃尽。就这样用那张苦瓜般多皱的脸紧贴着我的脸睡到天明。一翻身爬起来，我问祖母："告诉我，您看见过那掌管神伞的圣母吗？"

祖母只是慈祥地笑笑，不答。

三

祖母也有过严厉的时候。

有一回，我和邻家的伢儿一起，去生产队的地里偷了几蔸花生吃，不料，被人知道了，告诉了祖母。起初，祖母还不大相信，因为我以前从来就没有过这类事例。但她后来一想，又觉得蹊跷，祖母同样也不相信人家会无缘无故地说谎话诬告一个孩子。祖母做事十分慎重，她将我喊到跟前，轻言细语地问我，是不是当真偷了花生吃，并且开导我说，做了坏事要敢于承认，下次不再犯就行了。

我们几个伢儿在偷花生之前就说好了要守口如瓶的，我当然也就不肯轻易把实情说出，回答说那准是人家看错人了。

祖母相信了我的话，她把我紧紧地搂进怀里，仿佛自言自语，又似是对我说："为人要诚实，切莫说谎话；不然，要毁掉自己的！"

听着这些话，我似懂非懂，还狡黠地在心里笑着祖母被我蒙骗了过去，但同时也有几分担心，害怕这一切会被那位掌管神伞的圣母察觉……

纸终究包不住火，在我喝茶的时候，没有留神，牙缝里的花生屑末沾在瓷碗边上了。祖母发现了，仿佛完全变成了另外一个人。她气得浑身发抖，脸上青一阵紫一阵的，我知道大事不妙，忙跪下向祖母求饶，然而祖母此时却毫不动心，从堂屋的神龛上取下那块红光光的竹篾片（——祖传的家法），啪啪啪打我的手心，打我的嘴巴……

祖母似乎在一夜间就变得衰老了。她常常一个人偷偷哭泣，悄声叹气，并且不再给我讲那个关于神伞的美妙传说了。

我知道我伤了祖母的心。一种负疚感压得我喘不过气来。终于在一天，我跪到了祖母的面前，发誓不再偷人家的东西了，更不再说谎话了。祖母怔怔地看着我，看着我，突然，她一把将我搂进怀里，那张苦瓜般多皱的脸又一次紧紧地贴在了我的脸上，喃喃地说："好孙儿！我的好孙儿！"

继而，她蓦地站了起来，从神龛上取下那块红光光的篾片，一节一节地折断……突然又神经质地把我搂进那皮皱皱的温暖的怀里，给我讲述着那个关于神伞的美妙传说……

四

人世间的许多事情，是难以弄得清楚的，甚至，连圣母怕也毫无办法。

我曾不止一次听祖母夸奖我父亲。说我父亲老实忠诚，神龛上那块红光光的篾片，从来就没有碰过父亲的皮肉。然而，不知为何他却从镇医院被清除出来了，月薪也一下子由五十一元降到了十二元，仅仅能维持他自己一人最低劣的生活费用了。

祖母就又更显得老了。走起路来，总是把头勾得低低的。她的右臂上，还别了一块小小的白布，我看清了，那并不是新添的补丁，因为补丁是用线一针针缝上去的。每每更换一次衣服，祖母都要小心翼翼地把那块白布取下，然后再别在那件更换的衣服上。

更使人大惑不解的是，祖母这么大年纪了一直很少开过会的，最近却每晚要到大队部去集训了。有时我硬要跟着去，祖母就会发起脾气来的，将我反锁在房里。

很晚很晚，祖母才回来。一开门，发现我和衣躺在地板上。一双小眼睛哭得红红的，肿得像水蜜桃，她也就哭了。我知道祖母既是心疼我，也是在挂念着我父亲……

不久，父亲总算回家来了。虽说是回乡劳动改造，但家乡人都很了解我父亲，因此，若是有跑长途的生意（家乡人大多是靠驾船营生），也就少不了要喊我父亲去帮忙掌舵（父亲原是一名驾船好手），分几个油盐钱糊口。

我们一家人团圆了。祖母又开朗起来，忙里忙外，不知道疲倦。有时，父亲过意不去，硬要争着做一些家务事情，祖母却很不高兴。无奈，父亲就只好在一旁看着忙活。于是，我就缠着父亲，要他给我讲那关于神伞和圣母的传说。然而，父亲却说："那不仅仅是一个优美的传说，也是存在于我们生活中的……"

父亲到底是说的什么呢？我却听不明白。

五

岁月，就如同我家门前的滔滔资水，终于，把那个布满困难的年代冲远了。然而，镌刻在记忆深处的画面却是难以湮没的。

许多年来，我一直记着那一个优美的传说，记着祖母给我的训导；渐渐地，我终于领悟到：圣母原来是世界上所有温柔慈祥而又无私的母亲；那蔚蓝色的神伞，就是无边无际的母爱……然而，对于我这个早早地失去了母亲的孩子，我想：那圣母，无疑就是我的祖母；那蔚蓝的神伞，就是无边无际的祖母的爱恋了……

乡　路

还记得故乡的那条路吗？千回百回，我扪心问着自己。

忘不了的！我总是喃喃自答。

怎能忘呢，尽管后来我曾坐过小轿车，走过宽阔平坦的柏油马路；也曾搭过轮船，走过波翻浪涌的水路；并且还乘着飞机，走过空中那没有路的路……但是，我又毕竟是从那条故乡的弯弯曲曲的小路走过来的啊！

那条脐带般连接着慈母情与赤子恋的路啊……

母亲！不就是那个清晨吗？一个有着淡淡的霞光的清晨，您送我，就是沿着那条小路，拐出山湾，来到冲口，拾级踏上接通山冲与外界连接的石拱桥啊。

“您回去吧，妈妈！到石拱桥了。”

我回过头，恳求您回去，提醒您已经送儿到了石拱桥。古时，不是有长亭送别的说法吗？母亲！您该转回程了。

您先是一怔，随即又扬起手来，您是欲用手揩拭盈盈地转着的泪水吗？当发现我正望着您时，马上又将手移开，装作是撩拨鬓边的发丝。哦，您是怕引起儿子的伤心？

母亲！您为什么迟迟地不肯收住脚步呢？我想：您当时心里一定是很难受的。尽管在这以前的许多个昼夜，您都是如此地希望儿子能像一匹骏马，用生风的步子去山冲以外的长途，做一番又一番冲刺，让山冲以外的人们，都用赞许的目光看待您的儿子！可是，儿子当真就要从您的瞳仁里起步时，又是何等的难舍哦！

母亲！您知道吗？只有在这个时候，我才深深地体会到：您的柔情如丝，紧紧地牵住了儿的一颗心！

“您回去吧，妈妈！到石拱桥了。”

我又一次在喃喃地重复。您能原谅我吗？

您终于站住了。嘴角漾开一丝笑纹，却没有言语。您有许多的忌讳，也许，是担心一出声，那泪水也会随着簌簌溢出来吧。儿子出远门，是不能用泪水饯行的，即使是喜悦的泪。

您毕竟是善于忍受的。少顷，您挥了挥手，是示意我前行吗？

缓缓地，我挪动了脚步。

我多想把步子迈得快些啊，当真像一匹骏马，疾驶向理想的远方。然而，不知怎的刚走几步，我不禁又一次回过头来。

哦，母亲！您就呆呆地站在家乡通往异地的石拱桥上（您是想一直就这么站着，望着儿子，站成一尊塑像么）。那双紧贴着大绒布鞋的小脚，渐渐地，渐渐地踮了起来，那双皱巴的皲裂的手，搭上了前额……

当时，我是听到声音了的。石拱桥下流淌的小河，不就是流淌着您的柔情吗？小河涓涓的流水声，不就是您语重心长的嘱咐吗？

情不自禁地，我又想起了您用精打细算的心血，拌着萝卜块，拌着细如丝缕的青菜叶，再加上些咸盐，密密层层压填进一个又一个菜坛时的形影。填啊，压啊，您是恨不得把大地上所有的艰辛，都腌制成馨香一片吧？于是，趁赶集的日子，再把这些咸菜挑到街上去换回分币角票，为儿子积攒学费。

是的，还有每当我放学回家，走上这条弯弯曲曲的小路时，远远地，我总看见您立在炊烟下，若有所思地仰望着飞鸟啁啾的云天……那是您又忆起了在泥泞的田塍上，曾经挑过的如铅的岁月吧？那是您又忆起了在打滑的乡路上，曾经推过的沉重的时光吧？抑或，那是您被高天的山鹰所触发，突然憧憬起儿子终会有那么一天能考上大学，能像千里驹一样沿着人生的长途奔驰、奔驰……

您都是想着儿子，为儿子在想母亲啊！

我终于没有使您失望。您的辛勤劳苦，得到了足够的偿还！我在您默默的祈祷声中，以优异的成绩被录取了。

当套红的录取通知和入学通知，破天荒如吉祥鸟双双飞进山冲里，飞进我以及我的母亲——您的手中时……我无法比喻，您当时是怎样的激动啊！您从我手中接过通知，又颤颤地递给我，如此往返好多次数，并一遍又一遍地要我念诵那通知上的语句。您是想从那字里行间，听出儿子脉搏跳动的频率！回味自己曾经付出的艰辛？！

那是儿子入学前的最后一夜吧，乡亲们为欢送我——山冲里第一代大学生，通宵达旦地放了一晚电影。而您却没有去欣赏银幕上的故事，院子里，您佝偻着瘦削的背脊负着星空，就着豆粒般大的、摇摇颤颤的灯光，悄悄地取下耳环（那不是您做媳妇时外婆送给您的唯一的陪嫁吗），您把耳环郑重地揣在怀里，是准备第二天去小镇上兑换，给儿作为生活的补充的吧？

然而，就在清理行装时，您却还像是欠下了儿一笔债似的，内疚地说：

“这一期，只好将就将就了。栏里的猪，长得正猛，等猪出了栏，妈就给你置一块表，这年头，外面时兴……”

但是母亲啊！您就不知道儿子听了喉咙发哽？猪是您餐风

餐雨扯野草喂养大的，檀木澥桶把都被您那长满茧子的手磨融……您为什么就想不起要换一换自己那身百衲衣呢？就是舍不得换身衣啊，也该换一换您那条围裙，它伴您有多少时光了，揩过您的眼泪，也记着您的艰辛……

“去吧，你就去吧！”

母亲！这次是您的颤颤的声音。哦，您一定看出儿子是在想些什么事情了，您是担心儿子会被这柔情的丝缕牵住了脚步啊！是吗？

我抬起了目光。向脚下这条弯弯曲曲的乡路的那端望去。远远地，我发现山冲里已由最初的一缕炊烟，逗引出几十缕炊烟来了。炊烟在淡淡的雾霭中飘拂，仿佛家乡在向我挥动着送行的纱巾。

也不知是谁发现我已经上了路，一声“啊喃”几乎招呼出了全山冲所有的男女，他们都朝这里涌来了。

“去吧！去吧！”

母亲！您又在催我了。我想：您一定是不愿让更多的人都来品尝这离别的滋味吧！

我点了点头，默认了您的催促，也在心底里，我无声地请求您转身回去。啊，您笑了，您一定是听见了儿子的心语了。是吗？

终于我转过身来，沿着脚下这条脐带般的乡路，我一步步牵系着您的属望，也牵系着乡亲们的属望，定向远方，走向远方……

哦哦，能忘得了吗？那条脐带般连接着慈母之情与游子之恋的故乡的路啊！

杏花巷

资水东流，日里夜里永不停息。

杏花巷，便是匍匐于资水北岸的一条小巷，在安化境内。

何其幽深！杏花巷，转了一个弯，又转了一个弯。如一首小令或元曲。古典味，很浓很浓。巷首那栋用青条石砌筑成的古宅，如醒目的标题，使小巷也显得很有些分量。这分量无论如何也是来自古宅所圈住的花园、假山、莲池……来自花园、假山、莲池内所有过的叹息，有过的怨恨无期……

那些日子，当然已随资水汤汤远去。

如今，那许多穿牛仔裤的男子和女子，一路闲逛，一路吹着口哨，一路跳起迪斯科来。杏花巷，是不再觉得忸怩了。杏花巷的老者们也并不觉得大惊或小怪的。就连古宅门前那对石狮子也陡然间慈善了眉目，怔怔地欣赏好久好久。谁知它俩的心中，是否萌生过某种不能超凡脱俗的邪念？

今日杏花巷，风风流流。

这风风流流的杏花巷，有一位男子。就是那位很小时大家都喂过茶饭、喂过油粑与糯米饭团的没有了父亲母亲的男子。前几年他离开杏花巷，到省城去，据说是去那里一家国营酒厂学酿酒专业哩。去时，杏花巷全巷的男女老少都来送行。晃晃，两年多过去，却不再给曾卖了不少家产供他学习的那位女子的家里写信了。那女子，天天地低着头淌眼泪；那女子的父母，天天地阴着脸叹气；终于，小巷里的人就陡然发起怒来，拳头举成一片森林，都说要联名写信控告那男子。但是那位淌完了眼泪的弱女子，却挨家挨户地恳求，把整个杏花巷都走遍了。恳求千万别为难那男子，并且，硬说是她自己要与那男子断了联系的。杏花巷人全都流下了眼泪。

今日杏花巷，人情味依旧很浓很浓。

后来不久，那女子竟然奇迹般地收到了来自省城的一封很厚的信，还收到了一大摞书籍。

带着歉意，含着羞愧，那女子便迅速地把信展开……杏花巷，也是偷偷地看过信了的，里面有两句打了着重点的诗很有意思。

酿酒学成何处去，杏花巷内是我家。小巷里就真有酒香浮动，好醇，好悠长……

那酒香，自那女子家中所浮出。摘三枝两枝花，插在发髻上，那女子，且日里夜里，读那男子寄来的书籍；还郑重其事地给一面酒旗上书着端端正正五个大字：酒家杏花村。

是清明雨，细细且斜斜。长长且亮亮的日子里，杏花巷陡然间叩响了急急如鼓点的足音；那足音，熟悉又陌生，激动了杏花巷里所有的人家。只有那女子却反而显得极是悠闲；悠闲地轻轻哼着一支歌，在红砖楼房前那一面任微风轻抚的牙边酒旗下……

原来是那位去省城学习酿酒的男子回来了。

杏花巷沸腾起来了，不知是谁，还点燃了一挂千鞭，噼噼啪啪的响声传出好远好远。杏花巷的酒香，也一样地传出好远好远……

清明雨，仍然在下，下了千年；杏花，也开了千年；只有杏花酒家却才开业不久，不过，来日方长。这酒家里的杏花酒，会年复一年酿下去的，且越酿也就越有名气。

杏花巷，沐浴在清清明明的春雨中。

秀溪清粼粼

秀溪，是注入资水四十八溪中的一溪，在资水的上游。

秀溪的水清清粼粼。“水清无鱼”这一成语，在秀溪却不准确了。你看那清清粼粼的水中，一尾一尾大的鱼小的鱼，就正在游写着自由体诗呢。怕就是因为秀溪有鱼，秀溪才有了三三两两的渔划子吧。

那渔划子与一般江河湖海中的渔划子不尽相同，船身是用一截粗大的树木，挖空了心子而做成的，叫独木船。木桨是双的，如紫燕的一对翅膀，轻轻盈盈，好不舒展自如；桨柄握在那渔家女子的手中，欸乃一荡，即刻，便荡起了满河的漩涡。

那地方又自有那地方的风俗：山里田里的活儿全都是由男人们包下了的，而女子们便是泡在秀溪的溪水中。也不晓得是不是有意应了那句“男人属泥，女人属水”的古话，反正刚一开春，那秀溪操篙弄桨的全是女子。

秀溪的女子说温柔也温柔，说粗犷又粗犷；粗犷时大口大口地畅饮苞谷烧酒，就如同畅饮长流水，就是做一次舒筋活络的深呼吸，也能吸起溪水的涟漪来，而站在船头脚尖一踮，“嗖”地把渔网撒开成弧形时，连牛一般壮实的男子汉也能逮起来的哩。

那样的粗犷当然又不能占据她们生活的全部。不然，秀溪就不成其秀溪了。她们总是偷闲把那紫的花红的花插上船头，插在船舷，于是，木桨的歌唱也就愈发有了色彩，愈发甜蜜又温柔；秀溪的女子们脚板厚且宽大，无法穿进时髦的高跟鞋，但那粗糙的手却好巧呢，能灵灵地把绣花针挑得使人眼花缭乱，能把秀溪水一样的柔情绣进男人的衣襟和头帕……

哪个又晓得是不是她们把柔情种进了秀溪清粼粼的河水中呢？只晓得水里长出了水柳，是那样缠绵；长出了丝草，是那样缠绵……

秀溪，清清粼粼地流着，流进资水，给资水添几许温情。

岩山婶婶

岩山婶婶与我家相邻。

和乡下许多相邻的人家一样，我们两家屋檐衔接着屋檐，阶基相连着阶基。以致外面有人来我家躲雨抑或进她家歇脚时，总会误认为岩山婶。婶与我妈妈是嫡亲俩妯娌。因此就常常引出一连串的哈哈来，其实呢，岩山婶婶家姓张，我家姓廖，祖宗十八辈子都是毫无瓜葛的。

岩山婶婶家有一间碓屋。那全是用楠竹篾与杉树皮夹成的。上着一扇门，然而那门却从来都是敞开着的。

我家和岩山婶婶家共居这间碓屋。

叽哐——哐！叽哐——哐！

那舂碓的声音极有节奏，也很是动听。只要一听到那声音，我就能从它的轻重、快慢中分辨出舂碓人是谁。岩山婶婶是双大脚板，气力要足些，我妈妈是小脚女人，舂起碓来自然要费力多了。但是过不了多久，那脆弱的舂碓声就会陡地变得重起来，快起来。这时，用不着去看，我也就知道那准又是岩山婶婶在帮我妈搭上了一只大脚板。

岩山婶婶家里，喂养了一大群母鸡。那些鸡全是黑色的，顶会生蛋了。然而她家的鸡却总喜欢栖进我们家的柴堆里生蛋。要是让我遇上了这等好事，准会蹑手蹑脚地躲在柴堆的后面，待那鸡婆生下蛋，张口“果大！果大”报喜的时候，就一手捡起那热烫烫的蛋来，飞跑着去见岩山婶婶。有时，岩山婶婶就故意考我，诙谐地问：“黑鸡婆为么子生白蛋？”我当然答不出来，岩山婶婶于是就把接过的鸡蛋重又塞进我手里，滚着哈哈说：“蠢，该罚！”我自然乐意认罚的，瞒过我妈妈，偷偷地把那鸡蛋烘熟吃了。

记得有一年闹饥荒。家里断粮了，田里的谷子又才灌浆，我和姐姐，只好挽着竹篮携着锄头去山上挖野菜。天旱得好紧啦，连草都很难找到肥嫩的。我们清早出去，天黑了才回来，找遍了整座整座的山岗，把两人所挖的野菜倒在一起，也只不过大半篮子。妈妈见了，轻轻地叹过气后，便嘱咐我们把野菜匀一半给岩山婶婶送去。

就在岩山婶婶家的堂屋前，我撞上了她。一双粗糙如老酸枣树皮般的手，捧着一大抱蕨粑，我还没有开口，岩山婶婶就笑着说：“我这就给你们送蕨粑呢，来了正好，我就省了脚步了。”

难怪妈妈常说：“你们几姐弟，是吃娘的奶长大的，也是吃岩山婶婶的‘奶’长大的。”我懂得妈妈所说的岩山婶婶的奶是什么（岩山婶婶天生缺奶，她的几个儿女才真是吃我妈的奶长大的哩）。兴许，那种“奶”比母亲的奶更营养身心吧……

斗转星移，我也长成了堂堂一条汉子。通过考核，已被录用为国家干部了。我的住所已不再是昔日乡下老家那种低矮的小木屋了，而是白色粉墙镶玻璃窗的“洋房”；相近相邻的全都是些有文化知识的人；见了面时，也总是彬彬有礼地打声招呼或问声好，抑或还脸皮颤颤地笑一笑。然而不知为什么，当我一看到他们踏进自己的房间，就总是砰地把门带上并严严地拉上窗帘时，我的心里就会陡地感到一阵惊慌，像是突然失落了什么。

到底失落了什么呢？我细细一想，不禁便想起岩山婶婶来了……

枣儿哥

还记得吗？枣儿哥，我儿时的伙伴！

我们曾一道在那高高的山坡上放牧过牛群，我们曾一道在那荒芜的地里割过猪草，在那细瘦细瘦的溪沟里捉过螃蟹……我们一道，将童年的天真和欢乐都播在井湾里了啊！

然而彼此收获到的又是什么呢？

六岁那年，我离开了老家井湾里，被送给了外面小镇上的表姨作儿子。在很长的一段时间里，我也就渐渐地把井湾里遗忘了。只顾一头钻进书中，为期终取得满分和一纸奖状而自豪不已。

然而也有例外，我的心稍有闲暇，还是会想起你来的——枣儿哥！（是因为每年你都会来一趟小镇为我送酸枣吗？）

是那年放暑假期间吧，我跟妈妈（小镇上的表姨）说情做了一套新衣服，决定趁去井湾里看父母（我自己的亲生父母）时把那套衣服送给你穿。那是一套当时外面流行的铁灰色的确良夏服。我想：你一定会高兴得跳起来的。

我沿着那条弯曲的、坎坷的山间小径行走，一忽儿蹬坡，一忽儿落坳，说实在的，这几年没走这种路，我已经是多么的不习惯了，而你呢？枣儿哥！你每年专程为我送酸枣来小镇是丝毫也没有埋怨过这条坎坷弯曲的山路的呀！看你那神情，似乎能沿这山路来小镇上一趟，还是件值得幸运的事情。

画眉鸟进窝的时候，我总算到了娘的家里。顾不得喝一碗茶水，也没有歇一歇脚，我便径直往你家里来了。你和我家是邻居，过一道篱笆就是了，最先看到我的是你娘：岩山婶婶。她那皱巴巴的脸笑成了菊花瓣，“静伢儿”长“静伢儿”短，颤颤颠颠的手，忙着往我衣袋里装花生，还硬要我喊她一声——亲亲岩山婶婶哩。

柴屋里“啪”的一声，岩山婶婶说是你收工回来了。我叫你时，枣儿哥！你也正喊我了。你汗渍渍的，拉着我的手像个大姑娘似的，只是傻乎乎地笑。我俩亲热了一阵之后，枣儿哥你给我打水洗脸了……是的，这时爬山路的腻烦感消逝了。我完完全全地陶醉于作为小客人的喜悦中。

哦，很快地，我的心中又罩上了一张莫名其妙的网。是因为那一条洗脸巾吧，那是一条不过大人手掌宽且被磨得“百孔千疮”了的洗脸巾。我把它贴在脸上，一只眼睛刚好就从那破洞里露了出来。枣儿哥你的脸却陡地红了，轻声说：“我们井湾里穷哩！”你有意把“我们”二字说得很重。是我这个井湾里生养的伢儿如今已把井湾里看得陌生了呢，还是枣儿哥你把我真正地看成是小镇上的人了？

也就是那一次吧，井湾里好多好多伢儿都围着我看热闹来了。其中也有只比我小几个月的你弟弟。按年龄，他们早该开蒙读书了，但不知为什么，他们中有的却还赤裸着身子，露着嫩白嫩白的屁股在外边。他们比比画画地议论着我。是议论我身着的那套铁灰色的确良夏装吗？枣儿哥你也在一旁用羡慕的眼光看我。猜得出来，你一定是在心里祈祷：祈祷自己会有那么一天能穿上这样的衣服（你根本还不知道我早已经替你准备了这么一套衣服呢，只是我有意要在分别的那晚再送给你，因为井湾里相好的伙伴多，我必须要保守这个秘密，不让人家知道是我送给你的）。

你羡慕我，却并不嫉妒我，你总是处处以大哥哥的身份给我体贴和温暖！

记得那天清晨，我隐约听见你说上山摘酸枣去，便翻身下床，非要跟你同去不可，而你却完全忘记了我们曾经一道去过那酸枣林，在林子里放牧，在林子里捡拾酸枣……哟，也许是你以为我早已成了镇上娇贵的少爷公子，把那过去的天真与欢乐全都忘记了吧！

你的推测是正确的，枣儿哥！我真的遗忘了这条通向酸枣林的湿漉漉滑溜溜的羊肠小道。在途中，你嘱咐我把打滑的凉鞋脱掉，穿上你的草鞋，还怕我的脚会打起血泡，顺手撕下一块张了口的补丁布，替我包好脚指头，起步了，又一步三回头地等我，拉着我的手走……穿过两道山梁一条山地，我们总算来到了酸枣林，你轻轻地攀上酸枣林，摇落许多晶莹透亮的露珠；吧嗒吧嗒地砸在我的脸上抑或脖颈里，凉凉的、痒痒的，很是舒服。我不知是怎么发现你脚上的鲜血的，着急地叫了起来。你却以为是我要吃酸枣了。忙贴着树干滑落，把黄灿灿的酸枣递给我。我却急得哭了，指着你的脚说："看你脚上的血！枣儿哥你只是随便笑笑一点也不在意。"

我懊恼起来，后悔自己早先不该穿你的草鞋，光着脚怎么走这尽是荆棘和刺丛的山路呢？你反而安慰我，说："山里人，走惯了的。"

这以后的不久，为了温习功课，妈妈好几次从小镇上托人带信来要我回去，说实在的，我却舍不得离开井湾里了，虽然它是那样的贫穷，我却觉得它有着另一种富有呢。你这样劝我："好老弟，你还是回去吧，读了书有用处哩！"我是生过气的，冲着你反问："哼！你为什么不读书？"枣儿哥！你被我问得低下了头去。我清楚地看到，有两颗晶莹的泪滴，吧嗒吧嗒地落在你的脚背上。“井湾里……人……命……命……苦哩！”你的声音发着抖，断断续续的。

终于我还是离开了井湾里，离开了你枣儿哥！

临走的前一天晚上，我很是神秘地从娘的箱子底下翻出那套铁灰色的确良衣服，老远就嚷着要你闭上眼睛，说是云霄娘娘给你送来了礼物，枣儿哥你好老实呀，真的百依百顺着我一直待我把那套衣服穿好在你的身上了你才睁开眼睛；你是足足地吓了一大跳的。本来只穿了一条短裤的被太阳烤晒得溜黑溜黑的你，怎么突然间变得这般出息了！你已分辨不出是你自己了吗？

你确实像是变成了另一个人了。模样挺帅的，简直比我们学校里高年级的学习委员和班长还要帅气。我原以为你会趁月色出外抖抖，不料，刚走到门口你又转身了，很有些自卑地说：“还是留着你自己穿吧；我一个乡巴佬，穿着出洋相呢！”我语塞了，不知该怎么回答你。

枣儿哥！时间真快呀，天真欢乐的童年过去了，多梦的少年过去了，我们都已从幼稚走向了成熟；对人生对社会，都已有了自己的看法和见解了。然而枣儿哥！我所思考的许多问题你又是否思考过呢？

人世间，有好多好多的事情，往往只是地域之差，只是出于某种偶然的机遇，它们间的距离便会出现差异，甚至是天壤之别呀！

我和你之间就是一个很鲜明的例子。

你是毫无怨言的，还说比起父辈们那一代来，“命运”要强得多了。起码的一点便是不再愁穿愁吃，你还很得意地告诉我，你们的晚一辈会更好，如今村里还在筹钱准备新修学堂……

你是如此地容易满足啊！心安理得地终日厮守在井湾里，除了偶尔沿山路去一趟外面的小镇（如今井湾里已新修了一条简易公路直通小镇），就没有去过更远更大的世界。

有次回井湾里，我跟你说了句笑话，意思是说你不像新时期的农民，你却很是宽容地笑了笑，反问我说："新时期的农民就应该要放弃土地，让我们井湾里这样的村子荒芜？"

我语塞了。该怎样回答你呢？

——井湾里，我的乡亲啊！

第二辑

境　界

——献给四海为家的泥工兄弟们

一

包袱一个，草帽一顶。正应了那句古谚：伞把挑祠堂，到处是家乡。

苍翠欲滴的山、碧绿如玉的水，花红草绿，莺歌燕舞，工地无不在大自然的怀里。不要说那是一片废墟，废墟上崛起着希望。连同晨曦和朝霞，我们出现了：放线，挖基础。坚石掺拌着砂浆。信念掺拌着混凝土……牢牢地，加固我们的向往。

自然，那向往是我如今的心境：安得广厦千万间。

那时候，我不过是一名实实在在的小泥工。唐代诗人杜甫的《茅屋为秋风所破歌》，是豪放，是忧患，全与我毫无干系。我的泥工和民工兄弟们，也不曾吟咏过那首诗的，我的能够看得懂复杂施工图纸的师傅，也是不曾吟咏过那首诗的。我们不是不知道有那么一首诗。我们当中通今博古者多矣，只是无那样的闲情逸致罢了。

离乡背井，生活驱使着我们哦！

二

那时候，我们真傻。一个自愿组合的乡下基建队，纯粹是些吃黑粮的地道“流窜犯”（当时兴这种称谓），却硬要与城市、工厂的小青年比浪漫。

兴蓄长头发时，我们最先把头发蓄成女人的模样。在那高高的脚手架上，我们抬腿就可以跨上月球，伸手就可以捉住星星，很风流地把长头发呼呼一甩，便可以把从身边掠过的云团甩碎成雾或甩碎成雨；社会上流行光头时，又是我们最先勇敢地把脑壳剃得精光，有旅人从旁边经过，举目看高高的脚手架上，心中就好疑惑：云雾里，为何是一片灿烂？

我们一忽儿把裤管穿得很细很细，一忽儿把裤管穿得好肥好肥。很细时脱下来就须依靠床头吊着的两只特制铁钩，很肥时走路能扫起满地尘埃。我们人人都会把食指衔在口中打出长长的嘹亮口哨来；我们人人都会几套拳脚功夫，会唱几段流行歌，会讲几句普通话；我们中没有哪个不会喝白酒，因此就常常喝得烂醉是我们的传统……

三

我们是一块地道的基础石，很黑，很丑陋。只配深埋在砂浆里。但是，我们却坚实呢，我们有的是力量，能扛起整个风风雨雨的世界。

我们自豪时，便只在心里。那是不是也算一种反思呢？我们开始拼命地把汗从毛孔中挤出；开始赤裸着脊背顶撞太阳，令炎阳把肌肤烤晒成古铜颜色；开始拼命地把砖块垒砌，竟毫无顾忌地让粗糙的砖块把手掌和指尖磨破，磨得鲜血淋漓……直到一鼓作气把整个工地上的砖块、砂浆用得一干二净，就为获得甲方施舍的几个“停工待料”的计时工拼命得意。

扑克牌、象棋、军棋……颇解人意地正待令在每个人乱糟糟的地铺床头呢。于是，我们两个成伙、四个成堆地，就拼命地把牌抽成闪电，把棋子砸成雷霆。常常地，为对方抽误一张牌，抑或砸错一粒子而歇斯底里地骂娘，或虎虎生风地擂拳头挥腿……我们一下子结仇，又一下子比兄弟还亲。

我们也有满腔的情感需要宣泄哦！

四

每每一个工地临近竣工，我们心中有一个想法就愈发迫切：我们多么想搬进那单元或套间住上一宿两宿哦。那是我们流汗流血浇筑而成的无风无雨的温暖晴空！

哪一位母亲没有亲吻自己儿子的欲望呢？一栋高楼大厦的修成，谁敢说不比十月怀胎更需要付出艰辛呢？那大厦高楼，不就正是我们自己产下的婴孩自己写下的杰作啊！

鞭炮声、锣鼓声、欢呼声……是谁在为落成的大厦高楼剪彩呀？

哦，我们在工地上进进出出的期限却到了。我们只得把那许多美好的想法哽噎在心里，拼命不回头，走向另一片工地，走进另一座趴在工地上的小小工棚。

我们因不平而险些落下了泪水哦！

五

那可不是弹指一挥间哪！

风风雨雨，几年的泥工生涯在我的心中，已留下许多擦痕。每每回首，感慨万千。

不要说我已经离开了你们。虽然我如今已成为一名吃公家粮领公家饷的文学工作者，可我住的是我们一块儿流汗一块儿流血建筑而成的大厦高楼啊！如今，你们已到了何方？我的一颗心，却无时不牵挂着你们哪！

我的患难与共荣辱与共的泥工和民工兄弟！

来吧，来吧，我到大门口来引领你们，我要理直气壮地告诉门卫或那个戴眼镜的守传达室的老头。这大厦高楼，就是你们——我的泥工和民工兄弟流汗流血浇筑而成的！

而后，大步朝前走，走进我——你们兄弟的那个单元。让我们把杯盏举起来，碰出透明脆亮的声响，同时也来一段祝酒词吧：

安得广厦千万间

…………

这个世界，唯有你们——我的泥工和民工兄弟，才最有资格吟诵这首诗；唯有你们——我的泥工和民工兄弟，才最应该将自己的诗写在博大无垠的地球上啊！

把胸怀敞开来吧，让月亮让星星让太阳，连同你们的那一颗心，在胸壑间闪耀出温暖晴和的光辉……

——我的泥工和民工兄弟们哪！

补锅谣

一

一个炉子、一具风箱、两只篾筐……补锅匠的家产是极为简陋的。

学补锅这门手艺的人，自然又多是贫寒人家的子弟了。他们少田少地，即使是整日里淌辛勤的汗水，也一样无法维持生活，于是，父母们只能是忍痛割爱，催促自己的某个儿子去替渐渐衰老下去的哪一位补锅匠挑起了那副糊口的担子。

我就正干着这一行当。

但我说："乐兮，我们补锅匠！"

我们是自然之子，无拘无束，说多潇洒，就有多潇洒；南来北往，我们那一副破烂担子，便是我们最权威的介绍信；走东串西，我们根本就懒得查阅地图，只要一声发自肺腑的呼唤响起：

补锅哦——！

补——锅——呐——！

自然就有人带领我们进入动人的境界。

二

在任何一门手艺中，"师傅"是至高无上的精神领袖。徒弟敬重师傅，当然，师傅也爱护徒弟，出门在外，师徒就是父子哦！

我的师傅是一老者。他那黝黑的额头，已被岁月冲出沟沟壑壑无数，脊背曲着，身子显得佝偻，一双常年拉风箱的手，皲裂着，唯有那两只踏平过无数险途的脚踝，却仍然是坚实的。他总是走在前头，一路走，还一路哼着那首一代复一代流传下来的《补锅谣》：

补锅匠自有补锅匠乐呃
江河里洗澡庙堂里宿呃
口渴舀水当白酒呃
慢慢饮呃
悠悠喝呃
天底下的神仙
不如我呃不如我
…………

哦，师傅，你就是哼着这样的一支歌谣走过来的吧，走过风风雨雨，走过春秋冬夏，走啊走啊，走进了六十花甲的年龄……这支歌谣，不就是一代复一代的补锅匠们的精神支柱吗？

我却不敢打听师傅家中的情景。

三

日复一日地在风里雨里雪里前行，渐渐，我感觉到了肩上担子的沉重。我的衬衫湿了，裤头湿了，喘息声很粗重，但是，心里头却是宁静而平和的。

才告别东村，我们又踏入了西村的村口。师傅瞄准了一块平整空地：“在这里安炉吧！”我于是把肩上的重荷卸下来，长长地喘了口气，也只有在这样的时候，我才能喘上一口气啊。近旁有一眼井，水是清悠悠的，且有缕缕水雾袅袅，我们随手舀了一瓢，师徒俩“咕噜咕噜”，便是好一阵痛饮，那有滋有味的样子，真是让人分不清到底是在喝水还是在饮酒呢。倏忽，精神就抖擞起来，清了嗓门，我便喊出了山响的一串呼唤：

补——锅——哦——！

补——锅——呐——！

那一声比一声紧迫、一声比一声急切的呼唤，难道只是在呼唤着补锅吗？

四

春天终于在执着的呼唤声中姗姗地来了。

天很高，阳光很明媚，村妇们正在阳光下补衣衫呢。我的年轻的呼唤声，便把她们的目光牵住了，飞针走线的手，也就戛然而止，有兴奋的红霞在脸上飘荡，无不在惊喜地欢呼：这正是我们盼望的声音啊！有句现成的古训：笑烂不笑补。来了补锅匠，正是为我们排难解忧的。

没有迟疑，不会犹豫，我早已把炉膛“扑嗤扑嗤”地拉得红红火火的了，和阳光一样红红火火的了，和生活一样红红火火的了……只有这样的时候，当这古老而常新的声音，在乡村或城市的春季里响起的时候，我的心情，才真正有一种难以说出的激动，那是一种因实在才有的激动啊！

风箱不住地吹着，火焰一吞一吐地向四周伸出，白色的生铁水，不时从沙罐中飞溅出鲜艳火花，我的曾经弥漫着阴云的眼里，便也种满了花籽——这个世界，原来是这样的美丽啊！

天空是蔚蓝的，白色的云远远地在移动；两面群山的林子里，有画眉，有斑鸠在歌唱，于这样的氛围中，村妇们全是用了一种赞许的目光在瞧我呢，我的胸壁腹腔中，倏忽有潮声在翻滚：

蔚蓝的天空白云飞翔
花香鸟语风箱歌唱
村妇们脸上笑容流淌
为补着生活的漏洞
为补着灵魂的残缺
我，我愿永远做一个补锅匠

大概这就是诗罢，可师傅却用了一种异样的目光在打量我，仿佛是在审视着一个陌生人，良久，他才一拍膝盖，似是吼喊着问我："你唱的是什么？是《补锅谣》吗？"

哦，师傅，我是你的徒弟，但我毕竟不是你。是的，我应该有属于自己的新的《补锅谣》！

五

日子在风里雨里堆积。莺飞草长，一晃就是数年过去。终于有一天，师傅欲言又止地对我说："我老了，得回老家去了，往后的路，你愿怎么走，就怎么走吧，只是这一副补锅担子……"我懂得师傅话里的意思：年景好了，补锅匠们，说不准哪一天会丢了这副破烂担子，回家里过安乐日子去的……

哦，师傅，当着你的面，我说，只要生活中还需要补锅匠，我就绝不会改行，我将在不断的修修补补中，延续这一职业，完善自己的人格。

况且，我还有许多属于我自己的设想呢！我要购一辆机动三轮车，把彻底来一番更新的补锅设备放在车箱里。如今村村寨寨全通了公路，是蛮可以让这门原始的手艺也现代化起来的，我还懒得挨村挨寨歇斯底里地呼唤，买来一台收录机，把自己年轻的声音录下来，只需一按电键，我的年轻的声音，便会随风飘荡，飘向久远的过去和未来。

哦哦，爱浪漫的姑娘，你想来你就来吧，我会大胆地为你们介绍，把我——一名新时代年轻的补锅匠介绍给你，让我们一道沐着阳光，也沐着风雨，披着鲜花还戴着荆冠……走出小家庭温暖安谧的笼子，尽情地拥抱大自然吧！我们一路补锅，一路旅游，还一路抒写锦绣诗文。乐兮，我们新一代的补锅匠！

一路弹花也风流

一

不要说漂泊流浪是痛苦的，不要说弹花匠的职业是卑微的职业……我们就曾经漂泊流浪过，但我说：我们的人生轨迹中，不仅仅写着“痛苦”；我就曾经是一名弹花匠，但我说：我们所选择的职业虽平凡却也崇高！

真的，我这么说，并不是说风凉话。

我们一肩扛一架弹花弓，一手握一柄弹花锤——那一张弓，是一张能够射大雕的弓啊！那一柄锤，是一柄能够辟地开天的锤啊！

其实，我们自己是清楚的：那弓是用牛筋拉成的弹花弓，那锤是用楠木制成的弹花锤，平常得很哩。我们只不过是在一边弹花一边与围观者们瞎吹胡聊罢了——我们是在巧妙地拉扯生意，我们是在机智地笼络人心。

谁知我们在胡聊瞎吹这一切时，心底里不是酸溜溜的呢？一旦被明白人出口道破：“哼，手艺人，吹牛是特长！”我们将会怎样的尴尬呀！但幸运的是从来就没有人道破过，他们中不是少有明白人，而是都不忍心道破罢了。他们理解出远门谋生不容易，于是就装聋作哑回头一笑。

这一笑啊，把所有杀机都抚平了。

我们并不是钱迷心窍的贪馋鬼哦，感激连同报答就“嘣嘣嘣”地颤动在弹花弓与弹花锤的交响中了。我们使出了浑身解数，把人家拿来的破棉絮弹得细如丝缕，把人家拿来的新棉团弹成白云弹成银雾，继而就抽出细纱一根一根地交织，把成型了的棉絮归起来——那可是从我们心中抽出的一缕一缕的情丝呀！再用了圆滑的木盘，揉了又揉，揉了又揉……我们是要把自己满腔的情感都揉进棉絮里，是要把世界上所有的温暖都揉进棉絮里呀！

弹哟……弹哟……严寒的冬天在我们这富有弹性的音乐声中溃退了。

二

春天到来。有民谚说：“寸金难买寸光阴。”村人们日里夜里都忙不过来呢，我们还能够如诸葛孔明坐城楼上弹唱空城计吗？无可奈何又心甘情愿地，师傅把手一挥，说：“我们，开赴城市吧！”

城市是值得骄傲也值得自豪的——房子是摩天的高楼，路是宽敞平坦的水泥大道……然而，在这臂膀紧挽着臂膀的趾高气扬的楼群里，我们却找寻不到哪怕是一扇敞开着的人情的大门，在这宽敞平坦的大道上，我们居然迷失了方向……

相形见绌使我们觉得脸上无光，眼神失色哦！

人家不会以为我们是叫花子要饭者吗？不会以为我们是偷鸡摸狗扰乱治安的盗贼吗……只有在这种时候，我们才想起了那句古训：“在家千般好，出门事事难。”干脆，我们回家去吧。

师傅严厉的目光在无声地训责我们。

好男儿，志在四方。难道，作手艺的男儿就不算好男儿？我们靠手艺挣钱，有什么可感到卑微的？这么一想，心情就平静下来了。于是，依偎在路旁的三棵五棵树下，用塑料薄膜扯一方晴空，捡四块六块砖头，垒一个简陋柴灶……片刻间，住房、作坊就在行人的注视中建成了。不慌不忙地，我们，戴上有色镜也戴上大口罩，张开弹花弓，又挥动弹花锤，让“嘣嘣嘣”交响着的声音去回答众人冷眼或热眼的猜测吧，我们无须为自己的职业作演讲作宣传哩！

是我们非凡的气派使得城里人刮目相看吗？是从我们手中飘溢出的音响吸引了城里人吗？他们呈一脸的和颜悦色靠了拢来，却又显得很是小气，讨价还价说：“师傅，便宜一点嘛！”陡然间，我们的形象就高大起来。故意咳嗽一声，清清嗓门，颇为大度地说：“请自己开一个价吧，我们不在乎几个钱呐！”先是惊讶，继而便是肃然起敬了：“这些手艺人，有钱哦！”大概，在他们心目中，有钱就有一切？然而，只有我们自己最清楚，家中有老有小，指望着按月寄钱，生活的负荷沉重啊！是为了给自己也给父老的脸上增光，是为了手艺人的人格不受到侮辱，我们，又只能是别无选择地选择了大度。

一头扎进露天的“住房”，有一种不可言传的情绪就升起来了，笼罩住我们，使我们凄凉，让我们悲哀……

三

更甚是老天爷也捉弄我们。雷鸣电闪，狂风大作，倏忽，倾盆大雨就瓢泼下来，可怜我们用塑料膜撑开的有限晴空，早已被狂风撕成了碎片，我们只好钻进人家拿来翻新的破棉絮堆里，可破棉絮很快也湿透了……抖抖瑟瑟地，我们这群给人世间创造温暖的汉子，却在此备受着倒春寒的侵袭……

我们哼起了那首流行在手艺人中的民谣：

泥瓦匠，住茅房，
纺织娘，没衣裳，
卖盐人，喝淡汤；
…………

沉默寡言的师傅说话了且意味深长：“对世间万事万物的理解，各有不同，那主要是靠自己的心境。”在我们的心目中，饱经风霜的师傅简直是一位哲人。他的话总是那么平淡而深奥。

有人撑着雨伞匆匆地赶来了，气喘吁吁地邀我们到那亮着柔和灯光的摩天高楼的某一单元里去暖暖身子，还说家里人正在为我们冲能够驱寒的姜汤呢……异口同声地，我们竟然都这么回复：“不，不麻烦你们，雨就过去了，我们不冷呢。”还在心里庆幸：如果没有了寒冷，我们这些弹花匠又能值得几个钱呢？！

这个时候，我们忽然发现了奇迹：原来天似穹庐啊！我们便发起感叹来：这宇宙原本是大自然赋予万物的一间共同的大房子，最华贵的屋舍哦！有无比辉煌的太阳大吊灯，月亮的夜明珠灯，周围有星星的装饰图案，清风无须钱买，闪电雷雪变幻无穷，比舞厅里锻织的布景壮观千倍万倍……

师傅的训导，我们算是有所悟了。

——手艺人，原本是自然的骄子啊！又何苦有时要装葱卖蒜，故弄玄虚，在一些小境界中去费心思争高低，自己委屈自己，自己捉弄自己呢？！

给这个世界创造温暖，我们一路弹花也是风流！

那一片绿色的森林

今年清明，我回到了老家井湾里，给八辈子也未与我家沾上过亲戚的树根伯，送上一个迟献的花圈。这一天，淅淅地下着微雨，我冒雨去树根伯安息的墓地……

树根伯不是我们井湾里人。他是逃荒来我们井湾里的，五发公看他可怜，就把他收留下来。那时，树根伯还只有十来岁年纪。听说并不叫树根，这名字是五发公给他取的，含有那种如树根般扎在井湾里，永不离开这块地的意思。

只是，树根伯在井湾里却生存得很苦。

我至今还清楚地记得，树根伯曾对我们伢儿说过："我是你们这个年纪来井湾里的，我没有什么报答这块土地，只有护好这块土地上的森林……"似乎我们是他的知音，他津津乐道地把他自己护林获得的省、地、县颁发的奖状给我们看。当然了，也忘记不了常听到井湾里有人当着面呼天喊地诅咒树根伯。那言辞，粗野得难听，什么"野狗子哪""绝代种哪""讨不得好死哪"……把那些龌龊话都堆到了树根伯身上。树根伯从不对骂，倘是回话，也只那一句，"我树根自己光明磊落，井湾里两面的山林可以作证！"他婆娘却真是心狠，受不了这份气，竟丢下五六岁的儿子和共同生活了七八年的男人，甩手离开了井湾里，头也不回。

婆娘走了。树根伯仍然是义无反顾昼夜不分地守护在树林里。儿子没有了母亲，就常随父亲在身旁，那么小的年纪，跟父亲风餐露宿，自然是吃尽了苦头。

最难忘是那年中秋的夜晚。按照传统习俗，那是一个月团圆人也团圆的节日。那一夜，树根伯破例没有上山去。是不是意识到欠下了儿子什么呢？树根伯还特意买了一斤月饼，陪着儿子在家里一起赏月。兴许，树根伯后来也曾作过那一夜的回忆吧？那月原来是他自家独有的一轮——是独有的团栾，独有的芳馨呢？还是独有的苍白，独有的凄清？

只是命运不应该对树根伯那样的无情哦！

那夜，父子俩正品着甜甜的月饼，赏着清清的月华的时候，忽然有一丝异样的声音从后山林子里飘了过来。长期的护林生涯，使树根伯对树林中的声音特别敏感，他倏地弹了起来，匆忙地吩咐儿子：“你等着我，我很快就回来的。”摸过那把护林砍刀，便循声上山去了。

原来是有人去偷树，那偷树贼很有经验，他不是用斧子砍伐，而是把身子斜躺着用锯子锯，“沙沙沙”，声音极细，是不易被人听见的。唉，树根伯，要是你对树林里的声音没有这么敏感就好了；要是你的耳朵有一点背就好了……就在树根伯去追踪偷树贼的时候，儿子见父亲久久不回，便独个儿莽莽撞撞地离家去寻找父亲。不料竟失足掉进了自家屋后的那口水井中，活蹦乱跳的一条生命，就在那一个月团圆人也团圆的夜晚被淹死了。他的手中，还紧捏着半边月饼。兴许，儿子是想寻找到父亲后，亲手把那月饼献给父亲吃的吧。

从那以后，树根伯的身体和精神便垮了许多。但他还是坚持着去山中护林。每每进山之前，树根伯都总要在自己的养父和早夭的儿子的坟前伫立许久。他自然是想要告诉一老一少两位亲人些什么的，却又不语；若是不告诉什么，却又老泪纵横。

没几年树根伯也死了，死在葱郁苍翠的树林里。

我至今也不明白，人性的萎缩有时为什么会到如此地步——树根伯的婆娘离家出走了，儿子落井丧命了；不都是因为树根伯执着于井湾里那一片绿色森林的卫护吗？然而，他死了，却有人反对为他打棺材，并且不阴不阳地讲出风凉话来：“他树根爱树，他一定也愿意从自我做起的……”

我一阵寒战。不仅在当时，就是十多年的今天也战栗了！

雨意空蒙。来到树根伯的墓前，竟有些疑惑——我是不是认错坟墓了？树根伯没有了后人，也无亲人在井湾里，是谁为他的坟上添了新土，是谁在他的墓前竖了墓碑？并且，那样的善解人意，坟墓的四周还栽种了翠嫩的小松树，微风轻拂中，小松树瑟瑟地抖着身子，是不是觉得太孤独了些？

伫立在树根伯的墓前，面对着这曾经苍翠碧绿过，而又因无人看管一度被砍伐得光秃秃了的群山，也许有人曾淌过羞愧的眼泪吧——我们如何向子孙后代交代啊？！我想：倘若死者有知，已去世了十多年的树根伯，也许该感到了些许慰藉？或许，还会充满感激地说：“你们……终于认识到了！”

雨仍然在下，淅淅沥沥。这断魂的清明雨！

娘娘山清泉

家乡有一座山，叫娘娘山。

在山腰两侧的凹凸处，各有一口山泉。就如娘娘的乳汁，养育家乡的人们。这也许就是那山名的来历吧。

你自然就是喝这山泉长大的。你们家，就在娘娘山右侧的山脚下。

那时，你父亲还在镇医院行医。因为母亲早逝，正在读初小的哥哥和姐姐，被送到了父亲那里。家里就只有祖母和你及一个弟弟。

祖母是从旧社会走过来的人。小脚蹭蹭的，加上已至暮年，行事颇为艰难。

父亲是个孝子，每逢星期日，他就总是要嘱咐你哥哥和姐姐回家去，帮祖母砍柴火做家务。然而，哥哥姐姐不可能一天挑足一个星期的水，家里没有那么大的水缸。因此，父亲就总是趁着偶尔在离家不远处出诊时，赶回来为祖母挑水。

祖母却总是逞强，喋喋不休地责怪父亲。说是如此长久地下去，会影响哥哥和姐姐的学习，也会分了父亲的心。

后来，你祖母就想出了一个两全其美的主意来，她把自己做新娘时唯一的陪嫁—— —对玉石镯子变卖了，请人买了十多根楠竹来，把楠竹开成两半，削去竹节，继而，从那泉水的源头，一节叠一节搭成笕，直搭到你们家的灶屋水缸里。于是，那鲜活的泉水就淙淙地流在你的记忆里了。

然而到了冬天，足足下了五天五夜大雪，边下雪还边卷着寒风，使得整个世界似乎成了冰雪的天下。哥哥和姐姐本来已放了寒假，却也因为行走艰难迟迟不能回家。

一天清早，你朦胧中见祖母陡然爬起床来像在倾听什么。哦，原来那淙淙流响的笕水声哑默了，水冻结成了厚厚的冰块。

祖母急慌了。

当然满可以用雪融了水煮饭烧茶的，而祖母说你们弟兄身体本来就差，吃了雪水会发病，因而固执地要把冰雪剜掉，让那清亮甘洌的泉水重又鲜活地流进你们的心田去。

祖母很自信。

大雪封山，那条沿竹笕蜿蜒的小路，早已没有一点踪迹可寻了。祖母用棕片裹严了小脚，套上草鞋，左手拄一根杂木棍子，右手握一把尖嘴锄头，嘎吱嘎吱，深一脚浅一脚探着行走，紧咬牙巴骨用尖嘴锄一寸一寸地剜着竹笕里的冰块。远远地，你发现祖母的身子似筛糠一般在颤颤抖抖……

生命之泉是冻结不了的。

终于，坚冰已被祖母剜得干干净净了。那清亮甘洌的泉水，重又淙淙地沿着竹笕流进了你们的心田……

然而祖母却病倒了。双手和双脚因为冷冻过度而麻木甚至残废了。那时，你是恨过自己的。在心里，恨自己年幼没有能力替祖母做些事情；也是在心里许过诺的，许诺将来你若是长成了一条汉子，一定要好好地回报祖母对你的挚爱。祖母却好像看出了你的心思，用愠怒的目光责怪着你：难道我是为了要回报才这样做的吗？

你幼小的心灵一怔，似乎无论如何也弄不明白——世界上竟有不需要回报的爱啊？！

外婆冲里人家

那是湘中若干个山冲冲里的一个。

山冲里挤一线溪流。清亮的溪水，倦而不怠地流着，一直流出冲口，汇入资江，给江水增一叠细声的浪响。

我外婆就住在这个山冲里。

儿时，我寄居在外婆家，妈妈告诉我：这就是外婆冲。外婆冲里有一个寡妇，姓张，与我外婆同辈。大人们都称呼她张婶；我自然得喊她张外婆。听人说张外婆结婚只有三天。她男人就被抓去当了壮丁。去后，就一直没有音讯。后来解放了，外婆冲里也有人劝她招个当家的，或是改嫁出去都被她婉言拒绝了。兴许，她认为自己的丈夫还会回来吧！

张外婆贤惠善良。尤其疼爱我们这些伢儿妹子。倘是我们中有哪个摔伤了，或是打闹时碰破了皮，她会一把将人揽进怀里，一边轻轻揉着痛处，一边在口中不停地叨念："不要哭，不要哭，妈妈晓得了打屁股！"直待那伢儿抑或是妹子破涕为笑，她才肯放心地走开，去继续她那似乎是永远也做不完的事情。

张外婆是如此的勤劳，家境却很是清贫，一栋用土坯筑成的茅屋，两间相通。东间是一张老式床铺，四季垫着垫子；西间是几块青砖垒成的一眼小柴灶，并排安放着炉罐、锅子。一块足有三尺宽的樟木板，既是水缸盖板又是砧板。切起菜来，"当当当"的，声音传得老远老远。或是听到这声音，或是发现那土坯茅屋顶上冒出了青烟，我们都会一窝蜂地围在她家的窗边或门槛。只等饭一熟，张外婆就会装一大土钵端出来，从左至右地喂我们这些在她面前围成半个月亮的伢儿妹子。她每喂一口，还得吹吹气，生怕饭太热烫了我们的嘴巴。饭吃完了，她便把炉罐底朝天给我们看，还挨个亲亲嘴，说："饱饱了！饱饱了！"

那年月，外婆冲里粮食短缺。张外婆家更是紧张。因此，每次上山放牛，她都总是把牛赶进草坡后，便去荒地用竹扦子剜野菜之类的吃食，等到牛儿吃得腆着肚子，张外婆早就饿得慌了神。于是她便关了牛回家偷偷地用罐子煮野菜充饥。就在那煮着野菜的罐子里。偶尔，还煮着一两个鸡蛋。那是专为我们这些嘴馋的伢儿妹子准备的。

记得那时我常在心里想：如果我将来长大了，成了男子汉，有了一副硬朗厚实的肩膀，定要留在外婆冲，替张外婆承担起生活的重荷，作为给老人家的报答，让她能好好地喘一口舒心气……

然而，我刚好到了能替张外婆担水、砍柴的那个年龄，妈妈却来接我回城读书了。唉，张外婆一定会舍不得让我走的，我在心里默默地想。不料，就在我起程的前一天，张外婆却来催我上路了："你去吧，读了书有用处哩！"说着，她把十多个煮熟了的，点了红的鸡蛋塞进我的书包，末了，还一边咳嗽一边嘱咐："到了学校要发奋些，将来……"话没说完，又咳了起来。

踏着被两面青山挤得弯曲的小路，我终于起程了。那天，张外婆也和许多亲人一道在送我，默默地，都没有言语，只有山冲里那一线清亮的溪泉，倦而不怠地流着。此时，我的心间忽然萌生出一种沉重的责任感来：觉得自己确实应该发奋些，将来好用我们的知识和智慧，去发展生产，改善人们生活。

兴许，这则是张外婆嘱咐我时，留在心间未曾说出的期望吧！

蛮牛嫂

井湾里，是因为井多而得名的。差不多每户都有一口水井。那井深幽幽的，出口处，围了圈青石，既为了保证水的洁净，也为了保证人畜的安全。

然而，蛮牛嫂却在这样的一口井中淹死了。

蛮牛嫂是有过一个极秀气极好听的名字的，她叫玉花。只是跟蛮牛哥结了婚后，就再没有听人喊过——大人都喊她蛮牛堂客，我们这辈分的伢儿，自然是喊她蛮牛嫂了。

蛮牛嫂的容貌和她在娘家做闺秀时的名字是极相称的。她根本就不需刻意打扮，那粉嫩嫩的脸蛋，那如露珠滚动在荷叶上般的眸子，不知招惹来多少年轻汉子。当然，汉子们的到来，也不能太直露，谁不知自己村里的规矩呢：谁家讨进的堂客，就属于谁家的私有财产了，就是多看上一眼，都得留点神。于是，有心里明亮点的，就挑了木桶来蛮牛嫂门前的井台打水了。

“哟，这井里的水甜些吗？”

“噢，不不，我家那井……枯了哩！”

然而那木桶，“啪”地扔进井中，老半天却不把水舀上来，见没人注意，忙挑了那空木桶往自家门前的井台走去……

蛮牛嫂只是偷偷地抿着嘴笑。

那时，蛮牛哥是多么的自豪啊！他经常放开嗓门唱一首当地流行的民谣：

堂客是我讨来的哟，
讨来洗衣做饭的哟。
…………

不过，那已经是十多年前的事情了。

蛮牛哥新婚不久，我便到山外面的小镇上去读书了（我有个表姨在小镇上，四十好几岁年纪了，却一直没有生育，她早就跟我父亲说好了，要父亲把我送给她做儿子的）。我去了小镇后，就一直很少到井湾里来了，关于蛮牛哥和蛮牛嫂的消息，也就很少听到过。

直到前不久，我大学毕业后，回家里等待分配，才又同了表姨（现在的妈妈。对井湾里的亲生父母，我仍然还是叫爹和娘的），到井湾里看望爹娘，当然，也去看望了那位曾令不少人倾慕过的蛮牛嫂。

蛮牛哥家显然也有了变化。从前的两间土墙茅屋，已改建成四篷三间的红砖瓦房了，一块由乡人民政府奖给的“劳动致富”的烫金匾额，横挂在堂屋正中，然而那匾额的上方，却极不相称地钉着些糊了雄鸡血的“符咒”。

不过，蛮牛嫂却让我怎么也认不出来了。

她如玉米籽一样的秕了：脸皮皱巴巴的蜡黄了；眼睛呆滞得用红火钳戳过去也不眨一下了，作新媳妇时的俊秀、干净，全让疲惫赶跑了；甜脆脆的一张嘴巴，也成哑巴了……

带着一颗疑惑的心，我去问了母亲。

记不得是哪位哲人说过的：人世间的事情，还是朦朦胧胧的好，不必知道得太真切。是的，兴许我不该去追根究底。

……蛮牛嫂对她的男人百依百顺，温柔得如月亮国里嫁了来的，又会喂猪又勤俭，只有一件事，她对不住自己的男人：她怎么也不会生一个儿子。已经三十六岁了，生了六胎，全都是女孩。她什么样的办法没想过呢？

请过千百里闻名的中医；喝过偏方熬的大碗大碗的苦汤；接过阴阳看过风水，拆过大门，挪过屋宇，迁过祖坟；硬是用磕响头磕起青疙瘩的虔诚，为她那真正的如同一只蛮牛的男人，祈祷一个儿子……

母亲还在继续述说，我却怎么也听不进去了，不禁重重地叹了口气，而后，又无可奈何地摇了摇头。我感到了羞惭，甚至无地自容。

倏然，外面传来了一阵杂乱的呼救声。

——救命啊！救命啊！

声音脆弱，却撼动人心。那是蛮牛嫂的几个女儿在呼喊。

我们知道事情不妙，出得屋来，却已经晚了，蛮牛嫂已带着满腹怨恨跳进了那口曾经有不少汉子来打过水的井中……

那口井真深呀，却没有激起一星水花！我原以为蛮牛哥会落泪的，不料，他反而愤恨地诅咒她。

岩伯

在井湾里，岩伯算不得很有故事的人物。

岩伯只有一栋两间的茅屋，而且还是他爹娘留下的遗产。许多年了，从没修整过。所有家业就是一把锄头、一把镰刀、一张老式床铺、一床成了渔网的棉絮、三只粗碗、一个打水和煮饭共用的炉罐。折成现金，也不过四十元价值。有人问他："岩伯，你为么子不积点钱买几样家什呢？"他总是搪塞："噢，是的哩，是的哩，不过……不过还是将就点好。"

岩伯就这么将就着打发了八十六个春秋。

岩伯是个单身汉。按说他又并不是养不活儿女，讨不进堂客，他年轻时，生得虎背熊腰好壮实哩。然而岩伯却过分善良，善良得有些愚昧。他看到村里那些孤儿寡妇的悲酸，就像自己欠下了一笔债，总是偷偷地摇头叹息。有人给他说媒，他心里就觉得不踏实。"造孽哩！造孽哩！"岩伯口里不便拒绝人家的好意，心里却这样不停地咕噜。

后来，岩伯就干脆请八字先生算了个命，果然那拉二胡的手掐了阵指头，很是惊讶地说："三十六，只能活到三十六！"于是，岩伯这条血气正旺的汉子，笃信了一个江湖盲人为他掐算的命运。从此，岩伯就更坚定了主意：一辈子不娶，修不起福，孽就不要造了——莫害女人成寡妇，莫害崽女成孤儿！

然而，三十六岁活过来了，岩伯没有死，四十六、五十六……

如今已是八十六了，岩伯仍然活在井湾里。他的全部家产依然是一栋破茅屋、一把锄头、一把镰刀、一张老式床铺、一床成了渔网的棉絮、三只粗碗、一个打水和煮饭共用的炉罐。

我是得过岩伯不少好处的。儿时，我与村里的其他伢儿，总喜欢到岩伯的破茅屋里玩耍，因为岩伯对我们比父母还要疼爱，他那能煮得好几斤饭的炉罐，每天都装有满满一炉罐饭的（当然是糯米饭），让我们这些在家只能限制着吃个半饱的伢儿，敞开肚皮胀……

离开家乡十多年了，我没敢忘记岩伯的恩赐，这次回家来，我当然也忘不了去看望岩伯。

到岩伯的屋里，他正躺在床上。岩伯毕竟老了，嶙峋的身架，蜷缩在那床破棉絮里，样子很是寒碜，而且凄惨。老人见了我，并不怎么惊讶。许是后来发现我，眼眶里盈满了泪水吧，岩伯展了展眉头，似是安慰我，也像安慰他自己，说："还是要为善哩，为善能感动老天，才让人长寿……"他竟没有后悔，没有怨恨，虽然言语中透出些许遗憾，但更多的还是满足。

过了一会儿，岩伯仿佛是记起了一件什么大事，拉着我的手说："哦，对了，村里大家正在凑钱修土地庙哩！这些年，风调雨顺，井湾里能过上好光景，全是土地爷的功绩啊！我已把积攒的一笔钱捐献了，你也要捐献点呢！你，你读书，能读上省城，也是土地……"话没说完，岩伯又剧烈地咳嗽起来。

——唉！我能说什么呢？默默地，我只能点点头。

告别老人，我匆匆地往家里赶去。我要找父亲说说，提醒他这位井湾里的村主任，在物质文明发展的时候，千万别让精神文明还继续这样贫乏下去，在适当时候，是否也拿出修土地庙的劲头，号召全村人凑钱为井湾里的老人们，修上一座敬老院……

——井湾里，我的乡亲啊！

珍　珍

那一条小溪，是从竹园里头的山崖缝隙间挤出来的。挤出来清清亮亮的一线，流着，流着，七弯八拐，就流到了资江，给江水添一叠浪响。珍珍家就紧傍着那条小溪。

珍珍好漂亮，如同从月亮国里走出来的女子。有人就穷根寻叶地说得极在理："是那清清亮亮的溪水把珍珍洗得那般漂亮的呢！"

珍珍有一副比百灵鸟还脆亮的金嗓子。

那一年珍珍18岁。兴许是闷得太久，嗓门痒痒的，珍珍就等着这一天吧！那是采摘野山茶的季节里的一天。那样的季节是采摘银毫子的季节呀！野山茶能卖得上价钱，这对贫穷的井湾里无论如何也是有着诱惑力的。只是后来珍珍的祖父祖母父亲母亲就一直诅咒那一天，诅咒那一个季节，当然也还诅咒过他们自己不该那样要钱不要规矩，把平素当乖巧的孝女看管的珍珍放出去采摘野山茶……当然，老远老远地，他们还用嘶哑的声音追赶过珍珍："山里有野刺，也有毒蛇，你可要当心呐！"那"刺"那"蛇"的含义，珍珍自然是懂得的，只是一旦出了那扇古香古色的堂屋门，珍珍就把耳朵紧紧地捂着，双脚就更是匆匆了。她完完全全地成了大自然的宠儿呢！

珍珍好惬意。她觉得这才是珍珍。

一头钻没在大山的三月，珍珍就把嗓子亮开来：

呃——

莫道我家的门紧闭哟
门扇隔不住鹧鸪啼
清清亮亮的山溪水哟
从那紧闭的崖缝间挤出
…………

那确实像是一个谜。珍珍没进过学校，却能唱出那般有意境的歌来！轻轻盈盈的山歌就如同轻轻盈盈的风筝，在山坡上飘来飘去……于是，井湾里那些平素不愿上山的后生们，倏忽就出奇地变得勤快，再也用不着大声吆喝，就像一群野山羊一样，踩一路急急的蹄声往大山里闯去。只是却无一人敢把蕴藏在心底的歌子唱出来跟珍珍对仗。珍珍唱一阵子，就痴痴地听一阵子，然而却总是没有回音。渐渐地，珍珍的歌声也就由明亮变得哀婉了。最后她关闭了嗓门。当双双鹧鸪飞往空巢的时候，珍珍就悻悻地把一篓野山茶背上了肩膀，独个儿无声地沿来路往暮色里走去。她胆怯地向前一张望，心里头不禁一颤，那扇古香古色的堂屋门正洞开着黑黑的大嘴等着她呢……

又是一年春三月。野山茶复又是嫩绿嫩绿的了，山坡上，却再也没有珍珍那如同轻轻盈盈的风筝一样的歌声在飘了。终于有一日，有个大胆的后生放出话来，说是要三斧两斧把那扇吞没珍珍的门当柴火劈烂……只是，他却不晓得，珍珍早在去年夏天就被一顶花轿悄悄地抬走了，更不会晓得，她的那位老得已白胡须白眉毛了的祖父还追着花轿骂："抬走了一个'伤风败俗'的贱女子！"

啊，井湾里，我的乡亲呐！

秀　秀

一顶花轿就把你抬走了？

哦，抬你走的，还有一片彻响的唢呐呢，还有一片噙泪的目光呢……秀秀，你这让井湾里的山也清秀水也清秀的秀秀啊！你就这么走了。

不就是去年上春吗？井湾里桃花盛开李花盛开的季节，你曾那么自信地笑指井湾里新修的公路，脆脆地对我说过的呀："静哥，你信吗？我要乘车沿这条公路到外面的世界找对象去！"我自然是信的。20世纪80年代了，自由恋爱早已是平常且普通的事情了呀！然而，事实上却没有能以你我的意志为转移——又是桃花盛开李花盛开的季节了，我的耳边还响着你那脆脆亮亮的笑语呢，你却被一顶花轿抬着往井湾里后山的竹园村去了。

你走了。井湾里，这被你逗得乐滋滋的井湾里却哭了——哭你再不会站在村口的桃花丛中李花丛中手攀花枝唱山歌情歌了，哭你再不是一朵桃红李白的花蕾了，哭你已经走过开花的季节了……秀秀，你这爱幻想爱憧憬的秀秀呀！你就这么在一片哭声中走了！

哦，你的舅舅却在笑呢，笑他的姐姐（你的亲娘）看在手足情的分上把一个走起路来随风摆柳、唱起歌来百灵婉转的女子给他作儿媳妇了，笑他的那个总爱打牌押宝、爱偷鸡摸狗的被众人指着背影骂过讨不上媳妇的儿子居然作起新郎官来了……秀秀，你这爱说爱笑爱唱歌的秀秀呀！你就这么在一片哭声中也在一片笑声中走了。

那天，陪一对流泪的红蜡烛，你肯定也是流过泪的，流你没有在桃花丛中李花丛中流过的泪，流你没有在井湾里流过的泪呀……你这只知道流泪却不知抹干泪水重新设计自己生活的秀秀啊！你就这么走了，这么走了就再没有回井湾里来了。

你一定是想到屋后的那挂瀑布了呢，想它再也无路可退了，于是就轰轰烈烈地抛弃，从命运的高峰跳了下去使其粉碎的躯体千万年悬挂，悬挂成美丽晶莹的传说呀……秀秀，你这在家时村子里死了老人也不敢去看一眼的秀秀啊，居然有胆量能把一个“死”字于眼前放大了再放大直至遮住你所有的视线啊秀秀！

秀秀其实你还年轻，你还只有18岁，你的欢歌笑语还在井湾里飘荡呢秀秀，但你的灵魂却是怎么被囚禁的呢？这是怎么回事怎么回事怎么回事啊……秀秀，你这曾经向井湾里宣告过要乘着汽车沿新修的公路到外面世界去找对象的秀秀啊！

…………

怕见桃花怕见李花，然而桃花和李花偏又盛开得愈来愈热烈。你知道吗秀秀？如今井湾里的公路上已是车来车往了呢，你的兄弟姐妹你的父老乡亲就是常坐着汽车沿那条公路到外面世界去的呢……秀秀，你回来吧你回来吧你回来吧……秀秀，秀秀，秀秀！

你的乡亲们在呼唤你呐，你的井湾里在呼唤你呐——呼唤你的，还有一位噙着忏悔泪的白发老母啊——秀秀，秀秀，秀秀！

山歌姐儿

山歌姐儿！你知道我正怀着怎样一种心情在忆念你吗？忆念那岁月的云烟也遮掩不住的往昔！

那时，你还只有十四五岁年纪，常喜欢穿一件浅蓝色衣衫。那衣衫虽然补着补丁，但穿在你那较为单薄的身上，倒也很是顺眼的。你天生一副好嗓子，能与百灵比歌喉。你不但学山歌特别快，而且还能将自己心中的即兴创作与山歌融会贯通。家乡那些劳累得精疲力竭了的叔辈歌姐听了你唱的山歌，就像饱吸了一壶旱烟，饱饮了几海碗凉茶，顿时会倦意全消。爹娘给你取的那个名字，便渐渐地被山歌姐儿这绰号所代替了。

我们是邻居。那年，你和我都初中毕业了，正准备升高中。可是，当时乡下穷哩，父亲捧着我的入学通知书，眉头都拧成了个郁黑的结。许久，才叹了口气，说：“静伢，你……你就怪父亲无能吧……你……你……”话没有说完，父亲的声音哽住了。

父亲平素对我要求很严，总希望我能发奋用功，而如今我考上高中了，父亲却……我明白父亲没说出口的话是什么，怔怔地站着，久久、久久。

哦，山歌姐儿！我不知你是什么时候来到我身边的。“静哥，我们上山挖山药去吧，或许能攒回点钱哩！”你的声音把我吓了一跳。不等我答话，你将一只竹篓递给我，拉着我的手就走。

陡峭的山崖上，你一手攀着藤蔓，一手挥锄挖山药。我的胆子真小，在下面仰头望着你，腿都吓得酸了，心里直发慌。你就这么一边挖着山药，还一边少不了顺口甩出一串山歌和娇嗔的话来："哟，还是男子汉哩，我看你还不如兔子！"

对了，可还记十多天后的那个傍晚，我们俩到小镇上去卖山药时的心情吗？彼此都喜得哟——我们第一次用自己的双手，创造了财富！我们辛勤地付出，得到了足够的回报！我们竟一共换回了两张整拾元的票子。满可以供一人半年的学费了。

然而，在回家的路上，你像是心事重重。快到家了，你忽然低声对我说："听我唱一支歌好吗？唱给你的歌呢！"随即，那薄薄的嘴唇便启动了：

静哥静哥啊是只鹰，
飞呀飞呀飞出松树林；
风狂雨骤莫停翅，
一直飞上九霄云；
…………

旋律中虽然带着几许忧怨，但更多的则是真诚的希望和热切的祝愿！

我却生气了，嘟哝着打断你的歌唱："难道你就不是一只鹰吗？！"

你一时语塞了。少顷，才像大人哄孩子般地说："不知道吗？乡里妹子本来是只有松鼠命，是离不开山坤坤的！还不如……"你声音颤颤的。继而，平静地，也是不容推卸的，你把所有的钱全塞进了我的衣袋。

我俩都沉默了。默默地，走在傍晚的、被山与山夹挤得弯曲了的回家的路上。

上学那天，你清早就起来了。装着给我还书，把一支你自己最心爱的“永久”牌钢笔给了我，还嘱咐我说：“发奋些吧，学费我会帮你挤的！”低低的声音，却震动人心！

时间过得真快。一晃，十多年过去了。我们各自都早已有各自的家了。然而——山歌姐儿哟，你可曾知道，你少年时代的一位朋友，他如今已在县文联任刊物编辑，当他看到一些描写少男少女真挚感情的来稿时，偶有所触，就会怀着怎样一种心情忆念你吗？这忆念，是岁月的云烟所遮掩不住的！

桂 树

一条小溪，绕井湾里村口流过，清清浅浅地流。这就无论如何也给井湾里添了灵气。

当然，给井湾里添灵气的还有那棵桂树。

日升月落，寒来暑往，那棵桂树立在村口的溪边，到底有了多少年岁？问及所有井湾里的老者少者、男人女人，回答都只是摇头，曰："不晓得！不晓得！"

桂树要四五人才抱得下哦！

桂树是年轻的、春风春雨里，它那浓绿得好凝重也好压抑的叶丛中，倏忽在某一清晨，便爆出了许多炫目的鹅黄嫩绿，使人不能不由衷地赞叹。

井湾里人已和桂树结下了不解的缘分。

就说那炎阳似火的夏日罢。桂树如一位忠诚的卫士，孜孜不倦地撑开着一片沁凉静谧的天空，给井湾里那些为生活所劳累所奔波得大汗淋漓的山野村夫以清爽的慰藉；在它的庇护下，无人不津津乐道："啧啧，这里是一片神仙的境地哦！"

而待到秋季，桂树便更是令人怀想了。那时，桂树自然是奉献出了灿灿花朵，金风拂拂中，把沁人心脾的芳香传送开去，浸染着井湾里所有人家的日子；还有人采摘了它的花去酿制桂花酒呢！那桂花酒好酽好酽自不必说，要说的是只要闻一闻气味，也会醉倒成一摊稀泥。

我无意说桂树的四季。而四季却在循环着交替着，正饮着酽酽桂花酒的时候，冬天就来了。桂树坦然。坦然地相迎罕见大雪。虽然有几根枯朽的枝丫被压断，但是，我却听见了那“咔嚓”的一声脆响在呼喊：“把我捡拾回去吧，我还可以作柴薪给人温暖……”恳切的言辞，意在报答雨露阳光和脚下的这块土地哦！

然而在一个风雨交加的夜晚，一声霹雳，好端端的一棵桂树，无辜地遭到雷击，被劈去了半边身子，剩下的只有伤残的半边了。

它是顽强的。累累伤痕的半边身子，仍然挺立着，挺立在井湾里村口，挺立在山溪边……

它是要一如既往地贡献出自己生命的余力！

但人们并不理解它。是不是一颗颗心都被封建被迷信被愚昧所侵占了呢？只一夜间，人们对桂树就怀满了仇恨，还喋喋不休地在骂：“哼，桂树——鬼树！只有鬼树才遭雷打呐！”即刻就有人附和：“我伢儿昨夜里发高烧，怕就是这树在作怪……”于是那位首先放出谗言来的“巫婆”就好得意。

冷风阵阵，桂树凄凄楚楚地晃着身子。

从此，桂树不但要承受流言蜚语，而且本来就伤残了的身子还得遭受铁齿的钉击；说是铁齿钉在树干上，可以消灾。

只是日复一日，桂树躯干上铁齿越钉越多，而井湾里不得安宁的事情仍然时有发生，后来就终于有人要找那“巫婆”质疑，然而那桂树的枝丫早已枯朽，叶片早已凋落了……桂树哦，成了一段悲哀又严峻的历史立在井湾里村口！

——井湾里，我的乡亲哪！

香　棚

再也没有见到过那种香棚了。

是村人在一怒之下执火将它焚烧了个干净呢，还是春季里一场桃花水把它连泥带土冲了个痕迹不留？

那种香棚，往往是立在远离人居的深山溪口的急水滩头。香棚的左岸抑或右岸，长满密密匝匝的古木；不时会有一两只狐猸子从那林深处偷偷地跑近香棚旁边来饮水，或有水獭张皇四顾翘起可笑的须眉作一阵鬼样子后，也胆大包天地向香棚靠近；香棚远处的山麓还会有觅食的老狼所发出的嗥叫声盖过来；而近处的古木枝柯间，谁又说得准不会有独身的鸱鸮学着哲人在作冥想状呢……

那地方，也不知是何年兴下了这风俗：每天，早起后，得先净手点几炷香于堂中的神龛上。说是香的烟缕会为神灵引路照明，神灵循着那袅袅烟缕降临于自己家中……于是，人们就在这远离人居的深山溪口的急流滩头搭起了香棚。把那些行将枯朽的古木填进棚里石碾的槽臼，让那借了自然水力不停地旋转着的石磙碾成粉末，而后，便塑成一炷炷能支撑他们生活信念的神香。

塑香的高潮自然是在农闲的冬令。

那样的时节，风雪交加，天地凝炼成一块，这榛榛莽莽的大山腹地，便唯独在一间用楠木篾夹杉树皮所构成的香棚里尚有一丝丝温暖了。月黑夜沉，寒风陡生，就连那些偎在土缝石隙中的鼠类，以及隐藏在屋棚底下的雀们，也一点都不畏灯火了，它们完完全全地信赖了人们的慈悲，向着香棚里那如豆的一星火光靠拢去……

这完全是一种对生的渴望啊！

但却苦了那守香棚的人了。呼啸的寒风从山谷深处吹来，把那些受了冷热燥湿枯成泥黑色的杉树皮，一片片地刮下或穿开一道道阔缝。更难耐的是从涧底随碾轴蹿上的浸骨水风。守棚人乃不胜其堕指裂肤的奇寒，麻木着一颗心，亦麻木着整个身体，忘记了自己的职责是添送枯木进碾槽，以及把捣碎的粉末装进篾篓，蜷缩于石槽的边缘，在梦想着自家木屋里粗糙的温暖的被窝，梦想着灶前熊熊燃着的蔸根火。

黑夜的恐怖在包围着他，严寒的酷刑在折磨着他。在梦中，他突然发出了一声震慑人心的呐喊。然而，余音未落，他就被巨灵般的石碌卷进了碾槽……而那槽中的粉末，照样被村人塑成了香。每天早起后，照样是用净手把那一炷炷捣了肉酱进去的香点燃于各家堂中的神龛上，虔诚地求得神灵的保佑……

这是一个已经遥远了的故事。

我在进行地域文化的考察时，听人复又说起它来。不知为什么，它却使我的心久久不得宁静，于是，我连夜把它记录下来。

刻在心上的记忆

我总是忘不了一个人，一个连自己名号也没有的人。

他是逃荒来我们井湾里的。

从我能够记事的时候起，就听人喊他：牛保。他已是四十好几的人了，却娶不进一个婆娘。是因为他没有一栋像样的屋宇吗？是因为他的心眼太实、性情太憨吗？听人说土改时是给他分过房子的，他却又把房子让给了被分出房子的人家。这当然就招来麻烦，作了地主的陪斗对象，还被人认为是个智力障碍者。一直不派他做别的活路，专给队里放牛。牛保这绰号，大概也是那时候给取的吧。

我却是极愿意同牛保来往的。

那时，我年幼，还没有开蒙读书。闲在家里手脚痒痒，就常常地随着牛保进山放牛，如同他的身影儿。我还能吃上山里的种种野果呢。牛保上树摘野果，像一只灵虫儿，踩着空心步子，一屈一伸地，眨眼间就攀上树的顶端了。大自然真是慷慨，或杨梅，或酸枣或板栗……甜甜蜜蜜，诱惑结满枝头呢！有时，牛保还故意馋我，把顺手摘下的果子斜搁在树杈上，只顾往自己嘴里送，独个儿津津有味地吃，我急了，就大声嚷嚷：“牛保，牛保，快把果子扔下来给我吃嘛！”他却转过脸来，瞪着眼，很是认真的样子，“不准叫牛保，要喊我叔！”只要有好吃的东西饱口腹，我是不在乎喊他什么的，于是就山响地猛唤：“叔叔叔叔叔叔！”

牛保好快活哦！

他“嗖”地从树上滑下，一把就将我揽进胸怀，拼命地用嘴唇亲我，用胡须扎我，似乎我就是一枚野果，真想把我也含进嘴里去。却是把我吓哭了。这时，他像从梦中醒过来，怔怔地看着我，看上一会儿忙向我赔不是，忙从衣兜里掏出野果子给我吃。

有鹧鸪在不远处啼唤：“哥哥——果！哥哥——果！”牛保在竖耳听鹧鸪的啼唤呢。静静的，如一根树桩。

牛保住在生产队的牛棚里。

井湾里不缺少树木，牛棚自然很是宽敞。牛保用楠竹篾和杉木皮圈了小小一角天地当厨，一套被子就摊开在牛棚楼上的稻草窝里。冬天的暖和是不用说的，只是夏天到来，日子就难挨了。蚊虫们极是可恶，吸人家血，还唱着动听的歌呢。

牛保是似乎并不觉得有什么痛苦的。

夏天的夜晚，男人们都去了学校的操场草坪。那儿地势颇高，又正处井湾里的村口，是一个乘凉的好去处。男人们自备了长凳，或坐或躺，四仰八叉，一任凉风遍身抚摸。这样的时候，他们自然是离不开谁家的婆娘好看之类的话题。

却只有牛保独个儿躺在牛棚的寂寞里。

鬼使神差一般，有天晚上，我竟想起该去陪一陪牛保，也算是作一种他常为我摘野果吃的报答吧。来到牛棚边，我怔住了：牛棚里有人在说话呢。脑海里立即便叠印出神话里牛郎与老牛对话的情景来，就很是好奇，蹑手蹑脚地，向牛棚里摸去……

然而牛牯在独自反刍。

纳闷间，就觉得有人影儿在眼前一晃，便像风一般飘远了。那身影儿很是熟悉，似乎像我家婶子，却不敢肯定。我叔死后，婶子是很少出过大门的，何况这是夜晚呢，我想辨认清楚，却是待我回眸，朦胧的月辉里，只剩下空空的足音了。

悻悻然，我循来路回家去，却有歌声尾随着我呃：

单身汉、赛神仙
一床被子呃，
垫一边，盖一边
一个人上床呃
全家眠……

嘶哑的嗓音里，却饱含着满足的快慰哦！

回到家中，见婶子正坐在堂屋门口，神情专注，似乎在倾听着什么，或思想着什么，就不敢再多嘴多舌去打听她刚才是否去过牛棚。倒是婶子把我叫住，说是讲故事给我听。却尽讲些吓人的故事，并且还极是认真地告诫我，嘱我入夜不要去外面乱跑，说着，仿佛变戏法一般，把一颗甜甜蜜蜜的大酸枣儿塞进了我的嘴里。

抬头望天空，繁星闪耀着，迷乱极了。

我是再没有提起过那一件事情的。

一如往常，抿着张小小馋嘴，我尾随在牛保身后进山放牛。只是，我似乎觉得，牛保却把那支有关单身汉的歌子唱得更是勤了：

单身汉，赛神仙
半升米呃

下炉罐
一个人吃饱呃
全家欢……

然而，倏忽有一天，牛保所唱的歌子音调却变了，变得沉缓、变得忧郁了：

单身汉，赛神仙
遭起病来呃
喊皇天
喝水不得水进口
吃饭不得饭来咽
天下的神仙呃
泪涟涟……

也只有那一回，我算是真正地听懂了牛保的歌唱——他分明是在哭诉啊！忙回顾左右前后，想找寻与我有同感的人，却只看到我的婶子，她正木立自家的台阶前，痴痴地望着我们呢。

牛保的歌声便戛然而止了。

长长地喟叹一声，牛居然也放慢了脚步。

似是有某种感应，牛保就回过头去，与我婶子在遥遥相望呢。他们双目相触后，还彼此用手打着哑谜……我是看得非常清楚的，这样的时候，牛保的眼睛里闪着一种熠熠的光辉……这是干什么？朦朦胧胧地，就有了一份担心在折磨着小小年纪的我：他们不会出事吧？终于是进了山的。在大山宽厚的怀抱里，我是变得更加幼小把一切的一切全抛在脑后，只吵着嚷着要牛保帮我摘野果吃。这一回，牛保根本就来不及馋我，只顾把所摘的野果全塞进我的衣兜，并嘱我不要乱走动，替他守好牛。但是，在当时，我为什么没有察觉出他的神色和言行都是那样地魂不守舍呢？

鹧鸪声声：哥哥——果！哥哥——果！

却是不见了牛保的身影。

这就乐得我一个人逍遥自在了。仰躺在散发着泥土气息的温馨山坡上，吃着甜甜蜜蜜的野果，双睛微微眯着，看瓦蓝瓦蓝的天空下，白云相互追逐得极是开心的样子，就像那云朵儿也是耐不住孤独和寂寞的呀！这样想着的时候，陡然便有了喧嚷声灌入我的耳门：

“快来人呀！来捉公牛呐……”

歇斯底里地喊叫。真是一方一风俗，在我们井湾里，公牛指的是与人家媳妇偷情的野男人。立时就有一种不祥的预感，我像是被黄蜂刺杀了一般地弹跳起来，循声望去——果然被追赶的是牛保……我万万也没有想到，畜类居然有如此通人性、懂感情的，正在我不知所措的时候，牛保放牧了多年的那头壮实牛牯，竟几乎腾空而起，箭一般地射向追逐着它主人的人们……

愤怒的蹄声把两面的群山也惊得呆了。

整个井湾里就惴惴不安，直到现在。

如果思念永恒

总是猜想，从出生直至能够记事前的那段岁月，我是怎样度过的呢？却是我的母亲，她并没有来得及把那最初的情形告诉我，便匆匆地踏上了黄泉路。想来，比我长出12个春秋的姐姐该是知道一些的，可她16岁就远离了故土……

后来，终于拐弯抹角听来了我出生的大致情景。就让我掺和进自己的感觉，把它记成文字吧。

母亲是一位乡村教师。当时，她正在一个叫作甘溪的村里任教。甘溪是注入资水四十八溪中的一溪，其水清亮甘甜，源于湘中一带最大的神峰山脉。却是被称为甘溪的村子，小得令人心痛。三十几户，男女老少挨个数来，也不上百号人口。

自然只需要一个教师。

不仅仅是为了作伴，姐姐依傍在母亲膝前，一并饮着甘溪的流水。那时，姐姐已快满12岁了，刚好念完小学四年级的课本。甘溪是没有完小的，五年级和六年级的学业须去乡政府所在地才能完成。就是在那年寒假的间隙，在小小的甘溪村，我和所有的婴儿一样，号啕着与世界见面了。

那是很小很小的一个山村世界。

白天，阳光灿灿的，温暖着世间万物。村后茂密的竹林，似是永无终日，挤满着山峦，像海一样没有边际。从村口蜿蜒滑过的清亮小溪，在太阳的光照下，可以看到游鱼的影子，一动不动地，依附在洁净的鹅卵石上，就连捣衣声也休想把它们惊动。于这样的氛围中，我的母亲感到肚子有些痛，鼻尖尖上溢出了密密的汗珠儿。心细的姐姐似乎是觉察出了些什么，问："妈，哪儿不舒服？"母亲浅浅地一笑，笑得有些神秘，也没有正面回答女儿，只默默地做着准备。她是不想因为个人的或喜或忧而惊扰这个静谧的山村吗？

却有寒号鸟急切地呼号：哆啰啰……哆啰啰……

天色就暗了。

暗得异样。苍穹如同深井，豆大的星星也不见有一颗。而且突然刮起风来，是山村里少见的那种刺骨寒风。村后的竹林不知如何的骚乱起来：呜呜——！呜呜——！竟让人无法分辨出那是欢呼呢，还是怒号，村里的乡亲们便一同惶惑起来。

母亲的肚子更痛了，钻心地痛。凭经验，她知道那是分娩前的阵痛。姐姐就陪在母亲身旁。当听到从母亲的口中迸出的一声低沉的呻吟时，年幼的女儿慌神了。母亲是能够忍受苦难的，那么，眼下这一声呻吟，从母亲的口中迸出，那种痛苦，是令她小小的一颗女儿心难以想象的了。

"快去请李妈来吧！"

终于听到了母亲的声音，极细极细，似乎是很不情愿说出口的。姐姐却兴奋起来。李妈是甘溪一带颇有名气的接生婆：哦，妈妈要生孩子了！

亮一盏小小的三角马灯，姐姐急匆匆地夺门而去。然而，风势太猛，出门几步，灯就灭了。她使劲撑开双目，冷汗就湿透了全身：黑黢黢的前方，不时有幽蓝幽蓝的火焰在寒风中战栗呢。当然不知道那叫磷火，心里就觉得害怕却不敢迟疑，慌忙从厨房摸过一把菜刀，跌跌撞撞着，一路杀伐，一路颤声呼喊："李妈——李妈——！"

风刮得愈是紧了。

年复一年，我一直未弄清楚。自己为什么偏偏要选择了那样的一个冬天，以及冬天里那样的一个夜晚与世界见面。后来，读了外国诗人雪莱的名言："冬天来了，春天还会远吗？"心里就一亮——原来，呱呱坠地的我是在呼喊春天，呼唤黎明！

却给姐姐带来了无边的苦难。

那一夜，姐姐既受惊吓又受寒冷，身子瑟瑟地抖着，发起高烧来。她仿佛是不知道什么叫疲倦，什么叫辛苦的。先是下厨给母亲做吃的。当她"啪"地擦燃火柴，发现天已亮了，便把蛋汤端给母亲，又匆匆地捡拾起堆在母亲床前的脏物，去村口的溪边浣洗。

寒风肆无忌惮。平日里低吟浅唱的小小甘溪喑哑了，傍岸处已结了薄冰。姐姐是一路跑着来到溪边的。蹲下身，用棒槌敲开冰块，一件一件地浣洗，浣洗……渐渐地，姐姐觉得头很重，身子也变得麻木，尤其是那双浸泡在水中的手，十个指头，成了十根透红的红萝卜。冷还是受得住的，过一会儿，指头便开始发麻、发痒，麻过痒过，就钻心地痛……

十指痛肝心，姐姐是体验得最深切的。

那时，食堂刚刚散伙，母亲虽是国家教师，每月有固定薪水，但那又能买得回什么呢？因为缺营养，母亲的两个乳头已被我吮得血浆糊糊，姐姐是消瘦多了，她的一颗心既为母亲痛苦，也为弟弟可怜。什么样的办法没有想过呢？踏雪去村后的竹林捕捉野鸡，那是为了给哺乳期的母亲增加营养；偷偷进人家的堂屋清扫石磨，那是为了和米糊为我充饥……如今想来，姐姐那12岁的稚嫩双肩能担负的担子，是远远超过了常人的重量啊！

后来，姐姐似乎找到了救星。她带着喜悦也带着惶恐，极是虔诚地来到了泥塑的土地神的窄小门前，姐姐是瞒着母亲来乞求土地神的。跪过，拜过，求过，乞过，就学着李妈告诉她的样子，端着一只盛满了清水的幽蓝瓷壶，一路小心翼翼地将水洒到母亲的床前，算是引来了福泉。天真的姐姐，她认为这一切真能成为现实，还悄声地问母亲："妈，有奶了吗？"母亲得知女儿所做的蠢事，什么话也说不出来。能说什么呢！责怪女儿幼稚吗？

幼稚的是我呢。含着母亲干瘪的乳头，又是一阵号啕："呱——呱——"

母亲和姐姐无声地淌着眼泪……

终于，我来到这个世界整整一个月了。满月那天，父亲从部队里赶来了。他是乘了两天两晚火车、半天汽车才赶到甘溪村这小小学校的。长途的颠簸，父亲本已是不胜劳累了，但当他一踏进这山美水美的甘溪村时，所有的疲惫都被竹林的馨风吹散尽了。

甘溪的民风也是美的。我母亲在那里任教，备受着乡亲们的尊敬。是因为他们中少有文化人，才对文化人更加看重吗？后来我长大了，成了所谓作家，复又去生我养我的那块土地"寻根"时，才真正悟出那个谜底。小小甘溪村，三十余户人家的堂屋神龛上，至今仍保存着一块神柱牌子，上书："天、地、君、亲、师位"。那字是烫了金的，历经岁月依旧闪着光辉。原来，在这块地方，教师的"师"字是上了神柱牌位的！

那日，满月的我——为小小甘溪播种文化的教师的儿子，理所当然地成为人们欢庆的主题。甘溪村每家每户都派了当家人前来为我祝满月酒。他们的怀中，有的揣两个三个鸡蛋，有的抱了四蔸五蔸青菜，作为献给满月的我的礼物。其实在那年月，他们自己家中的灶里，早已不冒烟了。

我父亲是从湘中这块土地上走出去的，自然极为熟悉甘溪的风情。他没有使乡亲们失望，炸响着噼噼啪啪的鞭炮，踏响着明快的军人步伐撞入了湘中的风俗画。

喜庆的气氛愈是浓了。

却是我这个小傻瓜，在母亲的怀里，一点也不知道那天为什么这样热闹，一点也不知道为什么有那么多笑声、恭喜声。父亲是个风趣的男子汉，他特意舀了满满的一碗甘溪水，举过头顶："感谢乡亲们的盛情，请允许我以水代酒，敬大家一碗！"说罢，一仰脖子饮尽了。继而，把海碗挨个地传过去……

小小的甘溪村在没有酒的年代醉了！为什么不见我姐姐呢？——在如此喜悦的狂欢中，我的姐姐病倒了，瑟瑟抖抖地蜷缩在她那张窄小的床上。

月儿圆了，又缺了。为我祝过满月酒后，正如他匆匆地到来，我的父亲，复又匆匆地回了部队。姐姐没有能够再去上学，继续留在母亲身边，作了我的保姆。

常听知情人说："静仁是他母亲生的，却是他姐姐拉扯大的。"是啊，谁叫母亲是一名模范教师呢？她生怕误了人家的儿女，却很少顾及自己的儿女。姐姐，你为我付出得太多了！

虽然岁月已把我推入了而立之年，我的眼前，却时常浮现出那样的幻影：一个乡村少女背着一个小男孩，去村口的小溪边，指着清清亮亮的水中，告诉他认蹿上蹿下的游鱼，她又背着他进村后竹林，一同屏声静气地听各种鸟雀的合唱……倘是背上的小男孩疲惫了，吵着要睡觉了，她就赶忙把他卸下来，搂进自己单薄的怀中，哼着催眠的曲子……

村口的小溪，清清亮亮地流过来，又清清亮亮地流过去。后来，那小男孩能够独个儿玩了。为了减轻家中的负担，也为了自己的前程，背小男孩的少女不得不割爱去了远方……

姐姐把我拉扯到4岁，也就是说，她自己刚满16岁那年，就去了父亲当兵的外省。在那块陌生的土地上，日渐增添着16岁少女对家乡亲人的思念。当然，姐姐去从事的是一份难得的工作，在父亲所在的部队医院当护士。从此，姐姐该是沐浴在明媚的春阳下了。记忆却告诉我（4岁，我已经能够记事了），当时，姐姐的心情是充满着矛盾的。上路的那天，姐姐早早地起床了，轻轻悄悄地把我搂起来，拉着我躲进了后山的竹林。鸟儿鸣啾，不知是在为姐姐祝福呢，还是在替姐姐惋惜。兴许，两者皆有罢。专程来接姐姐的父亲急了，满村子到处寻找、呼喊……现在想来，我幼小的心灵似乎发现过什么的——是不是发现有一丝朦胧的、惆怅的阴影笼罩在姐姐那光彩敛去的眼上，又似乎是发现有一种梦幻般的微笑荡漾在姐姐的嘴角。她是怀了一种莫名的胆怯吧？恰似在她面前有一道汹涌奔腾的急流，她不知道自己可不可以往前走。就在父亲的呼喊声愈是急切的时候，姐姐终于自己走进了父亲的瞳仁中。

远方，16岁少女的诱惑，在远方！

起程了。姐姐的手中仍然默默地握着背绳。她又一次把我驮上脊背。母亲无言，父亲也无言，他们是了解女儿的。我却乐了，在姐姐的背上，一双小手乱舞动，并且稚声稚气地嚷着：“姐姐背我走亲戚去哟！姐姐背我走亲戚去哟！”来到村口，母亲和父亲停住了脚步，他们是彼此还有什么话要交代吗？姐姐依旧前行，直到溪边才驻足，蹲下，解开背绳，声音极细地说：“弟儿，下来吧，姐姐不再背你了！”字字句句，蕴含了几多的离情别意啊！

甘溪不语，满载愁绪从村前流过……

姐姐随父亲离家不久，母亲被批斗。母亲是个坚贞的女人。她的所作所为，清清白白，蒙此冤枉，岂能忍受得了？兴许是一时糊涂也未可知罢。一气之下，她竟忍心抛弃了儿女亲人，抛弃了这个耗去了她全部心血的世界……待甘溪村的乡亲们得知了真情，她已经含恨走上了去黄泉的无常路……

从此，我也告别了小小的甘溪村，回到了老家，伴日渐衰老的寡妇祖母度着岁月。在那段岁月里，是姐姐每隔三日五日寄回的家书，为一老一少的祖母和我驱赶着寂寞……

时间的黄土深深地掩埋了死者，也不断地推出生者。如今，我和姐姐各自都有了自己的家庭，有了自己的儿女……但是，我们之间及我们下一代的感情呢，还会依旧吗？甘溪的流水还会依旧吗？还会是依旧的清亮甘甜吗？

有位诗人，写过这样一句诗："如果思念永恒，爱便永恒。"我把这句诗记住了。也就是记住这句诗，我对往事及故人的思念才愈是深切而真挚了，才用了按捺不住的激情，从思念之树上采摘了这朵爱的花蕾，献给明天。

姐姐，让我们共同为未来的世界祝福吧！

蓝色的记忆

那是许多年前的事情了。

在三年困难时期那艰难的岁月，义父——也是我的表姨父——万般无奈，把我从吃居民粮的小镇送回老家：井湾里。

井湾里有我的亲生父母和同胞兄弟，还有一位老祖母。老祖母虽已风烛残年，但手脚却总不肯闲着，房前屋后都有她遍种的瓜菜。就是这些瓜菜救济了我们，使我和哥哥不再是饥肠辘辘地去上学了。

学校只有一个教师，教着两个年级。教师姓梁，是个女的，四十来岁；她的男人在外当兵。梁老师有着一颗慈母心，无论对谁，都很和善。教书时也极有耐心，倘是有哪个学生哪天没来上学，她便不顾跋山涉水的艰辛，找到那学生的家里去问清原因，若有什么困难，只要是她能帮忙解决的，都总是尽力为之。至于哪个学生的扣子掉了或衣服破了，她总会如慈母一样地行针走线替人钉上或缝补好。

那时，我们井湾里这样的小学校，每学期得参加几次学区的作文朗诵竞赛。由每个学校选出一名代表，登台用普通话朗诵自己的一篇作文。以此测验一个学校学生的素质。那是一个明丽的秋日，梁老师拉着我的手，认认真真地对我说：

“学校派你去学区参加朗诵比赛，有信心吗？”

那温柔的目光就如温暖的泉水注入我的心里；我觉得自己

是世界上最幸福的人了，无声地，我点了点头。梁老师笑了。她很有把握地说我一定会成功，一定能为我们井湾里小学争得荣誉。夸过我后，便手持皮尺量了量我的身架。那天夜里，我做了一个梦。梦见有一只纺织娘栖身于绿叶婆娑的树枝间，吱——吱——地长鸣。好久好久了，那纺织娘总也不肯歇息，一声长一声短的，嗓门都嘶哑了。但待我从梦中醒了，那纺织娘仍然在叫着，声音时断时续，在夜空飘来拂去。

祖母说那是谁在纺纱。

这时，我想起了梁老师，她不是在白天借了台纺车回学校的吗？虽然时已入秋，但天气仍很闷热。蚊子嗡嗡地绕着人转，趁人不注意时，咬你一家伙，又痛又痒。幸亏我是偎在祖母的怀里，老人家手中的一把扇子，上下左右地为我扇着，我才没有被蚊子叮咬。这样的夜晚，梁老师要急着纺纱做什么呢？

且一连这样地延续了好几个夜晚。

有一回，我和哥哥偷偷地去看了。隔着窗子，我突然发现梁老师明显地消瘦了。眼眶青肿，眸子上还网满了密密的血丝（在白天上课时我怎么没有注意到呢）。忽明忽暗的烛光里，她左手捻着一个棉球，右手摇着纺车，神情是那样的专注。为了防范蚊子的叮咬，梁老师便用黄姜叶熏了一大堆烟火。她一边纺着纱，一边干咳着……我真想闯进去，大声地劝梁老师歇息，而哥哥却按住了我，悄声地说："梁老师这样赶着纺纱，准是有急用哩！"

十多天过去了。吱——吱——的纺车声终于停下来了。可是，另一种声音又响了起来。那声音更重也更有节奏：咔嚓——咔嚓——

噢，梁老师是在用所纺出的纱织布了。

梁老师啊！你哪来的这么大的能量呢？白天有两个班级

的教学任务，放学后，还要自己做饭，还要准备第二天的课程……你就是青铜铸成，也会被过分沉重的日子压垮的呀！

临近期末，学区朗诵比赛开始了。

参加比赛的那天，梁老师笑吟吟地向我走来，把一套崭新的蓝学生制服郑重地递给我，还亲手帮我将身上的那套累累补丁的旧衣服更换下来……我想：织成这套衣服的纱线，该是梁老师心中抽出的爱的情丝，而染就这套衣服的颜料，便是梁老师青春的色素无疑了。

本来，我是早先就已经写好了一篇作文的。然而当我登上讲台时，却又临时改变了主意。我决定取消朗诵稿，凭着内心澎湃的情感，做成一篇即兴作文。仿佛，梁老师那消瘦的身影就镶嵌在我的瞳仁里，那纺车和织机的声音，就萦绕在我的耳畔……

我的选择是正确的。在讲台上，我根本就无须去怎样构思，去怎样搜词索句，语言随着感情的浪潮奔涌而出。我朗诵着，高声地朗诵着，赢来了一阵又一阵热烈的掌声。

我成功了！我真正地为我们井湾里小学争得了荣誉。那篇即兴作文的题目，就叫《老师——母亲》。所叙的内容，便是我们的梁老师怎样如慈母般关心和爱护她的学生……梁老师含着热泪走近我，紧紧地拉着我的手。

多少年过去了，然而那段蓝色的记忆，永远珍藏在我的心里，丝毫没有褪色，就如同故乡那湛蓝的天宇，那样纯净，那样深情……

净土上的圣殿

童年的事情，令我回忆。

青青秀秀的山，青青秀秀的水。青山秀水间，那栋叫作学校的木屋最是难忘。那是一栋很普通的木屋，四篷三间，檐角高高地朝天翘着；屋脊上压着厚厚的青砖；有两层：下面那层矮矮的，很暗；上面那层被屋檐挡住，不仅暗，而且很黑。我们就在那样的教室里学认字。稚嫩的嗓门，奶声奶气地跟着老师念：日、月、水、火、土……

老师姓梁，一头齐耳短发，向后拢着，那副慈善的模样，让人一见便立即想起自己的母亲来。她教学生认字或念课文时，总是细声细气的，所以教室里就只有我们的声音。梁老师喜欢把着我们的手写毛笔字，偎在她的怀里，常常能闻到她头上淡淡的香味。“你看，又把字写得不像字了。”听着这轻声的责备，其实并不在意，只是把眼睛看向老师慈眉善目的神态，怯怯地，很想喊一声“母亲”。

记得是一个阴郁的日子。娘的脸色惨白，眼神呆滞，不祥的预兆向我袭来：“娘怕是不行了！”娘得的是先天性心脏病。有什么办法？父亲当兵在外，听说正在边境打仗呢。就在那天夜里，我的母亲还是去了，丢下了我这个未满十岁的儿子。在娘的坟前，梁老师陪着我流泪。最后，她伸出温暖的手为我擦干脸上的泪痕，拉着我回到了那栋四篷三间的被叫作学校的

“家”。从此，梁老师当真成为我的“母亲”了。

梁老师是有两个女儿的，大的四岁，小的半岁。但为了不影响教学，她忍心把两个小孩都放在娘家。现在，却要默默地为我操心了。

伯母来接过我，而且也是一片真心：“母亲去了，伯母有责任抚养侄儿，跟我回去吧，虽然清苦一点，好歹还是能撑过去的。只是书就念不成……”梁老师急了，忙把伯母拉到一旁，悄声地说：“那怎么行呢？学业可不能耽误，这孩子，会有出息。”梁老师执意把我留下来，说是暂时由她抚养，继续念书，等情况好些了，再由伯母负责我的生活费用。梁老师啊梁老师，一个人的口粮，要分成两份，无疑是少了的。你也就学着村民的样，把米磨成粉子和糊吃。只是，每每干这一切都瞒着我。梁老师把饭做好，用一只大瓷碗给我盛出来，就把空炉罐藏起来了，说自己还有作业要看，要备课，催我先吃。还反复问我：“能吃饱吗？能吃饱吗？孩子饿着了，将来长不健壮的。”要不是有一回我偶然碰上，怎么也不会知道您自己吃的是照得见人影的稀糊啊——梁老师。

在心里，我说：“我一定要报答您。”

学校的门口，有很宽的一个草坪。一到新谷收割的时候，这块草坪就成了晒谷坪。那风选出来的谷子就堆放在学校的礼堂中间。由人轮流值班看守。

我看准了那一堆谷子。

当晚，趁值班员打盹之际，我用一只大簸箕撮了满满一簸箕谷子，蹑手蹑脚地送到梁老师房里。心想：这回，可以让梁老师吃几顿饱饭了。不料，她那一向都慈眉善目的脸孔，倏忽间由红变白，由白变紫，身子像风中的树叶，瑟瑟地抖着。她一把抓过那根指示我们识字的教鞭……我一声不吭地等着吃皮肉之苦……然而，当我抬眼看梁老师时，见她那握教鞭的手僵在空中，眼眶里却盈满了泪水，颤颤地，她说："你……你怎么能这样？"教鞭"啪"地落到了地下。

从那以后，梁老师害了一场大病，身体瘦弱多了。她的教学任务本来就重，还要给一些成绩差的同学补习功课，就连学生的衣服破了，扣子掉了，也是她帮着补缀。但我心里清楚，真正使梁老师身体垮下去的原因，是我的不争气。终于有一天，我"扑通"一声跪在梁老师的面前："梁老师，以后我……我……"却早已泣不成声，无法把话继续下去。

梁老师，你是用自己的身心在浇塑着一支蜡烛吗？我们的眼睛愈来愈亮，我们的心灵深处也愈来愈亮。

小学毕业那年，我父亲从部队复员了，就被分配在乡医院工作。我自然是被接到父亲所在的单位去了，在那里上中学。临走的前一天，梁老师把我的全部衣服都清点出来，该洗的洗过，该补的补过，还柔声细气地问我："老师教过的字你都记住了吗？"怎能不记得哦！老师的言行，老师的品德，全都深深地铭刻在我的记忆深处！我就是携带着这一切上路的。

叫梁老师转身返校，她说："送到村口的石拱桥那里吧。"站在石拱桥上，梁老师抚着我油亮的头发，掏出一方手绢来擦着眼睛。相偎了片刻，老师想说什么，终于又没有言语，只扬了扬手，示意我向前走去。

是谁说过的呢，"童年的心底是一片净土"。那么，家乡那栋四篷三间的被叫作学校的木屋，便是这净土上长久地闪耀着记忆之光的圣殿了，那位兢兢业业如慈母般给过我爱抚，而又远远地超越了慈母之爱的梁老师，就是那圣殿里的圣母吧！

温暖的乡情

你说，那是很小的时候，一到大雪天，你，以及和你差不多大小的一群伢儿和妹子，是会不顾寒冷，相邀着就去屋外打起雪仗来的。玩得累了、腻了，手脚也早冻得像红萝卜了，于是，便蜂拥着往家里钻。

这个时候，老祖母就一面嗔你们：“真是不要命了！真是不要命了呐！”一面就去后院猪楼取稻草。

那稻草自然是焦干的。火柴一擦，就引得嗞嗞地燃了，红红的火光，把老祖母那张布满皱纹的脸，也映得容光焕发起来，仿佛一下子就年轻了许多。

“快把衣服敞开，快把衣服敞开呐！”

老祖母豁了牙的嘴唠唠叨叨，真恨不得把世界上所有的温暖，都塞进你们的怀里。

稻草火燃了又熄了，熄了又燃了……你于是便感叹：时间的确是无情！其实不是不知不觉，而是无可奈何，在稻草火的温暖中，你，以及和你差不多大小的那群当爹的伢儿抑或妹子，渐渐地就都成长为大人了。

有的就留在了故乡，而有的，却当兵去了边疆，还有的考上大学后分配在城里了。

你就是留城的一个。

然而，人虽留在城里，心却在故乡。那儿的水、那儿的山，以及那儿的风土人情，总是常常挂在你的嘴上，尤其是那团温温的稻草火，更是无时不在灼着你的记忆呢！

妻有些妒忌了，讽刺你说：

“哼，一个穷山沟，有么子值得炫耀！”

你却不言语，心想：总有一天，那山沟沟会使你倾倒的。

终于在一年冬天，你提议要与妻一起去故乡看看，妻虽不太乐意，但也不好明说。

你说，那是一个清晨，你们在那个清晨上路了。

寒风无情挟着沙似的雪粒，疯狂朝你们打来。妻冻得缩手缩脚，把风衣紧裹着身子，紧裹着头，只露出两只埋怨的眼睛来。而你却颇为开心，你坚信：你们要去的前方，绝不只是寒冷。

近故乡了，上得山坳，妻说要进山坳的一栋小木屋里暖暖身子，但又有些踟躇，你知道，妻一定是担心怕讨个没趣。而你却诡秘地笑着，带妻子闯了进去。

迎接你们的，是一位老婶子。她笑哈哈地给你们让座，一双小脚蹭蹭地去取来一捆稻草，顷刻，在堂屋的中央，便熊熊地燃起暖烘烘的一团乡情。

“快把衣服敞开，快把衣服敞开呐！”

妻的心陡然热了。出得门来，她早已经把风衣解开，像朗诵一首抒情诗，很是激动地喃喃：

“啊！这就是你的故乡吗？这里的人情，是没有冬天的呐，一年四季，温暖如春呐……”

你说，这回，你没有回答妻子。还需回答吗？

站在山坳上，故乡那些低矮的木板房，尽收在眼底。许久，你们谁也没有挪动脚步，谁也没有言语。

你说，你们的内心都在感受着同一主题。

村头，那棵古槐下

已成了习惯，每日里，临近黄昏时候，石伯娘总会独自行至村头的十字路口，用那双浑浊的目光，循了村头通往外面世界的那条简易公路，久久地凝望。村头有一棵三人合抱的槐树，春去秋来，叶绿叶黄，就连老辈人也说不甚清楚，这槐树究竟有了几多年月；我是问过祖母的，可祖母也只是摇头，许久，才似乎想起了什么：“你曾祖父说过，那是棵古槐。”同样也没有答案。

石伯娘就依傍着古槐站立，那双古槐树皮一般多皱的手搭在前额，把一条从井湾里粼粼流过的小溪望得渐渐细瘦，把一座座远山望成了钢青色……好多次，我骑在牛背上，悠闲又悠闲地牧归回村去，从古槐旁路过时，便听到一个梦呓般的呼唤声：“牯儿，牯儿……”

牯儿是石伯娘的晚子。石伯娘生了九胎，就只养活了牯儿。

牯儿是石伯娘的骄傲，也是我们井湾里人的骄傲。他是我们井湾里唯一的大学生呐，早几年，井湾里没修公路，接通外面世界的是一条又窄又弯的小径。牯儿就是踏着那条小径离开井里湾，告别小学、中学，毅然跨进了都市大学那高高的门槛的。

我没敢惊扰石伯娘。

我曾多次听母亲以由衷钦佩的口吻说起过石伯娘的身世。石伯娘12岁进井湾里，36岁守寡，居然也把日子打发了过来，且还把儿子送进了大学，这确乎不能不说是一种奇迹哦。

当初，牯儿呱呱坠地了，作为母亲的石伯娘，乳房中却没有一滴汁液，襁褓中，牯儿号哭不已，推开盛着米汤的奶瓶，一双嫩生生的小手，却在石伯娘的怀里乱摸乱抓，而当他突然触到母亲的乳房时，便本能地不顾一切翘起了头来，用粉嫩的嘴去吮吸那干葡萄般的奶头……

直到今天，石伯娘每每记忆起这些往事，心头仍然还惴惴不安。她总是想找机会向自己的儿子解释清楚，作为母亲，还有什么比这更揪心的！

当时，什么样的办法没有想过呢？

石伯娘依了老一辈人的说法，买来纸钱买来香烛，用了茶盘搬了三牲三熟去关山求助土地神；响头都叩了几十个，膝盖跪得青一块紫一块，却终于没能如愿以偿。

牯儿每每发怒，便是狠命地吮吸着母亲的奶头，一直吮出血浆来。然而饥不择食的儿子，却以为那黏稠稠的鲜血是母亲的乳汁，愈发地吮吸得起劲了……但这毕竟只能得到很短暂的满足，转瞬，牯儿又嘶声竭力地号啕起来，而且哭得上气接不住下气了。于是，石伯娘，不得不又一次解开衣襟，把那带血的奶头颤抖着喂进牯儿的小嘴。

为了牯儿，石伯娘不得不作出去路边乞奶的选择……

总算没有白等。远远地，从邻村过来了一群去小镇赶集的队伍，其间，就有一位是正在哺乳期的大婶。

“哎哟，你不要命呐！”

那位好心的大婶迅疾地从石伯娘怀里抱过满嘴血浆的婴儿，忙又让脸色惨白、嘴唇发乌的石伯娘依傍着古槐坐下来。其时，一种难言的羞惭，一定是如箭矢般穿进了石伯娘的心房吧。然而当看到儿子等不及眼前这位陌生的母亲解开纽扣就毫不认生地一头扎进了她的怀里时，石伯娘那惨白的脸上终又漾出了神采，为儿子找到这么一位“活观音”而笑了。

哦，牯儿！当我从母亲口中听到这一切时，便是领悟到了一个真谛：世界上，第一个为我们的啼哭而焦急不安的、第一个为我们的快乐而欢笑的，就是那个崇高的名字——母亲啊！

是你吮吸得饱了，也吮吸得累了吧，不一会儿，一边衔着奶头一边便熟睡在这位不是母亲的母亲怀里了。也许，还正在做着与这位陌生母亲毫不相干的梦呢。于是，那位大婶，才肯把你交给一直呆呆地守候在旁边的母亲。且还没忘记在你那粉团脸上印一个亲吻，继而，才匆匆地去追那些走远了的赶集的同伴……

就这样，一回回、一回回地，牯儿终于在石伯娘的怀里，也在那些陌生的母亲怀里长大成人了。

我想，石伯娘一定是颇担心的：人长大了，心也会长大；而心长大了，值得记忆的事又该是何等的多哟！

于是，每日里临近黄昏的时候，您才总会独自行至村头的十字路口虔诚地祈祷、无声地希望！

您是多么愿意相信：就在儿子思念起自己还并不很富庶的家乡——井湾里时，内心间会萌发出某种责任感；也许，在某天儿子毕业回家，于公路上遇见那些慈祥和蔼的农妇时，能轻声地说：

“老妈妈，我还认识您！”……

夜幕很深了。石伯娘，是要把自己也凝立成一棵古槐吗——一直等到儿子牯儿回来？！是的，儿子曾写过这么一封信的：“妈妈，那一切，儿都铭记在心中呐！也就是因为铭记着那一切，儿子才如此地发奋如此地努力呐！”

——古槐，将作证。

故乡那座桥

井湾里的村口横跨着一座桥。

桥下是浅浅的河。清清澈澈的河水，自井湾里的后山竹园村流出，淙淙潺潺，绕五六个山弯，便流到了我们井湾里，然后，迂回百转，注入资江，给粼粼清波增一叠清澈浪响。

那桥的年岁久远了。渐渐，就有了一个隆重的名字：老桥。有人说老桥是成了“器”了，在村口生下了根须。不过也难说不是，每每山洪暴涨，那如同一万匹野兽嗥叫着出山的气焰，为什么就总也冲不走老桥呢？后来我稍微懂得了一些世事后才明白：那原来是老桥的地域平添了它的优越感。两面山崖，恰在这儿伸出半截喙来，把老桥紧紧地叼住了。那老桥的两旁，镂刻着蜈蚣，活灵活现。据老辈人讲，那是镇孽龙的。

想来，我们井湾里的先人是善于寻找自我的极佳位置，且也还有着一定的文化层次的。

说这河浅，那只是相对而言的。其实中流处也足足有一人一手深。倘若这河只有脚背深浅，那么老桥也就失去它的重要性了。

老桥依然横跨在村口，一任风吹雨淋……

后来我们这群伢儿中也有异想天开的。为了显示自己的聪明与骁勇，跃跃欲试和先人们比能耐。做了一种特殊高脚木马，决意要踩了高脚木马过河去。可是，虽然从家里搭了凳子踩上了木马，一到河边，那圆溜溜的石子便捣起蛋来，一滑一滑，晃晃，便栽倒在河床里了。再后来我们这些伢儿又想起了别的办法。把家里洗薯粉的大木盆子，七手八脚抬到河里来，拿了根粗长的柴棍，学着资江河里撑渡船的模样，撑起那木盆来了。撑呀、撑呀……然而那木盆只是绕着圈圈往下河漂出，怎么也到不了彼岸。

看到我们这些幼稚的背叛行为，大人们只是宽容地笑笑，说："离不开老桥的！离不开老桥的！"

真的离不开老桥吗？在心里，我们觉得好羞辱。

于是，老一辈人就更是倍加看重老桥了。手舞足蹈，常常交口赞叹着先人的业绩。

俗话说：创业难，守业更难。我们井湾里人为了守住这一祖辈留下的业绩，确实是花费了不少功夫。不知是从几时起，还定下了这么一个规矩：农历七月七，定为给老桥光油的日子。光油有好多讲究。首先是油要净。油是桐油。所谓净，是采摘桐籽时就非得注意不可：一律要从油桐树上一颗一颗摘下的，不准沾地，更不准有哪怕是半个女人插手；榨成油了，要用大瓷缸封起来，且不要被"四眼人"（即孕妇）所看到。到了七月七，整个井湾里都放假一天，女人足不出户，男人们便用了大黄锅把桐油煎得滚滚开，再一瓢一瓢地把油浇在桥木上，寸寸节节，马虎不得的。其时，一些老年汉子便摆了三牲三熟的供品，点燃了香烛纸钱，一鞠一躬地朝着老桥拜祖宗。口里还喃喃地说些感激先人的言语。样子很是虔诚。一脸的皱纹，似乎埋藏着深远的痛苦，又似乎流露着无限的喜悦……

涂完了油的老桥，陡然间就又崭新起来，闪着幽幽光亮在人们眼前炫耀。

这一天，是不准任何人或牲畜过桥的。

到了第二天，也得请井湾里岁数最大的风明公先过一趟才准放行。风明公眼珠都老得发黄了，不能行走，于是就由人搀扶着过桥……

好神圣好神秘的老桥啊！

只是我刚懂得了一些世事后，就被送给了井湾里外面资水江畔的一个小镇上的表姨做儿子，便绝了每年七月七看老桥光油的缘分。但是好多年后，我都还是能记忆起那庄严而神秘的场面来的。

（井湾里清清澈澈的河水，粼粼地该流走了多少岁月？）

如今井湾里已经有了一条简易公路直通外面的小镇，虽然弯弯曲曲，但毕竟有了三三两两的手扶拖拉机或小翻斗车“突突突”地在放纵行驶。

一任风吹雨蚀，老桥依然还横跨在原处。

偶尔也还有几个年岁好老的长辈从老桥上经过，走走停停，停停走走，像是在寻找失落了的什么东西。桥两面的崖嘴上，长满了灌木，零零星星的几朵野花绽开，清清冷冷的，很是寂寞。

怀着一种复杂的心情，我也还是绕开了那座巍峨耸立地屹立在上河的钢骨混凝土新桥。一路萋萋荒草，来到了往昔曾光彩了一年又一年的老桥上，怕是听到了我重重的脚步声，有一老者回过头来，瞪着一双惊讶的眼睛，看我很久。

老桥是确实老了。几根古木一颠一倒并排串着，显出一副骨瘦嶙峋的模样。昔日浇上去的桐油还在桥上闪着光亮，但那已经是幽暗幽暗的光了……

上河那座新桥剪彩时，该是谁率先跨过的呢？

——噼噼啪啪，井湾里炸响了迎亲的炮竹。哦，我赶上了一个吉祥如意的好日子。

外婆堂前的石柱

外婆家的堂前，有一根人手一抱粗、三尺来高的石柱。那石柱的顶端虽然凹凸不平，却很光滑，更奇怪的是石柱的中间还被什么拦腰勒出了一条深深浅浅的痕迹来。

那时，我还不懂得那石柱是作何用处的，至于它的来历，就更不知道了。每回，我陪姐姐来外婆家时，一到堂前，姐姐就先停下脚步，朝那石柱打躬作揖。我问姐姐这是为什么，姐姐也不太清楚，说那是母亲在世时就教她这么做的。

住在外婆家里，我看到外婆起床后的第一件事情，就是给那石柱点上几根香烛，口中还喃喃地说些什么话语。外婆爱我若掌上明珠，然而有一次当我一纵身跳到那石柱的平顶上时，外婆陡然怒了，一把将我揪下来，还给了我一顿骂。

我委屈得哭了。外婆的心真软，她随即又把我搂进怀中，梦呓般地给我讲起关于外公的一些事情来。

外公年轻时是条壮实汉子，不料一双眼睛却突然瞎了。那是进山砍炭柴时，被树叶掸了一下，后来就一直泪水汪汪，睁不开眼睛。不久外公的眼睛瞎了。

那时，外公还只有三十出头的年纪。

年纪轻轻的就破相了，而且又独独是双眼睛。这不能不说是件令人生悲的事情。然而我外公自幼就脾气倔强，好强好胜，即使是瞎了眼睛，他同样也受不得人家半点虐待和歧视。他常常对着我外婆发脾气："你听着，我眼瞎了，脚却没跛的，还能做得事的，我不会吃闲饭的！"好像硬要与人争高低。

我母亲是外公的长女，下面还有两个弟弟。家里的生活要遭到冲击是无疑的。听着外公的叱骂，我母亲自然不会吱声，外婆也只好忍着。外婆是个善良的人，她知道外公需要理解、体谅。

外公不能再上山砍柴烧炭了，也不能下田扶犁掌耙。他总想找事做。后来终于想起了编草鞋。

编草鞋也不是件容易事情，有好几道工序。最重要的是捶草。那是把选过的稻草打成捆，放在平整坚实的岩石上，一边喷水一边用棒槌使劲捶。捶得愈柔软愈好。那样，编织出的草鞋既耐穿又舒服。另外一道工序便是搓草绳，那草绳要搓得均匀，搓好了还得磨勒光滑，编起草鞋时就省工省力多了。

外公做事很讲究，就连眼睛瞎了也不例外。

在编草鞋前，外公请了个石匠，凿铣了一根人手一抱粗、三尺来高的石柱。他就把那石柱立在堂前，既可做捶草的垫墩，又可用来磨勒草绳。

那石柱上常常溅着血迹。外公眼瞎，明明亮亮的一个世界，一下子变得黑暗如深井，手脚与脑神经自然难以配合，捶草时，免不了有时砰的一声捶在手指上。因此，手指破裂而流血的事情，是常有的。起初，在不顺畅时，外公总会动怒骂娘，但后来他的脾气却又出奇地好转了，变得很是慈祥和蔼了，就如堂前那根石柱，开始是那样粗糙，后来渐渐地就被草绳磨勒得很是光滑了。

外公编织草鞋出了名，许多人都来我外公家购买草鞋。外公家住在资水中游南岸一个叫青石岭的山坳上，晚上寂静时，也能隐隐听到资水的涛声。上至邵阳五岗洲，下到益阳茅草巷，到处都有人穿我外公编的草鞋。

尽管这样，我外公的草鞋依旧不涨价。一双薄薄的益阳板子草鞋，需一角五分，纤夫们顶多也只能穿半日，而同样是这些纤夫，他们穿着我外公的草鞋拉纤，可以穿上两天整，价钱又是一样。有人善意提醒他，是不是适当提高点价钱，我外公却说：“人心要知足，别人看得起我这盲人编的草鞋，是对一个残疾人的抬举。”

前来买草鞋的人越来越多，而且常有不少人空着手回身，外公总觉得过意不去，像欠下了人家一笔债似的，他更加不分黑夜白天地忙碌。外婆担心他会累坏身子，总是劝他歇息，而外公却回复说：“人成了瞎子，眼睛看不见许多的事物，也就省去了许多心思，手里忙一点，还觉得好受一些。”外婆当然不便与他驳理，只是在一旁摇头悄声地叹息。我母亲每每想帮外公，总是遭到拒绝。理由是简单明了的：都已经是该做媳妇的人了，要把整个心思和精力用到针线上去。他不愿自己的女儿出嫁后在婆家地方上打下班。

我外公编织草鞋所攒的钱除了用以维持家里的生活外，还每天往一个粗布袋里放进几角零钱，那是为我母亲存的。他多次同我外婆商量，女儿出嫁时，要办得热闹一点，莫让人家小看了一个盲人的闺女。

遗憾的是外公还没有等到自己的女儿出嫁就去世了。

我外公的死真有些奇怪。他是手扶着那根石柱死的，一捆还未来得及捶软的稻草，就静静地躺在石柱的平顶上……我外公也许是累死的。

是的，我虽然无缘见到那位被灾难折磨了半辈子，死时却又不肯弯下脊梁的外公，但对于那根石柱，我是熟悉的。而且，从外婆口中听了关于外公的身世，我也理解了外婆、母亲以及姐姐对石柱的感情。

夏天的回忆

也许，对于一个儿童来说，别的都可以失去，而母爱却不能没有，然而你还未满周岁，母亲就得急症死了。父亲，又在你11岁时莫名其妙地劳改去了。是祖母一口米汤一口稀饭把你喂养大的。哦，你仍然是幸福的，有祖母的爱抚慰着你。

祖母六十多岁了，身体又不好，那老掉牙的大襟衫穿在她那瘦骨嶙峋的身上，就如同挂在古树枯枝上一般。幼小时，你总是像影子一样，常跟着祖母上山下地。倘是突然间下起雨来，祖母就会丢了手头的活计将你一把搂进胸怀，用大襟衫紧紧地把你裹着，一双小脚急匆匆地往家里赶……

后来，老人家的四肢在一次奇冻中损伤了，几乎成了残废。你多么希望自己能陪伴能侍候老祖母啊。可是，祖母却催你起程了。因为生活所迫，你已不能继续外出读书，只好跟一位做木匠的堂叔当起徒弟来，弄碗饭吃。

祖母送你到村口的石拱桥上，眼眶里盈盈地汪满了泪水："去吧！要好好听师傅的话……"你陡然觉得腿肚子仿佛灌了铅一般，木木地立在桥头，久久，久久……

你就这样走上了风风雨雨的手艺生涯。

其时，你祖母又正患着水肿病。一个几近瘫痪的老人，又病魔缠身，那情景是不难想象的。

做木匠一般都在山区大队，离家远远的。手艺人有句行话：端人家的碗，属人家管。你又怎么能经常去侍候可怜的祖母呢？

听人说用冬瓜蒸泥鳅吃能够消水肿，你终于鼓足勇气向师傅求情，准一两天假让你回家给祖母试试。

大多数人的生活来源仿佛也在那个夏天枯竭了。你知道家里没有冬瓜，虽然你做木匠活的这家住户种了好几蔸，但当你说明意思时，主人却显得很为难。也是啊，别看这些小小的冬瓜，待到初秋成熟后，每只都长得几十甚至上百斤的，能抵得口粮十天半月呢。末了，住户当家的到底被你这早熟的伢儿打动了，豪爽地说："你就摘去吧！"

你被感动得淌了泪水。那也是高兴的泪水啊！你想：祖母只要吃下这冬瓜蒸泥鳅的土方，水肿病就一定能康复的。

第二天到达村口，已经近中午了，你将手里的冬瓜在路边放好，跳进田中捉起泥鳅来。太阳好毒好毒，田里的水似乎被煮沸了一般，时不时飞来袭击的牛蝇，引得你使劲地扑打，于是，待捉得泥鳅出田，便早已成了一个泥巴菩萨了。

然而刚上石拱桥，就听到了噩耗：祖母已经断气了，那一张嘴巴，却久久地不肯合上。

你猛然觉得一阵头晕，手中的冬瓜和泥鳅，"啪"的一声全都倒在地上。冬瓜已裂成了数块，那些泥鳅也只挣扎着扭了扭尾巴，便僵直了身子……

——那个暴虐的夏天啊！

旋转的岁月

过春节了。

村子里炮竹声声，响铳喧天，像是有意在宣告：我们井湾里吃团年饭了。

那是怎样的一种气氛哦。

一瓷碗一瓷碗地盛酒，一土钵一土钵地装菜，每个人都醉成了红脸关公，老窖酒又碰撞开香醇的兴奋……

每年春节，我自然是回到了老家井湾里的，回到了这彩陶般古朴的乡俗中……吃罢团年饭，便是关着门守岁。我们兄弟、妯娌，围火塘而坐，一边剥着瓜子、花生，一边乘酒兴漫无边际地闲谈，尽情地分享蔸根火散发出的充满着泥土芬芳的温暖。不知是谁，忽然发着感叹：要是祖母健在多好啊！

祖母苦熬了一辈子，最苦的怕是在三年困难时期吧。

那时，我们兄弟三人都还很不懂得世事。哥7岁，我5岁，弟弟正是蹒跚着学步的幼儿呢。偏偏在那样的年月，母亲又抱病离开了人世。虽然父亲在外工作，但那时，一个月薪水仅能够换回几个鸡蛋。全家人的生活，无疑就依靠佝偻着身子的祖母来支撑了。

祖母总是使着法子为我们弄吃的。她特会弄一种叫“神仙豆腐”的东西吃呢。

我想，那许是属于蔷薇科吧：其茎秆和苎麻的形状差不离，只是叶子要比苎麻叶青嫩，圆圆的，牛蹄一般大小。满山满岭，到处都有。那种有着超凡脱俗美称的“神仙豆腐”，就是用这种青嫩的叶子磨成汁液所制。

祖母是旧社会过来的人，一双小脚，上山下地极是不便，采摘“神仙豆腐”叶子，自然是不能胜任的。我们兄弟三人呢，虽然动口不会比人家差，而轮到要动起手来，却是无能为力了。我们家能有“神仙豆腐”饱口腹，那又大多是人家给我们送来的叶子。人家怕祖母不肯接受，还总找借口说：“你看你看，我家媳妇每次都只差没有把山背了回来，怎么吃得完哟，你家就帮一个忙吧！”不等祖母回谢，把一大篓“神仙豆腐”叶往我祖母怀里一推，就匆匆地转过了身去。祖母自然是感激之极，把手搭上前额，痴痴地望着，一直要让人家的背影从视线中消失。

祖母常说，富贵人家是磨制不出“神仙豆腐”来的。有一个传说：“神仙豆腐”本来只有神仙才能磨制，救苦救难的观音不忍心见凡夫俗子们挨饥饿，故变成一位老妪，把磨制“神仙豆腐”的秘方传给了人间。祖母对此种说法坚信不疑，每每在磨制“神仙豆腐”的时候，都总是在口中喃喃地念着些怎样感激观音菩萨的语诀，那神情虔诚得委实感人。

后来，我也学会磨制“神仙豆腐”了。把那秘方传给我的，同样是一位老妪，只是无论如何也不是观音菩萨，而是我祖母。

我们家的堂屋中间，有一副大石磨。在那种年月，石磨便有用场可派了。本来只用于喂猪或只吃吃尝鲜的蚕豆、苦荞等杂粮，就不得不拿出来磨成粉子给人充饥了。左邻右舍，都看中了我们家那副石磨。那时，井湾里虽然贫穷，而人情，却是很富有的。现在想来，愈发觉得可贵。我还记得很清楚：每每有邻舍借着我们家的石磨，磨完粉子后，都总是极为豪爽地要分几捧粉子给我们。这是因为我们家实在太困难了，人家完全是一片诚意，任祖母怎样推脱，也毫无用处。不然，还会生起气来，说："是不愿意让我们来磨粉子吗？"

其实，有些事情，说出来还很难为情呢。有时，倘是我们饿得慌了，而家中又实在无什么东西拿出来充饥，祖母就只好叫我们将堂屋门暂时关严起来，她自己就拿了那把扫石磨的小小扫帚，颤颤地将人家磨过了粉子的石磨重新清扫一次；清扫前，还再三嘱咐我们，若有外人来，要马上告诉她。在这样的时候，祖母的神色总是慌慌张张的，一边清扫着石磨，还一边摇头叹息，心里头，一定是很难过吧。而我们兄弟呢，却兴奋得手舞足蹈，相争着把祖母清扫下来的一酒盅或半酒盅粉子，兑了开水啵啵啵猛喝着撑肚皮。

我们真是些不懂得世事的顽童哦！

此后，凡有邻舍来借我们家的石磨，我们兄弟就总是会直勾勾地望着人家，也望着人家磨完粉子后，莫要把石磨清扫得太干净了。大概孩子的内心最容易被看透的吧，来磨粉子的邻舍们，当真只草草地把石磨清扫了几下就完事，还装得很匆忙："呃哟，这些天，家里的事情全挤成了堆哟！"边说边豪爽地为我们家分了几捧粉子，便匆匆地回家"忙"他们那"挤成堆的事"去了。

不料却惹怒了祖母，她气得佝偻的身子直打颤，夺过我们正争抢着的小小扫帚，"嘭嘭嘭"就在我们屁股上乱打起来……我们都吓蒙了，呆呆地木立着，也不吭也不躲。祖母疼我们孙儿，是整个井湾里都公认的，从来就连重话也没有对我们讲过……祖母，您这回为什么发这么大的火气呢？

祖母的手软了下来。不知在什么时候，她已经把扫帚扔掉了，正跪着用一双酸枣树般多皱的手抚摸着我们青肿的屁股。一双眼睛，老泪纵横："你……你……你们……太不懂事……"

…………

时间一如石磨，一个圈，又一个圈……转走了许多岁月。我们兄弟都已经成人了，并且通过自己的努力和社会的培养，成了才。哥哥入了党，担任着井湾里的支书；弟弟也成了这远近闻名的果农能手；我因为喜欢写写东西，常有文章在报刊上发表，还调到了县文化馆工作呢。我们都已经成为“富贵人”了。照祖母的说法：我们是再也磨制不出“神仙豆腐”来了……然而，那个吃“神仙豆腐”以及争抢着清扫石磨上的粉子充饥的年代，却永远烙进了我们记忆的深处……

窗外，大雪纷飞，田野山地，像已铺盖了厚厚的一床雪被，有俗话曰：“瑞雪兆丰年。”怕是为了迎接这新的丰年的到来吧，“噼噼啪啪，噼噼啪啪……”炮竹、响铳，在井湾里响得愈发地热烈了！

鹊　桥

一

说的是我们井湾里那一座鹊桥。

修那座桥时，我还没有出生。听祖母说，那时我父亲都还怀在她的肚子里呢，是男是女，谁也不知道。可村里人却满脸自信的，说一定是个儿子。人们笃信那样一条“定论”——修桥补路，儿女莫愁；为人只要肯积功德，肯行善施好，苍天有眼，会尽如人意的。

我曾祖父正担任着那座桥的主修。

那时，生产力水平很低，可人心齐呀，每干一件于大家有益的事，只要有个牵头的，无论男女，跟着就上。修桥自然是件大的公益事情，不但要出劳力，还要集资募捐。我曾祖父是个俭朴人，对自己和家里的花销把得极严，作为儿媳妇的我祖母，对此还有过怨气，暗地里骂他是个“守财奴”。不过，祖母更多是对曾祖父的赞赏，说他凭着一双粗手干活，凭着精打细算过日子，居然成了井湾里的一户“土财主”。还说左邻右舍有了什么难处，他总是不惜财力相帮相助的。大家正为溪水的阻隔伤透脑筋，他竟然倾囊拿出多年才积攒起来的四百块光洋，说是要修一座桥。

响应者一时云集。大家三块五块，十块二十块，有光洋的献光洋，无光洋的出劳力，四乡八村，闻讯前来募捐者亦有不少。工匠们挥汗如雨，土工们挥汗如雨，我那担任着主修的曾祖父，更是无昼无夜地守在工地上，眼睛挂满了血丝，脸部瘦削了进去，就连我祖母已经分娩，是男是女，也忘记顾及，全身心地扑在桥上……

二

功德无量哦，我的曾祖父，我的先人！

记得年幼时，我去村外的小学念书，每每经过鹊桥，总是情不自禁地驻足，贪馋着目光，寻找桥梁或桥柱上是否有主修人的姓名，是否有募捐者的记载，却都没有。带着疑惑去问祖母，老人很生气的样子，说："人心诚，德无量。那桥又不是某一个人修的，要记名字，把桥记满还记不下呢。"想想，却想不明白，就觉得祖母比学校老师要深刻。

后来再也不敢寻那些虚荣的东西了。

还是喜欢在桥上驻足，看桥梁上那精雕细琢的蜈蚣。听祖母说过，那蜈蚣能镇孽龙，有蜈蚣在，孽龙就休想兴洪水把桥冲走。还数桥上的柱子，一面有十二根，要两人合手才抱得下的。抱过，数过，就发感慨："老一辈人力气真大！就为现在的人个头越来越矮小感到悲哀。有大些的同学不服气，说："现在的人要比古时的人聪明，晓得造起重机呢，连这整座桥也吊起来嘞！"于是一片啧啧声，好久不息。

三

更大一些了，知道欣赏什么叫作美了。私下里认定，世界上最美的是家乡那座鹊桥。读过那首"不识庐山真面目，只缘身在此山中"的诗后，我们不再驻足在桥上看桥，而是伫立在远处端详它的雄姿。

果然又发现了鹊桥的美呢！

鹊桥的两头，要比中间的桥廊高出许多，如两座独立的五角亭。所谓五角，是包括了中间那擎天一柱的。四面高翘的角檐上，分别挂有纯铜的风铃，阳光下熠熠生出金辉，耀人眼目，偶有微风，那风铃就叮叮洒下声声音响，似从远古飘来，又像是从听者的体内发出。我是用心辨听过的，似乎是听清了什么，却又言语不出。

是不是可以叫历史的回声呢？

我的曾祖父，以及与我曾祖父同一辈的人都不在了，鹊桥仍然横卧在村口的山溪上；鹊桥上没有刻下修桥人的名字，村人却记住了他们。我为井湾里有这么一座鹊桥感到自豪。

四

母亲早逝。我是祖母喂养大的，不仅用米糊作饮食，而且还有那许多优美的传说和故事：

……从前，有一个心地善良的樵夫。一天，他挑了担柴上街去卖，柴卖完了，正欲去米店买米回家，却看到一只被打跛了腿的小花鹿，可怜兮兮地跟在猎人的身后，当然那位猎人是牵着这小猎物上市换钱的。樵夫的心被小花鹿那盈盈地转着泪水的明眸揪住了，于是，他立即改变了主意，用买米的钱，换来了那只小花鹿，并且，为小花鹿敷了些草药，复又把它放回了山中去……

吃过晚饭，坐在门前的老槐树下，祖母一如往昔，又给我们讲起那些永远也讲不完的优美故事。可是，新近来我们井湾里“串联”的几个外地大学生，却像不知道我祖母是上了年纪的老人似的，一点礼貌也没有，争抢着说：“那样的故事早过时了，该扫进历史垃圾堆里去！”接下来就为我们讲“东郭先生和狼”还解释说，人生是残酷的。人生的哲学就是斗争的哲学，等等。

老祖母那单薄的身子微微地颤抖了一下，把目光投向村口的那座鹊桥，长长地叹了口气。

老人家是不是预感到了什么呢？

五

一切是那样的突然。哲人却说，也是必然。

一时间，井湾里到处贴满了标语。小学生由几位大学生率领，举着三角小红旗游行，还跟着呼口号。

经过鹊桥，一领队的大学生陡然止步，双目怒视桥梁上镂刻的蜈蚣，良久，几个人一阵嘀咕，最后定性下来：“这东西是典型的四旧！”于是，就派人找来村支书，说是非要把桥梁上的蜈蚣立即凿下来不可。

游行归来，那蜈蚣依然如故。再派人去找支书，没找到，说是病倒了。

六

祖母是活活气死的。她睁大着眼睛，张大着瘪嘴，想说什么，又说不出来，我理解老人，安慰她也安慰我自己，说：“祖母，村口那座桥，我们会重新修建的！”祖母这才闭上双目，合上嘴，离别了这个世界。

七

日子连同溪水一样流逝。

十多年过去了。我已是堂堂一条汉子了。许下的诺言，亦还依稀记得。可是总难下决心去效法我的曾祖父。不是没有钱，而是觉得钱留在手头更有用处。莫说集股办企业分红，就是存进银行里，每月有利息，越存越多，越存越活，何乐而不为呢？

再说，就是我能拿出一两千块钱来，又有旁人响应吗？人家不说这干的是把钱扔进水中，响也不响的营生吗？

只是，每每涉水过溪，看见残存在村口溪谷间的那几个孤零零的石砌桥墩，心里却总是免不了发怵。似乎觉得那不仅仅是几个桥墩，也是几位先人在执着地等待着什么……

回　家

一

青山绿水，长路一条。那是回家的路。

家乡是贫穷而又落后的。前些日，查新修县志，有这么一段文字却触动了我，使我振奋：井湾里位于湘西与湘中交界处，属山地。如树皮尖、狂风坳、七峰垭及月朝山等，险峻奇峭；森林覆盖率为87%，林木蓄积量约7290立方米，并出产油茶、油桐、茶叶、棕片及山药……

家乡是有潜力可以开发的。

但是啊，过去，村人偶尔也带了茶叶、棕片及药材到外面小镇去，那又无一不是作自己家乡特产的展览，并不晓得要高价格。年幼在家乡，常常地，同堂婶或堂伯母去小镇卖茶叶，那情景，一直难以忘怀。

那每每是一年一度的谷雨前后。

春雨霏霏，布谷声声。一朵二叶嫩绿的茶叶，是只能用了指尖尖去掐的；茶芽芽放进随身携带的水竹篾花篮里，颤颤瑟瑟，那怯生生的样子惹人怜爱。堂婶或是堂伯母们，人人是制茶行家，三揉四炒，便把茶芽芽制作成香喷喷的谷雨毛尖了。那茶尖尖上是弥漫着浅浅一层白雾的，那是乡下人缠绵的情丝吗？

沿着蜿蜒于青山绿水间的一条小路，我们到了外面的镇上。

堂婶和堂伯母们，就把谷雨茶摊开在膝上的水竹篾花篮里，街头巷尾，即刻就有了茶叶的馨香在浮动。

有人循馨香到跟前，先是一片惊讶："哎呀，这么好的茶叶！"而后就麻着胆子问价格："多少钱一斤？""没带秤哩，估一下吧，"我的堂婶或堂伯母抖抖膝上的水竹篾花篮，说："共五块钱，不贵吗？"小心翼翼的样子。买者若是外地人，眼巴巴望着这些乡下妇人诚实得令人忧愁的面貌，就会吓一大跳的。满满一水竹篾花篮茶叶，少说也有两斤重哪，又是如此绝好的谷雨茶，未免太贱了，是觉得于心不忍吗？诚实对诚实，说："应当多要点价的，嫂子！""不，不敢哩，土里生长出来的东西，大家都可以分着尝尝鲜嘛。只要给点手工钱就行了！"

买者用袋子装好茶叶，走去老远了，还回头再望我们。那是一种无端地发愁的眼神。是不是包含了这层意思呢？

——乡下人多么笨拙！

二

我又走在小镇通往井湾里的路上了。

是昔日的山径适应不了拥挤的生活？载不起时代的重负？延伸在脚下的，已是一条气派得颇为趾高气扬的宽敞公路。想想，我是该为家乡的变化而自豪的。

却为什么让它如此粗糙着呢？

路面大段大段地被水冲成沟壑；坚石成群地呲着利齿……人们既然已把它开辟，为何就不耐着性子把它修成坦途？为何就不花点工夫把它养护好？我的乡亲们哪，你们都在忙些什么啊？！

风卷尘埃，一辆卡车吱地在我跟前停住。

"喂，伙计，搭车吗？"好熟悉的乡音。看看车门上，果然写着"杨林乡井湾里村"字样，这是家乡的车哦。司机是个小伙儿，十八上下岁数，戴一副茶镜，我辨不真切他是哪家后代，就想，他一定是认识我的。不料，刚进车门，却伸出手要车费：“伙计，是出公差的吧，两块钱怎么样，我有车票给你呐！”我想告诉他，我就是井湾里人，但是啊，有这个必要吗？钞票遮住了他的目光。

这怎么是我的家乡人所为呢？

有些恶心，头晕眩得厉害。我无端发愁地望着两面群山，却不见了昔日的苍翠——树皮尖、狂风坳、七峰垭及月朝山，你的81.7%覆盖率哪里去了？你的7298立方米的林木蓄积量哪里去了呢？

新版县志上那段关于你的文字记载油墨还没有干哪！

开发岂能与毁灭相同哦？！

三

回到家中，不敢停留，匆匆地，就去看那口“清心井”。它能告诉我些隐秘的事，我想。

家乡因井多得名，名曰：井湾里。然而，那井又多是洗衣洗蔬菜的用水井，真正供饮用的，就只有那一口“清心井”呢。又恰好在井湾里中段。是不是先人有过什么遗训？人们都习惯走远路舀了这口井里的水煮饭烧茶。

记得，那口井每年都掏过了一次的，把沉淤在井底的泥渣掏出来，那“清心井”就愈发清爽了。无人委任，没有人推选，掏井的事就由井湾里的德公操办。每到谷雨前后，德公就挨家挨户去“打汇”，一家汇三分五分零钱，由德公开支给出苦力掏井的汉子。德公年纪已老，走路多有不便，总是拄着根手杖走路的。但是一到掏井的时候，德公的身板就出奇地硬朗了。还有妇人送擂茶来呢。送到井边，给掏井汉子们解饥渴。掏井汉子也就愈掏愈起劲了，还打趣“请示”德公：“明年这个时候，这井还由我们来掏吧？”德公眉眼间溢着欣慰，手拈着胡须，说：“好哩！好哩！”皆大欢喜。

遗憾是这次来家乡没有见到德公。德公已经仙逝好几年了。唉，德公后继无人，谁也不再为掏“清心井”操心了。无疑的“清心井”也就成了“浑浊井”哦！

不是拿不出三分五分零钱来，也不是没有空闲时间。堂婶不无忧虑地告诉我：“人都闲得无聊哩，买卖祖业发了大财，田也懒得种了，阳春三月，都拿着大五大十的票子在打牌呐！”

但是啊，这牌局何时收场怎么收场哦！我是怀着由衷的心情俯身掬了捧井水到嘴边的，那首蕴在我心中的歌，也便脱口而出了：

美不美，家乡水

…………

然而我却没敢亮开嗓门，我怕让乡亲们听见，因为我不知道他们听了会作何感想，同时也怕让自己听见——那是我自己在欺骗自己啊！

传统美德，已同传统劣性一起被杀伐了！

我想找乡亲们聊聊，了解一下他们的心态变化的历程，交流一下我自己的看法。其中包括价值观问题，也包括开发与毁灭的问题以及包括那条引我回家的路。尤其是那条回家的路（它很像某种象征哦）。把我的想法告诉他们，以前的那条瘦小的山径固然不值得留恋；但是啊，我们也该克制一下浮躁的心绪，把这条已经开辟了的大道修成坦途……

——井湾里，我的乡亲啊！

幺伢崽

幺伢崽在我们井湾里算得上是一位奇人的。

12岁那年，父母双双病故，其时，你刚好读完四年初小，便离开了校园，开始了独立生活。居然也灶里未断火，匾缸里没断粮，且还在工余农闲时作出些短诗及寓言之类来，寄给县文化馆的《山花》杂志，竟也发表了。

这几年，政策放宽了。你便把分得的责任田转包给了人家，且还将父亲遗下的那栋四篷三间的老屋拆散卖给了缺材少料的湖区人。你真有气派：零零整整，你将那卖屋料得到的一沓票子往腰里一捆，便一个包袱一把伞告别故土，到外面闯世界去了。有的人曾私下里猜疑：幺伢崽怕是真想成为一名文学家吧！是有意出外流浪，用身心去感受社会人生的冷暖，为今后写出一鸣惊人的巨著而做准备?

只是不足半年，你又回来了。却并没有听见你提起过“文学”二字。而是说要新修一栋屋宇在井湾里的村口。井湾里通向外面的那条公路，正好就在你将新修的屋宇那儿发源。

也许是“有钱能使鬼推磨”？一栋五篷四间的木构屋宇，包工包料，只八天，便断水竣工了。我们井湾里自有井湾里的风俗：立屋要赶早。屋宇竣工时，要正好太阳刚出山坳，意在象征这家人今后的生活会越过越红火。

立屋那天，雄鸡才叫头遍，你的新屋就在一片松明火光中开始立“宝贝柱”（即中堂屏风的那一对柱子）了。“噼噼啪啪”，一阵炮竹炸过，就有人亮嗓高喊：“上梁啦！上梁啦！”幺伢崽，你是欣喜得颇为激动的，手里提一只细篾竹篮，喜滋滋地连声回应：“上梁啦！上梁啦！”且还有意将打点好了的赞梁喜钱抖出竹篮让人看见。这自然也是井湾里的乡俗：新屋上梁时，是得有人给赞言的，那叫开“金口”，于是新屋的主人便豪爽至极地将其红包喜钱抛给那开“金口”的人。多则五角，少则五分，全凭主人的气量和家底。

也有人对你的发财抱怀疑态度的，幺伢崽！理由是你那栋老屋只卖了一千五百元整，而如今你这栋新房所花的票子，是足足上了四千元的呀！仅仅半年时间，不抢不偷能攒得这么多钱回来？

其实，我是非常清楚你的，幺伢崽！你用卖老屋变换的钱作本，去外搞了几回长途贩运呐。你去县里工商局批营运证时，那报告还是我帮你送的。这次回来，你是又向我交过底，说是要在井湾里村口办一个农副土产收购站，并且是与县里农副土产公司联营。这对开发井湾里的农副资源，是颇有好处的。我真想替你解释，不想你却一个劲对着我摇脑壳，暗示我不要声张。幺伢崽！你是有意要把这致富的信息封锁，抑或你是觉得自己高明而不屑向乡亲们作任何回答？

但愿这都不是你的想法——幺伢崽！

如梦是古楼

到了安化，若是不到柘溪水库去玩上一天两天，那无论如何也是一件遗憾的事情。柘溪位于湘西与湘中的交界处，在汤汤资水中游；那一座水电站，被人们形象地喻为“红宝石”，而古楼，便在水库的中央：巍巍然一座孤山，盘山四面都竖有吊脚木楼，你莫要小看了这古楼呢，它在外面的名声，其实比“红宝石”还要响呐！

响亮自然是这块土地上的古朴民风习俗。

古楼的民风习俗确实古朴而独特。这独特处又理所当然是多儿女私情无疑（相传古楼的祖先原是一对私奔的男女）。要不，古楼怎么能成为男女老少出口便是歌的情歌之乡呢？那情歌就如同汤汤资水，日里夜里不会停息，哺育着古楼一代又一代山民。他们又常把情歌唱得缠缠绵绵，忧忧怨怨，且处处叫人断肠。也不知多情是否与多才相连在一起？反正古楼人多情又多才这是事实；常常地，他们能把日月星辰、山水田地自然地与所唱的情歌融为一体，增强着情歌的历史感与天籁感，更能巧妙地将一年中的某个节日作为情歌的主线加以延伸和抒发。

当然，若是没有去过古楼，你自然也不会相信这是真的。不过，你可以去体验一回试试，且在八月十五日去最好。中秋团圆的月亮，还可以赠一身吉祥如意的清晖于你呢。倘是相隔古楼太远了，你便可以于梦中去的，只要心诚，在梦中你自然能逸逸飘飘去到古楼，一样也能听到八月十五的《摸秋歌》：

八月十五中秋节节
团团圆圆的月亮亮
有情的哥哥呃来摸秋秋
躲在后园的篱笆边边
…………

那氛围是怎样的优美、恬静，那唱歌的女子又是怎样的多情而娇好呢？于是，拂也拂不开，你的眼前便浮现出了那古老的吊脚木楼来，而那在吊脚木楼凭栏后唱歌的女子，娉娉婷婷，又使你无法分清到底是凡尘人物呢还是天上仙女……

哥呃哥呃你乱摸呃
后园的篱笆卡卡多呃
东边是柞刺刺
西边是枳壳壳
北边是栗球球
南边是竹钉钉
只怕那月亮亮
落进了西山山
黑咕子隆咚哥呃
你还进不得妹子的园门门咧
…………

其时，一切都幻化了。歌声是水，你便是泥，渐渐，在歌声中整个地被融解了。痴痴迷迷中，你当然还会听到男人执着而坚定的歌声：

妹呃妹呃你放宽心咧
后园的篱笆卡不住哥呃——
挑开那柞刺刺
掰开那枳壳壳
扒开那栗球球
揪开那竹钉钉
不等那月亮亮
落进那西山山
清清明明妹呃妹呃
我便到了你的身边咧
…………

有趣的是你就如当真到了那古楼妹子的身边，且充满柔情地把手往左或往右挽去，甜甜蜜蜜地继续着最后的一段男女重唱：

月亮亮为我团团圆咧
桂花花为我香连连咧
哥妹有缘来相会呃
梦中千里一线牵咧
——狂风暴雨呃
折不断心中的并莲蒂咧
…………

从梦中醒来，久久，你都不会相信那仅仅是一个梦。因此，你总是少不了逢人便炫耀：

“我去过古楼呐，与古楼女子订了百年之好呐！”

听者自然被闹得好糊涂。先是摇头表示不信，而后当看到你眼里那灼灼的一对瞳仁时，便是点头表示叹服。且会心地替你高兴，高兴得颇是激动。

渐渐，古楼便增添了许多游客。凡是有机会来安化出差的人，总会择了好日子去一趟柘溪水库，租一小小机船，哒哒哒到古楼去。只是不知为何，一踏上古楼那块土地，恍恍惚惚，人便如进入了梦境中。

哦，如梦的古楼！

恋 船 曲

在鹊坪看过祭桅，我没有多作停留，便乘一小小机船，“哒哒哒”来到了一个叫槎溪口的地方。这槎溪口，是资水四十八溪中的一溪出口处，亦是在安化境内。这地方，有近五百人口，而在江岸上作田种地者，竟是寥寥无几，全靠着江资水载负起他们的生活。这槎溪口人的日子，虽说不上很是宽裕，却也难说怎样寒酸。只要有资水湍湍长流，槎溪口人在船上的烟火，也就不会中断。

寒酸的是他们的住宿。

本来，他们是满可以把屋宇修建在江岸上的。依山傍水，或左或右还有田畴簇拥。只是槎溪口人与资水船帮的规矩又有着特别之处——无论男女，无论老少，偏偏就舍不得离弃船板，偏偏就要祖孙三代挤在一个舱铺，共席同眠。他们是不枕着波涛就不能入睡吗？

这槎溪口的驾船人哪！

不可理解的是自己儿子或孙子完婚也在那窄窄船舱。只是那船自然不会是单个儿一条了，而是把前来祝贺喝喜酒的亲戚朋友的船一条一条连了起来，组成“连环船”。于是，那些个漂东泊西流来浪去的船夫抑或水手，便把自己如同锚一般搁在船板上，作短暂的狂欢。

这槎溪口，有个沿袭了许多代的习俗：凡是来船上参加新婚喜庆的人，无论男女老少，一律都得接受新娘子所斟的三海碗白酒。就是明知会烂醉如泥，也得要极为豪爽地一饮而尽的。

那酒是吉祥的象征哦！

那日，我到得槎溪口，便正好碰上有人在办婚事。我依俗给东家拿去三五元纸币作见面礼，便毫无顾忌地入席作座上宾客了。只是苦了不会饮酒的我，一连三海碗，便醉倒成一摊稀泥了。这槎溪口的人饮酒之后，是怎样的一种把“连环船”闹得天翻地覆的场面，便未能目睹，真是遗憾呢。

不过先醉的我，是比他们先醒的。我朦朦胧胧地睁开双眼，但见得满月业已傍西，那些被白酒灌过、被喜悦的狂欢灌过的人，全都还横七竖八地醉倒在船板上，呼噜噜的鼾声和着奔洒在船底的“呲呲呲”的水声极是协调。

吸引我目光的，自然是正中那条被红绸所遮住舱门的洞房船。透过绸布，我依稀看见那一对红烛还在“呲呲”地燃烧，却看不清绣着鸳鸯戏水的被子底下，那一对新婚的人儿是分头睡着的呢，还是共枕同眠的。

我不禁为他们犯难了：或许就在明天，他们的船又要过洞庭，漂长江，去江苏南京，抑或去湖北汉口跑长途，那么，一家几代，无疑就要挤在一条船舱里，这位新上船的媳妇，怎敢把自己的衣服脱下呢，脱成美人鱼一样。但转念一想，又值得惊怪什么呢？槎溪口人，自有槎溪口人的气概——只要船篷盖上了，遮住了天空那害羞的月亮和喜猜疑的星星，便不用再顾忌旁的了。祖父祖母父亲母亲也许当着他们的祖父祖母父亲母亲的面也如此这般过……

既然生活把你们全塞在了这拥挤的船舱里，那么，生活的渴念可以被挤掉吗？传宗接代可以被挤掉吗？“文明人”摇头就摇头去吧，没有必要多作解释——槎溪口的新郎官和新媳妇，你们就这么在蜜月的夜晚如两条美人鱼和一家人挤在一起吧……

船，在微微地摇动起来了。这摇动，是从“连环船”中间向着两侧波及开去的。在这静谧的安逸的江湾里，不会是风把船掀动的吧？

夫妻岩

发过誓的。你，发过誓的，发誓不再去江河湖海漂泊，躺在妻的温柔的怀里，你发过誓的，发过誓。

可锚链响了，你一怔——那不是慈母的声音吗？

——慈母的声音，在把你呼唤。

可帆篷升起来了，你又一怔——那不是严父的手臂吗？

——严父的手臂，在把你召唤。

倏忽间，你的心跳加快了频率，你的血液在沸腾奔涌。

妻是理解你的，颤颤地，她亲手把自己打成死结的缆绳解开，说："去吧，我，等着你回来！"

好幽远好幽远的声音呐！

是从亘古传来的吗？

紧接着，又有锚链在响，你说那是丈夫在向你道别；紧接着，又有帆篷升上了桅杆，你说那是丈夫在向你招呼再见。

帆船驶远了，留下一个个怅然的波纹，在心的江面上，好久好久，都不平静。

为了目送，不，为了注视，永久地注视，你把所有的家产变卖了，换来了一块又一块青石，一块又一块地，在你与丈夫分手的江岸上，垒起了一座耸入云霄的石山。

乘风破浪，终于，你，又驶进了妻的眸子里了。

日里夜里，梦里幻觉里，你不都在思念着妻吗？然而，思念并不等于理解。

——你低估了女人的力量啊！

面对着这座高高的石山，你竟怀疑起自己的记忆力来，猛一扳舵，你从妻的眸子消逝开去……

唉，你这风里雨里都未曾迷过航的男人哪！

你想喊，却没喊出声音来；你想哭，却没有了眼泪。

在一阵心的绞痛中，你忽然从石山坠入了江心。浪花丛中，江心便长出了一座礁崖……

太阳落下去了，有月亮升起来，白云飘过去了，有大雁飞回来；找遍整条资江，你复又绕回到了这段江域。

可是，你却无法登上江岸去；你的那条漂洞庭闯长江也未曾受阻过的帆船，竟然在江心搁浅了，再也无法撑开……

哦哦，你也成了一座礁崖，长在江心。

长在江心，长在江心，一个夫妻崖的传说长在江心。

纤 夫 曲

——哟——嗬嘿！

——哟——嗬嘿！

呃哩喂哟——嗬——

…………

雄浑厚重而又抑扬顿挫的纤夫号子，在浪涛喧嚣的江峡中撞荡、撞荡……仿佛一个又一个铅球，要把这两岸的崖壁石峰，全部撞成粉末。是那么深沉，是那么压抑而又悲壮！

江风，朗诵着驮满补丁的布帆。那布帆是纤夫们写给生活的信笺啊，千年，万年，重复着同一主题：向前！

纤道窄呀窄如背上的纤缆。蜷着身，弓着腰，两脚抠进路面，双手向前伸直，拼命地向前伸直……抓住的哪怕是一棵纤弱的小草，那也是力的牵引呀——这些五大三粗，皮肤油亮，肌腱嶙峋，淌着黑汗，喷着烟草气的汉子是一队中华儿女的分支哟。

没有人能够衡量他们肩上的重载，这是无法衡量的重载呀！

——喊着纤夫号子，喊着生命的顽强，纤夫们一步一寸地向前，向前！在这狭窄弯曲而又坎坷的纤道上，纤夫们向前，向前，向前！！

——咿哟——嗬嘿！

——咿哟——嗬嘿！

——呃哩喂哟——嗬——

…………

原始、古朴的纤夫号子就如同这江中流水，流着，一代又一代流着、流着……流进了这群朝霞般年轻的生命中，而后又从他们那粗犷的嗓门中迸出……

号子声更响了。这是蓄足了气力的呐喊！这是天籁汇成的呐喊呐！

赤着上身的纤夫们，在这瀑布般从高天飞流直下的长滩面前，展览着自己油亮的黑红背脊，展览着自己的信念和力量。

平坦顺利不属于纤夫啊！纤夫们选择了激流，选择了险滩，选择了艰辛，选择了重负！

……汗，在流，在淌，汗珠比苞谷粒还大呀，啪啪地跌落在纤道上，又咝咝地渗进纤道上的沙石泥土中。

江流在后退，崖壁石峰在后退……只有纤夫们在向前，只有帆船在向前，只有历史在向前，向前——那么艰难哪！！

纤道上出现血迹了。坚强如青铜铸成的纤夫们，拉过一滩，又拉过一滩……厚厚的脚掌终于也被砺石刺穿了哟，他们自己却还一点都不知道。知道这一切的只有山只有水，只有太阳只有月亮……在这样一支队伍中，懦弱、畏惧早已被纤夫号子给轰跑了……

血与汗染红了纤道。号子滚在被血与汗染红的纤道上，号子也陡然间被染红了。这是被血与汗染红的纤夫号子哟！

号子声中帆船在缓缓向前！

号子声中历史在缓缓向前！

——终于，沉重的历史被拉过来了！帆船早已装上了现代化的螺旋桨，早已装上了轰隆隆永远也不知疲倦的马达。

纤夫们！纤夫们！就在那呼啸着激浪的滩头，塑成了铜像，塑成了熠熠生辉的铜像。

然而，纤夫号子，却永远永远激励着一代又一代纤夫的子孙……

——咿哟——嗬嘿！

——咿哟——嗬嘿！

呃哩喂哟——嗬——

…………

龙　祭

写过清澈明丽的秀溪，也写过风情古朴的槎溪，还写过狂放不羁的飙水溪，以及，凶猛强悍的九峡溪……我觉得，我是再也无法写溪了。但是，当我徒步考察资江，沿一条叫作龙拱溪的溪流溯源行走时，眼底的浊波泥浪间倏忽漂起了纸灰残烛，这就不能不使我惊疑了。

那正是陡涨桃花水的季节，雨过初霁，该是放排的最好时机，为什么这龙拱溪却没有人放排呢？有人就告诉我：这一溪纸灰残烛不已说得分明吗？放排人正在祭龙王呢！

脚步在神秘风俗的诱惑下迈得愈加急切了。

原来这龙拱溪的溪水，亦和其他溪水没有二致的，若是日丽风和天气，这溪水也一样澄碧清澈，倘是暴雨袭来，溪水亦便是浑黄泥浊的，唯独在放排季节，这一溪流水，才变了个颜色，满溪满谷，颠狂着黑浪……

那是放排人为祈求平安而焚烧的纸钱香烛所染成的黑浪啊！

我是倒抽了一口寒气的。心想：那要焚烧多少纸钱和香烛呢？当然也感叹过：我的龙拱溪的放排人哪，都什么年代了，你们怎么还如此封建，如此愚昧？把一切希望寄予龙王，难道龙王就当真能保佑你们的平安？

那情景让我感动得流下泪来。

那些能从狼牙虎背上走出一条曲曲弯弯的通途来的汉子，居然面对一溪狂涛骇浪齐崭崭跪着，每人身旁，堆放着超过了一人高的纸钱，手中还握着大把的香烛，他们一边喃喃地说着些向龙王借路的言语，一边拼命地一沓接一沓地将纸钱点燃向溪谷中抛去。整个龙拱溪烟雾腾腾，完完全全地笼罩在了一片不测的神秘氛围中了。

却没有女人在中间。

这也是乡俗吗？她们只能依一缕山风想象那焚纸烧香的时刻……

但转念一想：也不能全怪男人们狠心吧，而责怪也只能责怪那传统的乡俗了。君不知山里夫妻间的情感比山还重。谁又说得准他们彼此间没有交代过许多肺腑之言呢？在昨夜，女人一边替男人不停地斟上老白干，一边叮嘱了又叮嘱，叮嘱自己的男人一踏上了木排就千万不要把心思分散，不要老惦记家里，不要回过头来想家里的事情——遥远的险途不怕风雨，怕的是没有用上一颗完整的心去对付激浪，怕的是眼中弥漫着柔情的迷雾……而男人们又是怎样叮嘱又叮嘱呢？叮嘱自己的女人莫把柔肠挂断了，莫把泪眼望穿了，他们一定会如期而归的，把一个完好的自己交到为妻的怀里来，又厚实又暖和——厚实如一座大山，暖和如一轮太阳……于是，男人跟女人说好，女人向男人默许：他们放排的时候，她们就不来送行啦！

我终于有所悟了：原来这不仅仅是因为乡俗的制约。

不屈服艰难，不屈服险阻，这些龙拱溪的汉子，却完完全全地在原本虚无的龙王面前屈服了。在龙王面前，这些额头上淌着岁月河流的汉子却单纯得极为愚昧。为了让双腿在狂涛上远行，无论怎样的汉子，也要首先跪下屈服，古老的祈祷使一溪浊浪狂涛，在他们自我的欺骗中变成了黑波起伏翻滚的景象。

他们就这样焚纸钱烧香烛，然而，叩千遍叩万遍，焚千担纸烧万炷香，也还得要靠自己的力量站立起来，谁的肩膀也不能为他们扛起头颅。其实，也只要一站立起来，站上木排，这些汉子又总能够如铁塔般稳扎。

尤其令人感动、给人启悟的，却是在排队起程的一瞬。那是一种蛮荒而又独具大智大勇的豪举啊！

……待我醒过神来，那头手已经毅然地抽出了腰间亮晃晃的板斧，毫不畏惧也毫不犹豫地于一股冷风中把系木排的缆绳訇然一声砍成了两截，也砍断了与陆地的牵连……汉子们，就如一个个驯服烈马的骁勇骑手，手握幽光闪闪的竹篙，似握住希望的缰绳，一任波峰浪谷把他们抛起又跌下；他们的眼里奔涌着狂涛，他们的耳里激荡着喧响……而他们的本体却沉默着，那是一种自信的沉默，沉默如一尊尊屹立在木排上的铜雕——有达子香有红杜鹃笑在崖壁不能去联想；有鱼鹰有鸥鸟唱在急弯处不能去联想……要在这龙的背上扎下根须，他们信守着古老的江规：不能让命运在眉眼的眨动间被冤魂放浪——哦哦，倘若他们在这样的时候被冤魂放浪，那所焚的纸钱所烧的香烛，不就是祭奠他们自己的吗？

他们原本就是翻江倒海的真龙啊！

当我偶尔回首举目那钢青色的山脊时，我看到了龙拱溪所有的女人都列队在那钢青色的山脊上，她们没有呼喊，没有惊叹，只是万分平静地把手搭上前额，默默地用世界上所有的温情和祝愿，为男人们铺一条平安的路……

船的后裔

从资水出口处——临资口溯流而上，经益阳、桃江，停停走走，有月余时间，便到了安化境内一个叫鹊坪的地方。这鹊坪的下首不到五华里远近，有瘦瘦长长一镇子，那便是闻名汤汤八百里资水的江南镇。在江南镇过路时，记得是用了两句虽粗却不见得很俗的言语，来概括那似乎是摇摇坠坠的吊脚楼的形与色与结构的，即：

形如醉酒汉，
色如腊肉皮。

只是形如醉酒汉也罢，色如腊肉皮也罢，那江南镇，匍匐于资水中游南岸，已是成百上千年了，却始终未能从所在安化县的版图上删去。

那日，我到鹊坪的时候，已近中午了。一缕缕温馨的炊烟便从点缀于村庄的木屋里飘溢出来。无论如何，这鹊坪人的日子，也该是过得像模像样的罢。从我身边，匆匆地走过一中年壮汉，怕是把我当成了本地人也未可知，那壮汉极是激奋而又带着责备的叱呼："还磨蹭么子呐！午时三刻，张家老大就要祭桅了。"走出老远了，我还听见他在啰唆"唉，如今的后生伢子呐，就是不热心看老人传古！"

我想那祭桅定是传古的一例无疑了。这不能不说是天赐的一个好机会，我自然是不舍地紧跟着壮汉前往那神话的境界中去。

是有意应了鹊坪这个“坪”字吗？汤汤资水，在这儿绕了好大的一个弯子，于是，这儿的一段河滩，便袒露出偌大一个卵石与河沙的坪来。祭桅的盛典就在这河滩举行。

我是略知一二的，祭桅是男人们的事。女人们便留在家里操办生活。这是一个喜庆的日子哦。

这鹊坪的男人蛮悍得特别。他们居然脱得赤条条的，只用了一块肉色布条，兜住胯下。烈日下，汉子们就如一尊尊熠熠生辉的铜像。我看见那壮汉也三下两下脱去了衣服，闪身进了青铜群像的行列。然而我却被一种所谓的文明规范得碍住了手脚，不敢面对这母亲的河——资水展览自己年轻的躯体，不敢袒露出自己的胸襟来接受骄阳灼热的爱抚，不敢作为资水的后裔与这群野性十足的兄弟父老去尽情地交流……

着一身时髦的夏装且远远地木立的我，反而成了不可思议的“怪物”。

汉子们团团地紧围着一条新造的木船。一根顶尖上缠着红绸的且粗且垂直的桅杆，极是气派地横躺在雕龙的船头。听父亲说过，桅杆是船的灵魂。在我们地方上有个风俗：每每有年迈的父亲把船老大（扶艄掌舵的船主）的位子传给自己儿子时，那继位的儿子是非要用缆绳把自己缠捆于桅杆上，一路颠狂，经三滩四塘的风与浪的考验，才能进入舱位掌舵的。但不知这鹊坪也如此交班否？

午——时——三——刻——到——！

一个凝重而又苍老的声音盖过来，陡然，天地间变得一派沉寂。唯有资水在汤汤地流着、流着，似是从亘古流来，又向着这久远流去……

祭桅开始了哦!

那位宣告时刻的老者率先跪下，众汉子亦学他那样一律屈膝。于是我这局外人，在瞬间便觉得伟岸起来。只是同时也感到了一种伟岸的负疚。老者嘴唇在微微启动，似真似梦似苦似涩地在祷告些什么呢?如一队蚂蚁爬入耳孔，蜇痛着我的胸壁腹腔。但见他是虔诚得可怜的，更甚的是他还无数次又拜又叩，如捣蒜一般。他那嶙峋的身躯作这种姿势，难道就不觉得艰苦吗?我似乎是认识他的，面对着罗中立的油画，我曾不止一次喃喃地喊过，父亲!

如此差不多一锅茶滚工夫，老者才立起身来（我看见他打了一个趔趄，有年轻人却在扮着鬼脸窃窃地笑呢），向陪他屈膝的汉子们拱手道谢。即刻，汉子们欢呼起来，由那老者端着祭品撒向船头和桅杆……又一阵欢呼涌起，桅杆缓缓地竖立起来了。我想：这远古的呐喊里，分明洋溢着深沉的痛苦、狂颠的愉悦、蛮犷的求索和挣扎、祈祷和企盼哪！紧接着，那老者便颇为自豪地进了新船的舱位。

哦，他便是船主张家老大无疑了。

船底事先已安放了滚木，就在一阵阵欢呼声中，在火纸燃烧起的烟雾中，汉子们便合力把那条至少能装载四十吨货的新木船推搡进了资江。

然而，那新船虽立有桅杆却是没有挂布帆的（后来我才知道，在资水，那桅杆如今只是作为某种象征立在船头了），亦无桨无篙，就连舵位也是没有舵柄的……那位在资江逞强了大半辈子的张家老大，正手忙脚乱不知如何是好。此时，便有人大声提醒：“张家老大，这可是需要扶方向的双马达机船呐！”

汉子们捧腹大笑。刚才那庄严肃穆的祭船场面，竟被这笑声掀去好远。我是觉得抓住了什么的，这次千里迢迢徒步寻觅文章，无论如何也不虚此行了。

正得意间，一阵“突突突”的马达声，如雷霆般盖了过来，人们定睛看时，才发现那舱位已立着一条壮实如骏马的年轻汉子。一双粗手正握着方向盘呢。我想那老者定会高兴至极的，不料其竟显出了一副好懊恼好沮丧的神情来。

只是懊恼也罢，沮丧也罢，那汉子极是洒脱地朝河滩上的人群挥一挥手，犁一江波浪，驾着崭新机船随汤汤资水一路朝江南镇方向开了过去。

我想：这新造的机船定是为江南镇人更换镇容去作运输吧？那速度较之昔日古老的木帆船，该是快了不知多少倍呢。我曾听江南镇政府负责人介绍：该县已将江南镇列入了重点企业区划。因此那摇摇欲坠的吊脚木楼，无论如何也无法负载起这神圣的使命了。更何况，镇子上那许多似乎是受着某种压抑的年轻人，早已磨刀霍霍地准备拆掉其祖辈遗下来的成百上千年的吊脚木楼，而要在原来的地基上，造起新的预制挑梁的望江楼房来。

哦，倘若我有机会再度徒步考察资江，经过这江南与鹊坪时，那又该是怎样的一番景象呢？

第三辑

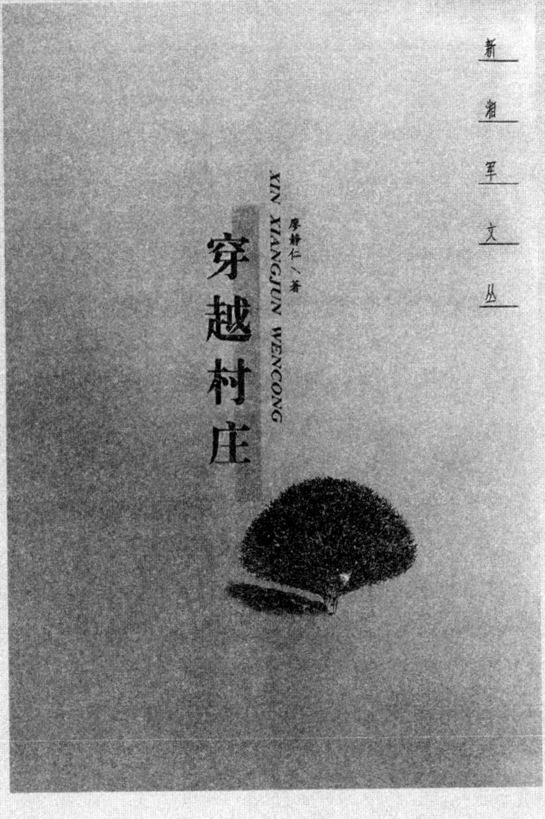

夏夜的乡愁

乡愁是一种“病”。人们一旦染上了这种“病”，神情就会变得恍惚，而且眼前时不时会重现出一种风景，故乡的风景。也往往只有在这样的时候，他才能真正地看清楚曾经是熟视无睹却又始终模糊的故乡的美丽。

我的童年和少年是在资水北岸一个宁静的小山村度过的。那里的山脉，整日里呈一种青黛的颜色，山中常有鸟的啼啭，蝉的嘶鸣，牛铃的脆响；有绿叶的舒展，花朵的含笑，竹笋拔节的洒脱；小溪中的流水潺潺地拨动着岁月，山泉叮叮咚咚地耳语着透明的心思；炊烟是农家清淡生活的抒情，雄鸡的唱晚是村人平安的福音，而弯弯曲曲的牛绳以及如牛绳般弯弯曲曲的田塍、山路，那才是紧系着一生一世的命脉呢。

山村的美，没有哪一位画家能描绘得出来，山村的意境，没有哪一位诗人能捕捉得到，而在山村里长大又远离山村的我，却始终无法生动准确地抒写出自己曾经亲身经历过的那一段生活……

我长久地感到了一种深切的悲哀。

然而就在今夜，奇迹终于出现了，我倏忽便记起了乡下老家的许多人和事来。也是在这样的夏夜吧，月亮从树梢上爬了出来，家乡两山的田垄里，就有了蛙唱虫鸣，在如水的月色下四溢，绕山脚而过的溪流潺潺着，月色便在潺潺的溪流之上明明晃晃地泛滥。“夜里凉快了，男劳力全部到麦湾冲吊水去啦！”随着我哥哥树仁的一声犷喊，便有了三三两两的农夫从幢幢木屋的浓影间仄出身子，走在了月色泛滥的村路上。其时，我哥哥树仁是生产队队长，他的权力和职责是为全队六十余名男女劳动力排工，使近百名人丁有着或干或稀的食粮填饥肠。晚风轻轻地拂过来，夏夜清凉如水，白天的燥热兴许全都被晚风扫进两山稠密的林子了吧？我同几个初小的同学，也尾随着大人们去了麦湾冲。

麦湾冲里，有着一垄成梯的稻田。田塍是先人们用了锃亮坚硬的磨石砌成的。靠里面的一边，垒有厚厚的一层黑土。黑土是肥沃的，杂草便同了禾苗一并茂盛，这其实很好，白日里村妇们便常有了铲草皮的工作。她们不慌不忙地一铲一铲将杂草铲下来，翻晒在田塍上，再一铲一铲地撒入留有空凹的茂长的禾田里。那可是上等的肥料呢，而靠外边的岩石缝隙间，便成了蛙们最好的藏身处。“咕哇，咕哇”的蛙唱从潮湿的缝隙间溅出，那是人世间的音乐家们怎么也无法模拟的一种极美韵律。然而，唱歌兴许还并不是蛙们最得意的时候，若是如烟的禾田中有了虫子的动静，蛙们便闻声从缝隙间射出舌头来，无有虚发地逮住天敌。我们的先人何其智慧哦！

于是，麦湾冲便理所当然地成了我们生产队百余人口的救命冲。

然而这一年夏天，火球般的毒日总是一大清早就从东边的山坳上升起，把正在打苞抽穗的一垄禾苗也烤得蔫蔫得没有了绿意。“禾苗打苞，田水齐腰”，可田里的水全被恶毒的日头给吮吸尽了。我哥哥树仁是一条性急汉子，遇上如此旱情，他少不了要站在田塍上一跳三丈地骂老天爷。但骂归骂，职责还是要尽的。于是他白天组织男女劳力拦溪筑坝，入夜，便又率先去麦湾冲吊水。在我们这些还并未完全懂得农人艰辛的伢儿看来，吊水是一种很有趣的事情。一个个椭圆的木桶，两档用绳索拴着，农人们分为两人一组，各自站在搭好的木架上，身子一俯一仰地，一桶一桶的溪水连同明晃晃的月色便泼进干涸的田中了。那还是很有气势的，从上至下，每丘梯田塍上都安排着一组吊水的农人，泼水声"啪"地从头一丘稻田里响起，流水便随着事先挖好的泥沟明晃晃地淌过来，继而又有了另一只吊桶的起落……这样的时候，农人们是早已脱光了上衣的，仅穿了一条短裤衩，任月色同汗水涮洗着他们那油亮的身子。无瑕的瞳仁倏忽一亮，我突然觉得，我哥哥树仁他们在一俯一仰中，竟创造出了世界上最完美的一种造型啊！

渐渐地，我们仿佛听见了禾蔸吸水的声音，听见了禾苗拔节的声音……

夜已深沉，星河倒流，我嫂嫂居然率领一群村妇给男人们送来了宵夜的饭菜。"腰杆子已经酸痛了吧，也该歇一歇气了呐！"村妇们一声吆喝，便在流月的田塍上摆开了丰盛的晚宴。饭是银白的米饭，菜是刚从园子里摘下来水灵灵的鲜辣椒。其时，男人们是没有任何理由不放下手中活计的，全部一哄而上，狼吞虎咽地填塞着各自的饥肠。我们这群看热闹的伢儿，无疑也加入了晚宴的行列。那才叫吃得津津有味呢，也只有在那样的时候，我们才真正地体会出了饭菜的美味。

吃罢宵夜，男人们又开始劳作，而我们只好踏着月色随嫂子们回到各自的家中去。那一夜，我做了一个很是奇怪的梦，梦见我自己变成了一蔸禾苗，跻身在如烟的田垄间。只是我并没有遭遇干旱，尽管烈日依然如火，而我哥哥同生产队的社员们就站在我的旁边，他们那油亮肌肤上汗水如注，全洒在我的根须上，我便如同饥渴的婴儿吮吸乳汁一般，拼命地吮吸着那又香又甜的汗水，就这么吮着吸着，我忽然觉得身子膨胀起来，绿叶就舒展开了，禾穗子就抽出来了……

不过那毕竟只是南柯一梦，嫂嫂把我从梦中唤醒，叫我赶快吃了早餐去学校读书，并且还一味地重复着她的教诲："你就好好地念你的书吧，不要以为脸朝黄土背朝天的做工佬是人人都能当的，我们家就指望你能丢掉锄头犁耙呐！"我当然理解嫂嫂是一片好心，也切实体会到作为农人的艰辛，于是便一头埋进了书里。果然后来我便丢掉了锄头犁耙，成了一名国家机关工作人员。

然而遗憾总是有的，如今，我虽住进了高楼大厦，家中也添置了时髦的家具及电器设备，并且不缺钱花不愁衣食，但是，日子长了，神情却变得恍恍惚惚的，而且不思饭吃，不思水喝，常常地就用盈盈的双眼眺望着茫茫远方，直到把模糊在记忆中的故乡看成一道美丽的风景，惆怅的一颗游子心才又渐渐地平静下来，于是才能够再回到自己现实的生活和工作状态中去。

想想，我是确实染上了乡愁病呢。

溪流潺潺，岁月无声。但是啊，时隔数年，我的日思夜想的美丽故乡如今又该是怎样的一道风景了？

老屋的影子

有许多事物，你总是想把它忘记，却总是忘记不了。比如我们家庭中的那一栋老屋。我已经离开它许多年了，并且被叔辈们拆得支离破碎了，然而它的影子，却一直完好如初地在我的眼前重复地出现，挤也挤不走，拂也拂不去……

老屋巍然屹立在濒临资水的井湾里村口，屋基与晒坪，占地两亩有余。老屋是有着它的辉煌期的。那时候，我父亲在我们那个庞大家庭中也只不过是一名小字辈。我父亲的爷爷，生有六个儿子，其中有两个儿子在外面读新学时加入了中共地下组织，大革命爆发后，不幸被叛徒出卖献出了年轻的生命。另外四个儿子便陪着自己年迈的父亲，终日在那一栋老屋里出出进进。听父亲说，当时我们家开餐时，围着桌子吃饭的有整整两桌共十六张嘴巴。“两口子好吃鸡婆，人多好割烂禾。”这是我曾祖母在世时常挂在嘴边的一句警语。那意思当然是告诫我的父辈们，家里人多并不是坏事，只要兄弟姐妹团结一心，就没有什么艰难的日子是度不过去的。但是曾祖母错了，她的善意无法阻止在她老人家去世后我们家庭中所发生的一切。就在我父亲这一辈的兄弟也逐个成家后，家庭中发生了第一次裂变：我祖父辈的四位兄弟率各自的直系亲属分家另起了炉灶；继而又是一次裂变：我父辈的兄弟们也分家另起了炉灶……那是谁见了谁的心里都不是滋味又无可奈何的事情，老屋里一时间炊烟四起。我的长辈们在各自所分得的那一间房子的屋檐下，筑起了灶台，摆起了餐桌。生活有时就是这样，它非得逼着你去适应，逼着你丢尽前人的风光，丢尽自己的脸面。你想光宗耀祖吗？你想要获得人格的尊严吗？那你就得使出你的看家本领，并且还须际遇一个政通人和的时代。

时间本身既是破坏者又是创造者。不久后，社会发生了巨变：毛泽东站在首都北京的天安门城楼上宣告中华人民共和国成立。接下来老屋里的族人中便逐渐长大了我们这一辈后生仔。也正是由于我们这一辈后生的成家立业，才有了敢于掀掉老屋重建新居的人们。起初也确实有着一些不方便。特别是某一家突然有了什么难处需要帮衬的时候，隔着屋场去找堂亲们相帮，内心深处便无端地生出了一种求人的感觉。就连哪一家有红白喜事，一时间缺少被子及碗筷什么的，也不好意思先开口。人有时就是这么虚荣。原本是同宗同根，但由于瓦片盖在了各自的屋基上，便有了严格的界限划分，以至发展到后来，或叔侄或兄弟之间，为了争一己之利益，还斗起了口角，动起了干戈。记得是农村刚实行土地承包责任制那年夏天，老天爷像是有意捉弄人似的，一连两个多月的干旱，滴雨不下，插进泥田的禾苗虽然长了一阵子，但由于缺水总也壮不起苞来。村主任好不容易向上争取、向下收缴，积足了一笔启动电排的经费，可清粼粼的江水通过渠道涌进了田垄，但有的人却贪心地将属于自己的那份稻田筑起了高高的挡水口。

我们家的那一亩多稻田，正好在堂兄岩清家稻田的下面。堂兄岩清率全家人手操农具把挡水口筑得与田塍一般高低，滴水也不让流进我们家的田中。我哥树仁是条火暴性情的汉子，眼睁睁看着此种情景，像受了天大的侮辱似的，整天过去，他再也无法控制住内心的愤怒了，先是动嘴骂出粗话，继而便挥舞锄头去挖堂兄岩清家的田塍放水。“相骂无好嘴，相打无好手”，一场干戈动起来，有头破的，有血流的，直到两家的爷辈拄着拐杖赶来力劝，才算制止了一场争斗。那样的时候，两家的爷辈都颤巍巍地立在田塍上，形同秋风残照下的两截朽木，“唉，要是还在老屋里多好，一口大锅里盛饭吃，满屋子人和和睦睦的……”两位爷辈老泪纵横，几乎是异口同声地发出感叹。那也许是他们人生中最凄凉也是最后的感叹吧！

感叹归感叹，老屋毕竟是在他们的后辈的主持下一扇扇拆掉了，拆得只剩下一个荒荒的屋基了，而且屋基也开垦成了稻田，年年岁岁有新禾在春阳下滚着绿浪……

遗憾的是再后来的变化他们无法看到。

随着岁月的不断更迭，从老屋里走出来的后辈们，又各自有了自己的后辈。特别是通过十多年的农村土地承包责任制后，家底子已日渐厚实。如今的每家每户，已有了自来水龙头架在灶台上，有了双桶洗衣机，有了电视荧屏把天南海北呈现在眼皮底下。或许他们在往后的人生旅途中，仍会遇到困难和挫折，甚至也同样与亲人邻居发生口角或动干戈，但是他们会通过自身的发奋和素质的提高，不断地壮大自己的家庭，不断地更新自己的生活，不断地领悟到“和为贵”的真谛。光景不就是这样一天比一天好起来的吗？而且他们的后辈或后辈的后辈，也一样还会走出被岁月逐渐抹黑了脸孔的老屋，走向更广阔的世界……

远逝的牧歌

年年复年年，秋深草枯时节，村里的男劳力就带了粮食干菜，带了扁担棕绳及砂刀，到离我们井湾里八十里路远的红土岭去砍芭茅。耕牛过冬，唯有芭茅这东西才是最理想的食料，一日两餐，每餐四把或五把，让牛们反复咀嚼，愈嚼愈出甘甜。

那一年，深秋到来，我已满15岁，在农村也算得是一条准汉子了。哥邀我说："去试一回吧，明天上红土岭砍芭茅去。"然而那一夜，我却怎么也睡不着觉，想：农人爱耕牛，是胜过了爱自己父母的。我哥就是一例。他天生一副火爆脾气，性格耿直，声若吼雷。然而，也就是这么个坏脾气直性子的人，在与耕牛打交道时，却是百依百顺，温柔到了极点。有一回，牛在犁田时一只蹄子被尖石刺破，鲜血染红了泥水，我哥哥硬是双手抱住那只受伤的蹄子，以自己身子替代牛脚，一步步走出泥田的，并且当即就从衬衣上撕下了一块布条，将牛蹄的受伤处包扎后才去寻找生肌的草药。又有一回，牛生病时畏寒畏冷，他就不管三七二十一，将自己与嫂子结婚时做的新棉絮搂进牛栏，裹在牛的身子上，还把家里仅剩的几升大米也蒸了甜酒喂给牛吃……事后，夫妻俩大吵大闹了一场，我哥居然雷吼着骂道："你滚吧，不晓得心痛耕牛的婆娘我消受不起！"幸亏我嫂子的父亲闻讯赶来，才平息了这场风波。只是，嫂子自己父亲来了，不但没有为她说话，却还夸奖我哥哥："咯才像条庄稼汉！”

有我哥的言传身教，我又岂敢不爱护耕牛呢？第二天清早，无须我哥哥催促，我亦带了粮食干菜，带了扁担棕绳及砂刀，加入了去红土岭砍芭茅的行列。深秋的晨风、割面的刀子，冷得我真恨自己不能把脑壳缩到脖腔里去。幸好，这样的时候并不长久，我很快就觉得全身发热，继而，便是汗流浃背了。遗憾的是，远远地望得见红土岭了，我却实在走不动了，腿杆子麻木着，脚掌火燎一般，晃了一晃，便倒下去，不省人事了。亏得同路的根山叔见多识广，用指头尖狠命扣住我的人中，才将我扣醒过来，可人是醒过来了，腿脚却依旧无力，哥便二话不说，反手就把我揽在背上，背起我依旧赶路。待到得红土岭的住户家时，哥把我甩在专为前来砍芭茅的外地人准备的大通铺上，有些愤慨地说：“歇一袋烟的工夫就有饭呷了，呷饱饭就冇得事了的，你横直只呷得饭！”

仰躺在床，骨架像散了一般，软软绵绵，这样的时候，我是有了伤感的，十五岁的人了，还如此地没有能耐，不是丢尽了井湾里农人们的脸吗？农人们只尊重有能耐的强者。他们甘愿俯首帖耳侍奉耕牛，就因为耕牛有着他们所不及的能耐。而我所尊重的对象便是我哥哥，他干起活来，亦如牛一样的勤恳和扎实。我当时的伤感，并不是因为哥哥的言语粗鲁，而是觉得自己没有为他争气。

吃过饭后，精神确实好得多了。我没有理由再留下来歇息，随了哥哥及村子里其他的男人一道开赴山岭中去砍芭茅。万木萧索的深秋里，红土岭上的树木依旧遮天蔽日，绿如深海，芭茅就长在这些树木与树木的空隙间，蓬蓬簇簇，莽莽苍苍。我正迟疑着不知从何处下手时，哥一头钻进芭茅丛中，三下五下用脚踩，用手拉，把那些稍带枯黄颜色的半老芭茅分开来，而后便挑选着砍下那一根根新发的嫩绿茅荪，他一边砍一边对我说："看见了吗？只砍嫩茅荪，老茅难嚼，会耗去牛的体力！"哥真是处处为牛着想，心那么细，手那么勤，我是有些感动了。我想：在我们井湾里，做牛其实很幸福！

却是苦了男人们。这是我看了哥哥的示范也照样置身于芭茅丛中后的切实感受。

芭茅叶齿尖锋利，一不小心，便会伤了皮肉，才刚砍上一把，我的手掌手背以及脸部脖颈，便已是伤痕累累，鲜血淋漓了。哥却声色不动，说："顾不得那么多的，待结了痂，第二回进山就冇得事了。"有阳光从树丛的空隙间射过来，哥哥成了被光束裹着的一个人物，他的手上脸上同样有着淋漓的鲜血，却是一点也不在乎的，只顾埋头用脚猛踩，用手猛拦，把老芭茅区别开来，而后用刀猛砍茅荪。那以前，我在家时正在看着一本磨破了封皮的《封神演义》，而此时此刻，联想起书中的哪吒，也就疑心我哥是莲花化身的神仙了。没想到哥哥正回过头，见我怔着，火了，便朝我怒吼："牛拉重轭不比你砍芭茅更苦？可就是从冇松过劲，你对得起牛不？"当然就只得咬紧牙关忍住痛苦，继续砍芭茅。

太阳往山那边沉过去，天色就渐渐地暗了。这样的时候，山雾骤起，林子里阴森可怖到了极点。有冷飕飕的山风拂过来，树枝以及茅草随风扭动，发出吱吱嘎嘎声，似乎满山里尽是妖魔鬼怪在筹划着一场大阴谋。我有些胆怯地问哥哥："该收工了么？"哥却头也不抬地说："还没喊伴呢，急么子鬼！"幸好，我哥的话音刚落，对面林子里就响起了"啊嗬"声，我松了口气，心说：终于喊伴收工呐！然而，心里愈是着急，手脚愈是不听使唤，我把打好了捆的一担芭茅刚挑上肩，一个趔趄，扁担的两头空了——芭茅呼啦滚下了半个山坡，滚进了一个黑乎乎的大刺蓬。哥这回没有骂我，只重重地叹了声气，便放了肩上的担子，率先连跑带梭，向着那个黑乎乎的大刺蓬扑过去。待我赶到时，哥已从刺蓬中拖出了一捆，还剩一捆在刺蓬的更深处静静地躺着。我发现，哥的一身粗布青衣服，已被荆条割成了无数布片，晚风中，布片飘拂下，仿佛是哥哥血迹模糊的肉体……我真想说：哥，剩下的那捆就算了吧，明天，我会努力多砍一捆的。然而，见他那副认真的样子，话到嘴边，又哽住了。他为了牛，就是豁出性命，那也是在所不惜的。哥确实是一条汉子，只见他双手抱住脑袋往刺蓬上就势一滚，便滚到了静静地躺着的那捆芭茅的旁边，一个鲤鱼打挺，他立起身来搂住芭茅，如从虎口中搂出自己的亲生儿子，踩着沾满了血迹的荆条，一步步，一步步地走出来……看着我将芭茅平稳地挑上肩了，哥长长地嘘了一口气，很有些得意地说："这一担子能帮助牛过半个月冬日呢！"

那天，兄弟俩夜深了才摸黑进住户的家中。

就是那一年，冬尽了，春来了，冰雪依旧封锁着山野。我们砍来的芭茅，远远不够牛吃。饿慌了的耕牛没有了甘甜的芭茅吃，也就只得勉强应付着咀嚼干稻草，后来，连稻草也没的吃了，我哥哥就把自己家里的床铺草也搂进了牛栏……那一阵子，哥哥是急得肝肠寸断的，自己不睡不吃，陪着牛发呆。我也很急，这种感情，又多半是来自我哥哥的影响。但平心而论，我却饭没少吃，觉没少睡的。然而，在那段时间里，我记得自己做了一个奇怪的梦：站在紧锁着眉头的哥哥面前，我看着他傻笑，这当然就惹怒他了，你还有心笑，冇看见牛都快饿死了！说着，顺手一个耳光扇过来，我就势一倒，便变成了一丛嫩绿的芭茅。这样的时候，哥哥是顿现一脸的喜色，可就在挥刀欲砍下来时，手却抖动着，犹豫在半空中，眼眶里，充满了盈盈的泪水。我说：“哥，你砍吧，我若能养活一头牛了，不就成为井湾里一条汉子了吗？”哥就扑过来，紧搂着已经变成嫩绿芭茅的我，哽咽着重复：“我的好兄弟！我的好兄弟……”他说着说着，自己也就变成了一丛嫩绿的芭茅。

事后，我把这梦原原本本地告诉了哥哥，哥哥一脸的严肃，用两眼怔怔地望着我，好久好久，眨也不眨。我真后悔那为什么仅仅是一个梦，倘若真是如此该多好，让饿瘦了的耕牛壮实起来，让井湾里的男人们承认我也是一条汉子，是永生永世的幸福。哥一定是看出我的心思，当真如梦中一般，猛地向我扑了过来，紧紧地搂住我，哽咽重复：“我的好兄弟！我的好兄弟！你终于晓得爱护耕牛了！”

此时，兄弟俩泪如雨下。

兴许是我们对牛的一往情深感动了上天也未可知呢，待我们兄弟俩从牛栏屋里走出，天已确确实实是晴了。我哥哥这条铁铸般的硬汉子，便咕咚一声双膝跪地，朝着太阳膜拜起来……

牧歌的余韵

远逝的牧歌中有着忧伤的余韵，但是，忧伤又往往能够给人力量和启迪。

——题记

岁月的流逝，什么都像轻轻的烟、淡淡的雾，慢慢地从记忆中飘去，飘得很远很远。但是，儿时的那一段牧牛生活，我却还深深地记得。

那时，我还没有开蒙读书。五六岁年纪，就和山村里的伢儿们一道放牛。阳光的照耀下，晶莹的露珠在草叶上一闪一闪，那不是缀在少妇们脖颈上的银项链吗？只是那样的时候，我们这些乡里伢儿是并无那种浪漫遐想的，我们乡的村妇，亦没有此种昂贵的装饰可以分享，她们只知道起早贪黑侍候自己脸朝黄土背朝天的男人，侍弄夏秀秋萎的庄稼。那时的我们，无忧无虑完全像是一群顽童，只晓得争抢着趴在牛背上，享受着牛背的摇晃。这样的摇晃才有味呢，会使人想起婴儿时摇晃过自己的摇篮。我们满可以悠然自得地横吹短笛或木叶，让那一支支浸着欢娱戏谑的童谣，漫过高坡，漫过我们被两面青山挤得狭窄了的井湾里，这个时候，我们的牛也会高高地竖起尾巴，还粗犷地嗷嗷几声，像是同样也有着一腔自豪的喜悦需要抒发！

我放牧的是一头接近老年了的黄牯。它，毛色像抹了油一般发光；那对眼睛，一看就使人感觉到它的温顺、敦厚。它犁起田来，是从不需要用鞭子催促的，只要牛轭搭上肩膀，便会毫无怨意地挪动脚步。

有一回，黄牯怕是拉得累了。它“呼哧呼哧”地喘着粗气，低低地埋着头，那嘴巴，也几乎贴着了田泥。“哗——哗——！”父亲知道黄牯上了年纪，体贴它的艰辛，几次吆它歇歇气，可黄牯却总是不肯停步。它把身子向前倾斜，伸长着脖颈，拼命似的拉着重负，默默地走着命运给它规定好了的弯曲的路。我的父亲动感情了，把手中的鞭子扔得老远，并招呼跟在牛屁股后面的我去割些青嫩的野草给牛饱饱肚子。

那一丘田终于犁完了，父亲把黄牯拴在田塍边，再将我割来的草一把把地撒开，喂给它吃。父亲常说牛是通人性的，这话一点也不假。黄牯似乎很感激我父亲，用角去挑他的衣襟，用舌去舔他的手，两只大眼睛直瞪瞪地望着他，好像是惊讶我父亲这个五大三粗的男子汉，为什么竟有如此细腻的情感……

渐渐地，我在与黄牯的交流中长大了，能够体会到黄牯的艰辛了。于是，童年的天真与顽劣，也就过早地从牛背上滑了下来。我不再像以前那样，为了图自己好玩而忍心骑在牛的背上了，意识到了作为黄牯的放牧者，应该怎样地爱护它。然而就在这一个春天，黄牯不幸被沉淤在泥里的碎石刺破蹄掌。兴许它是知道自己肩上的责任沉重，全队二十多户人家都指望它能早早地把田犁完吧，它尽量装得若无其事，仍固执地拉着犁耙前行。后来怕是实在感觉疼痛得不行了，才想伏下去歇歇，然而我那心急的父亲不知其情，以为是黄牯偷懒，“驾——啪！”他手中的鞭子，第一次在黄牯的上空炸响了。黄牯似乎理解我父亲的心情，吃力地支撑起身子，继而，一步一跛地朝前走着。

直到父亲察觉到它的神色不对，发现那牛蹄踩过的泥里浮出了殷红的血浆时，黄牯已经不行了，倒翻了。“快来人啦！快来人啦！”平素沉着冷静的父亲也急得慌了，大声地呼喊起来。

最先闻声赶来的是队里的几名男劳力。他们七手八脚地把牛抬到一块平整处后，便是围着察看伤情。父亲算是清醒过来了，“唰”地撕下自己的衣角，心情沉痛地替黄牯擦拭蹄子，还忙嘱咐人去找来酒精、消炎粉和纱布之类，精心地把牛蹄的受伤处包扎起来。我也走近了黄牯，仔细地搜寻那鞭子抽过的地方。虽然遍身都找不到鞭伤，然而，我总觉得它的心灵深处，是有一块疤痕了的，父亲啊，您怎么能够随便打它呢？当您意识到自己打错了时，您的心一定会痛碎的。因为您既是吆牛犁田走耙的老把式，又是全队二十多户人家的队长啊！

慢慢地，黄牯醒过来了。它吃力地睁开眼睛，那眼眶里盈盈地泛着泪水。父亲就伏在黄牯的眼前，用手为它抹着眼泪：“刚才的举动不能全怪我呢，我也是为了全队人的生活啊，唉，春光如金哟！”也许，父亲正在心中这样乞求黄牯的谅解罢。谁知黄牯却没有丝毫责怪我父亲的意思，它把头挨近我父亲的胸脯，倒显得内疚不安。“这怎么能怪您呢？都只怪我太粗心了。唉，还有好几亩田没有犁完……”我仿佛听到黄牯在这样回答父亲。

我第一次发现我们的黄牯明显地老了。

这一回，黄牯一连在牛栏里睡了十多天。它好几次都把脖颈伸出栅栏，想是求我放它出外看看那几亩还未来得及犁完的稻田？可是，那痛脚却总不能落地。这一切，我们看在眼里，痛在心中。父亲为它换药也就换得更勤了，妈妈也每天好几次地为它磨豆浆，熬甜酒，我更是整天陪着，替它割草，喂水……“快些儿好吧！黄牯。快些儿好吧！”我一边喂它，总是一边在心里默默地祈求。

从那以后，我越发加倍地爱护着老黄牯了。为了不至于使它的脚再被刺伤，我学会了编织牛草鞋；倘是在刮风或是下雨的时候，我会毫不犹豫地解下披在自己身上的蓑衣和斗笠，盖在黄牯身上，用比兄弟更深的情谊，为我们的老黄牯铺开一小片无风无雨的天空。有时我还真想：我就这样一辈子放牧我们的老黄牯吧——在家乡这长满青嫩嫩的野草的山坡上。

然而，时隔不久，犹如晴空霹雳般的噩耗终于传开了：我们的那头老黄牯因为年事已高，加之劳累过度，死了。死于秋天在田野上构思出一幅崭新的油画的时候，死于我家乡的亲友们刚刚能喘一口舒心气的时候，死于它的晚辈们正值膘肥体壮并且也能够负重拉犁了的时候……本来它已能够好好地享受一下暮年的幸福了哟。难怪死后它还久久地不肯闭上眼睛！

我们全队人都悲痛万分。从不流泪的我的父亲，竟然热泪盈眶。他的手颤抖着，虔诚地给老黄牯梳毛，洗蹄子，又拿出那条县里召开群英会时发给他的印有“劳模”字样的毛巾，把老黄牯那双久久不肯闭上的眼睛盖住。我父亲感慨地说：“畜与人同啊！”然后，父亲又含泪找到那根鞭子，一截一截把那鞭子折断。传说是那鞭子害死了老黄牯。其实，就我所知，那根鞭子仅仅在老黄牯的上空炸响一次。而那一次，却在父亲的心中留下了难以愈合的伤痕！

我更加难以克制了，扑向倒在地上的老黄牯，搬啊，翻啊……我真想把它重新扶起，扶着它走向山坡，走向草地，去延续我们兄弟般的情谊和挚爱；扶着它走向田野，看那些同它自己一样不辞劳苦、不知怨艾的晚辈迈动着负重的步子向前……那样的时候，我仍然会在它的身旁横吹短笛或木叶——只是，那牧歌会变得比以往严峻，严峻得如同老黄牯耕耘出来的疙疙瘩瘩的生活！

时光似流水，逝者如斯。数载风霜雨雪的岁月过去，我忽然觉出父亲发过的那一句“畜与人同”的感慨是很值得深思的。所谓“畜与人同”，不就是指我们的老黄牯与人同艰辛、同喜悦、同命运吗？此时此刻，我的心不禁一阵感动——为我的父亲，为我自己，也为千千万万的脸朝黄土背朝天的农民兄弟而感动。

这感动使我由衷地自豪。

但愿人人都能体会出这一份“感动”，理解这一份自豪啊！

五谷的骄傲

五谷乃是泥土的给予，然而，

我们又是否知晓给予的过程？

——题记

一

在我的家乡井湾里，做女人是很苦很苦的。眼看着“双抢”在即，男人们就一个个地都走光了。为赚回几个买农药化肥的救急钱，他们只得把家中及田里地里的农活全部留给了婆娘儿女们，自己却赶着给洞庭湖沿岸的产粮区抢收抢插。哥哥当然也去了，他是我们井湾里的一条壮实汉子，凡外出做拉锯的解板匠，或抢收抢插的禾客等艰辛活，是绝对少不了他的。用村子里恒山伯的话说：“树仁不去，行吗？我们这一支人马中，不就是这一根擎梁柱子！”父亲去世后，我心中崇拜的偶像只有两个人，一个是我哥哥，另一个便是嫂嫂。

我在哥哥和嫂嫂的暖翼下度过了童年岁月。

是夜，星星在瓦蓝瓦蓝的天幕上闪着，耀着。这样的时候，邻家上初小的谷丰哥哥，却正好在读着关于星星的童谣：

青石板，石板青，

青石板上钉银钉。

夜里发光亮晶晶。

童稚悠扬与如鼓的蛙唱，便在两山的水月间明明晃晃地流走了。

我倚堂屋的门槛坐着，和堂中切着猪草的嫂嫂做伴。可一双眼皮却愈是沉重了，撑也撑不开呢。我又不怕个么子，都半夜了，还不睡去！嫂子已经不下三次五次地催着我。我赶忙揉了揉眼睛，回过头，装成一副满不在乎的样子，我说："我不困嘛！"嫂子就甩了一下散在额前的乱发，边切着猪草，边叹了声气："唉，你呀！"嫂子心里一定很是清楚，强打着精神的我，为的是替她分担些许寂寞。

灯盏里添过两次的煤油也快燃尽了，灯芯的光亮，由白转红，堂屋里看着看着就暗了。嫂子似乎是有所察觉的，三下两下便把细碎的猪草用撮箕搬进灶屋的大锅，然后，嘱我将昏黄的一豆灯光吹熄，她自己就坐在灶门口生火煮起猪潲来。

柴薪很干，灶火正旺，火舌从灶口直往外舔，嫂嫂那黝黑的脸膛，被红红的火光辉映着，像是上了一层油彩。我顿时觉得，嫂嫂原来是如此的端庄而美丽。然而我的嫂嫂，竟又一次叹了口气。这些年来，她忙里忙外，风里雨里，劳累得身心疲惫。在我们井湾里，流行着这么一句俗话：长兄当父，长嫂当娘。此话于七八岁就父母双亡的我来体会，是愈知了其中深意的。我真想扑上前去，安慰她，并且告诉她：嫂嫂，我也是12岁的人了，会给你做一个好帮手的！但终于没有，怕嫂嫂反而骂我是个傻小子。顿时就有一种愁绪，在我12岁少年的心里缭绕着。

二

当然没有忘记，那一天早上，我是被一阵紧似一阵的打稻机“嗡嗡”的轰鸣声碾醒来的，揉了揉惺忪的双眼，一定神，糟了！盛夏的阳光，穿过窗纸的破洞射入房中，银毫子般跳着蹦着，是火一般地灼人呢。慌忙下床到阶前张望，金波翻滚的稻浪中，队里的十多名妇女正在抢收。她们已割倒约两亩的稻子了。嫂嫂没有在割稻的行列，她是生产队里的妇女队长，无论做什么工种的农活，都总是拣最重最累的干。那两名脚蹬打稻机、手搂着禾摊子正在脱粒的妇人当中，有一名就是我嫂嫂。

我一路猛跑着进入田中，完全没有顾及泥水是否湿了衣衫，仄身一插，便挤在嫂嫂与同样是在脱粒的岩成嫂嫂中间，气喘吁吁地，帮着蹬起打稻机来。嫂嫂没有拒绝我，只侧身望了我一眼，什么也没说，便继续着手中的活计。汗珠儿在嫂嫂的脸颊上串了线似的滚落下来，她身上的衣衫已无一根干纱了。

太阳像轮火球，一个在天空悬着，一个在水田里浮着，人就如同置身在火炉里，加上稻飞虱叮人皮肉，稻芒刺人眼目，还有那吸血的蚂蝗也不时侵犯……哦，母亲健在时教过不下百遍的那一首“谁知盘中餐，粒粒皆辛苦”的古诗，于此情此景中，我就觉得根本无分量了。

这样的时候，我见嫂嫂仰脸看了看炫目的天空，太阳已经当顶了，她就说：“大家歇一歇脚吧，要回去吃午饭了。”打稻机的嗡嗡声戛然而止。嫂嫂说歇脚，而手却并没有停下，她顺势拿过一只箢筐，双手嚓嚓地将谷粒往箢筐里填，一筐满了，又接另一只筐……不到半小时吧，禾桶四周的十多只箢筐，就已经全部装满和泥带水的新谷了。嫂嫂是分秒必争地拔出插在禾桶旁的那根扁担，并且招呼另外几名体魄强壮的妇女，说：

“趁太阳正烈，我们赶紧把出了桶的谷子送到学堂晒坪去吧！”自己就率先挑了满满一担，低一脚高一脚地走出泥田了。浑浊的田泥中，嫂嫂踩出的脚凹正冒着气泡，三个、五个，花朵一般呢。

三

所谓“双抢”，即抢收、抢插。那是一环紧扣一环的。晒完谷子回到家中，嫂嫂只胡乱扒了一碗剩饭，就又率领队里的妇女们下田扯秧去了。上午收割后的稻田里，已经有留守在家中的唯一男劳力岩保叔在吆牛“打糊滚”。

打糊滚是夏收时一种耕耘的名称，那一个个短短的禾蔸，全被糊滚搅上来的泥浆压住，水田里，是一派淤泥的汪洋。

秧田是在离我们家约两里路远的麦湾冲。

选择了麦湾冲播种秧苗是很有理由的，这地方，上午向阳，下午却阴凉得很，偏西的日头被一线黛色山脉遮挡着，在麦湾冲扯秧，可以说是“双抢”时的一种享受。只是，不一会儿，农妇们脸颊上又渐渐地被汗水浸湿……原来扯秧同样是一种很费力气的劳作。我就站在嫂嫂身旁见习，只见她双腿一前一后叉开，腰杆弯成桥拱的形状，手却左右开弓，嗖嗖嗖一阵水声响过，两手一合，就在眨眼的工夫，一把青翠如烟的秧苗就抛在身后了。这样呆呆地看了一阵子，我说：“嫂，让我来试试吧！”“试试？”紧傍着我嫂嫂的岩成嫂接过话茬，“等你身体长结实了再试吧！”秧田里顿时爆发起喧天的欢笑声。我是闹了个大红脸，偷眼看嫂嫂，可嫂嫂也笑得前仰后合呢。笑声响过，嫂嫂冲我正色道：“怕没得你呷苦的时候？还是先练一练弯腰吧！”我是有些不服气的，也大人般叉开两腿，弯腰就扯起秧来，可是秧苗还未扯上一小枝，腿肚子就酸了，腰杆也如断了一般难受……我的脸色，一定纸一样的惨白了，嫂嫂见状就摇了摇头，说：“你以为五谷粮食就那么易呷得的吗？”

山冲里有凉风拂过来，我不由得打了个冷战。嫂嫂也一定是腰杆发痛了，空了一只泥水淋漓的手来，轻轻地捶打着背脊。泥水溅落着，星星点点地，就落在嫂嫂的那件粗蓝布衬衫上。看着看着，我就觉得，嫂嫂的粗布衬衫变成了她做新娘时穿的那件花衬衫了。嫂嫂，你好漂亮噢！这样的时候，岩成嫂抬头看了看天色，而后，侧过身子对我嫂嫂说：“呃，怕是该起秧了吧？”嫂嫂点了点头，立起身，又一次履行起妇女队长的责任来：“石山婶和岩保婶还有恒山伯娘，你们到学堂坪里收谷子去，其余的，把秧挑到段上田垄里，插完了散工回家呷晚饭。”见我还不置可否地站在她身旁，便说：“呆着搞么子，帮石山婶她们收谷子去嘛！”声音粗爽，却深含爱意。

四

学堂坪里，晒垫连着晒垫，满坪是金子般灿烂的新谷。

平时，这块大坪当然是供我们学生活动的操场，只是每每临到收割季节，学校才配合着放了农忙假，把操场让出做了晒坪。石山婶和岩保婶已经是五六十岁的老妪了，一双泥脚，吧嗒吧嗒地赶到学堂坪，连一口气也没有歇着，便风风火火地动手收谷了。收谷同样不是一件轻松的事，老妪们先挨床晒垫地把谷子聚成山堆，而后就一撮箕一撮箕地搬到晒场中心的风车边，末了，才三人分工：恒山伯娘把谷子用撮箕倒入风车中，岩保婶专门掌管摇风车，石山婶呢，相比要年轻几岁，便负责把风选后的金灿灿新谷一担担地挑进早已收拾停当的学校礼堂……

田坑里倏然就飘来恒山伯悠扬的歌声：五谷粮食是我栽/绫

罗绸缎是我织出来／帝王将相不如我／我是天山神仙下凡来／……多么浪漫的情怀啊！劳动是艰辛的，却也是喜悦的！极目收割后空旷的田野里，我发现吆牛打糊滚的恒山伯其实很是伟岸。

眨眼已是黄昏，晚霞在西边的天际静静地燃烧着。不禁就回忆起前不久从一本课外书中读过的一段关于晚霞的描写：每当看到西边天际那静静燃烧的晚霞，心就很是感动，它那份热情奉献和真诚，它那份对姗姗来迟的夜晚所做的安详执着的等待，不能不让人回想起至今仍固守在乡间那片沃土上的我的父老乡亲……

迟来伯

一

幼时能诵几句古诗词，如：“举头望明月，低头思故乡。”又如：“小桥流水人家，古道西风瘦马。”其声朗朗，抑扬顿挫，摇头晃脑中透出几分童稚的自得，然而却根本不懂得所诵古诗词的文意，完全是从我的一位堂伯口中听熟的。

家乡牛绳般细瘦又弯曲的山路上，一定到处都遗落着他随口而出的诗句。他朗声念完一首，手中牛鞭“啪”的一声抽响，换上一口气，片刻，他又摇头晃脑地念开了另外一首：钓鱼台，十年不上野鸥猜。白云来往青山在，对酒开怀。欠伊周济世才，犯刘阮贪杯戒，还李杜吟诗债。酸斋笑我，我笑酸斋。

堂伯名迟来，其时五十出头年纪，块头很大，脸宽额高，眼大眉粗，完全是一副英武将才模样。然而事实上，迟来堂伯只做了个生产队的牛倌，并且还常常地受到村小学高年级一些男生的奚落：“迟来，迟来，不如不来，既然来了，就穿草鞋。”确实，一年四季，迟来堂伯脚底下总是穿着一双草鞋的。只是到了冬天，他的草鞋里才多了一双用棕片制成的鞋套。听着学生娃娃这么追着他叫喊，迟来堂伯一概不予搭理，照样摇头晃脑念古诗词，照样“啪”地抽响鞭子吆牛进山林。日子久了，当初的学生娃亦照样成了生产队里的一名社员的时候，居然一个个地对我的那位堂伯产生了一种莫名的敬意。他们都“迟来伯，迟来伯”地称呼他，而且拜他为老师学练毛笔字。迟来伯也从不计前嫌，一有闲时就一撇一捺地把着手教。那时候，家乡还很贫困，除了逢年过节或遇红白喜事舍得花钱买纸张墨汁外，平时是极少有此种消费的。于是，村口桥亭地板上或溪畔沙滩上，便随处可见用炭条书写，或用柴棍画成的方块字。

迟来堂伯的屋宇就坐落在村口左侧。一条清清粼粼的小河从门前流过，几步之遥便是那一座古色古香雕龙镂凤的桥亭，门前小河的右侧是林木葱郁的关山，关山中央的那座土地神庙常年烟火不断。屋是木板屋，仅三篷两间带一黄土筑成的偏厦房作猪圈。堂伯母满脸是茂密的麻子，矮矮胖胖的，其长相实在不敢多加评说。他俩是中年成婚，当然是为了传宗接代，凑合着过日子的那一种家庭。堂伯年近50岁才得一儿子，取名耀宗。后继终于有人，堂伯很是高兴了一回那是无疑的。听村里大人们说，孩子“哇”的一声才落地，我堂伯就展纸挥笔书了一副行草对联，张贴在木屋的廊柱上，并且念古诗词般摇头晃脑反复咏叹：“关山土地田畴前行人善文能武运不济，小桥流水人家后来者光宗耀祖正逢时。”村人中当然少有人能够品评出我堂伯迟来即兴挥毫的这副对联的优劣，但几乎全村人都为他来贺喜那是一定的。

迟来堂伯的腰杆子也就在一夜间硬朗了许多。

二

小河流水，几回清澈，几回浑浊。不久，一场史无前例的“文化大革命”爆发了。穷乡僻壤的小山村，应该说无多少文化的东西，不料，也还是被红卫兵们挖出了三件代表作来。

自那以后，我便知道了堂伯迟来的神秘身世。

他原来叫时来，“时”与“迟”的修改，是堂伯人到中年后自作主张所为。其中深意，当然也就耐人寻味了。堂伯曾经是某名牌大学毕业的高才生，只是刚毕业就遇上战乱，然后又逢打土豪分田地等一系列的运动。

后来我还知道了一件事，那便是有关堂伯迟来他母亲的来历。听老一辈见过堂伯他母亲的人讲，我堂二奶年轻时是一个美若天仙的女子。她也只在年轻时到过我们家乡古皇村一次。她同我堂二爷是师生恋，我堂二奶生下时来不久便抛夫别子，从此杳无音讯。

世事真无定式，想不到我们小小一个古皇村的桥亭旁河流边居然有着如此复杂背景的一户人家呢。那么，在那个“文化大革命”中，迟来堂伯所际遇的各种麻烦事也就见怪不怪了。

随着“文革”的深入，几乎天天有着迟来堂伯的新闻传入村人的耳中。苦命的迟来伯母自然只落得个泪水洗脸的无言结局。他的那个取名耀宗的年幼儿子，也就全无了快乐的天性。

那一个永远也不应该再重复的年代啊！

三

历史真是有趣，有时曲折蛇行，步步惊险，有时一马平川，春风拂柳。那一场史无前例的“文化大革命”终于结束了。小小的古皇村也同样呈现出了一派万物复苏景象。

这时，村革委会主任已经下台，由老支书岩保重新领衔担任村党支部书记。在他的号召下，村民们几个昼夜便将关山垦荒般翻了一遍，然后种下了清一色的松柏树苗。村中的能工巧匠们，则集合在村小操坪里，凭记忆在一批从老山界选购来的上等木材上精雕细镂着一条条龙凤，他们发誓要把重建的桥亭恢复昔日的古香古色原貌，唯有修复关山里的土地庙是在毫不声张中进行的。可见这群质朴的农人对自己心目中所认同的那种文化的追求是何等的执着啊！

然而平反后的我那位堂伯迟来却出奇地沉默了。他早已经成了一位地道的老人，加上双脚残疾，足不出户也是可以理解的，但是他再也不肯为村人或自己家中书写铁画银钩的对联了，这实在是一桩令人惋惜的事。可喜的是他的儿子耀宗业已出脱成了一名英俊少年，在参加高中考试时成绩居然是全县第一名。想来，只要命运中不会出现大变故，能够光宗耀祖那是一定的了。

遗憾的是这以后家乡古皇村发生的人事变化，我也就知之甚少了。1985年春季，我被招工转干后，不久又调入了离家乡千里之遥的省城，为公忙，为私忙，很少回家乡去看一看。但我想，村中小河的流水常流不腐那是一定的，村口关山的幼树长成葱郁的一片森林那是一定的，关山旁那一座修复一新的桥亭很是艺术地伫立在时间的流逝中那是一定的，而村中小河边我堂伯迟来家的门前廊柱上，也许依然还未启封贴上新的对联那也是有可能的呢！

小桥流水人家……

我不禁又诵出了幼时就已经滚瓜烂熟的那一首古曲来。

神圣的大队屋

一

有一些事物，自觉不自觉地在意识里形成了光环，神圣得很。

譬如乡下老家的大队屋。

前不久，听人说起老家大队屋现在的情景着实吃了一惊。我不相信那会是真的。大队屋怎么会变得那么冷清呢？怎么会有人敢掀掉它的板壁或楼枕去装修自家的屋宇呢？岁月给村人的心态制造的反差真会有如此强烈吗？

借回家乡小住的机会，当日傍晚，我便去拜访久违了十多年的大队屋。

我们家坐落在村口南山半坡，紧傍着资江，离大队屋两华里远近。时逢春雨天气，撑伞踏一路泥泞，我独自朝大队屋方向走去。这条路我是非常熟悉的。年幼不会走路时，祖母就抱着我在这条路上走过。因母亲早逝，父亲又行医在外，家中无人照顾，祖母只好把我带到大队部去。“文革”中主持会议的治安主任凶神一般，我偎在祖母的怀中，听他训话，见他横眉怒目的样子，有时害怕了，就忍不住喊一声祖母。“老实点！”一声断喝雷一般劈来，祖母把我搂得更紧了，我也就不敢再吱声，但我对这条路依旧感到亲切，沿着这条路到大队屋，逢年逢节有乡戏看，有电影看，有狮舞龙灯看，满足着我那小小的一颗童心是无疑了。

二

知道大队屋始修于何年，是我读小学一年级时听山伯亲口说的。山伯是村里的土根子，又学过拉锯匠，是参与修建大队屋的主要工匠之一。有一回，学校请山伯作报告，他就绘声绘色地讲述了自己参与修建大队屋的旧事。山伯是个文盲，给地主做长工出身，但他说起修大队屋的情景，却有板有眼。他说，大队屋是中华人民共和国成立后第三年修建的，大家吼喊着“解放了，天亮了”的口号作为伐木的号子，激情澎湃如山风呼啸。大队屋竣工的那一天，村民们还自发地耍起了狮舞龙灯，大队长和大队支部书记，拨开喜庆的人群，站在新建成的大队屋一楼舞台上亮相，支书要大队长讲几句话，大队长振臂一呼，高声地说：“乡亲们！我们新成立的国家有一个中心，那就是首都北京，我们新成立的省会有一个中心，那就是省府长沙，现在，我们古皇村也有一个中心，那就是新修建的大队屋！”顿时，鞭炮声、欢呼声如同煮粥。

下课了，几个小学生就忍不住溜出学校，去重新审视原本熟悉的大队屋。

果然觉得更不寻常了。举目望去，飞檐翘角的大队屋，越看就越像课本上天安门城楼的样子了。大队屋有两层，第一层分为七间，正中一间是小舞台，外面没有装板壁，其余六间，都装成了房子。那些房子，分别为代销店、医疗室、会计室，支书、大队长办公室，阶级斗争图片展览室及播音室。第二层却是空空旷旷的，三面均是雕花栏杆，只有靠东头的讲台后面装有一扇板壁，庄严的毛主席像贴在板壁的中心位置，两边是鲜红的旗帜。这就是村里召开群众大会的礼堂。一根根粗圆的柱子擎立着飞檐翘角的屋顶，在这片屋顶下面，支书和大队长曾作过多少振振有词的报告，曾许下过多少令村人激动不已的诺言，获得过多少由衷的掌声和欢笑声……我们去丈量那一根根粗壮的柱子，两个同学拉手还抱不下呢。

不知不觉间，大队屋就在我们这一群少年的心目中辉煌起来。

那时候，村小学兴演节目。我还担任过节目中的角色。《歌唱古皇》《战渠道》……每一个节目都配合着当时的形势，为村民改造家乡、建设家乡鼓劲助威。记得《歌唱古皇》的唱词中一段："古皇村，近靠河，资水弯弯前门过，青山鸟语花含笑，新人新事真是多，依儿呀依哟，新人新事真是多……"唱着唱着，就让人从心底里萌生出"世上只有家乡美"的念头来。节目排练成后，就在大队屋的小舞台上演唱，村人们都站在外面的空坪里观看，时而鸦雀无声，时而笑声四起。《战渠道》那场戏，因为布景需要，序幕刚拉开，悬挂在舞台中间的电灯就悄然熄了。顿时，台上硝烟弥漫，炮声轰响，台下人不知发生了什么事情，一片骚乱。顷刻间电灯亮了，舞台上四对男女学生扮成的小社员，正手握钢钎，挥舞铁锤模仿着大人们的样子表演修渠道……从骚乱中转过神来的观众，突然爆发出雷鸣般的掌声和喝彩声。支书和大队长激动地走上台来，紧握着我们的小手，连声赞许："演得好，演得好！"大队屋记录着我们多少得意的欢笑啊！

随着年龄的增长，后来我也成为一名社员，大队屋的形象在我的心目中其实也产生过一些动摇，那一次复一次的运动，也在我们古皇搞得轰轰烈烈。但是，就像我家门前的资水，虽然拐过弯，却毕竟是朝东流去了。过不多久，大队屋的形象，复又在我的意识中逐渐地神圣起来。特别是当作为一名公民在大队屋的会场里参加选举时，一种主人翁的自豪感油然而生。

记得我最后一次去大队屋，是参加田地实行承包制的动员大会。那时，大队已经改村，但村民依旧习惯地你呼我喊着："到大队屋开群众会去噢！"会议还未开始，村民们却展开了热烈的讨论。两种不同意见针锋相对，有极力维护的，有坚决反对的，理由都很充分。维护的说，实行责任制承包是解放生产力，推动生产力的必由之路；反对的说，分明是倒退，是复辟，是十足的单干……山伯也去了，是反对的强硬派，他说："搞集体是毛主席定下来的，现在又要田地分到户上去搞单干，咯不是倒着走，还是顺着走？"他已经老了，说话时，不断地咳嗽，眼泪鼻涕都流出来了，很感人的。

责任制是大趋势，谁也阻拦不住的，会一散，就开始丈量土地了。

那以后不久，我离开了家乡，调到县文化部门工作，就没有再去过大队屋了。但是，对农村的变化，我是十分关注的，常从电视中、报刊中看到农村形势一派大好的消息，粮食增长的比例一年比一年高，心里就觉得很是踏实了。

三

两华里远近的坑坑洼洼泥泞乡路，恍若历史的一个长廊。在这个长廊里，重现着我幼年、少年及青年时往来于大队屋的一幅幅生活片段。夜的帷幕逐渐拉开，大队屋在微雨中呈深褐色。有一种奇怪的感觉突然产生：越走近它，越是觉得胆怯。板壁果然掀去不少，像一个个裂开的伤口。沿残缺的楼梯而上，至二楼，楼板荡然无存，楼枕也所剩不多。一时无语，我想，我怕是再也找不到昔日表演节目的舞台，找不到自己昔日投票的位置了。大队屋在风雨中已是一副摇摇欲坠的样子。

暮色四合，天色完全暗下来了。

欲转身回家，忽见有三五束手电光摇了过来，进了大队屋东头仅存的一间没有掀去板壁的房子。人进去电灯就亮了（万幸！电线没有被人剪去），那不是昔日的支部书记办公室吗？好奇地跟了进去，原来是村党支部和村委会的负责人，见了我，都连忙让座，村主任说："你来了正好，就列席我们的会议吧。你在外面当干部，懂得比我们多，为我们参谋参谋，看这大队屋究竟怎么处理。"他们原来是研究这大队屋是拆是留的问题。当然，我又能说什么？"还是先听大家的吧。"我这么说，并不是客套话。

农村实行责任制后，生产力得到解放，农民有了充分的自主权，所承包的那一方责任田地，各有各的利用方式：有依旧插水稻、种红薯的，有根本就不插水稻不种红薯而是栽种厚朴、杜仲等药材的，还有的干脆把水田改成山塘养泥蛙养鱼，把山地改造成梯土大兴橘园与茶园的……五花八门，无奇不有。这本来是一种好事，农民自己将自己推向市场，是历史发展的大趋势。然而，这几年来，我们有些地方的农村基层党组织却一时转不过弯子，跟不上形势发展的步伐，停留在只会发号施令，搞一刀切，搞家长制的工作作风上，这样一来，不是反而远离了群众，激怒了群众吗？我不禁记起一位省委领导在调查农村基层党组织建设后，颇具见解地说过的一段话，他说："改革开放以来，农村发生的变化是喜人的，但有一点我们却不容忽视——那就是在有一些地方，'左'的干扰还很严重，在我们的少数基层党组织中还有着'文革'的遗毒在继续作梗。也许，这并不是危言耸听哦！"

会议围绕着大队屋拆与不拆争论不休，主拆者认为农村实行承包制后，根本就不需要基层干部的领导了，留着这容不下和尚的空庙没有了意义。但是，几位年轻的支委却执意驳斥，说是在改革开放的新形势下，大队屋完全应该更加兴旺，走转变职能的道路，办庄稼医院，搞科技咨询，尤其是基层领导，更应转变工作方法，要变空喊为行动，变指手画脚为实实在在的服务。只有这样做，我们的大队屋才能复又成为全村人的中心，我们的基层班子，才能复又得到群众的信任……然而，老支委山伯却突然起了高腔："你们不是想转变什么？前年春节期间，组织了一帮后生和黄花闺女在咯里跳么子交谊舞，还冒舞上三夜，父母们就吵到大队屋来了，硬是要一把火烧掉这伤风败俗的屋子哩；你们也花过几百元钱买了图书，在咯里办阅览室，可如今还是被人把书渣也当解手纸扔进茅坑了！"他说得上气接不来下气，又是一阵咳嗽。这是我万万没有想到的，昔日对大队屋一往情深的山伯，居然是主拆者中的一员。

我猜想一时难有什么结果，便先告辞了。

回到家中，思绪仍麻一般纷乱。我想梳理它。别开个人感情，大队屋拆与留或许并不重要。但是，在汤汤逝去和汹涌而来的岁月江河中，村一级基层党组织以及每一个村民，却责无旁贷地要迎接一种新的挑战。几百上千人甚至数千人的一个村子，不也如同江河中的一艘航船吗？滩多浪急，漩涡暗礁，没有清醒明智的艄公，没有众船夫水手通力合作，航船不会触礁吗？不会倒退吗？我忽然觉得，常年以来一直闪亮于我脑海中的那一道关于大队屋的神圣光环，原来是一种精神的象征与力量的隐喻啊！

大队屋，你在我们这一代人心目中，理应是神圣的。

路　亭

那年，我12岁，小学刚刚毕业，因为母亲早逝，家父蒙冤，便不得不从“人之初”的甜梦里走出来，涉足于社会了。蜿蜒在我脚下的，是一条养身糊口的手艺路——跟一名陌生的又不得不亲热地称呼为“师傅”的中年人学篾匠。

楠竹是湘中的特产，而生长地一般在大山深处。我家在资水江畔的丘陵区，少有楠竹，做篾匠活，得走几十里路程，进入大山腹地，把楠竹剖成篾坯再挑出山去，回家中制成篾货换钱粮。

一天，师傅捆好一担篾坯，阴沉着脸孔，说：“把它送回去吧！”是不是有意在磨砺我的意志呢？只是这种方式却未免残忍了一些。我只有12岁呀，就得挑起几十斤的担子走坎坷长途。紧咬着牙，我起程了。

篾坯很长，我很矮，这哪里是挑着担走，分明是在拖着担蹒跚。又窄又弯的山路，简直比踩钢丝还难行。没走几步，便跌倒在地。回过头，把哀求的目光投向师傅，复又被他那铁板一样的脸孔挡了回来。就在那一瞬间，我似乎觉得，师傅的眼神里流露着一种报复的感觉——兴许，他当徒弟时就经历过这样的一段路程吧？无奈，我吸了口气，奋力地爬起，仍又跌跌撞撞向前走去……

默立于荒寂山坳的路亭，是你给了我慰藉。

我已记不真切自己是什么时候于什么地方连人带篾坯昏倒的。当我从愁苦的深渊中呻吟着醒来时，竟发现自己躺在一位老人怀里了。老人木讷的脸渐渐舒展开，把我安置在一条木凳上坐好，又去盛饭筛茶，陪着我一起吃，见我疑惑，便告诉我，他是守护这座路亭的。用目光四处打量，才知自己与老人是栖身在荒寂山坳的一座路亭里。路亭很简陋，古木为柱为梁，树皮为瓦，并且还有些年岁了，两面的板壁，已被日月抹黑了脸孔。也就记起，同师傅进入大山腹地时，沿途是经过了好几座路亭的，只是当时并未在意罢了。

吃罢饭，身体恢复了些，精神也饱满了。老人说："我送你吧！"不待我回答，便挑起篾坯往前起步了。倒是我却有些迟疑，一步三回头，回眸望荒寂里的路亭，于我幼小的心灵里，它那简陋的身影，像人世间的一个谜……

随着时间和阅历的不断增长，我终于知道，湘中的路亭，几乎全都是单身老人所修成。他们大多数原是些浪荡江湖的逍遥汉，花天酒地中，不知不觉便近了人生的暮年。

这样的时候，他们才倏忽意识到自己是做了一场噩梦，于是便怀了一种旷世的忏悔之情，远离了繁华闹市，来到这荒寂的山野，掏出身上仅有的一点积蓄，修建起了唯一能证明他们存在的简陋路亭。路亭里，有他们烧的茶水，那是免费供旅行者们饮用的……他们这样做，道理是极为简单的，也许是为了求得一个美好的来世吧。

这样的路亭，每隔几里就有一座。守亭人站在亭前或亭后的台阶上，把手合成喇叭筒，还可与或上或下的路亭的主人遥相呼应呢。只是他们却很少言语，都习惯于沉默，他们是在利用这不多的时间反省自己以往所做出的各种荒谬事情？或许，是在憧憬着自己来世再度涉足人间时，该怎样地珍惜光阴？

大白天，他们总是习惯于叼一根烟杆，在亭前或亭后的某方岩石上坐定，默默地用冷峻深沉的目光迎送着负重的人生。他们每日里最大的事情，似乎是看日头的东升与西坠，但是倘若旅行者中哪一个在途中突然遇上什么困难，他们又总是会前来解围……不要说他们是空虚孤独的吧，他们的心中，怀有一个“为了来世”的美好憧憬！

兴许，人生确实需要憧憬。换句话说，需要一种“寄托”？

我又能作怎样的解释呢？

哦，湘中，你有着多少这样的路亭，就有着多少这样的人生！我只能如是说。

回眸荞麦界

界上的山脉磅礴而又蜿蜒。

在这磅礴而又蜿蜒的山脉之上，当然就有着参天古木，亦有着俊秀竹林……

师傅回家乡去了，我一个人留在野外的工棚里，重复着剖篾坯的粗活。师傅是回村去做上门工。田垄里绿如烟海的禾苗打苞灌浆了，抽穗壮籽到收割不过是眨眼的时间，他正好赶上补晒垫、织箩筐的旺季。界上离我们村有三十多里路程，也就是说，师傅一早动身回到村里还能做半个工日。

我们做包工活的工棚孤零零地搭在界上的竹林里。当地的农人们，只负责把竹子集中到工棚外的空坪捡尺后就算完事，平日除了进山来挑篾坯的脚夫，很少有人涉足这个地方。常来光顾者，只有竹林里的山鸡、麂子、野兔及花面狸之类的不速之客了。

偶尔还会有一只或几只野猪撞进工棚里来。

这是意料中的事。因此，我们把工棚搭得高高的，分为两层，一层是剖篾坯的工场，再用松树皮隔出一小角，算是师徒俩做饭菜的灶屋；另一层悬在半空，几根楠竹搭成一个平台，展开自带的被盖，那就是下榻的卧室了。入夜，师徒俩蹬着一条简易竹梯，叽嘎叽嘎，爬上去就蒙头大睡了。美梦是不常有的，冷风飕飕，夜半冻醒倒是常事。如今就留下我一个人在野外的工棚里，并且要留下来度过至少二十多天的时间，但我的心里，却有了一种解脱后的惬意。

篾刀在我的手中舞动着，篾坯在我的脚下铺了一地。虽然没有人赞许，却也无人监督，师傅那双挑剔的冷眼，也早已经在我的记忆里模糊，自由自在地劳动，是一种实实在在的大幸福。突然就想起了临出家门时我那虔诚的老祖母郑重的支持："苦乐全由心境造。你出门在外，要有一颗平常心。以平常心待人，以平常心律已，什么样的委屈都是可以化解的。那样，你见到一朵花，就觉得花在对你笑，你遇到一泓水，就觉得水在为你歌唱。"我举目望了一眼工棚外初夏的碧空，感到的是一种宁静与祥和的气氛。

已经快中午了，我放下手中的篾刀，整理完脚下的篾坯，学着师傅的样子，一屁股坐在竹凳上悠闲地吸起了旱烟。山高水长，天地悠悠，人是最不容易满足的，其实又是最容易满足的——譬如此时此刻的我，就觉得自己是这山野中的神仙一个了。没有人来要求我什么，我也无任何事情去求助人家。我所面对的只是祥和宁静的自然以及手头拿得起又放得下的工作。我吸一口烟，又吸了一口烟……这时，一只花面狸突然撞进了工棚。它的一只后腿有些跛，伤口处还在一滴一滴地流着鲜血。这家伙像通了人性似的，面对着我，一点也不惧怕。那是一只美丽之极的花面狸，眉眼如浓墨描过一般，瓜子形脸上的几块花斑也点缀得恰到好处，全身的毛色艳红如火，它那毛茸茸的尾巴在摇动着，一双眸子水汪汪地向我投瞥过来。

这是乞求的目光，是呼救的目光。

或许，在它的猜想中，这座工棚里住着的准是个无所不能的家伙。偌大一座林子，它的同类们，包括勇猛的老虎和凶残的野猪都只能靠打山洞、筑草窝栖身，而这家伙却偏偏能搭建如此堂皇的一方天地。这么想着时，我确实就动了恻隐之心。我甩掉了手中的烟蒂，站起身准备去抱它，察看它的伤情。但是，那一只美丽的花面狸，却一跛一跛地走出了门去，并且每走几步，又停下来回眸望我。

它是要引领我到什么地方去吗?

且停且走，我跟随着这一只受伤的花面狸，来到了山湾小路的一个拐弯处。它终于停住了蹒跚的脚步，举目眼巴巴地望着头顶上的茂密竹丛。我也将双目扫了过去，这才明白，头顶上的竹丛中正吊着一只同样美丽的花面狸。

它是被猎人设置的圈套套住了。

猎人们通常在野兽出没的必经处，瞄准几根颇有弹性的竹子，再把这几根竹子的竹尾强压在地，然后安装好带有铁齿的圈套，当有野兽从这竹林小径穿过时不小心触动了机关，那一棵棵青竹便“嗖”地弹起身子，如升浮的鱼钓般将进入圈套的猎物四脚无靠地吊在半空……

我迅速地把那一只悬空的花面狸救了下来。它已经伤得很重了，一时还不能行走。我只好把它拥在怀里，人与动物之间，心性肯定是有着相通处的，这一只受伤很重的花面狸，平静得如听话的婴儿，尽情地享受着我给它的爱抚，而给我报信的那一只，就蹲在我的身旁，一双浓墨描过般的眉眼，一会儿望着我一会儿望着它的同类。

那天下午，我没有再去干活。

我把刚来界上时师傅教我的看家本领也用上了。从山溪的坎边我采了些止血驱痛的草药，再一口一口地嚼成草浆，然后小心翼翼地敷在那两只花面狸的伤处。也许，爱心原本就是天地间最好的药，日头西斜时，那一只身受重创的花面狸也终于能够下地行走了。

那么，让它们走吧，让它们双双回到自己该去的地方。

它们的美丽是属于这一片林子的，谁也没有理由分割这美丽。有风儿湿润地滑过来，竹叶翻动着，那是大山在梦呓吗？我看着那两只花面狸一跛一跛地从视线中远去，进入到竹林深处，融入进大自然的和谐中。但是，我却永远也无法忘记那两只花面狸告别我时的情景。它俩的眸子，如泉水洗过一般清澈明亮，油黑的睫毛上，挂着晨露一样的泪珠……

我记住了这一切，同时，我也感悟到，拥有一颗平常心是那么地幸福哦。

残　烟

莽莽群山，呈一派钢青的颜色。山腰间零零星星地点缀着几栋半藏半露的木屋，从木屋里偶尔传出几声狗吠或几声雄鸡的啼唱。一忽儿又归于沉寂。山雾说起便起。山雨说下就下。山里人识别晴天或雨天，全是由雾起的方向判断，雾若是从山谷底下往山腰升腾，颜色又呈乳状，准是个爽晴的日子，而雾若是从山顶盖下来，颜色灰暗，那便注定要下大雨了。但无论晴或雨，最先惊醒群山的，便是由一根牛絭绳不紧不慢牵动的牛铃的脆响……

那是可绘画的意境。那是能写诗的情趣。

然而那样的时候，我只不过是一个小篾匠，跟随着师傅在那里干着篾匠的粗活，离艺术很是遥远，很是遥远。那地方叫荞麦界。为什么叫作荞麦界呢？岩爹撩了一下银白的胡须，慢条斯理地说："此地山高水寒，只见插秧，不见收稻，而山中的荒地播种荞麦却颇有收成。"岩爹说这话时，显出一副很是得意的样子。岩爹土生土长在荞麦界，虽已年近九旬，腰板却依旧硬朗。一方山水养一方人物。岩爹的得意是有着一定道理的。

我们做篾匠活，就落户在岩爹的家中。

那同样是一栋木板屋。共五扇九间房子，住着祖孙三代人。岩爹有两个儿子。老大52岁，膝下有三儿两女，年龄大的已过20岁，年幼的才到开蒙的岁数。但是荞麦界没有学校。整个荞麦界十多户人家，近代以来只有岩爹的爷辈那一代人进过正规学堂。据说当时是请了私塾先生上界来教学的。此后，便是由父辈教子辈这般沿袭下来。不求作文通达，只要逢年过节或红白喜事能勉强写几副对联，往来账目能记姓名与数据，便称得上是荞麦界的斯文人物。岩爹的小儿子已年纪不小，48岁了，却一直未娶，洗衣补衫或解男人别的什么难题，全由嫂子一手包下的。兄弟居然能和平共处，相安无事，也算是岩爹小儿子的一份福气。荞麦界的男人们对妇人是极优待的，从不让自己的妻子上山伐木或下地侍弄庄稼。生儿育女，侍候男人，洗衣补衫才是妇人的本分。

岩爹的两个儿子，一个叫山保，一个叫地保，均生得虎背熊腰，壮实如牛，而性格却敦厚且心地善良。我管他俩一个叫山叔，一个叫地叔。我与山叔和地叔的交往毕竟不多。日出而作，日落而息，一天与他们只见几次面而已。倒是山婶同我们师徒混得很熟。岩爹也常同我们师徒扯闲谈。

我们做的是包工活。自己带粮带干菜，楠竹由荞麦界人送上门，量过尺码后他们再拿着我师傅开具的证明到社办企业去结算。我们师徒住在岩爹西边的厢房，煮饭炒菜就着他家的炉灶，开竹子破篾便在他家的堂屋里。山婶是那种典型的贤惠村妇。偶尔山叔或地叔从山中捕获了花面狸、麂子之类的野物回家，山婶就总是少不了分给我们师徒一份，她还时不时偷偷地塞一个烧鸡蛋给我："吃了吧，十多岁的伢儿，正长身子哩。"并且示意要我将蛋壳扔进屋后的阴沟里。那阴沟里厚厚的一层蛋壳全是我同岩爹扔的。岩爹一副贵人相，银白胡须，棕红脸膛，腰板硬朗，身材高大，手里常捧着一个水烟壶，根本看不出是一位年近九旬的老人。他每天一早一晚，喝三盅用虎骨鹿鞭浸泡的荞麦烧酒，从不间断。他一般足不出户的，一把太师椅靠堂屋门坐着，同我师傅扯漫无边际的闲谈或绘声绘色讲些古今的故事。讲到动情处，总是习惯用手撩一下银白胡须。岩爹应该是读过不少书的，如《红楼梦》等，均能够流水般地一一讲来。

岩爹的日子过得好从容，不愁吃，不愁穿，不用操劳春种秋收的农活。那一切均是儿子及儿媳妇的分内事，他只是安享晚年的老太爷一个。而且荞麦界的村民们亦尊他若神明。他偶尔也去附近山腰的邻居家走动，所到之处，装烟递茶端椅子，成人称他岩叔或岩伯，小字辈一律称他岩爹。他还写得一手极漂亮的毛笔字。每逢过年过节，或有红白喜事，荞麦界稍有讲究的人就会自备纸张，怀揣红包，极是恭敬地前来请岩爹写对联，岩爹自然是来者不拒，一边挽袖铺纸，一边吩咐儿媳妇掌砚磨墨，转瞬，一副副对联便在他的手下龙飞凤舞而就了。而后收下红包，也不言语，只是双手一拱，算是回礼。

然而世事无常，岩爹的死相却很是难堪。

那是将要入秋的时候，我师傅已回家忙抢收抢插去了，留我一人在岩爹家做些简单篾工活。那样的季节，荞麦界也一样是忙碌的，忙着进山砍伐竹木，忙着敲梆驱赶糟踏庄稼的野猪……凡是男人，不分老幼，能进山的都已进山了。唯有岩爹清闲，依旧一早一晚喝三盅虎骨鹿鞭荞麦酒，依旧手捧水烟壶从容度日月。

那一天雾很大，谷底像装了无数台鼓风机似的，乳白色的浓雾翻着滚着从谷底升腾上来，到了山腰便不再上升，岩爹家也已被浓雾掩了半截，就连我做篾工活的堂屋里也溢进了层层雾气。那情景，正如岩爹说书时描绘的神仙境地一般。这样的时候，岩爹举杯喝酒，山婶在灶前煮着猪食，山叔地叔及岩爹的几位孙辈却均已上山忙农活去了。我清楚地听到岩爹在喊他的儿媳妇：“菊儿，菊儿，你过来，陪公公喝盅酒。”但是不一会儿，公公与媳妇便说着笑着进了里间的房子。那是山叔与他媳妇的住房……

山雾说散就散。如火夏日，已上中天，暑气严严地盖了过来。少年的我，顿觉心中有几分燥热，正待偷工去后山走走，但刚一起身，便发现灶房滚出了浓浓的烟火。糟了，准是山婶离灶时忘记了收拾灶前的柴草而惹出的火灾，说时迟，那时快，我正心想着怎么处理此事时，火光已经破楼冲天，一切都来不及了，我只好顺手捡了个洗脸盆夺路逃出，一路飞奔，一路猛敲脸盆向山中劳作的荞麦界农人报警。

但山深路远，只有回声阵阵滚过来荡过去，却不见有农人赶到。

回眸岩爹家的那栋木屋，烈焰中，正在一扇一扇地倒下，猛然记起，岩爹与山婶不是仍在那栋木屋中吗？心便揪得紧紧的，一滴滴冷汗从毛孔中渗出。顷刻间，我的眼前一片漆黑，脑海中一片空白，便什么也不知道了。

…………

待我苏醒过来，已是落日黄昏。我定了定神，从山路上爬起，但我却始终不敢挪动脚步。远远地望去，岩爹家的那一栋木板屋已经荡然无存。围满人群的废墟上，最惊心触目的是山叔与地叔及其晚辈们悲恸的哀号声，是飘着几缕残烟的两具萎缩得不成人形了的尸体。并且那两具尸体是紧紧地搂抱在一起的。人们肯定明白，那其中的一位不幸者准是山婶，而另外一位会是谁呢？

那将成为这荞麦界人们心照不宣的隐私。

日落西山。夕阳如血。荞麦界又将回归于一片沉寂。

然而，许多年过去了，那落日黄昏中袅袅升腾的几缕残烟，却时不时在我的记忆中飘忽着，飘忽着……当然，也同样牵系起了我对荞麦界那片土地的深深怀念，以及对那片土地上人们的同情与怜悯。

我的家乡　我的乡亲

一

我家井湾里，紧傍着资江。早年间，家乡的山光水色是如诗如画般秀美的。单说那资江罢，从广西资源县的苗儿山坡画出一条清亮纤细，又经邵阳、新化等县域中数十股溪流的汇合，渐渐地强壮起来，就有了波浪滔滔的大家气派呢。然而，本色不改，资江，依旧是清亮地汤汤而来，又清亮地汤汤远去。是不是因了这清亮资水的浸染呢，家乡的山色，也依旧是青翠苍郁，莽莽森森。

然而，世间万事万物，又不是一成不变，人心也不例外。自从1984年我离家，家乡，我是与你久违了。这些年，外面的世界已有巨大变化。那么，我的家乡呢，想是更加地秀美了吧。

想家心切，于是去年春节，我们小小一家子，就一并来到老家井湾里。老家也确实起了变化。以前的那条细小乡路，已变成了宽阔公路，虽无多少机动车辆往来，却是有一辆又一辆崭新的自行车穿梭交织着，而这些骑车的小青年，都是我在家乡时的流清鼻涕、穿开裆裤的毛头伢子；举目向村里望去，只见家家的屋脊上，都一律地竖起了向外面探听消息的电视天线，而那屋宇，也由低矮茅屋或木板屋变成了红砖青瓦的两层楼房……

家乡，你也真是气派哦！

只是，不知道怎的，我的心里头却总有些不踏实。换一句话，家乡，在我的心里头是有了一种陌生感。这种陌生，又并不是因为这么多年没有回家乡所产生的。到底因为什么，我一时还摸不透，拿不准，也说不清楚。

家乡的习俗，吃团年饭安排在中午。时针指向正午十二时，小小的井湾里倏忽就倒海翻江般地热闹了。家家户户，把一箱一箱的鞭炮抬到堂前的阶沿边，最初是一个人放鞭炮，后来就全家人都上阵了。我们家也不例外。在硝烟弥漫中，我贴近弟弟耳边大声问道："你们这么放鞭炮不是浪费吗？"但弟弟没有听我说的话，只顾拼命似的一挂连一挂点着那象征喜庆的爆竹。那阵势，就如同两军对垒，冲锋号吹得正嘹亮的时候呢。这样约莫炸了一个钟头，才挨家挨户地渐渐收场。紧关着堂屋门吃团年饭了，弟弟才边斟酒边告诉我，我这些年每逢吃团年饭前都是这样的，家与家，户与户，比试着放鞭炮，谁家的鞭炮炸得最响，放得最多，谁家就能在新的一年里发财。末了，他又补上一句，反正现在都有钱了，也不在乎炸了几百上千元的鞭炮呢。也许乡亲们这样做是对的，中国的农民们长期以来穷苦了，也压抑苦了，如今手头有了钱，政策又开放，用放鞭炮来或庆贺或发泄，错，也是错不到哪里去吧。但是，对弟弟所说的那种谁家鞭炮放得多、炸得响，就能在新的一年里发大财的心态，我是不以为然的。那毕竟是旧式农民的封建意识和心态啊！

团年饭的菜肴当然是很丰富的。整鸡整鱼大碗瘦肉，还有城里时新的凉拌菜，挤挤挨挨一满圆桌。酒固然也是好酒，是四川特产的五粮液。这一桌菜与酒，怕是要上三百元吧？如我们这一辈快40岁的人，是先后经历过几个困难时期的，那些年月，就是一壮实劳力辛辛苦苦干上一年半载，也难得攒回这一桌酒席钱的。哦，我的家乡，堂前的门楣上已经不再沿袭那一副传统的春联了，但我是仍然记得那副春联的："暖时莫忘寒冷日，饱食先思饥荒年"。这是不是我对家乡井湾里产生陌生感的原因之一呢？

弟弟是喝得醉眼蒙眬了。也不全是想要他到外面去醒一醒酒，我提议，兄弟俩到后山的金鸡岭上看看吧。早年间，我也是一个农民青年时，是常在后山或打柴或挖土或栽种庄稼的。这山岭上的一草一木，对于我来说，就是两鬓斑白回家乡来，也是能够辨认得出的。然而，爬到岭上，我却失望了，并且失望得有些心痛。这原本是青翠苍郁、莽莽森森的金鸡岭，如今已是光秃秃一片，见不着一株庄稼，看不着一棵树苗……这是怎么回事呢？再举目向更远处的山山岭岭望去，而更远处的山山岭岭，也与这金鸡岭一样，不见了绿色……

我是有些愤怒了，责问弟弟："你们怎么能把祖辈留下来的山河败坏成这副惨状？"哪知弟弟却只是笑，那笑声里，是包含着轻蔑的，过了好一阵子，他才正面回答我："二哥你也真成书呆子了，你想想看，这些年政策放宽，提倡让一部分人先富起来，而木材，又正是能卖得起价钱的，谁还看着眼皮底下的钱不挣呢？再说，哪个又说得准这政策能延续多少年？"

我哑然了。是啊，长期以来，我们的政策有时滋长了农民们的短期行为，中国的农民们本来就是最信奉"吹糠见米"的呀！只是，你们想过自己的子孙没有呢？他们将来何以在这片土地上生存呢？现在你们是确实富了，有钱摆阔气讲排场了，但你们这钱又究竟能花多久呢！家乡啊，在这开明的政策下，如果你们能充分利用本地优势，做到有计划地开采资源，并有计划地护林造林，而且，把更多的精力花在发展农业的再生产上去，那么，家乡，岂不是就能够真正地秀美起来，并且永葆秀色？

有风拂过来，我是感到了彻骨寒意的。已是暮色降临，望着朦胧远方的资水，我却无法看明白那水色是清亮的还是浑浊的了，唯有山脚下田坑里一座座砖瓦窑中飘溢出的烟缕是青白的，我看得非常明白。弟弟告诉我，山上已经没有什么钱可挣了，他们又把目光盯准了田垄，如今城里大兴基建，那田里，是有着烧砖烧瓦的上等泥土的。弟弟还在描绘着未来的灿烂前景，然而，我却感到眼前是茫茫漫漫的一片……我提醒弟弟，说："天色不早了。"

暮色中，兄弟俩就各怀着心思一步步走下山去。

二

回老家十天了，想想，无论如何也该去拜访一下我的母校才对。那是堂而皇之的母校，自我6岁开蒙，至10岁小学毕业，我在这所小小的乡村学校度过了整整四个春秋，你还记得当年的那群常拿了课本打鸡毛毽子的顽童吗？那群顽童里面，有一个就是我呀！你还能回忆起当年的那群顽童的嬉笑声打闹声吗？那声音中，就有着我的声音呀！

母校，我来了，我是来拜访你的。你的容颜依旧，那么土里土气地矮小在村口的庙堂山上。那时候，我们就听大人们说过，你是由一所庙堂改造过来的，因此，你才那么矮小，只能容纳21张课桌。也就是在这21张课桌的教室里，却分别开着一、二、三、四四个年级的课呢。真正的教师只有一个，那是由乡联校派来的，另外一个帮手，没有编制，是我们村请的，被称为民办教师。当然，这毕竟还是迈进了一大步，中华人民共和国成立前，我们村根本就无学校，有几户富裕一点人家子弟念书，是靠请了先生到家里教的，那叫作私塾。另外呢，庙堂改学堂，就改为传播文化的中心了。但是，母校啊，学子离别你这么多年了，你为何却依旧是这副寒酸模样呢？你没有看见周围的农户家家都已由破旧屋宇变成了崭新楼房吗？我推开吱呀作响的教室门朝里面望去，课桌及座椅依旧是原来的样子，并且已经破损多了。然而你的风景还依旧秀美，这是我唯一的欣慰。小小一座庙堂山，依旧被青青翠翠的树木掩映着，我深深地在你的怀抱中吸了口气，那是怎样的清新啊！十年树木，百年树人，你的周围，这些抱也抱不住的大树，是不是已有百年，甚至数百年呢？简直是奇了，我的家乡，山山岭岭的树木都已被砍伐去换了钱用，而属于你的领地，却依旧是苍翠一片！想想，理由只有两个吧，其一，是村人们崇尚文化，不敢在这传播文化的地方动刀动斧；其二，那就是村人们头脑中的迷信观念仍未根除，他们是怕惊动了庙王菩萨吗？

这样想着的时候，就有谈话声飘过来。循声望去，是家乡的老支部书记和新任村主任朝学校走过来了。村主任是我叔父的儿子，比我小十来岁年纪，怕只有二十四岁上下吧，他是我们村里头唯一有大专文凭的。只是文凭也来之不易，高考落榜后，是出高价去农业科学院读的书，因为不能算正式学生，寒窗四载领取文凭又回到了村里。去年年底村上改选班子，真没想到，他却以百分之一百的选票当选为村主任了。他俩先跟我打过招呼，并且召唤我："来吧，来吧，你这个当记者的，来帮我们规划一下，修一栋五垄四间的两层新学校的房子吧！"

回想起来，我当时一定是喜得失态了。

几乎是狂跑过来，我惊问："怎么，村里准备修新学校了？"

村支书有些尴尬地告诉我："这主意，就是你的堂弟——这位新任村主任出的。"支书也是廖姓，年龄将近六十，党龄已满四十，是老资格的基层干部。兴许，我也太敏感了，随口就说："那还不全是在你老支书的指导下才想出的主意！""不不不，"老支书像是急于解释似的，"我这人，年纪大了，经历的多了，头脑是越来越僵化，胆子是越来越小，不适应形势了啊！"他的声音有些嘶哑，眼眶里还溢出了浑浊的泪水……当然能看得出来，老支书说这番话时，是动了真情的。我很想劝劝他：老支书，您也不必自责，长江后浪推前浪，这是历史的必然呢。但我终于没有这么说，而是有意岔开话题，问道：“村上有存款修这么大规模的学校吗？”老支书摇着头说：“村上哪来存款啰，这些年，虽然政策放开，村民们都把腰包塞满了，而由于我本人思想没有跟上，村班子是一盘散沙，多亏你堂弟，他在昨天晚上，趁着放映电影《淮海战役》前，召开了全村动员大会，真没有想到，他的一个报告起了大作用，一下子，村民们就捐出了上万元钱呢！”说老实话，我也没有想到，我的乡亲们的心底里居然还蕴藏着如此大的一股支持教育事业的能量！这就是希望之所在，这就是前途之所在啊！真后悔晚上没有去重温一次那部以前曾经观看过的影片，不然，是一定能够写出一篇很感人的现场新闻来的。

我们认认真真地为新学校做了规划。

末了，堂弟告诉我，他已和老支书商量过了，在这新的一年里，村里头不但兴建起这所学校，还要发动全村建成沼气池，还要在每一座荒山岭上，栽种上树木……堂弟说这番话时，精神是抖擞的，一字一句，都显示出一种青春的力量。是的，他年轻，唯其年轻，才有闯劲，才有希望！

他们还要赶回村部去，去召集村支委扩大会议。目送着这一老一少离去的背影，我的心里头，有一股热流在淌。

三

傍晚的乡下是宁静的。没有汽车喇叭与轮船汽笛的交响，没有人声鼎沸的夜市场，没有灯红酒绿的舞厅膨胀出流行曲子的声浪……当然，偶尔的几声犬吠是有的。这不要紧，那几声犬吠只能更加衬托出空旷乡野的宁静来。这样的时候，若是夏夜，村里人准是手摇着大蒲扇，三三两两地聚在自家的禾坪上乘凉的，或老头或汉子，嘴里会把了水竹烟杆，眼睛就盯准了烟斗上的一明一暗的火星发呆，盯着盯着，就会发出一声长叹，而这叹息又并非毫无缘由的，你可以理解为一种对生活的无望，也可以想象成一种对人生的迷茫，这叹息声中是有着一种大内涵的。这样的时候，妇女们却仍然在忙碌着，忙着奶孩子，忙着切猪草，忙着为渐渐暗了下去的灯盏添些许煤油……倘是冬夜，那情形又不同了，全家人会拥挤在燃着蔸根火的火坑旁边，无一人言语，唯有火星偶尔发出的爆炸声，唯有借蔸根火煮着一锅子白萝卜发出的咕咚咕咚声……

时间是可以改造一切的。以上所记，那是我早年间在乡下生活时的经验。一晃十多年过去，家乡的面貌是有了巨大变化呢。这种变化，是去年回乡过春节时，一踏上故乡的那条虽然还未来得及铺平，但毕竟已经拓宽的公路就感觉到了。这条路，原本只有两尺来宽，我们的父辈、祖辈们，就是从这条路上走过来的。如今，这条路毕竟改变模样了，改变成一条能过大卡车的公路了。但是，为什么却不耐着性子把这条已经拓宽的公路铺得平整些呢？当时，我是有了一种感觉的，感觉我的家乡，在这些年确实是做了一些大事，但由于心态浮躁，或者叫急功近利吧，还未来得及去加以完善。

果然如此。回到家乡与弟弟的交谈，完全证实了我的感觉是可靠的。

我独立于家乡岁末的黄昏里，回忆着家乡的昨天，也在思考着家乡的今天，并且展望着家乡的明天。可又偏偏思绪飞扬，理不清头绪。这样的时候，家乡又热闹起来。这是第二次出现高潮了。第一次高潮是正午吃团年饭前，村人们比试着放鞭炮，那真可谓是万炮齐鸣，硝烟弥漫的，把个小小井湾里，闹腾得倒海翻江一般；这第二次高潮，便是村民们锣鼓喧天，你呼我唤相邀到村部去看电影。那景象也真是别有番情趣，东家的堂屋门口晃出来一束手电光，西家的堂屋门口又闪出来一红火把，一瞬，就汇成了一条火光闪烁的长龙，舞着去了家乡村部的大操坪。弟弟邀我：“哥，你也去看看电影吗？”我抬手看了看夜光表，说：“不是正看电视新闻吗？”“看电视新闻？”弟弟觉得很是奇怪，说，“村里人才不喜欢看那玩意儿呢。”这个时候是无人打开电视机的，我们只看七点半以后的正片子，他所说的“正片子”，无非是故事片、打斗片之类吧。一个对外面世界所发生的一切新鲜事不感兴趣，对当前方针政策漠不关心的人，我真不敢想象他们的目光能够看得多远。那么，我的家乡，就算你现在真是改变了旧时模样，而你的发展方向是否明确？你又是否能保证现在的改变没有盲目的成分？

但是，我没有和弟弟理论这一切。这不是三言两语能够讲得清楚的。要改变这一点，首先必须从提高文化素质着手。一个没有文化的民族，无疑是落后的民族，是愚昧的民族。

并非全是为了去看热闹。我和弟弟也一块儿打着手电，朝着村部的操坪走去。

我们家在村口上，离村部有近一里路程。这段路，我是非常熟悉的。然而今夜，我只能是怀了一种久别的心情，默默地丈量着它，是想倾听十年前我的脚步的回声吗？但是，村部的操坪近在眼前了，我所听到的只是一片喧闹声。

村部操坪正好地处村子的中部，南来北往，冬夜的风是刺骨的寒冷呢。年轻人是不怕寒冷的，男男女女，挤在一块儿，彼此说出些打情骂俏的话，也不足为怪吧。上了年纪的人，就离不开火了，先是想硬撑进去，把衣领翻上，脑壳都缩进脖颈里去了，但还是不能御寒，趁着试片子的工夫，他们就不知从哪里搂了干柴来，用身子挡住风口，从衣袋里掏出火柴，只听得“嚓”的一声，干柴就引燃了。于是，三三两两地，老汉们或老婆子们，就围着火堆撩起了衣角，这样还不算，烤了一阵子，又转过背，烘起了屁股来……

电影终于上映，银幕上投影出“血泪情仇”四个血红大字。这片子我是看过的。其实，就是没看过，也能猜出个十之八九。不就是为血泪结下仇恨，为情打斗杀戮吗？打来打去，杀来杀去，银幕上血泪斑斑，人心中燃烧着怒火、欲火……是啊，影视是大众的艺术，好的影片能寓教于乐，能启迪人心，能振奋精神。然而，也是这些年来，我们的一些剧作家、一些制片厂，为了单纯地追求上座率，为了赚钱，不容否定地粗制滥造了一批不仅不能陶冶人的性情，反而还污染了人们心灵的影视片。扪心自问，我们不觉得惭愧，不觉得有负罪感吗？

此时此刻，我们家乡，就是在这南风吹北风刮的露天操坪看着这类影片。奇怪的是，村民们都看得格外地认真，这些平素为了一分钱，为了一锄地争得面红耳赤，甚至挥拳头的我的乡亲，却被影片的情节所吸引，被每一个打斗杀戮的场面所陶醉。难道就当真没有想到过，你们的爱好、你们的追求，应该进行矫正吗？

近两个钟头，在我的胡思乱想中过去，电影已经放映完毕。

这样的时候，放映员的声音从麦克风中响了起来，他说：“报告大家一个好消息，明天我们将放映系列片《大决战》，这是一部反映解放战争的史诗性巨片，它告诉我们，夺取江山不易……”

“喔嗬”声重又喊响，你呼我唤地，相邀着打纸牌的伙伴们，火把的光亮，手电的光亮再一次汇成长龙，家乡除夕的夜晚，热闹且辉煌。哦，明天，不就是农历的大年初一吗？村人们是信奉新年大吉的，这无疑是一个好的兆头吧。

循乡路往回走着时，弟弟一声不吭，我也依旧地沉默。但是啊，弟弟你是否知道我在想些什么？倘若我们能想到一块儿，那该多好。

灵魂在村庄游荡

一

有农人从一幢幢青瓦木屋间走出，他们的肩上，有的扛着平田的椿木耙子，有的背着细篾竹筐，正大踏步地走在播种的季节里。这是土地萌发的季节，是农人挥洒激情的季节。造物主有意安排了一个漫长的冬季，让土地休足了产假，让农人养足了精神，于是就推出了这个浪漫的春天，一任农人同土地尽情地作着交流……

我也曾经是农人的一员。

就因为一念之差，我才混迹城市，进入了司空见惯的“八小时”的模式，并且还自以为十分地得意，无须脸朝黄土背朝天去劳作……这使我想起了在动物园的铁笼子里看到的一只狐狸。那一只狐狸，它已经用不着靠自己的劳动去觅食了，每天必有人将食物送到嘴边去。它的身体确实是养胖了，但是，我却发现，属于它的那一双美丽的眉眼已经呆滞，原本油亮的毛色已经枯槁，就连上苍特许的几分狡黠，或许也早就不复存在。我是说走就走的。近些天里，我仿佛总是听到有一个声音在催促：“去吧，快去吧，去到春日的乡野透一透气吧，不然，你会成为铁笼里那一只狐狸的。”这一定是上天在启示我，那么，我还有什么理由犹豫和迟疑呢？

农人们已经进入了泥田。

我挽起了裤管，也一并加入了他们的行列。我知道，农人同土地，就是有着能够包容一切的美德。我进入泥田的姿势还保留着农人的那一种吗？一位大伯，像对待自己儿子般放心地将肩上的一篓谷种递给我：“你来撒吧！”他一边说着，一边继续朝前推动着手中平田的耙子。他的身手是敏捷的，和煦的春阳下，经他耙过的泥箱，平平展展地铺开着，而因他的双脚不断前移留下的脚凹里，一个个水泡鼓起来，就如同一个个五颜六色的小小气球在争斗着艳丽。此时，声声布谷的啼唱从远处的林中飘过来，一同飘过来的，还有刚刚探出檐头的缕缕炊烟的温馨。

然而，我并没有陶醉。那一位不知名的大伯将一篓谷种交给我，我的肩上，也就有了一份沉甸甸的责任。从我的手中撒出去的，没准就是一颗颗农人的心呢。春风又绿江南岸。这一颗颗饱满的谷种，也会萌生出绿意，萌生出希望来的。

如果我也是这竹篓中的一颗谷种该多好！

当我突然想到这一点时，我的心中不禁一热，真的就想一头扎进这柔软的泥田，在农人百般地呵护中成长为一株禾苗，然后结满金灿灿的谷粒，饱满了，成熟了，就谦逊地低着头，等待着与农人一并享受着收获的喜悦。兴许，刚好不巧就遇上了歉收的年景，我所奉献出的只不过是串串瘪谷，但是，不要紧的，农人对于命运的种种挑战，从来都会无怨无悔地去接受。不是还有明年吗？年年岁岁，农人永远不会怠慢脚下这块土地的。见我想入非非忘记了手中的活计，大伯关切地向我招呼：“后生仔，腰酸了吧，就吃午饭啦，我们一起回家去！”循声举目，我看到慈祥的笑意正在他那张饱经风霜的已经是沟沟壑壑的脸颊上畅快地流淌着。心里就不由一怔：站在我眼前的这位手握椿木平田耙子的大伯，怎么就活像我那位已经作古多年了的同是农人的老祖父呢！

忽然就记起了我自己写过的一首诗中的几段句子来：从田间或者地里走出来的/随便哪一位饱经风霜的老人/你尽管亲热地称呼他/我的前辈//难道不是吗，如今站在我眼前的这位手握椿木平田耙子的大伯，他不就是我的前辈吗？

我不禁会心地笑了。

并且口中还喃喃地在重复：回家去！一起回家去……

二

“回家”的心情沐浴在春日正午的阳光下。

但是，我没有想到大伯会让我走在他的前头引路。湘中农村的住屋，全是木式结构，屋顶上也一律地盖着粼粼青瓦。我不知沿哪一条田埂走可以通向大伯的家门。许是看出了我的迟疑吧，大伯抬手指了指南山山嘴下的一栋四篷三间的木屋，算是给了我一个明确的指引。

那木屋我该是熟悉的。三十九年前的一个深秋之夜，我就是从这样的一栋木屋中出生，而且在此后的十多年里，一直在它的庇护下过着安宁静谧的日子。那才叫作真正的家呢！猪的哼唱、鸡的啼鸣、狗的吠喊……无一不是温馨在流淌。虽然还在不满三周岁的那年，我就失去了母爱，幸亏因有老祖母的百般呵护，留在我记忆中的童年才同样地充满了乐趣。

我还能在木屋里找到自己的老祖母，找回欢愉的童年吗？

湘中农家的堂屋门永远是虚掩着的。无论你的身份如何卑贱，也不管你来自哪里，随时都可以推门而入。当然，入门者大多是赶路的陌生远客，走得累了，随手捡一条凳子坐下来歇一歇脚，或者到堂中的神龛下，亲手从那张被岁月涂抹了黑脸的方桌上倒一杯浓茶解一解渴；倘若正好碰上这家中的老板娘没有同男人一块儿下地，你还会享受到风雨中走来的故人般的礼遇——递凳子，倒茶水，都会由热情的老板娘全给揽下来，而且在离开时，你连客套的一声“谢谢”也不必道。农人的真诚从来就无须回报的。

莫非我是被大伯当成他自己外出多年的晚辈了？

我也确实有着这样的一种感觉。上了木屋的青石台阶，推开虚掩的堂屋门，我便仄身朝里头的灶房走去。这不就是我老家的那一间灶房吗？牛角般弯曲的三眼灶是那么熟悉，微勾着脊背往灶膛里添柴火的白发大娘的身影是那么亲切，我正欲扑上前去大叫一声“祖母”，大娘却抬起了头来，笑吟吟地招呼我：“来了就好，来了就好！”并且还告诉我说，她早已在檐前的台阶上看见我了，见我在田间帮大伯撒播谷种的姿势那样顺眼，就知道我一定是农人家出身的子弟了。灶膛里的柴火燃得正旺，红红的火舌从灶口一抖一抖地冒出来。闪闪的光亮中，我发现大娘的美丽简直就如同五色祥云中慈眉善目的菩萨一般。

那一顿午饭实在令我难忘。

但菜肴却是简单的：一碗夹瘦夹肥的野猪腊肉拌豆豉，一盆腌菜炒鸡蛋，一碟酸萝卜条佐姜米，另加满满一钵豆腐菠菜鲜汤。然而，那一种味道，却似乎是从遥远的记忆中泛出来的，那一种感觉，似乎就如一位历经沧桑的男子，在人生的暮年突然遇见了自己魂牵梦绕的情人。这无疑使我的胃口大开。吃完一碗饭，又添上一碗饭。“你大伯是每餐都少不了酒的。”热情有加的大娘边为我夹菜边为大伯斟着老白干，看得出她的欣喜是由衷的。

然而，饮着老白干的大伯却好像有了满腹心事。

三杯热酒进肚，大伯的脸就红了。酒是打开人们心中秘密的钥匙。从他的口中，我得知了这两位老人的坎坷身世。大伯其实并不是本地人，他的出生地在湖北汉口。五十多年前，年轻英俊的他曾经是汉口城享有盛名的商界巨子，如今他身旁的这位白发老妪，亦是当年红遍半个湖北的一代名伶。但是，命运捉弄人，正当两位准备风风光光完婚之时，日本鬼子闯入了喜庆的汉口城。花轿里的新娘，硬是被一个名叫横田的鬼子头目拖了出来……

大伯并没有把那段往事讲完。兴许，是当年享誉汉口城的那位年轻英俊的商界巨子，一气之下杀了那条日本豺狼，然后携新娘下长江，过洞庭，隐姓埋名来到了湘中的这个小小村庄，安家落户？真正的谜底只有眼前这两位老人清楚。

但是，举目再看两位老人，我发现，大伯依旧缄默着，正意犹未尽地饮着他手中杯盏里的残酒，大娘也照样热情地往我的碗中夹着菜……有阳光从木格子窗眼中穿透过来，光斑一闪一闪，如同一个个耀眼的金币投掷在灶房的地面上。这样的时候，牛角般弯曲的三眼灶就更显出了一副若无其事的样子。然而，刚刚燃烧过的灶膛里，谁敢说就没有了未尽的火种在延续呢？

三个人终于都放下了碗筷。

大伯开始吸烟了，他反手摘下斜插在身后的一根尺把长的竹烟杆，又从怀中掏出一个铁皮烟盒，然后神情专注地往烟斗里填着烟丝。这习惯连同吸烟的模样都很像我的老祖父。只是，大伯却并没有说“饭后一袋烟，赛过活神仙”，不然，我一定会忍不住向两位老人讲述关于我祖父的许多生活情趣了。

大伯一定在掩饰着自己的心事。大娘却早已经起身了。她收拾完桌上的碗筷，顺手拿了一块抹布，不紧不慢地抹着油渍斑斑的桌子。这么抹着，抹着，那些斑斑油迹就不见了。

这是我的老祖母曾经重复了大半辈子的一个动作哦。

那时候，每当我们全家人都吃完饭了，祖母照例会起身收拾桌上的碗筷。她也是这么抹着桌子的。这么抹着，抹着，祖母有一天却说出一句那时我根本听不懂含义的话来。“日子也是一块抹布呢，它会把许多的往事都轻轻地抹去呢。”祖母当然是把这句话说给那时正为一件什么事发愁的我祖父听的。

我却把这一句话牢牢地记在心里了。

就为了这一句话，我也得终生感谢我的祖母。

但是，在时隔数年后的今天，大娘，我又从您的举动中觅见我祖母那熟悉的影子了。我怎么能不同样地感谢您呢？

三

只要开春，田野里的事情就会多起来。上午平过的泥箱，撒播在泥箱上的谷种，不过只是事情的开始，紧接着还要给躺在泥箱上晒太阳的谷种喷洒预防病虫的药水，要给喷洒过药水的谷种盖上御寒的地衣。

既然我已经参与了春播的农事，就还是决定暂时留下来，帮助大伯继续完成这一过程。在这漫漶着清新空气的乡野间多待些日子，干些原本熟悉而又陌生了的农活，比起在毫无生气的挤塞着水泥楼群的城市里，自己掏钱买月票去公园搞锻炼要强十倍百倍。

经过了半天日照的田野，气温有了明显的上升，插入田泥的双脚，也没有上午那种痒痒的感觉了。大伯照例在前面忙着。他背着一只半新不旧的喷雾器，时左时右地为两旁泥箱里的谷种喷着药水。这姿势很有些滑稽，像是某部电影中鬼子工兵探地雷。我却仍旧背着一只竹篓，篓中装着的不再是谷种，而是专为谷种御寒的地衣。这是轻松活。一篓毛茸茸的地衣不过十斤，一把一把将地衣撒到喷过药水的谷种上，我肩上的重量就更加轻了。但必须撒得均匀。要是哪一处盖得太厚，谷种就会被烧死，而相反哪一处没覆盖到，倒春的寒潮袭来，那一处的谷种就会被冻死或霉烂。农人对待手头的每一桩农事，就如同母亲哺育自己的儿子，竭尽全力是天性使然。

谁要是以为农人最粗鲁的，那你是根本不了解他们。

这么想着的时候，我忽然就意识到手中抓着的这种毛茸茸的东西，我自己其实也捡过的。地衣也算是植物中的一种吧。它喜欢在潮湿的树林里生长，先是小小的一块，一场雨水过后，看着看着就长满一地了。冬天里农事少了，闲不住的农妇们，却想到了春天里下泥的谷种需要地衣覆盖，于是她们就三三两两挑了竹篾箩筐，找到潮湿的林间去，把十指当成十根耙齿，一耙一耙地揭开紧贴地面的地衣，然后又一掌一掌地铲进箩筐里。我小的时候，就像在人们身后的一只跟屁虫，见邻家的伯娘婶娘挑着箩筐往山里走，我也会照跟不误地尾随了她们去。

我似乎从正在撒着的地衣中感觉到自己童年的气息了。

一篓地衣撒完，我又到田埂上去换取另外一箩，但大伯说："先歇会儿吧。"他于是跟着走出泥田，把插在田边的一根扁担拔出来，横放在田埂上，让我坐下，然后他自己也坐下。我忽然就预感到大伯会有什么话同我说，但好久好久大伯仍没有启齿。

我见他摘下烟杆来，掏出烟盒来，照例神情专注地往烟斗里填烟丝。烟斗上的火苗一闪一闪，我的心也在一跳一跳。贪婪地吸几口旱烟后，大伯终于说话了："后生仔，我早上一见你，就觉得我们有缘分。你若是不嫌弃大伯是一个种田的农人，往后哇，你就给大伯大娘写写信吧。我们一年里连寄封信来的亲人也没有！"这一点我能够想到，当年那样风光的一对情侣，在遭受了命运的重创后，为了逃避鬼子的追捕，或者更为了一种做人的尊严，一定是同所有熟悉他们的人甚至包括自己的父母兄弟，也一并割断了联系的。白云苍狗，他俩所经历的，是怎样的一种岁月啊！大伯的话说得很轻很轻。但是，他能将自己深埋在心底的隐秘说出来，能够把两位老人的一点点期盼寄托给一个陌路相逢的人，是对这个人一种怎样的信任！

我不敢抬眼看大伯。我怕两个男人的泪眼相对。

但是，我终究一口答应下来了，虽然我的声音比大伯的声音还低些。当时，我还说了，我一定在明年的这个时候再来看望两位老人，还要下田帮他撒播谷种。这是一个男人对另一个男人的承诺。

田野两旁的青山默默无语，一碧如洗的天空默默无语。

那么，它们什么都听见了。那一夜，我就睡在大娘亲手为我铺好的床上。睡得很香，很沉，很安稳。

四

这只是一些作补充的文字。

这一些文字，本来应该写进前面的那一篇文章里去的。但我没有那样做。想一想看，一个男人，同另外一个男人，他们素不相识，只是在偶然的机会走到了一起。仅仅凭着各自的感觉，就都把肝胆掏出来给对方看：这样的一种氛围里，你以为还容纳得了与此无关的文字？

当然是那天下午的事。两个男人坐在同一根扁担上，扁担枕在春天的田埂上，大伯终于启齿把心底唯一的一点点期盼托付给我，并且我也以男人的名义承诺下来了。

之后，空旷的田野里便好一阵沉默。

但春日的阳光却依旧是和煦的。

有暖暖的微风从田野两旁的山林拂过来，脚边的水田里顿时泛起层层的波纹。两个男人都已把话说到了那样的一种程度，他们心里一定会轻松了许多。

剩下来，该有些其他的话题了吧。“如果能成为一颗谷种多好，”延续着上午撒播谷种时的思绪，我抛去了自己有意想要探究的话题。大伯却慈祥地笑着，摇了摇头，又点了点头。那笑意照例是我熟悉的：“可田野里有幸能成为一颗谷种的并不多呢。”

接着，大伯几乎是滔滔不绝地说出了他的见解。我发现，大伯此时就像一位哲人，他所说的这一段话，肯定能够在我的心里长出根来，发出芽来。大伯说：“我们就从一颗谷种开始，来看它生长的过程。然后再说等待着这一颗谷种的两种完全不同的结局吧。譬如，我们农人现在所做的，还有将来所要做的一切，包括一次次施肥，一次次灌水，一次一次防虫、治病，一次一次中耕除稗，总之，是一个季节，到另一个季节，从一颗谷种到一株禾苗，从打苞的小苗再到扬花抽穗的禾苗……就算我们的眼前现在已是一片望不到边的灿灿稻菽，可是这千千万万的颗粒中，你说哪一颗能成为来年的谷种呢？碰巧能成为谷种的，当然是幸运的，它又能在第二年的春天再一次享受这所有的过程，能够传宗接代。但是，大多却是不能成为谷种的，它们得无条件地接受碾子的磨压。脱一层壳，掉一层皮，然后，被人们煮熟了吃掉！”也许这就是命运的安排，就如人与人的不同的际遇。然而，大伯并没有再往下说了，他是有意把想象的空间留下，让面前这位年轻人自己去思考吗？

我无疑想了很多很多。想到了每一位父母对自己儿子的哺养过程，想到了每一个儿子自己奋斗的过程，也想到了社会给予人的环境，以及冥冥中是否真有命运之神对每一个人的安排……

大伯又在悠闲地吸他的旱烟了。

趁大伯吸烟的时候，我便起身转过背去，畅快淋漓地撒了一泡尿。后来，我同大伯又跨进了泥田。我们的手头，都还有着没有结尾的农事。

村庄的呼唤

一

晚霞在西边的天际无声无息地燃烧，营造出一种忧伤而又美丽的意境。这样的时候，牧童的歌谣已随归巢的飞鸟远匿，农妇的蓝头巾也在山湾的木屋中飘逝，淡青的炊烟斜挂于檐口，半睡半醒的卷毛狗趴在堂前……

向晚的乡村岑寂无比。

哦，好洁而又喜静的你，别再把自己关闭在那闹市一隅的小房间里了，窗玻璃隔不断喧嚣，门缝中能渗进污浊，还是投身大自然的怀抱吧。只有远离城市的地方才可找到真正的净土。

来吧，来吧，我将以别致的方式迎接你！

把脚插进早春松软的泥土中，我便成了一颗种子，萌芽、抽叶、舒枝，且盛开着流芳溢彩的花朵，即使你认不出我，这并不要紧；从我的树下走过没有驻足停留，这并不要紧，我在这向晚所做的一切，绝不会是为着要显示自己。我本来就没有期望枝头挂满果实，但求得好洁而又喜静的你能从中找到一种回家的感觉就心满意足了。

叶飘落，花凋零，我甘愿在日子的轮回中成泥成土，就让我在泥土的覆盖下默默地祝福你吧。

二

月亮从鸟窝里爬出来，林子里洒满了银币。

彼此防范、相互蚕食的白天已成为一种可怕的回忆，野兽在山林中打盹时的安详平和，或许才是动物界的真本色吧。但你此时所处的城市，虽然正在极力营造出一种热闹非凡的氛围，而那些忙碌的人却总也免不了会各怀心事。理想、追求都很高远的你，在这繁杂的现实中就无疑总被那一种悲剧感困惑着。

因此，我无论如何也忍不住又要呼唤你了："来吧，来吧，纯美的自然界在等待着你的到来！"

但是你依旧迈不开沉重的双脚。

你不是舞者，脚步永远不会轻盈。但你思想的鸽群能飞越关山，我因此也就有着理由期盼与你作精神的交流。城市的月光早被林立的楼房切割得体无完肤，唯有乡村的月辉浩浩荡荡，遍地流淌。

"来吧，来吧！"我呼唤着你，在理想中的故乡，在精神中的家园。

你为什么就没有回声呢？月辉顿时暗淡下来，风起于林中的树梢，乡村的水池里波光粼粼。"池水本无忧，因风皱面"，我注定将在等待中白发飘扬……

三

是谁家的大婶"啪"地擦亮了火柴？雄鸡的啼唱声中，一并被点亮的还有东边天际的晨曦。这样的时候，老牛还在栏中反刍，是在咀嚼着比春雨中青嫩的野草还甜的新梦吗？我却无梦，我在为等待着你的到来而醒着。

我其实永远是一个灵魂的流浪者。但是在等待你的过程中，我发现自己的灵魂却无比安静。等待你，如山岫的白云等待山风，风不起时，白云静卧依旧，直至化为清露，融入山野的林中。

山野的小路是牧童手中的牛绳，而我就是那一位牧童，所有的道路都为你延伸。所有的延伸都凝聚着我的等待，我的呼唤：

“来吧，你来吧……”

路两旁的草棵间结着蛛网，一层复一层，重叠成宝塔的形状。清露缀满每一根银色的蛛丝，玫瑰色的晨光中，那一座座透明的小宝塔不也在期盼着你的到来吗？

你一定在凝眉责怪我太天真了。

天真其实好难得。从深刻到单纯，从混沌到透明，这个过程好漫长。但你一旦拥有了天真，也就拥有了纯美的一个童话世界。那时候，你便会如一只轻盈的彩蝶，向着等待你已久的故园飞过来，山野中那一座座透明的宝塔群落不就是我们共同的家园吗？

我们当然至少可以成为很好的邻居。

太阳迟早会辉煌起来的。在阳光的辉煌中，我们的家园将无可奈何地接受一场大浩劫！雾散去，露消融，而我们曾经拥有过的一切将永远铭刻于彼此的心间，这其实也就够了。你说是吗？

初恋时，我们不懂爱情

细想起来，似乎觉得，我的初恋是发生在14岁的少年时光。那个时候，我已经离开学校了，成了生产队里的放牛郎。但毕竟还很留恋着过去学生的生活，常常地，我把牛赶到离学校不远的虎形山上，自己便溜进校园，趴在四年级教室的窗户旁听老师讲课。

当然记得，四年级的班主任是位女性，本县羊角人，姓夏，四十出头的样子。夏老师对学生是很严厉的。每次上数学课的时候，一登上讲台，夏老师就会提出一个新问题来，要学生们回答，照样是难题，学生们答不上来，教室里死一般沉寂。打破这沉寂的，无疑是夏老师手中的教鞭，“啪”的一声，那教鞭抽在课桌上，“你们都哑了吗？”大家先是一怔，很快地，你一言我一语就有人抢着回答，结果是谁也没有答对。这样的时候，夏老师手中的教鞭就又抽响了，而且有了喝斥声盖过来：“哼！简直是狗咬蚊子，乱嘬！”

我就总是忍不住在窗外窃窃地笑。

没想到，这却被夏老师的女儿看见了。她叫晓晴，怕只有十一二岁吧，也读四年级。我现在依旧能记起她的相貌来，红扑扑的鹅蛋脸上有一对水汪汪的大眼睛，那才叫清澈呢！她怔怔地望着你时，你就整个儿像被她眼睛中的清澈所淹没了。

在当时，我虽然已不是学校的正式学生，但同四年级的男生们却来往得很密切的。为了报复夏老师的严厉，我便伙同几位调皮男生，私下里凑了几句顺口溜：

夏老师
像只鸭
说学生
嘎嘎嘎
…………

我们正凑得兴起，晓晴来了。说起来真不好意思，一见晓晴，我们就谁也不敢再吭声了，而且是一副心虚的狼狈相。晓晴却笑笑的，忽闪着那双水汪汪的大眼睛，好像在说，我妈其实是为了同学们多学知识哩！

很快地，大家就全都谅解夏老师了。

学校突兀于村里的一座小山上，四周是密密森森的树林子，村里有人打趣地说，学校像是一座“尼姑庵”。当然那是指学校放假或每周一日的礼拜天，学校里另外两位老师，是民办教师，每逢放假或礼拜天，他俩就回家中忙农活去了，守着这学校的，就只有夏老师和她的女儿。夏老师或忙于批改作业，或忙于经营学校后面的一小块菜地。女儿晓晴，便只有独享着那份年少孤寂了。

我是不会寂寞的。学校里没有了课听，便同了伙伴潜心放牛。但是，有一回，当我发现晓晴独个儿站在学校的操坪里那副茫然不知所措的样子，便鬼使神差般离开伙伴们，直向着学校跑去了。我看到，晓晴那有点忧郁的鹅蛋形脸上，顷刻间又荡开了笑意。

学校四周的林子里，盛开着红红灼灼的映山红，很惹人喜欢呢。我就说了：“晓晴，我们去摘花吧。”晓晴微微地笑着，点了点头。好鲜艳好鲜艳的花朵哦，我把所采摘的许多鲜花，挽成一个圆圆的大花环，很是认真地为晓晴戴上。哇，真是绝了，晓晴红扑扑的脸蛋也是如花的鲜艳了！那时候，我分明看到，晓晴清清澈澈的双眸中，是盈满了感激的。

然而，夏天到来，学校放暑假了。

哦，晓晴，你妈为什么要当公办教师呢？一纸调令下来，夏老师被调走了，调到离我们村很远很远的地方去任教了。你们走的那天，我像丢了魂似的，忘记了去放牛，也忘记了吃早饭，独个儿站在高高的虎形山上，看着你很不情愿似的，跟随在你母亲的身后，而且是一步三回头。你不是在寻找我的身影吗？然而，我却羞于加入送行者的行列，我害怕自己年少的心灵承受不住那份分离的痛苦，担心自己会叫出声来：晓晴，你不要走吧，明年春天，我还为你采摘鲜花，为你佩戴花环呢！

又是春天了。当然，这已是二十余年后的春天了。

晓晴，你还记得我们村里的那所小学吗？还记得趴在那所小学四年级教室某一扇窗户旁偷听老师讲课的那位校外少年吗？那时候，他其实和你一样，并不懂得爱情，因此，也就根本没有给你留下过哪怕是只字的赠言……

但是，留在心底里的祝福却是永恒的。

烛光里的心情故事

今夜，没有月亮，也没有星星，省府长沙的南区，因检修线路暂告停电，夜色的忧郁严严地包裹着这四分之一的城市。我是来省府谋工作的，还在借调中，在这举目无亲的异地，生活漂浮不定，心绪难以宁静，苦处不堪言说。为平衡心态，我摸黑去买了几支蜡烛来。此时，就着飘摇的烛光，我开始了在稿笺上书写着一位男儿独处异地的心情故事。

我从何处来，要到何处去?

当然记得，自己是从资水江畔走过来的。那是一条美丽的江，澄碧清澈，粼粼远逝，白帆点点，渔歌唱晚，两岸林木常秀，民风淳朴。在那美丽资江的北岸，有一栋四篷三间的木屋，是生我养我的老家。然而命运多舛，是老天爷有意考验着我吗?未满三岁，母亲夭折，十多岁父亲也踏上了黄泉路，我是在老祖母的怀抱中度过童年和少年时代的，仅读四年小学，放过牛，种过地，做过篾匠，当过泥工，还干过驾船与拉纤营生。忘不了童年的第一次祈祷。那年我十一岁，从初小的校门走出，最大的愿望是能让我放一头牛。好幻想的我便想到了祈求神话中美丽嫦娥姐姐的援助。在一个月圆的夜晚，我独自离家，爬到后山的一座石峰上，手握着白日里备好的一根牛鞭，面对着湛蓝夜空的一轮皓月下跪，并且口中念念有词，祈求嫦娥姐姐的恩赐，能让我当上生产队里的一名放牛娃，也算是自食其力的一个开端吧。当真没过几日，我的愿望实现了！或许，我后来一直对月亮怀有一种刻骨铭心的好感，就是缘于童心中第一个愿望的实现也未可知呢。

时间长大了我，我也长大了时间，心中的愿望也在一天天长大。

人心不足，心比天高。这是贬义词，是中性词，还是褒义词？从事过诸多体力劳动的我，忽然有一日异想天开，开始了从事脑力劳动的尝试。那一年，我正在社办企业的基建队里当泥工。一日，我看到了县文化馆出版的内部刊物《山花烂漫》中，有一位熟人的名字。眼睛一亮，似乎觉得，那个熟悉名字下分行排列的文字，我的心中也曾有过。“你的名字怎么上书了？”“那是我写的诗呢！”语气中很有着几分自豪是一定的，他还告诉我，是自己通过邮递员寄去的，叫投稿。

“我也能投吗？”

“怎么不能，只要你写得好就可以采用的。”

资水粼粼地流着，白帆如同日历，翻过了一页，又翻过去一页。不久，我的名字也在《山花烂漫》上与读者们见面了。小小的基建队轰动了，从此，也就注定了在一座露着月亮露着星星的工棚里有一盏灯光彻夜地亮着。又过了不久，有好心人替我当红娘，给我介绍了一位在社办企业的一个小厂里当合同工的姑娘为对象，并且一再告诫我，你没有条件挑选对象。确实也是，父亲早已去世，祖母撒手人寰，哥也成家分居，留着我与脸朝黄土背朝天的憨厚弟弟和操持家务的后妈，生活清苦，家境潦倒，认命才是唯一的明智之举。

就这样便成家了。那一年，我23岁，妻子26岁。

或许是岳母的激励，又或许是命运的抬举？岳母常不冷不热地问我：“你老是这么写呀写的，不费灯盏也耗油，能写得一个什么名堂出来呢？”对了，还有我后妈的打赌，她说：“你要是写出了个么子名堂来了，我就喝尽资江河里一河水！”平心而论，我至今也并无顶撞两位老人的意思，只是心性太倔强，在之后的一个日子里，应邀参加地区文联举办的一次文学创作笔会，主持人要求与会者表态发言，我便掷地有声地说：“我恋上文学创作，痴心不会改变，哪怕是单相思，我也要追求一辈子！”

只要心诚，石头也能开出花来。

况且我一直铭记着少年时祖母给我讲过的一个神话故事。她说：在每一个人的前方，都常绿着一棵神树，那神树的每一片绿叶上，有着一位极灵验的菩萨，只要人心诚，敢于历尽人世间的苦难，就可以摘到神树上的一片叶子，就可以得到菩萨的保佑，就可以心想事成——我其实知道那不过只是一个美好的愿望。但是，正因为愿望的美好，我才始终怀揣着一颗诚心，执着地向前方走去。我能够走近那一神树吗？我能够摘到那神树上的一片绿叶吗？或许，当我历尽了人世间的苦难，走累了、走疲倦了，憔悴而又衰老的身影悄然倒地的一瞬，我的手掌也就可以触到那一片绿叶。

有耕耘就总会有收获，命运捉弄人，命运又奈何不了人。追求十余载，我的生命之树终于挂果了。1984年，我被破格招工转干，妻子也随我进城。安排了工作之后，被推选为县文联副主席，还被评选为省劳动模范，获得了省青年自学成才奖，《湖南日报》也以醒目的标题《资水河畔的高尔基》作了专题报道。我的书柜中，亦端端正正地摆着创作的结晶：《纤痕》《境界》《人生是一幅图画》《蔚蓝色的祝福》等诗歌和散文专集及中国作家协会会员证。人生苦短，或许这些都只能算身外之物吧。然而，人在红尘，身外又岂能无物？

只是近年，我是愈来愈注重对自己精神的审视了。

“我一会儿看你／一会儿看云／我看你时很远，看云时很近。”已故诗人也是我的友人的顾城，算是以一首小诗道尽了我此时的心境。你是谁，你在何处？或许你是天上明月中的嫦娥，或许你是遥远前方神树上绿叶中的菩萨？于是，不仅仅是恋着文学创作，我还深深地恋着我的内心或许可称为灵魂的另外一半。追求文学创作的日臻成熟是我至死不悔的志向，然而，这缺着的内心和灵魂的另外一半呢？

写到这里，我不能不承认，我却成了一个逃亡者。不仅仅是为了成就对文学创作的追求，并且，我是心甘情愿地过着漂泊的生活，心甘情愿地孤独着，心甘情愿地苦熬着岁月。我知道自己是在追求着文学创作的同时还在追求着另外的什么。

老祖母已经作古，先哲已经作古，有谁能明示我在追求过程中的得失呢？

今夜，眼前的蜡烛微光闪烁，烛泪流了一地。“蜡炬成灰泪始干”，莫非人生就如眼前的这一柱蜡烛吗？

半轮明月荡秋千

一生一世在追求圆满，而一生一世又总是残缺；一生一世在奉献光明，而一生一世却常被黑夜包裹。我这么说着，说的是月亮，又不全是月亮。我被月亮感动着，在没有月亮的夜晚，我如痴如醉地期待着她的出现。因为对月亮的怀念，使我更加执着地渴望着朋友。“朋”字是两个月亮所组成，彼此光明磊落，相互关照。

然而人生毕竟难得遇上这样的朋友。

我于是对月亮的渴望也便更是真切了。

今夜没有月亮，至少此时不会有，借助现代打火机的火光，我认真地看着手腕上的日历手表，并且还知道，今天应该是农历六月二十三，“二十一、二、三，月起半夜间。”还是在幼小的时候，我就很用功地把乡人们咏月的话语铭记于心了。那么，就让自己在渴望和怀念中耐心地等待着月亮的到来吧。

我把前些日子买的一张用尼龙绳编织的吊床拉开来，一头系在树上，另一头也系在树上，确实是有着几分浪漫的。这种浪漫，皆来自黑夜里对光明的求索，来自内心中对月亮的不改初衷。我感觉到自己好幸福，这是一个令我会心一笑的秘密，任何情况下，幸福都是一种秘密。而这秘密是那些狂舞在霓虹灯下的红男绿女不可能破译的，是那些潇洒在麻将、扑克牌堆里的先生太太不可能破译的。他们虽然同是那样如醉如痴，但是他们却并不幸福。我说的是那一种秘密的幸福。

有了月亮，我会更好地热爱今生。

月亮果然出现。林子里清风徐来，树叶在一片一片颤动着，也颤动着我迫切地渴望着月亮的一颗男儿心。那徐来的清风是月亮微微呵出的呼气吗，带着些许的暗香，令我神怡是一定的了。她是披着淡绿色的霓裳来的，无声无息，就在我迫切的渴望中来了。她娇而不媚，明亮又不刺痛人的眼睛。她发现了我在隔着树林里茂密的绿叶偷偷地看她吗？似乎就有了些许的羞怯，于是就悄悄地扯了一丝云彩过去，遮住了本来只露半边的玉脸。然而遮也没有用，那一丝云彩须臾就透明了，我的心灵也须臾就透明了。

望着月亮，我总有一种失魂的感觉。

我珍惜这一种感觉，但愿今生今世再也没有任何魔力能破坏这种感觉。不要问为什么，不要问。人心是一个小宇宙，这宇宙，同样神秘不可测。

我想起了一位叫眉的姑娘。她那圆圆的脸庞就如同月亮的脸庞，她那明媚而清纯的目光就如同月亮放出的光辉。然而，眉却不在我的身旁，倏忽就有了一种恍然大悟的感觉——我那么迫切地渴望着月亮的出现，同时也是在迫切地渴望着眉的出现。

眉，你在哪里？

倘若你能感应到我迫切的渴望，能听到我深情的呼唤，能悄无声息地走过来吗？长沙的夏夜好炎热，而长沙一隅的这一片林子里多么凉爽。有明月的光辉照着，我们光明磊落，于是，我会光明磊落地看着你爬上那一张盛满月辉的吊床，看着你有节奏地荡着秋千……我会终其一生地陪在你的身旁。

然而，那一位叫眉的姑娘没有来，或者根本就不会来。此时此刻，在荡着秋千的是那半轮明月。

灵魂不再流浪

总有那么一些夜晚，天上有无星月并不重要，令我极为在意的，是你的那一间小小的陋室里是否亮着灯光。并不是有着别样的寄托，亦无任何可能说个透彻的含义，一切是在一种朦胧的状态中。唯一明确的，是只想着要去你的住处，在你的那一间小小陋室里坐一会儿。客居闹市，住着三人共处的集体宿舍，心的浮躁便也难免，于是就常喜欢默诵曹孟德“绕树三匝，何枝可依”的诗句。或许人生还真是一次长旅，遮风挡雨的住房不过是一节嘈杂喧嚣的车厢？但例外总是有的，那便是从并不仅仅属于我自己的那一节叫百善台的车厢中走出来，朝着你所独处的那一间小小陋室走去时，照样明亮的灯光，温馨地漫出你那间小小陋室的窗口，其实也照样温馨着我那并不愿意流浪的灵魂。

有你这样一位可信赖的朋友真好。

可信赖的你有着一间独处的小小陋室真好。

记起了“山不在高，有仙则名，水不在深，有龙则灵”的《陋室铭》来。你的这一间小小的房子才真正可称为“陋室”呢。一张床铺，一套桌椅，两只书柜，均是以前的房主留下的产物。唯有两只书柜中与日俱增的各类书籍真正地属于你。于读书人，书无论如何是笔财富。十载寒窗，苦读不分昼夜，在初中至大学一直被同学及老师誉为才女的你，毕业后又正好被分配在编书的岗位上。你却始终感觉不到被书所累，而且还乐此不疲地在编辑之余刻苦做着考研究生的全方位准备。赞赏是由衷的。但也许是出于自私的动机，我却对你说："调整一下生活方式吧，一个女儿家，要这般求功名做什么？"其实我最担心的是你一旦真考上了研究生，就会弃现在的单位而远行。那个时候，这间小小的陋室里的温馨便会注销我的分享权。虽然我希望你一天比一天过得更好，但我却真不愿意你从我的注视中消失。这当然只是我真实感情的自然流露，你不要在意。随缘而聚，缘尽人散，本是奈何不得的。

日子既然一天天地过来，也会一天天过去。我们相识在资水江畔那座拥有着吊脚木楼的古镇。那个时候，作为一位中学生的你，一直称我为老师，至今如此。为人师表其实很累人的，于是我们之间的话题时常也是很严肃。"你应该走出那种长河落日、血色黄昏的审美情趣的怪圈。这对你这么一个年龄的女孩并不公平。"是在前不久的一个日子里，地点就是这间小小的陋室，彼此一同探讨人生时，我就曾经善意地提醒过你的。但我没有告诉你，我亦常常沉湎于此种情趣中。我只是说了"秋天其实是大出殡的季节，收割后的田野里，稻草人肃穆地列着方队，而树木抖落的片片黄叶，不正是片片翻飞的纸钱吗"，但我又并没有说破秋天的成熟就是一种死亡。这用不着说的，你当然同样明白，这种死亡实际上并不可怕，因为秋天过后虽是冬天，而冬天来了，春天亦不会遥远……

让我们为春天祝福吧！

我想自己一定是被即将到来的春天所感动了。今夜，在你这小小陋室里，沐浴着温馨的灯光，我的心非常明朗而柔和，我的灵魂，也没有再去流浪。

情随缘聚

也许，这人世间万事万物的聚散分合，还真只能从缘分上去理解。

不承认缘分是不行的。有那么一位小姐，相貌并不是美得“沉鱼落雁”的那一种，然而，她又确实拥有自己的特点：端庄、内秀，并且独有涵养。但是每天相处在她身边的男士，却又一直视她如路人，不但没发现她的惹人欣赏之处，而且还认为她太做作，太清高，太没有女人味。可是呢，就在某一次社会活动中，她与从未曾谋面的他只交换过一张名片，又或许是在某一次旅途相遇，彼此仅有着一个眼神的交流，于是他就再也没有把她忘记，甚至书信往来如雪片，甚至觉得满天雪花都是他对她的爱，甚至魂牵梦绕，甚至枕着她的名字入眠还嫌不够诗意……

你说这不是缘分又是什么？

且不要以为我在把缘分作为一种玄学研究，不是的，而是我前些日子发现的一汪水域，以及连着那一汪水域的一片绿草地使我从生命深处涌出了“缘分”这两个字来。

还得从头说起，那也许就是神奇的力量吧？为着成全我与那一汪水域以及连着那一汪水域的一片绿草地之间的什么，硬是于那日清晨就把我引领到了被汤汤湘水团团围着的那一座岛上。这原本是一座名岛，它的成名，其实还并不仅仅是因为那位“问苍茫大地，谁主沉浮”的伟人曾在此留下过足迹。据史料记载，古代大诗人杜甫也曾经去过，大文豪陶渊明也曾经去过。

而他们所去的是橘子洲头。

上天没有要我去凑这个热闹，却是把我逼上了相反的一条通往洲尾的稀有人迹的小路。路愈来愈窄时，天地却愈来愈开阔，远远地，我一眼就望见那一汪蓝莹莹的水域了。这是怎么回事呢？连日的暴雨，湘水早已漫江浑浊，而此处亦分明是湘江的一隅呀，只不过拐了一个弯，与世无争地退避到了这地方。于是才有了这翡翠碧玉般的颜色？正疑惑间，双脚已被杂草缠住。青青嫩嫩的，蓬蓬勃勃的，充满着生命活力的野草哦！我已经置身在一片绿草地的包围中了。是那一汪蓝莹莹的水域滋润了这一片绿草地呢，还是这一片青嫩蓬勃的绿草地濡染了那一汪蓝莹莹的水域？在我看来，那一汪水域以及连着那一汪水域的这一片绿草地，定是等待了我千年万年，而我也一直在寻找着它呢。拜访过三山五岳，结识过天涯海角，然而拜访归拜访，结识归结识，我那一颗男儿心照样无处可依地流浪着。

有晨风拂过来，我忽然就发现草地中的两头膘肥体壮的水牛了。莫非就是在如此的意境中成就了那位“风吹草低见牛羊”的诗人吗？然而诗人早已作古，与水牛傍近的是一位显得有些腼腆的牧牛村姑，她怎么就与我的那位笔墨知己如此酷似呢？这样的时候，她正好抬起手来，很悠闲地拍了拍自己那如同满月的脸庞——这是一个我多么熟悉的动作哦！就想，倘若我能在此时立地成牛该多么幸福！

然而那又仅仅是我独自认为的知己，或许在她的心目中，我的这一份真诚和牵挂还是一种累赘吧。

记得有位哲人的警语：“圣者和流氓都可以怀疑爱情，但前者可能从此节欲自重，慎于风月；后者可能从此纵欲无忌……我虽不能自命为圣人，却也不会沦为流氓。清醒的我，于是有心将自己不安的灵魂融入自然。

“人不再为上天而活着，不再为爱人和仇人而活着，不再为古人和儿孙而活着，不再为任何许诺和法则而活着……”我如此喃喃着时，已完全地忘记了一切的喜悦与忧伤，忘记了自己的身份与年龄。泥土的芳香，泥土的芳香酽酽地盖过来，或许我亦是这片绿草地中的一株野草，一抔泥土吧。

在草地上啃食嫩叶的牯牛此时已腆着肚子潜入了蓝莹莹的水域中，仿佛我的恋人，正用深情的目光牵引着我呢。人也许是从水域中爬上来的，抖落鳞片，着上楚楚衣冠，建楼房而居，种粟谷而食，但依旧脱离不了水的。那么，融入这一汪蓝莹莹的水域中，不正是一种回归吗？

近春情怯

“冬天到了，春天还会远吗？”诗人雪莱真是平实得到家了，在凛冽的寒风中，他轻轻地嘘了一口气，用很是随意的语调就把无数人心中的向往说了出来。

春天是温馨的代名词。

然而世间的万事万物，由于起因或背景的不同，却也有着例外的时候，譬如现在，我就对春天的到来有一种胆怯的情绪。用了“近春情更怯”来形容似乎是再确切不过的了。

这是一个叫百善台的小巷子。这个小巷里最具特色的街道两旁的泡桐树，许是有些年岁了吧，树干呈铁色，一棵一棵，水桶般粗，房檐般高，完全是一副阅尽人间沧桑的样子。春天仿佛是在一夜间到来的，一夜间春意就全写在那些原本是光秃的泡桐树的枝条上了——一朵一朵，纯白里透着些许的淡紫的花蕾，倏忽间就灿烂了我的目光。

丝毫也没有迟疑的，我把这个消息告诉了电话那端的一位名叫眉的女孩子。那个时候，我的心中仿佛装着一个与生俱来的许诺——或喜悦或忧伤，我都总是把心迹袒露给眉，然后就很动情地唱着一首流行歌曲：“我把我的心给了你/我就是你最重的行囊/从此无论多少的风风雨雨/你都要把我好好珍藏/你把你的梦交给了我/你就是我牵挂的远方。”当然是很希望这歌声能生出翅膀来，飞越过一片又一片粼粼青瓦的屋脊，萦系在眉的耳旁。

眉在我的心中圣洁若神明，纯真如信仰。

也不知是在我的梦中，还是在我的幻觉里，有一幅画面时常出现：

秋天的田野，稻禾一根根站着，站成一片风景。天蓝得像宝石，而田野金黄的稻浪被阳光和风涂得如一首颂歌，辽阔高远。回声犹如来自天国，田野的尽头有一个小红点，愈近愈清晰，那是眉……她一脸的肃然，双眸凝重而深沉，唯有系于发际的那块红头巾飘扬着，如同旗帜……

我常常被这样的画面感动得目瞪口呆，热泪盈眶。

然而现在却是春天，是春天的百善台的小巷里。眉会不会喜欢这小巷里泡桐花绽放的春意呢？会不会在这样的时候面向百善台，临风而立，倾听着一位男子汉嘶哑的歌唱呢？

“人的处境总是很尴尬”，眉曾经说，尴尬在于我们的理想都很高远，而现实又那么平庸。说这话时，她那皓月般的脸庞是罩上了一丝阴冷的云翳，我只好沉默，有许多时候，沉默是最佳的表达方式。

窗外的泡桐花冷冷地开着，有风掠过来，泛起的花香中散出的是一种淡淡的苦涩，但我分明嗅出那苦涩里饱含着对生命的渴望。是一种什么样的渴望呢？那是与青春相近的，也是与恋情相近的，有了这种渴望，我才真正地领悟到了“人的处境总是很尴尬”这一句发自眉肺腑的警语。

窗外极目处的墙角，爬墙虎正疯长着绿意。

眉是一幅画，是一首诗，只容我远远地欣赏，容不得我走近的——不要问为什么，缘由总是有的。世间的万事万物，由于或起因或背景的不同，也就有了无可奈何的结局。

春天是温馨的代名词。然而我却害怕春天的到来。

近春情更怯！

原原本本

XXX：

我现在已下榻在洞庭湖畔的燕山宾馆了。安顿下来的头一件事，便是给你写信。我知道你一定在等待着我的消息，我不能让你在等待中失望。我是上午十点从长沙西站出发的，乘一辆油漆斑驳的大客车，途经益阳、沅江，再过两趟轮渡，到达目的地本县县城的时候，已经是傍黑时分。小城处处，灯火灿烂。县里约好接待我的人一定以为已改行期，早就回家团聚了。这也难怪，我事先同他联系时说是下午五点以前能够赶到的。于是，形单影只的我，在这个从未涉足过的陌生小城，一夜的冷遇便是无疑了。确实还有些不习惯这种冷遇。正如你平日开玩笑所言，我们这群当记者的真被宠坏了。尤其是下乡采访，迎来送往的场面常常是很热闹的。养尊处优，能把人弄得很舒服，同时也能把人弄得很糟糕。能认识到这一点是一种进步，一颗失落的心也就逐渐有了平和的感觉。其实呢，我行我素，无人捧场也便无人打搅，无人喝彩也便无人奚落。人原本从个体中来，怎么就硬是不甘寂寞呢？不是正好可以利用这样的机会，同你神聊这一天里的所见所闻所感吗？

且听我原原本本地告诉你吧。

我以为，时下商品经济的大潮对国人的冲击，几乎是漫漶到了这块960万平方公里土地的每一角落了。从长沙西站刚一上车，我便一直被这种冲击困扰着。照常理说，乘车旅行，车上应该是一个有秩序的公共场所。人们掏钱买下座位，这个座位在一定时间内便是等价交换了的，属于买者同卖者的契约。但事实上则不然。依照车站规定，我们乘坐的这一趟车是上午9点40分发车，然而，一则因尚未完全满员，司机怕影响了自己的效益；二则因蜂拥上车叫卖地摊小报、油印刊物及瓜子、花生、槟榔的小贩们，还没有将手中货物卖出大半而阻碍发车……你也许还没有见识过小贩们叫卖时的口才吧？我这里学两段给你听听：

“呃，重要内幕新闻独家发布！……”

“呃，都来尝一尝呐！油砂炒瓜子，一元钱两包，又香又脆又能生津止渴呐！海南槟榔独家经营，一颗进口，享受半生，美味无穷呐！”

说得头头是道，由不得你不掏钱交易便硬把货物塞进了乘客的手中。这就是民间口头俗文化的一种吧。不承认这是一种文化是不行的，这些词汇，这些语言从他们的口中说出来，便像哗哗的山溪水，那么流畅，那么自然，那么可感可触。想想真是惭愧，我辈半生苦苦恋着文学，却始终为找不到适合自己的叙说方式而苦煞寸心，这种口头俗文化中，不能不说潜藏着某种酸涩的启发呢。

令人更觉尴尬的是车进沅江后两次等待过渡的情景。

沅江是今年春汛的重灾区，县内十座垸子被洪水冲垮了九座，当时的惨状是可想而知的了。虽然政府拨了巨款，并且有四方县、市的支援，但一时半刻恢复元气却也不是件容易的事。好在沅江素有鱼米之乡美称，还盛产南橘和甘蔗。因此，每当车未停稳时，叫卖南橘和甘蔗者破车门而入是为必然。遗憾是有的。叫卖声中，那一双双喷着火的目光，便紧盯着买者手中的钱币。人家将橘子和甘蔗往旅客怀中一推，你若稍有迟疑不把钱币掏出来，还真有做了贼一般的心虚呢。也毕竟有人在讨价还价：“不是才说好每根甘蔗是一元钱吗？怎么又成了两块钱呢？”对方便把梆硬如钢铁的话扔了过来：“你若是瞎了眼，就不晓得用手摸一摸？甘蔗有粗有细，有长有短哩！”买者愕然，只好自认理亏。更令人大惑不解的是，居然还有着一批又一批手举纸条，上书自己残疾或干脆伸手白索旅客钱币，说是给儿女付学费者。我一直以为，钱这东西，就如同一个人日常所穿衣服或鞋袜，能凑合就行了，一旦过分看重，便成了负累，让人生出一种罪恶的感觉来。不禁记起了若干年前的一些热门口号来：“大灾促大干！”“大干夺丰收！”这些口号，乍一听有些空洞，但人们若是真真实实地大干了，夺取丰收也并不是不可能的事情。时下正值初冬，农村里不见春播秋收时的繁忙景象是为必然，但是，稍知农时的人都会懂得，冬种亦是能够弥补歉收年景的损失呢。然而这些遭过灾年创伤的农人，为什么就满足于从别人的腰包里掏钱度岁月！

人确实是应该有所追求的。比如，对精神的追求可以没有止境，而一旦对金钱的追求也变得不择手段了，我们将何以向自己的良心交代呢？我是有了感叹的：林子大了，真是什么鸟都有啊！

想想我辈一个月里不也就是那么几百元工资吗？照样要买米买煤气，送儿女上学，一分钱常掰成两分钱用，且用得从容不迫，我不禁为自己能捍卫这一块阵地而自豪！但是，当一个人常处在身前身后都散发着的铜臭味中，心中会常有矛盾的冲突也是必然的。因此，时常地产生出痛苦来也便成为自然了。然而，若是再往深处一想，就是一个社会，或者说人世间，总还得有人扮演清贫或清高的角色才行。追求精神的乐趣同追求物质的享受，或许就正如鱼同熊掌不可兼得是一样的道理。

但真正意义的文化人是能够超越苦难的。

本县是一座被洞庭湖三面环绕着的水上小城。就在我所乘坐的客班车被轮渡载着两度涉过洞庭湖湖汊时，面对着浩荡湖波，心情也便如波浪起伏地展开着。我还想到了洞庭北面的岳阳楼以及写下了千古名篇《岳阳楼记》的范仲淹。范先生虽然身居官位，但他更是一个十足的文人。他的心中常充满着矛盾与痛苦也就不是不可能的事情了。所幸的是他毕竟超越了个人的痛苦，于是才道出了“先天下之忧而忧，后天下之乐而乐”的心语来。

这当然是一种大境界，不是所有的文化人都能够做得到的。

那么，我的朋友，我辈作为领着国家薪水，吃着农人脸朝黄土背朝天生产出来的五谷成长起来的文字工作者，应该怎样去做好纸上的每一篇文章，才算没有辜负自己的职业同使命呢？“惟歌生民病，愿得天子知”，我意是无须回避，也用不着粉饰，而是用自己手中的笔原原本本地记录下所见所闻的“这一个”来，一则，可供决策者们参考；二则，也可促使当事者们反思。不知你以为然否？就此打住吧。

自然而然

XXX：

我又在给你写信了。没有勉强，也并非做作，是自然而然地想把心中的话语说出来。你是我始终的听众。

今天从洞庭湖畔的南县出差回单位，已是下午五点半了，故没有赶上机要员在下班前将昨日的信传真给你的时间。正遗憾着，你的电话过来了，一番暖心的情语，不觉便把我旅途中的饥寒驱散得一干二净了。人心是确实需要温暖的。且让我对你说一声感谢吧！

是夜，不知省政府的夜空是否有星星或月亮，有几位朋友从基层来省府公干，我被接待之事缠着，有一种莫名的惆怅。人一旦进入了社会，就会被社会的链条所牵动着，真正的个体，只能独对孤灯才有复原的可能。交友其实是一门艺术。照“人是行动的风景”的说法，这风景是需要色彩衬托及观赏者的。这种色彩及观赏者，我以为便是相互关照式支持或彼此招呼一声的社会人，你应该是了解我的性格与为人的真正品格的，人待我一尺，我还人一丈。尽管仍少不了被人误解，但我自己是坦然的，问心无愧的。这也许就叫大丈夫所为吧。为了成全自己的大丈夫气节，多几分付出又算得了什么？

还是继续昨日信中的话题吧。昨日已对你说了乘车去南县途中的种种际遇。那么今夜，我要告诉你的是在南县城区及郊外漫步时所见的景致和心得。在这几年的记者生活中，所到过的地、市及县城有近100个，但我对南县是情有独钟的。当然，我们是以一名作家的眼光去观察事物的，记者的身份只是我的外壳，就如同一套质地较好却不太合身的西装而已。

南县县城坐落在洞庭湖畔的开阔平原上，是一座颇有些历史的小小古城。如今，古城已渐渐老去，像一棵历经沧桑的枯树。所幸的是这一棵枯树还牢牢地抓着脚下的一片沃土，于是，不断地有新芽冒出便不足为奇了。古城中那条名曰“南洲大世界”的新街，就正是去年县庆时才冒出来的。一色结构整齐的楼房分两侧排列开去，约半公里远近。楼房拦腰是用了不锈钢管构成的长廊，中间还有着三座拱形的天桥相衔接。人在长廊中行走，是极容易产生出一种戴望舒《雨巷》诗意的感觉来的。长廊以上是居民住宅，以下是店铺门面。门面中的经营形式又是多姿多彩的：有发廊、卡拉OK厅、风味小食店、南杂百货柜，等等。中间的街道是水泥铺筑而成直通县府大院的平展公路。可见这“南洲大世界”的规划设计者是一位非凡的美学专家了。这样一条新街的建成，大花了财力及物力是为必然，而听说全是靠了居民自筹或外界友人及南县籍在外工作的游子捐款建成的。一进入这个“南洲大世界”，便听得许多卡拉OK厅飘溢出来的歌声：千里难寻是朋友，朋友多了路好走……

走完“南洲大世界”再往前漫步，便进入了一条半新不旧的街道，但路面亦同样地平平展展。约走出一公里远近后，便出了城区，脚步已走在直通茅草街小镇的柏油公路上了。也就是这一条公路，与湖对岸的沅江及至更遥远的益阳、长沙紧紧地相连着的。想想，昨日乘车经过这条路入南县县城时，怎么就没有发现它的美丽景象呢？柏油路的两侧，各分三路纵队排列开去的是一棵棵笔直挺拔的水杉树。在这严冬的季节里，水杉树的细叶早已枯黄，有的甚至只剩下了树干同树枝，细叶被严冬的寒风一片片地撕扯下来，已成泥成土，只好等来年的春天再做绵薄的贡献了。而这些形似老去的水杉树，却老得气派，老得豪迈，老得令人赏心悦目，老得令人肃然起敬呢！铁色的树干笔挺着，就如同一柄柄利剑直指严冬里灰蒙蒙的苍穹；同样是铁色的一根根枝丫，劲道十足地向四面伸展着，不也正显示了水杉树本身的不屈性格吗？自然而然地，这就使我联想到了我辈作为人类，其实是有着很多的参照系及榜样存在于大自然中的。树木就因为死死地抓牢了大地，才有了绝不向逆境低头或躺下的精神啊！若把人比喻成行走的树木，那么，当我们在年老时面对不可抗拒的自然规律，也能够保持这种从容不迫的尊严吗？

透过成排的水杉树往侧望去，可以见到三个层次的布局。第一个层次是沿公路而筑的农家砖房，全是不高不大的那一种，顶上盖的是清一色的平瓦，又宽又厚实。平原风大，盖这种瓦毫无疑问是为了起防风作用的。房舍前一座一座叠得如同金字塔的稻草垛，给过冬的耕牛提供着温暖及充饥的保障，而偶尔看到坐在堂前纳鞋底的妇人或悠闲地吸旱烟的老者，无疑也是给匆匆过客如我辈透露出了一种宁静祥和的人生状态的信息呢。第二个层次便是农舍背后的阡陌良田了。深冬里，良田如同产后母亲，显得万般苍白无力及虚空寂寞，因为，产后的婴儿——灿灿金谷已被人掳进了粮仓，然后供养人类。土地同良田是比人类母亲更见其崇高伟大的。我们回报给土地同良田的除了不断地索取与掠夺又还有什么呢？当然，这里的“我们”是指只知享受而不知农民辛劳的那一类人。而农民本身，是可以与土地同良田对话并为之倾注血汗的，有着恋人般关系的一类人。他们是常与土地同良田有着肌肤之亲，有着血肉交融的。

他们置身于稼禾中，不就正如恋人嬉戏在罗帐一样地快乐吗？从这个意义上看，我便发现，常被我们这些文人忽视了的或正在逐渐淡薄的农民们，其实才是真正的伟大崇高者！第三个层次呢，便是极目处显得有几分隐约的如同地平线般横划过去的防汛大堤了。也就是靠了这样的大堤，把漫着波涛的洞庭湖挡在土地、良田同农舍以外。其作用之大，也就无须我来赘言了吧。

人总是在不断地认识自己，也不断地认识给自己提供生存环境的种种事物的。那么，我的朋友，让我们时常交流这不断地认识过程中的体会，好吗？我不求达成共识，只求发乎于心，自然而然，这就够了。下次再谈吧。

遍地月光

是从什么时候开始的呢？好久了，是吗？我的心的领地总是那么黯淡，黯淡一如漫漫长夜。我又何尝没有寻找过呢？我是寻找过的，寻找生命中的闪光，只是结果却每每使人失望。

那么，我是无论如何也得感激你的，在与你的交往中，我倏忽发现了月亮般的清辉，而且我正沐浴在那柔曼玉润的清辉里呢。我是那么惊异于自己的发现，倘若不是担心怕破坏了那种宁静和平的境界，我是真想在地球上朝着中天的圆月呼喊的：这里有一轮月亮，这里也有一轮月亮啊！

都说爱是自私的，我亦当然没有理由不希望自己能独个儿拥有你的爱的全部。然而不可能的，绝对不可能的，就因为你的爱如十五的满月，你得将你的爱的清辉洒向世间万物。你并没有责怪我的自私，你认为我的希望并不为过，只是在我的心中，却实实在在地感到愧疚，这是一种觉得自己无光的愧疚。

我不知道那是不是一种启示，是不是一种招引，兴许又什么都不是，只是你在释放着一种爱，一种能够感化麻木者灵魂的纯真无瑕的爱——

有那么一个女儿家。那时，她还是一个刚学步不久的黄毛小丫头吧，她家里也正好喂了一只灿烂青黄茸茸一身羽毛的小鸡。左邻右舍的大人，以及她的父亲和母亲，也都常常地笑她和它是两姐妹呢。她自己自然也这么认为。因为她和它确实是很好的一对。兴许小小年纪的她当时还萌动过这么一种意念也未可知，那就是：心与心的交往是不应该受躯壳局限的。

她总是那么自信。但是她爱它，却不占有它。莫非她那时就意识到：只要是生命，就应该有自己的生存方式。它爱和她在一起玩时，她就高高兴兴地同它在一起：叉开五指为它梳理羽毛，用小手绢把它爪子上的尘垢擦拭干净……总是那么自然而然地释放出自己的爱的能量。莫非她那么幼小的心灵就有那种奇妙的感觉——“自己在付出时，其实同时也在获得。”

她喂它有个习惯。她并不把谷粒遍撒在地上，她担心它连泥带土啄食了会出现什么麻烦事情，而总是合掌托着，让它堂堂正正啄食得极自在又极干净。常常地，她和它两个脑壳凑到一起时，她兴许也曾想到过“平等”这个后来才学的词呢。倘若当真想到这些，她自然是不能不激动的吧。但是，更使她激动得爱心颤颤的，恐怕还是她掌上的皮肉偶尔被它当食啄着而不肯放松的时候，那是无论如何也没有理由不让她想到在母亲怀里撒娇时，母亲在她那粉团团的脸上，抑或身体的其他部位柔情地一揪的感觉来的。那其实是一种传递爱的方式啊！

只是有一回，她却也感觉到了一种爱的毁灭的悲哀。

那天，她和往常一样，从母亲床头的瓷缸里捧出了一掌黄灿灿的谷粒，复又那么宁静又和平地蹲在门槛旁。可是，许久许久了，却不见她的影子，吃午饭了，有她最喜爱吃的葱花蛋，那一缕缕菜香仿佛慈母抛出的一缕缕柔情，在拉她，在扯她，而她却木头人一般，痴痴呆呆地蹲在原处。母亲自然理解她的心意，就那么一直陪在她身旁。天快黑了，母亲实在瞒不住了，胆怯地告诉她：“那鸡中瘟疫死了！”事物的自生自灭，原来是自然的，但是这个“死”字对于她却太陌生了。她的脸和嘴唇迅速地变白变紫变乌，浑身颤颤瑟瑟地抖动起来……然而，她毕竟没有绝望，当她把目光投向母亲苍老的面容时，便是猛然一怔，她似乎读懂什么新的内涵了。

她反而好平静好平静，平静得让人难以置信。不信就不信吧，或许她爱它，什么也不为。爱，是一种行为，是自己感情的满足；是一种证明，证明她的一颗心在跳动，证明她的血液在鸣响……只要她自己在爱就行了；爱，是一个人生命隐私的感觉。也许她还想得更深远：只要自己在爱，也就不会使自己变成心中无所爱的一个空心人——尤其是一个空心女人！

那么就连哪天她所倾注过无可计量的爱恋的人突然离她远去，她也不会再惨白着一张脸，乌紫着两片嘴唇的。她会极平静地安慰自己："别责怪人家吧，什么都有个缘分的。"就是有人伤害了她，她也不会记恨人家，她认为：自己受了伤害不过是一种偏见，因为别人在伤害你时，也伤害了他自己……

"她已不再是个黄毛丫头了，是吗？"我被全身心地融进了故事，不无好奇而又惊诧地问你。你只是浅浅地然而也是意味深长地一笑，复又接着往下说开去——

是的，日子在一天一天堆积，她的爱心也是在一天一天地博大。那些从她眼皮底下翩翩舞过的蝴蝶或蜻蜓，那些在她足下临摹道路的蚯蚓及细数尘粒的蚂蚁，她都觉得将是自己永生永世也难以忘怀的旅伴。更何况到了后来和她相握过的一双双温热的手，以及对她绽放过的一朵朵粲然微笑呢？那是足以使她的一颗爱心膨胀的啊！

我似乎明白了什么，真的，尽管我总是觉得你未能把全部的爱恋倾注于我，而我却一直处于一种高度兴奋的焦点上。

我好自信。因此，我说：我的生命中同样有着一轮满月。

在我们这块土地上，其实应该遍地都是月吗。是吗，遍地都是月光。

京城看绍棠

刘绍棠其名其文，于稍有文学修养的当代人都不该是陌生的。先生13岁开始发表作品，一度被誉为“神童”。至于他读初中时写出的文章给高中生作教材范文用的故事，更是有口皆碑的一段文坛佳话。刘先生笔耕四十余载，致力于“中国气魄，民族风格，地方特色，乡土题材”的开拓，在中国当代文坛有着特殊的位置。

一个冬日的傍晚，我慕名去拜访他。60岁的刘绍棠正躺在病榻上。他患的是偏瘫，左手、左腿失去功能有五年了。新闻媒介称之为“作家刘绍棠痛失半臂江山”。然而，刘先生以顽强的毅力笔耕不辍，五年中先后出版了4部长篇小说，1部中篇小说和5部随笔集。1992年正月初一，刘绍棠的又一部长篇动笔了。这是一部超百万字的巨著，仍以大运河为背景谱写，小说暂命名为《村妇》。先生说，这将是他小说创作生涯的一个圆满句号。

在刘先生的书房里，我们一聊就是半天。他是那样的健谈，声如洪钟，让人难有插话的机会。口口声声称自己是“土包子”的刘绍棠，聊起文学来却是典型的“意识流”。一忽儿说民间文学与他创作的关系，一忽儿说蒋子龙、张贤亮是“社会问题派”，贾平凹、张承志、李杭育是“地域文化派”，祖慰、林斤澜是“怪味派”……

刘老还谈到了诗人北岛，因为他们曾在一度影响颇大而后来夭折了的文学刊物《中国》杂志社同过事。那时候，北岛负责散文和诗歌的编辑工作，他不当班，不看稿，专心从事诗歌创作。刘先生对北岛中年后的境遇有些惋惜。

我们的话题很自然地转到顾城之死上。刘老眼眶潮湿，陷入了深深的悲痛之中。他和顾城的父亲顾工是好朋友，他是看着顾城长大的，顾城对他一直很尊敬。他回忆说，顾城刚出名的时候是北京作协的一个合同制作家，每月一百二十元微薄薪水，政治生活上享受处级待遇。但这孩子从不关心政治，只关注属于他自己的内心世界。他一直生活在痛苦之中，那痛苦或许是与生俱来的，是一个真正的诗人进行内心体察时所必然持有的心灵状态。“唉，这孩子为什么要走那么一条路呢？”刘先生老泪纵横地说。我很想补充说顾城之死恰恰使作为诗人的顾城得到了升华，但终于没说出来。我知道，先生是一个非常重感情的人，他宁肯中国少一位诗人，而不肯让顾城撒手尘寰。他多么希望一个活生生的顾城回到父亲身边，并且在闲暇的时候到他的蝈笼斋坐坐，怯生生地叫他一声“刘叔叔”。

然而顾城却永远离开了这个喧嚣的世界！

如今，我们已结束京城之行回湘多日了，但刘绍棠先生与我们谈起顾城之死时的那种凄惶神色却仍然历历在目。

这就是刘绍棠，一个饱含爱心的朴实的人。

娓娓道石英

一

九年前的那个冬天，我穿着一双圆口棉布鞋北上津门，出席《散文》月刊第二届颁奖会。在那次会上，我与心仪已久的石英坐在了一起。那时，石英是百花文艺出版社副社长、《散文》月刊的主编，坐在主席台上主持会议。他坐得端端正正，身板笔挺，音腔浑厚而洪亮，说话时很喜欢挥动手臂，十足的一副军人气度。

离开津门的那天早上，石英同我那篇获奖散文的责任编辑魏久环赶到车站为我送行。北方的雪下得真大，遍地银装素裹。石英和老魏是踏雪而来的，口里还呵着腾腾热气，但他却是满面春风依旧，一副神采奕奕的样子。他大步跨过来，很有力地摇着我的手："小廖呀，这一届获奖者中，唯有你是来自最基层的，要好好珍惜这一份荣誉啊！"我认真地点着头，内心中荡漾着由衷的感激。

车启动了，站台上的石英向我挥动着有力的大手。雪依旧在下，迷迷茫茫的混沌世界中，石英的身影在我的双眸中却愈发清晰。

二

石英的名字是与《散文》月刊连在一起的。他所联系和培养的作者遍及全国各个省份。他的目光，永远瞄准散文界涌现出的新人。前些年《散文选刊》推出我的一个特辑时，需要配发一篇评论文章，我第一个想到的便是石英。

“当作者获得一定好评和奖励后，人们对他提出更严格的要求并非坏事。有一次，我对魏久环说，以后给廖静仁写信时，能不能以建议的方式对他提出，当然还要写船夫和纤夫的生活，但要开始注意避免重复，还要开阔视野，向更广更深的领域开拓。不但在题材上，在手法、结构等方面，都要适当出新，不必担心因此影响基本风格的形成。”在那篇评论文章中，关心和了解我的石英如此写道。回头想想，魏久环确实是在好几封信中都委婉地向我提出过这一建议的，只是当时的我却并没有体味出其中也倾注着石英的满腔爱意啊！

知情人告诉我，作为《散文》主编的石英，无论工作怎么繁忙，他都是每稿必看，每信必复的。他说不给复信对不住人家，不认真看自由来稿更不应该，要知道有时候一篇稿子便能推出一个作者呢。石英这么说自然是有根据的。还是在20世纪80年代的最初年头，石英偶尔收到两篇从我国中部山区一个小城市寄来的散文稿，作者的笔迹虽然很清秀，却取了一个孔武有力甚至金刚怒目的名字。这名字石英并不熟悉，估计是一名新手，但他注意到了作者自有其缜密的文思、熟谙的山乡生活，便当即写信给予鼓励，并指出应扬己之长，避己之短。果然不久，那位作者又寄来了作品，而且大有长进，石英兴奋地大笔一挥，于是便有了《红了山橙》《栗子熟了》等文在当年的《散文》月刊上陆续推出。但石英却至今也没有与那位已成名的作者见过面，这当然并不要紧。阳光温暖着大地，雨露滋润着小草，均是不图任何报答的。

三

九年后的冬天，我亦成为一名编辑，北上组稿时，终于又有幸与石英面对面地坐在了一起。然而如今的石英，已经是人民日报副刊部的负责人了。他联系的作者自然愈发地多了，工作亦愈发地繁重。但57岁的石英，依旧是神采奕奕的样子，热情不减。在人民日报副刊部的那栋小楼里，石英常常是最晚回家的一个。给作者复信，为作者改稿，哪一桩事他都做得认认真真的。但石英每天早晨上班都要迟到一会儿（开会除外）。他调侃地说自己养成了一个不良习惯，那就是他习惯于清晨写作。几十年如一日，每天清晨六点起床写到八点，雷打不动。哪怕是出差途中，他也在卧铺上写作。他说他不写心里堵，写时有一种发泄的快感，这我当然相信，要不，他怎么能在做好一名出色的编辑家外，还有30部集子共计700余万字献给读者呢？

石英是有着丰富的生活体验的人，自胶东那块出豪侠的热土中走出，毕业于南开，当过兵，做过工人，干过农活，在“文革”时还被送过牛棚。但他却很会调整自己的情绪，而且做到不显山、不露水，使自己的精神经常处于亢奋之中。

然而，更能够引起我共鸣的，还是石英的人生观。他给我打了一个比喻，说是如果有两个女子，前者丑一些，但很真诚，后者很美，但也很虚伪，那么他会毫不犹豫地说——我爱前者！

窗外的树影，在灯光下摇曳着。我们起身告辞，石英亦起身，他一直送我们拐过一个长长走道的楼梯口。他的手正欲举起来的时候，我忽然觉得，这是九年前那个冬天一幕的重复。周身一热，我知道，那是一颗年轻的心在感激中闪耀出的火花灼烫着年轻的汉子。

这年冬天的这个时候，北京正在酝酿着下一场大雪。

冬季访周明

初见你时，是在1986年那个白雪皑皑的冬季。中国作家协会召开中华人民共和国成立以来第三次“青创会”，我作为湖南代表中的一员，住进了大会代表下榻处的京丰宾馆，出入在人民大会堂的正门或东侧门。会议期间，便常见到一位风度是让人一看便认同，而才情却是从我悄然的感受中所获得的老师。

后来才知道那就是你——《人民文学》副主编周明。

你的名字我自然早已熟悉，也听到过不少关于你的赞誉，有说你是中国的一大名编，推出过难以计数的好作品，扶植过不少作者成了大器；还有说你是“文坛基辛格”的，穿梭往来于单个全都赤诚，合在一块儿又难免是非的作家团体中，并且备受大家的尊敬和拥戴。百闻不如一见，那一次我曾有过与你单独在一起交谈的机会。印象是那样的深刻：你为人真诚，才思敏捷，充满活力，有大刊主事者的庄重，但无架子，有文人的倜傥，却又毫无书呆子的迂腐气。再后来，我们彼此书信不断，你既成了我的严师，又成了我的朋友。真是有幸啊！

岁月如水，八年过去了。此次北上京都，又是冬季。此时你已在中国作协创联部主持常务工作。我亦从资水江畔的小县城走了出来，在省府长沙的一家杂志社做编辑工作，但师生的情分不变，朋友的厚谊更笃重。我拨通了你的电话，并约请你为我们杂志写一篇有关冰心老人的文章。文坛谁都知道，你和冰心老人是忘年交，也是冰心老人最信赖的“小朋友”。你很高兴地答应下来，并约我们去你的家中做客，你的客厅简直是个博物馆，壁上挂的，全是当代艺术大师赠你的真迹字画，书柜中摆的，除了浩瀚的中外名著，便是各路友人送你的属于“文物”的纪念品。

你风度依旧，才情依旧，真诚依旧，怎么也看不出是五十挂零的人。我们不禁就记起圈子中人半开玩笑的一句话：周明永远年轻。

窗外的京都，已是华灯初上，彼此的心胸如华灯一般明净。我们谈了很久，谈了很多。在交谈中，不时有从作协或别的地方打过来的电话，你总是那么认真地去接，谦和地去听，诚恳地作答，你依旧很忙，对工作依旧勤勉。那样的时候，我就想，周明如果不是一位名编，不是一位文坛的组织者，而凭他的奔放才情，充沛精力，一定会为中国的当代文学多添几许精彩华章呢。我的目光，不禁久久地投注在客厅墙壁上冰心老人题赠给你的一幅墨宝上：“莫放春秋佳日过，最难风雨故人来。”我们是不是风雨中走来的故人呢？

哦，周明，作为《人民文学》的副主编，你谢职了，却留下了中国名编的称号，作为创联部常务副主任，也不可能是终生头衔，但你早已享有了“文坛基辛格”的赞誉，而作为一名散文家，你不也早有《又是月季芬芳时》等名篇载入了《中国散文精品分类鉴赏辞典》吗？你是充实的。

江河并非万古流。人生苦短，但我们只要充实地活过，这就够了。

陈建功：本是卧龙岗上散淡的人

初识陈建功，是1986年冬天。那时候，寒冷正封锁着首都近郊的京丰宾馆。数百名来自全国各地的作家代表聚集在这所星级宾馆，参加中华人民共和国成立以来的第三次“青创会”。我便是其中一员，建功当然也是。而且由于他的短篇《飘逝的花头巾》及《丹凤眼》等连获殊荣，更显得是一个耀眼的人物。

转眼就是七年。时过境迁，当初许多红得发紫的作家，有的已下海弄潮成了巨贾，有的却弃离故土远涉重洋成了游子……然而建功却依旧，依旧据守着属于他的“京味”阵地。就冲着这一点，我们刚在京都住下来，便去拜访了他。建功是个大忙人，亦依旧在当代文坛的人生空间中闪烁着光辉。这些日子，中央电视台、北京电视台等正在播放着他的《皇城根儿》《找乐》等连续剧，并且《光明日报》《北京晚报》等副刊上还频频有他的随笔和杂感推出。

又是冬天，北京的天空很明净。我们的心境亦很明净。从建功的家中走出，感觉却依旧在与建功作着交流。建功真是机智得可人，一见我们两位湖南来客，出口便幽默到了点子上：“你们湖南的东安子鸡，好吃得很！”他又紧紧补上一句，“不过，得由我们北京的名厨做出来才真算好吃。”绕了一个小弯子，原来是为了抬高自己“京味”的价值。这当然是一种善意的幽默。但我也就由此想到，建功一定是个很自信的人，自信比谁都聪明。同去建功家的京都友人王晓明悄声告诉我，建功就是这么个人，从不装腔作势，心里怎么想口里就会怎么说的。这当然很令人折服，在自信者愈来愈不可多见，而做作的人却不少的今天，建功尤显出了人格的魅力。

言归正传，我们谈起了文学。

话匣子是从“南韩北陈”打开的。这几年来，南国的少功不怎么写小说了，我问建功持何看法。建功很怀旧地说，我与韩少功是非常好的朋友，都是“老插”，也都写过知青题材。少功是给当代文坛投掷过重型“炸弹”的，文学史上定会留下他的位置。他的小说《西望茅草地》《风吹唢呐声》以及后来的《爸爸爸》等，均属不可多得的力作。建功接着说，少功这几年虽然小说写得少了，但并不等于他没有对人生的思考，对社会的关注和对文化现象的透视。兴许他正在蓄积能量，说不定哪一天会给文坛投几颗“原子弹”呢。建功是有着根据的。他告诉我们，他自己在1988年至1989年间，就曾经冷了一阵子。但那绝不是退缩，而是在蓄积。“我就是利用那一段时间作了大量的民俗调查，把北京的民俗吃了个透。”我自然是相信的。要不，怎么这几年来他的“京味”小说和电影、电视会如此走红呢。问及建功对自己作品表现手法的概括时，他的回答简洁而又精辟：北京方言，悲喜剧结构。

是啊，我们的生活中无不渗透着人间悲喜。

我不禁记起前年与少功谈过的一个话题：在历史长河中，怎样的丰功伟绩都不过是过眼云烟。

建功是那样的健谈。在谈到王朔现象时，建功说，王朔确实是个才子。作品写得很好，很快，语言出奇的幽默，把当代一部分青年人的玩世不恭情绪表现得淋漓尽致了。皱了皱眉头，建功也不无遗憾地说：“王朔也有致命的弱点，他的作品中人物形象单一，男人女人，老者少者，几乎是说着同样的话，发着同样的牢骚。”但建功又马上补充着说，王朔是一个绝顶的聪明人，他一定会变出新的法子来的。

关于作家下海，建功给我们复述了自己最近给一家报社写过的一篇短文。大意是，“我”有一位经商的朋友，替“我”买了一大笔股票，说是原始股，能攒一大笔是千真万确的事，“我”却笑着拒绝了。理由很简单——操那份闲心去打听股市的涨落，倒不如静心写几篇文章。不久，股市果然猛涨，百元成了千元，千元成了万元，但“我”坦然依旧。又过了些日子，那位朋友又找上门来，再度言及给“我”买股票之事，“我”心依旧静如止水。但不久，听说股市大跌，那位朋友连老本也赔上了。“我”也正好免去了一份心痛。

“除了写作认真外，我对其他事物是看得很淡的。”建功微昂着那颗智慧的头颅双目炯炯地说，“我本是卧龙岗散淡的人！”

建功，此时我是在南方面北的小窗前写成这篇短文的，心中温暖如春。“青山尽处是北平，行人阔步北平里。”建功，做人确实散淡点好。

张守仁：你是天上哪颗星

那是北京冬季里极为祥和的一个礼拜天。

我从六铺炕一家招待所出发，步行至三环中路北京文艺出版社宿舍区。我觉得，只有用这样一种方式走近张守仁，才会使自己心安一些，才会不显得草率。

门楣上装有门铃，我没有去按，我担心脆响的铃声会惊飞了他的灵感。我用食指叩了几下房门，很轻也很有节奏。门应声开了，而且是大大地敞开着，张守仁一脸惊喜地把我让进了他那书香味很浓的客厅。一见面就同我道开了家常，让我觉得，自己并不是在拜访名人，而是在亲戚家串门。

我与张守仁其实只相聚过两次。一次是在1985年冬春之交的日子里，中国作协召开中华人民共和国成立以来第三次“青年创作会”，我曾有幸与他同席共餐。再一次相聚地点是资水北岸的东坪镇。那时候，正值百花文艺出版社出版了我的散文集《境界》，有关部门欲组织一次小型讨论会，故邀了几位关心和爱护过我的编辑兼评论家莅会。张守仁便是其中一位。那会儿张守仁在我所处的那个边远古镇逗留了三天。其中一日是在距古镇有着四塘五滩的资水下游小淹度过的。小淹是清代两江总督陶澍的出生地。文人喜好寻访古迹，总想从中寻出些深刻来。久久地伫立于陶澍故居禾场坪的一株玉兰树下，张守仁双眸中有一种异样的光焰在闪烁。据说那株玉兰树是做了大官后衣锦还乡时的陶澍亲手种植的。之后，张守仁绕玉兰树三匝，感慨地说，身为一代官宦的陶大人早已随他的那个朝代远去了，连背影也没有留下一个，这株玉兰树却绿叶婆娑地存在着，就如他为官时所著的几本诗词集，至今依旧有着可供后人品读的价值……这时候，我以及我的儿女就陪伴在张守仁的身旁。

时隔已是整四年了，最令我感动的，是张守仁还能推算出当初曾经只怯生生叫过一声张伯伯的那一儿一女的准确岁数来。作为大型刊物《十月》的副主编，他所结识的作者何止万千呢？仅此一个细节，便也足以使后来者的我对身旁这位长辈敬仰了。

我告诉张守仁，我也是一名编辑了。希望他能够传授一些做好一名编辑的经验。张守仁用手扶了扶眼镜："提几点建议供你参考吧。"于是极认真地扳着指头说起来。我则静静地听着张守仁娓娓道着经验之谈，忽然觉得，他被文坛誉为京都出版界四大名编之一，这是何等的来之不易！

我的肩上，亦感到了一份责任的沉重。

记得前不久《青年文学》副主编赵日升在给我的信函中提及的一件事。赵日升说，他因为着手编一本《青年散文选》，特意前往张守仁家讨作者名单，没想张守仁一口气就说出了一百多名四十岁以下的作者姓名连同他们的代表作篇目来。

今年六十岁的张守仁，看上去比他的实际年龄要精神得多，完全是一副学者的风度。他从事编辑工作三十二年，经他推出或培养成名的作家数以千计，经他编辑出版的高品位作品又该怎样来统计呢？他1951年在部队学外语，当翻译，而且翻译了许多部文学书籍。1957年毕业于中国人民大学中文系，之后走上编辑岗位。新时期以来，他还利用编余时间创作散文，出手的品位都很高，迄今为止，已经出版了散文集四部，其中有几十篇获得全国或省刊奖……

天色渐渐地暗了下来，张守仁起身拉亮电灯。灯光如水般盖过来的时候，张守仁有些激动地补充了以下这一段并非题外话的话：

在很多年前的一个夜晚，抬头望着璀璨的星空，我就曾经萌生过一个向往——我要成为中国当代的一大名编。那时候，我二十多岁，正在部队做翻译工作，地点是南京的一栋曾经住过将军的小楼下面。小楼的四周，草绿花红，花草的芳香很浓很浓……

“命运其实就掌握在自己手中！”张守仁送我到大门口，颇为自信地说。我当然知道，张守仁这不仅仅是对自己的一种肯定，更包含着对后来者的勉励和期望。

有一种说法，天上一颗星，地上一个人。那么，张守仁老师，你该是天上哪一颗最璀璨的星呢？

程兴国寻找斗牛场

那是1994年秋天的一个上午，阳光依旧灿烂而热烈。我是有意地选择了这样的一个日子去拜访程兴国的。当然要庄重一点，因为我将要面对的是一位诗人、学者兼商界巨子。不久前，《湘声报》曾以大半个版面发表过一篇题为《洞庭儒商》的报告文学，所指的儒商，便是这位青年诗人、东南亚经济文化发展中心总经理程兴国。

总经理室的门敞开着，程兴国坐姿笔挺地在办公桌前接电话。浓重的常德口音，若演讲般抓人。眼前不禁浮现出几年前他在湖南大学礼堂内朗诵诗时的情景。……我们还懂得/有了男人，太阳才是热的/有了女人，地球才是圆的 / 男人把女人变成带露的玫瑰 / 女人把男人变成思想者……掌声铺天盖地响起来，鲜花簇拥着堆过来，然而作为诗人的程兴国却平静依旧，这是他所付出的激情换来的报偿，受之无愧，得之不惊。但是，此时此刻的我却有了些许的吃惊。近十年过去，已是作为商人的程兴国照样的风采依然。我内心中便又多了一份敬意。商海横流，彰显出英雄本色！

许是我的惊叹打扰着他了，他立即就站起身来，丢下话筒，前跨一步握住我的手说："对不起，太忙了！"宽边近视镜后的一双乌黑眸子中，歉意与真诚一并溢了出来。

我这是第三次与程兴国握手。头一次是在益阳师专，那当儿，他正在任教，且把张扬男子汉胆魄的诗写得红红火火。第二次是在常德街道上。他赶着去参加一个贸易会，匆忙中递过来一张名片，上署“珠海市某工贸公司常务副总经理”。记得亦是寒暄过几句的，内容已经模糊，但我想，无论怎样的场合与程兴国见面，他一定不会谈起他的诗歌。这一次例外，他拉我在豪华沙发上一坐，便口若悬河：早已经下海了／在洞庭湖的乌篷船上就尝到了大海的滋味/早已经下海了/受海那边的那片椰林／和椰林风的引诱／啜饮过太阳从湛蓝的大海中升起时/那苦涩的泪水/惟有那远方的风帆依然爱我……但是，懂诗的我从他的诗中听出了他奋斗甚至挣扎的不易来，可我毕竟不愿意渲染他的苦难。因为我自以为太了解他了——程兴国是不相信苦难的真男人!

倒插的杨柳也能萌生出绿色的火焰。

这是程兴国的座右铭。

况且，程兴国正值绿焰燃烧时。想想看，谁有那么大的气魄，一回拨出十四万元，为一名十岁小女孩先是在长沙市少儿活动中心举办个人书法展，后是交由湖南文艺出版社出版《陈俊书法集》，同时为帮助她成长提供条件，把小小陈俊聘为东亚经济文化发展中心少儿部长。还据说，去年百花电影节在湖南举行，他又捐资四十万元……

然而，骨子里根植着诗人气质，血液中回响着诗人豪情的程兴国，却拒绝谈论这些。好不容易聚在一块儿，我们的话题应该是诗哩。程兴国嘴里又喷出了诗来：当我们拥有的财富还只是“0”时/我们也感到幸福／因为，它毕竟有一点像土豆／当我们有了第一颗土豆时，我们倍感幸福／因为，我们毕竟拥有/在我们拥有更多的土豆时，我们绝不相信地窖／能保持我们永久的幸福/我们愿意全部拿出／一部分交给更多的人品尝／一部分交给我亲爱的农夫/让大地生长更多的土豆。我为程兴国的慷慨而自豪！面对程兴国的深谋远虑，我实实在在自叹弗如！

然而程兴国，用他那浊重的常德口音释放着自己激情的时候，活脱脱宛如西北歌手在舞台上高唱着“大风从坡上刮过”的粗犷歌谣。

哦，对了，在商海中尽显出英雄本色的程兴国，并不仅仅是一名学者、诗人、酒徒，还是一名颇为出色的歌唱家。有文章称：还是在湘南大学的学生时代，他的歌声曾唱得女孩子心旌摇荡，也唱得男生们羡慕眼红，加上他架着近视眼镜的方脸和军人般的气度，同学们就索性把“校园蒋大为”的桂冠给了他。

他是用激情在写诗，他是用心灵在歌唱，他是用智慧在播种和收获“土豆”。

“有几只鸟在窗外的蓝天上飞着/有一个人在远方的小河边仍然恋着/有杯啤酒在慢慢品着/有一支香烟还在吱吱燃着/有一首歌曲还在反复唱着/一阵掌声在大厅里曾经响着/……”这大概是程兴国所有诗歌中最怡然自得的一首诗吧。然而，怡然自得只不过是一瞬的事情，透过两个“烟鬼”燃烧的乳白烟雾，我发现他那双灼人的乌亮眸子中所射出的光焰，正凝聚在前方电视机上摆着的一对奋力搏杀的斗牛士身上。

《男子汉寻找斗牛场》。记得程兴国是曾经写过这么一首诗的，洋洋洒洒，达百多行。是宣言？是预示？三十多岁的程兴国，来路正长，前程远大，舞台广阔，有的是搏杀的机会！他当然完全有理由高昂起那颗智慧的头颅，疾步向前方走去。据悉，程兴国目前又成立了“某环保实业公司”，从事环保工程和环保文化的开掘，并有九集系列电教片《国策颂》面向全国出版发行。

程兴国不正是一位勇猛的斗牛士吗？

作为朋友，我为你鼓掌，更为你祝福和祈祷！

旧　址

资水中游北岸，有一古镇，叫东坪镇，也有叫城关镇的，因为安化县人民政府就设在这个镇上。

我说的旧址便在这古镇以南的沿河街。

但旧址并不是我的出生地。我的家乡在离古镇以下约二十五里的地方，亦傍近资水。家乡的山，不那么险峻，也无名寺古刹，而伟岸秀美却是一定的。家乡也没有出过什么显赫人物，全是些依靠耕种或驾船营生计的百姓。不赘。

我却幸运地走进了县城。

仔细想想，又怎么也想不起到底是受了谁的点化，一个仅念过初小四年的半文盲，而后为了谋生又不得不过早地步入了社会的少年，居然也异想天开地涂鸦起“诗”来。当然啰，有句行话，曰：“动人心处都是诗。”那时候，我虽然并不懂得诗为何物，却已经学会了把那些从心灵深处倾诉出的语言分行排列地填进稿笺里，也学会了把稿笺装进信封往报刊投寄。

一切都是朦朦胧胧的。

并不是很漫长的日子，我的那些诗陆续地被采用了，而且还有人写出了赞扬我的文章，名为《扶犁掌耙写诗文》。在小小的边远县城，我意外地成为小有名气的“诗人”了。是时，县文化馆前任文学专干因荣升领导，无人抓文学上一摊子事，便把我借来补缺。就这样，我成为家乡第一个能够领国家工资的人了。

工作自然不会轻松，辅导业余作者，编辑内部刊物。那刊物属于文学季刊，十六开，八十六个页码，能容纳十万多字，从组稿、编辑到校对，里里外外一双手，辛苦是一定的，但也很是乐意。

为什么乐意呢，我说不清楚，只觉得似乎有某种力量在支持着我，引诱着我。

条件也是很差的，文化馆住房较紧张，编外人员一时间没有住房安排是情理中事。我便借居在早年间县剧团住过而其时已无人光顾的一栋破屋的楼上。住宿和办公室就在一间木房里。几经装饰，也算是回事儿。夜晚是寂寞一些，但电灯还是明明亮亮的，在明明亮亮的灯光下，我十分乐意地干着笔耕的活计。

更具体地说，旧址就是这间木房。

旧址濒临澄碧清澈的资水，想是曾经有过如诗如画的一段岁月吧。任风吹，任雨打，吊脚廊柱始终撑起一片温暖的晴空……只是岁月也如资水汤汤，流逝着岁月，其时，政府已将沿河街列入新街筹建区域，这群吊脚木楼，被拆除只是迟与早的事了。又正逢沿河街修改公路，而旧址地处低凹，两面的沙土往门前猛填，晴天是并不碍事的，一旦下起雨来，黄泥浊水把我团团围住。一日三趟，去食堂端饭菜时，故只好学猴子跳圈。奇怪的是，一些业余作者竟全然没有被拦住，仍然是三五成群地往我的陋室里挤。你来时，丢几块砖头；他来时，垫几方岩石。渐渐地，黄泥浊水中，竟筑起了一条直通我那住处楼口的便道。

在那栋被遗忘的旧屋陋室里，我却被信任与期望包围着。

“廖老师，忙吗？我想请您看篇稿子。”

“昨天送来的那篇稿子您看过了吗？廖老师！”

…………

全是发自内心的语言。我因得到作者们的信任而激动得难以入眠。那样的时候，我确实是没有怀任何功利的目的，只一个劲儿地为作者们看稿改稿。于是，复又有作者来时，自然是添了新话题的："廖老师，您的眼睛好红啰！"我真想补充说："我的心里，却很是甜呢！"

而偶有乡下作者来拜望为他们修改稿件、为他们的稿件提出意见的编辑时，怯怯然进到县文化馆院子内，挨个办公室探访："请问，您姓廖吗？"（因回信上署着有责任编辑的姓名）回答自然亦是彬彬有礼的："对不起，我不姓廖。"沮丧之际，便只好红着脸作说明："我的一篇习作，是经廖老师修改后发表的"或"我是一名业余作者，有篇稿子想请廖老师看看"。几经周折，才找到我的住所来。其实，我的住所就在文化馆的斜对面，只相隔着一条新修的公路，怕是见我的衣着及所住房子与他们相比亦无多少优越处吧，那紧绷的心弦松弛了，把专为"编辑老师"所带的半袋花生或一包茶叶往我那堆满稿子的桌上一放，颇有些不信地叫道："嘿，您就是廖编辑呀？！"那沾着泥土气息的粗手，居然拍到了我的肩上。我们便把花生或茶叶打开，一边品茶或一边剥花生，一边就东扯西拉谈起"文学"来。一谈，便没有时间的观念，忘记吃饭，那是常有的事，就连夜色悄悄地浓了，也不知去开电灯的。有月光袅袅地盖过来，于是，我们就罩在一片素洁的清辉里了。

那时，我们的心境都如这月的清辉。

楼前那条便道，渐渐地，竟成为坚实又宽广的一条大道了。

是不是应该说声遗憾呢？那条便道并没有能够长久地存在于我与作者们之间。不久后，我被正式招工转干了，成了名副其实的文学专干。消息传开，作者们纷纷都来陋室为我祝贺。

带来汽水、啤酒、罐头之类，我们举“瓶”畅饮，那是很容易让人想起要高声吟哦“赏心乐事谁家院”的诗句来的，但没有。而是面对着陋室宣布：“明天，我就要与你告别，搬进文化馆内宽敞明亮的干部宿舍了！”那完全是一种颇为自豪的口气。

也许是应该忏悔的，我正应了那句古语：有了新鞋，弃了旧鞋。难道真是这样，艰苦的环境能够磨砺人的意志，一旦条件得以改善，人心反而会被腐化？那么，我以往的奋斗和努力，不又成为一种过错？

日升日落，时光流逝。那些每晚必来报到的县城内的作者，居然渐渐地来得稀落了，那些一有空闲就乘了汽车或机船来找我谈题材、请我看稿子的乡下作者也难以碰面了……不要问这是为了什么，不要问，我刚刚搬进新居，又是一名正式干部了，我所忙碌的，是打一套像样的家具，买几套与自己身份相符的衣服，也免不了常串一串这位或那位领导的家门，还美其名曰：汇报或请示工作，实则呢……我所约稿的对象，也发生了变化——或请政界权威人士题一题词，或请县外知名作家写一写回忆录及游记等文字，而且照样有堂而皇之的理由……就是偶尔有原先的文朋诗友找上门来，刚寒暄几句，便又被“更高层次”的来访者打断……是的，我很忙。

忙得淡忘了故友和旧址。

然而，有一件事我却没敢忘记。

那便是回家去看看。很久没有回家乡了，思亲之情是一定的，但是更主要的并不是省亲，而是要把我已经招工转干的消息告诉乡亲们——这方没有名寺古刹的家乡的山水，毕竟出了一位吃公家粮领公家工资的人物！为了使家乡人高兴和诧异，我特意穿了一套料子很佳的毛呢制服。车送我回归故里。

山会欢，水会笑的。我这么想。

但是，遗憾得很，从回乡的小车里钻出来，家乡的亲人们却似乎认不出我了，全都用陌生的眼光瞅我，就连一手把我拉扯大的，总希望我能有所出息的老祖母也并不见高兴……这到底是怎么回事呢？我错了吗？错在哪里？人啊，为什么总是难得清心寡欲，而要坠入世俗的泥淖。

悻悻然，我回到了单位。心里的寂寞和空虚，是让人难以承受的。

我又失眠了……

独自一人，我走出了文化馆的院门，在月的清辉里徜徉，但我没有感叹，说："只有月的清辉是万古如斯啊！"是不是鬼使神差呢？我来到了昔日的住所处，并且停住了脚步，是要寻找以往那条由作者们随意垒起的、曾经一度属于我也属于作者们的通向旧址陋室的便道吗！

然而那一切全都不复存在了。

时代毕竟是向前推进的。昔日的吊脚木楼已经拆除了，从旧址上拔地而起的，是一栋崭新的高建筑楼房，有六层，共二十单元，而每一个单元与单元之间，又一律地隔着一道用钢筋焊成的栏栅作界线……其实又何止是这一栋呢？整条沿江大道的两侧，是清一色的大厦高楼，昔日的吊脚木楼，也已成为传说，任汤汤资水流去，流去，流入历史。

却觉得有一种失落感如枪弹般向我射来。

我的神情也恍恍惚惚了。该怎样为我自己所走过的这段历程作结论——忏悔？自豪？无论怎样作结论都并不是很理想的。于是，才如实记下这篇短文，愿读者诸君予以评说。

廖静仁散文选 下

廖静仁 著

天津出版传媒集团
百花文艺出版社

廖静仁散文选（下）

目录

第四辑　人生是幅图画

第五辑　风翻动大地的书页

第六辑　百家文库·廖静仁卷

附　录

第四辑

人在天涯

记得是仲春的一个早晨，八时刚过，看着阳台上花盆中的那丛兰草，似是青翠得愈加疯狂了。心就一振，想：你该是收到我的信了吧，还有那篇以你为模特的文字。心血来潮，我拿起了话筒，直拨你所在的副刊编辑室。现代的通信工具，只十多秒钟便将彼此的距离拉得近在咫尺了，你千里万里之外的声音清泉般在我的耳际汩汩地脆响："我说廖大哥，你还是别把我的影子写进你的文字，别把我放在心上吧，真的，我好害怕。"害怕是怯懦的表现，这不好。但我还是诚挚地答应了你，说："就放心吧，我怎么敢有意吓你呢？！"纯纯朴朴的你，就如同山谷里的一朵小花，盛开着，又总是那么怯生生的。你不是称我廖大哥吗？既然是大哥哥，我是应该为你遮风挡雨才是。然而，不到一月时间的今日，事与愿违，我依旧地展纸握笔时候，天涯的海浪又欢跳着扑了过来，湿了我的鞋袜，湿了你的裙裾……

人在天涯，心寄何处呢？

当时，你是显得很有些孤单的，来海岛参加这次笔会的几十名作家、编辑中，虽然也有着三名女同胞，但那两位，却是偕了丈夫风风光光地同行，唯有怯生生的你如同一只离群的孤雁，在这空旷的天涯伶仃地落寞着。这本是一个旅游笔会，冠以作家或编辑虚名的这伙文人，自然是喜好风雅的，他们大多都带了装有彩色胶卷的相机，三五成群地争相在这此生难游两次的海角天涯拍照留影。怯生生的你。还很是清高呢，看也不看那些热闹的场面，只独自地低头捡拾着被海浪卷送过来的多彩多姿的贝壳。并非我就顿生了“怜花惜玉”之情，绝对不是。我知道，大海只有在平静的时候才更显得深沉。那么，是好奇心支配着我？那样的时候，我是举起了相机冲你喊道：“呃，这天涯海角可是风光无限呐！”你似乎是从沉思中回过神来，一仰头，秀发微扬如纷繁的思绪，就在这一瞬间，我“咔嚓”按下了快门……哦，你的倩影，已是如雕塑般地固定在我相机中的胶片上了。我不能骗你，也就在这一刻，你的倩影也是无可避免地摄入了我记忆的深处呢。别责怪大哥哥吧，这本是人之常情哦。

你是有了些愠色庄严在脸上的，想说什么，但终于没有说出。是看出了我并无一丝戏弄的意思吗？诚心诚意金不换。我说：“你的目光能穿透人心呢。”你就莞尔地笑了。这样的时候，你是完全地放松了。我们就坐在海湾干净而松软的沙滩上，边欣赏着你捡拾的那许多色彩缤纷姿态各异的贝壳，边听你讲述着工作和生活的情况。你告诉我，你这是头一回出远门，头一回来南方，头一回见到这许多雄性十足的椰子树，女子般窈窕的槟榔树，末了，你还同我道开了家常，你说，你有着一个静谧温馨的小家庭，丈夫是一名工人，很是忠厚的，还有了一岁多的小女孩，很乖……

我理解了你为什么孤独。孤独有时是很美丽的一种人生境界。

可美丽总是愁人的。看着你淡淡的柳眉点缀着惆怅，我也生出几许忧郁了，便问你：“是想着家里吗？”你诚实地点了点头，说：“他是没有做惯家务的，并且还要带孩子。”我是真正地想说："出门在外，还是洒脱点吧。"但我毕竟是多少能理解你的，此时，你心里一定在说："我何尝不愿洒脱，又何尝不曾洒脱过？当我还在大学里当学生时，我可是个想到哪里就到哪里，想怎样生活就怎样生活的野女子。然而现在，如再那样，就不是洒脱，而是自私了！"也是啊，我们都是有负荷的人了，负荷着各自的家庭，各自的工作和事业。兴许是我的偏执吧，我说："设若这负荷超过了分量，如蜗牛背负天空，既苦又累的，而且苦和累又无尽头，人活着又还有什么意义？"你认真地听我说完，便抬起头来，极目望着海天接壤的远方。天是湛蓝的，海是湛蓝的，蓝得使人炫目。几只矫健的海燕，似是从海天接壤处射了过来，潮水推搡着海浪，一路洁白的花朵涌了过来……我知道，你并无闲情欣赏这海天的景致，而在思考着有关人生的课题。这样的时候，你果然说话了："打个比方吧廖大哥，比方一棵树，你说是结满果实好呢，还是洒脱得连一颗果子也不结好？"我苦笑着点了点头，又摇了摇头，确实是找不出合适的回答你的言语。

你正是沉浸在结果的境界中吧。那么，我告诉你：结果是幸福的，同时也是痛苦的。

海风轻拂，你额前的刘海飘呀飘的，我突然发现，你是那样的美，这美是圣洁的，能抵御任何的不怀好意和邪念，却同时也是一种诱惑，诱惑着真正的爱美的心驰神往。我于是再一次举起了相机，把你，连同你身后镌刻着"天涯海角"字样的巨崖也一并摄入了镜头……

是的，时间过得真快，那次笔会分手后，已是整整四个月过去，但是，湛蓝的无边无际的大海，那无风也会骤然间奔涌过来的洁白浪花，那多姿多彩的小贝壳，那镌刻着"天涯海角"字样的青色巨崖、那在阳光下闪着光亮的松软的海滩，以及你的穿着一件白底子、蓝绿色叶形图案连衣裙的倩影，却无时不蔓开在我的眼前……

原谅我吧，请原谅我依旧地展纸握笔的时候，天涯海角的浪花又一次溅湿了我的稿笺。

心　语

想你的时候，心里是酥酥地甜呢。雪花曼舞的齐鲁，是一派银装素裹的世界，那冰清玉洁的雪的覆盖下，黑色的厚土中当然是有着胸怀大志的种子在筹划春天吧。却是不知道你的母性心灵的世界中，现在正缭绕着怎样的思绪。不知道，我才拿起了话筒，指头按着通向你的直拨电话号码。说什么江河迢遥，千里万里是在瞬间就变得咫尺般近了的。你的声音飘过来，依旧是纯银般响亮呢。这世界也真是小得出奇。

仿佛就是昨天，我们应邀参加全国编辑作家的一个笔会，在海口的望海楼相聚，还记得我们坐在沙发上，喜笑颜开地让摄影专家兼美术大师的刘淳为我们拍照吗？当然，心里是有几分顾虑的，彼此都已成家，你是丈夫的贤淑妻子，我是妻子的可靠丈夫，又怎么能在这天涯一角的宾馆里男女肩挤肩让人拍摄成“天生的一对”呢？开放的刘淳就笑我们：“心中无邪气，怕什么！都是朋友一场嘛。”是的，我们是朋友。“朋”字是一对明月，光明磊落，相辉相映哦。

可是，在电话中，你说：“那天，收到你的信，我愣了。”愣了吗？我在信里头，都写了些什么？我们都是过来人了。你的丈夫及小女儿不会允许你再与他人谈情，我的妻子及儿子也不会允许我再与他人说爱，但是，难道我们就不可以有情谊和友爱吗？我们的所作所为包括所思，是无论如何也可以向家人交代的。静静地回想一下，那封写给你的信中，也只不过是表达了一份作为男子汉的歉意。那天，笔会结束，你要去你的齐鲁，我要回我的湘中，可偏偏你又是第一批离开海岛的，得乘轮船过海，还要转湛江签证列车票，一个没出过远门的女儿家，胆怯是可以理解的。我当然就有理由担负起做老大哥的责任，答应要送你去湛江，但是，阴差阳错，你还是独个儿上路了……

唉，过去了的，已难追回。这一份歉意，也就是永远的了。你所说的愣了，是不是从来就没有想到除你丈夫以外还会有谁愿为你尽一份男子汉的责任吗？四海之内皆兄妹。我们，即使是陌路相逢，也应该是相互关照，彼此爱护才对。是啊，我才不管你为什么愣呢。我行我素，就如阳光温暖大地，她是从来就不会去管大地将作何感想的。在女儿家面前，男子汉，本就应该是太阳。

长途挂断了，在办公室里，我独自在作着心灵的倾诉。冬日的阳光，透过窗玻璃，一样能给人温暖的感觉。此时，我的心中，也有着暖暖的阳光呢。但愿这份光热，能够穿透时空，照在你的雪花曼舞的齐鲁，让你，享受着一份自南方湘中而来的温暖。

生命中那时光

没有台风路过的海南岛，虽然已进入冬季，却依旧如盛夏般燥热。这一日九时许，同来参加海南岛笔会的文友们一个个都忙着上路，各自赶往小别的家中去。竟也奇怪，大家相聚一场却为何无人吟诵起唐代诗人李商隐的“相见时难别亦难”的《无题》诗呢？

不多时，你终于开口了：“送送我好吗？送我到湛江火车站去。”你是参加这次笔会的迟到者。迟到了，并且不声不响的，腼腆如同一位村姑。当真就有人打趣着为你起了个绰号，叫你“山东土妞”，却不知为什么，我似乎就格外看重你这位来自齐鲁的“土妞”。看重你的朴素无华，看重你的淡泊宁静。于是，有一回我就开玩笑地对你说：“山东土妞，有人在追你呢！”只是没有告诉你，那追你的，就是我自己。我来自你千里之外的湘中，应该说，我家乡湘中的黑土地，想是与你的齐鲁厚土一并肥沃吧。那么，既然土地是我们共同的母亲，彼此的亲近，便是理所当然了。

我确实是应允了要送你的，替你提携行囊，伴你过海去湛江转乘往齐鲁方向的列车。而后再回海口等待那每隔三日才有一班次直抵长沙的飞机。可为什么就在我正与宾馆服务员交涉寄存行李时，你却已唤了一辆“的士”，独自起程呢——你莫非是以为我在犹豫，以为我在逃避，以为我不愿意担当起做老大哥的那一份责任？抑或是你突然意识到了自己的怯懦，没有能力割断万缕离愁别绪，才于我转身的时候匆匆远去吧。

是的，你已经踏上了归途这是无法否定的事实。你将独自提携着两个又大又重的行李袋去挤海轮、去转汽车，而且赶到湛江后还得淹没于人海去签证列车票这是无法否定的事实。却不知道，就在你踏上去海滨码头的“的士”即将别离我们共聚了六个昼夜的望海楼宾馆的那一瞬间，是否也感觉到了几许莫名的惆怅？

我是不应该去寄存那些毫无价值的行李的“一诺千金”，我不应该忘记那句古语。

但是，有一个细节你也许无法想到。那就是当那位与宾馆服务员交涉过并且风风火火赶到大门口欲送你去湛江的自以为很有责任感的男子汉，发现你已经乘车离去时，他一时间简直就成为木偶了！木木地伫立于宾馆的门口，往来穿梭的“的士”他看不见，进进出出的红男绿女他看不见……1分钟过去，10分钟过去，他突然转身箭一般向望海楼宾馆的第12层平顶，去辨认去寻觅你所乘船过海的那个港口码头，他是想过立即叫一辆“的士”去追赶你，可又不知海口的几个码头中你已去了哪一个。

“他”就是我呀——知道吗，你这齐鲁的“土妞”。

有风拂过来，风也是燥热的。这个被快节奏烧灼着也被金钱烧灼着的海岛，日里夜里一年四季燥热又嘈杂。而这样的时候，你的齐鲁大地被皑皑白雪覆盖着，满目玉树银花的世界那是一定的。仅为此，我也就无法抑制自己男子汉的渴望，喃喃地说：燥热的心将禁不住诱惑，准会生出翅膀来，穿越过重重关山，随时都有可能落入你家窗前的某一株玉树筑巢呢。

生命中假若真有如此时光，我将不会再感到负疚。

孤独的时候

写下这个题目，我自己也笑了，是一种苦笑，又不全是。我毕竟也有了想家的时候。在此之前，我对家的概念是有了淡泊感的。虽然我早已是妻子的丈夫，是两个孩子的父亲，妻子随我从农村进入县城，解决了吃城镇粮的户口，在一家国营旅社做服务工作。一儿一女，是八年前我们夫妻俩在农村时就出生了的，女儿大岁半，十岁了，儿子八岁出头，都在县城的学校念书。也难说不是因为自己能写出些文章来在报刊发表，并且成了中国作家协会一成员，有了荣誉也有了地位，就渐渐地与文化素质相隔甚远的妻子产生疏远感了，因此，就总想找借口寻机会离家出差。

现在，我就客居在新潮的海口市。

我是应邀来参加海南笔会的。这个闻名遐迩的宝岛，果然风光无限。不管这里的工作和生活怎样地被快节奏所激荡，单说自然景观，那伟岸得雄性十足的椰子树，窈窕得少女般秀美的槟榔树，也就足以惹得人迷途不知返呢。

然而这里毕竟不是我的家，也就是说：我想家了。

有一个过程是无论如何也不能省略的。新朋旧友相聚一起，谈过去，谈未来，谈文学艺术，也谈男女情，无论去工厂去风景区或采访或参观，无论是白天还是夜晚，都充满着一种难以忘怀的幸福的感觉。但是，月有阴晴圆缺，人有悲欢离合，一个星期过去，笔会临近结束，热烈的情绪冷落下来了。离别前的那个夜晚，与会者谁也不想入睡，所谈论的话题又无不充满着那种“相见时难别亦难”的伤感情调。也就是在这样的时候，突然就有了一种想家的情绪袭击着我，那情绪凉凉的，直渗入我的心肺以及骨髓。哦，外面的世界真精彩，但那只能让旅人观赏，而不能久驻，旅途中虽然也会遇上一见如故的知己，但由于时间的短暂，而最后不得不挣断情丝，分手道声再见。唯有家是依旧的，依旧地坐南朝北或朝西坐东。你在外得意时，可以把它完全忘却，而一旦你落魄他乡，首先想到的又不能不是那个依旧的家。

但是，家在千里之外，千里之外的家中有我的妻子，有我的儿女。虽然与妻在一起，也常会有不愉快的事情发生，但风雨过后，毕竟是晴朗的天空。唉，如今，家离我很远，晴朗的天空离我很远。与会者们都走了，各自回到了自己的家中去，独我仍留在这座孤岛上。直抵长沙的飞机隔三日才有一班，我还得在他乡客居两日。我只能在煎熬中等待着，只能在煎熬中独饮孤寂的苦酒。尽管东道主中的朋友也在慷慨着友人之情，不时来陪我，不时打电话来送我一份慰藉，并且还邀我到她的家中做客。但是家是她的，她有自己的丈夫，有自己的工作。孤寂中，我是感到一种被抛弃的痛苦了。痛苦地，我终于意识到，唯有家是温暖依旧的。

所以呀，我又一次重复着说：想家了，我要回去。

无所谓的刘淳

早就想写一写你了，刘淳。

写你的热烈、你的潇洒、你的逸出正常轨道的言行、你的对朋友的真挚与坦诚……然而，所有这些，我似乎都很难把握准确。不过你已经三十八岁了，长我两岁，这倒是无疑的。

我想，我们都不会轻易忘记那座连冬季也并无寒意的海岛，感谢那座海岛上的一家报社，是他们组织了一个叫“全国作家、编辑海南笔会”的活动，我们就是在这一活动中认识并成为好朋友的。刚接触你时，第一印象很是滑稽：武高武大的你，一脑壳披肩黑发，一撇钢刷子般的八字胡须，变色镜后面藏着一双深不见底的眼睛。左瞅右瞧，无论如何也是一名“劫机的逃犯”。你却不以为意地一笑，说：“像一逃犯吗？我无所谓！”

其实，疑犯还挺害怕你的。在几日后的一次闲谈中，你们副总编张发告诉我，刘淳这人，正义感极强。有一次，他从北京乘火车回山西，车厢里有名歹徒欺负一老汉，是他从满车厢目瞪口呆的乘客中挤上去，抽出腰间皮带啪啪就是几下子，打得那歹徒抱头鼠窜，溜之大吉，车厢里有人咋舌说，要是那家伙邀了同谋来报复你怎么办？然而他只是淡淡一笑，我无所谓。

虽然你只是山西《黄河》的一名美术编辑，但在编辑部或在编辑部以外，你的人缘却特好。我就想：编辑部的同行们看重你，是因为你有着良好的艺术素质吗？你曾在北京、上海都搞过个人画展，曾在一月里利用业余时间创作发表好几册连环画，你所设计的杂志封面风风光光，叫同行们赞叹不已。那么，编辑部以外的人们尊重你呢，就一定是你的待人真挚、坦诚，对义气的披肝沥胆所获得的。是不是？

我便老老实实地成了你的俘虏。

忘不了那次在金盆酒楼聚餐时你的精彩表演。

在那次聚餐上的酣畅处，组织者吕爱明副指挥长以东道主身份讲话了，一手举杯，一手接过话筒，他大声地说："作家们、编辑、记者们，感谢你们从全国各地来海南做客，今晚，作为东道主宴请各位，请各位同干一杯！"杯盏响过，没想到你刘淳就挤上前去，向吕副指挥深深一个鞠躬，并且要过话筒，很是诚恳地说："谢谢！谢谢！"复又是一个鞠躬，你接着说："请允许我，代表在座的这一帮子作家、编辑、记者哥们、姐妹们，为吕副指挥长献上一支电影《红高粱》中的插曲——《妹妹你大胆地往前走》。"

雷鸣般的掌声中，你的歌唱更是动地般响亮：

妹妹你大胆地往前走
往前走，莫回头
通天的大路
九千九百九十九啊
…………

抖擞中，你的长发飘洒如旗帜，你的红色T恤衫像一团熊熊燃烧的烈焰……我是真正地服你了，全场人是真正地服你了！就连酒楼的女士们也按捺不住激动的情绪，将一束又一束鲜花献了上去，将一杯又一杯美酒献了上去，你接过鲜花抱进怀里，你接过杯盏仰头痛饮……风流倜傥，潇洒豪放，刘淳，你是到极点了！

在乘车回宾馆的途中，大家一个劲为你喝彩，说你够哥们儿，说你为这次笔会争得了荣誉，而你却只是淡淡一笑，说："我清楚得很，你们当中，大多是诚心为我喝彩的，但也不能排除有人正在心里骂我刘淳出风头呢，然而，我全无所谓！"

笔会临近结束的那个夜晚，其实你是很不"无所谓"了的。你在心里，一定正反复吟咏着李商隐的那首《无题》诗，是吗？

相见时难别亦难

…………

当然，不仅仅是你，还有我，还有来自江苏吴江的青年诗人荆歌，也还有东道主中的王子君小姐……我知道，在几日的笔会活动中，你与子君小姐双方是很有些情意的，然而时光无情，明天，你就得离别这座热岛，告别子君小姐……于是，这最后的一个夜晚，就显得尤为珍贵了。那晚，子君小姐没有回报社去睡，就留在宾馆里与来自内地的女编辑做伴。你当然最清楚子君小姐是为谁留下的，也就有了那一夜整整一半时间你寸步不愿离开地与子君小姐扯那些无非是男女情爱的闲谈。扯着，聊着，不觉已是更深夜半。很是大家闺秀的那位内地的女编辑就有些胆怯了，说："刘大哥，都什么时候了，你还不去休息啊！"你却大智若愚地笑笑："我无所谓。"

但你毕竟是回到自己的房间了。

这样的时候，子君小姐一定是辗转反侧不能成寐的，而你的房间里，也就适时地飘出了一支如泣如诉的山西民歌。

其实，那一夜，外面是有着如水的月光呢。可月满则亏，第二天共过早餐，大家便各奔东西了。子君小姐就如同热岛上一棵窈窕的槟榔树立在宾馆的门口，用一双潮湿的目光注视着我们远去。我其实是很诚恳地对你说：“刘淳，心有些抖吧！”你却依旧是那句口头禅：“我无所谓。”并且挤眼一笑，果然笑出很是轻松的样子。

你真是那么轻松吗？但我说，轻松不是你刘淳。

回家几日，我便收到了由你设计封面的《黄河》，厚厚的，有着224个页码，是那种大家气象的杂志。当然，先睹为快的，还是来自山西的你的书信，信中说：北方很冷了，每至隆冬，便气温骤降，寒风卷着黄沙铺天盖地刮来，太阳像个蛋黄挂在空中，散发着一点微不足道的热量，我们常就是在这样的环境中生活。望着窗外那灰蒙蒙的一切，我心中顿觉苍老万年。

这寂寞无言的黄土高原。

…………

读着你的这封信，我还能说什么呢？我只能说：刘淳，你一点也不是个无所谓的男子汉哪！

能不忆江南

摆渡的机船悠然离开青青条石铺成的码头时，资水江南，你是否又在我的眼前溜开，成为渐去渐远的一段往事了。

唯有记忆不会轻易地溜走。

曾记得，我还是一个稚童的时候，就去江南生活过二三年光景的。江南的吊脚木楼，江南的青石板街道，江南的茶庄酒肆饭馆等，组成了她独特典雅古朴的一幅风俗图画。然而，遗憾总是有的，那年月，正值国家最困难的时期。茶庄酒肆饭馆等这类古风犹存的店家，均已门庭冷落，唯有渡口码头近旁一家米豆腐铺的幌子下面偶有三五行人。

店主是一位杨柳身段的美少妇，腰系一条洁白围裙，头戴一顶蓝色遮灰帽，尤显得秀美中添了几许朴素。听得有船靠岸或有脚步声走近，她就总会软软款款地吆一声："喷香嫩白的米豆腐呐！"那时候，在外行医的父亲，嘱我和后妈为伴，就住在江南镇街尾处一栋吊脚木楼中。有风拂过来，我也听到卖米豆腐少妇软软款款的吆喝声了。咽了咽口水，我跟后妈说："妈，我想吃一碗米豆腐。"当然，多数时候是不能如愿的。但倘若后妈心情好，她也会很爽快地从衣袋中掏出一毛零钱给我，末了吩咐一句："你要快去快回呀！"快去是一定的。我一路小跑着，任青石板"空哐"的回音在身后缭绕。那米豆腐，果然是喷香喷香呢，而且辣味极足，嗖嗖嗖一碗下去，似乎把舌头也吞进肚中了。用手抹抹额角，甩出一串串细细的汗珠，这样的时候，卖米豆腐的秀美少妇就望着我笑，那一双水汪汪的眼睛好像在说：“呃，小伢儿，还来呐！”

然则，并不多久，因为生活困窘等缘故，我与后妈便也一并回到了老家井湾里。

再度到江南来，已经是数年后的事情。

我是以一位文化人的身份重访江南的。那时，安化的文学创作正处繁荣时期，因我在县文化馆担任文学专干，又获得省作协会员资格，组织上故委托我举办一期文学新秀创作笔会。倏忽记起江南来，心随意念所动，我便自作主张将近三十名业余作者领入了江南，领入了这幅由吊脚木楼和青石板路及茶庄酒肆饭馆所组成的独特典雅古朴的风俗图画中。常相忆，是江南。即使是当初的那群曾一度狂恋于文学的年轻朋友日后已各奔前程，渐渐离文学远去，但是，我们偶尔碰面谈起江南时，依旧是一副神往的样子。

岁月同资水匆匆流逝。我复又沿青青条石铺成的码头拾级而上，进入资水江南街道时，已是1993年的一个早春日子。江南沿河街的吊脚楼因毁于一场火灾，已然只能在记忆中依稀，取而代之的全是一色的红砖楼房，三层、四层、五层，参差有致，昔日能叩出“空哐”声响的青石街道，也一改成为宽敞坚实的水泥路面。江南，你这看似只能供人以温饱的小镇，却原来也蕴藏着无穷的潜力哦！

我与同行的陈君漫步在街头巷尾，意欲寻找昔日的茶庄饭馆米豆腐小店及卖杏花的娉娉婷婷的江南女子。然则，江南的美名依旧，而茶庄饭馆米豆腐小店及卖杏花的女子却不再是依旧的了。那一块块巨大的塑片招牌上，颜体柳体字迹或烫金或镀银，无不显出一种富丽堂皇的气势，那迎面而来的或三或五一群的江南女子，穿高跟皮鞋，着长呢风衣，典型的现代摩登派头，又令人不由得生出一种无论如何也是行走在大都市中的感觉来。哦，江南，我还以为你当真是一个以不变应万变的原始古朴镇子呢，没想到，你静时，似处子，而动时，又如脱兔，你的变化也真快啊！

江南好，但我毕竟只是匆匆过客。第三日下午二时半许，我与立志于在春季内考察完资水两岸民情风俗的陈君，不得不又蹬自行车前行。行时，该区新任区委书记与区长等，执意要送我们至横渡码头。交谈间，他们颇为乐观地告诉我，不出一年的江南，将会有两条公路修成。一条直抵南面的邻县桃源，一条沿江而下直通小淹，从轮渡而过，便可并入省道长安公路，那时，这个原先只局限于水路的江南，理所当然就会有着客班车通往益阳，通往长沙乃至更远的地方了……

哦，资水江南，加上四个轮子后，你的变化不是会更加神速？那么，待我再度重访你时，你又将会展示出怎样的一幅全新图画令我激动呢？

小镇的悲哀

时间如流水，不舍昼夜，屈着指头计算，告别你，已经是一月有余了。关山阻隔，音讯杳无，唯有根植于心的记忆之树，是依旧的葱郁。

你告诉过我们，你就生长在那个小镇。那么，你姣好的容貌、你的聪颖，是得益于这青山秀水的陶冶，那是一定的了。小镇是确实小。一字儿排过去，依山傍水的三十几户人家，屋檐衔紧着屋檐，开一样的雕花窗子，贴一样的对联于中堂两侧的“宝贝柱子”上，跨门槛而出，是一色的青青石板路诱人脚步……

那小镇，叫泊溪镇。

完全是因了你的指引，我们才得以结识那个小镇的。一月前，我们一行九人，受命为开发素有高峡平湖之称的柘溪水库旅游路线作考察，在你如今生活着的西坪镇住了下来，就住在你工作着的冷饮店近旁的镇招待所。那日，太阳很烈，气温很高，我们一行人从拍摄完景点回住所时，走着走着，便走进了一片清凉的天地间。这样的时候，就有脆脆的声音款款地飘过来：“要杯冷饮吗？有冰淇淋、冰牛奶，还有绿豆稀呐！”举目循声，眼睛就一亮，几乎是同时，我们回答：“来碗绿豆稀吧！”绿豆稀是西坪冷饮店的代表作，就如臭豆腐是长沙火宫殿的代表作一样。在当时，我是有了几分惊讶的。西坪这地方，我也是来过的，怎么以前就没有见到过你这位秀美娴静的女子呢？怎么我们就没有想到在拍摄景点时，请一位如你一样浑身透着灵气的女子当模特装点风光呢？你的一对大眼睛，明明亮亮，似蓄着两汪秋水，一头秀发，用一条小小花帕随意束着，如瀑而流泻脑后，均匀而修长的身段，是无论如何也能让人联想起杨柳的婀娜来的。还是东道主龚镇长善解人意，当即拍板，把你借调进我们的考察队伍中。

于是，便有了两日的结伴同行。

你的落落大方，你的天真活泼，为我们在这柘溪水库西段的考察增添了欢乐和色彩。然而，欢乐总是暂时的。两日过去，第三天一早，约定出发的时间到了，你却没有如约前来，全体同仁，顿生了失望与惆怅也是可想而知了。

但是，有一点我们是万万没有想到的。那便是，百灵鸟样快乐的你，心的深处，却是蓄积着无边苦水的。你才满十七岁，正是春花争艳时节，却已经为人妻将近一年了。丈夫长你十岁，是这西坪镇上一家小厂中腰缠万贯的推销员。有钱当然是值得称道的。然而，他不该集酗酒、打牌、玩麻将于一身，更不该度完蜜月后便很少对你有过体贴、关心和恩爱。有苦难言哪。

当时，我就这么推想，你之所以没能如约前来，一定是你那位财大气粗的丈夫，得知你与我们一行人结伴旅游考察后，便醋意顿生，并且还扬言，你若再与我们往来，就要打断你的双腿。

那么，你是鼓足了勇气的，是不是？我们启程出发，走了一段路程，你的款款的脆脆的声音终于飘过来：“呃，等一等我。”大家当然紧刹了脚步。聪颖的你依旧一脸笑容，说：“对不起，家里有事，不能陪你们去考察了，真对不起！”顿了一顿，你又说：“我娘家在离这儿四十里远近的小镇泊溪，虽是乡村小镇，风景却很美呢！”完全是一副神往的样子。我突然发现，你明明亮亮的一双大眼睛深处，是有着淡淡哀愁的。于是，我又反复推想，你当时听信了那位推销员的“甜言蜜语”，与他结伴走出生你养你的小镇泊溪时，做母亲的一定是摇头叹息过的，并且生气地骂过你，说：“要走就走吧，今后莫要再来泊溪了！”

是不是为了还一种心愿呢？我们一行人，毕竟是来到泊溪小镇了。确实，小镇泊溪无论如何也是个风景秀丽的地方。遗憾的是，在这风景秀丽中长大的你，却去了他乡。或许，当时你是满怀着希望和向往走出这个乡村小镇的。希望明天更美好，向往外面的繁华世界，这不是你的错。

我多么想大声地呼唤：小妹妹，快回到你的风景秀丽的小镇上来吧！

那瀑布没有名字

那瀑布没有名字。当地人也就从未向外面世界宣传过。那天，我是鬼使神差般寻找到那挂瀑布的，见到了，就激动不已，为一种大美而激动，但倏忽间，有一种忧愁却在胸壑间弥漫，久久地弥漫……

那大概就叫作美丽的忧愁吧。

我供职在小小县城，整日里被单位上的琐事及一些社会活动纠缠着，不可开交。心烦是很有缘由了。好不容易钻了个空子，说是回老家探亲，便一走了之，安步当车，跋山涉水，信马由缰地在这湘中偏西处的崇山峻岭间闲逛。就在一个名曰“神仙台”的高山村寨里，我与那一挂瀑布相遇了。

神仙台是一个生产作业组，坐落在福寿山以北的半坡上，由八户胡姓人家组成。这地方不通公路，我是沿一条青石铺就的小径七弯八拐地走向神仙台的。刚踏上那条小径的时候，我就觉得奇怪，想，怕是误入了神仙境地了吗？要不，这样的荒山野岭中，怎会有如此一条青青石板铺就的道路？路很陡，山很高，走着走着，腿脚酸软了，举目远眺，只见一角木板屋半藏半露在白云深处的树木中呢。就驻足，还是歇会儿再走吧。这样的时候，就听见牛梆声了，有牛就有牧牛人，那是一定的。但没有想到，牧牛人是一个年少女子。窈窕的身段，着粗布衣衫，系一条绣花短腰围，一对大眼睛，黑而亮，弯弯黛眉，如远山逶迤，尤其是清秀的脸庞，白净中透出红晕，漂亮美丽是到极致了。在心里，就暗自以为，是不是遇见“山妖”了？见我傻怔着，那山女蝶儿般掠过来，问：“这位大哥，是来我们神仙台走亲戚的吗？”我忙说不是，并且坦诚相告，我是利用假日随便来山寨走走，散一散心的。她就咯咯地笑了，脆脆的声音，纯银一般。她说：“你们城里人，真怪！”她一定是从言行举止中辨认出我的身份了，目光清澈，是休想在她的面前心存些许邪念的。她接着告诉我，前几天，也来过一位城里人，是位画家，来神仙台写生，就住在她的家中呢，尽画些山呀水的，还偷偷地画过她，被她发现了，要那画家把画像还给她，可人家说，那是艺术……她说着，眼神中放出熠熠的光彩，秀丽的脸庞，也溢出了羞怯呢！

我为那位不相识的画家庆幸：他是很有眼力的。

那日太阳西斜的时候，我在山寨中安顿下来。我还从未曾见识过这样的山寨呢。高高的木结构楼房，屋檐衔着屋檐，盖一色鱼鳞青瓦。楼下没装板壁，堆放着些农用杂物，但每间都有一张小小梯子，攀梯而上，便是安适洁净的住房。正觉新奇，一老者告诉我，早年，这地方常有野兽出没，他们的前辈才想出了这么个建造房屋的法子来，适者生存嘛。

寨子中人是极好客的。包谷烧很醉人，野味使我胃口大开，山歌和情歌，又让人久久不能入睡。怕是夜半更深了吧，人情味十足的山寨才平静下来。月色朦胧，树影婆娑，许多的人间美梦，不正是在如此的氛围中酿成的吗？但就在这样的时刻，我的听觉却被一种天籁般的音响所牵系。那音响，若有若无，似从遥远处传来，又似是从自己的体内发出。也不知哪来那么一股勇气，我居然翻身起床，独自攀梯而下，鬼使神差般觅那音响走去。

依旧是青青石板路，依旧是左拐右弯。

走着走着，那若有若无的音响就声声入耳，很是真切了。我是有了些激动的，朦胧的月照下，一带清亮的山溪沿山湾蜿蜒，但到了一峭壁处，已无路可遁的小小山溪，却没有犹豫，没有胆怯，而是义无反顾地纵身一跳，跳入了峭壁下的深潭。也就是这纵身一跳呀，跳出了小小山溪的大美，跳出了小小山溪的大智，山溪，就此一跳便得到了升华！难道不是吗？神仙台的山是高大的，因为高大，更显示出刻板和泰然自若，亘古不变的傲慢样子。唯有这一带小小山溪纵身一跳，所跳出的瀑布，才如此地鲜活，如此地生机勃勃，如此地令人激动和引入沉思。

那一夜，我是有了一种预感的。

果然就有了事情发生。第二天一早，我被山寨中人们的喧闹声惊醒，忙趿鞋凭木楼的小窗朝喧闹的人声处望去，只见山寨中男男女女比比画画，似是在声讨哪个大逆不道的贼子一般。我正欲下楼探个究竟，房东一小青年匆匆攀梯上楼，并且朝我使着眼色。我忙问他："小老弟，出么子事了？"小老弟铁青着脸，附耳告诉我，是来他们山寨里的那位画家，昨夜里和这山寨里一女子私奔了。

这神仙台的大山，却泰然依旧。

但是，这大山中的小小山溪是不会止步的，即使前面是峭壁，是深潭，也会义无反顾地纵身跳去，跳成一挂令人激动和引人沉思的辉煌瀑布。

那石峰已经坍塌

山，苍郁青翠；水，明亮秀丽。青山丽水，围紧着小小一个寨子。这是一个美若泼墨山水画的地方。是不是鬼使神差呢？有一天，外面繁华世界的一位年轻诗人，忽发奇想，沿着湘中偏西的方向行走，跋山涉水，来到了这个地方。这里是安化、新化、溆浦三县的交界处。

寻找灵感的诗人却来了。

他来了，不仅饱览了这地方泼墨画一般的山水，还发现了这泼墨画中的一座秀美石峰。那石峰，起初是被晨雾裹着的，渐渐，晨雾由浓变淡，石峰就显露出轮廓了——那活脱脱是一位少妇望夫的传神侧影啊！她站在高高的山顶上，似乎是踮着脚尖的，似乎是微微前倾着身子的，那渐渐淡去的晨雾，是她顾不得羞赧急切切撩开的面纱呢。诗人不禁惊呼：造物主真是鬼斧神工，竟造出了如此大美的艺术！

他夺路而走，直奔高高山顶上的那柱石峰。

路很陡，也很窄，并且，有茅草簇拥着，有荆棘纵横着。但是，诗人却如履平地一般，很快就赶到那柱石峰的面前了。他是深深地感动了的，热血沸腾着，胸壁肿胀着，是想替这柱望夫石大声地呼喊吗？水珠一滴接着一滴从石峰上滚落，落在诗人的脸庞上，滑入诗人的嘴唇中……咸咸的，莫非是望夫石流不尽的相思泪？

山风拂过来，他是感到了寒意的。

也就是在那日返回途中，诗人与这寨子中一位美丽绝伦的女子相遇了。那位女子，他似乎是见过的，尽管他明明知道自己的阅历中从未曾遇到这么美艳的人儿，但他却在心里说道：我遇见过，在梦中。他是写过上千首诗歌的，写过高山，写过大海，也写过男女恋情，然而，就在此时此刻，他却是实实在在地感觉到文字原来是这般没有力量，完完全全地，不知该用怎样的文字来描述那女子的美艳才恰如其分。诗人只“啊”了一声，从此，便愁肠百结，便不思饭吃、不思水喝，便坐立不安，便魂不守舍，便昼夜颠倒！

如此苦苦地熬了数日，诗人终于鼓足勇气，虔诚地向那位女子求婚。那女子亦是动了真情的，为诗人的虔诚所动，为诗人的才华所动（诗人把随身携带来的自己出版的诗集送给了她），但是，她最后却只能是摇头，只能是紧咬着嘴唇，任苦涩的泪水满面流淌……诗人是没有想到的，这寨子中有个祖辈传下的规矩：凡本寨男女，皆不许与外面世界人通婚联姻。实在是别无选择了，于一个月黑风紧的夜晚，这对被爱情之火烧灼着的年轻人，冒死私奔……

然而私奔未遂，那女子被寨子中人带回来了……

时间的流逝，不舍昼夜。站在高高山顶上的那柱石峰，却不知是何时何日，遭到了巨雷的轰击，已经坍塌。唯有山脚下结庐而居的一白发孤寡老妪，尽管已苍苍老去，双目却依旧明明亮亮的，明明亮亮，似充满着永恒的期待。她的体态，她脸孔的轮廓，是无论如何也能让人感觉出，当年的她，是曾经拥有过怎样的沉鱼落雁的容貌哦！

相 思 鸟

故事的主人公其实是我师兄。

那一年，我们这支乡村基建队，在资水江畔一小镇上做着建筑房屋的包工活。小镇交通很不方便。没有公路。铁道也只擦了点边，眼睁睁看着喷吐烟雾的列车从黔岭那边呼啸而来，又直奔雪峰山那边逶迤而去，总难得有停靠的时候。唯一的交通工具就是船。闭塞和守旧那是无疑了。

可师兄说，这样的小镇多着呢。

师兄是位业余诗人。能把诗写得极有个性，极有抒情意味以及深含人生哲理。在一首《鹰说》中，他如此写道："鹰的翅膀是无限宽广的一条路／鹰翔动着，道路就延伸着／而且鹰从来就很鄙夷道路的平坦／它只须轻轻一跃／就绝对地能够超越一切固有的模式／无路之路，正是鹰之坦途／……"兴许，师兄就是那只鹰吧。

无论如何，师兄也是我心目中的偶像。

师兄是个很有闲情的人。每日里下班回工棚，吃过晚饭，很严谨地洗漱过，便总喜欢散步到江边欣赏傍晚景色。小镇的街道，铺着一路青青石板，两面是屋檐衔着屋檐的高高木屋。在这样的街道上行走，师兄的一双响底牛皮鞋，就常常叩出声声紧或声声慢的诗韵来。

江是资江，景色是美到了极致的。清晨，江面上水汽忽聚忽散，袅袅成海市蜃楼景致也不是没有的事。然而我们很少有机会去欣赏江面的晨景。下班后来到江边，就已经是傍晚时分了，坠入江底的夕阳，只留下一袭余晖织成的彩裙，任江波濯洗，却亦是很美很动人的一种境界呢。

我们就倚着江岸边一株板栗树站定，常常地，一站就是几个钟头。心是被美丽动人景象陶醉了。那株板栗树，一定是很有些年纪吧，我同师兄联手抱也抱不下来。然而，苍翠浓绿的婆娑叶丛中，却有着板栗花开得很旺盛。江风轻拂，板栗花的土腥味就会浓烈地扑过来，很是有些呛人的。淡淡的乡愁就弥漫于心了。记得在家乡劳作时，大人们是极喜欢唱山歌子的，有一首山歌子就与板栗树关联着，曰：板栗树开花／一根线罗哦嗬／我与那个姣莲／一线罗嗬牵／姣莲想我／望穿眼罗哦嗬／我想哩咯姣莲／忘插罗嗬田……嗓音嘶哑的农人，却也能把山歌子唱得缠绵悱恻的。忽然就想，师兄是不是也会唱这样的山歌子呢？侧头望师兄时，才知他根本就没有把目光投注江面，而是痴痴地望着板栗树左侧傍江而立的那一栋吊脚木楼。哦，师兄，吊脚木楼里有着怎样的风景？

循师兄的目光望去，就见那吊脚木楼里凭栏而立的一位女子了。那女子，怕只有十八九岁年纪吧，窈窕的身材，图画中奔月嫦娥似的脸庞和眉目，难怪我的师兄是用了如此深情的目光在望着她呢。其实是相互凝望。只是，那女子见我举目过去时，便转过了款款凭栏的身子，装成欣赏江面景象的模样了。

师兄是称得上男子汉的那种人。一脸的络腮胡，透出几分野性。而厚实的嘴唇及耸直的鼻梁，又分明显出沉稳和刚毅，加上常年来钟爱诗歌而养成的特殊气质，很有魅力那是一定的。这样的时候，师兄故意咳了一声，我就看到，那女子匆匆投过来的一瞥是蕴含着不尽言语的。

夜一定很深了吧，那女子早已经进入闺房了，唯有花格子窗户内的剪影美丽依旧。我提醒师兄：“我们回去吧！”师兄却不应声。依旧地凝望着吊脚木楼的那个方向，似是作着一种深沉的思考。

一连许多个傍晚及夜深，均是在这种模式中度过的。

直到那一天，这小镇一阵激烈的鞭炮声响过，一顶花轿强抬着一位哭天喊地的女子走过，我的师兄，便再没有沿着青青石板路的街道散步去江边了。也就是从那天起，师兄的脸一直铁青着，师兄手中的砖刀狂舞着，师兄没有与我们一起吃饭……并且，一连许多个日子依旧。

饱经风霜的师傅是有了忧患的，但也只能是偷偷地摇着头，叹着气。他太了解自己这位徒弟的性格了，发起犟来，九头牛也休想拉得动他。那是不是为了给师兄一种启示呢？师傅把放弃了多年的捕鸟绝技也用上了。一个清晨，师傅独个儿踏路进了小镇后山的林深处，真不知他是想了怎样的法子，竟在不大的工夫内捕捉了一只小巧玲珑的鸟儿回来。那小鸟是令人疼爱的，浓绿的羽毛，如深潭的水色，细细眼睛中的双眸，却红红的，像是两颗小小的相思豆。这样的一只娇弱的鸟儿，虽被竹笼囚着，性子却刚烈出奇。喂食给它，不吃，喂水给它，不喝，只顾拼命地扇动着翅膀想冲撞出去，只顾拼命地撕开嗓音呼唤着救援……那啼叫声凄楚之极，简直是令人寸断肝肠的。奇怪的是，小镇后山林深处亦响起了同样的啼叫呢。这样的时候，师兄就停下手中的活计，从脚手架上奔扑过来，在鸟笼旁站定，痴痴地，含着一双男子汉的泪眼凝视着这只可怜而刚烈的小鸟。良久，师兄的眉宇舒展了一下，迅速地，把鸟笼打开来，那只小鸟终于是扑棱棱地腾空而出了。只是，从这以后，师兄就离开了我们，离开了基建队。

哦，师兄，你去了哪里呢？

师傅一定是知道师兄的下落吧，他一点也不着急，而且，我们探询他时，竟是答非所问地说：“那只鸟儿，叫相思鸟呢。”他还说，相思鸟是成双成对的，如果哪一天另一只不见了，它会不顾一切地去寻找……我发现，有两颗浑浊的老泪，从师傅的眼眶中滚落下来。

日月如梭。小镇上新建的房屋还没有竣工，小镇上的木板屋依旧呈一派老态龙钟的模样。

教师影集

由于家庭及社会背景诸因素，时值12岁的我便远离了校门，走上了谋生的风雨人生路。然而，无论是走向京都闹市还是穷乡僻壤，读初小时候的几位教师的身影，却时常地在我的记忆深处浮现。

——题记

漂亮的梁老师

家乡的学校，是木结构的，四蓬三间，高两层，左边添一个垛子。垛子是作厨房用的。一层是一、三年级的教室，二层是二、四年级的教室，全校百多名学生就聚集在这每层两大间的教室里，分别听四位教师上课。教一、二年级的，是两位民办教师，同生产队里的社员们一道记工分，一起分粮食；教三、四年级的，是两位公办教师，领公家薪水，吃公家粮食，并且，分别担任着小学正副校长。

我开蒙读一年级那个学期的期末，教我们的蒋老师病了，请假在家里休养，由他自己出面请了一位姓梁的教师代课。梁老师是没有教过课的，高中毕业后，由于家庭成分问题，从未主动去找过任何工作，就待在小镇唐家观，陪伴着老母度日子。这一次，完全是因为她原来的同窗学友蒋老师相请，才勉强填补这个空缺。

梁老师好漂亮噢。齐耳的短发，圆圆的脸型，修长的黛眉，闪闪的双眸……私下里，学校三、四年级的学生，都称梁老师为“神仙姐姐”。她的性格亦是很温和的，完全是那类话不高声，笑不露齿的古典型女子。上课铃响了，梁老师轻轻悄悄地走进教室，走向讲台，声音柔柔的，她说：“同学们好！”我们是怔了一会儿的，怔了一会儿，才异口同声回应：“老师好！”那样的时候，梁老师的一对眼睛中已经是盈盈地转动泪花了。梁老师上的第一节课，是专门为我们讲解“好好学习，天天向上”这八个字的含义。梁老师是很有功底的，粉笔字写在黑板上，一笔一画，全是丝丝入扣的样子。然后，她侧过身来，水汪汪的眼睛扫视教室一周，再从讲台的课桌上拾起教鞭，“同学们，”梁老师指着黑板上的字，“好好学习，天天向上，这八个字，读起来是很顺口的，写起来也不算太难，但是，要真正地理解它，真正地按照这八个字做，就不那么容易了。”停了一停，梁老师继续说：“比如这个好字是由一个女字和一个子字组成的，也就是说，我们女同学要学好，男同学也要学好。”

回想起来，在全班同学中，我是受惠于梁老师最多的一个。学校里，曾一度流行一种说法：老师最爱优等生。然而，梁老师对我的种种关照，又恰恰因为我不是优等生。我写字的时候，是从不按照正规笔画落笔的，上课听讲的时候，也总是一个人闷闷地低着头。梁老师发现了我的毛病后，不但没有批评我，还常常在班上表扬我的长处。每每在写字课中，梁老师就轻轻悄悄地走到我的身旁，俯下身子把着我的手一笔一画地写字。那样的时候，就总让人记忆起自己幼年时偎在母亲怀中的岁月来。

我的母亲，在我才刚满三岁时就离开人世的。也许正是因为这样，才从小养成了一种孤僻的性格吧。下课铃响了，同学们都满操坪地玩去了，我却总喜欢独个儿倚在校门口的那棵松柏树旁，默默地想着心事。没想到，这一切也被梁老师看在眼里了。很多次，她依旧是轻轻悄悄地走近我，或鼓动我去跟同学们一块玩，或给我讲一些远古的神话故事。印象中最深刻的一次，是梁老师指着我身旁的那棵松柏树所说的一段话。松柏树很高大，高得超出了学校的屋顶，大得双手合围也抱不下来。树干是棕红颜色，树冠四季常绿，绿得凝重，绿得深沉。就指着这棵大松树，梁老师说："十年树木，百年树人，一株幼苗，长成一棵大树是不容易的，成为栋梁就更难了。树木需要养料，这就要求它必须把根须深深地扎进泥土，同时也需要阳光和雨露，这就要求它必须把每一片树叶伸展开……"虽然半懂不懂，但我幼小的心灵中，是充满了感激的。

沉默了一会儿，师生俩就抬起了头来，举目望着蔚蓝的天空。那样的时候，就看见一抹洁白的云影在缓缓地飘移，飘移至太阳的近旁，那一抹洁白的云影，渐渐地就被太阳的光芒染得鲜红鲜红了。在当时，我确实是发了奇想的，想把那一抹云彩裁下来，为关心和爱护我的梁老师做一件霓裳，那该是多么地漂亮噢！

陈老师爱弹粉笔头

读初小二年级的时候，我们班换了新老师。新老师姓陈，其实就是本地人，并且，一样是个民办教师。与教我们一年级的梁老师不同的是姓名、性别和年龄。陈老师是男性，五十出头了。他家共有六口人，就靠他一个人挣工分过日子。因此，陈老师的背就明显很驼。这其实不要紧，只要上课铃一响，陈老师就完全变了一个人似的，踱着很是沉稳的步子，往讲台上一站，就非常精神了。

万般皆下品，惟有读书高。这是陈老师在上课时经常挂在嘴边的口头禅。一根闪闪发光的教鞭，握在他那弯曲着蚯蚓般青筋的手中，一直要等到下课铃响才肯放下的。在他看来，教鞭是教师职业的象征，是教师生命中的一部分。陈老师是读过旧学的，能写一手极工整的毛笔字，村上逢年过节，或是婚丧等红白喜事，家家都请他去写对联。他是从不滥收人家钱财的，几副对联写成，跟人家吃一餐饭就算是所得报酬。粉笔字同样写得很工整。只是，陈老师手中的粉笔，在每每写到仅剩个小蒂子，就喜欢顺手把粉笔头放进衣袋里去。

同学们都非常害怕陈老师衣袋里的粉笔头。

上自习课的时候，陈老师很少进教室。但是很奇怪，陈老师虽然在自己的办公室备课却能够从几十种声音中分辨出哪一位同学是在读白眼书（不看课本）。冷不防地，陈老师大步跨进教室，插在衣袋里的手一扬，一个粉笔头就弹射在那一位读白眼书的同学鼻尖上了。

陈老师的严厉是有几分刻薄的。

有一回，陈老师布置我们造句："……绿油油……一摆一摆……"大多数同学都能够把句子造得很漂亮，如："山坡上的麦苗儿生长得绿油油的，在微风的轻拂下一摆一摆。"但是，有位同学却造了一个很别扭的句子："我妈妈穿得绿油油的，走起路来一摆一摆很神气。"第二天一早，上头一节课，陈老师板着脸孔，那根闪闪发光的教鞭，握在他那青筋怒暴的手中，抖了一抖。教室里是死一般的寂静。咳一声，清了清嗓门，陈老师说话了："我们有的同学，读书不认真，不肯动脑筋，不肯思考，只会狗咬蚊子乱啃。"说着，还指名道姓地把那位同学叫到讲台上，硬是要他当着全班人把那个别扭的句子念了一遍。

“我妈妈穿得绿油油的，走起路来一摆一摆很神气。”

同学们都忍不住笑了起来，笑得前仰后合。

“还有脸笑啊？我是哭都哭不出来嘞！”陈老师一声大喝，教室里立即就鸦雀无声了。

生活中有一种人，嘴比刀子硬，心却比豆腐软。陈老师就正是属于这一种人。

我们班上，有一位同学住在离学校一里远近的左侧山湾里，沿一条田塍小路，斜着拐过去，经过一座小木桥，上一段小土坡才能到家。那是在临近立夏的一天，瓢泼大雨哗哗啦啦，一下几个小时。山坡下的小溪暴涨了洪水，浑浊的浪头卷着杂柴茅草，呼啸而来，又呼啸而去，把那一位同学回家时必经的小桥也卷走了。他是在放学回家的时候，走到了小桥边才知道这一切的。望溪兴叹，只好转身到另一位同学家里借宿。然而家里却不知他的去向，很晚了，找到陈老师，陈老师也急坏了。当时，陈老师的女儿正患重感冒。挽着裤筒，赤着双脚的陈老师刚好准备去请医生，听有学生不见了，丢下自己的女儿不管，随即就同了家长沿小溪一路寻找，一路呼喊……可怜陈老师的女儿，因为延误了治疗，重感冒转伤寒，只有十多岁，就离开了人世……

陈老师原有三个孩子，两个男孩，一个聋哑，一个痴呆，唯有女儿聪明伶俐，成绩最好。他是把自己唯一的希望寄托在女儿身上，为此，曾向学校和村上的领导提过请求，说是等女儿念完高中，就顶替他的位置当个民办教师，不期，陈老师唯一的希望也落空了。

但是，驼背的陈老师，毕竟不愧是一位男子汉。就在女儿离开人世后的第三天早上，陈老师又很精神地站上了讲台，咳一声，清了清嗓门，陈老师说：“同学们，老师家里出点事，耽误了大家三天课题，对不起大家。”停了一停，陈老师把握在右手的教鞭换到左手，再用空出的右手翻着课本，“请大家把课本翻到第三十页，现在，老师为大家补课。”接着，他就拖着长声先读了起来：“第八课——《春蚕》。”陈老师那显得有些苍老的声音刚刚落下，一片很是脆亮的童稚声就爆响了：“春天是养蚕的季节。每到这时候，我常常想起母亲来……”

那一天，阳光是非常明媚的，山坡上欲谢未谢的野花，在明媚的阳光下，依旧地灿烂。

喜欢芦花的刘老师

粼粼远去的资江，离我们学校其实很近。站在学校的操坪里，能分辨出碧蓝碧蓝的江水中或上或下的船舶，哪些是邵阳的驳船，哪些是五岗的毛板。艄公以及纤夫的号子声，随江风隐隐地荡过来。“依哟——嗬嘿！依哟——嗬嘿！”浑厚、深沉，是很能使一颗颗年少的心灵激动的。刘老师似乎也有着一种不安的情绪在骚动，扬了扬漆黑的剑眉，歌声就很是抒情地从他那长着两排洁白牙齿的口中飘了出来：“一条大河波浪宽，风吹稻花香两岸，我家就在岸上住，听惯了艄公的号子，看惯了船上的白帆……”

刘老师是县城分配来我们学校的公办教师，教三年级，并且兼任学校的副校长。他是会讲一口标准普通话的，音质很好，完全能够与省里广播电台的播音员相媲美呢。学生们却被难住了，上朗读课的时候，刘老师要求我们同他一道操普通话。那是多么地拗口噢。读着读着，我们全都笑起来，刘老师也笑了。一时间，教室里像开了锅似的，把教四年级的彭老师也惊动了，踩一双八字脚，匆匆地赶过来，站在教室门口，一脸莫名其妙的神情。笑声是嘎然而止了，教室里出奇地寂静。刘老师却受了委屈似的，身子动一动，回过头狠狠地瞪了彭老师一眼。说来也奇怪，兼任着学校校长的彭老师却很害怕刘老师的目光，一声不响地，复又踩一双八字脚回自己的教室去了。“同学们，”刘老师贴在那件极是服帖的青年装下摆的左手轻轻一挥，似是挥扫去心中的不愉快，他说：“学普通话，开始是有一些不习惯的，但是，它应该是我们读初小的一门基础课呀！”强调了几句后，刘老师便又领着我们用普通话朗诵起课文来。

刘老师是多才多艺的。会拉二胡，会拉手风琴，会吹笛子，还会画山水，会画人像……有一回，联校举办文娱活动，我们学校也排练了几个节目。其中有一个节目就是刘老师的短笛独奏。戏台是临时搭的，全乡上千名学生代表及教师，就聚集在乡中学的操坪里。说话声、欢笑声，黑压压的人头攒动着，是很难听清楚台上演员们所唱戏文的。就在这样的一种气氛中，我们的刘老师登上了舞台。化过淡妆的刘老师是多么的英俊。噢，依旧是他最喜欢穿的那套青年装，只是那对剑眉越发黑亮了些，白皙的国字型脸透出了淡红。迈着稳健的步子，刘老师极是潇洒地走到戏台的中间，朝台下深深一个鞠躬，顿时，台下就鸦雀无声了。一曲当时流行的《送公粮》终了，观众仍然是抬着头，张着嘴，似是在捕捉远去了的余音呢。直到刘老师复又深深一个鞠躬，人已退到幕后的时候，观众们才突然醒悟过来。霎时间，掌声雷鸣一般，久久地没有平息。

自那以后，或午休或放学后，我们学校就常有邻村的女教师来访。一个个都年轻漂亮，年轻漂亮的女教师们，当然全是来找刘老师的。有人说，刘老师，您的笛子吹得真好，带个徒弟吧；有人说，听说您会画人像，刘老师，能不能帮我画一张呢？刘老师就笑一笑，很是礼貌地回答：“学校很忙呢，今后再说吧。”就复又或埋头备课，或埋头看他从县城带来的似乎是永远也看不厌的大部分书籍。

其实呢，刘老师并不是永远那么忙。

星期天到了。彭老师就去乡信用社陪当会计的妻子，教一二年级的两位民办教师，也回家忙农活去了。平日里热热闹闹的学校就空空落落，连个人影也看不见。那么，我们的刘老师呢？刘老师家在县城，相隔近三十里水路，搭船上去，搭船下来，很不方便，他是不常回家的呀。那天下午，我带着两道家庭作业请教刘老师，找不到刘老师，心中不免就有些失望，太阳傍近了西山，天边的晚霞，在静静地燃烧。那样的时候，我正倚在校门口的那棵松柏树下，目光被辉煌的晚霞深深地吸引着，心里头，却依旧在惦念着刘老师呢。有风拂过来，同时也拂过来电影《上甘岭》插曲中嘹亮而熟悉的歌声：“姑娘好像花儿一样，小伙儿心胸多宽广……”哦，是刘老师踏着一路歌声回学校来了。我跳将起来，一路小跑，在学校操坪尽头接到刘老师。手捧着一束洁白的芦花，脸上洋溢着笑意，刘老师，你不就是童话故事中的那一位白马王子吗？

人生的日记中，兴许确实有许多秘密是需要保守的。我就为刘老师保守着一个秘密，直到现在都没有向人透露过。那同样是在一个星期天。那一天，太阳暖暖的，风儿柔柔的，天空蓝蓝的，荡着一叶小划子，我与同学国强到江心的沙洲上去采摘芦花。我们是要把采摘来的芦花送给刘老师呢。这个主意是我想出来的，刘老师一定会很高兴吧。可是呢，我们的小划子刚靠近沙洲，就发现，沙洲咀上已经停靠了另一只小划子。会是谁呢？“一定是来沙洲上捡野鸭蛋的。”国强很肯定地说。我们才不那样嘴馋，我们为刘老师采摘芦花去！国强就连声说“是的是的”。小划子靠上沙洲了，插上三角小铁锚，我们就分头行动起来。

沙洲其实是很宽阔的，比我们学校的操坪宽阔得多。没有人在上面修建房屋，没有人在上面栽种庄稼。沙洲上，只有着望不到边的青葱芦苇，只有着望不到边的洁白芦花……一只野鸡扑棱棱从前面不远处的芦苇丛中飞出来，吓我一大跳。正准备喊国强，前面的芦苇丛中就飘出了很是熟悉的声音："淑芳，你本来就不应该背包袱，有成分，但不惟成分论，不是有着出身不由己，道路可选择一说吗？"纯正的普通话，那是我们的刘老师呀！但是，那个被称为淑芳的人又是谁呢？不敢莽撞，我蹑手蹑脚地向前面的那丛芦苇走近。

"我会连累你的，刘老师。"

"看你说哪里去了，没有人能把我这个乡村教师的饭碗打破的。"

哟，原来是曾经为我们代过课的梁老师和刘老师在说话。他俩席地坐着，坐得很近，中间仅隔了一束洁白的芦花。透过密集的芦苇，我还发现，他俩的左侧，有一幅画架立在那儿，画架上，剪着齐耳短发的梁老师很漂亮。但是，刘老师，你怎么不把梁老师的笑意也描出来呢？

我是有些惆怅了。惆怅又不全是因为刘老师自己已经采摘了那么多芦花。有白帆从下游涌过来，沙洲对面长滩的纤道上，一队纤夫四手四脚地攀爬着，他们的口中，不时地哼出"吭唷！吭唷"的号子声。生活原来是这么沉重啊！

那样的时候，我突然意识到，我是应该为刘老师和梁老师保守这个秘密的。于是，我就蹑手蹑脚地走开，并且，还找到国强，假装肚子痛要马上回家去……

那以后不久，刘老师的爸爸是来过我们学校一趟的。一行三个人，其中一人我认得，是我们乡联校的校长。村主任和支书也闻讯赶来了，他们原来是早就熟悉的，紧握着刘老师爸爸的手，说："老部长，您怎么就这么多年不到我们村来了？"刘老师的爸爸就笑眯眯地："我今天不是来了吗！"说着，一行人就进了学校的办公室。只是，刘老师为什么就不开心呢？他只在办公室里待了一会儿，就气冲冲地走了出来，躲进自己的房间里去了。

送走客人们，村主任和支书以及彭老师，就找到了刘老师的房里，说："组织上要调你进县城，这不是件大好事吗？看你，还生气哩！"班上的同学们，都叽叽喳喳地挤在刘老师的窗口和房门口，听说刘老师要调回去，就全都不再吱声了，有的同学，还忍不住悄悄地流下了眼泪。刘老师是一直沉默着的，脸色也极难看。这样僵持了好一阵，刘老师突然吼了起来："请你们转告组织，转告我那位当宣传部部长的老父亲，我要在这乡村小学教一辈子书！"我们看到，刘老师书案上花瓶中的那一束洁白的芦花，也被震得一抖一抖的。

刘老师终于没有走，我们好高兴噢！

转眼就快是寒假了。校门口的那棵大松柏树上，两只喜鹊正在衔枝筑巢。那么，刘老师，过了寒假您还会不会再回到我们学校里来呢？

第五辑

红 帆 船

我的童年是在资水的船帮里度过的。那时候，家乡没有公路，也没有铁路，一条汹涌着滚滚激流的资水，便成了十分重要的交通途径。资水源远流长，上接新化、娄底、武冈、邵阳，下连桃江、益阳，从临淄口入洞庭后，还可以直通湖北汉口、江苏南京等地。我们家乡在资水中游北岸的一个小小山湾里。家乡的男人，个个都是驾船的好手，一家一条木帆船，拖儿带女，吃穿花销，全系着一条激荡资江。

资江是壮美的。弯弯江流，一波叠着一波，时而缓缓涌动，时而奔腾排闼，白帆点点，橹声咿呀，号子阵阵，恰似一幅充满着浪漫情调的长卷；资江是神奇的。她那鲜活的流水，喂养着我们这些吃水上饭的船民，喂养着沿岸的无数集镇，如同一位永远年轻的母亲；但资江也是凶险的，且不说暴涨洪水时淹没的肥田沃土，冲毁的房屋道路，就是在平时，那处处激荡着野性的滩峡，也几乎天天酿造出船破人亡的悲剧。

有一首辛酸的船谣一代又一代流传着：

资水行船莫单帮，单帮攒钱不久长，
一旦碰到江中“鬼”，船毁人亡上大当。

所谓船帮，一般有五条船以上，船上人丁，相互帮衬，形同一个和睦的大家庭。资水上游沿岸，盛产煤炭及木材，我们的船帮，就是经常满载着这类货物送往湖北汉口或江苏南京，再从汉口、南京等地，装了食盐或粮食销给上游集镇的商行。每逢船走下水，便是我们父子几人同母亲最好的养精蓄锐的时候，唯有掌艄的爷爷，双目紧盯前方，两手紧抓舵柄，闯滩冲峡，不敢有一丝松懈。若是船往上行，我们便纷纷系了纤搭肩上岸，四脚四手形同狗爬着匍匐拉纤。船与船紧紧地咬着，纤夫们一队队相衔，喊着号子，打着口哨，艰辛中充满着乐趣。而如果是遇上滩峡，便只得停船调整队伍，船帮中男女人丁，排成长队，把船一条条地拉过长滩，再分别起锚。领头纤的自然是最具威信也最有力气的汉子，他手揽一大串纤缆，匐匍在队伍的最前列，一步一声号子，后面的则应着号子声，和着脚步，寸寸地向前逼近。拉到紧要处，一个脚指头便是一颗铁钉，牢牢地钉紧纤道，腰杆弯成桥拱状，双手张开着总想能抓住一根藤蔓或一根小草，喉咙里喘着粗气，口中呼着号子，衣服是早就扔进了船舱的，全身只剩下一条遮羞的短裤衩，在阳光的曝晒下，闪着油亮汗光的身躯鼓胀着黝黑的肌腱，在汹涌着滚滚激流的滩峡江岸上定格成一队力与美的铜雕……长滩过去，这群拉纤的男人或女人，便横七竖八地仰躺在各自的船头上，沐着清凉的江风，欣赏着碧蓝的天空和洁白的流云，那才是人世间最美的一种享受哦！

然而不久，我们家便脱离了船帮。那时候，爷爷还不到六十岁，父亲又正值壮年，加上吃苦耐劳的母亲同正在成长中的我们兄弟三人，一家六口，算是水上人家中最强盛的一族了。父亲是个拉头纤的好手，身强力壮，性格刚烈，就是他提出要独立门户的。没有了船队的拖累，一家人轻捷简便，生意自然活泛多了，不上一年，我们家的那条旧船便换了新船，也确实是令人羡慕的。但是天有不测风云，人有旦夕祸福，就在第二年开春从汉口装了满船食盐返航时，意想不到的事情发生了。

那正是桃花水涨的三月天。江水说涨就涨，洪涛滚滚，如同千军万马在资江汇集。这样的时候，我们的新船已经停泊在挨近唐家观小镇的一个水湾里，只须拉过眼前的那道长滩——崩洪滩，满船食盐便可脱手给镇上的商行换钱了。掌艄的爷爷起初还有着几分犹豫，他双眉紧锁，少言寡语，一袋接一袋地抽着烟。凭着他行船数十载的经验，一定知道在暴涨洪水的时候顶着巨浪洪涛闯崩洪滩是件凶多吉少的事。可性烈气盛的父亲却执意要起锚开船。他咕咚咕咚地猛灌了几口老白干后，粗声大气地吆喝道："怕么子，船到顶风也能行，我就不信这个邪！"话音未落，便催促母亲同我们兄弟上岸解缆拉纤。爷爷明白自己是阻止不了我父亲的，只得勉为其难地升起了帆篷……此时，雨点子仍在飘着，父亲赤着膀子在前牛吼般一声号子喊响，船便缓缓地离开了江湾。

资水源远流长千余里，有滩峡九九八十一道，而逼在我们眼前的崩洪滩，便是这八十一滩中最凶险的一道滩峡。船已经进入崩洪滩中段了，那被两岸群山突然逼得狭窄的江流，咆哮着，翻腾着，其声势令人毛骨悚然。水上人有句民谚说："不是硬汉莫驾船，驾船的硬汉胆包天，有朝一日遇险境，神莫慌，意莫乱！"我父亲是称得上一条硬汉子的，闯滩过峡，从未见他有过惧色，然而此时，从他那粗嗓门中吼喊出来的号子声，却有着几分慌乱了，我已不敢抬眼看父亲，只照样地把弯成了桥拱状的腰杆子拼命伸直，将脚指头使劲地扎进纤道，但听到从前面传来的"咔吧咔吧"声，我已经知道父亲那钢铁般硬朗的脊梁骨在挪位了。一瞬，母亲负重的脊梁骨也在"咔吧咔吧”地响着，我们兄弟的脊梁骨也在“咔吧咔吧”地响着，号子已经乱了，气也已经接不上了，而水势却仍在上涨，巨浪一个大似一个地盖过来，船舱里进水了，船身在一寸一寸下沉……有着丰富行船经验的爷爷已预感到了事情的不妙，他只能是别无选择地砍断纤缆，以求保护住江岸上挣扎得精疲力竭的儿孙们，不然，渗水的盐船一旦横头逆转，那是会把紧系在纤缆上的一家人全拖入滚滚洪流的。说时迟，那时快，我那掌艄的爷爷一跃而起，冲向船头，从船板上抓起明晃晃的镇妖板斧，手起斧落，绳缆便啪的一声成了两截……

爷爷被突然断裂的纤缆抽得如同陀螺般地坠入了激浪洪涛，船翻着滚着在汹涌澎湃的江流中被撞成了无数碎片……

待我们从天旋地转的眩晕中醒悟过来时，悲剧已经酿成，一切都已经晚了。

我爷爷血肉模糊的尸体是在下游的江湾里被打捞上岸的，母亲托人扯了几丈粗白布，为爷爷裹住尸体。牛高马大、性情刚烈的父亲意志一下子崩溃了，仿佛一瞬间老了许多，他轰然一声跪在爷爷的尸体旁，两个拳头鼓点般擂打着自己的胸脯，泪如雨下，在无言地忏悔着……

资水是凶险的，但资水的传统是美好的。“一家遭难，众人相帮。”一场天灾人祸过去，船帮众人掏钱出力，又为我们家打造了一条崭新的木船。父亲像完全变了个人似的，变得性情温厚了许多，他当着上百名老少男女的面发下重誓，一定要把自己的毕生精力用在整个船帮上，再也不见利负义跑单帮了。否则，他将抛尸江峡。时间如同资江流水滔滔远逝。自那以后，船帮的拉纤队伍中，我父亲仍然是一名拉头纤的纤夫。他那牛高马大、铁打铜铸般的身影，成了我辈负重拉纤的永远坐标。我们家的那一条新船始终是走在船帮中的最后面（是不是象征着那是资水中跑过单帮的最后一条船呢？)，所不同的是，船上的帆篷却布满着斑斑血迹。在阳光的照耀下，那叶血色的红帆如火一般燃烧着，燃烧着——那是一叶用包裹过我爷爷尸体的布匹所缝织的红帆啊！

——红帆船！红帆船！你将永远在我记忆的江河里行驶着……

资水船夫

资水滔滔，多险滩也多急弯，然而那一江流水，却澄碧清澈；难怪这两岸或男人或女人，生性都如此倔强拙朴，兴许，是因了这江水的灵秀也未可知呢。

我们家，就住在资水上游北岸。全家人的生活来源，一半靠山，一半靠水。家中除了有几分田地外，还有条木船，一年里，趁农闲跑好几趟长途。那又大多是装了自己地方的山药及棕桐之类的特产，运往益阳换几个零花钱回来。至于那句“水上走，银水流”的民谣，虽然一代又一代这么流传，而实际上呢，却不是那么回事。

儿时，我常随父母亲跑益阳。但是有一趟却使我悔恨终生，刻骨难忘。

那天，阳光灿灿烂烂，本是一个起锚开船的好日子。和往常一样，父亲叉开着两腿，铁塔般立在后艄掌舵；船头，母亲把手中竹篙当地射向江岸，随着一声“——依哟嗬”的船夫号子，江岸，就被远远地撑开了。

那是一船药材，是我父亲自己进深山老林采挖的。当日回得家来时，他那身被柴棍和荆条划得百孔千疮的衣服，让血与汗一浸染，已是乌七八紫了；手脚，张开着许多娃娃口，那淤在伤口里的血，已经成了黑红的硬壳；然而，他那如青铜铸成的脸膛上，却辉映着难得的满足和欣喜的光亮。说是把这船药材送往益阳变钱后，便可以请来船木匠，郑重其事地修补这条与风浪搏斗了数十载的木船了。那神情，就仿佛修补一新的木船已泊在了他的瞳仁里。就是为了要将这条破船修补一新，我的父亲和母亲才决定日夜兼程赶往益阳送货咧。

船过乌鸦嘴，便接近“满天星”了。果真如繁星般密布的明崖暗礁，就阴森森逼在了眼前。恰在这时，太阳又已西斜，洒满江闪闪烁烁的余晖遮人视线，更难以辨清前面的吉凶了。我躲进后舱，幼小的灵魂就随着波涛在一同颤抖……

“——左——左 ——右——再右！”

父亲的眉头拧紧着愤怒和坚毅，很是沉稳地辨听着母亲的指挥，还一边咕咚咕咚地灌着老白干。我想：父亲许是用酒来为自己壮胆量，抑或在显示他的骁勇与豪迈吧！就像他采药回家的那天晚上，补完帆篷后的母亲，用灯拨棍蘸了桐油，还特意到灯火上烧得吱喳喳响，才又烫上他的伤口。母亲心痛，喃喃地说：“忍着点，忍着点，热桐油能消炎退肿，还能生肌长肉呢……”然而我父亲却咧开嘴笑了。“哈哈！你还把我当一条闯资水的船夫吗？”

天色渐渐暗下来了。像是有意渲染一种恐怖气氛一样。就在即将穿过“满天星”时，“咔嚓——”一声脆响，船身陡地抖了几下，这条曾经承受过激浪狂涛千万次啃咬的木船，再也没有抵抗的能力了，那间作床铺用处的后舱的底板，被暗礁无情地穿了一个碗大的漏洞。江水顿时喷涌进了船舱。我吓傻了眼，不知道该怎么才好。说时迟，那时快，父亲飞起一脚把我挑开，毫不犹豫地把船上唯一的一床破棉絮卷成一团，严严地堵着了漏洞，随即，就雷吼般朝我喝道：“还想活就给我死死地坐着棉絮！”

此时，船已漂进了崩洪滩的咽喉处，两面悬崖，便压得江面陡地窄了。滩啸声轰轰隆隆，仿佛千万副石磨一齐在这江峡中碾过。也不知到底是由于这滩啸声的压挤还是浪涛的冲击，只听见整个船身都在咔嚓咔嚓地响。真让人担心它会在这一时间全都散板，各自东西漂浮而去。

曾听父亲说过：资水弯弯八十一滩，最险骆滩崩洪滩。然而，我醒悟得太慢了，那床堵着船底漏洞的破棉絮，早已被喷涌的水柱冲开了……我的灵魂猛然一阵颤抖。赶紧搂过棉絮，甩整个身子向着洞口压去、压去……但是，这过失却再也无法弥补了，由于水的冲击猛增，那漏洞越来越大了。我悔恨交加，向父亲投去请求恕罪的惊恐目光，但父亲根本就来不及注意了，他在用全副精力操持着舵柄；我再回头欲呼喊母亲时，母亲手中的竹篙正撑得叽叽作响，狠狠地对准着前方迎面逼来的拐弯处的陡崖……这是怎样的惊险的场面哪！激流挟着飓风，呼啸着向铁青色的礁崖撞去，一个又一个波涛，全都被撞得粉碎、粉碎……

就在父亲和母亲正拼死拼活与险滩搏斗的时刻啊，船头绝望地朝东天一翘，“轰隆——”一声巨响，便完完全全地被激流推进了骆滩的峡谷深渊中……

我什么也无须再知道了，只把双眼紧紧地闭着，等待罪恶的死神把我拦腰抱起，再狠狠地摔向前面的礁崖，像浪涛一样地被撞成粉末……然而，仿佛就在这千钧一发的瞬间，我突然隐约地感觉到有只巨手把我钳住了，正一起一伏地托举着我、托举着我……我终于从死神的嘴唇里被夺了出来，继而，像扔软皮球一样地，我被扔在了江岸的沙滩上。

也不知到底在沙滩上躺了多久，月亮从我微微睁开的眼睛里升了起来，惨白惨白的，就像刚刚目睹了一幕刺痛人心的悲剧。江岸上，黑黝黝如鬼神般的石峰悬崖处，时不时传来几声

“喔！喔——喔”的夜鸟的啼鸣，阴阴惨惨，使人毛骨悚然。江峡中，滩啸声极是压抑，完完全全像是为不幸者奏响的哀乐。惧怕和懦弱，已经不再属于我了，十来岁年纪的我，竟仿佛在一瞬间长成了条汉子。我的稚嫩的心在流血啊！

——我的父亲！

——我的母亲呐！

在我的哑哑的呼喊声中，从下游江岸的纤道上，蹒跚着走来了一个黑黑的人影。步子，缓慢而又凝重。我想：兴许那便是我的父亲，或者是我的母亲吧？然而我却万万也没有想到，那会是我的遍体鳞伤的父亲，正背着我的已经死去了的母亲一同来了啊！

惨白惨白的月光下，我已经不敢辨认我的母亲了，她的头部及身躯，已被撞得四分五裂，双手，却还紧紧地握着拳头。莫非母亲的灵魂还以为是在与激流险滩延续着那场搏斗，或者，是气愤我的懦弱而使她惨死于非命？！我不敢打听父亲是从什么地方把母亲打捞上岸的，他的嘴唇在渗着血珠，脸上的肌肉在抽动着，没有叹息，没有眼泪，也没有诅咒我的罪过。把母亲安放在我身边后，父亲默默地勾下身去，叉开着十指在沙滩上掘着、掘着……

我的母亲就埋在了崩洪滩的滩脚下。

父亲衰老多了。回家后，我的从不相信鬼神的父亲，第一件事便是在堂屋的神龛上点了一炷香，并烧了几张纸钱，然后就呆呆地立在神龛前，好久好久。本来嗜酒成癖的父亲后来就更爱喝酒了。酒后，他就举起拳头要擂打青天，怒斥青天的不公平，把母亲的灵魂摄了去。青天无语，父亲就更怒了，“嘭嘭嘭”地捶着自己的胸脯，叱骂自己的无能，枉为了一世男子汉，没有能耐造一条新船……

资水，浩浩荡荡向东流着、流着，像一位伟大的哲人，日夜不停地讲述着一个又一个惊心动魄的故事。

我的父亲毕竟是条硬汉子。他怎经受得住资水的撩拨？终于，在老白干的亢奋中，他重新振作起来，甩开步子，向崩洪滩的滩脚下走去。他说要在那儿选择一处平整地方。就是失去性命，他也要在崩洪滩的滩脚下造一条新船，既告慰死者，也启迪生者。父亲说这话时，脸膛红红的，胸脯一起一伏，我知道那一定是浓烈的老白干在烧灼着他，一定是母亲惨死后的悲痛在烧灼着他，是男子汉的鲜红的血液在烧灼着他……望着父亲远去的背影，我天真地想：兴许父亲将会在这烧灼中得到升华，成为一尊铁打铜铸的塑像呢！

那么，我便是那铁打铜铸的塑像的后代了。

资水河我的船帮

独饮酒，独猜拳
独杀鸡，独过年
咯号人呐莫驾船

——资水民谣

资水澄碧清澈，从广西资源县发源，汤汤流来，行到我家下游约500米远近处，倏忽便遭到两岸黧黑石山的挟挤，于是，就有了让人一听便不免会毛骨悚然的资水第一险滩——崩洪滩。

我的伯父（父母相继在资水遇难后，我便随伯父一起过生活），是一名技艺颇高的驾船里手。行下水飙滩时，他总是泰然若铁塔般立于艄位，一双眼睛，眨也不眨地能穿透二三丈的深水，然而，当船接近崩洪滩时，那神情，便也是稍有几分紧张的。

而在这么一条险滩行上水船又是何种艰难！

每每伯父他们的船只，若从湖北汉口，抑或江苏南京等地，装了满船食盐布匹之类的货物送往邵阳、新化等地去，过长江，越洞庭，入了临淄口，逆流而上三百余里，到得我家下首的崩洪滩时，伯父又总是会蹬一双益阳板子草鞋，自告奋勇地上岸做起拉纤的头手来。

自然拉纤的头手无论如何也是不好当的。

雪天、雨天、烈日曝晒的夏天……纤夫们拉着古老而沉重的木船，与一江激浪狂涛相对峙。其时，脚是脚，手也是脚了，十个趾头，深深地抠进窄而且曲的纤道，而两只手，也一样能将路面刨出坑来……那深深浅浅的坑里，浸着纤夫们的汗水，也浸着纤夫们的鲜血呀！但是，纤夫们，却没有哀叹，没有呻吟，有的只是喊不成声而很见厚重的拉滩号子：

咳——嗬！咳——嗬！

…………

当然，拉崩洪滩这样的险滩，无论如何，也得等伴船才行。多则十条、十一条，少也得七条八条；一条船上有固定纤夫两人，而十条船便有了纤夫二十余名，再集中人手一条一条地拉上滩去；他们把所有的气力，全都聚于一根纤缆；匍匐在窄窄弯弯的纤道上，一任命运加剧着前程的坎坷崎岖，江风江浪，如一把不停地挥动的雕刀，日里夜里，剔刮着他们黑红色的肌肤……而头手，无疑便是这一逆来顺受的匍匐者家族的总指挥，他的手中，要把抱一大卷纤缆，那是拉大江湾时延长距离所需要的；拉到艰难处，还要领腔喊号子；每每把三四条船拉上滩，头手的口中便满是鲜血了，但是却仍然不停地喊着，那是能够鼓舞人的斗志，能够更好地把一帮人的劲聚到一块来的呀！多少年来，纤夫们的心（当然也包括了船工和舵手），就被这拉滩号子紧紧地牵系着：

咳——嗬！咳——嗬！

…………

号子声从低沉到高吭，传出老远、老远……

当时，我的伯母，虽然已是四十出头的人了，耳朵却比我们还灵呢，总是她最先听见崩洪滩响起的拉滩号子。其时，她便很是激动，对我们一群正在玩着游戏的伢儿说：“去去，准是你伯父他们的船来了，快帮他们拉纤去！”话音未落，便拿着自己亲手用针线扎得密而又密的纤搭肩，空手赤脚，率先“啪嗒啪嗒”走上了纤道。到得崩洪滩，如果发现不是我伯父他们的船时，我们这群伢儿，就爬到纤道以上的峭崖平整处，喊起顺口溜来戏谑纤夫：

纤狗子，冒卵扒，
四脚四手，地上爬；
…………

而我伯母却是早已经进入了这陌生的纤夫队伍中的，正用一双愤懑的目光怒视着我们，那意思在说：“你们是人吗？船帮如骨肉，这是对自己亲人的不敬重！”我们的顺口溜便戛然而止，幼小的心灵，不禁也暗自感到了羞辱。仿佛在一夜间，我们都变得懂事了许多，一双双耳朵，似乎也有了一种能捕捉拉滩号子的特殊本领，一旦知道有船从下游来，我们便不再用伯母催促，一路猛跑着，向崩洪滩赶去，并且，连那些没有体力帮助纤夫们拉纤的妹子，也便主动地在家中为纤夫们烧茶水……

但是，真正对“船帮如骨肉”这句流传于资水的俗话理解得透彻，还是在那一个反常的冬天。

那是在年关将近的时候吧。

我的伯父，已经离船到岸上与家人团聚度岁末来了。对于一个长年在水路上行走的人来说，这是一年中最值得珍惜的平安日子，资水有句民谣：“水上行，不是人；进屋门，是贵人。”我那本来就贤惠的伯母，其时便显得越发温存了。如侍候小孩，伯母把那煨得热烫烫的老白干酌满满一蓝花瓷碗递到伯父的手中，把那切得薄如火纸的腊肉用竹筷挟着送进伯父的嘴里……

然而，就在这时，远远地传来了呼喊救命的声音。伯父说声不妙，来不及多想便陡地站起身来，把手中的酒碗一扔，箭一般循声射了出去。

原来是一条没有来得及赶回家中团聚的外地货船，被迫停在上游不远的竹山湾躲避洪水，而纤夫和船工都步行回家去了，只留了一个才上船不久的年轻后生在看守船只，不期竟断了货船的缆索……

依照气象规律，冬天是不会暴涨洪水的，但在那一年竟连续下了整整三天三夜瓢泼大雨，澄碧清澈的资水，也变得浑浊泥黄了，树木、杂柴如同狂狮猛兽，在江峡中乱冲乱撞……伯父自然是最清楚情况有多危急的。

远远地，我看见伯父三下两下扒掉衣服，毫不犹豫也毫不畏惧地纵身跳进了滚滚狂涛。我不禁心里一紧，那是怎样寒冷的天气呀！待我和伯母追着那如同脱缰野马似的货船赶到崩洪滩滩头时，伯父已经鲤鱼打挺般跃在船上了。哦，伯父，你那瘦削的骨骼，是铁打的吗？你那疮痕斑斑的躯体，是铜铸的吗？只是我也看得非常清楚，当您回过头来望了一眼拼命地紧追的伯母和我时，一行浑浊的老泪，已把苦涩冲刷成纵横的沟壑……许是料定这船在闯崩洪滩时十之八九难得有救了吧，伯父一掌将那位仍在嘶声呼救的年轻汉子推入了水中，旋即，又飙了块船板给他做依托，自己则撑着船篷跳到了舵舱……

终于，那位外地汉子爬上了江岸……

然而就在此刻，“轰隆——”一声巨响，如沉雷般从远处传来，把我们的心都撞得碎了。

木然地，我们立在崩洪滩滩头，不敢向远处张望——伯父啊，伯父！我想：您是已经做了种种努力的，为异乡的同行保全货船，也为和我们团聚一块欢度岁末——伯母为您煨的老白干还没冷呢，桌上的菜也还在散着热气呢，但是，由于洪水实在太猛，惯性使然，您终于没能躲避开这资水第一险滩——崩洪滩两岸阴森森、左逼右突于江峡中的礁岸的暗算。

天已暗了下来，北风呼呼。黧黑的石山上，有猿在啼啸；崩洪滩的滩啸声，也一阵紧似一阵了……哦哦，那不是在为我伯父的悲壮殉身奏着一支深沉的哀乐吗？

我吃惊那噩耗居然传开得如此神速，就在我伯父遇难后没几天，我家门前的江面上，倏忽间便聚集了成百条船口，桅杆竖立似森林，而帆篷，却只挂了一半（那是哀悼功臣所举行的仪式啊），伯母激动得身子都发起抖来："你看，你看，船帮里都悼念你伯父来了！"说着，忙拉了我跪倒在堂中的神龛下，声音愈来愈哽咽，喃喃地说着些我听不甚清楚的言语。我想：那一定是伯母在告慰伯父的亡灵吧！偷偷地，我望了眼神龛上伯父的遗像。说也奇怪，我倏忽觉得，伯父就是一位哲人，他那穆肃的表情里，包含着许多让后人一辈子也领悟不尽的道理……

有声音从江面上盖了过来："佬大，你安息吧……"佬大是我伯父在水上的称呼，我回过头去，立时便惊得呆了：成百条船上，正跪倒着一片黑红脊背的汉子——那是些面对着飓风狂浪敢于将苦难笑饮狂餐的铁铮铮的汉子啊！为了表示对我伯父的亡灵深切的哀悼，在如此严寒的日子，他们竟然全都赤裸着上身……

我无论如何也没有想到会有这等事情发生——那位平素怯懦如女人的船工（就是那位曾留下来看守船只的异乡汉子），居然在极度痛苦的烧灼中，能够升华到完全忘我的境界（忘记了几百上千年资水的传统道德……），他似乎变成了另一个人，发狂一般，跳上江岸直朝我们母侄冲来，一手将我伯母搂起，如滩啸一般一字一顿地宣布："我——要——娶——你——！"

伯母的脸色"刷"的惨白，陡然从那汉子的怀中挣脱开来，接着一声撕心裂肺的长号："佬——大——啊——！"便猛地朝伯父的遗像扑去，把伯父紧紧地搂进怀里，许久许久，又出乎意料地转过身来，一双拳头如铁锤，擂打着那汉子的胸脯。然而那汉子竟任其锤打，一动不动，如一座坚不可摧的石山……是我伯母锤打得累了呢，还是终于被那汉子铁打的意志所感化？不知在什么时候，她那激愤的拳头居然变成了温柔的手掌，在那汉子青肿的胸脯上痛爱地抚摸……

人们一怔，旋即，一个个便全都低下了头去。我知道，那是船帮对这位敢于以如此一种抉择作为报答的行为的默许，也是对我伯母那种似乎是离经叛道的行为的首肯。

其时，世界一派静穆，只有资水汤汤，一如天与地的啜泣……

——啊，资水河，我的船帮！我的船帮哪！

资水帆影

秋高气爽，有微风轻轻地吹着。这当然是跑上水船的最好时光。

心里真渴望得很。渴望那远逝了的白帆重又一叶一叶地吻过来，又一叶一叶地翻过去，乘风破浪，一副极是得意的样子。回想一下，方知那帆是大度的，它们从不在乎是东南风，或者是西北风。并且帆是机智的，只需往左或往右侧侧身子，都能够借助到风的力量。当然，更准确地说，是因为驾船人的智慧，是驾船人不时在把那根牵引帆篷的缆绳拉扯向左边，抑或右边，兜住满满的一帆风，把握住手中的舵柄，让船儿稳稳地向前行驶……

仿佛就有了一种万古如斯的感觉，一叶帆、十叶帆……甚至无数叶帆，都是这样地吻过来了，又翻过去了。那个时候，我却不知道女诗人舒婷的那首诗《双桅船》："雾打湿了我的双翼／可风却不容我再迟疑／岸呵，心爱的岸／昨天刚刚和你告别／今天你又在这里／明天我们将在／另一个纬度相遇……"当时我还很小。很小的我跟随父母亲驾船跑资水时，还没有到开蒙上学的年龄。

是什么时候呢？这意境被破坏了。

八百里长长的资水，流淌着的全都是马达的轰鸣，白帆已不再现，帆船从此匿迹。显出一副专横跋扈的样子，当然非机器船莫属了。

老父亲确实是伤感过一阵子的，从感情上讲，毕竟有些过不去，但后来他终于又破涕为笑了，笑得前仰后合，他说：“如果你母亲健在多好，已不必让她一个妇道人家四脚四手狗爬式地拉纤了！”我当然是无所谓的，唯一感到有点遗憾的是，那首《双桅船》的短诗，也将从此变得与后来人陌生。

有一位年轻女子把双脚浸在江水里，她正在躬身濯洗衣服呢。看着那窈窕的背影，我真疑心那就是我的姐姐纤妞儿。记得父母亲总是视姐姐为掌上明珠的，从不肯让她上船跑水路，说江风要是把她的皮肤刮得又黑又粗，将来可就找不着吃公家粮领公家饷的如意郎君了。也是啊，作为女儿，姐姐对前程是可以选择的，不像我们男儿，一辈子除了选择资水，选择船，别无其他前程可寻。

可怜天下父母心，他们想让姐姐能在岸上找一个好对象，一辈子不与风浪打交道，也并不是过分的企盼。但是，他们却不真正地理解自己女儿的一颗春心——姐姐是恋着资水的。她的感情，只想着要倾注在船夫和纤夫们的身上。那时，我也念过四年初小了，偷偷地翻看过姐姐珍藏在枕旁的日记。在日记中，她说：“母亲在资水上怀我，在资水上生我，我是资水的女儿……”

是不是前世注定的缘分呢？那一年初春，我姐姐正在江边濯洗衣服，有一年轻汉子拉着上水船从她的身边擦过去，不小心间，姐姐被那汉子的纤缆弹进了滚滚滔滔的江水中……仿佛是早有准备似的，那汉子把手中纤缆一甩，便纵身跳入了激流，于激流中把姐姐托举着救上了岸来……

就这样，姐姐在与父母抗争了不算太短的一段时间后，终于嫁给了那位舍身救美人的年轻汉子。

后来我才知道，那段良缘完全是姐姐与姐夫自我设计而成的。

得益于资水，才有了姐姐与姐夫的那段风趣而幽默的爱情故事。

然而，现在的纤道荒芜了，再不见纤夫沿着江岸拉纤了，资水的儿女们，你们还能演出那样风趣幽默的小品吗？

像是回答我的显得有几分幼稚的提问似的，轰鸣的马达声盖了过来，我便清楚地看到，一艘油漆铮亮的小机船箭一样地射向了那位濯洗衣服的女子，我正揪着一颗心怕会伤着那女子时，小机船一侧身便绕女子擦了过去，再定睛看时，那女子已奇迹般地与驾船的年轻汉子并排立在船头上了……

哦，风趣幽默的小品竟被快节奏的动作片所替代了。

但我还是渴望得很，渴望那远逝了的白帆重又一叶一叶地吻过来，又一叶一叶地翻过去……

资水魂

一

沿资水步行，走得累了，饿了，看看天色，已近黄昏。这样的时候，江中就飘浮着雾霭了，是乳白色的雾，一缕一缕的，忽聚忽散，忽聚忽散。

景致无论如何也是最美的。可是我腹中饥饿，腿脚酸软，巴不得的是能有一个填饱肚子的地方。然而偏偏蜿蜒于脚下的这条路，是一条多年不被人走了的荒废纤道。它的前方，旅社或酒肆，或饭馆，自然是不会有的。奇迹不会在这荒寂的野外出现。应该说茅屋还是有吧。总有不喜欢群居的脱俗者栖身于不被人光顾的一隅呢。

在水声越来越响，浪涛越来越汹涌的时候，终于就见到一户人家了。也闻到了炊烟的温馨呢。但我又不禁为这户人家捏一把汗。这是一处怎样的长滩、险滩呢？滩涂弯弯曲曲，两壁悬崖对峙着，在这样的长滩行船，或上或下都是极不容易的事。谁又说得准在这江壑之中没掩埋着几多船夫或水手的尸骨！待再走近时就看得完全清楚了，只不过是一顶破烂船棚趴在纤道旁边。幸亏我未抱太大希望，不然，希望越大，失望也就越大的。只要能讨得一碗饭吃就行，只要能借得五尺空隙躺上一宿就行。别无他求。

然而迎接我的不是人，而是一条狗，一条黑毛狼狗。这种狗自然很高大，相貌也很凶残，乍一看，我的灵魂都要出窍了。我站着，心想还是以静制动好。敢起誓，我是绝不会为难它的，量力而行，我没有为难它的本事。弱肉强食，此时此地，我是弱者。那狗也站着，它像是在嗅着什么，猜度什么。大概对峙了有分把钟吧，怕是见我并无恶意，它便缓缓地开始摇着尾巴了，眸子里，也溢出了温和的光泽。还是以诚相待好，彼此都克制点，便能够化干戈为玉帛。

这样的时候，狗就又钻进船棚罩成的屋里去了，它刚进去，便钻出一人，是一妇人，约莫四十几岁年纪吧。她见了我，点了点头，并无陌生的感觉，不问我从哪里来，也不问我到哪里去。莫非是那只黑毛狼狗已经把它嗅到的一切全都告诉她了？只淡淡地一笑，便把我让进了她的“家”。

家里就她一人，以及那只黑毛狼狗。这是怎么回事呢？一个妇道人家，就着一顶破烂船棚，竟在这荒寂的野外，在这滔滔滚滚的江岸边，支撑起一个生命的归宿！当然了，兴许是我的瞎猜吧，谁又知道这是不是她的归宿？仿佛是回答我，一个声音响了：“如果他和船不回来，我就在这里等他，一直等到老。”这声音是出自眼前这位妇人之口吗？正疑惑间，就又听到喑哑的回答声了：“我回来啦，就在你身边的江壑里。”缥缥缈缈的，似从遥远处传来，又像是从自己身边发出。

是一个谜。谜底就藏在她那哀怨又坚毅的双眸中。

妇人转过身去，待再转过身来时，已将一碗米饭递在我的眼前了。

饥饿时，饭便是最重大、最新颖、最鲜明的主题。我狼吞虎咽地吃着。那条黑毛狗就趴在妇人的身边，贪馋地望着我，并不时地舐舔舌头，不时地瞟一眼它的主人。看得出来，它似乎有些抱不平，也有几分委屈。莫非是它和它的主人都还没吃，而且把自己口中食省给我了吗？稍有迟疑时，妇人发话了："看来你也是资水船帮的后代，有一股水腥气在身上，这是它嗅出来的，"说着朝黑毛狗满意地瞥了一眼，"只是我家里没有么子好东西待你，就这粗茶淡饭，你敞开肚子呷吧，呷饱了，就困一觉，这里前去，几十里都冇得人家借宿哩！"

还须作什么回答？说什么都是多余的，也不必再打听她一个妇道人家为什么能在这地方安身立命了。人的一生漫长，演绎出什么样的剧情来都是合理的。切莫惊扰她，让她长相厮守着一团谜，于这荒寂又喧闹的江峡中度过企盼的人生吧。

资水沉沉滚过去，夜，倏忽就很深了。是一个无星也无月的夜晚。然而，那妇人、那黑毛狼狗，他们默默地守候在这破船棚的"家"门中，像在侧耳倾听着什么，又像在凝视着什么。这情景，仰躺在船棚温热被窝里的我，却是看得非常真切的，永世难忘。

就如同难以忘记幼年时听过的——望夫崖的故事。

二

一觉醒来，天已经亮了。

昨夜里，江风一定很猛吧，使人觉得如同睡在飘摇的船上。并且做了一场梦，也是与船与资水有关的——父亲立在船尾一手操持舵柄，一手奋力撑篙，母亲却独自在江岸上，背负着沉重的纤缆寸寸前蠕。那时我只有三岁，是怕我乱翻乱爬滚进江中吗？便用一根缆绳把我拴着，拴在桅杆旁边。眼睁睁看着那惨白着脸孔的布帆，幼小的一颗心便颤抖不已……

"擦把脸吧！"柔柔和和的，这是那妇人的声音。

我忙翻身起床，有几分歉意地望着她笑笑，"给您添麻烦了，让您一夜没睡。"这是真诚的歉意。大概无论怎样虚伪的人，置身于此情此景中都会变得诚实。我接过洗脸巾，那种温热是极熟悉的。儿时，随父母亲在船上漂泊，不也是母亲常将擦脸的毛巾递给我的吗?

早餐就丰盛多了。显然是作了准备的。

她怎么也知道我爱吃清水煮鱼呢?而且佐料也是那般相似：油嫩紫苏，老辣姜米……一坨一坨的，她尽往我碗里堆。我父亲也是最爱吃这种鱼的。不知怎么，我竟然情不自禁地把筷子搁在了饭碗上，老祖母说过：吃饭时只要先把筷子搁在碗上，再在心里头默默叨念死去的亲人的名字，他就会从冥冥中走来与你共餐。看着我的这一举动，妇人默默地点了点头，投过来的，全然是赞许的目光。

吃饭的时候，那妇人告诉我，前去三十余里的地方，有一小镇，叫江北镇。镇中人皆做油粑粑，四分钱一个，又糯又香，但千万莫要呷得太多，有句俗话，叫“食饱伤心”，什么好呷的东西，呷过头了，那胃口就变了，就再也不想呷那东西了，于是一钱不值。这似乎就引起了我的警觉，忙把堆放在饭碗中的鱼退出一半来，并且中肯地对那妇人说：“留着些滋味吧，我么子时候想呷这鱼了就再来!”她并没有言语，但我却分明地听到了一声游丝般轻微的叹息。像是撩拨开什么愁人的东西，妇人撩了撩发丝，又接着给我讲起了镇子中的事情。她说：“镇子中唯有一户人家是打草鞋营生的。当然，说是一户，其实是一人，是一老人。他的草鞋，打得很薄，穿上脚板轻巧得很，又能耐久，因此凡是驾船跑资水的人，或上或下，路过这镇子时无不买他的草鞋穿……”声音戛然而止。屋子里很静很静。

我真想听下去，想知道现在这老人怎么样了。那些驾机器船的人是不是也买他的草鞋?然而，当我抬眼再看那妇人时，她那凄迷的脸色使我感到：哦，一切都成了回忆，成了历史。

上路了，那妇人执意要送我一程。那条黑毛狗也万般解人意地嗅着、走着，一直到前面百米远的一座小石拱桥上才站定。来到石拱桥了，我对那妇人说："您回去吧！"小溪潺潺，汇入资水，资水的浪涛声就更加喧响了。却是那妇人无声。她沉默着，似是一种凭吊。凭吊什么呢？凭吊我那毕竟会被疯长的茅草所掩盖的脚印吗？但我说："我还会沿着这孤寂的荒废的纤道来看您的。"生怕自己在欺骗自己，又重复着："真的，我会来看您的。"她却笑了，看得出来是一种苦笑，凄迷的苦笑。

连表示谢意的话也没有说一句，我复又挪动了前行的脚步。当然，并不是我不懂得礼节，而是觉得，感谢这样的字眼在此时此地是多么的没有分量。但是，我母亲正是这个年龄离开人世的。那是在一个叫作崩洪滩的江峡中，父亲掌舵撑篙，母亲独自拉纤，就在一处漩涡水车得溜转的水湾里，木船突然张头了，一扭身子，箭似的蹿向下游……母亲就在这样的情景中被缆绳勒进了江峡……

我立即站定。然而当我欲狂扑过去呼喊母亲时，那妇人却转过了身去，留给我的，是一个陌生的背影。

这就注定我一辈子都不得安宁了。

我将无法否定一个事实：那位就着一顶破烂船棚在资水的某一江峡中安身立命的妇人，她很像是我的母亲，然而又不是。

三

这小镇，委实是小。

怕只有几十户人家吧，匍匐于这资水北岸的一个江湾湾里，宛如造物主随意涂抹的一弯细细娥眉。这小镇是极别致的，靠山的房屋是不用后廊柱的，只需从崖壁上瞄一处能放置横枕的坎儿就行了，甚至连后扇的板壁也不用装，陡峭的崖壁光滑平整，是天成的磨光石墙壁呢；傍江的房屋就另是一番情趣了：必须将深山中选择的千年古树作吊脚柱子，而这吊脚柱子或春或秋，或冬或夏，年复一年地，都得具备牢牢竖立在水中支撑起整座房屋的一副体魄。

在资水沿岸，这类房屋当然就有着极富诗意的一个名字，叫“吊脚楼”，而吊脚楼里又多是产生美丽忧愁故事的萌床。

可是呢，我在小镇快走完了，就是没见有卖油粑粑的。注目两面街坊，昔日的铺面开着，里面却尽是做木器家具、做竹器产品的男女。偶尔还会溅出几声粗野的怒骂：“你这猪婆，明天就要交货了，就会有票子到手了，也不晓得加把劲！”被怒骂者也并不示弱，把眼球一鼓，鼓得似是就要弹射出来，用同样的怒骂声回敬：“你才比猪还蠢呐！人为财死，鸟为食亡，怕我还不晓得赚钱？！”是啊，这些产品很赚钱那是一定的，要不，小镇人又为何宁愿把几百年来的传统小食的买卖也丢掉，而拿起了锯木破竹的斧头、锯子或刀具？不禁就记起了一句“鸟到山林鱼在水”的俚语来，那么人呢，莫非人就非得要一门心思钻在钱眼里不成吗？又一想，心也坦然：重视价值观，社会行进的轮子定会转动得快些吧。可是那又香又糯的油粑粑，作为一种风味小食，一种地域文化，莫非就理所当然地应该随汤汤资水流去？

兴许，这儿并不是那妇人所说的江北小镇。

这样的时候，就有一个厚重而又熟悉的声音飘了过来：“嘭——！嘭嘭——！”这当然是编织草鞋的人用木棰在捶打稻草的声音。我外公健在时，也是一位编织草鞋的，他每每在编织草鞋前把稻草打捶几十遍，打捶得柔软之极，这样，编织出的草鞋才舒适、耐穿。这个打捶稻草的人无疑不会是我外公，我外公早已离开了艰辛的人世。

会是谁呢？是那妇人提及的编织草鞋的老人吗？

就加快了脚步，匆匆地循声找去。在这小镇尽头的一座吊脚楼里，我看到了那位躬身的捶草人。确实是一个老人。他并没有回头，完全是凭着耳朵就听出有人在向他走近。“是来穿草鞋的吗？”他那浑浊的问话一响起，握着锤的手就止住在半空了。却还是没有回头。

但是，我毕竟已听出他话音里的悲怆了：纤道已经荒芜，纤夫已经改行，谁还会来买他的草鞋呢？

当然就不忍心如实地回答他：“不，我不是来穿草鞋的，我的脚上正穿着崭新皮鞋。”也不愿意欺骗一位老人，说：“是哩，我正是来穿草鞋的。”

该怎样回答他？老人的手仍然高高地扬在半空，像一个永恒的问号——你为什么不回答我？

心就一颤，是慑于老人的威严？是为了表示对老人的尊敬？或许，是对历史的一种承认吧。我终于大声地回答说：“来啦，我来穿草鞋啦！”老人握着锤的手放下了，一颗悬着的心放下了……他猛地转过身，趺趺撞撞地向我扑过来，而且是张开双臂把我紧紧地搂着，紧紧地……像搂着自己失而复得的魂魄。

那老人的双眼竟是瞎的。

他说：“孩子，穿上这双草鞋吧，这是我今天刚刚编织好的一双。这许多年来，也只有你，是第一个来穿我的草鞋……”老人越说越动情。他还告诉我，草鞋已没人穿了，他是知道的，但是他却仍然在编织，不停地编织，仿佛编织一个漫长的梦幻……然后，又是他亲手把自己编织的草鞋一双一双地扔入资水……“这草鞋是属于资水的！”他最后说。

世界在突然中变得静穆极了，唯有资水的涛声一阵高似一阵地盖了过来……

我还能说什么呢？还有什么可说？

资水号子

那地方名叫五岗洲。

资水弯弯，从益阳逆流而上，到那地方有整整十七堑水路。每一堑水路是六十里，十七堑，该足足是九百里了。

那地方多树木杂柴，整座整座的山岗都被林木拥挤得黑黑森森。每年，五岗洲人都要从那山里有计划地伐倒一批批正材，待过了三伏天后，再由年轻壮实的汉子们编扎成排，一路颠簸送往益阳。

若是顺畅，木排能在水上日行二三段路程。而这每一段路的途中，又总会有险滩五六个，也就是说，驾排人每天要飙滩将近二十个！就凭这个数字，也就不难想象出驾排人的艰辛了。但是那驾排人，对于艰辛，也就如同对付每天的茶饭一样，是吃惯了的。谁也不会畏惧。这大概又并不全是为了可得一笔工钱吧，能展示自己的骁勇、豪迈，那才是真的呢。

木排的体积十分庞大。一队木排起程，倏忽间把条资江也都挤得狭狭窄窄的了。那阵势，很是壮观。况且每一叶排上，又都有五六条年轻壮实的汉子，他们习惯于把一根长纱巾拦腰紧紧捆着，开排时，又都齐齐崭崭扯开嗓门呼喊起号子来：

咿哟哟——嘿——！

呃哩喂哟——嗬——！

…………

声音粗犷、激昂，随着浪涛在江峡中撼来荡去。比北方人在高高的黄土塬上唱起信天游还要来劲呢！

驾排的最佳时节，是冬末春初。因为这时农活已经闲了，江里的水，也要比秋夏之际充足一些。只是气温低了。有时碰巧开排后，就遇上雪雨天气，那种滋味，是不太好尝的。然而汉子们当中却没有人叫苦，也不会有人要求靠岸，等到天晴气候暖和了再开。他们都带了足够的老白干，冷，就大口大口地灌酒。

其时，若有一两艘上水船远远驶来，汉子们就都乘着酒兴，声嘶力竭地骂出些粗话野话，灌进船上人耳朵。因为在资水走船，舵手一般都是女人。这些血气方刚的汉子，开排不到两三天时间，就好像离别自己的堂客有了半个年头，只要一闻到丝缕女人的气息，心里就都陡然热辣了起来。更何况是灌了饱饱一餐老白干！

资水滩多，弯同样也多。就在汉子们只顾开心的时候，排身一抖，“哧”地就被拐弯处的崖嘴浅住了（其实就算汉子们都全神贯注，木排搁浅也是常事）。而往往这前面的木排被浅住，后面的许多排也就不得不停下来。在资水上驾排的人，同艰苦，共患难，这是深深地刻在了每个人的脑海里的。

五岗洲到益阳，顺顺畅畅，只需五六天时间。因此在成排时，屋里堂客为男人准备的粮米油盐，虽然不会少，那也是不会多的。谁不希望自己的男人如期回到身边来呢？

木排被浅住了，而且又是在没有人烟的拐弯的滩头被浅住的。方圆十里，有钱也买不到粮食油盐，就算吃的不成问题吧，这已经成了常规的放排时间，也是不能破例的。要是哪一趟延长了天数，回到家里后，堂客又会数落，说是荷包里有了钱了，到益阳邀女人逛街进戏园子了。因此就这样待在排上等涨水冲排，这想法，谁也不会产生的。

他们只晓得仰起脖子来，把老白干咕咚咕咚灌进肚里，直到全身心都火烧火燎了，呼呼地喘着粗气了，就有了人对着北风雪雨脱衣衫脱裤子了，“哗”的一声，毫不犹豫地就赤条条跳进了浸冷浸冷的江中。于是，紧接着又有了第二个、第三个……

渐渐地，那黑红色的肌肤，就变得紫了、乌了，活像一尊尊立在激流中的铜像，有意作着一种健美的炫耀。

咿哟哟——嘿——！

呃哩喂哟——嗬——！

汉子们就这样拼命地推着搁浅的木排，竭力地呼喊着资水号子。用那一副副粗犷嗓门，呼喊出生命的顽强，呼喊出劳动的欢乐！

资水江南

这是资水江南。

无疑就没有长江那一江南地盘阔大，亦无那许多人口，更没有那儿热闹繁华。不过，“江南好”那却是很实在的，完完全全能使到过此一江南的人，梦里抑或幻觉里复又到江南来的。且也时常将一首古典诗词衔在双唇间喃喃吟哦：“江南好，风景旧曾谙。日出江花红胜火，春来江水绿如蓝。能不忆江南……”

江南确实令人回忆。

就连那一江澄碧清澈的流水，汤汤流进江南地域，倏忽间也就不再波动，平平静静，围住半个江南端详。

有鱼儿闲游时，用尾巴“扑哧”甩出声响来，于是才渐渐分散开层层波纹。而江湾某处半藏半露于田田荷叶间的莲花，欲绽未绽，就如一个个恍惚迷离的微笑，又如千古之谜，引人探寻。

也偶有一艘两艘装有马达的鸬鹚渔船，从上而下或从下至上，把一幅如梦如画的江南倒影荡皱揉碎，最后便寻不见踪迹。

江雾缕缕，如惆怅的叹息。

其实那不要紧，遗憾只是暂时的。

穿一双钉掌皮鞋，沿江边一小小巷弄（那叫老巷），哒哒哒极有节奏地叩数不清的青石板，任你在江南湿湿润润的路面上行走。

那沿青檐曲廊起伏游窜的，是龙墙；那携楼阁馆榭翩翩入云霄的，是飞檐；而用翡翠的言语在窸窸窣窣嘀咕“巷弄很深很深”的，则是里边那雕花窗后的飒飒蕉影……

巷弄委实很深。但你切莫要担心走得口渴。虽然大街上的六月隔几家就有冰茶或冷茶可买来止渴解凉，而在此一江南的巷弄里，你只要轻轻一推那两面人家虚掩的门，便可见到堂中或灶屋里的椿木条桌上，摆着瓷缸和玻璃杯，你且自个儿动手筛了茶水喝就是了。切记莫要说讨，更莫要说买，那样人家老板会生气的；喝完了也不要道谢谢，只要你在离开此一江南到了别的什么地方出差时，能记起这里的人家来就行了。这地方有一句俗话：茶水不要钱，人情值千金。

快走尽老巷时，一仄身往右转，过瘦瘦短短一胡同，天地间倏忽变得开阔，一条新铺的水泥街道，把两面崭新的红砖楼房绷得笔直。

这便是新街。是由镇政府新辟的横向区域。

新街有百货商场，有饭店有酒馆，还有录像放映厅和图书阅览室等。但亦有做小本生意的人家。

这些人家的堂中，都摆着一套两套朱红桌椅，干干净净，等候人去坐上一坐。你还刚止住脚步，火炉边系腰围掌勺子的少妇就绽出一张盈盈笑脸亮开了嗓门：“甜酒、油粑、米豆腐呐——”声音软软的，还拖着长腔，像是唱山歌。

于是，你就不好意思不坐那朱红椅子，亦不好意思不从衣袋里掏出票子来。

其时，便是此一江南之行的高潮。

你若是有眼力，那当然是吃米豆腐的。悠悠颤颤，一蓝花瓷碗，里面香料、葱、姜、辣、酱五味俱全。然只收币一角二分。委实是一桩划得来的事情。

你又自然地不止吃一碗的，用手帕揩了揩辣嗖嗖的嘴巴，眼睛便又会对那少妇暗语：“还来一碗好吗？”当即就热腾腾地又来了一瓷碗，软软地问：“客人，爱吃？”还没进口先就融进心里了！

吃过米豆腐，还会有烟递给你。烟是双的，那是此一江南的乡俗：“喜”字成双，双方都图一个吉利。一边吸烟，一边扯淡，渐渐，便成了知己。凡是到过此一江南的人，或男或女怕都会体味到天下人到得这里来原来就是一家无疑的。

起身告辞时，用“依依惜别”来形容宾主各方的心情，那是最准确恰当不过了。

“常来啊——？！”

“常来哩！”

把许许多多的深情厚意，全都包含在这简短单调的话语中。

于是，双脚便会莫名其妙地不听使唤——时缓时快，谁又晓得那是不是在有意叩声声紧、叩声声慢，倾诉着一腔离情别意呢？

——哦，依依惜别，是资水的江南。

边 街

自白：若能够将其一个复杂的世界，说得纯朴又宁静，充满牧歌式的情调，简直就是桃花源里似的，那兴许也能算得是一种高明。

沈从文先生宣扬过："我们实需要一种美和爱的新的宗教。"他总是那样精心地，也是执着地为建筑这一殿堂增砖添瓦。

我亦幻想着建筑这么一座殿堂。

——用如痴如狂的热情，乃至生命。

边街在孤独中静立。

被岁月熏烤的幢幢屋宇，黑如深井。片片鱼鳞青瓦，长满苔藓，呈一派深绿颜色；檐口上那许多的新织或旧织的蛛网，虽有微风轻抚弹拨，却丝毫也奏不出任何声音；中堂神龛上那塑金的财神，本来是不应该受到冷落的，但久而久之，也被岁月抹了黑脸……

哦，边街老了。

纵然并未驼背，并未掉牙，也并未飘老长老长的银须。

边街还是老了，老在窄巷。

窄巷窄如幽深的黑谷。沿窄巷行走，穿一双木屐，叩数不清的青石板，哒哒哒，播一路好脆亮的声响，惊开满街的店面、酒庐、茶肆；还有与古人擦肩接踵贴面相撞，倒是莫撞着官员的轿马，与那杀人的午鼓，不然，一声断喝，将你按倒于街面，痛打四十棍棒，无处喊冤。

就这样行走（只是莫撞着官员的轿马，与那杀人的午鼓），可一直走进久远了的岁月；但不要担心走进已久远了的岁月中的或晴或雨的日子，以及所有的白天和夜晚。就是天晴，也难得有阳光挤进窄巷来的，正午，就算是偶尔能从檐口与膛口相衔接的缝隙处，挤进来那么一丝一缕阳光，那也会被窄巷的空气所潮湿，让人觉不出有稍微一点燥热；不过落雨也不必担心，撑一纸油伞，独自彳亍于窄巷，能遮住街坊两面的檐雨；就是走夜路也不需要点火把，两面黑黑的板壁，森森地逼着你径直向前行走；有句俗话在边街流传：天雨踏黑，天晴踏白。记住了，就尽管放心地挪步，绝不会有任何闪失。若记反了，天雨踏白，那就会哗哗地踏进青石板的水凹，溅湿你的鞋袜和衣服。边街有边街的街训：凡事先人传。大概，这也是先人所总结出的经验无疑了。

沿窄巷行走，留心着街两面的人家，有数不清的小脚女人，着一身旗袍，好惹人眼热；然而这边街有许多规矩，其中之一，便是哪一户人死了堂客，自可以找合适的女人填房；若是一户女人亡了丈夫，却是无论如何也不能再招婿或改嫁的，因此这边街虽有数不清的大乔和小乔一般漂亮的美女，她们的眸子深处却藏着阴影，那些蓄长辫穿马褂的倜傥人士，逛巷子，窜铺面，倒是令人刮目相看的。

德全先生就很算得一个。

德全先生不仅会吟诗赋词，还善写一手好毛笔草书，可谓是龙飞凤舞。因此，德全先生就常被请去写对联，且越写越有名气。

某日，某一户人家请了德全先生写对联，十四瓷碗荤菜，摆满了一大方桌，老窖酒斟了一锡壶又一锡壶，待提笔时，德全先生已经是酩酊大醉了。但德全先生又并没有因为醉酒了就不书对联，且照样笔走龙蛇，一挥而就。

噼噼啪啪，边街炸响了千鞭，煞是热闹。炮竹声中，那户主就很是庄重地把对联挂了出来。那对联上的书法果然是边街无人所能匹敌的。一瞬，就挤了好多好多人来，欣赏那对联。还有人在朗朗念诵：太平盛世年风……然而念到那个“风”字，便嘎地止住了，那人就回过头问一老者：“云公，这风字没有错？”云公是边街辈分最大又年岁最长的人，他说的话在边街颇有权威性（不是有“凡事先人传”的街训吗？云公就是活着的先人），他根本没有去辨认到底是“丰”还是“风”，便愤然训责道：“能错吗？德全先生写的！”有意把德全先生四字说得好响亮。随即，便有一穿马褂的才士捧场：“妙哉！妙哉！这是一副好深奥的对联！摇头晃脑，不怕你不相信他的见解。

众人于是就同声赞道：“妙哉！妙哉！”

遗憾的是德全先生此后却再也不给人家写对联了，且也不再品哪怕是一滴酒，而是足不出户，把自己关在渐渐老去的旧屋。

只有边街某处的墙缝里几株藤蔓却不老，年年岁岁，以红花紫花溢出古朴香风。是那香风逗引出迁居在正街新楼里的人们，煦煦春阳下，俯视那边街。也还会在梦里抑或在先人的传说里，复又沿窄巷走进边街去吗？

哦，边街被遗忘了。遗忘在一边。

杏花　春雨　江南

杏花。春雨。江南。

但此一江南绝非彼一江南。虽然同样有杏花馨郁大街小巷丝丝缕缕飘，同样是春雨绵绵铺天盖地沙沙下……

此一江南是资水的江南。是所属湘西与湘中相衔接处的安化境内的江南。

从益阳花三块七毛钱买张往西南方向的长途车票，一路颠簸，到一地名叫作龙塘的小站下车，不用问路，只要顺了玉溪曲曲弯弯走十来里路程，便见到清澄碧澈一条江了。

那就是资江。

掏出三分五分银晃晃的硬币，乘上噼噼啪啪的一条机器船，一眨眼便过了江。其时，一抬腿就触到了江南湿湿软软的土地。

当然，从益阳走水路一样可以到得江南的。只是没有乘车方便。须在途中一个叫马迹塘的地方住宿一夜，然后又乘船一整天才能抵达江南。

无须打探此一江南的特点。

它自有与别方不相雷同的去处。这不相雷同既在于它的人情风俗，亦在于它的街巷布局。街是新街，一条水泥路把街面绷得笔直，两面街坊正在加紧建造房屋。那大多是些存了一两万元钱的人家所建造的私属铺面：江南酒肆、江南饭馆、江南茶楼等字样的牌匾，等不及房屋竣工就早早地挂出来招揽生意了。兴许，是暗暗地在作一种炫耀，那也是不可知的。

这里兴赶三五集。

逢三逢五的日子，新街人欢猪牛羊狗闹。这欢闹有声有色，尤其在春季。春季多雨，赶集人或男或女一张笑脸在伞下，叽里呱啦乡音土语满街满巷钻。其实，春季赶集买卖猪羊牛狗还不是此一江南的特点，真正给人留下深刻印象的是十四五岁的女子挽满竹篮杏花，娉娉婷婷立在伞下的姿态。没有声嘶力竭的叫卖声腻入耳门，你走近了，问她："杏花怎么卖？"杏花与人面就一并香香甜甜笑："三毛钱一束，卖一束送一束，留个人情在。"有如此相得的好事，谁个不把票子掏出衣袋呢？带回家中把那杏花与人情都插入花瓶，那香甜，怕是日里夜里久久也不会散去的。

下午三时许，集便散了。于是就有三个五个吃公粮的清洁工人，推了铁壳垃圾车，沿街打扫起卫生来。

这时，如果你还有兴趣，就不妨往上街或下街的档头，靠江边拐一个弯到巷子里随意逛逛。

这巷依江而立，叫作依江巷。

那歪歪斜斜的吊脚楼，那被岁月涂抹得苍黑了的板壁，那懒懒洋洋翘起的檐角，以及那一块连接着一块的闪着暗淡幽光的青石板路面，无一不在叹息依江巷已经衰老。

走着逛着，你还真以为会与穿长袍马褂的古人摩肩擦踵贴面相迎，抑或会撞上八人所抬的官府衙门里的轿子呢。然而，偶尔从巷子深处飘溢出一段快节奏的迪斯科舞曲来，陡然间又使你有所醒悟：分明是20世纪80年代的春天无疑。更何况只要你把手中雨伞高高抬上一抬，侧头望一眼那巷子两面人家中堂的板壁，立时，你就会发现某个影星在媚眼盈盈对你笑哩。

门帘微微一动，就有一穿牛仔裤涂了淡淡口红的女子，捧着插满杏花的花瓶走到江边换水。你若被那杏花所迷住，且大大方方地把脚印吻着那女子的脚印去江边就是了。落十多二十级青石台阶，一弯身子就能捧着清澄碧澈的资水，然而那女子却并不急于给杏花换水的，而是痴痴地看雨雾蒙蒙的江面，呆呆地听机船哒哒的马达声，哪个又说得准这江中的哪条船的某一水手或大副不是她的意中人呢？这时便天赐了一个给人家女子献殷勤的机会予你（只是绝对不要心怀歹意），仿佛义不容辞，你走拢去把雨伞分一半在她头顶。那女子若还未察觉到有人已给她撑开了一小片晴朗的祝福，最好你也莫要惊动她。趁她在忘情地欣赏江中景象时，你不妨仔仔细细地欣赏那嫩白双手捧着的馥郁杏花。

这样的时光不会长久。

十来分钟过后，吊脚楼上就有人呼喊那女子了。她恍若梦中醒来，一回眸，瞥见一陌生汉子在自己身边（虽然看不出陌生人有什么歹意，但也毕竟是异性使她感觉到不好意思），于是那女子就忘记了自己是来给手中杏花换水的，慌慌张张就循声回了家门，有意或无意，把丝丝缕缕酽酽的杏花香味留给你作为回赠。

此时，你是不便又跟了那女子转身的，只好痴痴呆呆地看起江中景致来……

只是心中就如同那一江流水，不会再平静……

风雨镇东桥

这种桥，在别的许多地方，叫作风雨桥；也有叫作鹊桥的。在我们那一带，却把这座桥美称为镇东桥了。是不是因为它位于这县城所在镇——东坪镇的东城，于是有读书人才顾名思义取了这么一个名字呢?

镇东桥就横跨在有着青青翠翠一溪名柳溪的出门处。傍近资江。清早，太阳从东边喷薄而出，清清浅浅的溪水中，便游动着这镇东桥别样的形姿了。桥身宽三米八，长却达百余米，共有三十七间哩。两头那高高地翘起的角檐，就如同一对翅膀，翩翩起舞似的，是要携着整座镇东桥飞上云天，横架银河，给牛郎与织女成全千百年来的姻缘吗?

镇东桥左边或右边，都有着青石码头，是资水往来船舶泊岸的好地方。且桥两侧又沿资水匍匐着瘦长瘦长一小巷。小巷一边偎进山崖，一边则把后廊柱竖竖斜斜扎在水中。巷子亦有名字，叫边街。为什么没叫巷而叫成了街呢?当然是因为巷子里人家全靠着开店做生意营生计罢了。若从巷尾或巷首叩一路青石板哒哒哒行走，到镇东桥刚好是边街的一半。而这一半街坊，就能数出几十甚至上百家店铺来的。

新中国成立前，这儿还有一妓院，不在边街的巷子里，而在镇东桥上。那桥除中间留着一条甬道外，两面便用薄杉木板装成了房子的。后来解放了，那无匾无牌的妓院也就解散了。

怕再有人躲进那小小的房间乱来，政府就将板壁拆了。唯有镇东桥廊柱上那数以万计曾经相濡以沫的记号依旧。只是到了“文革”的年月，这镇东桥也就摇摇坠坠过一阵子，还是没有把桥毁成。仅仅改了桥名，曰：东风桥。

历史也如江河。虽然暴涨过洪水，使流水浑浊过，但日久复又会澄清碧澈的。镇东桥默不作声，却也恢复了原来的名字。只是它的上首不到五百米处的地方，巍巍然屹起了一座钢管混凝土大桥，往来车辆，嘟的一声从它那宽阔的桥面扬尘而过，对于古老的镇东桥，不能不说是一种威胁。“镇东桥怕是保不长久了！”边街老少普遍都带着一种留恋之情惊叹。

又是资水跑长途的船夫和水手救了镇东桥。一传十，十传百，他们人人都给当地政府上了请求保留镇东桥的报告。其时多碰巧，文物部门也在建议要将镇东桥列入文物保护对象，因为他们新近发现桥碑上有道光皇帝的御笔。于是镇东桥就理所当然地从廊柱到檐角甚至桥梁桥板都进行了一次彻底的整修，并且用朱红油漆从里到外刷了一次。文化部门慧眼识宝地便从左至右在两侧挂起了宣传板报。把全县、全省甚至世界性要闻，都按期向人们传递。这座即将走到生命尽头的镇东桥，复又焕发了青春。有电视台还专门来此为镇东桥拍了录像片，题为《镇东桥文化走廊》向外作了报道。“这镇东桥怕是成了器了！”自然就常有人交头接耳，如此嘀咕。

也就是这桥，还引来了省里省外许多文化文艺界人士，有心者还专门对它的沿革作了详尽的考察和调查，并作出极权威的论断，说：“镇东桥，是位于湘西与湘中交界处的文化根。”

至于是“根”还是“叶”，这镇子上人似乎不太关心。风风雨雨这桥有了多少年代，那却是老少皆知的。若逢问，便很是自豪地答曰：“已足足有两百个年头了！”

曲江夜色

电晖兄：

刚在作记事用的《农家历》上写过“今日落脚于曲江一陶姓人家”字样，便想起要通过纸笔同你说几句话了。曲江系大桥乡的一个偏远山村，几年前，你去冷市区担任领导的时候，不知道曾由该乡的负责人陪同着来过这地方吗？这地方濒临资江北岸，一条清清浅浅的溪流穿村而过，百来户人家，一半分布在溪流以东，一半分布在溪流以西。听这里住户翻古说，这个村子原是由资水冲来的。细细打听，方悟出住户所言“冲”字的深意：几百年以前，这里并无人家，一片开阔的荒地，杂生着芦苇及各类野草。是年，资江暴涨，下游因受洪水侵袭，无家可归的人们沿江逃荒至此，当有人见了这块开阔地后，觉得这倒是处结庐安居的好地方。先是一户，而后数户，就这样逐渐演变为村了。经考察，以为老人的话确有几分真实。要不，这里的百来户人家，为何无名杂姓，各有着各自的家世呢？

然而勤劳好客却是一致的。

我们从南岸小淹镇乘船过江，又去渡口不远一个叫石门潭的峭崖处看到了“文澜塔”。据史料记载，这座塔于道光十五年（1835年）陶澍所建。塔高二十米，八方七层，中间实，全由青石砌成。第四层至第七层的青石翘角上悬有铜铃三十二个。江风拂过，铜铃“叮叮当当”，洒一片古音依旧，心中的浮躁气委实在倏忽间荡涤得一干二净。第一层那块长一米二、宽八十厘米的汉白玉石横额上，所镂刻着的“印心石屋”及落款“御书赐之”字样，却是很吃力地睁大了眼睛才能辨认得清楚的。倒是第二层横额上镂刻进两厘米左右的“文澜塔”三字还明晰依旧。但是，模糊也罢，明晰也罢，一代风流的陶公，毕竟已经作古。塔犹存，人故去。其中该含有多少深意令我们后来者追思哦！

资水汤汤，诉不尽古今事。

这么想来，电晖兄，前年创办《安化报》，我们围绕着为副刊设置一个怎样的刊名，议来议去还是你一锤定音以“文澜塔”作刊名的拍板是颇见智慧的。资江后浪推前浪，继承与发扬，原本是我们这一代人义不容辞的责任呢。我们曾设想着把报纸办成解放思想的前哨，办得让读者喜闻乐见……然则，天下没有不散的筵席，在你的羽翼下受着启迪的日子却并不长久，城头变幻大王旗，未至三年，我复又回到了县文联，你亦有着新的岗位在召唤。

还是把话题拉回到曲江来吧。

曲江离耸立着文澜塔的石门潭并不太远，只四里许。我们骑着自行车，约十分钟光景便来到曲江了。曲江人是很好客的。我们在清清浅浅的溪流旁一户农家歇脚，刚停住自行车，家中便闪出一位手端粗瓷碗正在嚼饭的中年男人，怕是看出我们有投宿的意思吧，忙让我们进屋，并且立即放了碗筷，一边嘱妻子再炒几个菜，唤儿子沽一壶自家煮的米酒。“农村里条件不好，粗茶淡饭的，莫要见怪。”他这么说着，同我们饮着酒。从他的口中，我们多少知道了曲江这几年的变化。大多数人的家中，都有了电视机，有了自行车，而且都拥有着不多不少的余粮与存款。当我问及这变化的根源时，这住户的主人却并没有说“是靠了政策”的大道理，而是很幽默地笑了笑道：“还不是搭帮上面投资修通了一条公路！我们曲江人是闲不住的，手又巧，作棕扫帚啦，编斗笠啦，都是工余农闲的常事，一车子装到别处卖了，全是崭新的现票子哩！”这公路兴许就是你在冷市工作时规划的吧。

暮色四合时，我是微微地有些醉意了。

你是知道我不胜酒力的。记得同你出差或赴人家请客的宴席时，你会不时地提醒我，叫我少喝一点，或者就干脆笑着为我挡驾。今日，在曲江这户陶姓的农民家中喝酒，忽然忆起你处处对我的关照来，不禁感慨万千。我揩了揩有些潮湿的眼睛，终于挡住了主人的又一番敬酒：“我们还想趁月色到村子里去转转哩，这酒，就喝到八成算了。”我这么说着时，只象征性地吃了半碗饭，便与同行的陈君溜出了主人热情的包围圈。

今日是农历二月十二吧，月色却这般地姣好。我们从陶姓家的侧门穿过，看见木屋东侧清清浅浅的溪流，确乎变得满满盈盈的了，定眼细看，方知道是满溪的月色在无声地淌着。长沟流月去无声，怕已经是夜晚十时的光景了，村子里却热闹依旧呢。家家门前的青条石阶沿上，均有男子在月光下锤捣着棕把子，那棕把子锤捣成丝成缕后，是作扫帚的上等材料，而堂屋里的电灯光下，年轻妇女或妹子，却正在编织着即将完工的斗笠；一段悦耳的黄梅戏文，是从或左或右的房子中泄露出来的，那么，守在电视机旁的观众，该是这曲江的老人以及孩子了……

过了公路，沿一弯弯小道前行，我们来到了这曲江以西的一个山凸上。山凸四周是苍郁的古松，一栋五垄四间的木屋就蹲在山凸的中央。是非常沉寂的。待走过去数十步时，借着如水的月光才认出这原来是一所小学。岁月是无情的，给这所木结构小学涂抹了黑脸，有的地方，板壁也脱落了，再看里面的课桌和椅子，也一样是陈旧的，唯有南面的一扇窗户中露出的灯光显出些微的辉煌来。那么，临窗的一幅专注剪影，一定是教师在审阅着小学生们的作业或为明日的教学在备课吧。联想到沿途经过的古皇村老屋村等所见的破烂学校，不由得对我们的下一代生出了几许遗憾来。日子是确实比以前好过了，村里房屋及家用亦有了很大的改观，然而，为什么却偏偏忽视了学校的更新呢？“国家兴亡，教育为本”，这不是仅仅供我们喊一喊的一句口号啊！

无端地生出以上这一感慨来，电晖兄，应该说其中有一契机的。你不是会调入县教卫办任职吗？在以后的日子中，当你真正地深入到乡村，见到了这些与当地生活水准及社会发展极不相符的或破烂或陈旧的学校后，一定会觉得我今夜的喟叹并非杞人忧天吧。

夜已经很深了。我与陈君，却依旧披一身早春的微寒伫立于曲江小学的山凸上。望着如梦一般的月色轻轻袅袅遮盖下的曲江村，心中忽然侵袭来一种美丽而忧愁的情绪。扯得很远了，每次都是如此，同你说话，我总是漫无边际。求你谅解，并望珍重。

潇洒资江行

俊仪君：

这几日春阳和煦，是多雨的春季里难得的大好时光。作为常年泡在机关里的我与陈君来说，能争取这么个机会，将自己全身心地融入山水自然，与这群无冠无冕无车无鱼的山野村夫，同吃同住同扯漫不着边际的闲谈，确实是陡然觉得如小池塘中鱼儿获得了大海一般地开了眼界，鲜活了思维呢。想想，难怪古时，有大政治家兼大文豪屈夫子等人，在官场失利后，居然能把文章作得那般具有魅力，流传至今并且还将流传下去，不也正是情理中事吗？

这份感受原本应该是我们共同获得的。记得是四年或五年以前吧，我与你与小雁及陈君，就曾多次合计过，丢弃掉那份并不开心也并无多少收获的工作，靠或打工或采摘野果去闯荡一番外面的世界，领略一番风雨人生的真滋味，把自己完完全全地融进山水的自然去，复凭着我们对文学的执着与虔诚，将所感所见所闻作成文章。然而直到在相距了四年或五年后的如今，才真正地有行动。但遗憾总是有的，小雁因受不起金钱的诱惑，已经早就去了深圳；而你，却生了爱女凯宁，不忍小女儿受思母的折磨，故只能是每日里去领受那八小时按部就班的工作；与我同行者，仅陈君一人了。说到陈君，他是个怎样性情的人，你也该有所知道的：柔弱有余，阳刚不足，遇事总让三分。他当然亦有他的长处：为人忠厚和善，且对文学创作及人生态度常有着独特的见解。这些，又恰恰能够弥补着我的短处。于是我就越来越坚信了：我与陈君的合作是有着成功的希望呢。

哦，俊仪，我想你也一定会把我们离家启程的那个日子装在心中呢：那是1993年2月15日，农历正月二十四。那一天，太阳欲出未出，但毕竟没有下雨，我与陈君一人一辆自行车，身后是家人清点完毕的行装，出县城东坪后，心倏然就觉得有了些牵挂的，为人夫为人父，当真是那么潇洒得起来的吗？但一想起那句“男儿有志在四方”及“大丈夫四海为家”的今古格言，一想起我们此行是为了把作家当得更好，将人生过得更有意义，心也就渐渐地坦然起来了。

无须查那本记事的《农家历》，俊仪，我把这十多日的行程粗略地告诉你吧：15日下午2时许离家，当晚就投宿在资水岸边的小镇唐家观了。你一定还记得我曾写过的《依江巷》《青石镇》等短文吧，那均是取材于这小镇唐家观的。一色的吊脚木楼挤挤挨挨地匍匐于清清粼粼的资水岸边，一块一块的青石板连接而成的窄小街道从两面紧合着檐口的屋宇下蜿蜒穿过，大白天也露不进一丝一缕的阳光来呢。我们就借居在这小镇唐家观一户张姓的吊脚木屋中。现代的物质生活，也给这里的人们带来了新鲜的文化生活那是无疑的。吃过晚饭后，我们同户主一并收看着电视。这地方，只能够收到中央一台及湖南台的，而且荧屏上始终如下着“微雨”。夜深人静时，户主一家人已然入梦，我与陈君却一丝一毫的睡意也没有。这其实也好，两人就倚着吊脚楼的栏杆，听楼下“汩汩”翻响的波涛声，看对岸鸦雀坪的江湾中泊着的几只小划子泄露出的星星点点灯火，想我们自己胸壑中深藏的一份心思……

这后来的几日其实是很无聊的。因连绵的阴雨不便出门，就住在傍近资水北岸的我自己老家的古皇村里。依了陈君的话说，无聊还有一解，那就是因为原本太熟悉而无任何新鲜的感触或刺激。也许是这样吧。蜗居家中确也无聊，干脆就作起无聊的文章来。我一气便成就了《废弃的茶亭》《江心洲絮语》《吴黑其人》等无多少新意的随笔或散文。然而陈君的心态就不同了，他在我老家古皇的几日中，因耳闻目睹了这个小山村里贫穷落后依旧的情景，却良心发现般地陡然有了一腔令人钦羡的责任感，并且大谈起我国农村题材应重在真实的呈现而绝不可一味地粉饰等理性十足的话题来，完全是一副深沉深刻的样子，仿佛天降大任于斯人一般呢。但我毕竟是有些感动了。依了我的性情，你是知道的，对于一些根本就做不到的事情，我会很刻薄地理论几句，或者干脆皮笑肉不笑地作一副不屑一顾状。然则，在那样的时候，我终于没有那样做，而是非常认真地读完了他在“呈现”理论指导下写出的散文《早春村小》。那确实是一篇很是厚重的好文章，真实得令人心痛令人生畏。这里，我就不详说了，你会有机会读到这篇散文的。

2月17日，星期六，天终于转晴了。我们告别古皇，骑车到江南镇去。

资水江南，你应该也很熟悉的。1986年的那个初夏，我们一行近30人，来江南参加过一次创作笔会。我与陈君，此次小住江南，刚好就没有丝毫犹豫地住进了当年我们同住的江南镇招待所里。旧地重游，无端地生出许多的感慨是很寻常的事情。江南依旧，住所依旧，那一帮年轻的文朋诗友却早已作鸟兽散去。就连昔日我们一群男作者争相去造访的，被誉为“江南一秀”的招待所经理的女儿，也是徐娘半老不见了桃红水色呢。漫步在江南镇的街巷里，我与陈君，亦不能不感到岁月的无情，感到自己在岁月雕刀的镂刻中已是皱纹深深如罗立中笔下的《父亲》了。

在江南，特别值得一提的是第二日我们换住的一家个体客栈。

你是知道的，俊仪，我是个很看重自己的人。阴差阳错，在安化这个小小的舞台上，也算是得意过一二年，任了个报社的总编辑兼副社长，那时候，把握着舆论大关。然而，此一时彼一时也，我复又鸟雀不如地被置于县文联的旧巢，心里确实是有着几分委屈的。但委屈毕竟很是短暂，谁没有月亏花谢的时候？这么想来，反倒是出奇的平静了。何况我本来就另有所长，没有必要去逢迎，去摇尾，而是试想着要悄悄地在文坛上干出番成就来，树立起人生中一座奇峰，让爱我者更爱，让恨我者无可奈何！正是基于以上所述理由，我与陈君，才有意仓促地搬离镇招待所，躲进了并不起眼的沿河街一个体客栈中。

然而那客栈的主人却是一个疯疯癫癫的老婆子。这是我们住下来后才知道的。当时，她只一口一声“革命干部”地称呼着，领我们沿“叽嘎叽嘎”的极窄木梯而上，至客房，冲我们神秘地笑了一笑，便独自攀扶着极窄的木梯颤颤地下楼去了。这是怎样的一个所在哦，楼板高一块低一块，几片薄薄的杉木夹成两间客房，四壁筛眼一般渗出冷风来，顶上并无任何盖板遮拦，一只只壁虎胆大包天地在沾满着岁月尘埃的瓦片下寻食，蜘蛛亦很忙碌地在房中的四角网着它那肆无忌惮的日子……我看了看陈君，陈君也看了看我，不禁哑然，哑然自己竟敢闯入蒲松龄先生的聊斋中。

但是俊仪，你不要笑，好笑的还是在后头呢。

我说过，我原本是为避开牵扯才躲进这家个体客栈中来的，但是在沿河街散步的时候，还是碰上了区里的办公室主任和新任区长。他俩依旧是真诚地待我，并且责怪我到了江南也不告知一声。当他们得知我与陈君是住在某个体客栈时，便即刻露出一脸的惊讶来，非要我们搬到区里的客房中去。后来见拗不过我们，主任只好陪我们同去了一趟客栈，反复交代了那个老婆婆要好些地照顾我与陈君。这样一来，反倒惹出麻烦了，老婆婆得知我们是县里的“革命干部”后，硬是一把拉住我听她讲历史。她说她是这天底下妇女中命最苦的一个，非要我们为她申冤……。那一夜好漫长哦，我与陈君的两颗脑袋中，真不知装的是什么乌七八糟的东西了。

第三日一早，我们是贼一般逃离了那家客栈的。

直到过江骑车走在了北岸的纤道上，心才逐渐地平静，头脑才逐渐地清醒。

话又回到开头来吧，俊仪，这几日，确实春阳和煦，是多雨的春季里难遇的大好时光。我们在经过了沿岸如百花段、亭子河、麻溪口、老屋湾等山水自然的陶冶后，在与那些山野村夫同吃同住同扯漫无边际的闲谈后，一颗浮躁的心是确确实实地得到了净化呢。已经过去的，我就不再赘述了，在这里，我只想把今日与陈君一同去沙湾渡口的见闻告诉给你。

沙湾，是清代曾誉满政坛的两江总督陶澍的出生地，这也是你该知道的。他在这里曾修建过占地1.2万平方米的富丽堂皇的大官厅已经成为过去。然则，这沙湾渡口的风景秀美却还依旧呢。澄碧清澈的资水从上游汤汤而来，到得离渡口不远时却倏忽拐了一个大湾子，水面于是出奇地宽阔，水流于是出奇地平缓，而宽阔平缓的江流两岸，一面是育种青青翠翠树木的沙湾苗圃，一面是压制香飘海外砖茶的白沙溪茶厂。我所说的渡口，就在这离苗圃与茶厂约500米的地方呢。渡船其实是一律的小划子，比起那些爆响着哒哒机器声的半现代化船只来，这些小木划子是无可比拟地显出一种超凡脱俗的飘逸的。驾船的船夫，又是一律的老大爷，眉头胡须全都白了，活脱脱是一个个神仙的模样。我与陈君，怕也是想沾一点仙气吧，整整半日乘着他们的船过去又过来，那情形是那些阅尽人世一幕幕悲喜剧的老船夫也觉得蹊跷的。但是，我们却是多么地开心哦，躺在老船夫身后的艄尾上，看着那随汤汤资水缓缓而来的一扇扇木牌至河道的拐弯处也照样地拐一两个弯子的困窘相，听老船夫们闲谈起当年的陶大人如谈起他们自己当年的风流经历……俊仪，你想想看，我与陈君，又岂能不觉得自己也是娶侧室七八个、官晋两江总督加太子少保的陶澍，或乘鹤飘来又飘去的某位仙翁呢？“今天是3月3日了吧？”半醉半醒间，忽闻身边有人问话，是陈君的声音。他到底是比我理性多了，还始终记得时日。“怎么不是！”我亦完全地清醒过来，并屈着指头算了一算：哦，我们掏自己的腰包换食换宿，在这资水的沿岸寻真寻美亦寻梦，已经有不多不少17个日子了。

人生难得结伴游。这“难得”二字，是多少透露着些遗憾的。那么，且允许我记下这篇书信体的文字，算是为弥补遗憾之万一吧。早春微寒，善自珍重。

婆 婆 崖

婆婆崖其实是一堵普通的崖石，形状也根本不像什么婆婆，黑黝黝耸出地面两三丈，只是刚好位于井湾里的村口边上，因此，往来行人也就总是会自觉或不自觉地在崖石边停下脚步，抬眼看看这位“婆婆”。

于是就有人称赞，这崖石果然不同一般！

崖壁上贴着许多红纸条，那纸条上有着歪歪扭扭的黑字——

天皇皇，地皇皇，
我家有个夜哭郎；
往来君子念一念，
一觉睡到大天光。

来人这么叨念，不禁就笑出声来。说这实在是荒唐到了顶点。再一看更高的上面，就又会发现有更大的红纸，上书X府XX贵子，寄拜婆婆崖，并写着寄名X X，那名字取得与崖石极相贴近的：崖保或崖成，抑或就是崖生等等，且那名字上还粘着几片雄鸡的羽毛，涂着几滴雄鸡的黑红鲜血。外地来这里过路的人看了，是觉得有好多奇怪想头的，悲哉？怜哉？说不甚明白。

然而，我们井湾里人，却是十分虔诚地做着这一切的。

五岁那年，我就亲身经历过这么一次。

那年我的身体特别虚弱，稍微一点风寒，就会高烧，呕吐，直磨得皮皱皱的，像只瘦猴，样子实在可怜。父亲又不在家里，娘心里一着急，也就懵懵懂懂地没有了主张，成天只晓得陪着我流泪叹气。我伯娘毕竟见识多些，她在井湾里生活了三十余年，大事小事经历了不少，当她发现我病成这个样子时，便连声责怪我娘不懂世事，说："哎呀呀，看伢儿拖成这样子，就不晓得去求婆婆崖赐碗茶水吗？"我娘听了，陡地也就觉得恍然大悟似的，连连点头，并且憔悴的脸上还出现了一丝笑容。

说起来也真是奇怪，过了几天，我当真就康复了，只是搞不清到底是喝了婆婆崖所赐的茶水显灵呢，还是吃了几餐公鸡肉后给我那极度虚弱的身体补了营养所好起来的。不过我娘却坚信是婆婆崖给了我第二次生命无疑了，口口声声说我是托了婆婆崖的洪福，而且还给我添了一个名字，叫崖发，并嘱咐我将来不要忘记婆婆崖的恩德……

但也不知母亲的话语在起作用呢，还是故土本来就难忘，我离开井湾里二十余年了，婆婆崖却常常地屹立在我的梦里抑或幻觉里。不过那又绝对不再是横横竖竖地贴了许多红纸条或者密密麻麻地贴了许多鸡毛鸡血的那尊恶煞神脸孔一样的婆婆崖，而是一堵如国画中常见的装点着大地风景的俊秀岩石。

遗憾的是前不久我回井湾里探亲时，所看到的婆婆崖仍然是一幅目不忍睹的惨象：红纸条与鸡毛血之类虽然比早年少多了，但又被一些年轻人扔了许多牛粪和稀泥在崖壁上。看样子是信奉婆婆崖者与亵渎婆婆崖者两股势力在暗自交锋。

唉，苦煞婆婆崖也！婆婆崖呀婆婆崖，你什么时候才能归于自然呢——作为一道普普通通的崖石，平平静静地伫立于井湾里的村口，那该给我的家乡增加多少生气？！

——井湾里，我的乡亲啊！

姣　姣

湘中这块地盘，竟还有着我们井湾里这样的山村（虽然在六岁那年，我就被送给了山外一位不能生育的表姨作儿子，但是，对于井湾里，我仍然习惯称呼：我们井湾里），虽然要翻七座山坳，涉八道溪涧，才能看到一座小镇，而那小镇又名副其实的小；除了有几家小百货、南货商店外，什么商场及百货大楼之类是没有的；但那不要紧，在这座小镇，毕竟有了新修的公路直达县城，通省城，以及更大的世界哩。

然而就是那小镇，也并不是人人都去过的。比如吧，我的一位堂妹：姣姣，十七八岁了，直到前不久，我和妈妈来井湾里的那天，她才第一次去那小镇哩（我早已改口叫小镇上的表姨：妈妈；而井湾里的亲生父母，却仍然叫：爹、娘）。

姣姣许配人家了。那男方给了她300元钱作定金，姣姣就带了这钱去镇上买几件衣料，是同她娘一起去的。

也不知姣姣在镇上看到了些什么，第二天一早，她就走来同我妈妈搭讪：

"表姨呢，你们小镇上人也真是不同，那男的和女的手扯着手，疯疯癫癫，就像是唱戏一样的。"

那口气，不外乎是个最新的发现。

我妈起初一愣，继而就吃吃地笑了，说：

"哎哟，姣姣你真是个乡里妹子哟，那哪里是唱戏，是跳舞。”

我妈在镇上算得上张嘴的，会讲，也很爱讲。她绘声绘色地又说道：

“哦，你不晓得哩，若是没找上对象的大男大女，只要跳几回，就跳拢了！姣姣，你有机会也去跳几次嘛。”

姣姣听了，脸羞得绯红，也没再吱声，轻轻地叹了口气，走了，到娘身边去了。

姣姣娘是个苦命的女人。刚生下姣姣还没满月，男人就得了急症，死了。井湾里历来有个传统规矩：女人死了，男人可以另娶，而男人死了，女人却不能再婚的。姣姣的娘当然也不能例外。酸酸苦苦，她总算把姣姣拉扯大了。

在井湾里，姣姣的相貌算是上乘。因此上门来求亲的，也就不知有多少。然而，井湾里有个乡俗：男女配偶，要必须合上“八字”。姣姣的娘却总是不肯把八字交给男方去合，她要亲眼看着女儿的八字合得圆满，才放得下心。哪知送来的男八字也不下十个，却总也一个都合不拢来。

那天，我和妈妈来井湾里，正好碰上姣姣娘又在给女儿合八字。

其实，那“合”法，本来就是一种愚昧的暴露，而且还涂上了一层很神秘的迷信的色彩。俗话说：入乡随俗。我也不便当面把它揭穿，那样，村里人不但不听我的解释，还会说是我冲了吉利的。无奈，我只能带着一种很不平静的心情，站在客观的角度观赏了。

姣姣平常胆小，对这事却一点也不知害羞，她眼鼓鼓地靠在水缸边，盯着那两只颤颤巍巍的验证是否“合八字”的瓷碗。我理解姣姣，她是在为自己的命运担心，也是在暗自地祈祷啊！

我还正想找机会对姣姣说，要她是不是先了解一下那男方究竟是个什么样子，哪知像事先就安排好了的，不到一袋烟工夫，那男方的父亲就乐呵呵地送来了300元崭新的票子作为定钱。于是，就在当天，姣姣娘便带着女儿去了小镇……

我还正想着姣姣的事情，姣姣又来了。

这次，她站在我家门口，一副很不好意思的样子，很久，才下决心似的问我妈妈："表姨，你们镇上那些跳舞跳拢来了的人，都合了八字的吗？"

姣姣显然是有了别的心事。

"合什么八字哟，自由恋爱嘛。"

末了，我妈看了看外面，又压低嗓门补充："合八字是迷信！你懂吗？那是骗人的！"

"…………"

姣姣半天没有言语，脸色陡然惨白了。发疯似的，她一边猛跑，一边喃喃自语：

"那是骗人的！那是骗人的……"

带着哭腔的声音，在整个井湾里回荡，久久，久久……

我预感到事态有些异常。姣姣走后，我从娘口中得知：姣姣的男人原来是个跛了一条腿的残疾人，她娘虽然也有些为女儿的前程担忧，但又无法反悔：八字都合得，这是命中注定的！

姣姣悲愤的哭喊声，对她娘有所震动吗？

第二天清早，我和妈妈告别井湾里，回到小镇了。不知怎的，我却一直还惦记着姣姣。她虽然已有所觉悟了，但一个弱女子，能否跳得出布设了千百年的封建迷信以及愚昧的陷阱呢？

歌 手

还是儿时，一位歌手就成了井湾里有名气的人。

他很聪明，接受新事物特别快，且又天生一副好嗓子，虽然当时只有四五岁年纪，却学会了不少井湾里流行的民歌和山歌。于是，他真正的名字就被歌手这个称号所取代了。

当然最初是学唱的一首童谣：

雄鸡公，尾巴拖，
四岁的伢伢会唱歌；
不是爹娘告诉我，
是自己聪明捡咯多多……

那歌声就像是从我们井湾里淌过的一条小小溪流，清亮清亮的。

每当歌手学了首新歌，他就会马上教给我们唱，然而我们总是第二首还没学熟，第一首又忘记了。井湾里的单身老汉——岩伯，就走来善意地打趣我们：猴子猴子掰玉米，掰一些掉一些。

这样打趣过我们后，岩伯又总是乐呵呵地引我们到他那土棚子屋里玩，还分花生或蚕豆等好吃的东西给我们。当然，岩伯最喜爱的还是歌手。他那如古柏般多皱的手，常抚着歌手的小脑壳叨叨："歌手，歌手，你长大了点个状元吧，给我们井湾里出出名。"

我们听了，觉得很滑稽的，哄地笑了起来。笑得歌手很不自在，于是，岩伯眨了眨眼睛，又说："不要笑，不要笑，即使点不上状元，当一名真正的歌手是肯定的，肯定的。"

的确，这是井湾里老少全都默认了的。

少小与歌手分别，转眼间已过去十多年了，虽早年间我偶尔也回井湾里来过，但却总是来去匆匆，很少与儿时的伙伴会面。这次回来，我是有所准备的，非得找歌手玩上几天不可。如今井湾里物质文明已有了明显提高，一定要歌手唱几首欢欣的歌听听。

不期歌手却没有在家里。

"后山竹园村支书家有事，他到那里帮忙去了，要好几天才能回来。"

歌手他娘热情地告诉我，那语气，很为自己儿子的能干自豪!

我急着要见儿时的伙伴，于是，带上特意为歌手买的一套《辞海》径直往竹园村走去。

远远地，我听到竹园村传来的鼓乐声、鞭炮声，间或还夹着女人的啼哭声以及男人悠闲的歌唱声，还真猜不着这闭塞的竹园村是发生了什么事情。

到了那里，我却一下子被闹得蒙了，不知自己到底是回到了什么年代。许久，我才算清醒过来，但也仍然不敢相信：鼓乐声、鞭炮声和啼哭声，以及歌唱声中竟是一副乌黑贼亮的灵柩，原来是村支书的娘。

那歌手当然不是死者的直接亲属，而是请来的道士。他们头戴方巾帽，围绕着灵柩边低头弓腰碎步行走，边唱着一般人难以听懂的歌曲。

这是一种迷信色彩极浓的哀悼死者的方式。还是在遥想二十世纪五六十年代就已经被制止了的。

满屋子人头攒动，歌手到底在哪里呢？

倏然，我被一个极熟悉的声音牵系住了。那声音是从忙碌着的道士先生的堂中飘荡出来的：洪亮、圆润，有起有伏，有唉有叹……似乎有某种预感，我分开拥挤的人群往堂中钻去，然而，我马上又呆住了，木木地站在人群中——那些人中，果然有一位就是岩伯曾经赞赏过，能给井湾里“出出名”的歌手。

我手中的书“啪”地掉到了地上，失魂落魄般地逃了出来。也不知那响声是否惊动了歌手，以及歌手后来又是否知道他儿时的一位伙伴怀着怎样的一种心情来寻找过他。

——井湾里，我的乡亲啊！

母 女 桥

那村口，有一座桥，叫母女桥。

无论形姿及构造，其实都与我们地方上叫鹊桥的那种桥差不离的；何以又被叫作母女桥呢？兴许是一方水土，一方风俗，我想，那地方把如此一座木桥叫作母女桥，怕是自有其“母女”的意义吧。是无须我这个徒步千里寻找文章的人作过多猜疑的。

就在那村子里，我找了户普通的人家落脚。那家里只有老伴两人，双双都是年近花甲的人了，我受到了他们极为盛情的款待：男主人把长杆烟筒递给我，并递给我一支细如丝缕的旱烟，豪爽至极地同我话起了自己村里的奇闻趣事来，告诉我，他是有两个女儿的，只是如今已给人家做媳妇……女主人便风风火火地去烫老白干，去灶前的烟口取熏烤得黑红了的麂子腊肉……我是完完全全地醉倒了的，醉倒在酽酽的老白干里，醉倒在稠稠的乡情中……

就在那天深夜，我起床找水喝的时候，竟出乎意料地看见有一老妇，手托风灯，雕像般立于母女桥的桥头，喃喃地说着些我听不甚清的言语，那神情，虔诚得很，似是在祈祷，又像在倾诉。

复又唤起了我对于母女桥的探寻。

母女桥，果然是有些来历的。

相传在很久以前，那村里，有一位丽质女子，皇上要选她进宫为妃，但那女子却死也舍不得离开自己的家乡自己的母亲而远去；她知道，一旦进了深宫，就不可能如普通民女一样随便往返娘家的；皇上无奈，便下令在那村口建造了一座形姿典雅的桥亭，并赐名为母女桥。意为那女子可将恋故土思母亲的情感寄托于桥上，让桥成为那女子的替身，常驻在村口，与母亲相望；而母亲呢，只要一看到那桥，便如同看到了自己的女儿……

是否真有其事，无从考究，不过那地方有个规矩，虽不成文，却是一代复一代传了下来的：无论谁家母亲生了女儿，都要在那桥的某根柱子上作个记号，一如申报户口般重要，万万也没有哪位母亲把这事遗漏过；且在祝满月酒的那天，还要由母亲抱了自己粉嫩的女儿去桥上劝桥神一杯酒的。

然而高潮还在女儿将要离开母亲将要离开故土出嫁的那天。

那同样是一代复一代续下来的规矩，抬嫁妆的汉子们，脚一踏上母女桥，便立即会刹住脚步，把嫁妆卸下肩来：吹唢呐送亲的“吹仙”，脚一触到母女桥，也会戛然止了声音……一瞬，便围拢许多人来，男的女的，老者少者，全都如涨潮一般往母女桥上涌，为的是看那将要远离自己家乡自己母亲的女儿哭嫁。挤在前面的，偏着头看她哭出的成串成串的珍珠；隔在后面的，便竖起耳朵听她哭。只是那地方哭嫁与别处不尽相同。就我所知，大多哭嫁都是一种假哭，那样的哭嫁是有哭词的，那将要离开自己母亲去婆家的女儿便有板有眼依照嫁词哭，从怀在母腹起，一直到十八出嫁止，数着母亲生养女儿的种种艰辛和劳苦。但是那地方的女子哭嫁无论如何也是真哭，一开腔便泣不成声，眼泪如桥下的涓涓流水，止也止不住哩……

做母亲的，自然就有理由比别处地方的母亲更加疼爱女儿。母亲的爱是无法用语言表达得出来的，她所为自己女儿付出的一切，也无以数计……女儿那一串串珍珠般的泪滴，不就是一串串心音的省略号吗？她一定是想起了空空水缸里正等着有人去挑水，想起了灶屋里没有了第二日早炊的柴火，想起了栏里的老牛想起了笼里的鸡……且还在无言地骂那个男人好心狠呐，炸着千鞭响着三眼铳要把她领到一个完全陌生的家庭去……本来，那村子里的女儿都生性好强，就是上山下地被蛇伤了腿被野狗叼住了裤管也是从来没哭过的，而这时竟哭得山也模糊桥也战栗；哭得连气也接不过来时，围观的男人女人老者少者，却无不“啧啧啧”地称赞起来，全村人都为做母亲的自豪，为母女桥自豪，为家乡的山山水水自豪：“哭得几顶真呢！哭得动了真情离开的地方，是一辈子也忘记不了的呐！”

母女桥，凝结着缠缠绵绵的母女的情感。

每每有从婆家回来看娘的女儿，远远地，只要一望见了这母女桥，喃喃地，就总会呼喊母亲的名字，凭着桥栏，就如偎在了母亲温暖的怀里；母女桥，就为了女儿给母亲挎来一篮祝福也该存在！

每每有送女儿去婆家的母亲，就总是止步于这桥上，高高地扬起头巾，无声地道着惜别……母女桥，就为了母亲为女儿捎去一缕爱恋也该存在！

你这被月下长毛狗无数遍唤过的母女桥，你这被绿茵茵的苔藓亲昵了又亲昵的母女桥，你这让母女们洒下泪滴洒下情感洒下成串成串母女的思慕的母女桥，你这使大手大脚的种田人也变得温情变得柔顺变得细腻的母女桥啊！

我是实实在在被那地方那种古朴的乡风民俗所感动了，被那种淳厚真挚的母女的情感所撼动。

然而，女主人说到这里，激动的神情陡然间便变得黯淡了，长长地，她叹了口气，梦呓般地说：“唉，忘啦！他们把母女桥忘啦！”他们自然是指她的下一代人无疑。

原来，村里已修通了公路，那座木结构的母女桥由于无法承受汽车的重压，便被冷落在一旁了，它的上首，建起了一座气势宏伟的钢骨水泥桥；加上现在来村子里接亲也全改换成汽车了，便再也无女儿肯去母女桥哭嫁了；就连回娘家的女儿们，也极少步行走老路往母女桥上过，而是乘车径直驶进家门口去的，因此，在女儿们的记忆中，便慢慢地把母女桥遗忘了。

我却很是不以为然地笑了。

只是笑过之后，也是感到了一种忧虑的——哦，母女桥，你被冷落在一旁，感到孤独吗？人们把你忘记了，小村会渐渐地变得粗鲁吗？

药　王

药王是井湾里一条剽悍的汉子。上了年纪的人都这么说。但他一生却未曾娶过婆娘，只听说有过一位相好的。

那相好家里人手强盛，在井湾里，算得一方霸王。不期在一天深夜，药王正与那相好黏黏糯糯交情时，竟被那相好的屋里人发现，于是，一声“捉贼”，便鸟铳铁铲出来人丁几十，幸他药王当年身手敏捷，才逃脱一场厄运。此后，便没有再回井湾里。

有人却幸灾乐祸，说药王准是在那一夜中了枪弹，抑或是挨了铁铲，死在外面，死了一个桃花客。也有不少人深感遗憾，说药王与那相好的本是青梅竹马，情同手足的一对，要不是那户人家仗着势力逼婚，那肯定做了药王的婆娘无疑了。更何况他家祖传治跌打损伤，以及金疮等病症，是有口皆碑的。传到他手中，又有新的创举，还只有十几岁，就享有药王之称呢。

惋惜归惋惜，药王再没有回井湾里来。

渐渐地，人们也就把他遗忘了。

忘不了的只有井湾里的堂二姨太，偶尔，她还在心里抑或梦幻里说：药王没有死。堂二姨太已经是六十高龄的老婆婆了，但一双眼睛却明明亮亮，明明亮亮像是一直在期待着什么。她已经是儿孙满堂，生活也过得颇为安逸，只是她心里却从未安稳过，惴惴地，觉得像欠下了谁的债。

欠谁的呢？

有一天，她竟蒙蒙地，也是偷偷摸摸地离开了家中，走上了一条完全陌生的，但是又觉得颇为熟悉的山路。

那山路坎坷不说，鸟粪兽粪，树叶杂柴，铺满了一地，前进一步，说不准还会后退两步呢。偶尔，有一只两只麂子或花面狸之类的野物，倏地从眼皮底下一撞而过，是会让人毛骨悚然的。但奇怪的是堂二姨太一个小脚老妪，走这样的路却没有觉得累，也没有觉得胆怯，是不是她走进了一种忘我的境界了呢?

走着走着，她来到了一堵绝壁下。这就是老鹰崖吧?

在心里，她梦呓般地问着自己。

完全是一副故地重游的样子。这里看看，那里摸摸，她仿佛对那地方一草一木，一石一土都有着特殊的感情。好久，她才像从梦中醒来，抬起头来仰望着石壁。那石壁作着一种随时都有可能俯冲下来的姿势，但是堂二姨太却丝毫也没有胆怯的感觉，她还真希望让这老鹰把她抓小鸡一样提起，悬挂在宇宙间。

我会孤单吗?在心里，她复又梦呓般地问着自己。

不知从什么时候起，离堂二姨太的不远处，有一老者木然地立在那里。那老者肤色棕红，身架魁梧，只是一双深邃的目光里，却流溢出蓝莹莹的忧郁之光。他就把这忧郁之光凝聚在堂二姨太的身上。堂二姨太也感觉到了，虽然她并没有回过头去。她觉得全身热辣辣、麻酥酥的。这种热，这种酥，她曾经有过，可是早已离得遥远而又陌生了，今天复又注进了她的每一个毛孔，她能感觉不出来吗?

堂二姨太终于回过了头去，但没有言语，久久地，像两尊石雕。仿佛是呆立了一个世纪。堂二姨太摇摇晃晃起来，一声凄惨地呼喊“你……你……”便跌跌撞撞地倒进了那山崖般宽厚而又苍老的胸怀。

悸动。悸动。复又沉默。最高层次的理解是默契吧。

冷风呼呼地响，他们却没有感到寒意。头顶上那和地面构成九十度直角的石壁，兴许哪时一个炸雷，就会惊天动地坍塌下来……他们还真想能够那样呢。

他们就住在石壁下的一个崖洞里。每天，那老者便去崖壁采药，堂二姨太就在崖洞里做三餐饭。

他是沿着一条猴儿道上去的。上山后，把扛在肩上的一捆绳索甩开来，一头就用死结缠牢在一角突出的崖石上，另一头就捆缠在自己的腰间，继而，便是极坦然地抓着绳索一截一截往悬崖下退去……偶尔，那老者的身子或哪个部分绊动了哪块松散的岩石时，轰轰隆隆，那崖岩坠入谷底的声音，以及那种声音所带来的恐惧，是无法用文字而只能以心灵去体验的。

每每听到这种声音，堂二姨太就会失魂落魄般撞出洞来，痴痴地仰望着铁青的石壁上空那一个颤动的黑点。她看到的似乎并不是一个采药人，而是一只雄蜂。那雄蜂的命运极是悲惨，它一生只能与雌蜂交配一次，就不能再回去了，否则，就会被凶狠霸道的雄蜂活活刺死；但是，雄蜂又觉出自己的生命并未就此结束，于是就毅然地逃进与世无争的悬崖峭壁处，执着地采集着古树林里的枫浆，蘸着自己血肉酿制一种对人类疾病颇有特效的药物——乳香。

那老者不就是在采集着乳香吗？！

然而有一天，如一片秋叶从枝头飘落，那个黑点也从悬崖峭壁间坠了下来。是堂二姨太眼睁睁地看着坠下来的。

她却没有哭，没有悲伤，似乎这才顺其自然。只是她也就没有再回崖洞去做饭了，坦然而又平静地，她就陪着那血肉模糊的老者躺在了石壁下。起初，还能听见一个脆弱的，也是甜柔的声音在喊着："药王……药王……"

而后就又归于寂静……

关　山

一方水土，一方风情。

湘西与湘中一带，每个村子的村口上，都有一座小小土岗，那土岗上又一律地都有着一片古树林子。那土岗叫作关山，那古树林就叫作关山林。想来，古人怕是为了配一处风景，才垒下这土岗，才栽下这树林的吧？而后人为了要保存住前人业绩，就有意把土地神请来，安置在那林子的某一棵树下。于是，这土岗就神了，这林子就神了，再也无人敢动这土岗一抔土，再也无人敢动这林子一片叶……

我们井湾里就有这么一座土岗一片林子。

很小的时候，祖母指着那土岗告诉我："那叫关山，是土地神住的地方。"抬眼把目光穿过树林看，就看见小小一砖屋，飞檐翘角，极是精美。祖母压低声音："那就是土地庙。"还把着我的手朝土地庙打躬作揖，我偷偷地回过脸看祖母时，幼小的心不禁一阵紧缩——只见祖母双目微闭，一脸肃然，便知道了那土地神是得罪不起的。

倒是后来上了学校，学了一鳞半爪天文地理知识，对土地神的神圣也就有了些许怀疑。一日，邀了三五个同学，惴惴然往关山林子里走了一圈，见了土地神，也并不打躬作揖，三日四日过去，居然举家无恙。于是，胆子更加大了。再去关山林时，就不免要动手动脚爬到一棵树上折几根枝丫下来；到了土地庙门前，还敢用枝丫拨里面的泥塑土地神呢。

同样是丝毫无反应的。

有老人知道了，先是忧心忡忡地恐惶；后来见没有任何报应，就千方百计找出理由，说：“哼，算你们小子命大！”

童年的事，越想越浑，总难想出是非来。

还是直面现实罢。

通过了三番五次的运动后，人们的心目中，再也没有任何偶像了，有的只是一个“我”字。这其实应该说是一件好事，能够最大限度地发挥每个人的主观能动性。但是，如果自我意识太强烈，唯老子天下第一，无视大自然的规律，不遵循科学的训导，也没有了良心和道德的准绳，而完全盲目地为我所用，那又将会出现怎样的一种局面啊？！

远的——利用职权损公肥私，拆了长城的砖，修筑自家的墙等诸如此类的例子不说，还是只说我们井湾里那一片关山林吧。人们把以前的种种骗局戳穿后，无须问青红皂白，谁也可以把自家的斧头磨得锋利，舞得虎虎生风，把古木新材砍倒便是。或修猪圈，或建厕所（人们还不屑于做正用呢），甚至把树根挖出来，烧成火土灰作肥施了……

我却多么愿意相信，这只是人们对以往被封建迷信和现代迷信愚弄得太甚所生出的一种发泄，转瞬便会清醒过来。

满目疮痍，满目疮痍哦！

我只是在思索：人们能不能把彻底解放了的思想，用于创造这个世界，用于改造和发展我们民族这个群体，而不仅仅是用于对过去一切事物的毁灭呢？更退一步说，就顺其自然地，让先人垒下的这座土岗，栽下的这片林子，成为一处风景重现于村口吧！

葵花地

我始终还记得乡下老家的那一片葵花地。

那是许多年前的事情了。那时候，祖母的身子骨已经不再硬朗，她的一头黑发也已经被岁月的风雨洗得成了根根银丝，而一双被旧时代裹得变了形的小脚，噌噌噌，一天中总要去葵花地里跑几个来回。祖母是在侍弄她的宝贝葵花苗。其时，我还是一个混沌未开的蒙童，常常是屁颠屁颠地尾随在祖母的身后，不是帮忙，而是添乱。祖母是从不生气的，那一张满布着沟壑的脸庞上，总是流淌着笑意。“你看，你看，又把葵花苗给踩翻了。”她这么说着，一双爬满青筋的手便很是小心地去扶正被我踩翻的葵花苗。

曾听大人们讲，我祖母出生在富贵人家，幼年时念过私塾，很在行的却是裁剪缝制的手艺活，她年轻时飞针走线绣出的花卉禽类，形同活物，让人看着看着，稍一走神，那花儿仿佛就从锦缎上开了出来，鸟儿仿佛就扑扇着翅膀飞了出来……然而，祖母的人生却并无锦上添花那么美好。她二十八岁那年，我祖父便撒手人寰，留下娇妻幼子，在人世的凄风苦雨中熬着艰难岁月。也就是从那以后，我祖母便再无闲情去刺绣那些精美的花卉禽类了。拖儿带女，养家糊口，现实的生活不得不使她的那双纤纤素手专事陌生的农活。偶尔听人说起祖母的经历，幼小的心中就满盈感动。但是祖母从不对我们讲述自己的身世，至于她蹭着一双小脚是怎样拉扯着我的父辈走过那一段漫漫人生路，也就不是幼小的我能够猜想得出来的。兴许，旧事重提，会触动她那一颗累累伤痕的女人心，会给我辈幼小的心灵蒙上阴影吧。

在我的记忆中，印象最深刻的便是祖母耗费百倍热情侍弄的那一片葵花地。

老家坐落在井湾里村口的一个开阔山湾。左面有一眼碧水盈盈的山塘，山塘后，是一座形同卧虎的石山，村人叫它“虎形山”，右面是一座黄土岭，不知怎么却被称作“弩形台”，而老家朝南正对面的青黛山峰，又被取名为“野羊峰”。祖母的那一片葵花地就在老家门前的开阔地中间。那是被祖母的心血和汗水浸得十分肥沃了的土地。每年开春，祖母就小心翼翼地从火塘挂钩上的竹篮里取出备好的葵花种子，一颗一颗放进盛满着清水的木盆里泡选后，才又一颗一颗地插入铺着白色柴灰的土钵中萌芽。然后，她便佝偻着身子一锄一锄去翻垦被冬日的雪雨浸淫得绵紧的葵花地。直到把那块葵花地整理得松松软软，平平展展后才一边反手捶着背脊，一边洋溢着满脸的笑容望一望当顶的太阳舒口长气。其时，哥哥和姐姐已经随生产队里的大人们去翻垦玉米地去了。影子般陪在祖母身旁的便是我这个只会添乱的蒙童。倏忽就想：倘若我那早逝的父母还健在人世，祖母该不会如此负重地亲自下地干这些农活吧。然而祖母却说：“真正累人的并不是一天一季的农活哩！”我眨巴着眼睛望着祖母，仿佛发现，她那时常流溢着笑容的脸庞在沟壑间，忽然罩上了几缕灰色的雾霭。

那一夜，我照样枕着祖母的手臂睡觉，却久久地没有睡意，蒙童的心思乱麻一团。祖母一定是察觉到什么了，这一夜，她破例没有为我哼唱催眠曲，而是用她那豁了牙的嘴给我讲述着关于我们屋场山势地形的结构。神情幽幽的，老祖母说：“门前的野羊峰，原本是一群奔逃的野山羊，它们被如今凝固在屋后的猛虎追赶着，跑到这个地方，刚好弩形台拦住了猛虎的通道，于是跑累了的羊群才有了停下来喘气的机会，而猛虎也就只能俯卧在弩形台的后面长久地面对着眼前的诱惑……”祖母当时何以要对我谈起深奥的风水来呢？我似懂非懂地听着，便朦朦胧胧地进入了温柔的梦乡。

两三场春雨洒过之后，种在土钵里的葵花籽终于长出了嫩芽，祖母便在一个雨后天晴的早上，一棵棵地用了竹签将葵花苗掀出来，再一棵一棵地栽进了肥黑的葵花地，继而，再又撒下一层薄薄的火土灰。于是，这以后的每一天，祖母总要去葵花地跑几个来回，为葵花苗锄草、松土、浇水和施肥。祖母做这一切时，总是小心翼翼地，就如同月子里母亲奶婴儿般不厌其烦。几番风雨，几番日月，葵花苗渐渐长成了人高，展开了金色的葵瓣，结出了芽状的籽粒。其时，佝偻着身子的老祖母同年幼的我，置身于茂密的葵花丛中，便是满眼的绿叶及金色的花瓣了。阳光从绿叶及金色的花瓣间洒落，祖母那张脸的沟沟壑壑中闪烁着的也是金色的喜悦哦！有一回，祖母站在阶沿麻石条上，指着阳光下耀眼的葵花意味深长地说：“这葵花多么可爱啊！它们总是追随着太阳旋转自己的身子，哪怕是在没有太阳的阴天或雨天，它们也会凭着记忆毫不迟疑地寻觅太阳走过的方向仰脸相望的。”祖母说这番话时，哥哥和姐姐也在旁边，我见他们一脸沉思地点着头，眼睛里闪闪地放出一种异样的光彩。莫非哥哥和姐姐那时就已经领悟到了祖母话语中的含义吗？葵花的生命，是激情的，是奔放的，是火一般热烈的；而如同葵花的人生，是积极的，向上的，即使是遭遇凄风苦雨，也永远不会迷失生活的方向。

我觉得自己一下子变得懂事了许多，似乎也就渐渐地明白：祖母一直精心侍弄着葵花地，其实是在精心地侍弄着她对生活的向往，对生命意义的追求，侍弄着她那一双小脚噌噌噌跋涉过的人生长旅的意志与毅力。举目再望葵花地时，我忽然发现那一张张金色的花盘，就像是一张张天真无邪的脸庞，在这开阔而热烈的秋季，正昂然相向地呼吸着太阳的光焰。也就仿佛觉得，我也变成阳光下的一棵向日葵了，蒙童的心灵盈满着从未有过的兴奋与遐想……

我又怎么能够轻易忘怀乡下老家的那一片葵花地呢！

回望家园

三十多年前的某一个夜晚，随着哇的一声啼哭，井湾里的那一片厚土上便注定了有一个逆子会脱颖而出。吮着母亲的乳汁，喝着故乡的清泉，嚼着故乡的苍谷子、红薯干和粗米饭，那一个注定了成为逆子的男儿已渐渐地长大起来。

我就是那一个逆子！

从未言过回报，更无回报的行动，因为只有十多岁——刚好是开始具备回报能力的年龄，我便弃父老乡亲和故土远去，漂泊在风雨绸缪的江湖，闯荡着独自糊口的人生。然而，二十多年过去，故乡的山故乡的水以及故乡的人物，却经常在夜阑人静时进入我的梦中，令我梦醒后频频回首。

山依旧青翠，水依旧碧绿，人依旧亲切。劳动的艰辛，艰辛后的喜悦，也照样令我激动，令我缅怀。四季轮回，故乡人真正看重的其实并不是播种的春季，也不是五谷囤满粮仓的冬季，却是夏末秋初的那些个日日夜夜。春播只是开始，冬囤已是结束，唯有夏末秋初的抢收抢播才轰轰烈烈。

原来我的父老乡亲也最看重轰轰烈烈的过程啊！

无际的田野，翻滚着金色的稻浪，漫山漫坡的苞谷黑须飘逸，满沟满垅的干荚咧嘴呐喊，故乡的老少男女磨刀霍霍……开镰的前夜在沉寂中骚动不已。

那个时候，故乡还是以生产队为作业单位。担任着生产队长的我哥哥树仁是条年轻气盛的壮实汉子，他俨然一位阵前的指挥官，踏着月色这家走走，那家看看，把抢收抢插过程中的人员搭配一一与大伙儿透底通气。月西沉，夜未央，嫂子却在厨房里忙碌，这已经成了习惯，每年开镰的前夜，嫂子总忘不了做几样稀罕的菜肴，等着我哥哥摸黑归来，然后再亲眼看着丈夫口饮几盅烈性的老白干才肯去入睡的。嫂子是有意在为我哥哥壮胆吗？

然而，那一夜我哥哥却久久地没有回家。

雄鸡唱响了晨曲，东方已现出橘黄的曙色。心慌的嫂子再也按捺不住性子了，把我从梦中叫醒，拉着我的手便往外走去。透过晨光，我发现嫂子的脸色惨白，双目中有盈盈的泪水在闪动。我哥哥不可能在开镰的前夜不回家的。一定是发生什么事了。年幼的我也同样紧紧揪着一颗心。

——树仁——树仁！

嫂子的呼唤在晨风中战栗着，渐渐地变得凄楚。村人们全都朝呼唤声赶过来。七嘴八舌，一脸的疑惑。飘逸着银白胡须的咸宗伯也来了，他把拐杖敲得山响，对着人群吼道："还愣着不去找人呐！"众人四散，呼着、喊着，分头寻找他们的队长。

我哥哥果然出事了，躺在村头的山溪旁边，一只肿得通体透明的脚浸泡在清粼粼溪水中。他是在回家的途中被毒蛇咬伤了，一定是忍着巨大的痛苦才爬到了山溪旁的，想用溪水洗尽伤口的毒液。但是毒性太重。我哥哥或许才刚爬到溪边，便已经昏过去了。人们找到他的时候，见他的脸上没有了一丝血色。嫂子真是不要命了，她发疯似的拨开人群，扑过去对着伤口便使劲地吮吸起来……

清粼粼的溪水无声地滑过，东边的天际裂开了一条血口，旭日已经冉冉地冒出了山顶。这样的时候，我哥哥终于苏醒了。

见此情景，他吃力地坐了起来，只见他双睛溅火，愤怒地骂道：“你们都待在这里干什么？不晓得今天是开镰的日子啊！”然后由嫂子挽着，一步一拐地向田野走去。我哥哥确实是一条了不起的汉子，他说什么也不肯回家去休息，而是叫人端来一把凳子，如一块铁般地坐在村人开镰的田埂上。阳光静静地盖过来，稻浪呈现出纯金般的颜色，人们佝着脊背，没有言语，没有抬头，一任割倒的稻子在身后列成蜿蜒的长队。耀眼的阳光下，我哥哥那惨白的脸上渐渐地浮上了笑容。

那是一幅怎样深沉的油画色调的创意啊！

即使是在时隔二十多年后的今天，回忆起当初的情景，仍一样令我激动不已。

然而，我不过是故乡的一名逆子，并没有更多参与那片厚土上的农事，便早早弃父老乡亲和故土远去。我其实也是想过要回报的，但是，寸草报春晖，我知道自己的回报没有丝毫的分量。那么，请允许我用手中这支笨拙的笔，不断地写一些有关故土以及父老乡亲们的文字吧，不为别的，只为自慰。

故乡月色

如水一样地，盖着粗线条的山脊，填满幽深的峡谷，铺遍无际的田野，罩住祥和的村庄……那是故乡的月色啊！

故乡的农人们起早贪黑，脸朝黄土背朝天，日子与日子在辛勤地劳作中不断地重复着，内容依旧。然而他们总是那样地投入，冬去春来，热情不减，并且常怨言白天太短，夜晚太长。月亮升起来，如水的月辉下，故乡的农人又将以另外的一种形式开始自己的劳作。

记得是一个初秋的夜晚。

激烈的“双抢”战役已告结束。田野里的稻谷收了，山坡上的苞谷收了，沟垅里的豆荚收了，生产队的粮库坪里，挤挤挨挨地分类堆积着农人们汗水凝成的颗粒，秋夜月色下的故乡凝重而饱满。

——喂！大家到粮库坪里加夜班去哦！

担任着生产队长的我哥哥站在屋后的土岗上，把手合成喇叭筒，脸红脖子粗地吆喝着。人们从低矮的木屋中走出，男的扛着锤打豆荚的搭子，女的提着小木凳和剥苞谷用的铁钳，说着笑着，三个五个一组地聚集在流淌着月色的粮库坪里。晚风带着五谷的芳香轻轻地吹过来，又轻轻地拂过去，初秋的暑气便在村人的说笑声中渐渐地消退了。

竞赛在喧闹的劳作中展开。男人与男人之间，将白天散在粮库坪晒垫中的豆荚垒成一座座小山，然后，甩开壮实的臂膀，那捶打豆荚的搭子便“叽呀一啪！叽呀一啪！”地响成一片子。尘土与豆荚的灰末烟雾般腾起来，没有人躲避，也没有人掩鼻子遮嘴巴。我哥哥说：“天生是条泥鳅，还顾得着水浑吗？”语意中充满着坚忍也充满着一种逆来顺受的宿命观点。女人们就讲究多了，她们的头上，全盖着一条花手帕，并且背对着风口而坐。也不知到底是哪家媳妇的创举，坐一把叉开“八”字的铁钳于胯下，将剥出一道指缝宽的整根苞谷棒子往铁钳靠紧，然后用力一旋，只听得吵吵吵如雨打芭蕉般的一阵脆响，黄灿灿的苞谷子便撒了一地。不时洒下的，还有女人们悦耳的笑声。

能够吃苦，乐于吃苦，其实是需要博大胸襟的。

忙碌的人群中，有人撕开了粗犷的嗓门：

绫罗绸缎是我织，
五谷粮食是我栽
城里的爷们坐轿子
你愿花钱我愿抬。
…………

歌声响若滚雷，起初是一人独唱，然后是众人合唱，唱得惊天，唱得动地，唱得我们一群没参与劳作而贪玩捉迷藏的孩子心痒血热。这样的时候，皓月已至中天，晚风也越发凉爽了，一曲终止，另一曲又起，歌声融入月色，月色盖着村庄，农人艰辛的劳作中，原来自有着大欢乐在。

最难忘的还是在结束劳作之后的夜浴场面。

资水汤汤从远方流过来，流到故乡的村口，拐了一个半圆的弯儿，水势显得那样地平缓，那样地沉静，也许，那是上天给我的父老乡亲们的特殊赐予吧。没有男女之别，没有老幼之分，结束了大半夜的劳作后的村人们，以一种浪漫的甚至野性十足的情调，开始享受着另一种人生了。他们呼喊着，吆喝着，手拉着手哗啦啦跳进澄碧清澈的资水中，尽情地畅游，尽情地嬉戏，尽情地放松，水中溅着月色，月色中渗透着水珠，那才叫天地间的大美，那才叫人世间的大开心啊！

洗尽了尘垢，涤去了狂热，人们陆续地爬上岸来。夜已经很深很深了，江风清凉如水。没有迟疑，没有犹豫，更不敢怠慢，我的父老乡亲们，步履匆匆地，踏一路柔和的月色，朝着自己栖身的低矮的木屋走去。稍作短暂的睡眠，或许，还来不及做一个美梦吧，他们又要起床，又要以充沛的精力，饱满的热情，去迎接依旧忙碌的新的一天。

…………

然而，岁月也是流水吗？仿佛一转眼，便是二十多载汤汤远逝，故乡的一切，只能在我的记忆中封存。今夜，客居异乡的游子，小心翼翼地展开尘封的记忆，我的眼前，月色依旧，我的心里，情感依旧。

故乡的月色，永远透明着一颗游子心。

画人字的师伯

我与师伯共事其实不到一个冬天。那时，我还是十多岁的少年，拜在农村一篾匠的门下当学徒。我们做的是包工活，自己带粮带干菜，在高山产竹的乡村里为湖区编织筑堤坝用的土箕。师伯同我们共一个工场，三人联手，单独核算，多劳多得。

篾匠赚的是辛苦钱，尤其是冬天，开竹子，剖丝篾，过拣刀，一双手如同捉冰块般难受。师傅有句口头禅："你要他的钱，他要你的命。"算是淋漓尽致地道出了手艺人的艰难呢。师伯是个憨厚人，一生难得有自己的主张，却是天成一副菩萨心肠，见我冻得缩手缩脚的样子，忙凑过来悄声告诉我："你去火塘烤一烤吧，只讲是进茅厕是了。"说着，瞟了眼我师傅，呵一呵冻得同样通红的两只手，便又继续自己的活路去了。

师伯是很会唱山歌的。虽然年过五旬了，嗓子却极洪亮，时不时，他就会亮嗓喊出一段歌子来：

太阳呃落土又偏哩咯西哟
黄瓜哩蓬上落竹哩咯鸡……

一边很认真地唱着山歌，一边很专注地编织着手中的土箕，很是陶醉的样子。师伯确实是值得陶醉的，三十六岁那年，娶了个二十一岁的黄花妹子，又能干，又漂亮，并且给他生下了一儿一女两个孩子。师伯一曲终了，只见他一副老叟脸色，却也微微地有着红润了。他还鼓动我也学着唱呢，说是亮嗓喊一喊，全身都会发热的。我当真学着唱时，唱着唱着，果然就不觉得冷了。

但更使我佩服的，还是他能写得一手好字的本领。每日吃过饭后，我们总会在火塘旁烤一会儿火的。师傅就正好趁这个机会，猛抽他的竹筒旱烟；没有抽烟习惯的师伯，却是手中握着一根烧了半截的柴棍，在火塘的灰烬里画字。他写的是繁体，并且翻来覆去地就写一个“爱”和一个“亲”字。我也毕竟是读过初小的，还学着描红，也认得繁体的“爱”字及“亲”字。“师伯，师伯，现在是不兴写繁体的了。”我这么提醒师伯时，师伯却笑了笑，说：“爱怎么能无心呢？亲怎么能不见呢？”我想了想，觉得很有道理的，就连连点着头也跟着师伯笑……

没过多少日子，我们所带的粮食就快吃完了。是师伯自愿独个儿回家去取粮食的，我知道他的用意：家有娇妻及儿女，外出得久了，心里头想念呢。但是师伯高兴而去，却是扫兴而归的。师伯完全像变了个人，山歌不唱了，繁体的“爱”字和“亲”字，也不再写了，写来写去只写个简简单单的“人”字。“师伯，你为什么反反复复地写个人字？多没意思哦！”我本意是很想看他写繁体字，没想到师伯却重重地叹息一声，“是啊，多没意思，多没意思……”喃喃地重复许多遍，一脸的丧气。我师傅也一定觉出了什么的，私下里，问过师伯多次，可师伯依旧只是叹息，守口如瓶，似乎有着某种不便启齿的隐情。

在我的印象中，那个冬天，特别地长，也特别地冷。没有了歌声和笑声的日子，是多么的难熬哦！总算临近年三十了，师伯师傅和我，终于可以回家与亲人团聚了。乡人有乡人的讲究，无论怎样地贫穷，怎样地不开心，团年的那个日子，也总是会千方百计地做一桌饭菜，客客气气地相互道一些吉祥如意的祝福，认认真真地给彼此敬几杯酒的。热热闹闹，和和睦睦，这才像个团年的光景啊！

然而，我们正喜气洋洋地吃着团年饭的时候，师伯家中，却传出了嘶哑的号啕声……这到底是怎么回事？我们全家人都放了碗筷，慌慌地来到师伯家中，才知是孤零零的师伯正趴在堂屋的门槛上，哭天喊地唤亲人。不一会儿，相邻的老老少少也全都赶来了，从村人七嘴八舌的言谈中，我知道师伯大恸的原因了：比师伯年轻一截的师伯母，其实早就背着自己的男人与外地常来收废旧的一个汉子来往……憨厚的师伯，在这个团年的日子里，一清早就起床，做了满桌的饭菜，巴望着自己的骨肉亲人能陪着他过一个团圆年的，可是……

“也真是没得良心的女人。哼！我们硬要去把她捆回来，丢进白水塘中喂鱼算了！”

“是哩，是哩，我们去吧！”

想不到师伯却即刻止了号啕，拱手下跪，慌慌张张地阻挠着愤怒的村人们：“算了呀，算了呀，都只怪我自己没得能耐！我自己没得能耐……”村人亦为之感动，淌泪者众。

不久以后，师伯就疯了。像个幽灵，整日里上村游到下村，下村荡到上村，手中握着一根半截柴棍，一路游荡，一路画着“人”字，口中还喃喃自语地说着：“多没意思，多没意思……”有风拂过，师伯的声音，传得很远很远。

蒙 师

最初认识的字，是“天、地、君、亲、师”。那是写在神龛中间的神柱牌位上的，烫着金，辉煌得很呢。父亲常把我举过头顶，一遍复一遍地念给我听，可是我那幼小的一颗心，并不懂得其中的含义。

后来，我到了入学的年龄，父亲领着我去认老师，并悄声告诉我：“老师是教学生认字、做人的。”偷眼看那个被称为老师的人，心里就一愣，老师原来这么年轻啊！

铃声响了，我跟着同学们涌进了教室。第一次进校门，心里充满着好奇感，同时，也免不了有些紧张。我们就用这种好奇而又紧张的目光盯着老师，老师是落落大方的，清了清嗓门，彬彬有礼的，他说：“同学们好！”那时，我们真傻，却不知道回复“老师好”！他是停顿了片刻的，见下面无声，笑了笑，就自我介绍：“我姓蒋，以后，你们就叫我蒋老师吧！”

一阵窃窃私语：“蒋老师！蒋老师……”

蒋老师很和蔼，教书也非常认真，他教我们读韵母时，为了让我们读得更准，记得也更深，就总是捡一些就近的比方来引导我们。比如教“ang”吧，他就首先问我们：“同学们，老黄牛是怎么叫的呀？”异口同声地，我们就回答：“ang。”他马上接过音去，指着黑板上的那个韵母，说：“这就叫ang。”

像我们那样的乡村小学，学生并不多，却同样分有四个年级，即一年级、二年级、三年级、四年级。老师只有三个，除了蒋老师和另外一个同是民办教师的易君兰女士外，还有一个姓刘的老师。他们名义上是分开着教，刘老师教二年级、三年级，蒋老师教一年级、四年级。但是，唱歌、图画，却全是由易君兰老师一个人教的。况且，姓刘的老师还常常去乡联校开会，留下蒋老师和易老师，上上下下地周旋。好在他俩年轻，体格健壮，不然说不定哪一天会倒在讲台上。

蒋老师的家就在井湾里附近。

那时，他的两个孩子都不大，妻子在家里既当父亲，又作母亲。那份艰辛，是可想而知的。蒋老师就利用每周的星期天，为家里拾柴火，把缸里的水担足，稍有闲暇，就把两个小乖乖一手抱一个，右边亲亲，左边亲亲，还凑近身旁说着悄悄话。那是不是在说："好宝宝，快快长大，也像爸爸一样当老师。"妻子就在一旁静静地望着他。这样的时候，妻子是不会打扰他的，她知道，那是丈夫在还做父亲的情债……只是，这一切传到我们耳中，却是感动了我和同学们那一颗颗小小的心。

似乎是为了蒋老师，我们也应该刻苦用功。

考乡完全小学，我们这一届的成绩又很优异。毕业的日子近了，同学们突然都十分地依恋起这所小学来；对我们的蒋老师，更是难分难舍的。我和同学们都到外面的小镇上买到日记本，请蒋老师为我们题词留念。老师很高兴，那种高兴是发自内心的，他一边为我们题词，一边自豪地说："你们看，当老师多么光荣！"我却又忍不住问："您什么时候才能当一名公办教师呢？"他随口就回答："不会太长久的，我不是一直在争取吗？"很是神往的样子。

沿着家乡井湾里的那条小路，同学们一批一批地走向了外面的大千世界。每每回首，都总觉得身后有许多目光在注视自己，我们知道，其中肯定有一双目光是蒋老师的。

那目光温柔而又平和，让你觉得，如沐在父母的慈爱里。然而，如果是我们做了坏事，或是说了谎话，他的目光又会变得很严厉。只要看你一眼，就会心慌的，似乎五脏六腑都被他看穿了，于是，你会从心底里感到忏悔，低着头，说："蒋老师，我再不敢学坏了。"或者说："蒋老师，我再不敢说谎了。"他就会冲你一笑，那笑是和颜悦色的，把你心里头的一切坏情绪，全都驱散尽了。

日子与日子，随着月亮滑落，又跟着太阳东升，时间过得真是迅疾，一晃，二十多年就过去了。在我的井湾里的同学当中，很多有了出息，有的成了音乐家，有的当了体育教练，还有的出版了画册或文学方面的专著……

有一回，我们中不知是哪一位发起，搞了一次在县城工作的井湾里校友的聚会活动。主持人想得极是周到，特意设计制作了一枚漂亮校徽，上面闪着两个醒目的字：启蒙。我平素是不喜欢别什么玩意儿在胸前的，但是，接过那枚校徽，我却有一种说不清楚的特殊情感。

聚会一开始气氛非常浓。但是，当我们言及自己的启蒙老师蒋老师和易老师时，却如晴空飘过了一抹乌云……心照不宣，我们都知道，易老师早在一次事故中夭亡，而已近三十年教龄的蒋老师，仍然是井湾里村小学的一名民办教师。

那次聚会，因为生活对蒋老师的不公而使我们的心情大受影响。有多少遗憾留在我们心间哦！

我一直觉得，自己似乎是欠下了蒋老师一些什么的，但是，到底是欠什么呢，又说不清楚。今年仲秋，我的又一本散文集出版了，带着做学生的这份微薄的礼品，我回到了老家井湾里，去看望我的启蒙老师。

师生见面，甚是亲切。蒋老师紧紧地握着我的手，很是感激的样子：“你那么忙，还专程来看我，真不好意思。”我说：“不好意思的应该是学生，工作就是再忙，每年看看您，还是抽得脱身的，可我却没有来。”“看你说的，看你说的。”老师一边喃喃着，一边就把我领进了他那办公室兼宿舍的小砖房里。这间房子我是熟悉的，上学报名时父亲领着我，就是在这间房子里认老师的。只是，当年年轻力壮的蒋老师，如今已成了满头银丝的老人。一副老花眼镜在他那日渐消瘦的脸庞上，让人怎么也寻觅不见昔日风华正茂的身影。这所学校，依旧还是从前那所由祠堂改建的学校，青砖灰瓦，也被日渐深重的岁月抹成了黑脸。

哦，岁月无情！我自然不会如从前那样地冒失了，陡然问起转编的事，蒋老师会伤心的，只用了道家常的口吻，打听了他家的生产情况。老师像看穿了我的心思，似是安慰我，他说：“我已经无所求了，儿女都大了。儿子已在做木匠，女儿在做机匠（即缝纫），加上我这个教书匠，我们一家，共有三个匠人，生活，是过得很舒坦的。”完全是一种看破红尘后的超然样子。

但是啊，蒋老师，我的心里却漫起了凉意——你是从什么时候起，把身为教师的你也视为江湖上养身糊口的匠人了？你不是曾经很自豪地说过，当老师很光荣吗？这么想着的时候，蒋老师倏然把话题一转，很是庄重地说：“静仁，你是很有影响的人物了，属于社会名流，在大庭广众之处，就不要叫我老师了，哦？！”似是在请求我呢。

我无言以对。我不知道这是蒋老师个人的悲哀，还是社会群体的悲哀。心里痛啊！

如果岁月真是一条长河，我的心里又怎能不涌出圣人孔夫子的一句话——逝者如斯夫？

哦，逝者如斯夫。

心　祭

——献给我的启蒙老师易君兰

一

前几年，我曾写过一篇叫《蒙师》的散文，发表在《作家》杂志上，不久又被《新华文摘》选登了。我的那一位蒙师姓蒋，是男性，他多才多艺，任劳任怨，把心血和精力全部花在一个小乡村里的教育事业上。但他却始终是一位民办教师。文章发表后，曾在县内引起了强烈反响，有关领导找过蒋老师，承诺一定要为他转编为国家教师。遗憾的是蒋老师虽然送一批又一批蒙童以优异的成绩进入了中学，他自己却过不了转编考试的关卡。一晃又是数年，蒋老师早到该退休的年龄了，我因调离了县城，忙于琐事，也就未曾打听有关部门对他的晚年生活是否有了一个合理的安排。且不赘述。

我现在想要写的易君兰老师，同样是我的启蒙老师。只不过她是女性，而且早已经离开了人世。

易君兰也是一位民办教师。在我启蒙的时候，老家井湾里还只有百来户人家，就一所村小，分别开设着一、二、三、四个年级的班级。教师有三位，除一位姓刘的中年教师是上级教育部门调来的外，年轻的蒋老师同易老师都是从别村聘请的，由公社在上调劳动力中协调工分，参加生产队口粮分配。刘老师是井湾里村小的校长，但他也照样兼有课程。两个男老师，一个女老师，和和睦睦，关系处得如同兄妹。我们在那样的氛围里念书、成长，蒙童的心中充满着阳光。

易君兰是我们的唱歌兼图画课老师。

我们的一年级的唱歌课安排在周一，图画课安排在周三，易君兰老师另外还兼其他三个年级的这两门课。启蒙报名的头一天下午，由刘校长给我们讲过话后，易君兰老师就同我们见面了。上课铃刚刚响过，我们这群野性十足的蒙童还正在好奇地东张西望没有落座，易君兰老师就已经亭亭玉立在讲台上了。那一天，易君兰老师穿一件袖口同领口均卷着白边的黑色短袖衬衫，着一条隐格的淡蓝色裤子，乌亮的长辫梢上扎一只火红的蝴蝶结，白嫩的鹅蛋形脸庞上，两个浅浅的酒窝满溢着甜甜笑意。她的出现，顿时使几十双童稚的目光灿烂无比，嬉笑打闹的教室里寂静一片。“我叫易君兰，从今天起，由我负责教你们的唱歌课和图画课。大家就叫我易君兰老师吧！”脆亮的声音如泉水般淌过来，溢满了我们小小的心湖。易君兰老师接着说：“你们都是山村里的孩子，是蓝天同大地的宠儿，对于小小的教室，一时还习惯不了的。今天的唱歌课就搬到野外去上……”仿佛是异口同声，大家雀跃着欢呼：“好啊！好啊！”便紧跟着易君兰老师来到了学校南边的一片绿叶婆娑的香樟林子里。只是，我们很长时间也不明白，学校为什么在开学的第一天就安排易君兰老师为我们这群蒙童上唱歌课呢？

那是一个秋阳高照的爽晴日子。有风儿徐徐地拂过，从翡翠树叶间洒落的阳光，带着浓郁的香樟的气味，在我们的身上、脚边，蹦着、跳着。易君兰老师说，同学们，等你们以后真正地懂得音乐了，就会感觉出音符就是这个样子的，是鲜活的，是带着香味的。我们都静静地听着，很是入迷，却并不懂得易君兰老师话中的意思。易君兰老师在说这一番话的时候，淡淡柳叶眉下的那一双眸子格外明亮，比蹦着、跳着的阳光还明亮。

易君兰老师教我们唱的第一首歌，是我们也同样熟悉的一首歌。歌词是这样的：雄鸡尾巴拖几拖／山村里的娃儿会唱歌／不是爹妈教给我／是我自己聪明捡的歌／……但是，这一首我们平素唱得滚瓜烂熟了的儿歌，一经易君兰老师的口中唱出来，却是那样地动听，那样地韵味十足。有三只五只小山雀栖落在香樟树的枝丫间，叽叽喳喳的，它们莫非也在学着易君兰老师的歌唱吗？那一次，易君兰老师还教我们唱了一首歌：长城外／古道边／芳草碧连天／晚风拂柳笛声残／夕阳山外山……唱着唱着，夕阳当真就滚落进西山的那一面去了。

二

我们井湾里，原本是一个闭塞落后的小山村，即便是本县印制的地图上，也很难寻找到它的位置，然而，近年来却先后涌现出了几位歌唱家和画家，而且在省内外小有名气。于是，有报刊介绍脱颖而出的艺术家们的时候，也就常有了我们井湾里这个地名如谜一样印入人们的脑际。但是，曾经谆谆教导过我们的易君兰老师却被岁月遗忘了。我是很偶然地记起易君兰老师来的。那是缘于已是青年画家的我的同乡的一幅画，画面上，一位年轻的女教师正在把着手教自己的学生画图画。我突然觉得这情景十分熟悉，似乎是在什么地方见到过的。就在这一时刻，记忆的闸门开启了，白嫩的鹅蛋形脸庞上有着两个浅浅酒窝的易君兰老师，正微笑着向我走了过来，走了过来。

我在老家井湾里启蒙念初小的时候，易君兰老师还只有二十五六岁年纪吧，在当时，二十五六岁的大姑娘，并且是有文化的知识女性，人又长得如天上的神仙姐姐一般，很令人瞩目那是一定的。县城文工团的一位年轻演员就曾经很是狂热地追过易君兰老师。县城离我们井湾里，有三十余里路程，而且有十多里是乡村小道，那一位年轻演员却能够隔三岔五地骑一辆自行车来学校里看易君兰老师。但是，仅仅狂热了半个学期，我们井湾里的乡路上就再没有出现过那一位骑自行车往来的年轻演员了。问题当然是出在易君兰老师身上。她太忠诚于自己的事业了，太爱护我们这群山村蒙童了。男朋友从老远的地方赶来，把头探进我们的教室，向易君兰老师殷勤地打着招呼，易君兰老师却只朝他微微地点了点头，又继续为我们上课。有一次我是记得非常清楚的，那是上图画课的时候，易君兰老师正在把着我的手教我画一只展开翅膀的山鹰，她的男朋友来了。人还在学校的操坪里就拼命摇响着自行车铃铛，同学们都停下手来，几十双童稚的目光好奇地投向教室门口，等待着欣赏从县城里来的年轻演员把头探进教室向易老师打招呼的那一幕，不期易君兰老师却非常生气，她倏地立起身来，紧走几步啪地把教室门关上，然后转身走向讲台，双手撑在课桌上，很是严厉地大声说："上课时间，谁也不准分心，也不准外人来干扰课堂！"她说这话时，嫩白的鹅蛋形脸涨得通红……同学们都呆呆地望着自己的老师，童稚的心中充满着莫名的感动。易君兰老师也一定是感动了，眼睛里有泪光在盈盈地闪烁着。"对不起！对不起！请同学们继续画自己的图画。"易君兰老师激动的心情终于平静了，她又走向我的座位，仿佛什么事也不曾发生过，俯身把着我的手一笔一笔地画起画来。她一边这么把着我的手画画，还一边讲解着说："要想把画画好，画活，先得把自己的情感倾注进去。譬如我们画山鹰，应该想到自己就是这一只山鹰，想到自己正展开翅膀在蓝天下飞翔……"对于易君兰老师的讲解，我其实并不在意，在意的是偎在她的怀里，总能闻到她头发上淡淡的香味。"你看，又走神了。"听着这轻声的责备，我斜着眼睛看易君兰老师美丽若神仙姐姐的神态，怯怯地，很想提醒一声：有人在教室外面等你哟——老师!

然而，易君兰老师的男朋友早已经走了。

这一件事对易君兰老师肯定是有打击的，第二天上学，我发现她的眼睛红红的，还有一些浮肿。刘校长一定也知道这件事了，曾经找易君兰老师谈过话。那是在放学以后，因为轮到我同另一位同学留校打扫教室里的卫生，我到易君兰老师办公室去领取抹布，刚走到门口，就听到了她委屈的声音在说："我是深爱着他的。但是，我作为一名教师，为人师表是我的职责，总不能因为谈恋爱而影响工作嘛！如果他这一点都不能接受，今后的日子又怎么相处得好呢?"刘校长毕竟是过来人了，对年轻人充满着理解，"接受是需要一定过程的。我建议你明天还是去县城一趟，去向小杨作一些解释。"小杨就是易君兰老师的那一位男朋友。我还记得，刘校长从易君兰老师的办公室里出来的时候，见我正站在门口，便抚摸着我的小脑袋说："你们真是有福气啊，碰上了这么好的一位老师！"望着刘校长一脸慈祥的笑意，我也笑了。然而在我的印象中，易君兰老师第二天并没有到县城去，第三天，第四天也没有去……

三

时间过得真快，又是一个学期过去，井湾里村小再一次接纳了一批启蒙的新生。易君兰老师照样还担任着全校四个班级的唱歌和图画课老师。那样的时候，我们已经是村小二年级学生了。学会了唱许多新歌，一下课就唱，放学回家的路上也唱；学会了画许多图画，在教室墙壁上画，在学校操坪里也画……童稚的世界，充满了歌声，涂满了色彩。我们是多么幸福和快乐的一群人啊！失恋后的易君兰老师也并不显得孤单，因为她早已经进入了我们的世界，她是给我们带来幸福和快乐的天使！

我们活动的天地更加广阔了。上图画课的时候，为了节约纸张，易君兰老师征得校长的同意后，常常地就把同学们领到村口资水江边的沙滩上练画画。汤汤东逝的资水，清清粼粼，在水中游写着自由体诗句的鱼群常成了我们临摹的对象，还有往来江中的帆船，船上的艄公同水手，以及从我们身边经过的负重的纤夫……都成了我们图画中的景物。沙滩是上帝赐给我们的画布，我们尽情地在这块硕大无比的画布上任意涂鸦，慢慢地，慢慢地，居然能够把眼前的景物画得愈来愈真切了。“仅仅画得像还不行，这还只是走出的第一步，”易君兰老师舒展着淡淡的柳叶眉对我们说，“因为，艺术的真实并不等于生活的真实。艺术要融入自己独到的思想，要有深远的意境。”怎么会是这样呢？刚刚以为自己已经成为画家了，又说我们还只是走出了第一步！易君兰老师准是看出我们的疑惑了，就笑笑说，“先休息一下吧，大家可以自由活动活动了。”立时，几十位同学就作鸟兽般散开，在绵软的沙滩上打滚，游戏。

时值初秋，夏日的暑气还很稠酽，有几位年龄稍大一点的男生便悄悄地溜进了江中游泳。那样的时候，易君兰老师正坐在江边的一棵树下想着心事。她的坐姿真美哟！白嫩的鹅蛋形脸庞上有甜甜的笑意流淌着。易君兰老师一定是沉浸在美梦中了，她是在想象着我们这群山村孩子脱颖成为歌唱家，成为画家吗？

然而乐极生悲，意想不到的灾难降临了。那几位悄悄地溜进江中游泳的男生中，有一位小名叫牛儿的同学已被江湾的旋流卷进了江心，待我们发现时，牛儿已经精疲力竭，小脑袋在激流中一仰一仰地就要沉入江心了。同学们的呼喊声把易君兰老师从甜梦中惊醒。说时迟，那时快，易君兰老师立时弹起，连衣带裙便冲向了江中。易君兰老师是识水性的，她小时就同驾船的父母在资江里生活过。只见她双臂挥动，如一支离弦的响箭，浅色的裙子同江水融成了一色。仿佛只是一瞬的事情，易君兰老师就托住了正被江水呛得“啊扑、啊扑”的牛儿……

但是啊，牛儿终于得救了，在快到下游崩洪滩的入口处爬上岸来。然而，我们的易君兰老师却被崩洪滩汹涌的激浪卷走了。闻讯赶来的人们从很远的下游才追上被激浪卷走的易君兰老师。这时，她已经永远地失去了青春和美丽，仰躺在由牛儿家自愿捐出的一副棺木里，双唇乌紫，脸色惨白。大人们一片惋惜地说，易君兰老师是因为心急没有来得及脱掉皮鞋，吃水后的皮鞋太重，使她双脚无法施展才遭厄运的……

我至今还能清楚地回忆起易君兰老师出殡的场面来。井湾里凡是能够走路的男女老少全都出动了，人人胸前佩戴着白色的小花为易君兰老师送葬。手捧着易君兰老师遗像的牛儿走在出殡的最前面，随后是刘校长、蒋老师……人们全都低垂着头，流淌着悲怆的泪水，恸哭声震撼着井湾里两面的群山……

易君兰老师就安葬在我们井湾里村小斜对面的金鸡岭上。

现在想来，时间真是个无情的东西。还在井湾里村小读书时，每年清明，我们都会自发地去易君兰老师的坟前，为自己的老师献上一束亲手采摘的野花。那个时候，我们都曾许下过诺言，只要山野年年有花朵盛开，我们就会年年清明去易君兰老师的坟前，为她献上一束芳香，一片心祭……但是，时隔二十余年后的今天，我们这些曾经有幸沐浴过易君兰老师深情的，业已走向了社会人生的同学中，又还有几个人能够忆起自己当年的承诺呢？

扪心自问，我是感到了深深的愧意的。于是匆匆记下此文，也算是一种弥补吧！

心　灯

在漫漫的人生旅途中，人们应该始终守护着一盏属于自己的心灯。

——题记

一

我的童年以及少年，是在资水北岸一个叫作古皇冲的农村度过的。

那里的山，那里的水，那里的农舍，那里的田畴及牛群，在我的记忆中全都留下了非常深刻的印象。当然，最使我难以忘怀的，还是那些勤劳善良脸朝黄土背朝天讨生活的农人。即使我如今早已远离了故乡的那一片土地，与故乡的农人也很少有外在形式上的往来，但我却越来越觉得“农民是人类的衣食父母”那一句平实话语是一个永恒的真理了。

我们可千万不要轻易地指责农民的愚昧哦！

想想，如果敢于承认，我是应该面对故乡的父老乡亲们作一万回道歉的。因为，我就曾经出言不逊地指责过他们的愚昧，参与过推翻他们心中的某种精神壁垒的活动。我的童年及少年时代，正逢上轰轰烈烈的“文革”运动。那样的时候，我已经在家乡的村小启蒙读书了，学校里有一位女代课老师，是刚从师大罢课回乡闹革命的本村人士，她给我们上的第一堂课，是《破除迷信，清扫精神垃圾》，课文是她自己的手稿。童稚的心灵，听了漂亮女老师充满豪情的演说，很是激动无疑了。同学们一个个都以为自己得意非凡，回到家中，便绘声绘色地把一天的战绩告诉家人。不期，我那一生经历过无数人世风雨的老祖母长长地叹了口气，说："造孽哦！真是造孽哦！"

我于是不敢再得意了，也常常找借口回避参加女老师不断组织的"清扫精神垃圾"的活动了。

世间的事物，在我年幼的意识中，或许真是一片浑浊，但有一点是极明白的，那便是农人信奉土地神，祈祷土地神能够保佑他们年年风调雨顺，六畜兴旺。这大概就是我的父老乡亲们始终守护着的属于他们的一盏心灯吧。

二

回想起来，我其实同样一直守护着一盏属于自己的心灯呢。

由于社会的也由于家庭的种种原因，我只在故乡的村小读完小学四年级便走出了校门。为了糊口也为了今后成家立业能有一门看家本领，由祖母出面帮我拜了家乡的一名堂叔学做篾匠。那是一桩很累也很苦的手艺活。因为家乡山中少有楠竹，我必须跟随师傅到离家很远的老山界伐竹破篾坯，然后出钱请脚夫把篾坯挑回自己村中制作篾货。粮食干菜也是自己带过去的，在老山界借一角屋宇栖身，借一处空地破篾坯。春竹破成的篾坯容易虫蛀，夏秋两季又要赶往家乡编织晒垫、土箕，上老山界伐竹破篾坯的时间就只好安排在冬季了。那样的时候，大雪封山，冰凌遍地，于此种环境中进山伐竹破篾坯，其苦处是难以言说的。加上我的那一位堂叔师傅又并非性情中人，常常铁青着脸孔，而且还时常有冷言冷语盖过来。少年的我超负荷地承受着人生的苦难。

我记得自己曾经是在人生的险途中退缩过的。那天，我扛着根楠竹在结满冰凌的山路上小心行走，可走着走着，由于体力不佳，一晃身子便连人带楠竹滑下了一道高高的陡坡，幸亏一根藤蔓救了我，挂住了我褴褛的衣服，才使我免于葬身在冰天雪地的荒岭。蹒跚着爬回借居的住处，师傅见我一副狼狈相，出口就是一句："真是一头死菜牛！"我感到受了莫大的委屈，仅有的一点点人的自尊也被赶跑了。我偷偷地擦干了身上的血迹，抹净了泪水，便收拾好简陋的行装离开了那个冷酷的世界，回到了老祖母温暖的怀抱。

我那目不识丁的老祖母何其伟大哦，她并没有责怪我，也毫无怂恿我离开师傅的意思，而是极其平静地给我讲述了一个令我受益无穷的童话故事。老祖母用豁了牙的嘴娓娓地说道："在我们每一个人的前方，都生长着一棵神树，那棵神树绿叶婆娑，而每一片绿叶上，都端坐着一位救苦救难并引领人走向顺心如意的观世音菩萨。"死灰的心就搏动起来，我于是好奇地追问老祖母："我能不能得到那神树上的一片叶子呢？"祖母神秘地笑着，说："当然能。但你必须心怀善良，而且有着坚忍的跋涉精神……"

那无疑是老祖母点亮在我胸壑中的一盏心灯哦！

自那以后，我整个地变了。我的情绪饱满，我的精力充沛，我的心中常怀着善意。光阴如箭，世事如棋，一步走活，局势就全变化了，当时的那一位自信扫地的小小少年，腾身纵跳出老祖母的怀抱，头也来不及回，迈着极其坚实的步子，一走便是二十多个春秋。二十多年人生长旅，尽管亦时遇牛绳般弯曲的险途，也时逢暗无天日的前程，但我毕竟是走过来了，从山村走向县城，从县城走进省府……我的宽胸厚背的男子汉身上，满是尘埃，也满是污水，但也有着红花，有着奖章和赞美诗。

功罪否，且任世人去评说吧。常护着一盏心灯，我把目光投向更加灿烂美好的未来！

三

但是，从什么时候开始呢？我的胸襟变得狭隘了，那一盏常明的心灯似也经受不起人世的风雨，已经渐渐地黯淡了。是缘于自以为衣丰了，食足了，功成了，名就了？是缘于迎面扑来的已是一个灯红酒绿、纸醉金迷的时势？是缘于自己跨步即进入四十而不惑的年龄有了大彻大悟的智慧，于是想躲藏起来远离所有是是非非……许多回，我总想在某个夜阑人静的时候非常理智地思考一番这个复杂的问题。然而，树欲静而风不止，眼前总是走马灯似的呈现一些或为争权夺利斗得面容丑陋，或对酒当歌吼得声嘶力竭……道不尽红尘奢恋，说不完人间恩怨。

一颗中年男人的心原来已成了一团乱麻哦！

我曾经是有过美丽设想的。我既然能在二十五岁时以一名纯粹农民的身份被招工转干请进县城文化部门，在三十五岁时闯入省府新闻界，那么，在将来的四十五岁就不能走向人生更加精彩的境地吗？然而，几年过去，除了衣食较以前精细，体态比以前肥硕外，作为人的内在的精神已所剩无几，心中的灯盏也已黯淡无光了。

是因为我自身的素质有待提高，才能真正进入这更加激烈的竞技场吗？是当真需要重换脑筋以另外一种姿态才能迎合这个翻天覆地的崭新人生吗？或许，是我原本就不应该如此莽撞地投身于这个背景厚重的滚滚尘世也未可知哟！

我欲回首寻找那位心智明亮的老祖母，可老祖母早已撒手人寰。那么，谁人能为我辈的心灯添几许油星呢？

我翘首期待，并且呼喊。

父 亲

许多篇文字中都写过父亲，那是我精神意义上的父亲。

我父亲其实是胆小怕事的人。有一细节可以证明：那是他第一次做父亲的时候，母亲坐月子要吃鸡，只能是由丈夫动手了。可笑的是，我父亲把鸡抓到手里去拿菜刀时，尽管把舌尖咬得发紫，手却打摆子般颤抖不已，结果是把刀拿到手中，鸡早逃之夭夭了。那年，我父亲二十二岁。从此，他被终生剥夺了杀鸡权。

但父亲毕竟去当兵了。那是我有了姐姐和哥哥的1948年。那时解放战争基本结束，父亲参加的是地方武装兵团。在纵队里当医务兵。一年时间过去，全国解放了。父亲的部队又转为抗美援朝的正规军。在朝鲜战场上，父亲还立过二等功，被提拔为上士班长。当然是卫生班，没有握枪打过仗的。也幸亏是卫生班，如果是上前线握枪打仗，那双连杀鸡也发抖的手，不知握枪是什么样子。好在父亲从来就不喜欢炫耀自己的当年勇。或许就是根本无勇可言吧。包括他在朝鲜的那段经历，也一直没有向我们提及过。

我未出生时，父亲就已转业到了地方，是1955年转业的，第二年底，母亲就有身孕了，第三年9月，这个家庭中，就多了一个叫作静仁的成员。父亲是转业到地方卫生院的，听说最初是羊角卫生院，再后来也就是1961年，父亲才到了江南区卫生院，并且担任院长。这算是小小的一件喜事，我父亲一辈子最大的“官”也就是当到这个区卫生院院长。虽然他的医术在地方上算得上是出类拔萃，而且精于诗词，还写得一手好文章，然而也就是在那一年，家里发生了一件大悲不已的事——我那担任国家教师的母亲抛家弃子走上了黄泉路。

大凡一个家庭，多是靠做母亲的撑起来的。母亲死了，就等于家庭残缺不全了。这对我父亲的打击很沉重是无须言说的，不能仅仅用一句“中年丧妻，痛不欲生”概括得了。且不说别的，单说生活负荷，就已全部落到了我父亲一个人肩上。那年月，正是国家最困难的时期，买一个鸡蛋也要一两块钱。住在江南小镇吃公家粮的我们哥兄姐弟（弟弟才岁半）四人，再也无法度日子了。出于无奈，父亲只好把我们送到了乡下老家井湾里。老家的主要亲人，就我祖母一个孤寡老妇。好在我祖母身体还算过得去，把房前屋后的空地全种了南瓜、芋头什么的，也能够弥补粮食的不足。

父亲当然没有把我们一送了事。每每在星期天，父亲就会为我们送一些食物来。江南小镇离我们老家有15里路程，父亲总是肩背手提的。他常在外面出诊，自己那份口粮就省下背了回来；手里提的是个小木桶，木桶里盛着米豆腐。也只有米豆腐最廉价，两块来钱可买得满满的一小桶，和汤和水，填肚子可饱食好几餐。那时，我姐姐已十五岁了，哥哥也有了十三岁。每每在星期天的那日，姐姐和哥哥就会到村口去接父亲。可惜那时我年纪太小，无法感受父亲是何心境。现在想来，若是换了我，一定会觉得活着不如死了来得痛快。当然，这完全是一种不负责任的看法，如果父亲真的死了，又会有我们这些后来者吗？还是不说那些伤心事吧。

记得父亲是不会做农活的。尽管不会做，但眼看着祖母一个白发老妇挖菜园地，父亲就忍不下心，只好抢过锄来。分明看着他是咬着舌尖使劲挖下去的，可锄头一接触到地面，就不见有什么力度了。因此，就总是要在一个旧锄头眼里挖好几次，才能翻得动一小块泥土。半天下来，地是翻了一小片，但弄得一身汗津津的，眉梢嘴角鼻尖上尽是泥土，一双手掌满是血泡，转身一看，所翻动的一小块地又尽是数不清的脚板印，比没有翻的地松散不了多少。父亲就苦笑着摇摇头，并且还会游丝般地叹息一声。

我至今也弄不明白，胆小怕事的父亲，何以会有那么顽强的生活勇气呢?

尽管父亲什么农活也不会干，却又什么农活也难不倒他。比如烧火土灰吧，那是农活中难度最大的。之所以难度大，因为那需要技术。在往年，祖母施南瓜、芋头之类农作物的火土灰全是请邻居家的老农掌管烧的，父亲、哥哥和姐姐只帮一帮忙，打下手。不过父亲对此很感兴趣，总是默默看人家怎样起堆，怎样铺茅柴，怎样盖草皮……但是那一年的一天，当然是星期天，父亲却突发奇想，说要自己亲手掌管着烧火土灰。他把由哥哥姐姐平日挖来的树蔸一个个嘴对嘴合着起好堆，又到后院的屋檐下去把茅柴一捆一捆扛过来解开，再一层一层地铺在起好的堆上。说也奇怪，那时还是春头上，可茅柴底下却发现有两条蛇扭在一块，像少女织成的长辫子。父亲当然无奈，他是连鸡也不敢杀的，打蛇就更不敢动手了。不知是觉得奇怪呢，还是吓得呆了，他站在那儿，痴痴地看着，连粗气也不敢出。直到后来那两条蛇怕是感觉到了早春的寒冷，才分离开来，悄无声息地溜之大吉了。这件事父亲从来未跟我们晚辈提及过。是若干年后，才偶然告诉我们的。祖母还说，春头上看见蛇“相夫”是很不吉利的事。果然，那年父亲被调到龙塘乡卫生院，先是被免去院长职务，而后又下放到该乡一个偏远的茶场改造……

在历史的长河中，十年不过是短暂的一瞬。那场运动终于过去了。父亲理所当然地得到了平反，只是平反了的父亲并未见得有什么喜悦之色。他已是老态龙钟的一副模样了，错过了喜形于色的年龄。也应该是，经历了这一次又一次的人生磨难，父亲是有理由把许多事物看得很淡的，不仅仅是因为年龄的缘故吧，父亲坚决拒绝了落实政策给他的院长职务。他只管治病，一心一意地给患者治病。

那已经是1977年了。准确地说，是1977年农历二月的一天。那时，我已经算得上是全劳力了。在乡办企业的基建队做泥工。那一日，阳光真好，天上没有一丝云彩，无边的空旷使人目眩。我正弓着身子在砌墙，耳朵中突然响起了一个很熟悉的声音："静仁！静仁！"一抬头，是我父亲来到了我的面前，他那天并不见得有什么异样，同样是一脸慈祥，见我望着他，就说："我想买一件绒衣，跟我去试一试吧，今后你也好穿哩！"前面就是供销社，同父亲一起下了脚手架，四十余步就走到商店的柜台前了。父亲要过一件蓝色的绒衣，自己穿上，又脱下，再递给我，说："看合身不？"果然合身。奇怪的是，父亲是骑自行车去龙塘卫生院的，看着他骑上车，那老态龙钟的瘦削背影便渐渐地消失在远方了……这样的时候，心里就不禁一酸，想：我虽然是近二十岁的人了，但真正地与父亲相团聚的日子其实又并不是很多的，就是偶尔相聚在一起，父子间也很少谈些什么。儿子在父亲的眼里，也许还是个小孩吧。

现在想起来，父亲是有了某种预感的。

他走后不到半个小时，噩耗就传来了。我还正在脚手架上边砌墙边哼着小调，乡中学的一位总务老师满头大汗地闯进了工地："哪一位是廖医生的崽呀？"这急切的呼喊声当然就使我大吃一惊，忙答应："是我，有什么事吗？"果然是大不幸的事从天而降。他告诉我，父亲在前面不远的一个坡段上出了车祸。幸亏一辆长途客车路过，已把父亲抬上车，径直送往县人民医院去了。那位总务老师刚好是出差乘坐班车回学校来，他是认得我父亲的，父亲断断续续地告诉他我所在的工地，便昏了过去……

我知道事情不妙，待我以最快的速度骑车赶到县人民医院时，父亲已上了手术台。他的头部隆肿，一头枯槁发丝已被削去，鼻孔里伸出来一根长长的氧气管……我机械地走近手术台，紧紧地握着父亲的手，这也算是父子间的一种交流吧。突然就记起父亲说过的关于死亡的话来："人总是免不了会死的。活着时，抓紧把该做的事情做完，尽量做到不欠人家的么子就行。"这是前不久父亲与一位老者闲谈时说的。双方都显得宁静。父亲此时也很平静。可以这么说，母亲是父亲亲自送上山去的，儿女们也都长大成人了，他该给这个世界的，这世界已经得到了。父亲没有欠人家什么了。

医生走了过来，把一份卡片递给了我，叫我签字："你父亲是脑震荡，头部血管破裂，只有打开颅骨做最后的努力了。"他当然是从举止中得知了我的身份，对我说话时，是一种无力回天的语气。

父亲终于没有被救活。

傍晚的阳光透过窗玻璃，静静地落在床头，给死者的脸上添了一些红润。

父亲生于1919年，享年五十八岁。

母　亲

母亲的形象在我的印象中很是模糊，尤其是她的死因更像一个谜团。

依稀记得1961年的一些片段。那年我四岁，好像是在初夏的夜晚，很深沉的夜，梦中的我突然被姐姐的抽泣声惊醒了。

姐姐为什么会在这个时候哭泣呢？

我是无法忘记那一场梦的。母亲一手抱着才两岁的弟弟，一手拉着我，从江南小镇的横渡码头一级一级走下去。码头是青石条的，光滑可照人影。完全是和往常一样，哥哥和姐姐早已登上了渡船，拍着手招呼我们快到船上来。他俩都是少先队员了，江风掀起红领巾的一角，飘呀飘的，很美的一种境界。是姐姐接弟弟上船的。母亲空出了手来，将我抱起，轻轻一托，我和母亲相继登上了船舷。恍恍荡荡中，船开了。

船开了，我的梦也断了。

睁开惺忪的眼睛，满目是狼藉的景象。姐姐倚着床沿边抽泣边摇着母亲的双肩，哥哥也起床了，在姐姐的身边直跺脚，只有不懂事的弟弟趴在母亲的胸前东张西望。母亲的脸色惨白着，静静地躺在床上，完全是那种隔世之感的冰冷态度。我们上床时母亲还是好好的一个人，她安排我们姐弟先睡下，说她自己还要批改学生的作业……四岁的我仿佛在骤然间猛长了几岁，脑海中就迸出了“母亲死了”这一念头来。也就是念头刚闪现，我便跳了起来，推开弟弟扑进母亲的怀里，大声地哭喊着母亲……

母亲是死了，父亲没有在她身边。

印象中，母亲那几日的神情有些恍惚。好几回，菜里忘了放盐，是馋嘴的哥哥最先发现的：“呃呀，菜里没放盐呐！”母亲就二话不说，复又端菜去回了一次锅，可分明是该加盐的，不知怎么却把油罐拿在手中了。姐姐就忙去替代母亲，她将油罐放回原处，再把盐罐拿过来……

母亲原本是那种开朗火爆性格，可长期与顽童打交道，也就造就了她凡事让几分的压抑心理。可近几日来母亲是有些反常的。老发闷脾气，有一回，哥哥的家庭作业没有完成好，母亲扬起手就打了他一耳光，我们姐弟是父亲娇惯了的，尤其是哥哥的性格像牛一样的犟，拿他发泄，就忍不住这口气：“打吧，你打吧，就让你打死算了！”母亲又是两个耳光扇下来，结果是，犟牛一样的哥哥傻着眼没有哭，母亲自己却哭了。

想想，是不是因为那几日父亲没有在家的缘故？可往日父亲也常常外出，母亲从来都是很宁静地对待这一切的。

家里发生了大不幸的事。在县里开会的父亲闻讯赶了回来。办完母亲的丧事后，整整两天没有沾一点饭食和茶水。是第三天早上吧，父亲强打着精神起床了。他把我们姐弟喊到一起，用商量的口气对我们说：“母亲已经走了。父亲撑起这个家是有难处的，送你们到老家祖母那里去，好吗？”姐姐含着泪率先点头，哥哥也点头，我也跟着点头。就这样，我们离开了江南小镇，来到老家井湾里。

没有想到的是，母亲的形象又在我脑海里鲜活了。

母亲出身大户人家，读过私塾，也上过新学堂，是当时少有的知识分子。母亲是读新学时认识父亲的。他们是同学，我在写父亲的那篇文章中就叙述过，父亲是很少言语的，给人的印象无疑就很诚实、很可靠，加上他善诗词，写得一手好文章，这就会很惹有眼力的女子注意了。他们是当时很少的自由恋爱的一对。

我们家在当时是很有声望的。曾祖父是廖姓家族的族长。父母亲结婚办得很体面是情理中的事。可那一天也发生了小小的意外。母亲从花轿中下来，被接亲的人搀扶着走时，竟还时不时伸出手来掀起顶着的红纱巾头盖看外面。这并不算什么大不了的事，所指的意外是新郎新娘双双跪着拜天地公婆的时候。父母亲婚前就曾多次携着手到双方的家中走动过，与彼此家里的长辈及晚辈都有过接触，加上母亲又是一位性情开朗不拘小节的新型女子，对婚礼上的这一套虚假礼节从内心就感到可笑。双方正拜天地时，母亲居然咯咯笑出声来，并且没待新郎揭头盖时，自己就把那遮住视野的红纱巾给摘下了。燃烧着红蜡烛的堂中顿时大哗。有人当面指责："还是大户人家出来的女子呢？疯疯癫癫的，一点教养也没有。"把我那胆小怕事的父亲闹得一脸窘相。

母亲的骨子里确实是一个不会作假的人。

那时，父亲已跟人学医了。学的是中医，他常常要跟随师傅跑江湖。母亲是个爱热闹的人，独个儿在家里闲不住，就总喜欢找人家说话或帮人家做事。我们家请了个长工，名叫王正来。说是请，其实并不确切。王正来是讨米来我们村的，曾祖父见他诚实忠厚，就收留了他，还给了他两间房子，为他娶了个婆娘。王正来比我父亲要长几岁，父亲和母亲都称呼他"正来哥"。父亲不在家时，母亲就常去陪正来嫂。那时，正来嫂已经有了身孕。母亲洒洒脱脱一个人，手脚正闲得难受，就几乎是把正来嫂家里的家务包了起来。祖父和祖母，包括我那权威十足的曾祖父在内，也是睁一只眼闭一只眼的。一方面，他们知道母亲的性格不是那么容易驯服的，说也没有用；另一方面，那就是他们已经看到了大趋势，这个盛极一时的家族已接近衰败了，让儿媳妇学着做一做家务也有好处。母亲是没有什么事瞒着父亲的，她把自己的所作所为告诉父亲时，父亲就笑了笑，也不发表任何见解。

这一切，是我们来到井湾里后，正来婆（我们称正来伯娘）说给我们听的。她说起这些往事时，无疑是怀了一脸感激之情。正来伯娘还告诉我们："你母亲其实是很能吃苦的。"

我们自然相信。

1948年，父亲出去当兵了。那时，母亲刚生下哥哥，正坐月子。父亲外出了，一去就是五年，况且，父亲走后的第二年，家乡就搞起了土地改革。我们那样的家庭，自然是土改的对象。好在母亲是公认的军属，又已和祖父祖母分了家，她那些嫁妆和其他财产才没有抄走。不过生活条件和生存环境就明显地不如以前了。曾祖父、祖父作为地主被看管起来。我母亲一个妇道人家，既要下地耕耘播种，又要带着两个儿女，苦是一定的。

直到父亲转业到地方后，母亲才被照顾并参加工作，担任乡村教师。那一段时间的生活经历，正来伯娘当然就一无所知了。父亲和母亲也没有跟我们讲述过，就略去了吧！

有一种说法：女孩子的心是怀人的心，是很有道理的。我们姐弟四人，相比起来，姐姐就更怀念母亲了。每每听正来伯娘讲过母亲后，姐姐就总要痴痴地发一阵呆。有一回发呆的姐姐猛地打了一个激灵，突然启齿喃喃着道："母亲确实是很能吃苦的。"并且还梦呓般地说起了1957年秋天的一件往事。

我就出生在那年秋天。那时，母亲在田庄乡一个叫作干溪村的小学教书。教一、二、三,三个年级，共四十多人，就母亲一个教师。中华人民共和国成立后不久的教师队伍人才奇缺，母亲怀着我到临产时候了，也不见联校派人来顶替。就在一个月黑星暗的夜晚，母亲突然觉得肚子痛得厉害，凭着经验，她知道就要生了。当时姐姐有了十岁，哥哥八岁。姐弟俩跟在母亲身边读书。女孩子确实懂事早些，见母亲一副极是难受的样子，姐姐就摸黑手握一把镰刀去喊接生婆李妈。李妈家离学校毕竟有不近的一段路程。就在姐姐喊了李妈才上路的时候，我已呱呱地降临人世了。母亲是忍着剧痛自己用牙齿把脐带咬断的。待李妈赶到，我已经安详地睡在母亲的襁褓中……

讲到这里，姐姐轻轻地叹息了一声。那样的时候，我们都坐在禾坪里高高的草垛上。抬头望天空，一片白色的云絮在黄昏的天幕上渐渐飘远……

母亲的形象在我们的记忆中也渐渐飘远……

唯一记得真切的是，母亲是三十六岁死的。母亲吃了不少苦。为了儿女们，母亲节食俭穿，虽然没有把我们拉扯成人就先去了，但她尽到了自己的努力。

我原来一直认为，母亲是得急症死的。却是在前不久我突然萌生一个想法，想要真实地写一写母亲时，才从舅舅的口里得知了母亲的真实死因。舅舅边走边说：你母亲已离开人世三十年了，就是真有什么灵魂，那灵魂也该找到安寝的地方了。说出也无妨。

母亲是服毒死的。那一年，父亲刚从羊角乡卫生院调到江南区卫生院，为了便于照顾父亲，组织上就把母亲安排到了江北的中心学校。比起干溪小学来，江北的中心学校就大多了，共有五个教师，还配了个炊事员。因为母亲是个热心人，还因为，我们全家又不在学校开餐，老师们也很放心，就一致推举我母亲兼任食堂的总务。然而祸事就出在这总务上。那时候，哥哥和姐姐正吃长饭，常常少盐缺油的，食量就更大了。为了能使哥哥姐姐及我少饿肚子，母亲违心地涂改过食堂的总务账簿——把老师星期天偶尔回家吃饭时节余下的百来斤口粮扛回家了。这件事本来是炊事员主动怂恿母亲干的。可人心叵测，不久后，那位似是好心的炊事员却以此做要挟，趁我父亲不在家时，竟打起母亲的坏主意来。仿佛别无选择，我那半辈子从不作假的母亲，就只好以死来洗刷自己的罪孽了……

这毕竟是很遥远的一段故事了。舅舅讲述着这故事时，已是一种非常平静的心境。我的心境也是非常平静的。舅甥俩当然就相对无言。却仍然是在无语中向前走着。后来，我们终于在一座颤颤悠悠的桥上站定了。默默无语的两代人，就浴在小河尽头的晚照里，各怀心思地俯视身下的河水。那河水，也一样是无语的，仿佛从夕阳里流出来，若血一般殷红，待渐至近处，又灰白如同乳浆，然后静悄悄地从桥下滑过去，像滑过一个界限，一扇衰老的木头大门，连浪花也不溅起一个，就消失在远方了。

祖　母

祖母出生于鸦雀坪，与婆家井湾里，仅有一江之隔。江是资江，那澄碧清澈的江水，浩浩荡荡地从远处流来，又向着更远处流去，不舍昼夜，万古如斯。

我四岁那年，母亲就离开了人世，父亲只得把我们姐弟四人从江南小镇送回老家井湾里。我的童年是在祖母身边度过的。祖母二十八岁起就守寡。想是婆家的亲情失落得太早的缘故吧，她总是隔三岔五地就要回娘家鸦雀坪一趟的。我是祖母拖的尾巴，祖母回娘家鸦雀坪去，我也就跟着去。从家里出发，走弯弯曲曲不到半里的田间小路，过一座双拱石板桥，然后再沿江边的纤道走百余步，便到乘船过渡的野渡了。说是野渡，又并不是无人舟自横的那一种。渡船是有一个老倌子看管的，但不收过渡人的钱，他的衣食，是由邻村的人们所供给。却是我的祖母，她每每领着我过渡一次，就硬要塞给那位渡船老倌子一点礼物以表示谢意。从家里出来过渡时，祖母的怀里就总是揣着两个鸡蛋，船刚靠岸，她就招呼我先下船，自己则从怀里掏出鸡蛋来放在船头的舱板上，并且喊应那渡船老倌子一声："这两个蛋，炒一碗菜咽饭吃罢！"没等那渡船老倌子反应过来，我同祖母就已离船一箭远了，倘是祖母从娘家乘船过渡回井湾里去，留给渡船老倌的谢礼就总会是舅妈他们打发给我和祖母的熟花生及油炸红茹片之类无疑了。

祖母是从来就不愿欠下任何人的人情债的。

这就注定了我那二十八岁起就守寡的祖母，比一般意义上的寡妇所承受的生活负荷要沉重得多了。是祖母一手把我父亲拉扯大的，供父亲读书、学医，不知吃了人间多少苦头。虽然曾祖父也给祖母分得了同其他兄弟一样多的田地，但请人耕种、收割，一日三餐茶水和饭食，全都是由祖母一双手来应酬。而我想，这些看得见摸得着的生活琐事上的负荷，对于我祖母这样一位年纪轻轻就开始守着空房的妇道人家来说，也许还根本就够不上真正意义上的苦难吧。祖母裹着一双小脚从那个社会走来，走进我的印象中，早就已经是一位干瘦的老婆婆了，而且脊背也微微地有一些驼。

我们是1961年初夏回到老家井湾里的。祖母的身边一口气多添了四张嘴巴，使她最感到为难的自然是填饱肚子的口粮无疑了。常常挂在她嘴边的一句口头禅是："饭伢儿，米鸡崽。"意思说这二者都是不能饿着的。然而，那年月，又正值国家最困难的时期，况且祖母又是老态龙钟的一个妇道人家，既不能开荒地种杂粮，又不能去用苦力挣钱换米，唯一可做的是把自家的那几分自留地侍弄好，将晒场边的一溜空地翻过来种上南瓜和芋头。也许有一些事情是不应该提及的：我们家的堂屋中，有一副古老的石磨，附近的几户人家，经常相就着这副石磨磨粉子。一地一风俗，凡是来我们家磨粉子的人，总是会剩一些垫磨米粉在磨盘里的。那叫作"余粮"，是一种农人最朴实的象征。然而，每一回待人家端着磨好的米粉走后，祖母就赶紧把堂屋门关上，将剩在磨盘里的粉子清扫出来，为我们和成米糊充饥呢。只是，祖母每回做这种事时，都总是慌慌张张的，像个小偷。这完全是为了我们姐弟，祖母才忍辱做下了这类丢自己人格的事情。

父亲是知道这一切的。为了减轻祖母的负担，两年后，他给我们找了一个后妈。然而好心没有得到好报，后妈来了，祖母的日子却更加难挨了，用祖母自己的话说："我成了个磨轴，两头都受压。"这得要从后妈的背景说开去。后妈是江南小镇的居民，在镇办纸厂当工人，吃公家粮食，领公家工资，虽然中年死了丈夫，但她带着一个养女度日子还是很轻松的。父亲续了她后，嘴皮都磨薄了，才把她动员到老家井湾里来。平心而论，后妈确实是亏了，丢了城镇户口和工作，到这么个有儿有女的家里为人后妈，图的是什么呢？祖母是个软心肠的人，就凭这一点，她也愿意凡事让后妈几分。

后妈初来乡下时，祖母怕她城里人吃不惯拌红茹米的杂粮饭，就总是诚心诚意地为她开"分食"。每每把大米煮滚，就给后妈捞出一碗开花的饭坯子来，待红茹米放进锅中和大米煮一会儿，再滤尽米汤，然后将杂粮饭搅拌成堆，才把给后妈捞出来的饭坯子盖在一角。那时，我和弟弟还很年幼，看着后妈吃的是白花花的大米饭，就吵着哭着也要吃。这就使祖母为难了，为了防止不愉快的事发生，在家里人吃饭的时候，祖母就总是会借故拉扯着我和弟弟到外面闲逛一阵子。走在乡间的小路上，我和弟弟忽前忽后地捕捉着草丛里的小蚂蚱，倒也是很惬意的，但又毕竟只惬意了一会儿，过不久，肚子就饿了，身子也乏了，于是吵着闹着要回家去吃饭。这时，祖母转身望了望家中，未见我姐姐出来招手，就知道后妈还没有把饭吃完，情急中，祖母又会变着法子安抚我们，说："听祖母给你们讲一个故事吧！"祖母出身于书香门第，虽然她自己没有进过学堂，在那种文化氛围十足的家庭环境中，耳濡目染，却也能讲出很多故事来那是一定的，但我们还从未听祖母讲过故事呢，情绪一下就高涨了，拍着手满口应道："嗬，祖母讲故事给我们听啰！"祖母就干咳了一声，清了清嗓音，当真就为我们讲起了故事来，她说：

在很久很久以前，有一年天旱，整整一个夏天没见下雨，河流断水了，土地龟裂了，山坡上的草木也全都成了干柴，村子里的人们实在无法度日子了。忽然在一个夜晚，村子里有一个小男孩做了一个梦，梦见一个白发白须的老者向他走来，并且告诉他："村口的小河边有一块黑色石头，里面压着玉皇传令下雨的御旨，只要把那块石头挪开，老龙王就会洒下大雨……"停了片刻，那老者又郑重地补充着说："但是，谁要是把那块石头挪开了，谁就不能再说话了……"老者飘然远去时，小男孩就从梦中醒过来了。但他没有犹豫和迟疑，爬起床就去挪那块石头……

听着这类优美的故事和传说，我们一点也不觉得饥饿了，多么希望自己就是那个小男孩啊！虽然那小男孩不能再说话了，却留下了这优美的故事和传说动人心魄。

记忆中，慈祥的祖母也对我们动过一次肝火。

是1965年的事。那时，我已上学堂念二年级，弟弟也启蒙了。是一个星期天吧，邻村一户人家养的一只老花猫蹿到了我们家的房梁上，正俯身张耳在捕捉鼠辈们的动静呢，我和弟弟见了，忍不住要演一个恶作剧，便找来一根长长的竹竿，边追赶着老花猫，边唆使着我们家的大黄狗去吠。猫是敏捷的，跳这儿跳那儿，但它却终于未逃脱我和弟弟用竹竿的追击，慌慌张张间，就摔在堂中的地面上了……待祖母闻声赶来，老花猫已经丧身在大黄狗的利齿间……

"不可教化，不可教化呀！"祖母气得浑身哆嗦，随手就捡起一根柴棍向我和弟弟打过来，我们被吓得呆了，兄弟俩都紧闭着眼睛，准备受皮肉之苦，然而，过了好一阵，柴棍却并未落到我们身上来，睁眼一看，祖母高高扬起的手正僵在半空呢……她终于没有打我们，而是“啪”的一声把手中的柴棍折断了，并且噙着纵横的老泪说：“可千万别造这样的孽了，人是有良心的，怎么能随便伤害一条性命呢……”

我们无言以对，心里难过极了。

祖母就是这么一个人。一辈子善良、勤劳、忍让，处处显示出东方女性的本质。但是，她却离开人世许多年了，离开了许多年……

唯有澄碧清澈的资水，浩浩荡荡地从远处流来，又向着更远处流去，不舍昼夜，万古如斯。

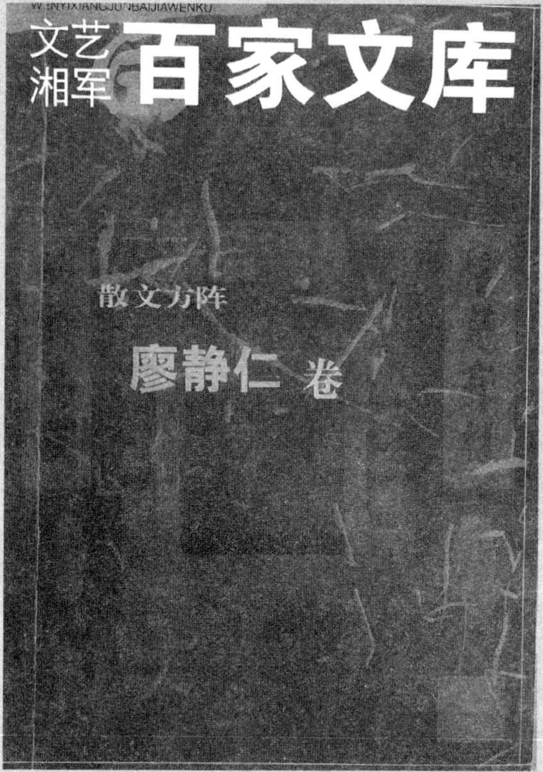

第六辑

山 雾

闹市是渐渐地远了。进到这山里来，是决意要寻找什么，求索什么?

山，满眼是山，峰托着峰，岭推着岭，重重复重重，这没完没了的山的巨浪。山雾是顷刻间扑来的，裹着丝丝细雨，有些呛人，有些沁心，忙掏出小小镜子贴面相照，噢，头发眉毛全都白了。却不知道，这是阴雨的预兆呢，还是天晴的前奏。

把这雾比喻成水是不恰当的，就比喻成梦吧。在这如梦的雾里，给人一种融化的感觉，烦忧和苦闷，都在雾里头挥发了。人在这样的环境中，是无所谓负担，无所谓责任的，精神得到了最大限度的自由和舒张。说是虚幻也好，真实也好，反正，人和自然都达到了一种超越和融合。

在这既空非空的山谷里，我便是雾了。

有山鸡咯咯咯从山顶下来，唱歌是很开心的。就有微澜在心湖深处涌动。我复又成了我时，便想到有资料作过如此记载：林中禽兽，多能预测气象。那么，天晴是无疑了。倘若有山雨欲来，这山鸡往低谷行走，不是会遭到山洪的袭击吗?

山雾是我无法揽住的希望，我恼那山雾。

不大工夫，山雾倏忽就没了。是山把雾吸进了肺腑吧?有一细细小小清泉，从山的胸前涌出来，像飘逸的丝带，舒展着绿色的线条。有心无心，我沿清泉走去。它是在跟我变着戏法吧？穿过巨石，便成了激流，飞溅着，声如雄浑的铜号齐鸣；淙淙淌进细石草丛，有声无声，又如柔美的江南丝竹；漏下石缝的空隙，叮叮哨哨，又犹如大珠小珠落玉盘的琵琶在弹奏。

一曲远近高低、轻重缓急的清泉交响曲，原是如此令人心醉神迷！醉过，迷过，又拾山径向上攀爬。却不知怎么就想到：山是老人，清泉是他的诲语。是自知读不懂那超然的境界，以及那精心的妙构吗？就什么都懒得去想。

山又空了，心又空了，不闻尘世的喧嚣；径也深了，云也深了，自在游弋如野鹤。

只是，转瞬间，就有太阳升上了山坳。躯壳受到些许刺激，思维又鲜活了。抬头观日照时，眼睛花了，苍翠茂密的树叶上，处处是旋转着的小小太阳呢！原来那雾是化成了水珠，藏匿进绿意里，正等待着这辉煌的一刻哦。却没有朗朗乾坤的感觉生出来，让人能够体味到的，是清爽月色洒进了林子里。有很轻的风吹过，阳光在树叶上迷人地闪着，如同怀春少女的眸子。被阳光雕刻出来的山谷依然很静。林子里的阳光融融，一切纯净，一切透明，包括山林和人生。

我是在寻找什么呢？是在求索什么呢？

就看见山径在微白着，一如亘古的脐带，在苍郁的山峦间飘飘悠悠。这样的时候，当然就使人想到生命的原始和神秘：脚步有些怯了，不是害怕有虎狼龇着利齿，以及有蛇蟒张着血口，于这样的氛围中，以心换心，是能够化干戈为玉帛的。我之心中惴惴，是疑心这山径会引领我误入了先人营垒——刀耕火种，茹毛饮血，令我这进化了的所谓现代人，生发出许多无端的感慨来……

也许，又将有意外的获得：大山老人会把诲语破译给我听。

那好，我就不仅仅是等待了。

山　月

伐木声是渐渐地听得真切了。望着铺满落叶的山径，我却不敢说：樵夫的身影已离我很近。

古松虬曲，试想以巨枝抚平山径，可山径弯弯曲曲如人生，令命运之神为之叹息。就想起昨日于一老翁的木屋中驻足。是夜，山月朦胧，晚风渗入，老翁把盅敬酒，也敬月色。我没有说，月色无声地溶解着人生的苦乐；也没有去回忆白日里曾跟踪过的那一细细小小的清泉，任它独自地流成一曲瘦瘦的乡愁吧。面对老翁，我只是在思量他的年龄，是七十几岁的人了吗？银白长须是可以作证的。却不该孑然一身，于孤寂里守这烧红了的火塘。山月冰冷如刀，解剖着夜的奥秘。老翁没有抬头望月，是害怕这把雪亮的刀子会切割他那已流不出血的心事吗？默默相对，也是一种境界。酒过三盅，我说：“城市太小，太窄；而山太大，太深。”老翁确实很老，坦然一笑，就把许多愁人的故事掩埋了。“这不假，”他说，“隔山能搭语，见面要半天。”他还说，“望见屋，走得哭。”

这话与山一般实在。

比如此刻，我分明是循着伐木声前行，可伐木声总是那般清晰着，又依旧很遥远，不可捉摸。就生出疑问：山音是相思又不是相思？山音是翅膀又不是翅膀？山音是那总不能圆满的人生？幸亏这不是有山月的夜晚，一颗松果掉进这大山的深潭，会失去属于我的那轮希望——至今这深山不死心的猴子还在打捞的希望。

第一回进山时，结识过一位山里妹子。是初春，山花含苞的季节。我忘了那山妹子的年龄，是十四岁？十五岁？记得很真切的是，她并无橡皮筋，并无洋娃娃，只有竹背篓是她的，只有被岁月熏得很黑的吊锅是她的，只有飘得很远很远的山歌是她的。是的，她的头上，还插着一枝带露的山花，可那山花迟早都会凋谢。在当时，我并未发出这样的感叹来：山妹子的少年，是一段弯弯曲曲的山径。

脚步没有停留，当然不是想要丈量山径的幽深。转过山弯的时候，就见有一狩猎棚不堪重负地蹲着。仰躺在棚里的那位老翁，形影是十分熟悉的。我故意咳了一声，可老翁似是入了无我的境界，也就不敢贸然再去惊扰，或许，也无所谓惊扰，他身旁的那管猎枪，正睁着警惕的眼睛呢。取暖的柴灰是热的，但我毫无理由去臆想这棚里曾有过如春的温和。却是旁边的那株青桐，树干上镂刻着歪歪斜斜的刀痕，细细辨认时，我吃了一惊：是一个女人的名字！风雨寒暑，青桐并未老去，可那位有着美丽名字的女人呢？我似乎感悟到什么了。

却没有在此多作长久的沉思，我依然固执地循伐木声前行。伐木声是缠于山顶峭壁，绕于山间小径的山音吗？是我已听懂这缥缥缈缈的山音内涵了吗？只是无论如何，我也不会回顾自己这三十年的人生——我是担心它会在瞬间变化吗？成烟成雾成梦，那么，些许的功名和利禄，都会随了山风而去的……

天色渐暗时，山月复又挂在了树梢，仍然是昨夜的那轮。哦，山月，你是前人留给晚辈一面不能拭擦得太亮的镜子吗？

山　花

水车在悠长的岁月中旋转。

青青苔衣，缓慢地向上攀爬，爬满了水车木架，是有意要装饰那已成往昔的日子吗？山巍巍然从远方来了，又巍巍然向远方去了，却是那苍翠相持相逼，山谷就成了细细的一线。山溪的水是蓝色的，蓝得发绿，淙淙潺潺，是在作忧郁而深沉的抒发吗？是在作纯洁而凝重的吟唱吗？绾着裤管涉足水中，凉意就渗入了心扉。却是不见有小小鱼儿在绿色的流动里游写自由体诗句呢。一连翻阅了几页滑腻青石，似乎就读懂这大山深处几许隐秘了：两只三只螃蟹，正作仓皇逃窜——这横行种族中的一员，竟也于孤寂闭塞的世界里改变了本性呢。正思想间，手就逮住了一只螃蟹，并且把它的两只大爪子扭断送进嘴里咀嚼。那声响，居然是很清脆的。就很为自己的这一举动感到莫名的欣慰。

还有成群成队的虾米呢。

它们的耳朵是长在什么地方？听到有异样的响动，就弹射着往水草里钻去了。那一躬一躬的形影是很让人心里过意不去的。就想起一首民谣来，那民谣把虾们的弱小形容得淋漓尽致：大鱼吃小鱼／小鱼吃虾／虾吃泥巴……

是啊，这世界的万事万物，是既可以理解又不可以理解的。

仍然沿小溪下行的时候，路就断了。前面是一悬崖，慌忙趴于地上，只探出一颗脑袋，试想用惊讶目光去测量悬崖的深度，却有飕飕冷风扑面刮来，肝胆就寒了。只有在这样的时候，才真切地感觉到诸如“缩头龟”此类词语的准确用场。就更加觉得这小溪陌生了：看似温柔懦弱，可骨子里竟是这般刚烈！它是于这纵身一跳中重塑自己？或许，它根本就没有想到要重塑，只是为了寻找一个与生俱来的归宿，如此而已。可命运偏偏重塑了它。再想想作为人的自己时，脸就发热发烧。是的，不发热发烧那才真是怪事。复又看到千丈瀑布，就似看到千丈挽联了，但是那挽联，是为我辈虚假的人生所垂挂，于瀑布本身，那是千丈宣言呢。

我大声地说：“我记住你了，瀑布！”

于是才转过身来，循来路往山的深处行走。

水车依旧在悠长的岁月中作不知疲惫地旋转。离水车不远的地方，有一木屋。木屋里，有一双外面世界已不多见的小脚。就想，她以前该不是拄着拐杖的吧？可小脚是一拐一拐的，一拐一拐穿过那许多密密麻麻的日子，却始终也没有能够走出大山一步。

日复一日，她摇着一辆古老纺车，转动属于她的月亮和太阳。那嗡嗡的纺车声与嘎嘎的水车声，是在合奏她或喜或悲的人生吗？如今，这大山外面，涤纶、巴拿马、派力司已经占领市场了，而她的纺车依旧旋转着，旋转着的纺车是她始终转动着的习惯。

只讨了碗水喝，就匆匆与小木屋作别了，因为怕久驻使老人突然记忆起我这个年龄时的一些故事来。离远了一些，我回过头，倏忽发现有一块“贞节孝顺”的牌匾挂在小屋歪斜的门楣上。她是守着贞节，守着孤寡，守着孝顺，也守着这块牌匾才没有走出大山的吗？这块遮掩着痛苦、昭示着礼教的木头，就这样用烫金大字描写了她的一生！她站在匾的下面，是一幅东方女性可怜可悲的肖像。

有一种花，在小屋四周的山坡上，静静地守着自己的影子。我记得这花的俗名，是寡婆子花吗？心尖尖上就有了轻微的痛楚。

寡婆子花，你这痛苦的美丽！

山民

是那条蓝得发绿的小溪把我引领到这地方来的。我曾经为那小溪的刚烈和无畏感叹过，却根本也没有来得及萌发要探访它的源头的意思，只是觉得它很孤独很寂寞，就要陪一陪它。是相互的陪伴，直至到了它的源头，我惊住了：它是从一面有百余丈高的绝壁中的石洞里泻出来的……最后又飞泻落入谷底的深潭。

我是该重新认识这山溪了。

难怪它这般洒脱，这般自由，它一出生就根本没有想到要成全自己啊！就想起一句禅语来，曰："无路处时处处路。"但我不愿意再为它礼赞。作为处处小心谨慎、总是瞻前顾后的人的一员，我害怕破坏了自己内心的平衡。唯一可供描写的，是它落入潭中后，没有作短暂的歇息和停留，便顺着溪床，傍山穿峪，奔向远方；它的两岸，绿叶和红花掩映着一个个古老而传奇的故事，掩映着几个或一群早出晚归的人影。是不是有长颈白鹭亲昵过它呢？我想是有的。还有水车吱吱嘎嘎地旋转，靠水力带动的碾盘在喘息地滚动，这些，我已经目睹过。

抬眼往更高处远眺，就发现那一面百余丈高的悬崖绝壁之上，隐隐约约有吊脚木楼的飞檐翘角从古树林的枝丫绿叶间探出。鸟声呼唤着我，花香簇拥着我，双脚就踏上了一条用青石板铺成的古道了。那古道蜿蜒曲折，像是天梯，是要把人引领进天外的世界里去吗？

走着走着时，木楼就看得很真切了。

入乡随俗，我不应该把这鳞次栉比的吊脚楼群叫成“村落”，而应该称它为“寨子”才是。我数了一数，有十几户人家，多是五柱八挂四品的排楼，板壁油漆发亮，窗棂雕龙刻凤；火塘、地窖，全是古老的模样；阶檐、坪场和过道都一律用青青石板铺成。这里不会常有外地人来吧？当然了，外地人做梦也不会想到此处还有这么一个胜似桃花源的小小世界。正想着时，就有一首山外闹市正流行的歌曲飘了过来：“外面的世界很精彩，外面的世界很无奈……”我是顿生了疑心的——这个寨子，会不会是讨厌了外面世界的那种喧嚣生活的人们来此修建的呢？

我也真想成为这寨子中的一员了。

在这寨子里度过了难忘的一夜后，我可以深有体会地向外面世界的人说：这里的民风淳朴若苞谷烧酒。无须掏钱，无须讨要，自会有寨中人笑脸迎你到他家吃瓦罐饭，喝大碗酒，品尝那野胡葱炒鸡蛋、酸辣汤煮豆腐、小虾米拌大蒜和干红辣椒、腊猪肉、腊鹿肉等独特菜肴。

入夜，在人情和苞谷酒的微醉中，还会朦朦胧胧见到织布机旁的中年妇女织起花格布来，见到吊楼走廊上有十五六岁的黄花闺秀织着花边。而那悠悠扬扬的声音，便无疑是白天唱“外面的世界很无奈”的年轻人在吹响木叶或唢呐了。

遗憾也是有的。我问起他们这寨子是始建于何年，是什么人所修时，老少皆是摇头。饭前饭后，他们都必定要去寨子后面一棵枯朽了的白果树下请安。那儿，有一座修筑得富丽堂皇的与寨子同样古老的土地庙。庙门两侧的条形石柱上，有一副对联镌刻得很醒目，上联是：“山神问道谁家好？”下联是：“土地答言此处安。”

这是怎么回事呢？属于自己的历史他们不去关心，为自己开辟了一个生存环境的祖先他们不去关心，却是如此地膜拜于这用铺路的垫脚石砌成的土地庙前！这不能不让人想要哼起了另一首流行歌来：

…………

我不知道，我不知道

哪个更高，哪个更远

…………

山　鸟

我不知道这大山里的人是怎样熬过冬天的。

唯一可以想象的是：大雪纷纷，天地间一片白色的恐怖。当然了，这样的时候，小溪的歌喉被冰雪封锁住，那是无疑的了。尽管还会有潜流的心音是无法封锁住的，那又怎样呢？不也只能在心底里作无声的呐喊吗？在这冷酷的“白色恐怖”的季节，即使是有着凌云翅膀的飞鸟又怎样？不同样只能是缩着身子，作瑟瑟抖抖的畏冷状吗？有“宁为玉碎，不为瓦全”的警句它们不会知道；有“生命诚可贵，爱情价更高，若为自由故，两者皆可抛”的名诗它们不会知道……于是，本来就很是沉寂的大山，不是如同死去了一般的缄默吗？

谷底小溪旁的水车，旋转着，似是有意在为我讲述着既深奥而又浅显的有关地理自然的课程。它说：地球如我，只知道忠实地旋转，但是在这忠实的旋转中，光阴荏苒，季节更替……想想，却也自在，大山的冬天不是终于一天天淡了吗？齐膝的冰雪化了，小溪泼溅着，一路放歌，鸟们跳着跃着，正作着鸣唱……只是，我却不敢轻松地认为：它们的歌唱没有流露出对于冷酷严冬的控诉。

我是于初夏的季节里来与大山接触的。这里我且不说自己是不是因为害怕严冬才选择了初夏的季节，作为习惯于苟且偷生的人的种族中一成员，我不说。但也已经把那个意思说了。

山雾在眨眼间来了，又在眨眼间去了；大山巍巍，起伏延绵，就如同排闼而来又汹涌而去的狂涛巨浪；缔结了盟约似的，那些扎根于大山的古树，是大山家族中最具血性的男子吗？是披垂绿髯的流沙与石头的放牧者吗？是蓝斗篷之神吗？它们是有着冥想者的形象，把根须思索着探寻着布满大山……这一切的一切，我自是可以不厌其烦地说，说一个透彻也无妨。

欣赏着、思想着也自语着的时候，风有了些许的寒意。就把目光穿越古树投入到大山的山顶上。是的，是有了怅惘弥漫于我的胸壑间，使我那颗原来脆弱又要佯装刚强的心，很感到了压抑。夕阳，正沿着山径在坠落，大山的脊背是渐渐地暗了，渐暗渐似有一块黑色的墓碑在竖起。是为谁竖起的墓碑呢？没有别的选择，我只得赶路，去寻找一盏能驱夜色、能解郁结的灯光。

那是在一座杉皮小屋中。

小屋的主人，是一位上了年岁的老者。我第一眼看去，心就发怵：岁月不饶人，在他的额上流淌着，在他的脸上冲刷着，年华流走了，青春冲走了，剩下的，就是这许多的皱纹的沟壑。我呢？我将要到来的这把年纪呢？老人却很是开朗，是一种麻木的开朗吗？

吃过了晚饭，两人就守护在一盏夜的灯前。如同守护着一团圣火，生怕有什么妖魔鬼怪会随时袭来，把这长夜仅有的一星光明掐灭或者夺去。是不是因为喝多了醇香的苞谷烧酒呢？是不是因为灯光透视了彼此的心呢？我向他讲起了自己对于这片大山冬天里的那些想象。先是缄默。这缄默自然就使我坚信了自己想象的正确：在冰雪严冬的深重压迫下，大山的缄默不正是这样的吗？

这样的时候，老者就笑了，难说他的笑是轻松的，却也不是苦笑。我就预感到会有什么事情发生。果然，他笑过，就说："年轻人，讲一个故事给你听吧，是一个关于冬天山里的一种鸟的故事。"

那故事是悲壮的美丽，是揪心的快乐。

可惜我忘了那鸟的名字。或许，当时他根本就没有说出那鸟的名字来。只说是有那么一种鸟。在冬天，在大雪纷飞、天地间一片"白色恐怖"的大山里的冬天，唯独有那么一种鸟是无畏的，不屈的。它把双脚叉起来，吊着绞缠在被冰雪裹着的古树的枝丫上，眼睛紧紧地闭着，就如同要自缢的样子。是的，它死之将至，它蓄满痛苦，它是要把自己所见到的冬天的罪证，乃至它的全部生命都从倒悬着的口中倾吐出来。它的面前，已无寒冷，已无猎枪，也无食物饮水。它无所见便无所求，它绝对的自由也绝对的痛苦，它求生不能求死不得，因此被迫逾越了生与死，因此山赋之体才被迫发出山赋之声。乍听是悲音，再听如狂喜……它是鸟非鸟……老者说到这里，就怔怔地问我："你说，冬天能不在它的辉煌的鸣叫声中发抖吗？"我是许久许久地答不出话来了。我没有说：冬天发着抖，丢弃了满身的白铠甲，仓皇而逃……

于是彼此都缄默着。

夜的大山也是缄默的。缄默却又有着感悟不尽的诲语。

山　溪

我是沿着一条弯曲山径进入大山的。

那山径正好就一忽儿一忽儿地旁近一条山溪。流水潺潺，有如竖琴的弹奏，悦耳是可以想见的。当时，我注意过手腕表链上的指南针，也分明确定了自己进山的方向：我是由东向西而行的。

水向东流，东方是流水至死方休的归宿。

我往西行，西边才是取经者的圣地吧。

但，我不是为寻找圣地。我之山行，目的只有一个：了解自然，探究自然，把偶有所得记成文字。我把所记的文字定了个题目，曰：《大山诲语》。可有朋友说："还是叫《大山藏拙》吧。"

我没有表示同意，也没有表示不同意。

是怎么回事呢？翻过了山坳，穿过了山弯，又越过了山脊，当我进入大山背面的一个山谷时，依旧是清清粼粼的一条山溪在流淌。

它一忽儿宽了，一忽儿窄了，从这个山嘴折过，从那个岩下绕过……想想，似乎就明白了：那全是因为它的出生。它出生在背东的阴谷，却矢志不渝地寻找往东的出路。于是，命运就注定它只有这么屈从地流着，才能找到出路。它最终肯定是会流向东方的，给大海添一层浪波，为万物托举起一轮红日。

该为它赞叹？前程虽然远大，可路途却实在曲折，它付出得太多了。

我为什么以前总是不屑一顾那河流的拐弯处呢？令我欣赏的，常是那河面水浪的滚雪；让我赞美的，常是那岩石瀑布的喧哗……我为什么就没有深究下去？那滚雪虽然美丽，但下边必有一块石头，毕竟太虚伪太浅薄了；那瀑布的喧哗虽然热闹，但毕竟太哗众取宠了……只有这拐弯处的潭水才是深沉的。我勾腰捡了块顽石投入潭中，“咕咚”，响声极是悠远。

唯有深沉的潭，才能发出如此悠远之声。

举目看两岸群山，群山正作哲人的冥想。

这样的时候，心里就有了许多感触，多么想说：我的脑海中已浮现了前辈知识分子们的形象。这背阳山谷的山溪，不正是前辈知识分子们的化身吗？他们的一生，也确实拐过不少弯子，但那是一种选择，很清醒的选择。

他们是在不断地拐着弯子时才有了坚持的。

但我终于没有说。我担心有人误解，曰：“这说教味太浓了。”当然就只好沉默。

在沉默中行走，就走进一个峡谷了。

高山耸立，悬崖迫人，山溪也愈窄了。就有了一种压抑的感觉。峡谷里光线渐暗，呈现出黎明时的昏黄颜色，仿佛一片苍茫，万古如斯。不由得仰起脸来，却不是仰天长叹，长叹的人生是不足取的。我是仰天寻找光明。这样的时候，当真就见到了一线细蓝了，望之如带，那正是上苍恩赐给这峡谷的亮色！就想：置身于此种峡谷，只有正午时才能见到阳光吧，夜间就更可怕了，只有在月上中天才能见到一线清辉呢。

峡谷真是奇伟。

两面巨石耸立，巨石顶端则时常隐没于云雾中。因风高力强，云雾聚散而形状变幻不定便是情理中事了。当然，就是有绘画名家来此，怕也无法捉摸把握吧。这样的峡谷之上，有猿那是一定的，但，山崖太高，鸟鸣猿啼之声渺不可闻，只有一片沉寂与山风之声厮磨在耳畔而已。

正仰望间，忽然就瞥见有一苍鹰在一线天的空隙飘然而过，是那样的自在和逍遥，似乎丝毫也不为明天费一点心思。于是就顿生了疑虑在心间：为了功名利禄，却使文明的生活受到桎梏镣铐的紧锁，值得吗？能像这高空飘逸地飞翔的苍鹰多好，那不正是人类精神解脱后的象征吗？

可我还是笑了。是那种无可奈何的笑。

作为人，我能有那样超脱？那样超脱的人生，说到底是一种空虚的人生。有俗话说得绝了："为人不自在，自在莫为人。"作为人，不为自己的事业所累，行吗？

世界在人的所求中富裕且辉煌。

哦，山溪，你给我启迪，但我不能再陪伴你走了，你要走向大海，而我，是要探究大山的奥秘。

遗憾是难免的，却不要悲哀，江流石不转，人行路无限。里面藏着不少意思，虽然领悟不透，但，能够引我们求索。这就不得了，因为山峦虽高，大海虽深，毕竟有个限度，唯有在求索中的思想能够飞翔，能够跨越时空。而我们的思想来自生命，生命虽然短暂却是那么美好！

因其短暂才越发显得美好！

山溪，我祝福你！可山溪说：应该是彼此祝福！

山　谷

峡谷依旧很长。林子依旧很深。于这样的领域里，说树木参天是极不真实的，因为峡谷两面的山崖把世界紧紧地捂着。但，树木却委实很高，又很瘦，是不是因为缺少阳光的缘故呢？我无法说出那树的名字，也难以描述其形象，我只能说，树的皮是皲裂着的，枝很细，叶呈深绿颜色。就想：冬夏也罢，春秋也罢，季节的更替，是无法从峡谷里的树木上寻觅到任何迹象的，喜怒哀乐，于树已不会轻易言表。它们太深沉，深沉得令人心痛。是怎么回事呢？深沉总是以长年的压抑为代价？其实，这样的地方，本来是不应该生长树木的，荒芜着多好。苍凉不也是一种境界吗？就怨恨起那些不知忧虑的山鹰来，一定是鹰们不经意间把种子也当食物遗落在这峡谷里了。

种子是无辜的。

在破土发芽时，依旧对自己所处的世界充满着遐想。可种子不知道，遐想总会被现实所毁灭呢。这样的时候，我便感到自己的悲哀了，悲哀自己的太浅薄：往日里自己跟人家大喊“美好明天”“美好的未来”，其实是有如“捡到篮里就是菜”，只能表示自己饥饿时对于过程的一种原有的省略的举动，是有如“病笃乱投医”，则不仅把思考的逻辑省略了，还在于这是一场把生命交托给非理性的苟活的赌博的举动，说到底，是一种浅薄得可笑的举动。

可深沉又如何？

峡谷里的树木是深沉到家了。可又如何？

是的，也许有人会说：寥落的寒星嵌在深邃的天际，或是枯藤老树昏鸦，或是西风残照，或是秋雨萧萧，以及断肠人在天涯……具有一种难以言传的奇特的美。当然了，说这种话的人，肯定是自诩为艺术家的，在艺术家的眼里，处处皆是美。但我说：这样的艺术家是多么浅薄。厚厚的一本《世界现代艺术家辞典》记载得颇为清楚：画家凡·高，作家海明威、川端康成等等，可他们都是用同一种方式来结束了自己的生命，倘若他们觉得这个世界多么美好，会自杀吗？

还有我国古代智者屈原，曾把心中的千万疑问向上苍诉说，可上苍不语，于无望中，他最终不也只能是一头扎进滚滚滔滔的汨罗江中了此一生吗？

我们面对的是同样一个苍茫宇宙。

宇宙苍茫，不可求索，谁的感觉又不只能是一无所获？

想想，又很好笑的。很好笑是因为记起了不久前读过的一本书中的一段话：眼前有九条路，即使这九条路全是坦途，即使坦途之后连着坦途，又与九条路全是绝路，绝路退回来又遇绝路有什么两样呢？无限的坦途与无限的绝路都只能说明人要至死方休地行走，所有的行走加在一起便是生命之途，于是便无惧无悔，不迷不惑认真于脚下，走得流畅也走得镇定。话确实说得很有道理，能够增添许多信心，心中倒也没有了迷惘。

但我依旧笑了，笑说这话的人滑稽。这些穿长衫戴眼镜的先生，总是把人们愚弄过来又愚弄过去。其实，他们又何尝不知道，在愚弄他人时，自己也被愚弄着。孜孜求索一辈子，所求到的依旧是一抔黄土。还很难说，有谁在黄土前竖一块小小石碑。这是谁的悲哀呢？

我当然就坐下了，并且往路边草丛一滚，还是仰头看日头吧。无所谓昨天，无所谓明天，就连现在也深不可测，人，只能拥有当下，这是唯一可以把握的存在。难道不是？这时刚好是正午。阳光的金箭从峡谷极处的一线天射来，射得我双眼泪水横溢。我横溢着泪水，不仅仅是为自己。这真是一个不怀好意的世界。可不怀好意又如何？于是我只好闭上眼睛。但，什么也不看，却并不等于什么都不想。人，总是因有所想，才注定了要承受苦难的。这样的时候，就有山中野蜂于身边飞着，只是，我懒得去瞅上一眼，并且让心也麻木着。这样当然就好了，蜂们是否杀气腾腾，凶相毕露，我无所视也无所想。蜂们毕竟又飞去了吗？是不是又在不多的时候，有什么东西在我身上蠕蠕滑过？那东西软软的，凉冰冰的？那是一条花纹斑斓而又美丽的毒蛇吗？

我没有动一动，如沉沉入睡死去的一副样子呈现于这个充满着侵扰的山中世界。

山　塘

一眼闪光的山塘，沉思默想于山寨清晨，弥弥泱泱，水色莹莹的蓝。

雾是淡淡的。炊烟是淡淡的。这便更好，更显得朦胧而有层次。几头老水牛从吊脚楼下走出，摇响一路纯铜的牛铃，走进了山塘蓝莹莹的水色中。它们只露着滚圆的脊背，露着弯刀般犄角的头，懒洋洋地游动，大鼻子呼哧呼哧喷气，在水面溅起白色的泡沫。

旭日就出山了。

阳光灿灿的，暖暖的，淡淡的山雾便在这样的时候羽化了。一群山寨女子，仿佛早就伫立在塘边的灌木丛中，如一溜开满艳葩的花树。清晨的山塘是女子们的世界，她们是来浣洗衣裙的。

大山的美，美在旁若无人的自然气氛中。

不要问这样的大山位于何处，也无须怀疑自己一辈子能不能遇上这样的山寨。很抱歉，我无可奉告。

何必作哲人状，梦寐以求把世间的终极问题弄一个水落石出，并且还冠以“以期根除灵魂的迷茫”这类使命感十足的言语。面对苍茫宇宙，人必须承认自己是无知的。就是说，即使这大山以及这山寨仅仅是理想中的世界，但理想是必要的。

人活下去，就需要理想。

我不就是沿着这样的一条理想的山径进入大山世界的吗？

进入了大山世界中的一个又一个奇异的山寨……我是幸运的，我幸运，但也有几许忧伤袭击我心。那是因为害怕终于有一天，我会远离这大山的世界，淡忘了一个又一个山寨……这都是有可能的。

因为理想从来都不是为现实所用。理想仅仅是一种生命的热望，倘若这热望冷却了呢？果然又见到一个新的领地了。

那是一汪宁静的湖泊。当然了，没有哪一汪湖泊不蕴藏着丰沛的诗意和美妙的神话。苍翠的大山像碧玉砌成的城垣环绕明镜般的湖，把自身的姿容倒映在湖底。我还看到，有一位小女孩，怀抱着一头黑油油的羊羔，嘴里衔着一朵紫色的野花，伫立湖畔，凝神看着湖中包含她和黑乳羔的倒影在内的童话世界。于是，我便相信，我的今后虽然会遇到万千事物，也会经历无数欢乐和忧伤，以及会远离这奇异的大山的世界，然而，我却绝对不会忘记在湖泊处看到和联想到的美妙的一切。

是的，我会始终保持着这一份纯真。

我已如醉如痴。是月亮的银辉在提醒我。

我是该感谢上天的。又给我提供了这么一个难得的机会，让我在山野湖泊边露宿。这实在是件极美满的事，我会在神秘的山籁声中，体会到自身与自然融为一体的快意。仰面望天，原来天就近在咫尺，我是可以看清星星闪烁的表情，甚至和它们喁喁交谈了。山风奔跑而来，跑入湖泊，但，我没有感到寒意。那是不是生命之热望使然。

大自然不但以它丰饶的物质资源养育了人类，还以它的雄浑壮阔坦荡绚丽和温柔，濡染完善了人类的血肉之躯和灵魂。

是什么时候入睡的呢？我一定睡得很沉吧。那一夜，我没有梦，是不是我已睡得如同湖边的一方岩石了？

睡成岩石，那是我不忍离去……

山　醉

在大山深处的一位老人家里度中秋之夜。

山路弯弯的，窄窄的，而且上面是危崖，下面是绝壁……在这样的山路上行走，每时每刻绷紧着每根神经，提着一颗心，但，我毕竟是走过来了，走进了这大山深处的老人家里。

所有的行走都是坦然的？我说的是心之坦然。无须作几多沉思，凡是有路的地方，就总有人烟，有人烟处，就一定有路的存在。抑或可以如此说：路为人而延伸，人为了路才起步。难道不是这样？我想探询老人。老人人生经验之丰富，定可以用一句“你走的路没有我过的桥多”的俗话来概括。可老人正为晚炊忙着，打扰他就不应该了。

思绪又沿着路在延伸。

就是有蜀道般艰难又如何？虽然唐代的青莲居士仰视“黄鹤之飞尚不得过，猿猱欲度愁攀援”的苍茫群山时，也曾发出过“蜀道难，难于上青天”的悲叹，但，蜀道毕竟是被人走出来的。这本来就见怪不怪。奇怪的是“树心隔木皮，人心隔肚皮”，不就是这么薄薄的一张“皮”吗？你永远也休想走进他的心里去。

人心是个小宇宙。

何必要苦费心力去探询？所有的探询都毫无意义。

这样的时候，天色渐渐地暗了。在渐暗的夜色里，我望着老人，他把一个小方桌挪过来，并且将一只杯子递给我，于木屋的矮檐下，我与老人对坐饮酒。

酒是忘魂汤。

几杯下肚，身心微热，耳聪目明，顿时就有了一种飘飘欲仙的感觉呢。至于那中秋的月亮是否攀爬上了屋后的山尖，是否圆润绮丽，神秘莫测，是否真如昔人所言“寄托着无限人间之幽思”，以及老人是否有妻有子，是否双鬓被岁月染得如雪，额角脸膛被时光镂出了皱纹如沟……一概是酒外的事情。

可醉眼蒙眬时，老人的话倏忽就多了。

是一个很奇怪的老人。果然无妻无子，孑身一人。谈起自己的往事来，也只是不卑不亢地：“我是个狩猎的。一杆猎枪，一只猎狗，伴着我守这大山，”他告诉我，那只猎狗的名字叫“雪豹”，有着一身纯白的皮毛，白如初雪。“那畜牲很卖力。”他说，“好几次，是它把我从虎口里抢了出来。”

他为自己有如此一只“雪豹”而得意。

目光就四处搜寻，想结识漂亮而又骁勇的“雪豹”。我却没有能够见到它。永远也无法见到它了。

那是在老人确实老了的时候，他患了风湿，很严重，四肢麻木，不能再狩猎了。猎人和猎狗，守着一屋子寂寞与孤独，那以往的与虎狼斗智斗勇的壮丽场面，早已经随山壑里的云雾散去，不可寻觅。他说：“幸亏一位路人提醒我，要我弄些虎骨酒喝，肯定好。”他谈起这一切时，似是讲述发生在远古的一段故事：“我不能上山了，到哪里去弄虎骨？想想，弄不到虎骨，就用雪豹的骨头顶替吧，它是啃吃过不少虎骨的，肯定也一样管用……”他越说越起劲，居然站起身来，伸了伸四肢，“风湿就真的好了。”

月夜无风，我当然不会感到任何寒意。若是在十年前，我还热衷于写抒情诗那会儿，我一定会作如此描写：以为老人是醉了。可我没有醉，不禁就记起古人韩信悲叹过的绝句："高鸟尽，良弓藏；狡兔死，走狗烹。"其实又并不贴切，虎狼正猖獗着呢。

我想，这酒，就是那浸了"雪豹"骨头的酒吧。幸运的是，我没有染上风湿。

那一夜，月光如水……

山　猎

昨夜已成过去。

如水的月光消逝了，曙色就从紧挨着土坑的方格窗户里泼入房间。曙色沁心的凉，我猜想，今日的露水一定很重吧。连同曙色泼入房间的，还有一阵阵乳白的空气，那当然是雾了。有雾和有露水的清晨，该是晴天的征兆呢。可昨夜里，我心里却一直阴着。

但并不是为一只猎狗的死去伤神。

老人也许是对的。那只猎狗是因为有了他这位主人才有后来辉煌显赫的一生，那么，猎狗所付出的一切，其实就是老人付出给狗的一切。更何况那时猎人自身都保不住了，还留一只猎狗有何益？在自身的康复与一条狗命的选择中，老人选择了用狗命换取自身的康复。

这不能不说是一种明智的选择。

我的心里阴着，显然是为着另外的事情。

是不是有着某种预兆呢？

可老人是坦然的。见我醒了，他唤我起床，说：“同我上一趟山吧。看我扛一只猎物回来。”他并不知道我一夜都醒着。他无法想象远离了繁杂闹市的我，心仍是得不到安谧。我进山独行，本想寻找一种超脱，但事实本身却恰恰相反。无论是一条山径、一棵小草、一朵野花都会引发我对外界事物的联想。

这样的时候，老人已为我套好了草鞋，并且递过一把柴刀在手中。可他并没有带猎枪，同样只握了一把柴刀在手中。就想：莫非那猎物当真只要去“扛”就回？将信将疑地，我跟随在老人的身后。露水果然很重，雾亦很浓。路旁的草丛中，遍结着银亮的蛛网，蜘蛛就藏匿于草叶底下，颇有耐心地等待自投罗网的昆虫。心不免就有些惶然，总为掩藏在雾中的前程担忧。秋凉的早晨虽无蛇蟒出没，却不敢保证没有怀了歹意的虎狼龇着利齿，张着血口在哪条岔路旁等着呢。任何暗算都是在你不知不觉间完成的。

依旧是两人循山路前行。

我已是汗流浃背了。一半是爬山路累出的汗水，一半是怕前面会有突然出现的凶险吓出的汗水。这样的时候，老人就停住了脚步。他蹲下身来，并且示意我也蹲下。正犹疑间，就见他在用手扒着路旁的一层松散的枯枝及败叶。就这么扒着扒着时，一个黑森森的土坑就显露出来了。老人告诉我，这就是陷阱，专为野兽设下的。我不知道那陷阱中深藏着怎样的阴谋，毕竟没有叫出声来，说：“倘是路人掉进陷阱了呢？”老人很是淡漠地答我：“那就只好委屈他一宿了，我每天一早一晚都会来查看的，要是野兽掉进了陷阱，我就拖出来扛回家去，倘是路人，拉他出来，让他继续奔前程就是了。”老人复又把枯枝败叶盖上了，但已无法盖住我对人世的惶恐……我总是担心在不经意时，自己会坠进某一陷阱中去。

不祥的预兆终于没有成为事实。

在进入一片竹林时，我发现老人像侧耳在谛听着什么，就憋住气，我也听，就听到呜呜的哀嚎声了。我当然没有必要为落难者捏一把汗，老人更是若无其事，说：“是一只麂子被圈套锁住了。”经老人的比画，我知道那“圈套”原来是用几根青竹交叉着强压于路旁挽成的——在青竹相衔接处，套了一个带齿的活动铁圈，待猎物不经意走入铁圈时，设置在铁圈里的“机关”稍受震动，“咔嚓”一声，铁圈就被呼啸而起的青竹拉得紧紧的了，那被圈套锁住的猎物，便是挂于半空，只有哀嚎声属于它……

——老人，我佩服你。你不用猎枪，无须猎狗，照样能获取猎物。在你经过的地方，你都可以随心所欲地暗藏杀机！

跟随老人前行数步，驻足，果然就发现一只悬在竹丛中的猎物了。确实是一只麂子，毛色棕红。但我发现，它眼眶里的泪水也是红色的。我并没有任何理由去怜悯一只麂子，也毫无好奇心前去看看究竟。

不就是一只麂子成了猎人手中的猎物吗？

我和老人默默相对。

但我们都没有说，大山世界的生活和外面闹市的生活也许是雷同的，只是表现形式不同罢了。

我们都没有这么说。

是太阳升起的时候了，阳光很明媚，但心被肚皮隔着，躯体被楚楚的衣冠裹着，一时间，我还无法感觉到阳光的温暖。

山　形

气喘吁吁的时候，终于爬上山坳了。

大山是刚被雨水洗刷过的。适才在山谷行走时，那雨正好倾盆泼下，我藏匿于一个山崖的洞里，无聊已极，无聊就干脆看小溪的洪水暴涨。

那洪水是很有气势的。咆哮着，如千万匹野兽向前冲撞，大有把这个沉闷的世界冲走的企图。可是雨刚一停下，洪水就溃退了。这变化其实就是瞬间的事。但，我毕竟没有因此大发感慨，说出那句古人用来借景喻人的话：易涨易退山溪水，易反易复小人心。

山溪不就是山溪吗？与人心有何干系？

即使是现在，我已登上高高的山坳了，也毫无抒情之意“——啊，一览众山小！”我没有抒情。我早就说过，我已过了写抒情诗的年龄。当然了，倘是依旧的我这颗心还年轻，并且满怀了抱负，就算不吟诗吧，也许还会产生一种“走棋”的欲望呢。于是就会理所当然地对着匍匐的众山，问：你们是屈膝的朝圣者吗？

一时间，往昔对山的崇敬也好，厌恶也罢，都会一笔勾销了。手痒痒的，就很有可能想为满足自己这一欲望而随手拈起哪一座小小山岗，当小卒子推过楚河汉界去，以显示自己的豪迈骁勇气概：就是有灭顶之灾又如何？狠一狠心，再把一座山岗推出去，当车堵住炮击便是了，有谁敢言我残酷？这在棋术上说得很宽容，曰“弃车保帅”呢。胜者为王败者寇，胜利者是不会受到谴责的。只有在这样的时候，人也许才真正活得像个人样，才不枉来此世间一遭。于是往昔里那些令自己也令无数人敬畏得五体投地的人物，如秦始皇、汉高祖等，也似乎一下子离我很近，成了我的拜把兄弟。为什么不是？他们并不见得比我天才许多，只是命运之神把他们推到了那样的位置，给了他们翻手为云覆手为雨的机会罢了……

我说过我已无所抱负。

如今的我，没有了要与他人争雄论高低的想法。丝毫也没有。我心平平静静，世界在我的眼里，当然也就平平静静了。何必要翻江倒海云水怒呢，硬要把这山那山当棋子推来推去？我奉劝自己。其实我无须奉劝，我说过，我已无所抱负。

世间万物，本来就各有各的样子。山就是山的样子。水就是水的样子。树就是树的样子。

当然了，倘是我这颗心依旧还年轻，并且充满了灵性，就算不产生“走棋”的欲望吧，面对着峰峰岭岭，也会产生出许多的联想呢——这山峰像天女散花，是她把春洒满人间，于是世界才这般美好的；那山峰似观音坐莲，是她以慈悲为怀，普度众生，于是人心才如此善良……抑或，还会为显示自己的小聪明，猴跳着往哪丛林子，去寻觅几个枯朽的树根，反复琢磨这树根像不像牛郎织女呢？牛郎织女已回到人间，过着团圆幸福的生活；那树根似不似八仙过海呢？于自由的气氛中，各自施展各自的才能……可遗憾的是，说那像什么，这似什么，只不过是自己强引着自己往那方面这方面去想象才似的。那是自己在欺骗自己，自己在为自己设置圈套。

人心无常，自己还被别人欺骗得少了？还被别人设置的圈套陷害得少了？不过也好，被欺骗被陷害的次数和方式经历得多了，心就麻木了，无所谓了。

麻木和无所谓后便是心安理得平平静静。

比如现在的我，心里一点骚动也没有。平平静静的，任脚下万丈深渊也好，对面是群峰涌起也罢，我心依旧是我心。要说硬有什么感觉产生，也不过是产生那“不是滋味胜滋味”的感觉。在我的眼中，一切都是不具体的；在我的心里，一切都是不明确意义和内容的。

山就是山的样子。水就是水的样子。树就是树的样子。不雷同，不重复。

这样不是很好吗？

山石

登高山本身就是一种境界吧。

路是险峻的，或许本来就没有路。在没有路的大山行走，而且决意要走到顶峰去，这样，尽管我不愿意再重复那句“无路处时处处路”的旧话，而事实上又已是处处路了。

我是在边走边想象山顶上一定有着诱人的景色，抑或生长着一般人难以见到的灵芝呢。希望总是和现实存在一定距离的。是不是可以如是说：希望的诱人之处其实就是通过距离来体现的？别以为诱人的都是欺骗，于是停下脚步，或者竟然返身下山，回到自己的家中去。那才是真的被欺骗了。

我至今对“家”的概念依旧模糊。

在我所生活的那个城市，楼房拥着挤着，将一片原本完整的天空切割得零零碎碎。楼是拔地而起的高楼，房便是一个一个的方格了。人们就分居在这楼房的每一个方格里。

那就是“家”吗？

就在我反问这句话时，脑海里即刻又闪出了自家和别人家阳台上的一个个小方格：那是鸡埘，鸡们就拥挤着居住在那么一个固定的方格里。可人们偏偏又生就了一颗爱得意的心，如：单位上得到了一次奖励呀，受到了某领导的表扬呀，更莫要说是被提拔或升级了……于是就洋洋得意起来，沽一壶酒，炒几个菜，与老婆孩子“普天同庆”。

也有说老是守着那么一个方格很腻人的。

因此就常有人翘首盼望礼拜天。

礼拜天到了，他们就带了几盒饼干几瓶橘子汁或几瓶矿泉水，一路招摇说是去春游。既然是游玩，当然就去不了很远的路程，爬不了很高大很险峻奇峭的山。他们所能看到的，不过是公园的假山假水而已。可叹的是明知道是假的，却还一味地欣赏、赞叹。也难怪，自己毕竟离开了那个方格的“家”了，能自由几刻钟就自由几刻钟吧，尽管这自由亦很虚假。干脆戳穿了说，这种“游山玩水”只是出于另一种需要罢了。

但，我不是来游山玩水。

我有意把自己置于这远离闹市的大山里，是想驱走自己感觉中的一些小情趣和小欢乐，尽可能地想要获得一种把生命置于大境界的考验之后的坚实认识？我想我会有所获的。

于登山途中，我见到了这样一种怪事：一条蟒蛇，一条蜈蚣，一只锦鸡。这都是大山世界中的臣民吧。它们应该是相互依存，彼此和睦才是。但，在山腰的一块荒凉的茅草地里，不知从何时起，它们竟一味地追逐起来，是那种此非得吃掉彼不可的追逐。蟒蛇追逐着锦鸡，锦鸡追逐着蜈蚣，而蜈蚣又追逐着蟒蛇……我没有吱声，想看看它们中谁最先遭殃。可它们又总是在不停地拼命转圈子，却谁也没敢先吃谁。是不是害怕一旦停下来，自己反而先被后面的追逐者吃掉了呢？在这场无休止的追逐中，它们各自都将把体力耗尽的，最后，谁也别想活着逃离这个怪圈……

这是不是与人类的某些所为有着相似之处？

或许，有人说这事很有趣？

但我说：你是在说风凉话——倘若这事与你有关，干脆戳穿了说，你就是这三者中的一成员呢，很有趣吗？我的内心感到了一种从未有过的悲哀。

似乎就有了不想再往前行的意念萌生。干脆就打坐于荒地外一突兀的树桩上，作闭目养神状。想：身外的一切全都不会与我相干了吧？亘古至今，五千年历史也恍恍惚惚，如一瞬之间，来的来了，去的去了，唯我独坐的树桩依旧？但，心却无法静下来，我凭树桩而坐，也就始终没有把自己幻想成老庄的那只蝴蝶。

真是无可奈何的事。心未空，山也就不可能空了。尽管乳白的雾流动着，而且渐渐地，就涨满山的世界了。那是有意要掩遮住这大山世界中的一切吗？包括美与丑、善与恶？可虎狼的嗥叫声依旧充塞于耳，蟒蛇、蜈蚣、锦鸡的追逐蚕食仍然近在咫尺……

我最终还是决定，继续向山顶前行吧。

我之山行，是一种逃避，也是一种追求。

然而在山顶上，我依旧没有把握住希望。没有理想中的景色，没有灵芝，就连平常的野花野草也没有，有的只是呆头呆脑的横着躺着卧着的巨石。但是这山顶确实很高，四面的天空都似是垂挂着在它之下，唯有头顶一片天，被它撑起来几丈之遥；周围一派寂静，只有一座座的山峦一语不发望着我，望过来一阵阵悲壮。但是，我没有为此而得意。我毕竟只是过客。就是得意也只能得意一阵子，山顶最终还是属于这群呆头呆脑的巨石。

我不能不认真地审视起这山顶的巨石来。

它们是无语的，不会为谁呼喊助威，也不会为谁鸣冤叫屈；它们是没有表情的，不知横眉以示愤怒，也不知啜泣以诉哀怨……风来也好，雨去也罢，它们都是以同样的姿势迎来送往。

它们是不是常人所说的“看破红尘”了？

想想，又不是。君不见，它们一旦凝聚起来，便能筑起万里城墙抵御外来侵扰；一旦通过女娲之手便可以去补苍天……但是，它们从来就没有刻意去追求什么，也就无所谓失去什么，没有想到要改变自己，也就无所谓自己一成不变……哦，这或许才是一种真正的大境界？

我却始终没有稚气十足地声称：让我也成为这大山顶上的一块石头吧！

山　家

我终于没有成为山顶上的一块石头。

没有凝聚为长城的希冀，也没有补天的期望……我就是我，一个凡夫俗子。但，我没有循来时的路下山。这倒不是我不愿意重复自己走过的路，也不是怕遇见那形成怪圈的蟒蛇、蜈蚣、锦鸡……都不是。大千世界无奇不有。你想绕开你想躲避？美好的想法又往往是幼稚得可笑的想法。

这样的时候，就有一阵鸟叫声哀怨地飘过来："哥哥——水牯！哥哥——水牯！"是这哀婉的鸟叫声吸引着我，使我无法克制地走上了与来时完全相反的路线。也就是说，从正面走向了反面。但，正与反只是相对而言的，这是一个极简单的道理。遗憾的是，越是简单的道理，也就越是容易被弄得复杂的。

哥哥——水牯！哥哥——水牯！

鸟叫声如诉如泣，是在讲述着一个美丽而愁人的传说吗？

那传说是这样的：

很久很久以前，这山上住着一户人家。说是一户人家，其实只有兄妹俩，他们的父母早已双亡，兄妹俩相依为命度着日月。哥哥种地，妹妹放牛，是一头水牛。哥哥曾向妹妹许诺："妹妹，你将来找了人家，哥就把这头水牯送你作陪嫁。"可是，后来哥哥娶了婆娘，是一个很吝啬的婆娘，许诺自然没有能兑现，一气之下，妹妹跳崖了，变成了一只鸟儿，那鸟儿便不分四季地啼唤着。

但，传说不是历史，可以信其有，也可以信其无，不过爱许诺的哥哥是有的，很吝啬的嫂嫂是有的。这不是传说。

循着鸟叫声行走，就走到一堆荒冢旁了。

第一个念头就是想要寻找荒冢的墓碑。

拨开萋萋芳草，果然就看到一块小小石碑了，但，碑上却无具体人名，只笼统地铭刻着四个字，曰“北兵之墓”。那么这荒山野岭也曾发生过鏖战？可林木深深，掩盖了一切，我已无法知道这大山的过去了。

我想：这里是南方山水，北兵是为了谁为了什么抛妻别子离弃家园故土来此作战？战争是残酷的，不胜则败，败了，丢盔弃甲，抛尸荒野；胜了，凯旋班师，论功行赏……当然了，还有，胜者为王，可王是唯一的，王位需要成千上万的尸骨垒成。我是无法知道这荒冢中的北兵的队伍是胜者还是败者，但，这堆荒冢里确实埋有他们中某些将士的尸骨却是无疑了。在战前，他们也曾盟过誓言吧？或曰：“为和平而战。”可是一场又一场战乱平息了，而狼烟至今没有散去，或曰：“为历史而战。”可历史由谁写成？

创造历史的未必能书写历史。

比如吧，万里长城是人民修筑而成的，但功劳却记在了秦始皇的头上；大运河亦是人民开通的，到头来，功劳不也是记到隋炀帝的头上去了？

哥哥——水牯！哥哥——水牯！

鸟叫声越是哀婉。我倏忽就觉得，这鸟儿是多么幼稚和浅薄，也包括那个传说。

这样的时候，我就想起了别的事情：

倘若有别的人站在别的山峦上，看我所处的山峦，一定很有趣吧，一层套一层，像蓝天下的一幅背景极深的大山的油画，我在这油画中肯定是可有可无的，大山讳莫如深，我在山中只有自己知道。站在别的山峦上看我所处的山峦的人，他所知道的，是这山峦上有树有草有鸟有虫有石头……唯独不知道有我。我是什么？我从哪里来？要到哪里去？

太阳是慷慨的大度的，她温热地把光芒照射下来，使山野间时起时落地啼唤“哥哥”的鸟儿背上镀上一层银子般的光泽；它飞旋在这看来十分荒凉的山峦旷野上，无论如何也就显得珍贵而又异常美丽了，倒像一具被抛在空中不知忧愁的发亮的银器。

那么，所有的忧愁全是我自己的忧愁？

与鸟儿无关与荒冢中的北兵无关。

这时我看到，有一匹小马驹精神抖擞、旁若无人地从我的眼前跑过。那是一匹小野马，蹄声哒哒，擂打着大山浑厚的鼓面。但，我没有理由不想到：它一定是哪位抛尸南方山水的北兵的战马的后代。这马驹在这无人管束的山野中长大后，一定会是短毛油亮，筋肉凹凸可见，头型非常精巧优雅，这种马天生就是为奔跑杀伐而生的，是为某一位英勇的骑士显示傲慢的英姿……

哦，我是该无忧也无愁了，阴柔之气淋漓的南方山水中，毕竟拥有这样的一匹小马驹在成长。

山　潭

随便拾了哪条小径前行，总有灿烂山花贴面相迎，往人鼻底里喷丝丝缕缕微馨，搔得人心思痒痒，撩得人神魂颠倒，就连刺条儿也如恋人般多情的，时不时伸出柔软长臂挽人胳膊，或是缠人腰身；就无须再多说路边野草是怎样托起晶莹露滴如托起一颗透明的痴心相许了，就无须再多说两面林子里的树木是怎样为实现一个诺言而青翠苍郁了……

但是人心是永远也无法得到满足的。不然，为什么会有那句“人心比天高”的成语呢？

这么向前行走，用心地阅读着领会着大山呈现给我的全部含义，就越来越有一种不满足的情绪升腾起来，觉得这一切都只不过是大山的表象罢了。恰在这样的时候，山雾就整个地消散了，是有意袒露出所有的内蕴吗？而要与我作推心置腹的交流吗？我却又生出了疑虑来，并不是怀疑大山的坦诚，而是怀疑起自己来了：我是否能够真正地领会其真谛？就是领会了一些，又是否敢于言表？上天和世界都喜欢听赞歌。对于无休止的礼赞，他们不会感到厌倦，于是唯有歌者和颂者，才是上天与世界的宠儿。但是不言的大山，肯定是有难言之隐了。不知是哪位诗人说过：“每人都有一张嘴巴，每天都要说不少废话和假话——为什么不从现在起，我们下决心每天说一句真话呢？”火山是一位大智者。大山不言，自有大山的道理。我能够做到这一点吗？

自己是最有资格怀疑自己的。

鸟翅抖不落残阳，却撒了叽叽喳喳的鸣叫声满林子。是这动物世界中最微小的种类也在嘲讽我吗？莫非这也是大山的诲语不成？还是没有驻足，我要寻找真正地能够意会又可言传的警语。

不知不觉间就进入了一座山谷。

是很深的一个山谷。

天地是在倏忽间变得窄小的。就使人生出一种感觉来。感觉美好的一个山的世界原来也很无希望。感觉在白里也有着黑暗……于是，空旷的凄凉和永恒的悲哀就全都涌上心头了。

其实更深的还是谷中的一个潭。那潭水似是凝固着的，铁板一块。莫非这潭是积着忧郁与痛苦？那么，它又封存着怎样的故事呢？唯一可见的，是那如丝似缕的氤氲之气在曼舞。但谁又知道那是不是深潭在痛苦的压抑之下嘘出的叹息或怨气呢？

却是不忍心投石进深潭探寻个究竟。

又很奇。很奇的是这样的山谷深潭之上居然有一座石桥横架南北。那是很古老的一座石桥。青黑色的条石被风雨啃蚀，已是凹凸着累累伤痕了。但意外地坚实。这就当然可以推测出建造者是怎样的能工巧匠了。可是在这如此深的潭中，那桥墩的基脚是怎样竖起来的呢？向桥边走近，果然就发现有一石碑傍桥而立。原以为有碑文一定记载了这桥的始修年月，以及主修石匠的姓名，可碑是空白着的。仅仅有指南指北的小小箭头，那箭头的前面，分别刻着两个字：新化→←宁乡。

是怎么回事呢？

进山之初，我曾翻阅过长期生活在这大山里的几个村寨的地方志，在志里，却有着一代复一代村寨头人的详尽记载，就连他们某天某时某刻宠幸某位姨太也花了不少笔墨……然而，人们从这桥上来去，岁月从这桥上来去，却是无人知道这桥是始建于何年何月，不知道能在这无底深潭中竖立起桥墩的能工巧匠是何许人……

石桥，可怜最后只有由你来证实生活了。那些建筑你的人呢？他们建造了你，结果反而要靠你才能证实他们曾经存在过，我真不知道这是生活的悲哀还是建造者们的悲哀？抑或是两者之间永远也不可弥补的不幸？

历史当真是那般公正吗？我不相信。

潭水幽幽地于石桥下凝固着。石桥静静地在山谷中默立着。山谷也渐渐地被天地的暮色严严实实裹住了……全然是一副很满足的样子。

我又有什么理由不满足呢？

山谷中，我似乎找到了希望又没有找到希望。

山　虎

过了山坳，再沿着山脊行走，可走着走着时，路就没了。

树木太深，阳光的箭矢却无法射穿莲蓬簇簇的枝叶；有山雨轻洒，水珠被千万只绿叶的手掌交递着，但稍有不慎时，雨滴还是滑入了林中……就不能不信服那句“柔能克刚”的武林术语了。

落叶很厚，很潮湿，霉味就无疑四溢了。

我却也嗅出了微馨，是那种泥土的微馨。这也许就是大山的气味吧。是落叶湮没了路呢，还是路与人在捉迷藏？很无奈的时候，就记起了一首外面世界的流行歌来：“跟着感觉走／握住梦的手……”轻轻地哼着这样的歌子，就如同年幼怕“鬼”时，心里默念“天地有正气”一样，心就安定了。其实是那种“无路处时处处路”的安定。

可意外的事情发生了：一只吊睛虎就蹲在我所要经过的前方，身子做俯冲状，随时都有可能一跃而起……我是惊得呆了，不知道逃跑或躲避，其实逃跑或躲避也是枉费心机的。然而吊睛虎一动不动，这就更可怕。那么我也不动，木木地，站着如同一截树桩，魂魄就附体了。脑中在急速地想着对付吊睛虎的主意。幸亏在这样的时候，我想起山居老翁与我交谈中说过的一段话：“其实，鸟兽虫鱼，花草树木，甚至苍蝇，甚至老鼠……原本是同一个世界。可惜这共同的世界，被时间分隔开，被距离分隔开，被狭隘与自私及占有欲分隔开，被愚昧粗暴的统治欲分隔开，彼此才无法理解……”倘是把这一切全都抛开呢？想到了这一层时，我是“大彻大悟”了，便很是从容的，我对那虎说：“借一条路我走吧，我是过客，并无恶意的。”然而心里却在骂：“孽障，要是我手中有杆猎枪……”原来人总是口是心非的，尤其是那些所谓大彻大悟了的人。

老虎就似乎是很有些歉意地走开了。

也许我说老虎走开了人家不会相信，而作为我口里讲的是一套，心里想的是另一套，这是人人都觉得有同感，并不奇怪。谁叫我们是人呢？人心是个小宇宙，复杂得很呢。

突然又回忆起那赠我以警语的老者来。

那是怎样的一张脸孔呢，似笑非笑，像是呈现出大欢愉，又像是涵盖着大痛苦……但无论他的那张脸孔是呆滞的或是灵活多变的，我也难以透视他的内心，透视不到了人生旅途留下的那些感情灰烬……谁又能够真正地知道他在与我说那番警语时心里又想了些什么呢？

倏忽间又有了山雾在弥漫。

东南西北是无可辨认了。其实也无妨，本来就无所谓迷失方向了。有那句“跟着感觉走”的流行歌在指引我。

走在松软的落叶上，脚步时高时低，就总以为有危机四伏，就总以为那吊睛虎重又拦在前面，觑破我的心思了。其实那也好，心灵一旦敞开来，在作生与死的选择时可以进行一次洗礼，我若再生，是非要改过不可的，那么，便可以复又回到“人之初，性本善”的原处了。人，并非不可以教化，只是这代价重了些，非“死”一回不可！忽而心念一闪，我们这些该死而没有死的人，应当赶紧死一回，然后再生。

就这么行走着，思想着，脚有些乏力了，就打开旅行袋取饼干充饥。可是没有水，水壶空空的。把两耳竖起来，想捕捉流泉的声音，但捉住的是满林子飕飕的风声。是我此刻的思绪也化为一缕风了吗？山雾被驱散尽了，心中的迷雾也被驱散尽了。这回，心真正地轻松了，真正地有了耳聪目明的感觉。奇迹就是在这时出现的：偌大的一个湖泊躺在了我的眼前。静静地，有如睡熟的处子。她的肌肤是碧玉色的，细嫩柔软之极，连风也不忍心去抚摸。我的心情很不平静：是大山给了我启示吗——不要喜形于色，不要得意忘形，不要恩将仇报，不要口是心非……

我坐了下来，无声无息地。我没有理由惊扰这片宁静的湖泊。她是裸露的处子，只有几缕几丝水蒸气有意无意为她遮住了些许隐秘。就想：她裸露着，是因为她不知道防范？

但是，我还是想说：愿普天下的人们都能拥有一身正气！

不知对与不对，我说，大山最深刻的言语，全在这裸露的湖泊里深藏。

倘若不是感觉到自己的灵魂和肉体有不干净之处，我是真想也在这湖泊旁裸露着躺下，陪着她，一并躺成永恒……

山　翁

是清晨了。葱郁苍翠的山的世界，被阳光洗浴得更是肃穆了。我的心很暖和，血液也畅响着，脚就有了非要活动不可的感觉，这样的时候，我复又踏上了那条弯曲坎坷且也神秘的大山的路了。没有与湖泊作别，走了就走了，人生，还是少一些情感的负担好。轻装而行，脚步会迈得更轻快些。

可目光还是被牵引了。那草木见过吗？密密得不能全叫出它的名目；那虫鸟见过吗？奇形怪状不能描绘出它的模样；有一种声音更诱人："叮咚！叮咚！"节奏分明，脆亮而又深沉。双手拨开遮眼的草木，我就发现那声音的来历了——原来是从石壁缝隙里渗出的水珠，可怜那水珠从石隙里渗出来，就没有可以前行的路了，但它没有退缩，而是平平静静地，一滴一滴地滚下崖壁，坠进崖下的一个小小石凹里……是命运之神偏偏赏识此种举动吗？石凹渐渐地深了，水滴也在渐渐中壮大了自己，成为这大山深处的一个小小石潭，于是每日清晨，当旭日刚一跃出山岗，它就能反射出七彩的光芒来；当夜晚来临时，它又可以把月的清辉拥进自己的胸怀了……谁说我这样的推测是荒谬的呢？大智大愚，才能有大的成功。

越往大山深处行走，就越是为自己是外面世界的人而感到悲哀了。不是吗？平日里自己在家中，总喜欢偷闲用一个两个小小盆罐植点花草，还故作花匠状，把花草截了直秆，剪了繁叶，让其依从自己的所谓审美观曲扭弯斜，说是讲究其大美！自鸣热爱其生活！

进了大山，我才真正地算是领略到自然的大气了。

迎面来了一位山居老翁。说他是老翁，首先是他的胡须吸引了我，胡须很长，很飘逸。他的脸色却极是红润的，比我这刚入而立之年的汉子气色还要佳。我是无法猜测他的实际年龄了。见了我，点了点头，他是礼节性地点了点头，复又朝前走去。他是那样悠闲，完全是一种无所事事的样子。跟着走走吧，于是转身，我循着他的路走去。走着走着，就到了一个山弯弯里。山弯很深，流泉的声音很悦耳。他就在山弯的一块方石上坐下来，也并不在意我跟踪，似是进入某种境界的样子。我想：他是来这儿听流泉的独奏吗？但我的猜想是完全错了。他只坐了一会儿，就随手从脚旁拔了一片草叶衔入口中，随即，各种各样的鸟叫声就从他的口腔中流出来了，声音是那样的逼真。

最动人的情景出现了。

仿佛只是在瞬间，山林里的鸟们就全都栖落于这山弯里的树上了。先只是静静地谛听，像是也陶醉在山居老翁的“鸟鸣”声中了……但一忽儿，如竞赛一般，鸟们便争相地鸣唱着属于自己的歌声了……千姿百态，各自分明，鸟鸣声与流泉声交融着，这不是大山的交响曲又是什么？！这回我是实实在在地感到自己的悲哀甚至卑鄙了。

自己在家中，那是极爱鸟的。但我喜欢的只是一种鸟，那种亦被很多人都加倍推荐加倍赞赏的鸟，那鸟的名字叫“八哥”。很显然，“八哥”的备受推荐和赞赏，是因为它通人性，能模仿人的语言。有朋友来我家中，它会很乖巧地说：“你好！客人好！”倘是我送朋友离家时，它又会情意绵绵地说：“还来玩！还来玩哇！”但是，它除了会说乖卖巧又会什么呢？那几句单调的语言，不也是它的主人——我教的吗？多么可怜哪，我的“八哥”。

我毕竟是醒悟了，虽然迟了一点。

并不是好奇，我靠近了那位老翁。他正捋着自己银白的长须，得意而痴迷地听着流泉和百鸟的鸣唱呢，我是不忍心打扰他了。他或许是辛劳了一辈子，如今，儿女们都成人了，他不再为生活所累了，才又有了机会重温自己在童年时就学会了的逗鸟的口技，在这有着流泉飞瀑的山弯里，他复又能品尝到无忧无虑的童年的滋味了……又或许，他原本就是大自然的宠儿，一来到这纷繁复杂的世界，就没有要奢求功名的志向，也无要争抢利禄的野心，而是常年与花草相依，与虫鸟为伴，度着他自由自在的生活……但，这仅仅是我的猜想，我并无资格妄加评说的。在此时此刻于此情此景中，无论是怎样麻木迟钝的人，我想也绝对会萌生出此种念头吧：让自己也能变成这大山中的一只鸟儿多好，用自己的喉舌，鸣放出属于自己独特的歌声，可千万别像那被人供养的“八哥”，有着自己的一张巧嘴，却学着他人的腔调……

啊，我没有被人世间的情感所累，却已被大山里的神秘所惑了。

山　音

太阳傍山的时候，林子里就呈玫瑰色了。

大山里所有的动物，在这样的时候便显得很忙碌，那是理所当然的事了。暮色很快就会来倾泼墨汁的，把这玫瑰色的林子糟蹋成一团漆黑。黑暗是一种“罪恶”，叫人难以忍受。但是，会不会也有例外呢？

是什么鸟在哀嚎？却不知道。鸟们是在为太阳的落山而哀嚎吗？是在为林子里将要到来的大黑暗而哀嚎吗？并不仅仅是好奇，我循声觅那哀嚎的鸟们。是要给鸟们送去安慰吗？或许是彼此安慰？普天之下，伤心事、恼人事、不顺心事多着，哀嚎就哀嚎吧，倘是哀嚎能使心情舒畅，哀嚎又有何妨？难道就只许得意者狂笑吗？！

可是事实上我的这番言论是离题万里了。

待走近看得真切时，人就怔住了：原来是几只俗名叫“魔虎头”的雏鸟在争相啄食自己的母亲，哀嚎声便是从那只正被儿女们分食着的母鸟的口中发出来的……可就在这样的时候，我的脚边响起了沙沙沙的声音，一条蟒蛇蠕蠕向前滑去，滑进了鸟窝。一切都仿佛是顺理成章的——蟒蛇吐着血红的舌头，又将雏鸟一只一只地吞进了腹中……

我是眼睁睁看着这一幕悲剧上演直至落幕的，心里头就有了一种说不出的滋味。但我没有理由为自己是人类而庆幸。这一幕悲剧，不也只能说明一个道理吗？一个既复杂又简单的道理：为了求生。想想，雏鸟争食母鸟也好，蟒蛇独吞雏鸟也罢，不都只是一种求生的表现形式吗？而人很聪明，就不可以换过一种别的表现形式？

我是不敢再往下想了。

宇宙如砚，被暮色的墨越磨越浓。在这鸡犬的鸣叫也闻不见的地方，要找一户人家驻足看来也只能是一种奢望了。可走着走着偏偏又误入了一片荒冢中。那是在无可奈何的时候，我停下了脚步，从旅行袋中掏出一张塑料薄膜来，展开于荒冢的空隙间……我是只能在这荒冢间歇息一宿了。“鬼”是没有的。那只是聪明人愚弄蠢人的伎俩。一切野兽、蟒蛇，都在这宁静的夜晚入睡了。荒冢的夜是和平的。这其实是很有趣的事：生者与死者，就隔了一层薄薄的黄土。也就是这薄薄的一层黄土，竟把人世间所有邪恶的念头及美好的愿望全都过滤殆尽了。但是，这荒冢中都聚集了怎样的人生呢！假如躯壳被掩埋了，灵魂还活着，这些灵魂又敢于在这静夜里独白自己生时的所作所为么？然而人死如灯熄，一切都完结了，平静了。无论你生时是多么卑劣，或是多么崇高，或是多么渺小，或是多么伟大，全都在死的一瞬间平等了。

我并不瞌睡，却微微地把双眼合上。可心却不肯死，总是作着非分之想：就以为自己复又群居于芸芸众生中了。觉得有些不怀好意的目光在觑视着我，把我由于平日里不检点的几分隐情给搜寻了去，于是就忍不住发怒，干脆也怒目而视他人，拼命找他人的短处……心力不就是这样憔悴的吗？生命不就是这样耗尽的吗？

可荒冢无语。

许久，我陡然悟出：有话原在不语中，这不语的语音，是跨越了一切界限的永恒诗句，是超越了现实樊篱的伟大音响，是叮咛，是怀念，是生者对死者的拥抱，是死者对生者的接见……荒冢，我对你说：请不要等到有一天人家再也无须防范我了，我也再别想算计人家了，才终于想起你来……我是真有些感激这一夜晚了。

山　惑

山越是很深时，就以为是入无人之境了。

正犹疑，隐隐就有了喧闹声入耳，于是举目，果然见到一角青色的屋脊了呢。有一个道理极其简单：行走着，总有希望。人生就是在失望与希望中走着自己的道路。遗憾总是有的，那就是谁也无法幸免最终会走进一抔黄土。

山路很细，似是有意隐匿在杂草丛中。大山也真是有趣，一方面慷慨之极——赠我以清泉解渴、野果充饥；另一方面呢，却又百般地阻我拦我——用茅草的锯齿割我脚踝，荆棘的利刺钩我衣服。想想，便得出了如此结论：大山沉寂了千年万年，孤独怕了，有人向它走来，它自然很高兴，于是慷慨之极便是情理中事了；但是，当发现来人并没有驻足的意思，似乎非要走进它的内心深处不可时，就胆怯起来，害怕有人窥破了自己深藏在心里头的隐秘。

这苦衷是不难理解的。

具体到社会上的每一个人，谁的心里又没有藏匿着不便或不敢言的隐秘呢？

但是，倘若这隐秘成了隐患呢？

走着走着时，那一栋木屋果然就整个地呈现于我的眼前了，而且那木屋檐前的草坪里，有着七八个年龄不等的少年在做游戏。这倒是件新鲜事情，进山数日，我还是第一次见到有这么多孩子的人家呢。一位徐娘半老的妇人，正倚在木屋的廊柱旁，但我却无法知道她是在欣赏着孩子们玩游戏呢，还是在思想着自己的心事。她的脸色是忧郁的，淡眉微微地锁着惆怅，若是她此时能举目看我就好了，眼睛是心灵的窗户，我多少能从中获得些许消息呢。

首先看见我的是孩子们。

但我不曾想到，这群能够把游戏玩得极是开心的少年，见到我这位山外来宾居然一下就呆若木鸡了。他们痴痴地望着我，不敢言笑，而且还显出了很是惊慌的样子。莫非以为我是来抢夺他们的什么宝物？这时那妇人才抬起头，但她只用余光扫了一下我，"进屋里歇一歇吧。"她说着，就从堂中端出了一条方凳来，言行举止，不卑不亢的。她果然是位有着几分姿色的妇人，而且具有一定的文化修养。直觉告诉我，这妇人是有些来历的。

落了座，我问："这些孩子是……"

"是我的学生。"她仅仅回了这么一句，就起身了，跨入堂中。又转过脸，说："您请便吧！我要上课了，对不起！"学生们这才行动起来，旋风一般卷进堂屋。

堂屋就是这所学校的教室。

从她的神情中，我似乎觉出了她是在有意回避着什么。是什么呢？又说不清楚。于是我决定留下。是想要多少知道一点大山深处的这位女教师的隐秘吗？

我这样做或许不道德。但我说，我并无恶意。

外面人一定是无法想象的。这七位学生居然分一、二、三、四四个年级。教师的劳累是一定的。我听着她分别为孩子们讲课，布置作业，还看到她手把手教一位年龄最小的学生写字。那专注的神情，与刚才倚着廊柱想心思时完全是判若两人的。

不知怎的，我倏忽间很是向往着成为这山寨中的一个少年，每天来到这所没有挂牌的学校念书，那样，她也就能够手把手教我写字了，闻着她那淡淡的发香，听着她那均匀的呼息，我想，我是忍不住会在心底里呼喊她一声“妈妈”的。

异想天开，我的脸一定红了。

也不知过了多久，她抬起手腕来看了看表（这是我进山后头一次发现女人戴表了），说：“放学吧，回家的路上要注意安全。明天早点来。”

孩子们作鸟状散去了。

我没有走，大概不是她意料中的事。我看出了她的脸相带有愠色。她一定是误解我了，以为天底下男人见了女人总是不想动，不仅仅是为解释，我把作家证亮出来给她看，但她头也不抬，说：“证件上卡着钢印的不过是你的影子，人心却被肚皮隔着呢。”这是一句格言，我只能尴尬地一笑。一个男人，赖在一个独身女人家里不肯离去，确实不是一件光彩的事情。我动摇了初衷，想：何必要受人白眼，去探究什么隐秘呢？她或许并无什么感人的隐秘藏匿，依我看，她那忧郁的神色已经泄露了消息，那就是……

如此而已吧？

但是就在我欲起身告辞之际，她却为我端来了一杯热茶，并且很是关切地说：“天色已经不早了，人生地不熟，你前去不一定能够找到人家驻足。”双目相触，我倏忽觉得她是那样慈祥，宛如传说中的圣母的样子。

我终于留下来了。

也许，我是应该悔改的。那些无端的猜想，其实是对自己人格的玷污。在交谈中，我知道了她不是本地人，也并非正式教师，而是自己找上门来为这个边远山村教私学的，于是她是否曾经有过一个幸福美满的家庭，是为了什么弃家出走，以及为什么不选择别的职业而偏偏来到这大山深处任私教……她却极是守口如瓶。

或许，有一种伟大的东西正深藏在她那无可奉告的缄默里吧。叩开它，是一件非常困难的事情，就像要了解自己父亲最悲惨的往事和母亲所受过的凌辱那样，既要获得信任，也须等待时机。还需要说什么呢？我已对她肃然起敬了。任何假设或邪念，均不会在她的面前产生。人心是需要有一角隐秘处的，还是不要轻易袒露的好。让我们都学会善自珍重吧。

夜色倏忽就很是深了，它是有意要包容一切，收藏一切，简化一切吗？但我毕竟没有声称：夜色，唯有你才真正是仁慈的！

山　悟

没有说一声再见，也没有道一声珍重，我便悄然起程了，离开了那一所没有挂牌的山村学校，以及那位身世如谜一般的女私学教师。那个清晨，雾很浓，近在咫尺也难以辨别清人和物的面目。虽然我在她宿舍的窗前停了片刻，但我毕竟没有向她打招呼。我怕惊醒她的好梦。当然了，我并不知道她是否也早已起床了，或者早已倚床独坐，想着他人所无法知道的心思，但我仍然固执地相信，她一定是在梦中。有一种说法，在现实生活中得不到的，却可以在梦中找到。那么，我多么愿意相信，她正在梦中寻找吧！

我并不想说，我离开那所学校及那位女教师时是一步三回头，但是，有一个事实是无法否认的，那便是，我确实是回眸留恋依依不舍地注视过一阵子。此时此刻，我似乎觉得那所没有挂牌的山村学校倒也很像海市蜃楼了。在晨雾中飘飘荡荡，那位身世如谜一般的女私学教师，就婷婷而立于楼头，她正在向我招手呢，我还好像听到了一种声音，那是慈母般令人难以忘怀的声音，说："山高路远，你可要当心啊！"当然了，这些都只不过是一种幻觉，事实上待我回头时，什么也没有看见。我说过，那是一个雾很浓的早晨，近在咫尺也难以辨清楚人和物的面目哩。

于此种情景中，人便可以玩弄些小动作了。

丝毫无顾忌地，我在大山里撒了泡尿。当然是先想亵渎大山，可又一想，倒觉得极是可笑，笑自己像是在西天如来佛手指缝间撒尿的孙猴儿——用自己可笑的渺小为人家崇高的浩大作陪衬。但是，当我想到这一层时，也想到了与此类玩笑极是相关的尘世间的正经事——这一类事大概是人人都并不情愿去做的——用自己可笑的渺小为人家崇高的浩大作陪衬——但是，人人又都会抢着去做。

且不要问这是为了什么。

雾为什么很浓，又为什么在倏忽间消散开去？也不要问。举目东山，那山顶上已浮出了红红火火的一轮旭日哩。旭日是慷慨的，它把温热的阳光洒下来，使江河、山峦以及所有沐浴到阳光的一切，全都感到周身的舒畅。当然了，也总会有着例外，虽然我没有亲眼见到那浓雾是在阳光的追逐下逃遁的，但我说，雾确实是害怕阳光的呢。

那都是因为我想心事去了——我总是忘不了那位女私学教师，忘不了她在无学生陪伴的时候该多么孤独，忘不了她那隐忍、沉默的后面藏匿着的可怕的强悍，忘不了她那怀疑、狡黠和不信任的目光中含着的真诚的诺言和舍命相陪的友谊，忘不了她那屈辱的自卑和深藏于内的强大自尊心所造成的痛苦，忘不了她那不被人理解却又要顽强地保存自己所形成的隔阂……这就注定了她所唯一拥有的只能是孤独。

就是想这些去了，我才没有在意阳光洒下来时雾的窘迫样子。

我认为，独自到大自然的背景中多想一想是没有错的。想一想别人，也想想自身。这么想着时，我便觉得没有必要对雾存有恶意了。雾掩盖着那一所没有挂牌的山村学校，掩盖着那位身世如谜一般的女私学教师，不也正如它掩盖着其他万物一样？那兴许并不是雾的本意。于阳光下，便真相大白了。原来雾本身不过是露水，它是因为地气的蒸化才升腾为雾的，太阳出来，雾便又还原成水珠了。藏匿在树叶或小草的怀中。

晨风温柔地摇动着树梢，发出一阵阵叹息似的声响，并且，还簌簌地滚落许多泪滴般的露珠。好像这大山深处的树木也早就认识我了，就专等着我的到来，要向我倾诉什么隐秘呢。我的手抚摸了一阵圆滚的，有时卵石般光滑，又有时粗糙如皱的树身，觉得从未有过的惬意。我知道，这惬意是因为人与物毕竟可以彼此理解了。尽管这里的“理解”二字是被艺术化了，但我说：这世界从来就少不了艺术！难道不可以作如此推测：人类那些遥远的伤口并没有被岁月掩住，从那儿流出来的，不是血，而是一种被称为“艺术”的精华，它总是能够突破界限的阻拦，在新的灵魂和肉体上，以及植物上播种爱情？！

让我们像尊重祖先一样尊重艺术吧！

树与人当然是有着缘分的。树是大地伸向人类的亲切温存的手掌，它总是叉开着指头想要与人接触……遗憾的是，人总是活得匆忙，来不及理会。一直到死去的时候，人才真正地懂得了树的宽厚，但是却已经晚了，因此，人总是带着永恒的遗憾进入棺材，那棺材又正是用树木所做成的。

人与树，最终还是相依相偎了，永不分离地依偎着。

我忽然就微微地笑了，在大山深处的树木丛中。我的心也在笑。

山　野

心中没有目的，肩上没有负累，我完全是采取了一种休闲的方式进入山与山的行列中来。越是接近山的群体，就越是感觉到山的高大，感觉到山的巍峨。并且，还使我对“宽容”这个字眼也有了新的理解；宽容，并不仅仅是一种姿势，一种被动的接纳，也是一种不经意的揽你入怀，一种相互的融洽。不承认这一点不行。我从闹市中走来，那地方给人留下的印象太强烈，留的印象太深刻。我记起了自己平日里为生活也为着成就功名急匆匆行走在闹市中的某种心情。那是一种颇受压抑的心情。车声人声的嘈杂，你来我往的拥挤，想抬着头透上一口气，又觉得四周的高层建筑物在冷漠地逼视着自己，在鄙夷着自己：“哼！你算个什么东西，成天忙忙碌碌地，忙碌完了，还不是要进入到我留给你的一方位置中来！”想想，便实在觉得太委屈。人一手把建筑物托起来，最终又流浪儿似的被建筑物收容。

然而，行走在大山里的感受就完全不同了。大山稳稳地屹立着，呈一种奔腾的姿势，却一任草木青翠，花儿怒放，流泉浅唱……那样的生机勃发，那样的和蔼动容。只有置身在这样的群体中，你才真正地感觉到你是整个儿属于自己的。这样的时候，你的精神才是那样的清爽，你的身心才是那样的健康，你的灵魂才是那样的自由自在。

我是在不知不觉中便走进了那一片青青竹海的。

说它是海，是因为它的博大，它的波翻浪涌。这里的每一缕空气，是那么清新，每一阵风来，是那么清凉。有阳光在竹叶上跳着闪着，一不小心，便也有点滴暖意洒在了我的身上呢。我忽然就嗅到阳光的香味了。是葵花籽脱离花盘时溢出来的香味，是谷粒跳跃进禾桶时溢出来的香味，是汗珠滚落溶进泥土时溢出来的香味。而这种香味在我所居住的城市是闻不到的。那里的空气被污染，那里的人心被污染，就连那一方天空中的阳光和月色也是被污染了的。而行走在大山的怀抱里却让人感觉到的是神清气爽，是心平气和，是与生俱来的熨帖。虽然山风也偶尔裹挟着虫鸣鸟啼甚至虎狼的啸叫声溢过来，却与嘈杂同吵闹无缘，而是让人以为在听一首优美的曲调。我很奇怪自己为什么对城市生活产生了强烈的背叛意识。但是，人类在辛勤地创造着文明的同时，也创造了污染自己灵魂的垃圾。或许，这是意料中的事，亦是无可奈何的事。我没有理由去责怪自己的同类。

但有一些人却是值得责怪的，比如那些死守着陈旧的自我如死守着一具僵尸的人。

他们不知道人在紧张的工作后应该找一方纯粹的天地去放松自己，去过滤自己的思绪，去升华自己的心智，而是埋在扑克牌里，葬在麻将堆里，放纵在男红女绿的歌舞厅里，还自以为大款，自以为潇洒和得意。或许，这种责怪是多余的。各自有着各自的情趣，各自有着各自的生活方式。那么，便由他们去大款吧，由他们去潇洒和得意吧。

我既然已进入了大山，就应该尽情地享受大山的赐予。

大山虽然无言，但这无言的大山里却包罗着万象。

我已经不止一次地看到潜伏在竹枝上的一种蛇了。那种蛇并不粗大，身长在一尺与两尺之间，全身是青竹的颜色，就那么懒懒地伏在某一棵竹枝上，若不是很用心地搜寻，便发觉不了它。这就是那种名叫“青竹标”的蛇吗？据说是一种很毒的蛇。但我却没有对这种蛇产生憎恶感，相反，还心存着些许的同情。我想，它之所以长成了青竹的颜色，不见得就是伪装自己，而是为了永久地与竹林相伴，它的牙缝间虽然含毒，却没有袭击造访者的举动。这蛇同人相比较，毕竟是弱小的，是没有抗争能力的。我当然知道自己所居住的那个城市中，每一天都会被人吃掉不少它们的同类。我也曾经吃过蛇，不禁就心虚起来，胆怯起来，我担心蛇们嗅出了那种血腥的气味来，会视我为仇敌，会以牙还牙地蹿过来咬我一口，甚至纠集了它们的同类把我吃掉。

人类确实在不断地与大自然为敌，与万物为敌。

我在大山里行走着，还不时地发现有青青竹子被人为地扭曲在地。我细看那被扭曲在地的竹丛时，才明白那原来是山里猎人为捕获野兽设置的一个个圈套。当有野兽从设置着圈套的竹丛经过时，不小心触动了机关，那一棵棵青竹便“嗖”地弹起身子，进入圈套的野兽就会四脚无靠地悬在半空中……我果然遇到这样的情景了。在一条十字山径的近旁，有几棵青竹在颤动着，我近前一看，原来是一只毛色乌亮的花面狸悬在竹丛的半空。那是一匹美丽的花面狸。眉眼如描过浓墨一般，瓜子形脸上的几块花斑也点缀得恰到好处。它那毛茸茸的尾巴在摇动着，一双眸子平静地望着向它走近的我。莫非它知道我并不是那位设置圈套的猎人？目光中没有仇视的火焰，脸上没有责怪的表情。这无疑便使我动了恻隐之心。我想，我应该把它救下来才对。它是属于这大山的，人们没有理由使用诡计去陷害它。

我终于把它解救下来了。

我是看着它一跛一跛地从我的视线中走远的，走进了大山的林深处，融进了大自然的和谐中，但我始终忘不了它告别我时的那种眼神。一双眸子清澈明亮，睫毛上挂着泪珠……是啊，就让我记住这种眼神吧！或许，这在我后半辈子的人生之旅中将会受用无穷。

山 粮

山路太长，山弯太深，山中的一切太神秘。

我在山路上行走着，两旁的荆棘不时地生出长满尖刺的手扯我，拦我，沿途的砺石千次万次地啃着我脚上的牛筋皮鞋。我的脚掌已满是血泡，我的身上已遍布伤痕。更令人难堪的是悬挂在山腰陡坡上的样子：人便整个地成了爬行类动物，进是爬，退亦是爬，此时此刻的我，已是腿脚酸软，满身虚汗，胆战心惊。而恰恰是在这样的陡坡地段，农人们却把养活自己以及同类的粟米同麦子种了下来。有阳光慷慨地泼洒而下，我深情地望了一眼几经农人精耕细作长势很不错的粟棵同麦苗，惴惴的心便有了一种镇定。农人是朴实的。朴实的农人最大的长处便是能够把哲人们千百年来思考不透的道理简单化："一锄一棵粟"，而粟可以养活人类。这是农人祖祖辈辈之所以能够吞下劳作中一切艰辛的不渝信念。

从春到秋，开垦、播种、施肥、锄草以及收获，这一过程说短就短，说长就长。我不禁想到所有母亲从受孕到分娩的过程：在这一过程中，农人同孕妇的感觉绝对是相同的：他们饱尝苦痛而又满怀希望。也正是因为他们满怀着希望才在所有的苦痛面前表现得那么镇定，那么祥和。我从自己的父辈们在春天播下种子后，无论遇到多大的旱灾或洪灾，甚至疯狂的蝗虫灾害，仍信心百倍地侍弄着地里的庄稼的行为里，我从自己的母辈们在怀孕后，不管经受怎样的妊娠反应和病魔摧残或种种生活的磨难，总是能双手护着肚里的生命胚胎而嘴角眉梢间流露笑意的举动中，感受到了“崇高”和“伟大”乃至“不朽”等字眼，原来并不仅仅属于那些高耸着的纪念碑下的英雄。

然而遗憾的是真正能够感受到这点的人已经不多了。

这不能不说是一种大悲哀。

我就曾经是忽视了这一过程的一员。此时此地，我置身在几经农人精耕细作的长势良好的粟棵同麦苗中间，还依然不敢承认自己的罪过无疑是罪上加罪。

值得庆幸的是湘籍作家韩少功在一篇叫《布珠一日》的散文中曾比较中肯地描写了粮食。他说，这里的人把粮食叫妈妈。大概他们把粮食视同乳汁，而乳汁源于妈妈，就有了这种叫法，是对土地对农人满怀着一种儿子对母亲般的感恩。

有山风拂过来，粟棵同麦苗激情地拥抱着我。我似乎听懂了它们那翡翠般的言语。它们是在放声地呼喊着：好兄弟！我的好兄弟！在这段时间里，我感到了从未有过的一种大开心、大快乐。我于是干脆在庄稼地里坐下来。我知道自己是在接受一种庄严的洗礼。

也不知到底过了多久，我激动的心情才渐渐地平静下来。

这样的时候，我想起了昨夜在一农人家投宿时听到的一个关于幼鹰食母鹰的故事。大意是这样的：母鹰在孵出幼鹰后便毫不犹豫地啄着自身的血肉喂给嗷嗷待哺的幼鹰吃……当自己的身子被幼鹰全部吃完时，幼鹰便羽翼渐丰，能够自食其力了。猫头鹰的历史便是一部噬食母亲的历史。我记得自己当时是被这个故事骇得毛骨悚然的，无论如何也不理解母鹰为什么要如此执着地为幼鹰作此牺牲。

但是现在，我似乎已经明白了一点点。

我当然知道，也就是这点点，对我以后的人生也是顶顶重要的。

其时，日头已坠落在远处的山谷，并且渐渐收敛了光芒。山与山铺成的背景也便越发的厚重了。千年的山，万年的河，也许早就已经将所有的岁月故事一览无遗，无知的恰恰是自以为聪明的人类本身。更何况那些一生都懵懵懂懂的人呢？想到这一层，我才算真正地明白所谓的大快乐、大开心过的我，内心中还会无端地生出大悲哀和大痛苦来的。

但我无悔。

山 空

此时，我置身于一座没有名字的大山的怀抱里，心境是那样地澄明，浑身是那样地舒坦。随便用一句话来形容吧：我是大山草叶上的一星露珠，我是大山流动的丝丝缕缕空气中的一缕……

作为山的本身，有无名字并不重要。我是这连绵起伏的大山中的行者。我行走在山与山的簇拥中，我知道了还有许多许多的山都是没有名字的。我为没有名字的山感到了一种从未有过的欣慰。它们虽然没有名字，却照样可以感受到阳光的温暖，可以体会到雨露的滋润；它们虽然没有名字，却依旧有着自己的位置，有着自己的广阔空间；它们虽然画地为牢，却绝不会有被禁锢的感觉存在。它们的获得是顺理成章的：春花盛开，秋果成熟，杂草泛滥绿意，林木喧嚣葱郁……

它们是被动的，然而，却能够从容地接纳着千年万年的朝朝暮暮；它们与世无争，却又能够得到应该得到的一切；它们从未标榜过自己，而自然却又始终没有遗忘它们；它们就这么屹立着，很是安详，纹丝不动。这无疑是一种大度，而这种大度正显示出它们的努力。它们似乎永远在等着什么，却从未有焦躁的表情。它们或许也感叹过：唉，知音千古难觅！但这又绝不是那种肤浅和庸俗的感叹。你若以为它们是肤浅的庸俗的，却又正好证明你自己的肤浅和庸俗；你若认为它们是没有灵魂的，却又恰恰证明你自己没有灵魂。

在没有名字的山中行走，我一点也不否定会有某种奇遇迎面而来。

用一句非常粗俗的话来比喻：林子大了，什么鸟都会有。这个比喻虽然有些蹩脚，但也就正是这个蹩脚的比喻，才是真正到位的。大山虽然无语，却又正是这无语中包罗着万象。单个的人与大山相比较，任何张扬都只不过是自欺欺人而已。回忆我对山的感受，我完全可以这么说，自我第一次目睹到山，意识到山是威严的那一刻起，我就对山充满了一种景仰，而且只要一想到这一点，心里就觉得无比充实。

不要以为我的这种认识是消极的，不要以为我是厌世而对人类本身有任何恶意。事实上我是对人类本身充满着希望，而且满怀着爱意。我自己便是双脚行走的人，我非常爱护我自己。我常因为自己是人类中一成员而激动不已。也正因为如此，在大山中行走着，我所希望的便是能遇见自己的同类，并且我已预感到自己会遇到自己的同类。

果然，感谢上苍的安排，同类没有负我。

拐过一个小弯，在一片绿草如茵的开阔地，我发现了一栋杉树皮小屋。小屋委实很小，小如村口山头的土地庙。门是虚掩着的，吱呀一声，门被推开了。有一老者正端坐在小屋里吸着旱烟。老者如山，沉默无语，而且脸无表情，但没有半点拒绝来者的意思。他朝我点了点头，宽厚的心胸展示着一种无边的接纳。老者的头发和眉毛以及胡须，根根很白。老者衣衫褴褛，有山风挤进木皮小屋，掀起褴褛衣衫的布条如飘扬的旗帜，而老人的双目却炯炯有神，并且满脸红光如朝霞。我忽然感到很悲凉，小小的杉木皮屋似乎与老者不太般配。老者应该如山，袒露地屹立于天地之间。

没有必要问老者的年龄，包括姓名和来历。天地之间有太多的神秘。不要因看不透或看透了现实再去追逐远古的梦和去破译千年的谜底。人本身就知之甚少，绝不要因无知而感到无地自容。这座无名的大山目睹了千年万年的变迁，却同样能保持着沉默，我又为何不能保持沉默呢？

老者递给我一袋旱烟，顷刻，在烟雾的缭绕中，我便有了如梦如幻的感觉。说什么胜者为王、败者为寇，王也好，寇也好，最终都只能得到黄土一抔。还是自然而然地迎接所要到来的每一天多好，还是从从容容地接纳所应接纳的一切多好！

是你的总会得到；不是你的，费尽心机又有何益？

真正的道理永远是非常简单的。不要混淆黑白，把本来澄明洁净的人间弄得乌烟瘴气，不要人为地扭曲，把有个性的自身弄得面目全非……

山风起了，葱郁的森林在打着旗语召唤我。我还要远行，大山还会永远屹立下去，永远。在没有名字的山间，我同不知姓名的老者告别，没有言语，没有手势。正如我冒冒失失地来了，又冒冒失失地去了。

远山苍茫。

天地悠悠。

山　女

那山，是榛榛莽莽的山，树叶整日里掩遮着阳光。路是有的，不过都极陡极细，一如羊肠，随意抛甩在林深处。在这样的山路上行走，倘若不在转弯处用斧头削去一片树皮作个记号，即使是怎样的一个有着非凡记忆力的汉子，也会迷途无疑的。

你却是那样熟悉这山中的一切。

还是在幼小的时候吧，你就总喜欢在大山的怀里爬滚。每天，日头还未露出脸来，你就已背了一个篾篓，到林子里去扫夜间被山风摇落的枯枝败叶，积了满满尖尖一篾篓，就用五齿篾耙的柄穿着挑回家中，用于煮饭烧茶水。大山母亲是慷慨的，一路上，馈赠许许多多毛栗或酸枣之类的野果给你吃。饱了，你就在一泓清泉边驻足，放下背上的篾篓，“咕咚咕咚”地吸几口泉水解渴。等泉水平静了，你就会对着它当镜子照上好一阵，你那略带红色的粉团团的稚脸，就会漾开些羞涩来……渐渐地，你就在清泉的明镜中出脱得成了人家的媳妇。

山里人有句俗话：找一个女婿，丢一个女儿。但这话对于你来说，却算不得准确了——你虽然如其他女人一样，也疼爱自己的男人，可你对大山的爱，并没有因有了男人而减弱，相反，你爱山爱得更是深沉了！

你更勤地出没在山中。你把山茶一芽一芽地采进自己缝织的叉袋；你把山药一蔸一蔸地从地里挖出，趁赶集的日子，换回大把大把的票子来……高高的山上，有守夜的瞭棚。那瞭棚是专为驱赶糟蹋山里农作物的野兽而搭成的，住在那种棚子里，时刻有着遭到毒蛇虎狼袭击的危险呀！睡瞭棚守夜原是男人的事。你却硬是说服了自己的男人，让他去了山村里新办起来的夜校学习文化，于是你自己便提了风灯，携了竹梆，上十里八里山坡，进了那瞭棚里。你岂止是在守山里农作物呢？你分明是在陪伴着熟睡的大山母亲啊！第二天早上，你还会顺便扛回一根山上的树木，与男人对拉大锯，把树木分解成薄薄的板子，添置储存生活的或箱或柜…

你还会烧木炭呢。在腊月隆冬，你把自己烧的木炭挑进城里，大大方方地丢给那些缺少温暖的城里人。你的大方和慷慨，使那些自命不凡的城里人惊讶不已。见他们互相为了一两分零钱争吵得面红耳赤的情景，你不禁笑出了声来。你的笑声像喊山一样粗犷，就如楠竹破裂般传遍街头和巷尾。你的笑声其实就是一团火呢——于是有文化人就发出感叹：

这世界，如果没有山里女人，会是多么的寒冷和寂寞啊！

山　祭

那山路的拐弯处哟，紧紧握着肩担的不就是你吗，山婶？！你的身子斜倾着，双脚抖抖瑟瑟如同撒播种子般，你正在啪嗒啪嗒地洒着汗滴哩，山婶；你肩上挑着的一头是粗粗的干柴，而一头却是团团的麻叶猪食哩，山婶；你双肩挑着生活的全部哦，生活原来这般沉重！

山婶你姓甚名谁，你莫非就没有正经的名字？这里的女人全都没有正经的名字，是吗，山婶？！

（山妹山姑山嫂山婶你们父辈的姓氏本来就姓山哪，你们男人的姓氏本来就姓山，你们本来就是山的女儿，就是山的媳妇哦！）

山婶你好不容易回家来了，你就坐在堂前的椿木门槛上呼哧呼哧地喘着粗气，你的一双眼睛就怔怔望着山岗，望着像两座山岗一样的柴捆和猪食出神哪，山婶。

你的儿子出远门去了哩，山婶。那是离这个很高很高又很深很深的山村，有千里万里之遥的省城的学府。山婶你好高兴、好自豪，你是这山村里唯一的一位大学生的母亲啊，山婶！是的山婶，你还有一个女儿，她进山沟里采摘蓼竹叶去了，那是采摘来编织斗篷的，编织青青翠翠生活的。是吗，山婶？！

你的眼睛蓦地就亮起来，你也有过年纪轻轻的时候哪，山婶！

（那时山婶你也常身着一件浆过的蓝格子罩衣，像山的魂儿一样系在稠稠密密的蓼竹叶丛中，是的吗，山婶？为自己的丈夫编织一个别致的斗篷，编织一小片无风无雨的蔚蓝色的晴空！遗憾的是后来飓风旋来了暴雨，撕碎了那斗篷撕碎了那片蔚蓝的晴空，你的丈夫死了，就死于那个时刻的开田改土大会战的塌方啊，山婶！）

山婶山婶你的脸色好难看，你的身子像风中的一片黄叶瑟瑟在抖哩，瑟瑟地。然而你的体质真不坏，山婶你只晃了晃身子不但没有倒下反而很沉稳地走向了石磨。于是那石磨就转动起来了，悠悠地转动起来，悠悠地响起了一支古朴的谣曲，在这山村里。

推着这石磨你也曾产生过疑虑的呀！山婶，几时能推得走艰辛啰，几时能推得来温馨？

山婶啊山婶，岁月也是石磨哩，渐渐地，山婶你的名字已被石磨磨得瘦骨嶙峋……终于在一个沉重的日子里，呜呼，山婶你在石磨旁猝然倒下了，你那双老酸枣树皮般多皱的手哇，山婶为什么还要固执地向着石磨斜伸？哎呀呀山婶，你是一个转折词，上句记录着悲愤的历史，而下句则描绘着绚丽的未来……

在举行葬礼的时候，你那在城里读书的儿子赶回来了，山婶。他没有流泪你不要责怪他，山婶。他愤愤地硬要将石磨——这千年万年来贫困与艰辛的化身，一并埋进土中埋进历史的深处，山婶；你那儿子他是当作家当诗人的料子，当科学家当发明家的料子……你的女儿却没有吱声，她似乎感到肩上不甚沉重也不甚轻松，你瞧她那手中正编织斗篷哩，而有了斗篷就可以遮风，就可以挡雨。哦，山婶，纵然眼下是大好晴天，但“晴带雨具”的俗话你是常说的啊，山婶哪？

（那山，是钢青色的，一座座高高低低、起起伏伏、巍巍然站成一个弧圆，站成亘古；团团围住着一个小小山村，守护着这山村里的代代山民，延续着一段钢青色的历史。）

山婶哪，你如今已经投身了那山的怀抱了！你就是一座山了哇，山婶！

山　竹

记得那是一个寒冷的冬天。崎岖的山路，被冰雪严严实实地覆盖着，每走一步，仿佛探险似的，稍有不慎就会有滑倒的危险。我们做的是包工活，须自己携带粮食及干菜。师傅是该享受一些特权的，挑担卖苦力的营生，自然非我这位小学徒莫属了。十多岁的我，与挑着的箩筐几乎一般高矮，一路走着，一路磕磕绊绊，有许多次，我都险些滑入谷底，毁了年幼的性命。

那个时候，我并不完全懂得“路漫漫其修远兮”的诗句有何深意，只铭心刻骨地体会到，在冰天雪地的崎岖山路上挑着重担行走，那才是人世间最苦最累的事情。

幸亏遇上了那一片竹林。是竹子长了我的精神，坚定了我的意志，使我能够从那个遥远的日子中一步一个脚印地走过来，走到了今日，而且还将走向更为遥远的明天。也许明天的路上会铺满鲜花，充满阳光，也许会布满泥泞，会更加坎坷，但那并不要紧，我既然是从覆盖着严严实实的冰雪的崎岖山路上走过来的，就决不会被明日的阴霾或棘丛拦倒，而这一份自信，又正是竹子所给予我的。

那是怎样的一片竹林啊！在冰雪的重压下，竹林并没有沉默，一棵一棵的竹子，虽然暂时地弯曲着腰杆，但它的灵魂是倔强的，意志是坚韧的，性格是耿直的。我说过，竹子只是暂时地弯曲着腰杆。我是一辈子也忘不了那样的场面：飞雪与寒风啸叫的竹林里，最初是一棵竹子“咔嚓”一声弹了起来，甩掉了满身的冰凌，在飞雪与寒风的啸叫中，抖擞着一团翠绿，就如同抖擞着一团绿色的火焰，就如同飘扬着一面绿色的旗帜……紧接着，又是第二棵、第三棵……满山满岭的竹子啊，原来是潜伏在冰雪中的一支支强弓，只等待着一声号令，就会齐刷刷地射向这个被寒冷封锁着的冬日！

就在那片竹林中的一栋木屋里，我们住了下来。木屋的主人，是一位瘸了腿的老汉。

没过多久，我们带的干菜吃完了，而住户老汉一个单身人家，照样不可能有多余的菜拿出来为我们作补充，他只是提醒我们，说：“后山的竹林子里，有的是好吃得很的鲜笋呢！”师傅就一拍膝盖：“是啊，该有春笋挖了！”那个时候，冰雪已逐渐消融，春天已随着山坡上率先绽开的一朵两朵野花露出了笑意。

显然，我是着实感到了惊异的，那一棵棵竹笋，居然顶破了一块块坚硬的青石，甩掉一片片包裹着自己的笋壳，潇洒而又风流地洋溢着满目翠绿，一代复一代繁衍至今，并且，还将潇洒而又风流地繁衍至遥远的未来！这就难怪了，古往今来，总会有那么多的文人骚客，不断地为竹子或吟诗作赋，或写照丹青，而且是名篇迭出，丰富着古老中国的文化宝库。

请不要以为我年少幼稚，不要讥笑我书生意气，那样的时候，面对着一棵棵节节向上的竹笋，我是整个身心地被震慑住了，完完全全地不忍心甚至不敢舞动手中的锄头，我宁愿遭受师傅的白眼，宁愿蘸盐水淘饭吃。我深切地感到，那一锄下去，毁掉的并不仅仅是一棵稚嫩的竹笋，也是一种蓬勃向上、敢于向冰雪严寒，向坚硬顽石拼命的无畏战士！

这一切使我久久地感动不已。也就是从那时起我就萌发了一个念头：想为竹子写一篇文章。

思游——思游

思游，顾名思义，是能够使人嚼出许多兴味来的。

思游在资水以南，与老安化县城——梅城镇隔溪相望。

思游真应该补进《安化览胜》里去。这几年，名胜山川，我是有幸结识过一些的。比如甲天下的桂林，风景明珠张家界……然而我却总是觉得，思游的景观，是有其独特之处的。

其独特之处便在于仙人洞前的“留仙堂”。

只是要恕我先从仙人洞说开去。

思游多石山，峭棱棱一峰拔地而起，直指云天。这类山，分别取名笔架山、倚天一剑山、摩天山……还有一类，那便是矮矮低低呆头呆脑如爬行物，其山名也就很爬行：螃蟹山，团鱼山，乌龟山……让人觉得，这儿原本是大海的一隅无疑。

千百年来，似乎有一个俗成的定论：无限风光在险峰。然而造物主在设计造就这思游景观之一的仙人洞时，却诙谐得一反常人观念，另辟蹊径，把一个让凡夫俗子们所神往所膜拜的仙人洞，大胆地开凿在猥琐如龟的乌龟山山腰上。于是，使其乌龟山便不仅不猥琐，反而令人刮目相看了。

仙人洞，传说是有神仙居住和生活过的。

佐证之一是离洞口不远，有一眼“仙人泉”。那泉水呈翡翠色，淙淙潺潺向前流去15米左右，注进一水缸模样的石凹里，那石凹也便得了一个超凡脱俗的名字，叫仙人缸。那“缸”果然有些来历，翡翠泉水或细或粗注入进去，却从来没见有水浮出其缸，亦没见浅了下去。人们因此便有了大发奇思的理由。

仙人洞坐西面东。有太阳旋转着东出时，那仙人洞洞口便会在朗朗的日照中，呈现出七彩的光环来，迷离村人眼目；倘是逢阴逢雨的天气，云雾又会把洞口虚去，因此，虽然传说洞中有金杯金盏，却不是任谁想进去就能够进得去的。得心静意诚，那洞口才得以清晰地展现于村人眼前……遗憾的是仙人洞只留下了一个美丽又忧伤的传说，引一代又一代后人琢磨、思索了。

不过“留仙堂”却真实地存在于思游。

我曾武断地臆想：思游人是为了捍卫其美丽又忧伤的仙人洞传说的真实性吧？或许，还有别的更深远的含义吧？才打石凿岩，雕龙刻凤，在仙人洞下面的一处平整地方，建造了一座恢宏气派的“留仙堂”。

堂内有着十张用青石打成的八仙桌和四十条长凳，桌上的杯盏，一律模仿传说中的金杯金盏而制成，呈金黄色，玲珑剔透，一派飘然仙气。只是堂左那偏屋的锅灶炊具，却有意或无意透露了这“留仙堂”毕竟是食人间烟火的凡夫俗子所为。

思游村里的人家，凡办喜事摆筵席者，便无须再拜求仙人恩赐其杯盏了，而是请了厨师及伙计等，到这“留仙堂”的偏屋里煮饭炒菜，所有亲戚朋友，便可大大方方入席于“留仙堂”的厅内。此后，便再也没有见缺杯少盏过——倘是有哪家在办酒席期间损坏了碗筷杯盏等用具，无须人提示，自会买了来补偿。

一代复一代如此延续。

有人按照那石柱上凿刻的年号推算过，这“留仙堂”已有了整整三百年历史。

但是就在20世纪80年代，这“留仙堂”也发生变化了。“留仙堂”虽然仍是“公屋”，却不再是无偿地供人们猜拳行令的了，而是须由承办筵席的人家出钱租用，由村民委员会负责收缴，并且还对外开放。

起初，我是颇不以为然的，觉得如此一改，岂不玷污了那个超凡脱俗的“仙”字吗？

思游人却颇为骄傲地告诉我：农村实行责任制后，田土全包产到各家各户了，由于当时没有考虑周到，那些因年老体弱丧失了劳动能力又无子女赡养的孤寡人家，却没有了生活的保障，多亏新上任的村主任想出了这个主意，才解决了这一实际问题……有人还向我透露，他们的村主任正在着手向有关部门建议，把思游开辟为旅游区呢！

小镇唐家观

只要是在资水驾船跑过长途的船夫抑或水手，怕是无人不晓得小镇唐家观的。

唐家观傍近资水，在资水中游，属于安化境内。若从旱路走，从县城到唐家观，弯弯曲曲也才二十五里，水路就更近，三塘四滩，不足二十里。唐家观下面的一个埠头是沙湾。那儿盛产桃子，且那桃子质量极好，有人间仙桃之称。

唐家观却不产桃子。到了桃熟季节，镇子上偶尔有几家店铺卖仙桃，那也是从沙湾贩来的。然而却有喷香的擂茶可饱口福。且不要掏出亮亮晃晃的银毫子或花花绿绿的纸币来，更不分熟人或生人，男人或女人，老者或少者，碰上了，自个从碗柜里揭一只蓝花瓷碗，盛了那擂钵里的擂茶来喝就是了。

那打擂茶的日子，无论如何是喜庆的日子。逢上哪家打擂茶，就是哪家请客祝酒的前奏。这唐家观有句口头禅："添人添喜。"能赶上到哪户人家饱餐一餐擂茶，哪家又怎能不是洋洋得意觉得沾了不少光呢？

唐家观匍匐于资水北岸，挤挤挨挨屋檐搭屋檐百数户人家。这百数人家中，又每天每日都有人打擂茶。擂茶的做法好简单：一捧芝麻，一捧花生米，一把茶叶，一片两片生姜，一匙两匙食盐，拌放在擂钵里，细细一擂，再冲上一炉罐滚烫开水就成了。那香味不是酽酽的，而是清清淡淡的，却飘得好悠远，满镇子都在飘，还飘到资水江湾里来了。资水汤汤流来，到得唐家观，缓缓地就想歇上一歇，因此这唐家观的吊脚楼下，就成了整条资江最好泊船的去处。大船小船往这里一泊，那驾船的船夫抑或水手，铿锵的脚步就无不被擂茶的香味所牵动，于是沿了二十五六级石阶赶得镇上来，再踏一路青石板循擂茶的馨香走去。当然他们又不会是白吃人家的擂茶，那可以当袋子使用的纤搭肩里头，就装了四斤五斤汉口白芝麻或五岗洲麻壳花生。往椿木方桌上一放，一蓝花瓷碗一蓝花瓷碗地就喝起擂茶来。这小镇唐家观本来就多水手船夫，有道是“船帮如骨肉”，全然地就成了自家的人无疑。

喝起擂茶，扯着闲谈，渐渐地，暮色就薄薄地把这小小镇子给罩住，街巷倏忽也就变得更窄更悠长了。

其实小镇唐家观的夜晚比白天更令人难忘。

虽然没有歌声和箫声从歪歪斜斜的吊脚木楼里飘溢出来，但“此时无声胜有声”的诗句，用在这里却万般地恰当和精确。那些平常喝烈性白干骂粗野话在风里浪里展示肌肉的汉子，且把眼睛眨也不眨地盯着那为自己缝补衣衫的白嫩的双手，一任思绪在这充满人情味的简陋的吊脚木楼里飘浮。仿佛这以前或以后的种种艰辛劳苦，本来就与他们毫无关系……

更鼓声音敲碎人心。天明了。船夫和水手们还得起锚开船无疑。只是那一双双平日里好灵活好有气力的粗手，解缆时不晓得为什么那样笨拙，而且抖抖瑟瑟。于是那吊脚木楼上就飘出了软软的声音：“去吧，快去快回来……”

…………

船走了，划许许多多惆怅的痕迹在江面上，复又被碧水所抚平。但是那擂茶的清清淡淡的馨香却常常在小镇唐家观飘浮，在江湾里飘浮；那被这小镇唐家观的女人亲手缝补过的衣衫，亦常常温暖着水上汉子们的心……

崖塆那地方

崖塆在资水中游北岸，景致极好。

崖塆却被江水封着，被山锁着。路是有的，是蛇一般滑动在石壁陡崖间的小径，虽然沿途系有护路的铁链，竟不知是哪朝哪代的遗产。风风雨雨，那铁链已锈损不堪了，倘是有人去攀扯去撞碰，定会轰然断将下来，砸痛手脚无疑，又窄得很奇怪，只能将就着涉过一只脚板；也滑得好蹊跷，松松软软的崖苔，总会把人向后推移去好几寸，悠悠晃晃，一时稳不住重心，“咕咚”一声就会没入激浪翻滚的资水……

于是就有了这首民谣：

“外人莫要去崖塆，一步一滑吓破胆。侥幸到得崖塆村，三天三夜魂不安。”

却是崖塆人去外面的世界，经过那窄得好奇怪滑得好蹊跷的小径，就如履平地一般的。

资水驾船跑长途的人，经过崖塆那地方时，是确实听到过猿啼，有人还目睹过猿学人样向起伏颠狂着漂远的船舶招手致意呢；只是崖塆人却忍受不了那疑心者的“毁谤”，把脚板高高一抬，愤愤然就申辩：“懦夫，你有这样的一双爬山鞋吗？”赤裸裸、红堂堂的脚板上，竟密匝匝挤着铜齿般的茧子无数！

外人先是吃惊而后就不能不为之叹服了。

父辈从这样的路上走进走出，母亲从这样的路上走进走出，祖父祖母一直追溯十八代全是从这样的路上走进走出。生活给予他们的，就是这样的一条别无选择的路！没有“爬山鞋”，能如此一代复一代走过来吗？！

用血与肉缝合的，用坚韧的力和无畏的艰辛铸造的——“爬山鞋”，就是一双双赤裸着的崖塆人的脚板呐！

只有这丝毫也不凭借外在力量，丝毫也无机可乘无巧可取的赤裸裸的脚板，才有可能一步一步紧贴着生长崖苔的、蛇一般滑动在石壁陡崖间的小径，并且用一个个铜齿般的茧子，刻下一串串深深浅浅的履痕在崖苔的底下。

路，便在“爬山鞋”跋涉过的地方诞生！

有了如此的一双“鞋”，就再也无须胆怯锋利的石笋、恶毒的蛇、凶猛的兽的挑衅，崖塆人高大的身躯，就再也不会惊悸不会颤抖，不会为前程的险恶乞求于神。

崖塆是个产生奇幻的地方哦！

就是这个崖塆，引无数考古的专家神往；就是这个崖塆，令无数猎奇的诗人作家眼馋；只是神往也罢，眼馋也罢，却“借”不来崖塆人的“爬山鞋”。那“爬山鞋”是用钱买不来的，用声望赢不来的，用权势夺不来的……无可奈何，就只能把无限惆怅的眷恋湮没在心间。

倒是有一位行吟诗人，牙齿说出鲜血来，嘴巴皮磨出茧子来，把满肚子形象思维的好言好语完全都倾吐出来，终于就感动了崖塆人，那人于是引他到崖塆。好个诗人，他竟顾不得未定的惊魂，急急地掏出纸笔来，唰唰唰就写下了一首小诗。诗曰：

见过天底下多少奇观
惟独崖湾引起我不已的惊叹

崖塆搂在山崖的怀里
崖塆浮在碧水的浪端
崖苔再长过来几寸它就全绿了
江雾再漫过来几尺它就全蓝了
它的几炷炊烟几声鸡犬的啼唤
就这样半蓝半绿地飘了千年万年

崖塆就愈来愈肆意地用诱惑“折磨”着外人。

还是崖塆人自己想出了办法，却并不是出于同情和怜悯，而是决意要把他们自己的那部线装古书，充实进新的内容——他们利用本地的资源优势办起了一个茶厂。那傍山傍水的崖塆茶，竟是天然防癌的高级饮料，很让外人啧啧惊羡呢。

胸怀宽广了，视野开阔了，腰缠万贯了，崖塆人竟有些不安分起来。新任村主任便请人展纸挥毫，向有关部门打了报告，要求把崖塆开辟为旅游点。并且还郑重其事地放出言语，说今后凡是进出崖塆的人，都一律乘坐直升机呢。

却有老人惋惜：唉，这祖祖辈辈一代复一代传下来的“爬山鞋”，怕是就要绝迹了哦！

公鸡自乡下来

这是一只漂亮的公鸡。红红的鸡冠如燃烧的火炬，油亮羽毛似彩色的霓裳，两条修长的腿就像两根镀铜的小柱子。它或前行或后退、稳稳当当，好一副气宇轩昂、阳光十足的模样。

我仍记得老家修建新居架房梁时，乡人手擎公鸡赞梁的口诀："赞梁赞梁，贺喜老板建华堂。此梁来自昆仑山，此鸡乃是玉帝养。"乡下人对公鸡的赞誉是颇有传统的，即使在赞梁时也不会放过对公鸡的赞美。是的，这就是一只来自乡下的公鸡，是我和妻子回乡下老家时，岳母娘硬让带进城里来的。老人有老人的信条和理由，她说："城里的家也是家，虽不方便养猪养狗，就送你们一只公鸡养着吧。公鸡属阳性，早中晚又会打鸣，这才显得人气旺哩。"

我们只得谨遵母命，将公鸡带进城来，用一根绳子拴着，圈养在我家阳台上。我家住在七楼，是这栋楼的最顶层。这可乐坏我儿子和女儿了，他俩无论上学前，还是放学后，都总是争抢着给公鸡喂食、喂水，逗公鸡取乐。但是每每好心没有好报，公鸡对他俩总是不理不睬，一副盛气凌人的高傲模样，甚至把食盆也蹬到一边去。如此三五日下来，儿子和女儿就嚷着要杀掉它，说正好在期末考试时补脑子呢。我妻子倒是急了，"去！去去去！"她推开孩子，还骂他俩什么事也不懂，只知道嘴馋。

我也真没弄懂她是表示对母亲的孝顺呢，还是见我对这只公鸡颇有好感而爱屋及乌，反正这只从乡下来的公鸡算是逃过了一劫。现在想起，我确实是对那只公鸡产生了浓厚的兴趣。很长一段时间，我一有闲暇就去观察它。

我原以为，这家伙刚从田园的乡下来，面对着一栋比一栋高的钢筋水泥混凝土楼房，耳闻着日夜喧嚣的噪声，目睹着通宵闪烁的白炽灯光，会觉得陌生，觉得胆怯，觉得孤独甚至自卑，没想到它有的只是对这个全新世界充满好奇而且兴奋不已，总想挣脱脚上的绳子，跃跃欲试地想要飞到更高更远的楼房上去。我真怀疑它是不是想要看看这个城市到底有何魔力，也不解它为什么心甘情愿离开生它养它的故土，而快乐地来这里栖居，还或许，它自己也觉得这个没有白天、没有夜晚的城市太具挑战性，于是想挣脱脚上的绳子彻底地融入这个全新的世界？

这么想着，我独自笑了。那笑容，当然是很灿烂。

这真是个不知天高不知地厚的家伙。早中晚的三个时间段，它照例“扑——扑——”地扇动双翅，如入无人之境般“喔——喔——”地一顿铿锵长鸣……家里的人气倒也真是旺了起来，常有邻居家的老人和孩子川流不息地来我家里。令人欣慰的是，他们不但没有嫌弃这只乡下来的公鸡给环境带来的吵闹，反而一个个欣赏它的勇气，赞美它的胆魄。

“好家伙，比我那蔫儿子强多了。”一位邻居家的老婆婆边夸奖我们的公鸡，边恨铁不成钢地说，“我儿子明明是凭本事考进城里来的，还总觉得自己是个乡下人，就低人一等，在单位上看到领导就点头哈腰，在同事面前也唯唯诺诺，连这只鸡都不如。”引得大家一阵哄笑。

“你们笑什么笑嘛！”才上小学三年级的胖小子说。

他是家住三楼的那位处长的儿子，没想到这胖小子语出惊人：“我爸爸就是乡下来的，住在五楼的那个叔叔也是乡下来的，他们不也是三十几岁就当处长了！”真是童言无忌，童言悦耳，令我这个同样是乡下来的男人听得浑身舒坦，满腔振奋！

就连对这只公鸡有了偏见的我儿子和女儿，也拍手称快地欢呼雀跃：“乡下人又怎样？乡下人又怎样？我们都是乡下人哩！”

顿时，阳台上一片沉寂。大家你看着我，我看着你，大概都在扪心自问：我们原本不都是些乡下人吗？

就连现在已跻身全国最具魅力城市的深圳，宜居之城的珠海，二三十年前还是个渔村呢？

其实，以上争执或许与我们家的公鸡有关，又或许毫无关系。只是老婆婆借题发挥，把自己乡下的儿子硬扯到了我们家的公鸡身上去，才引出了这许多的感慨来。但是，这只公鸡才不理会这些，照例“扑——扑——”扇动双翅，照例如入无人之境般“喔——喔——”地一顿铿锵长鸣……哦，这是青春的舞蹈，是激情的呼喊，是公鸡生命本能的最佳发挥。

说来也真是遗憾。又过了一些日子后，我和妻子都认为公鸡应该基本适应在阳台上生活了，就把拴在它腿上的绳子解开了。这家伙还真有点不安分，纵身一跃，便跳到了阳台的晾衣竿上，还伸着脖子满世界打量。我们只好悄悄地退到房间，留心观察着它的动静。谁知它又潇洒地扇了扇翅膀，几声尽兴的长鸣，居然唤来了正在对面楼顶上盘旋的一群鸽子。它且极尽地主之谊，引领鸽子们共啄盘中餐呢！

也许，禽类们是有着相通语言的，我也不知道鸽子们与我们家的那只公鸡“咕咕咕”说了些什么，倏忽，它们全跳到了阳台的护栏上，紧接着展开翅膀，扑棱棱飞向对面高楼的屋脊……

从此，我们家的那只公鸡，再也没有回来了。

只留下了它曾经喊出过的铿锵之音，如一个古老而常新的寓言，在我的心中萦绕，久久，久久。

做一棵城里的树

做一棵树，是土生土长在乡下的山野间好呢，还是被移植进城里好?

世间的万物，当然也包括我们所见的树，什么时间在什么地方，也许亦是一种宿命吧。

试想一想，在城市还并不是城市之前，谁又说不是由千万棵树站成的一片无垠森林呢。

树如此，人更如此。

造城的人们，在规划一座城市时，要在哪里留下一片林子或留下几棵树木，肯定不是随心所欲，而是有着某种规划抑或理由的。

在很长的一段时间里，我一直在思考着这一近乎幼稚可笑的问题，并一直想解开这心结。

那是在一个暮春的傍晚。我应了居住的小区里一做临时工的老者邀请一起散步。老者年已七十有五，身板却仍硬朗如壮年。若不是那两撇长长的被岁月染白了的眉毛和额头上那几道贮满了岁月沧桑的皱纹，我还真不好意思称他为老者呢。多年来，我生活在这座物质充裕的城市里，真的很少见到能把腰板挺得这么直、这么硬的人了。“我的儿子和媳妇们，全到上海那边打工去了，孙儿们又进了村里专为外出务工家庭办的寄宿留守学校。我闲着也是闲着，老伴就催我进城来，算是能帮城里人做杂事吧，反正又不指望能挣多少钱的。”老者说。

小区的园子里，有一条人造的循环自来水渠沟。渠沟中的流水无波无澜、不惊不乍地淌着。

老者到城里来，并不是为了挣多少钱，而只是来帮一帮城里人。现在，他一天的杂活忙完了，见我独自在小区的园子里若有所思地踱步，便主动走过来，热情邀我到外面去走走。

“这园子太小，路也太窄，要说散心，放不开呢。”或许，老者凭借风雨人生的阅历和经验，一眼看出我有什么难解的心结。我们就这么随意地走着，沿着小区前宽阔的芙蓉路，信步向北。

其时，落日的余晖又渐渐被森林般茂密的高楼所吞噬，天空照例是灰蒙蒙的，看不见月亮，看不到星星，电灯的白光从或远或近的楼房里泻出来，令人眩目，令人心慌。

“就在这里坐坐吧。”老者说。在公路一旁的一处开阔地，老者“噗——噗”地吹去石凳上的尘埃，示意我一并坐下。

这是一个刚修建不久，供行人小憩的去处。十多棵从乡下移植来的大树，也不知是为了装卸方便还是有其科技方面的原因，均被锯掉了树冠和树枝，如十多条伤残的乡下汉子毫无表情地立在公路的一侧，陪伴他们的是九条冰冷的人造石凳。

这些天来，我或上班或下班乘车在这城市主干线之一的芙蓉路上经过，常看到的便是四五名乡下来城里打工的汉子，七手八脚地摆弄着这些同样从乡下来的大树，把它们移植到这公路的两旁……

我摇头叹息一声，似是自言自语，又分明是说给老者听：“留在乡下的山野多好啊，自由自在，舒枝展叶，有鸟语蝉鸣伴着，有流云雾岚随着，何苦来这城里啊？”

坐在旁边的老者显然是听到了我说的话的，但没有接腔，只望着我浅浅地笑了一笑，才从腰间的荷包里掏出一袋细如丝缕的叶子烟，慢条斯理地卷着，然后再慢条斯理地点燃，又慢条斯理地抽着。见老者不吭声，我才猛然意识到自己的话可能刺伤了他，便有些不好意思地起身，建议回家里去。

谁知老者一把将我挡住，“急什么嘛，我们再聊聊。”见我又坐稳，老者才接着我的话说：“树呀，一恋熟，二不欺生，不管在哪里，只要脚下有土，头顶上有阳光雨露，就能把根扎稳，就能舒枝展叶。贱命有贱福呢。

我忽然觉得老者像一位哲人。兴许，人活着的过程，就是不断学习并且不断丰富的过程。老者比我年长，肯定比我有见识。也或许，那根本就不是能用所谓“道理”概定的，而是他人生的经验。

也是啊，谁又能说在今后的日子里，这乡下移植来的树不能成为这城市的主人，这城市的长者呢。

那个傍晚，我和老者在石凳上坐了很久，很久。

遗憾的是，我至今也记不起老者后来还跟我聊了些什么。似乎聊了很多很多，又似乎什么也不曾聊过。

我很想弄一个明白，第二天下班回家，便向传达室值班的门卫打听老者的下落，我要再跟他聊聊，向他讨教。然而，保安告诉我：“他已经回老家了。”

保安半生不熟的普通话里，夹杂着几许亲切的乡音，一看就知道正是从乡下来城市里打工的。他约莫二十五六岁，一脸稚气和朴实，一对明亮的眸子充满了对城市的好奇。

我怔了一怔，就想，我自己当初进城不也是这个年纪吗？顿时就生了友爱，真想对跟前的保安说一声：“谢谢！”但话到嘴边，又咽了回去。

来日方长，我的小兄弟，你这棵浅根细枝的树，或许在不久的将来，便会在这块逐渐熟悉起来的土地上，根深干粗、枝繁叶茂，我们交流的时间还长着呢。

时光飞逝，暮春已逝，盛夏到来，但我觉得，城里今年的盛夏似乎多了几许凉爽，我照例天天看到，城市公路两侧或广场四周，那些从乡下山野间移植来的，被锯掉了树冠和枝丫的树木挺立着，且日益地浓绿起来……

哦，树或许是早就知道的：它们到城里来，是因为这城市少不了它们，是前世今生的一种缘定，还说不定是来城市里寻根也未可知呀！

肯定不需多少春日，这些树一定能生长出新的树冠，能舒展着新的枝条，并且会有飞鸟鸣蝉为之歌唱，有流云雾岚为之舞蹈。

我真想把自己的这些想法全都告诉老者，然而，老者是不是还快乐地生活在乡下的老家呢？

老家，这是两个被多少代人焐热了的，多么令人心动的字啊！

但对习惯了城里的树而言，或许无所谓老家在哪儿，而对我们，老家在乡下，不也将在这个城市吗？

逝者如斯夫

我曾经在许多篇写资水的文字中都写到过我的父亲，他确实是驾过船，也拉过纤，然而那只是我精神意义上高于生活的父亲。我父亲还是一个军人，这是他在历次填写履历时写得最认真，也最得意的一笔。但我父亲又是一个胆小怕事的人，有一个细节可以证明：那是他第一次做父亲的时候，母亲坐月子要吃雄鸡补气血，这当然只能是由丈夫亲自动手了。可笑的是，我父亲把一只雄鸡抓到手里去拿菜刀时，尽管把舌尖咬得发紫，手却打摆子般颤抖不已，结果是把刀拿到手中，鸡早逃之夭夭跳上了晾衣竿，并且还嘲笑他似的喊出了“果果儿儿朵”来。

那一年，父亲十九岁，这在当时并不算早婚。从此他被终生剥夺了杀鸡权。

但我父亲毕竟去当兵了，并且当时他已经有了一女一儿，也就是我的姐姐和哥哥。那是在湖南宣布和平解放后不久，局部战争还并没有完全结束，我们那一带也还没有进行土改，父亲在离家约两里多地的小镇唐家观与人合开了一家二友诊所，当坐堂医生。我们那儿医生叫郎中先生，还有个药剂师，叫彭其方，也就是诊所的房东。房屋是全木结构的吊脚楼，只有三厅两进，临街的一间是药房，另一间是诊室，里面的两间是各自的卧房。卧房的枕木下面是汤汤资水，后廊柱全都阴差阳错地杵在资水江岸的崖壁缝隙中，看似危如累卵，却历经百年风雨而未曾倒塌。倒是每当到了资江涨洪水的季节，卧房下的激浪洪涛便有如万马奔腾。

我父亲和彭其方的合作时间并不长，也就只有半年多吧，第二年春夏之交的梅雨季节，小镇唐家观忽然驻扎了一支部队，说是解放军去湘西剿匪的一个先遣营。当晚，已经敲过三更了，二友诊所的门被嘭嘭嘭地擂响了，起初，我父亲和彭其方都并没有听见，因为床脚下浪涛的喧嚣声也是嘭嘭嘭的声音，后来又听到了很粗犷的北方口音在喊，喂，屋里有大夫吗？我父亲慌忙起床，趿着双圆口布鞋手提马灯开门一看，只见一群士兵抬着一副担架，担架上的人脸色通红如着了火似的，白被单下的身子却像筛糠的筛子抖个不停，在一旁擎着吊瓶的漂亮女军医一脸寡白，用颤抖的声音说，这是我们营长，连续几天冒雨急行军，整个衣服没一根干纱，掌灯时骤然病倒，推注了几支药和吊了两瓶水也一直不见效……

快进来，快进来，治病救人是郎中的天职。我父亲想也没想就把人往诊室请。

刹那间十多支手电筒全都打开了，诊室里顿时一片通亮。

女军医说，大夫，我能帮上忙吗？

我只是个郎中。父亲否定了大夫这称呼说，郎中郎中，只能做个中间人的。人却已经开始有条不紊地忙碌起来，从出诊箱里取出了一个布包，展开是一排银针。

你到底有没有把握救人？这次霸气问话的是个指挥官，士兵称他为教导员。

我父亲并没有回话，只顾埋着头一脸肃然地忙自己手中的事，倒是已被安顿在病床上的营长在昏迷中说了一句，用人不疑，疑人不用，干脆死马当活马医吧！

营长姓马，单名一个驹字，在辽沈战役时，是某团尖刀连连长，就是他率领尖刀连孤军摸进了国民党军兵团司令部帐下的，因此还立了特等功。前不久又被任命为湘西剿匪先遣营营长。没想却出师未捷，倒在行进途中，身染重疾……

这是疟疾。我父亲肯定地说，在我们这里叫打摆子。得先用针灸，再下猛药。

我父亲的针也下得猛，一排银针有十二根，一根一根地全都扎进了马营长的头颅，然后从壁柜中拿出三个乌黑油亮的竹筒，划燃火柴，点了一撮草纸往三个竹筒里烧了个遍，便忙嘱士兵把营长翻过身并撸起衬衣，让其赤背朝天。我父亲扫了一眼马营长满是枪伤并弹片伤愈合后的疤痕，居然毫不犹豫地就将三个竹筒依次按在了他的赤背上，此时诊室里一片寂静，只听见竹筒底下咝咝的吸气声。

这叫拔火罐。我父亲说，马营长体内好重的湿寒啊！

待扎过第二遍银针，拔过第三遍火罐，马营长居然就一个鲤鱼打挺般坐起了身来，之后，我父亲又亲自给他抓了两剂中药，除了有一味药性辛、热，具有温中散寒、行气止痛作用的荜拨是草药之外，其余全都是极具毒性的蜈蚣、土鳖虫等。这让在一旁的老药剂师彭其方看得目瞪口呆，又不便吱声，因为人家廖筱山毕竟是“盖卦真传”的郎中，师父又是当年石达开手下名老郎中的第九代弟子。

目送着一行人从街巷里走远，我父亲的身子重重地抖了一下，他自己身上的单衣也已经没一根干纱了，合上门，进厨房从案板上拿了一块老生姜津津有味地嚼着，又静静地坐回诊室里发了一会儿呆，心里却像在击着鼓点。正好打更的又从门前路过，驳、驳、驳、驳——噔！才知已经是五更天了，遂上床去睡觉。

第二天中午，队伍开拔前马营长带着他的勤务兵又来到了二友诊所，他拉着我父亲的手说，大夫，我们的士兵大多是来自北方，你也看到了，我之所以染上疟疾全是因为水土不服，我们需要你，请跟我们走。话说得文雅，却没有回旋余地。就这样，我的父亲加入了湘西剿匪部队，连与家人商量及与妻儿告别的时间都没有，便匆匆忙忙上路了，当然也没有与当地政府交涉，任何手续都没有办。

但谁想得到呢？我父亲一个连杀鸡都不敢的人，居然曾自告奋勇独闯过盘龙山田司令匪穴，既为在潮湿的山洞里染上了肺痨沉疴并身怀六甲的压寨夫人成功接生，还凭着一颗医者仁心和高超的医术令山大王与之称兄道弟，并晓之以理说服了也是被迫上山为匪的田文镜缴械，兵不血刃拿下了湘西群匪的一个山头。

这事是我父亲与营长和教导员一起合计之后，由他自己主动请缨实施的。

主意是个好主意，但毕竟太危险，这是拿你自己当人质。教导员有些犹豫。

如果能做到兵不血刃解救数百名被逼上山为匪的山民，我即便冒险也值得。

我同意廖大夫的意见。马营长一咬牙拍板说，但必须先摸清敌情。

“已经把前期工作做得差不多了。”我父亲说。

事情的起因是我父亲那天去湘西会馆的仁爱大药堂给部队采购几味常用中药材，无意间竟听到了盘龙山土匪司令田文镜的压寨夫人一直体弱多病，如今好不容易怀上了身孕，并且临产期日近，田司令正心急如焚，委派了师爷四处打探名医为之治病与接生。正好仁爱大药堂的麻老板又是当地党组织的统战对象，是他受地方组织和部队的委托，为我父亲与那位肩负田司令重托的师爷牵线，并说我父亲是由仁爱大药堂专门从省城重金聘请来的名医。师爷闻言大喜，立马上山将此事报告了田司令，司令当时正在给一脸惨白的夫人揉肚子，手一挥说，还不快用轿子给我请上山来！也正是在这个时间点上，我父亲的设想得到了批准。

虽说是文请，眼睛却还是被蒙上了黑布。师爷解释说这是道上的规矩。我父亲沉着应对说“江湖规矩我懂的”。一路上既是涉水又是爬山坡，摇摇晃晃硬是小半天才到目的地。我父亲一个文弱郎中，哪里经得起这天昏地暗的半日折腾，下轿时直接就昏倒在地了。但是当他朦胧间听到女人撕心裂肺的哭喊声时，心想一定是匪首的老婆已经临产了，说时迟，那时快，我父亲当即就强打精神起身说，赶紧的，快扶我进去，给我端半碗凉水来。师爷说，救人要紧！几名女匪就不管三七二十一把我父亲拥进了夫人房中，我父亲自然懂得规矩，撩起白大褂遮住双眼接过半碗凉水，自己先包了满口，摸近床边朝号啕的方向扑哧就是一口凉水喷了过去……夫人被这突如其来的陌生人一口凉水惊得一声尖叫，紧接着便是一个新生命哇的一声降临人间……是个男儿！是个男儿！恭喜司令啊！众人齐声贺喜。司令接过婴儿吻了一口，又递给了身旁的一位奶妈，拉起我父亲的手就来到了山洞正厅，并亲自焚香烧纸，欲与我父亲拜为兄弟，田司令拱手道，先生乃是世外高人，更是我夫人与犬子的福星啊！我父亲却从容答道，我既然已经上山了，还是先将夫人的沉疴诊断清楚后再言兄弟之事如何？田司令亦忙改口说，如此甚好。

原来田文镜也是个读书之人，在乡下当过私塾先生，因为一气之下用猎枪击毙了来家里骚扰他刚过门的媳妇的伪保长，才携妻出逃找到了在盘龙山为匪首的堂叔。结果不到五年，当山大王的堂叔暴病身亡，他也就阴差阳错坐上了盘龙山的第一把交椅。我父亲在山上整整待了七日，也确实找准了压寨夫人的病根，我父亲跟田文镜说，尊夫人是肺痨病。田文镜一脸忧郁问，先生可有良药？经过数日对田文镜的观察，我父亲发现此人心本善良，便一语双关说，良药苦口哦！田文镜是何等聪敏，即接言豪爽答道，无妨，只要是有利于治病，我夫人咽得下的。

于是，我父亲也就大着胆子说出了自己的真实身份和另一个任务。

哈哈，果然是一位大胆仁医！没想到田司令却说，我第一眼见你就晓得了。

父亲的心眼实，也并没有多做解释，只说了一句，我只是个中间人。顿了一下父亲又说，但无论怎样，作为医者，夫人的病我一定会尽自己的能力医治的。

田文镜俯身便拜说，先生仁心，我愿成全先生，这也是在成全我们自己呀！

在场的几位大小头目也便齐崭崭应声道，我们全都听司令的！

田文镜大声说，还叫什么鸟司令啊？今后就叫我田老师。我们都听廖大夫的。

如此甚好。田兄下山后还可以继续当老师，各位也好与家人团聚。我父亲说。

第二天一早，由我父亲率领数百之众下山，山呼水啸，为湘西剿匪开了个好头。盘龙山土匪能够主动缴械下山，部队当然要为我父亲庆功，我父亲却说，我不过只做了个中间人而已。

后来新中国成立了，父亲在一个雨夜曾悄悄地潜回过家里，那时部队刚好撤出了湘西，在邻县溆浦集结休整，各地农村的土改运动也正搞得如火如荼。父亲是个敏感的人，他已经感觉到自己当过族长的爷爷必定躲不过这一场运动。因为怕被村里人发现自己，他没敢贸然进屋，而是先躲在屋后的猪圈里听动静，没想却惊动了正在打噂的一头母猪，惹得这畜牲吭哧吭哧一阵嚎叫，也害得我父亲还踩了满脚的猪粪。我奶奶听得了母猪的怪叫声，心想这深更半夜的莫非有人偷猪不成？便赶忙掌灯去看，见是当兵的儿子回家了，立马就堵在门口不让进，并朝屋外警觉地扫了一眼，低声吼道，蠢儿子，这风口上你回来做什么？你爷爷是当过族长的，被打成了大恶霸，你爸他也被划成了地主，就因为你还是个现役军人，所以只给你划了个小土地出租。你这一回来，不就……娘说着就狠心将儿子往淫雨里推。我父亲踮起脚尖来，想看一眼也许还在做噩梦的妻儿，但屋里一片漆黑，只有一只突然受了惊吓的老鼠吱的一声溜出门槛，又从他的脚边蹿过。其实蒙在被窝里的妻子是醒着的，甚至早在婆婆之前就听到了这熟悉的脚步声，这是她连做梦都渴望听到的声音呀！但聪明的儿媳又怕让公公婆婆为自己操心……

父亲终于没有敢停留，在途经村口联珠桥旁的那一株百年老槠树下时，一道长长的闪电划破夜空，随着便是一声炸雷滚过苍穹，枝繁叶茂的槠树亦居然像是做了某种亏心事似的一阵颤抖，无数颗水珠簌簌而下，恰似无数颗沛然而下的泪珠滚落在我父亲的雨衣上。我父亲天生鼻子灵敏，竟从雨水中嗅出有一股似曾相识的血腥味，但他却并不知道，自己七十三岁的当了五十年廖姓族长，也亲自主修过联珠桥，还给婆婆崖渡口捐献过渡船的老爷爷就是在这儿死去的。这件事家里人一直瞒着我父亲，他后来又随部队跨过鸭绿江参加了抗美援朝。在朝鲜战场上，父亲还立过二等功，被提拔为上士班长。当然是卫生班。也幸亏是卫生班，如果是上前沿阵地，那双连杀鸡也发抖的手不知握枪会是什么样子。好在父亲从来就不喜欢炫耀自己的当年勇。或许根本就无勇可言吧。包括他在朝鲜的那段经历也没有跟我们提及过。

我未出生时父亲就已经转业到了地方，他是1955年转业的，在此之前，我母亲已经被政府照顾当了一名乡村公办教师，第三年，也就是1957年9月，这个家庭中就多了一个叫静仁的二儿子。父亲一开始是转业在县卫生局的办公室当科长，那是疟疾防治科，但不久后，就又被不明不白地调到了地方卫生院，最初是羊角公社卫生院，再后来，也就是1961年，父亲才被调到了江南区卫生院，并担任院长。这算是小小的一件喜事，但我父亲一辈子最大的“官”也就是当到这个区卫生院院长为止。虽然他的医术在地方上算得上是出类拔萃，人品更不用说，而且还精于诗词，写得一手好毛笔字，然而也就是在那一年，家里发生了一件大悲不已的事——我那担任国家教师的母亲抛家弃子走上了黄泉路。

母亲的形象在我的脑海中始终是模糊的，她的死因更是一个解不开的谜团。

依稀记得1961年初夏某一个夜晚的一些片段。那年我才四岁，有一些事情记不太准确，我当时就坐在学校操场坪临江的一块青色条石上。学校有一二三四四个班级，六个教师，其中有一个是专门的文体老师，还聘请了一个做饭和打扫操场卫生的工友，教室是由各班级学生轮流打扫的。工友大概有四十多岁，满脸的肉疙瘩，样子倒像个杀猪的屠夫，是个光棍汉，但老师们却习惯叫他伙夫。

伙夫，今天的伙食标准怎么又下降了呀？

真是的，还想不想让人活吗？

巧妇难为无米之炊，我又不能变戏法，有点吃的饿不死就算是烧高香了。

哈，你还好意思称自己是巧妇？

我当然不是巧妇，但熊校长是巧妇啊！

那时正是国家最困难的时期，这样的议论和牢骚每天都有。熊校长就是我母亲，学校只有我母亲一个人是吃公家粮的公办教师，也就是说她既是校长，也是兼职的总务，因为学校里给老师们供了一餐午饭，粮食由生产大队在每年上交的公粮中支出，其实人平均也就二两大米、二两红薯米的标准，偶尔有学生家长送一点坛子菜过来。一天门学校倚山而建，汤汤七百里资江横亘眼前，对面是江南镇，我的父亲就在江南镇卫生院当院长。虽然与家里只有一江之隔（我父亲说有母亲的地方才叫家），并且还有可供免费过渡的渡船，但父亲也只有在周六才回家住一宿，第二天一早又要赶往医院去。那一天刚好又是星期六，按理我父亲也该回来了，我傻傻地望着渡船从江那边过来，又听到船靠岸时顶得码头发出的嘭的一声闷响，但下船的人中却没有我的父亲，我于是就扭过头去，朝身后给姐姐和哥哥还有与母亲报信说，船上的人都已经走完了，爸爸还没有回来！却没有人愿意搭理我，唯有一只落单的野猫从眼前蹿过。我再次目送着渡船过去，后来渡船又泊进了码头江湾，可还是不见我父亲的身影，但有萤火虫一闪一闪从眼前来来去去。

以上的这一段文字，是我回到了老家白驹村读三年级的那一年写在一篇作文里的，可我姐姐看到后，却一脸严肃地给我做了更正。这一天是母亲的忌日，这么重要的日子是不能记错的。姐姐说，是在春夏之交的一个夜晚。那一天是立夏节，农历三月廿二，公历5月6日，星期六。姐姐还说，立夏到，蝼蝈鸣，蚯蚓出，黄瓜生，夜里已有了萤火虫，万物至此皆长大。

姐姐说着说着声音就哽咽了。

后来我也终于又记起一些事情来，那天傍晚，母亲特意进卧室换了一身青布衣服出门，见只有学校档头的老槐树上的树杈里蹲着一只正在嚎春的野猫，便轻手轻脚而又匆匆忙忙地出了学校，她的怀里揣着一只竹簸箕，那一定又是到邻近的一个瞎眼奶奶的家里借石磨去磨米粉子了，是红薯米和大米各一半混着合磨的。

瞎眼奶奶偶尔在夜阑人静时，也拄着拐杖摸到学校来过，我母亲每每见了她如见亲娘，却又一脸愧色说，婶，都这么晚了，还辛苦您来，让我多不好意思。

你这是什么话！瞎眼奶奶说，我眼睛虽然看不见，心里却明亮着呢！

我母亲欲说无言，匆匆忙忙进办公室握了一团白纸后，又搀扶着瞎眼奶奶原路返回，再回来时，她手里的白纸就包了一小包米粉子，并且侧身进了厨房，不一会儿，我们姐弟就每人分到了一小碗稀如米汤一样的米糊，这正好可以填充晚饭只吃了个半饱的饥肠啊！于是那一个夜晚我们都会睡得很沉很香。莫非瞎眼奶奶还会有多余的食物匀给我们吗？带着这一疑问，有一次我曾偷偷地尾随在她们身后去看了个究竟，当母亲搀扶着瞎眼奶奶跨进堂屋，门就合上了，但我从门缝里却看得非常清楚，瞎眼奶奶摸着擦燃了火柴，点亮灯，她平时一个人在家估计是从不点灯的，在瞎眼奶奶手中灯光的照耀下，最显眼的是堂屋中间的一副石磨。

“今天已有好几家人来用过磨子了，里面肯定会沾了些粉子的。”瞎眼奶奶说。

婶，您就是个活菩萨！其实我母亲心知肚明，这是瞎眼奶奶在有意关照我们母子，一地一乡俗，因为在资水北岸的一天门自古就传下了规矩，借人石磨是要给石磨主人剩一些垫磨底的粉子的。我母亲熟练地掀起了石磨的上页，从磨架上拣起一把小棕扫，既是扫又是吹，很快就从磨齿和磨芯里清理出来一小堆粉子了。

瞎眼奶奶却一声叹息，唉，人都快饿死了，老天爷，这是什么世道啊！

婶，这话可不能乱说的。我母亲蜡黄的脸色陡然寡白，嘘，小心隔墙有耳。

我才不怕呢，我是个盲人，未必这世上的人全都是盲人？

但我母亲却害怕了，她不敢久留，小心翼翼地捧着白纸包就慌忙告辞……

我的心里不禁一沉，也就掉头赶紧先开溜了……

然而那晚，我在回忆中满怀期待地等待着父亲回家，因为在给我们姐弟分晚饭时母亲就说了，先垫一下肚子吧，等你爸爸回来了，晚上我给你们做汤丸吃。

但是我怎么就忘记了那一天是过立夏节呢？是害怕自己也会长大吗？那样的时候，我正在隔江盼望父亲，而姐姐和哥哥，却在母亲楼上的办公室里做作业。

也不知那晚母亲到底遇见了什么人，显得神色慌张，进房就蒙头睡床上了。

我们也悻悻然睡了。

夜已经很深了，正处在梦中的我突然被姐姐的抽泣声惊醒。

姐姐为什么会在这个时候哭泣呢？

睁开惺忪的睡眼，满目已是一片狼藉的景象：姐姐倚着床沿一边抽泣一边摇着母亲的双肩使劲喊，妈，妈妈，你醒醒……哥哥也起床了，赤着膀子在姐姐的身边直跺脚，只有不懂事的弟弟还趴在母亲的胸前东张西望。母亲脸色惨白，静静地躺在床上，是那种对这个世界已然不屑一顾的冰冷神情。我们上床时母亲还是好好的一个人，她虽然自己始终蒙着头，却把弟弟安排在枕边睡着……四岁的我仿佛在骤然间猛长了几岁，脑海中就迸出“母亲死了”这一念头来。也就是这念头刚一闪现，我便跳起来推开弟弟扑进母亲的怀里，大声地哭喊着“妈，妈妈”。

母亲死了，似乎是无缘无故地就死了。待父亲从对河医院赶来，母亲的身体已经僵硬，但我们当时谁也没有发现父亲已经从母亲的掌心里读到了几行字……

父亲悲从中来，但又一脸凝重地说，你们记住，你们的母亲是得急症死的。

一个人影在后窗仓皇闪过……那一只该死的野猫却依旧在夜色里嘶声哀嚎。

据说我母亲原本是那种开朗火爆、敢作敢当的女中豪杰性格。可是在我的零星记忆中，母亲除了在课堂上教学声气爽朗，也偶尔有将教鞭在课案上啪的一声抽得粉笔灰顿起的时候，但与老师尤其与学生家长们说话却从来都是彬彬有礼、细声细气的，就连有什么事情交代那个长得像屠夫的伙夫也很少起过高腔。可近几日母亲确实是有些反常的，老发闷脾气。有一回哥哥的家庭作业没有完成好，母亲扬起手就打了他一耳光，我们姐弟是被父亲宠惯了的，尤其是哥哥的性格像牛一样犟，拿他发泄，他就忍不住这口气：“打吧，你打吧，就让你打死算了！”

“你……你……你欺负我是个糯米团是吧？也晓得要挟你娘了！”母亲无名火起，又是两个耳光扇下去，结果是，犟牛一样的哥哥傻着眼没有哭，母亲自己却哭了。

姐姐既心疼母亲，又想护着她的大弟弟，淌着眼泪急得团团转……

家里发生了大不幸，父亲是从急症患者的病榻前闻讯赶回来的。办完母亲的丧事后，父亲整整两天没有沾一点饭食和茶水。是第三天早上吧，父亲强打着精神起床了。他把我们姐弟喊到一起，用商量的口气对我们说，你们母亲走了，父亲撑起这个家是有难处的，送你们到老家祖母那里去好吗？姐姐含泪率先点头，哥哥也点头，我也跟着点头，就这样我们离开了一天门学校，来到了老家白驹村。

没想到老家人对我母亲的印象会那么深刻。我们家老宅是在村口上，有一次我进村里去找玩伴，经过关山里那一座小鹊桥时，被在桥上乘凉歇息的一位面相陌生的大婶拦住我问，你就是廖筱山和熊梦贞的二儿子吧？还没等我答话，那位大婶说，你母亲是我们村里八百年来最俊俏的媳妇耶！那身段呀，配上她自己亲手裁剪的那一件大红旗袍，简直就是仙女下凡呢！你母亲的女红也一顶一地做得好，绣出的鸳鸯会戏水，绣出的牡丹能引来蝴蝶……唉，只可惜好人命不长！

但我怎么从来没见母亲穿过大红旗袍，不知道母亲会绣鸳鸯戏水和牡丹呢？

回到家里，我问姐姐，姐姐却赶紧用手挡住我的嘴，嘘，这不能乱说的。

到底是从什么时候起，让母亲丢失了她之前那一个真正属于自己的本我呢？

母亲出身大户人家，读过私塾，也上过新学堂，是当时少有的一部分女性知识分子。母亲是读新学时认识父亲的。他们是同学，属于自由恋爱。我们家在当时是很有声望的，曾祖父是廖姓家族的族长。父母亲结婚办得很体面，那是情理中的事。可那一天也发生了小小的意外。母亲从花轿中下来，被接亲的人搀扶着向点上了红蜡烛的堂屋里走去时，竟还时不时伸出手来掀起顶着的红纱巾头盖东瞅西瞧。这其实并不算什么大不了的事，所指的意外是新郎新娘双双跪着拜天地公婆的时候。我父亲和母亲两人婚前就已经多次手拉手到对方的家中走动过，与彼此家的长辈及晚辈都有过接触，加上母亲又是一位性情开朗不拘小节的新型女子，对婚礼上的这一套虚假礼节从内心就感到可笑。双方正拜天地时，母亲居然咯咯咯笑出声来，并且没待新郎揭头盖时，自己就把那遮住视野的红纱巾给摘下了。燃烧着红蜡烛的堂中顿时大哗。有人当面指责说，还是大户人家出来的女子呢，疯疯癫癫，一点教养也没有。把我那胆小怕事的父亲闹得一脸窘相。

那时父亲已经学医了。学的是中医，常常要跟随师父跑江湖。母亲是个爱热闹的人，独个儿在家里闲不住，她除了每天上午把自己强关在房中描一会儿鸳鸯戏水和牡丹再绣到缎子布上去，就总喜欢找人家说话或帮人家做事。我们家请了个长工，名叫王正来。说是请，其实并不确切。王正来是讨米来我们村的，曾祖父见他诚实忠厚就收留了他，还给了他两间房子，帮他娶了婆娘。王正来比我父亲要长几岁，父亲和母亲都称呼他“正来哥”。父亲不在家时，母亲就常去陪正来嫂。那时，正来嫂已经有了身孕。母亲洒洒脱脱一个人，手脚正闲得难受，就几乎把正来嫂家里的家务事全包了起来。祖父和祖母，包括我那权威十足的曾祖父在内，也是睁一只眼，闭一只眼的。一方面，他们知道母亲的性格不那么容易被驯服，说也没有用；另一方面，那就是他们已经看到了大趋势，这个盛极一时的家族已接近衰败了，让儿媳学着做一做家务也有好处。母亲是没有什么事瞒着父亲的，她把自己的所作所为告诉父亲时，父亲就笑了笑，也不发表任何见解。

1950年，父亲出去当兵了。那时我姐姐四岁，哥哥刚进两岁。

父亲是突然外出的，走时连家里人也不知情，是后来父亲孤身深入匪穴立下了大功后，才由部队与当地政府联系上的。他一去就是五六年，况且父亲走后的第二年家乡就搞起了土地改革。像我们那样的家庭自然是土改的对象无疑。好在母亲是公认的军属，又已和祖父祖母分了家，她那些嫁妆和其他财产才没有被抄走。但生活条件和生存环境已经明显不如以前了。曾祖父是作为当时的大恶霸地主被土改工作组镇压的，祖父也作为地主分子被村上的基干民兵看管起来。家里就我祖母和母亲两个妇人，既要下地耕耘播种，又要带着两个儿女，苦是一定的。

不久，我母亲居然被县教育局正式录用为国家教师了，这当然是幸亏了父亲和母亲的一个高中同学在县教育局当人事科长。新中国刚刚成立，各方面人才奇缺，尤其是教师队伍更是急需补充老师。有一天，我母亲因事去唐家观小镇，偶然看到了学校门口贴出的一纸公告，也没做多想就按照要求去报了名，没想第二天就接到了要她去现场试教的通知。那其实是现场考试，讲台上坐着几个监考的领导，其中就有父亲与母亲的那个高中同学，但彼此都只礼貌地点了一下头，而下面坐的却是新招收的一年级新生。我母亲那天穿的是当时流行的双排扣新款妇女装，轮到她上场时，先是撮嘴吹了吹额前的刘海，然后扯了扯衣角，大大方方走上讲台，从容拿起一支粉笔不卑不亢地先写了个一字，然后转身拿起教鞭又侧身指着那个字朝下面问，同学们，认识这个字吗？下面就异口同声回答，是个一字。我母亲又果断地在一字下画了一横，稚气的童声立马就传过来，这是个二字呀！我母亲笑出满脸慈祥说，对，同学们真是聪明。她又写了一个人字，接着还在旁边写了一个天字和一个夫字，然后讲解说，二字里走进一个人字，就成了一个天字，也就是二人共着同一片天的意思，但人字出头就是个夫字了，这是大丈夫的夫字，也是农夫的夫字。是不是可以说，大丈夫和农夫都是顶天立地的呢？

整个课堂里顿时鸦雀无声……

据说我母亲那次考试是全票通过的，只是政治审查时却被卡壳了，有人提出异议说我母亲是地主家的儿媳，是那个在县教育局当人事科长的同学在关键时刻据理力争说，人家也是现役军人家属呀，我们如果把熊梦贞同志招进教师队伍里来，不正好是体现了党的怀柔政策吗？就这样，我母亲就成了一名人民教师。

老家白驹村有一种说法：女孩子的心是怀人的心。这话是有道理的。我们姐弟四人，相比起来姐姐就更怀念母亲了。每每听正来伯母讲过母亲后，姐姐就总要痴痴地发一阵呆。有一回发呆的姐姐猛地打了一个激灵，突然启齿喃喃着道：“我母亲确实是很能吃苦的。”姐姐还梦呓般地说起了1957年秋天的一件往事。

我就出生在那一年的秋天。那时，母亲是在田庄公社一个叫作甘溪村的村小教书。教一、二、三、四共四个年级，虽然全校加起来也就38人，但麻雀虽小五脏俱全，却只有我母亲一个教师。那时候全国上下都在搞“大跃进”，当教师的也并没有休产假这一说，母亲怀着我快要临产了，也不见联校派人来顶替。就在农历九月二十那一个月黑风高的夜晚，母亲突然觉得肚子痛得厉害，凭着已经生过两胎的经验，她知道自己就要生了。当时姐姐十岁，哥哥八岁。女孩子确实懂事早些，见母亲一副极难受的样子，姐姐就自告奋勇地去厨房摸了一把镰刀，提着马灯去喊接生婆李妈。但是没想到姐姐提着马灯舞着镰刀刚出校门，老天爷就狂风大作，暴雨滂沱，李妈家离学校毕竟有不近的一段路程，姐姐说她明明记得是把被狂风吹灭了的马灯挂在校门左侧的那一棵小樟树上的，但是就在她接了李妈回学校的时候，却骤然风停雨住，而那一盏马灯又奇迹般地亮着，并且还挂在了右侧的一棵桂树上了。姐姐把这怪事告诉李妈，没想李妈脱口便说，你娘是喜得贵子了！待李妈赶到时我果然已呱的一声降临到了人世，正安详地睡在母亲的襁褓中……母亲是忍着剧痛自已用牙齿把脐带咬断的。

讲到这里，姐姐轻轻地叹息了一声，那时我们已有了后妈，这是父亲作出的决定，因为母亲走的那一年父亲还只有三十六岁。为躲开后妈的视线，我们坐在禾坪里高高的草垛上。抬头望天空，一片白色的云絮在黄昏的天幕上渐渐飘远……

母亲的形象在我们的记忆中也渐渐飘远……

我原来一直认为母亲是得急症死的，这是我父亲当年亲口作出的结论。但是当有一天我们家建新屋拓宽老宅屋基时，却在屋后储藏红薯的地窖里挖出了一只旧皮箱来。姐姐一眼就认出来了，说，这是爸爸从部队带回的最奢侈的物件，我们怀着无比好奇的心情把皮箱打开，却从里面发现了传说中母亲的那一件大红旗袍，还有母亲当年以同学名义送给父亲的一个老式牛皮封面的日记本。这当然是我父亲藏起来的。至此我们也终于从父亲的日记本中得知了我母亲真实的死因。

母亲是服安眠药死的。那一年父亲刚从羊角卫生院调到江南区卫生院，为了便于照顾我父亲，组织上就把母亲安排到了江北的一天门中心学校。比起在甘溪村中心小学来就大多了，上游祠门口和下游百花台两个大队的学生都集中在这一所学校，共有六个教师，还配了个炊事员。因为母亲是学校校长，还因为我们家又不在学校一起开餐，老师们也很放心，就一致推举我母亲兼任食堂总务。然而祸事也就出在这个总务上。那时我哥哥和姐姐正吃长饭，常常少盐缺油的食量就更大了。为了能使哥哥和姐姐及我少饿肚子，母亲在过秤给伙夫粮食做午饭时也就每次匀出了少许，所以才出了后来的事……这件事本来也是炊事员主动怂恿我母亲干的，可人心叵测，不久后那位看似是好心的炊事员却以此做要挟，趁我父亲很少在家，竟打起母亲的坏主意来……在我父亲的日记中还记录了我母亲写在手掌心里的一首绝命诗：儿女是骨肉，丈夫连着心。若为尊严故，轻生乃重生。

可是母亲啊！您紧攥在掌心里的秘密，却还是让你的儿女们给知道了……

母亲的死对我父亲的打击很大，也就是从那时起，父亲的嘴里就经常会突然冒出一句，为医者只能医病，要是能医得了人心就好。大凡一个家庭，多是靠做母亲的撑起来的。母亲死了，就等于家庭已经残缺了。这对我父亲的打击几乎是致命的，是不可能仅仅用一句“中年丧妻，痛不欲生”概括得了的。且不说别的，单说生活负荷就已经全部落到了我父亲一个人的肩上。自此，父亲忽又重新拾起了书法爱好，待我们姐弟入睡后，就会拧开几案上的台灯，倒半砚墨汁并顺手取了一张宣纸，宁神静气地习起了沙门怀仁集《圣教序》来：有玄奘法师者，法门之领袖也。幼怀贞敏，早悟三空之心；长契神情，先苞四忍之行。松风水月，未足比其清华；仙露明珠，讵能方其朗润。故以智通无累，神测未形，超六尘而迥去，只千古而无对。凝心内境，悲正法之陵迟；栖虑玄门，慨深文之讹谬。思欲分条析理，广彼前闻；截伪续真，开兹后学。是以翘心净土，往游西域；乘危远迈，村策孤征。积雪晨飞，途间失地；惊砂夕起，空外迷天。万里山川，拨烟霞而进影；百重寒暑，蹑霜雪而前踪……临至此处，父亲会忽然搁笔，长长地叹息了一声，慨然道："玄奘远志，非我等俗人可望其项背也！"那年月正是国家最困难的时期，买个鸡蛋也要一两块钱。住在江南小镇吃公家粮的我们姐弟共（弟弟才两半）四人，再也无法度日子了。父亲是出于无奈，才把我们送到了乡下老家白驹村的。老家的主要亲人就我祖母一个孤寡老妇。好在我祖母身体还算过得去，把房前屋后的空地全种了南瓜、芋头什么的，也能弥补粮食的不足。

父亲当然没有把我们一送了事。每每在星期天，父亲就会为我们送一些食物来。江南小镇离我们老家白驹村只有十二里路程，父亲总是肩背手提地上路。他常年出诊在外，自己的那份口粮就能省下来不少，于是全背了回来；左肩上背的是一个红十字出诊箱，右肩上背的是一个盛有粮食的粗布袋，而手里却提着一个有盖的小木桶，木桶里盛着米豆腐。也只有米豆腐最廉价，两块钱可买得满满的一小桶，和汤和水，填肚子可饱食好几餐。那时我姐姐已经有十三岁了，哥哥也有了十一岁。每每在星期天的那日，姐姐和哥哥就会到村口去接父亲。可惜那时我的年纪太小，无法感受到父亲是何心境。现在想来，若是换了我是父母那时的境地，一定会觉得活着还不如死了来得痛快。当然，这完全是一种不负责任的想法，如果父亲真的死了，会有我们这些后来者吗？还是不说这些丧气的伤心事吧。

有一天，从姐姐的口中忽然就冒出了一句，父亲的内心其实一直是在修行。

哥哥似懂非懂问，姐，你是说爸爸是一个苦行僧吗？

我和弟弟却瞪大眼睛在看天边的云彩，心想，妈妈哪天会乘着云彩回家？

第二年，父亲还是给我们娶了个后妈。后妈是江南镇造纸厂的工人，丈夫是个肺结核患者，沉疴在身十多年，两人一直没有生育，领养了个女儿，比我大一岁。后来偶尔听人说，我父亲当时续弦完全是出于一种内疚心理，他当年曾亲口承诺过患者家属（也就是我后来的继母）：一定会医治好她丈夫的肺痨病。经几载既服药又针灸调理，也确实有了向好的苗头，但就在我母亲出事的那天，患者又突然染上了疟疾，我父亲刚给他做过头一遍针灸，正准备做第二遍时，有人就急匆匆地闯进了急诊室，哭丧着脸说，廖院长不得了，你爱人她……她出事了！

没想到也就是我母亲殁了的当晚，本来就只剩半条命的疟疾患者也走了……

我母亲是服毒自尽的，而我父亲却一直说她是得急症身亡，直到我父亲也走了之后，我们才知道了真相：原来我母亲供职的一天门小学，有六个教师，唯有我母亲一人是国家教师，她既是校长，又兼做食堂总务，因为我们一家大小有五张嘴吃饭，母亲每餐给伙夫过秤发粮食时就匀出了少许，没想到光棍汉的伙夫多次调戏我母亲未果，后来却以此为要挟，我母亲丢不起人，于是就……

我父亲与后妈结婚后，他的生活负担便更重了，为了把两家合成一家来安排生活，父亲硬是磨破了嘴皮子才好歹让后妈也来到了白驹村，但后妈从来就没有下过地的，到了我们家也还像在江南镇上一样，身上不愿染尘土，还在我父亲好不容易周末送救济物回家一趟时，后妈又动不动扯起嗓子砍的剁的一顿大骂。父亲当然只能打落牙齿和血吞，而我祖母心疼儿子却又只能躲在一旁悄悄抹眼泪。

有一次，我无意间听到了父亲与后妈的一段对话，而且是有关于我的。

这个家很快就能苦尽甘来的。父亲说，儿女们不是都在长大吗？

后妈却有些不屑，又不是我生的。今后哪个还会管我呀！

你不是有丽娜吗？这是你从小就带亲了的。丽娜是我后妈领养的孤儿。

她迟早都会嫁人的，到时候我不还是个孤家寡人呐！

也未必。父亲讨好似的对后妈说，把她许配给静仁，你不是儿女全双了吗？

亏你想得出来呢！后妈笑起来的样子其实还是蛮好看的。

我在一旁听了，粗气不敢出，趁没人注意到我，赶紧脚底下抹油溜走了。

父亲也是个不会做农活的人，十六岁拜师学医，后来又行医在外并去了部队服役。尽管不会做，但眼看着祖母一个白发老妇挖菜园地，父亲忍不下心，只好抢过锄头来。分明看着他是咬着舌尖使劲挖下去的，可锄头刚触到地面就不见有什么力度了。因此就总是要在一个旧锄头眼里挖好几次才能翻得动一小块泥土。半天下来，地是翻了一小片，但弄得一身汗津津的，眉梢嘴角鼻尖上尽是泥土，一双手掌满是血泡，转身一看，所翻动的一小块地又尽是数不清的脚板印，比没有翻过的地松散不了多少。父亲就苦笑着摇了摇头，并且还会游丝般地叹息一声。

我至今也弄不明白，父亲何以会有如此顽强的生活勇气呢？难道真是《圣教序》中的“万里山川，拨烟霞而进影；百重寒暑，蹑霜雪而前踪”在鞭策他吗？

尽管父亲什么农活也不会干，却什么农活也难不倒他。比如烧火土灰吧，那是农活中难度最大的。之所以难度大，因为那需要技术。在往年，祖母施南瓜及芋头之类农作物的火土灰全都是请邻居家的老农掌管烧的，父亲、哥哥和姐姐只帮一帮忙，打下手。不过父亲对此很感兴趣，总是默默看人家怎样起堆，怎样铺茅柴，怎样盖草皮……但是那一年的一天，当然是星期天，父亲却突发奇想说要自己亲手掌管着烧火土灰。他把由哥哥姐姐平日挖来的树蔸一个个嘴对嘴合着起好堆，又到后院的屋檐下去把茅柴一捆一捆扛过来解开，再一层一层地铺在起好的堆上。说也奇怪，那时还是春头上，可茅柴底下却发现有两条蛇扭在一块，像少女织成的辫子。父亲当然无奈，他是连鸡也不敢杀的，打蛇就更不敢动手了。不知是觉得奇怪呢，还是吓得呆了，他站在那儿痴痴地看着，连粗气也不敢出。直到后来那两条蛇怕是感觉到了早春的寒冷，才分离开来，悄无声息地溜之大吉了。这件事父亲从来就未跟我们晚辈提及过，是若干年后祖母才告诉我们的。祖母说，春头上看见蛇“相夫”，是很不吉利的事。果然，那年父亲被调到龙塘乡卫生院，先是被免去院长职务，而后又下放到该乡一个偏远的茶场改造。

在父亲被关押的那三个月里，我祖母和后妈真是度日如年，但婆媳俩的关系却因此而密切了许多，并且还合计着把家里唯一的一只生蛋的老母鸡也杀了，煲了一罐鸡汤，又将两条鸡腿和成块的鸡胸挑出来盛入饭盒，要我去二十多里外的龙塘卫生院送给父亲。但我并没有见到父亲。

在历史的长河中，十年不过是短暂的一瞬。那场运动终于过去了。父亲也理所当然地得到了平反，只是平反了的父亲并未见得有什么喜悦之色。他已是老态龙钟的一副模样了，错过了喜形于色的年龄。也应该是，经历了这一次又一次人生磨难，父亲是有理由把许多事物看得很淡的，不仅仅是因为年龄吧，父亲坚决拒绝了落实政策给他的院长职务。他只管治病，一心一意地给患者治病。

那时已经是1977年了。准确地说，是1977年农历三月的一天上午。

那时，我已经算得上是一个全劳力了。在公社的社办企业基建队做泥工。

那一日阳光真好，天上没有一丝云彩，无边的空旷使人目眩。我当时望了一眼远天，正弓着身子准备砌墙，耳中突然响起了一个熟悉的声音：静仁！静仁！一抬头是父亲来到了我的面前，他那天并不见得有什么异样，同样是一脸慈祥，见我怔怔地望着他，父亲说，我想买一件绒衣，跟我去试一试吧，今后你也好穿哩！前面就是供销社，同父亲一起下了脚手架，只百余步就走到商店的柜台前了。父亲要过一件蓝色的绒衣，自己穿上，又脱下，再递给我，说，看合身不？果然合身。父亲是到附近出诊后骑自行车回龙塘卫生院的，看着他骑上车，那老态龙钟的瘦削背影便渐渐地消失在远方了……这样的时候，心里就不禁一酸，想：我虽然是近二十岁的人了，但真正地与父亲团聚的日子其实又并不是很多的，即便偶尔相聚在一起，父子间也很少谈些什么。儿子在父亲的眼里，也许还是个小孩吧。

现在想起来，父亲应该是早就已经有了某种预感的。他走后还不到半个小时噩耗就传来了。我还正在脚手架上边砌墙边哼着小调，公社中学的一位总务老师满头大汗地闯进了工地问：你们哪一位是廖医生的崽呀？这急切的呼喊声当然就使我大吃一惊，忙答应：是我，有什么事吗？果然是大不幸的事从天而降。他告诉我，你父亲在前面不远的一个坡段上出了车祸。幸亏一辆长途客车路过，已把他抬上车，径直送往县人民医院去了。那位总务老师刚好是出差乘班车回学校来，他是认得我父亲的，父亲断断续续地告诉他我所在的工地，便昏了过去……

我顿时就想到了父亲今天叫我一起去供销社试衣的事，感觉情况不妙，待我以最快的速度骑车赶到县人民医院时，父亲已经上了手术台。他的头部隆肿，一头枯槁发丝已被削去，鼻孔里伸出来一根长长的氧气管……我机械地走近手术台紧紧地握着父亲的手，这也算是父子间的一种交流吧。突然就记起父亲说过的关于死亡的话来：人总是免不了会死的。活着时，抓紧把该做的事情做完，尽量做到不欠人家的债务就行。这是前不久父亲与一位老者闲谈时说的。双方都显得宁静。父亲此时也很平静。可以这么说，母亲是父亲亲自送上山去的，儿女们也都长大成人了，他该给这个世界的，这世界已经得到了。父亲没有欠人家什么了。

穿着白大褂的医生跨出手术室大门，从幽深的过道里走了过来，把一份卡片递给了我，叫我签字：你父亲是脑震荡，头部血管破裂，只有打开颅骨做最后的努力了。他当然是从举止中得知了我的身份，对我说话时，是一种无力回天的语气。

这一次父亲终于没有被救活，我冲进了手术室，拼命地呼喊着爸爸，爸爸……

又是那个白大褂过来说，我们已经尽力了。然后把那一件蓝色的绒衣塞给我。

傍晚的阳光透过窗玻璃，静静地落在手术室床头，给死者的脸上添了些许红润。

父亲生于1919年，享年五十八岁。

时间如流水，父亲离开我们一晃又是几十年，但我却一直记得父亲说过的那一句，为医者只能医病，要是能医得了人心就好。我的父亲是一名仁心医者。

这毕竟是很遥远的故事了。

此时我的姐姐也已经去了天堂，她还会继续做自己父亲和母亲的长女吗？就在前不久我又跟哥哥和弟弟说到了父亲和母亲，问他俩还记不记得父亲与母亲曾经说过的人生格言，即“为医者要是能医得了人心就好”和“二字里走进一个人字，就成了一个天字，也就是二人共着同一片天的意思，但人字出头就是个夫字了，这是大丈夫的夫字，也是农夫的夫字”。然而彼此相对无言，却仍然在无语中向前走着。后来，我们终于在白驹村口那一座由当年的廖姓族长，也是我们的曾祖父主修的联珠桥上站定了。我们不再年轻，头颅渐白的兄弟三人，依旧是默默无语地临桥俯视身下的河水。那河水也一样是无语的，仿佛是从夕阳里流出来，若血一般殷红，待渐至近处又灰白如同乳浆，然后静悄悄地从桥下滑过去。

小河注入资江，给汤汤远去的流水增添了一叠清澈的浪响。

逝者如斯夫！不舍昼夜……

我的先辈，我的资水魂啊

资水汤汤，逝者如斯。

是啊，我的已逝的先辈们，也许确实无法想象出今日资水所发生的变化，而始终滋养着两岸人们的这条母亲河，却一定会万古如斯地记得在她身边所发生的一切，包括资水人的坚毅与果敢、豁达与豪气、理想与信念……

——题记

爷爷的联珠桥

爷爷的联珠桥，就横卧在我家门前的溪口上。

溪名珠溪。这是资江水系中的一条重要支流，发源于一脚踏三县的擂钵山。很显然，就是那座如擂钵状倒扣的大山，北面山坡属于邻县溆浦所辖，南面山坡属于邻县桃源的地盘，而我们珠溪的源头，就是从这座大山东坳的一处石缝间渗出来的。《增广贤文》云：“一涨一退山溪水。”应该就是对这一类山溪最典型的概括与描述。我们家就住在珠溪注入资江出口处的左侧。隔溪眺望，清一色吊脚木楼的小镇唐家观，是我的祖辈们一代复一代人们的向往。“宁可要唐家观一间铺面，不肯要水上的十条木船。”这首我童年时就烂熟于心的民谣，不就是对我的先人们梦想的最好诠释吗？

很久以前，也就是我爷爷年轻的时候，溪口是没有桥的。往返于资水上游或下游的旅人，尤其是我的前辈村邻们，若要到小镇唐家观赶集或购买日常生活用品，靠的就是一条小小渡船。渡船虽小，但来去便捷，而且有一专业老翁撑篙荡桨，过渡者也不需要花费分文，渡船老翁的生活所需由村民自愿负担。只是，一旦山洪来袭，人们便只能望水兴叹。听我的前辈们说，我的爷爷，还是在十六岁那年就立下誓言，一定要带头在溪口上修建一座麻石双拱桥。

我的爷爷是资江上驾毛板船的一把好手。

汤汤资水，全长七百余里，共有九九八十一滩。我们家的下游，就是这九九八十一滩中滩涂最狭长，水流最湍急的崩洪滩。若是在桃花水涨的季节，整个滩涂中惊涛拍岸，白浪如崩山乱石，声响若千钧雷霆。谁要是于此时在崩洪滩江岸行走，即使是条壮汉，想来也定会提心吊胆、毛骨悚然的。更别说在这样的季节里放排行船了。

但也有例外。在我的家乡，因为田少地贫，人们就别无选择地只能依靠脚下这条资江。“井湾里人不种田，要讨生活靠驾船。”这是民谣，更是祖训。时耶？运耶？命耶？生于斯，长于斯，这是没有办法的事情。村民早就习惯了这种逆来顺受的生存方式。尤其是我爷爷辈以上的男人们，他们就是凭借着一身技艺一身胆量，在这桃花水涨的季节里，哪怕是赌上性命也要送一趟毛板船涉险过资江，越洞庭，把村人们一年中积存下来的木材、桐油、棕片等山货送往湖北汉口。换成白花花的银元，或养家糊口，或娶亲立业。

桃花汛，不给信。

今日波涛滚，

明天风浪平，
我的毛板船无法行。
要驾毛板船，
桃花汛来去赌命！

熟悉资江水性的汉子们，就是高唱着这样的一首船歌劈波斩浪，傲立船头，往返于千里水域的。

我的童年和少年时代，就在资水畔度过。那是人生中最美好的时光。我还依稀记得，在我刚学会走路不久的时候，长我七岁的姐姐纤妞儿，总是喜欢领着我去崩洪滩的纤道上玩。那其实是一个很单调的地方。狭长的滩涂，波涛翻滚着，一看便令人头晕目眩；而两岸陡峭的山崖上，也只零零星星地长着几棵歪脖子老松，毫无生气的样子，越看越使人沉闷。“这地方有什么好玩的啊？”姐姐就笑笑地说：“你是个男子汉，当然要熟悉资江的每一条险滩。”幼小的心中便满是疑惑。但是，当姐姐领着我再往下游走去，景象就完全不同了。虽然也是滩涂，但江面却很是开阔，一条人们垒砌的百米长堤，把开阔的水面逼往长堤一侧，流水顿时就深沉了。而且，在长堤的滩嘴上，昂然屹立着一座高高的石矶。还没等我发问，姐姐便遥指着江上的石矶告诉我说：“那就是资水上有名的寡妇矶。”姐姐在说这话的时候，单薄的女儿身微微地抖了一下，如一片风中的树叶。我紧接着问姐姐：“为什么叫作寡妇矶呢？”没有想到的是，我的好奇却惹来了姐姐的伤感，姐姐的一双丹凤眼中，还盈盈地闪着泪光。资水沉沉地滚过，江雾忽聚忽散，我也不敢再吱声了。

童年时最好玩的地方，其实就在我们家门口的联珠桥上。宽敞的桥面，由一块一块的麻石镶成，桥的左右两侧，各压着我们四五岁小孩那么高的巨型条石，而桥两头的四角处，一头是两匹高头石马，另一头是两只霸气石狮，就连桥墩的石壁上，也雕刻着无数条蜈蚣，栩栩如生，活灵活现。我们就常常在桥面上玩打陀螺，玩跳子棋，玩踢毽子，只是，那样的时候，幼小的我还不知道，自己脚下的这座双拱联珠桥，就是我的爷爷们用血汗甚至用生命凝结而成的。

珠溪粼粼，流逝的是日子；资水汤汤，淌走的是岁月。不知不觉间，我已从儿童成长为少年。渐渐地，关于我们家门口的这座双拱联珠桥的来历，关于我的爷爷们当年去水上讨生活的艰辛，也在我的脑海中清晰起来。

我的爷爷，从十六岁起就开始在资水上驾毛板船。

遗憾的是，时至今日，作为爷爷的孙子，我却依然无法描述我的先祖们在桃花水涨的季节里，驾驶着庞大的毛板船闯滩时的惊心动魄的情景。但有一首流传在资水的民谣，我却是能一字不落地背诵出来：

桃花水滔天，好驾毛板船；
一年送一次，可挣大价钱；
一旦船散板，须拿命来填。

或许，这就是我爷爷他们那一代人的即兴创作也未可知。有欢乐，有企盼，有担当。这并不是一般旁观者能够拥有的情怀和气魄。

毛板船其实并不是船，而是由成百上千根木材一纵一横垒起来的木材堆。而且，在一层复一层垒积的过程中，是不能上木栓，更不能铆铁钉的。需保持原木的完整。就这么垒积着，少则十多层，多则二十层，高高的如一座用木材垒起来的小山。也没有通常意义上的船舱可供人起居，而是在最上面的一层用竹子挽成半圆形，顶上用杉木皮严严实实地盖着，里面便堆满了用木桶封存的桐油和一捆一捆的棕片及笋干之类的山货。也就是说，从我们家资水中游的珠溪口起航，涉资江、越洞庭，一直到湖北汉口，根本没有泊岸休息的可能。因为一旦靠岸，底层的木头就有可能被触动而松散开来，那可是行毛板船的大忌。驾毛板船最危险的其实也就是我们的资江水域，因为资江逼窄而滩多。若是能平安地闯过资江，再过八百里洞庭及开阔的长江，就有了七八成的把握。但行船跑马无胜算，尤其是时间难以预料。“船到洞庭湖，且把时间磨”。毛板船是没有帆篷的，越洞庭湖比拼的就是耐力，得全凭驾船汉子们一橹一橹地摇过去。因此，即使是顺风顺水，我的爷爷们，也只能是饿了吃干粮，渴了饮江水，硬是要眼睁睁熬上近一个月的时间，才能抵达收货的码头。才能换得白花花的银元缠进腰间的粗布褡裢。

何其凶险，何其艰辛。我的爷爷从十六岁起学驾毛板船，一直到他快满三十八岁的那年，硬是一年一趟，从未间断。也确实是挣得了不少银元回家的，但是，我的爷爷除了自己十八岁那一年娶亲花了几个银元外，其余积蓄全都用在了请人开山凿石建拱桥的善举上。整整二十一年玩命地挣钱，整整二十一年操劳与费心，就在我爷爷满三十七岁的那年冬天，一座结实而伟岸的双拱石桥终于在珠溪出口处崛起。然而，我的爷爷却并没有在桥身的任何一处留下他主修人的尊姓大名，而是在动工头一个工日就专门嘱托石匠给凿了一块近两米长，一米宽的上等石材，并且请技艺最好的老石匠端端正正地镂刻了“联珠桥”三个大字在上面。这桥名自然是我爷爷亲口所赐，其中寓意，却有着多种说法。有人说，这双拱桥就是一对大大的眼睛，既能洞穿资江流水，也能洞察世事风云；也有人说，小镇唐家观的生意人若能与我们井湾里的驾船人结合，便是珠联璧合云云。

联珠桥业已竣工。誓言得以实现。我的爷爷原本是可以歇一歇手的，停一年两载不去冒险驾毛板船，在家里多陪一陪老婆孩子，为老人尽一份孝心，也不会那么快就缺衣少食啊。但是，我的爷爷天生就是一条停不住手的汉子，是个一心想着成就事业的倔人。“前半辈为公修桥，后半辈兴家立业”，这是我爷爷过三十七岁生日那天说出的铿锵话语。或许，就是在那一时刻，他就正在思谋着要去桥那头的唐家观小镇上为后人置几间做生意的铺面吧。还或许，我的爷爷是担心着村子里能驾驶毛板船的汉子确实不多，一旦村民们辛辛苦苦积累下来的山货不能及时出手，不少人家的日子就肯定会过得紧巴，生活也难保不出现断裂。完全是义不容辞似的，在第二年春雷刚刚炸响的那一天，我的爷爷便头一个涉进了刺骨的寒流，开始编制毛板船了。这是粗活，也是细活，一点也马虎不得。因此，一艘毛板船的成形，少也得花十天半个月时间。

忽如一夜桃花开，桃花汛说来就真的来了。

也许，这一年的汛期确实是来得太急迫了些，我爷爷他们编制的毛板船还没有完全成形，更别说用三牲祭拜河神了。一阵闷雷响过，天边闪电如一把把银亮的飞刀直甩而下，一江清碧的流水，陡然就成了满江洪涛……这是谁也没有办法的事，天命难违哦。但我的爷爷，真不愧是大风大浪中炼成的铮铮铁汉，说时迟，那时快，他一声呼喊，便率领其他三条汉子，像四条出水的蛟龙，一跃便上了毛板船。而且，我的爷爷第一个冲上毛板船头，双手便紧紧地钳住了导航的桨橹。“开船——！”一声撕心裂肺的吼叫，从我爷爷血气方刚的胸壑间溢出来，盖过了雷霆，镇住了骇浪……这个时候，村子里的大人小孩几乎全都朝江边拥来。而我年轻的奶奶，早就在大雨滂沱中的联珠桥头立着，像一尊无声的望夫石。

崩洪滩终于过去了。提心吊胆的村人们，目送着我爷爷他们驾驶的毛板船，在洪涛翻滚的狭滩中一起一伏，一颠一簸，但毕竟是平安地涉过了资水最狭长、最湍急的第一险滩。人们总算松了一口气，纷纷朝着毛板船远去的方向稽首祈福，然后，才三三两两地各自回家，去更换透湿的衣服，去煨一壶老姜热汤祛寒。但是，我年轻的奶奶却依然木木地立在资水北岸。她一定是感觉到了什么，怀人的心七上八下，手心里直冒热气，她正想着挪动脚步，再冒雨追上一程，耳畔却冷不丁地传来了沉沉的撞击声……“我的天啊！”奶奶一声凄惨的呐喊，便骤然倒在了暴雨中冰凉的双拱桥面上。

毛板船还是出大事了。船过崩洪滩时，我爷爷和他的三个伙计凭着对水性的熟悉，凭着年轻气盛，凭着一身胆量，虽然是毫无准备地上船起锚，毕竟还是很镇定地压住了翻滚的狂涛，平安地驶过了狭长的险滩。船到平缓处，四条汉子中最年轻的光满便喊道：“还不赶紧把蓑衣披上啊！人都冷得要打摆子了，怕是到不了汉口人就会病死哩！”我的爷爷脸色一沉，心里头立马就掠过了一种不祥的预感。“驾得毛板船，靠的是吉言”，他或许同时还想到了资水另一首闯滩谣“崩洪滩，夺命滩，乱礁滩，鬼门关”吧，还没等我爷爷开言制止，急速驶入乱礁滩的毛板船，便轰的一声触上了礁石，顿时，巨大的毛板船便成了江心中的一个旋转的陀螺，被一浪高过一浪的狂涛推搡着，摔打着，然后便是一层又一层的木头被拆散，被肢解……那样的时候，我的爷爷还是出奇地清醒，他拼命地呼喊：“你们快抱住一根木料往江岸游啊！”自己却仍然钉牢在还未散尽的几根木头上，想拼死给村人们挽回一点点损失……然而，狂涛无情，上苍无眼，其他三个伙计上岸后，再回首江中，成百上千根木材及几十吨山货，早已荡然无存，我的年轻的爷爷，便也从此下落不明……

我的爷爷就这么走了，带着他未满三十八岁的传奇人生就这么走了。

是真的就这么走了吗？作为爷爷的孙子，我却始终坚信我的爷爷并没有走远。或许，他正忙碌在资水的某一条船上，虽然资水早已没有了毛板船，我的爷爷肯定也能与时俱进地换上了机船，继续往来于汤汤资水；或许，他就隐身在自己主持修建的石拱桥的坚实桥墩中，一双肩膀正一头挑着老家井湾里，一头挑着小镇唐家观；还或许，他就依傍在珠溪出口不远处那一架如岁月般不停地旋转着的水车旁，圆睁着两只如联珠桥拱一样的大大的眼睛，洞穿着汤汤资水，洞察着世事风云……

奶奶的寡妇矶

在我的老家，曾经流传着一首民谣："资水七百里，险滩八十一。炸平乱礁滩，新建一处堤。滚滚激流中，昂首寡妇矶。造福驾船人，浪打矢不移。"说的就是由我奶奶一个妇道人家主持修建的那条百米长堤和那座高高的黑礁色石矶。口碑无字，却一直流传在民间。我想奶奶若是地下有知，也一定会倍感欣慰的。只是，我奶奶当年豁出性命也要成就这件事的时候，或许根本就没想到会有后人把自己的冒失举动编入民谣；而从悲痛中醒过神来所想的只是为死去的男人争一口豪气，为自己的儿孙后代再驾毛板船时，清除一大隐患……

那是很多年前的事了。一个秋高气爽、云淡风轻的日子。资水自春末的桃花汛始，已经尽情地宣泄了数月，直到中秋的边缘，狂涛骇浪才得以逐渐平息。如今，她终于像一位产后的慈母，虽然身心疲惫，舒缓的波纹细浪间，却似乎溢着浅浅的笑意。父亲就领着我们姐弟，亲自驾着跟随了他半辈子的红帆船，来到了我家左侧崩洪滩下游不远处的乱礁滩。只是，乱礁滩早已没有了乱礁，宽阔的江面上，仅留下了一条用黑褐色礁崖垒砌的长堤和一座拥有着凄惨名字的凛然屹立于石堤之上的“寡妇矶”。那时候，年幼的我对于这段江域上曾经发生过的惊心动魄而又凄婉悲壮的一切，只是朦朦胧胧地觉得很好奇。其时，我的父亲并没有言语，而是极为虔诚地把船靠拢在寡妇矶旁，抛下铁锚，插牢竹篙，然后便把我们姐弟一个一个地托举起来，送上了高高的石矶。我们静静地坐在寡妇矶上。流水汤汤，江风徐来，许久，许久，我的父亲才终于梦呓般地启齿：“前面滩涂船散板，后面滩涂又飙船……”语音嗡嗡的，分明是从我父亲的口中说出，却又像是从脚下石矶的缝隙传来。这不就是我爷爷他们那一代驾毛板船的汉子们吼喊过的《闯滩谣》吗？

记忆的闸门，终于被汹涌如狂涛的往事冲开了。那些在我更为年幼时就零零散散从大人们口中听过的如天方夜谭般的传奇故事，便一个一个地在我日渐模糊的思绪中串成珠链。而我的奶奶，无疑就是珠链中最闪亮的那一颗。

我的奶奶是个寡妇。她痛失丈夫的那一年，是本命年，刚好三十六岁。而在我爷爷的人生中，是成就过大事业的，如我家门前溪口上的那座双拱石桥，就是我爷爷耗费了几乎所有的血汗钱并亲自主持修建的。我想，爷爷唯一对不起的人就是我的奶奶。爷爷从十六岁起就开始驾毛板船，年复一年地在每年桃花水漫涨的季节里，涉险闯资江，劈浪越洞庭，硬是送走了整整二十一趟毛板船到湖北汉口。然而，就在他即将满三十八岁的那年春天，却丧命在礁岩如犬牙般交错的乱礁滩……可怜我的奶奶，年纪轻轻便成了寡妇。但谁也没有想到的是，我的奶奶从丧夫的巨大悲痛中醒过来的第一句话竟然就是驾毛板船的汉子们潜藏于心底里的《闯滩谣》："前面滩涂船散板，后面滩涂又飙船！"她把自己的两个儿子领到堂屋的神龛下，母子三人"嘭"的一声跪在了为我爷爷新置的灵位前，便喃喃自语般地说道："他爹啊！你就是心太大了，太爱争面子了。如今留下我们孤儿寡母，我得要为你争一口什么样的豪气，才配当你们廖家媳妇啊！……不过你放心，我即使是赔上性命，也会把你的两个儿子续上香火；哪怕是挨村挨户求人、乞讨，也要带着你的儿子们把夺走你血肉身躯的那些可恶的黑礁崖一个一个地炸成片，炸成块……他爹呀，你要保佑我们哪！"声音沙哑，时断时续。这应该就是我奶奶对我爷爷最后的表白吧，而她后来为践行这段表白作出的善行壮举，或许才真正是对我爷爷最好的告慰。

资水女性的坚毅，也只有资水人能够理解。起初的几个月里，我奶奶的娘家人也有来劝过她的，"人都已经走了，你这是何苦呢？"但一次又一次，我奶奶的回答从未更改过："我反正是已经死过一回的人了，哪怕是再死九回，我也得要做成这两件事！"奶奶所说的死过一回，或许就是指我爷爷的毛板船出事时，她险些昏死在暴雨中资水北岸珠溪口冰凉的双拱桥上的那一次吧；而要做成的两件事，便一定是指为儿子娶妻续香火，以及炸掉乱礁滩上所有的礁崖无疑了。

我的奶奶原本就出身于穷苦农家，自幼便养成了吃苦耐劳的倔强个性。也许正如人们所说的"不怕个性，只怕拼命"！而恰好这倔强的个性和拼命的精神全都集于我奶奶一身。那么，这人世间还有什么事情能难得倒她呢？奶奶是勤奋果敢的妇人，也是智慧精明的女性。那一年，还没等桃花汛完全退去，她就为一家三口做好了分工。即由她去求村邻中稍加富裕的人家，请他们看在同饮一江资水的情分上，慷慨解囊赞助出一些碎银零钱，以便积少成多后去购买炸礁崖所需的雷管和火药；而由两个儿子，也就是我的父亲和叔叔，携篓挑筐，挨家挨户向村人们说好话，求人家捐出十斤或半斗口粮，并帮衬几碗干萝卜条、干辣椒之类的小菜，以备在深秋后的枯水季节给请来的义工们做饭添菜之需。说来也是幸运的事，居然在不到半年的时间里，我奶奶在心里头盘算过多次的所需银两及粮食菜蔬，便基本上凑够。也许，正是因为我爷爷健在时曾有过的主持修建联珠桥的善行以及我奶奶一个中年寡妇却决意要牵头疏理河道的壮举感化了乡人和近邻吧。遗风所被，参与者众。就连在后来每年深秋的枯水季节里，始终都有义务投工的人们加入炸礁垒堤以及砌矶的队伍中来。然而，我的奶奶还是失算了，她所预计的三年两载就能够完成的工程却耗费了八年的时间。因为在水中炸礁砌堤与在陆地开山凿石相比，原本就艰难得多，而且，还有很多的年份，资江水涨水退不能由人……

我爷爷出事的那一年，我的父亲，也就是我奶奶的长子，已虚龄十六岁，就像和我爷爷从同一个模子里倒出来似的，同样是虎背熊腰的一条铮铮汉子。我的叔叔比我父亲仅小两岁。如此年纪，原本是不识愁滋味的少年，又是时逢家父遇难，命遭厄运的当口，兄弟俩肯定是齐心协力，事事争先无疑。因此，除了每年桃花水涨的季节，不得不为了多挣些银两而沿袭着父辈们水上讨生活的老路驾送毛板船外，平日里仍得跑水上的短途运输并兼做着农活。一旦深秋枯水期到来，每天早起的第一件事，就是驾船到我家门前的珠溪口码头接义工去乱礁滩；而每日摸黑，又要负责把义工们送回到码头去。整整八个秋冬枯水期的时日，一往一返，怕是很难计算准确到底绕太平洋多少个来回了吧。还有一件事恐怕也是后来的资水人难以想象得到的——那就是接送义工的那条红帆船的由来。

是的，是一条行驶在资江上的红帆船。

那照例是我奶奶的杰作。我的爷爷遇难后，奶奶就带着她的两个儿子三番五次地驾船到乱礁滩水域寻找过我爷爷的尸体，最后找到的却只是一件被鲜血浸染得黑红了的粗布白衬衫。我的奶奶捧着自己亲手为丈夫缝制的只有在出远门时才穿的粗布白衬衫，痴痴地端详了整整三夜，也无声地哭泣了整整三夜。而一到白天，她又不得不强打着精神出门求人。那该需要怎样的毅力啊！似乎是鬼使神差，又像是早有盘算，就在找到爷爷的血衣后的第四个夜晚，我的奶奶便独自走向了码头，登上了我爷爷生前在水上跑短途运输的那条木帆船，把布帆卸下来，铺展在江岸的沙滩上，又小心翼翼地从怀里掏出我爷爷的那件染血的粗布白衬衫，再虔诚地把衬衫贴在了布帆的正中间位置，然后，一针一线地将衬衫与布帆缝合成一个整体。那一夜，月光如水，江声如诉，那该是百年难遇的天籁之夜吧？

那一叶红帆，便是我奶奶心中的信念啊！

资水是有着双重性格的。桃花水陡涨的季节里，整条江激流汹涌，惊涛拍岸，如一匹脱缰野马；而一旦汛期过后，又逐渐地变得温顺，汤汤流水，澄碧清澈，可见鱼翔浅底，卵石圆润，就连洪水漫涨时凶神恶煞般危害船夫水手们性命的礁崖，也如假山般引人遐思。这自然是我奶奶和我父亲及叔叔最开心的时候。因为这是在水上跑短途运输最理想的日子。说不定一趟又一趟运输费积攒起来，能解决不少炸礁垒堤及砌矶的花销呢！心到手到，奶奶立马就张罗起来。倘是船走逆流，父亲和叔叔无疑便是纤夫；若是船行顺水，他俩又成了划桨撑篙的船夫了；而我的奶奶，就是这红帆船上理所当然的艄公。只是这样的时日，在每一年里也就八九十天。不久，秋冬的枯水季节又到了。

我的奶奶、父亲及叔叔又重新操起了组织义工们炸礁垒堤和砌矶的旧活。那又该是怎样的一个不眠之夜呢！待我的父亲送走义工返回滩涂时，奶奶刚好洗刷完餐具，然后便是借着月色星光，一份一份地备足第二天的蔬菜。而在没有月亮，也没有星光的夜晚，奶奶便是靠着船上的那一盏小小的、用玻璃合成的桐油灯盏，也要把各种琐碎事情做完，最后还得到船尾，一块一块地揭开舱板，细数一遍所剩的火药和雷管，估摸着还能用上多少次……而我父亲和我叔叔，自然也没有歇息的可能，他俩趁夜要做的事，便是备好来日一早就要用的桐油拌石灰及细白沙子的三合浆。那是细致的活，既要原料比例得当，还要用棒槌一槌一槌捣成浆糊状。棒槌声声里，我奶奶和我父亲及我叔叔不就是童话里描述的不知劳苦、不知疲倦的精灵吗？一夜又一夜，江风割面寒。月亮时而钻进云层，星星不停地眨着眼睛，怕是也不忍目睹这人世间凡夫俗子所付出的艰辛吧。白天的劳苦就更不用言说了，我的奶奶就在摆放着锅碗瓢盆的一处礁崖上为义工们做饭烧茶水，还得兼带着为单身义工们洗衣补衫。而我的父亲和我叔叔，则包揽了工地上所有的重活和危险活。有一次排哑炮，我的父亲也险些儿就在这乱礁滩赔上了年轻的性命……

桃花水涨了，秋冬水又枯了，日复一日，年复一年，义工们换了一批又一批。我的奶奶、我的父亲和我的叔叔，心里想的是同一件事，手里忙的也是同一件事。功夫不负苦心人，在第八个冬季，也就是腊月过小年的那一天，乱礁滩最后一个礁崖，总算在村邻们迎接已故的先人们过大年的鞭炮声中被清除了。

奶奶真是有心啊，她的心中，或许早就有了一纸详细而周密的图纸。因此，那些往日里危害船夫和渔民的礁崖，全都被充分地利用了起来。一些炸得不成形的礁石，就按照我奶奶的意图，被筑成了一条百米长堤，而所有棱角分明的成块礁崖，却是用桐油及石灰和着细白沙子的三合浆，砌成了一座基高三米，宽丈余，长五米余的巨型石矶。人们终于明白，我奶奶所做的这件事，是一件千秋功德的大好事。从此，资水中下游危害了多少代船夫及渔民的乱礁崖再也不复存在了，取其代之的，是一条能集江流于一处的百米长堤，是一座为后来者导航的警世坐标！

母子俩终于可以回家过一个安稳的大年夜了。一切收拾妥当，奶奶把我父亲和我叔叔叫到船头，然后亲手挂上满帆，“他爹啊，你睁开眼看看吧，我答应你的事已经办成了一件啊！”声音哽咽，却透着自豪。江风劲吹中的帆篷，其时便也发出了啵啵的声响。兴许，那就是我爷爷与我奶奶的对话声吧。而缀补在布帆上的我爷爷的那件血染的衬衫，似乎也越发的鲜红，像一团炽红的火焰……

星移斗转，人世变迁。如今的资水却已几近沉寂了。

沉寂的原因是复杂的。或许，是因为陆路交通的日益发达，水上的运输便很自然地逐渐减弱了；或许，是因为数百里资水的中下游每隔三滩四塘便修建了拦江大坝，既可用于发电，又可起到蓄水防洪的作用，已经没有了在这样的水域内再驾毛板船的可能；还或许，是因为城镇化的不断推进，资水的后裔们都纷纷去了小镇唐家观或更大的城市经营生意，人们在过惯了好日子的同时，已经不知不觉地消失了与大自然抗争和搏斗的激情……是耶？非耶？我亦一时无言。唯有后浪推前浪的一江资水，时而涌起波浪的问号，时而泛出漩涡的句点……

是啊，古人不见今时月，今月曾经照古人。我的祖辈们，确实是无法想象出今日资江所发生的变化，而始终滋养着人们的这条母亲河，一定会万古如斯地记得在她身边所发生过的一切吧。

——奶奶的寡妇矶啊！

附录

《纤痕》序

吴泰昌

我爱读散文。尊敬的老作家的散文爱读，不熟悉的陌生姓名的散文也愿读。去年为作家出版社编近十年散文选，更是兴致勃勃地读了一大批散文作品。就在挑选一篇一篇佳作时，突然发现，散文苑地里，虽不像小说界涌现出了那么多的群星似的有才华的青年作者，屈指算起来，也能一个一个地数下去。比如湖南省，至少有两位年轻的散文家引起了人们的注目：一是女作者叶梦，一是男作者廖静仁。我特把他们的代表作《羞女山》和《纤痕》选入了。

文坛上一鸣惊人的事虽然不多，也未必鲜见。一篇小说往往能推出一位作家。企图通过一篇散文轰响文坛，相对说，难度就大了。但事情也不绝对，一篇散文的成功，也会造成不小的声势，往往也能引出一个散文家来。我就是读了《纤痕》才留心廖静仁这个名字的。

我很晚才见到廖静仁。是今年年初，在一次全国青年创作会议上，有一次看到斜对面屋子里立着一位湖南代表，就问他叫什么，他的回答使我大吃一惊，原来他就是廖静仁，一个质朴的年轻人。我们难得认识，但交谈却少。本来我想同他谈谈对他作品的一些零碎想法。为了选他的散文，我读了他几次获奖的作品，其中有《船魂》《井湾里，我的乡亲啊》，还有被《中国文学》杂志用英法文向外国介绍的《红帆》等。我比较偏爱于《纤痕》。

我想告诉他，为什么舍掉了其他佳篇而挑中了《纤痕》。

散文贵在真，要有真情实感。这种实情实感，既可以通过写景抒情来体现，也可通过记叙人物来完成，甚至通过闲谈式的方式曲折透露……总之，散文反映生活的角度也是多种多样的。一度散文被人误以为就是写景抒情。这些年散文创作的这种格局被突破了。我国历史上散文的优良传统正在被认真地继承着。散文是可以写人物的，（不同于写小说似的塑造性格、典型）像朱自清的《背影》，巴金的《怀念萧珊》，杨绛的《钱钟书与〈围城〉》，陈白尘自传体散文《寂寞的童年》和《少年行》，冰心的《关于男人》等。在年轻的散文作者中，喜爱并擅长写人物的并不多。散文写人物绝不是如新闻报道似的专访人物，而是用散文式的构思、方法写出人物。廖静仁的一批散文几乎都是写人物的，写自己熟悉的地上活动的各种人物的。由于作者写的是自己感情的生活，所以他笔下的人物都是在某种意境、氛围中闪现出光亮来的。

作者童年生活在资水边，他对水边最艰辛劳苦的纤夫最熟悉，感受至深。读了他的可以视为系列的散文，我受到触动，引起共鸣。我的童年是在赣江边度过的，我也见到过日夜负重的纤夫，他的描写唤起了我的许多回忆与思考。

作者的散文给人以实在的感觉。这可能是作者对他所记忆的那段生活印象太深刻了。江面的清晨弥漫着一层水汽，待太阳高升后才慢慢散去，我喜欢水面弥漫着的这点水汽。我希望廖静仁在写自己熟悉的生活、人物和亲切感受的时候，不要太实了，可以再洒脱一点，要保留水面上那一点儿水汽，给读者以更多的想象和思考。作者有时过于喜欢从生活中抽出哲理，或在结尾处升华主题，我以为并不是值得太称赞的做法。越是写自己熟悉的生活越是要写得自然些、客观些，让人们从丰富复杂的生活和感受中自己去汲取丰富的多方面的思索。

作者是有才华有希望的散文家，《纤痕》是近几年出现的散文优秀之作。我以为，它最充分地体现了作者散文创作的明显长处和同样明显的某些不足。作者选用它来为第一个散文集命名，是很合适的。

一九八七年六月于北京

《风翻动大地的书页》序

刘鸿伏

这是当代著名散文家静仁先生的全部散文精华，大多数都是名篇佳作。静仁把它们挑选出来辑成一本《风翻动大地的书页》，并嘱我写序，我很惶恐，但基于我们之间亲密如兄弟的友情，多次犹豫之后我还是提起笔来，想和亲爱的读者一道探寻静仁作品的魅力所在。我想，这该是一件极愉快的事。

许多读者都知道静仁是由一个只读了几年小学的农民成长为海内知名的作家的，这在当代文坛是比较少见的现象。静仁生长在资江之滨某个贫穷封闭的小村，很早就失去母爱，为着生存，可以说历尽了人们种种苦难。围绕着资江那一方水土浪迹求生，唯一支撑他的就是对文学执着的热爱。许多后来震撼过广大读者的作品，就产生在垅头野地、僻寨老巷或草屋孤灯。漂泊的静仁常置身日月合璧、大江疾走、静穆山川的造化之境，见到的是死生契阔、血泪爱恨、悲喜荣枯。所以静仁的作品虽大抵都是血泪凝成，却同样是天地造化的赠予。

我把静仁的作品概括为三类。一类是与资水有关的，一类是与山有关的，另一类就是村镇、人物。合起来，正是天地人间画卷。静仁以他独到、厚实的生活体验来咏叹、歌唱生活，因此有人曾称他是资水江畔的高尔基。他真是阅尽了人间和人生这两部大书。他的作品往往呈现着一派苍莽厚重的气象，仿佛有一种大力贯穿其中，令人心颤神惊。他把人与自然的搏击、人与命运的抗衡，把生与死、永恒与短暂，书写得大气磅礴或空灵透彻。艺术源于生活，生活升华了人的境界，静仁血脉里奔荡着苦痛，而行文却如他的性格一样仿佛狂风刮过大地，刻痕深深。狂放与苦痛构成了静仁的人文品格，那是一种魂天归一的大境界。他写资水上演绎的跌宕悲怆命运，可以说到了极限。把命运与自然的搏击写到极限，把生与死的瞬间开掘到极限，把悲喜写到极限。如《过滩谣》《纤痕》《资水河我的船帮》等。在那宇宙的奥区，人用生死作赌注，展开最悲壮的人与自然的决斗，而这一切，仅仅为着一个字：活！活下去！谁能想象，在万丈红尘之外的天地一隅，却演绎着某种惊天动地的人生？这些却正是静仁所亲历亲见的，所以静仁的笔狂蘸着血和泪。静仁的文字仿佛世间最锋利的刀刃，剖开凝结在天地之间最苦痛的内核，供吃惯了甜腻之味的红尘中人以一味疗救心病的导药。在另一类与山有关的文字中，静仁用他对宇宙、生命的开悟抒写了一部心灵史，这些作品统称《大山诲语》。若干万字，展开千山万壑，静仁的灵魂化作一片乳白的星月光辉，与山川宇宙融贯一体，无有阻碍，无有隔阂，心与万物融通。山仅仅是作为一种象征，一种可感的具象，静仁如浮士德一样作了一次漫长的心灵游历。内中充满着困惑、迷惘、觉悟，充满着痛切的对于世事的感喟，对生死的探求，对自然的叩问，以及对于种种哲学命题的思索。内涵博大玄奥，读起来却百转千回、旖旎无限。文字充满着张力与暗示意味，智光炯厉。这是静仁在写过了伤痛万分的资水人生之后，思想与文学上一次地震式的裂变与升华，相比而言，我更愿意循着落英缤纷的山谷和他一道去追寻，而他那些写资水的文字则太过悲怆沉重，读起来仿佛“胸腑间栖满寒蝉”，沉痛震栗，几欲长啸。但是，正是因了痛苦凝固在心深处，静仁才会倾尽心力去思考，只有建立在大痛苦之上的思想才是浑然一气的、深邃的，有大苦痛才会生发出大智慧。具有狂风一样个性的静仁，在霸悍之气中具备了少见的从容冷峻，这于充斥着酸腐之气和小家子气的文坛而言，是一种幸运，因为大时代毕竟需要真正的大手笔。

静仁另一类写小城风物与底层人物的作品，曾经广为传诵。其中《井湾里，我的乡亲啊》一组约数十篇，专写村夫、村妇的奇异凄怆遭际，几乎涵括挖掘了尘世间下层人物的悲喜荣枯故事，充满对命运的感慨与无奈，往往伤感中又带着某种诙谐，仿佛乡间人物的木刻画。静仁曾是他们中间的一员，他太熟稔他们的身世、忧患喜乐，共鸣于心，是以多生动感人。另外就是如《边街》《风雨镇东桥》《古镇梅城》《婆婆崖》一类，民间风物文化，笼于笔端，文字中低回着一种沧桑意绪，岁月如鸟翅掠过那些乡人几近木然的瞳仁。这种沧桑中留存的美与凄艳，最易动人心弦，静仁写出来，个性粲然，具有深厚的文化内质与奇异的美感。这些作品中的人、事均放在悠阔的山川岁月的影像里进行诗意的观照，仿佛是对人生、历史的深情回望。这里面分明显现出静仁情感深处的一种田园情结或者说是文化乡愁的固执。在现代工业文明的背景下，静仁的这种固执，便很有几分悲壮。

风翻动着大地的书页时，我们也正在翻动着静仁的书页。静仁是大地上长出的某一类土物，读他时就如读某种最质朴却也最深奥的东西。静仁写山川日月，写人物城郭，就让我蓦然想起我自己一篇散文的题目，叫《天地如巢》。天地如巢。天地如巢——风刮过大地，山川恍如一行行文字，人是其中的标点，一切都在这玄奥无限的巢中了。

1996年12月于大风斋

江魂·船魂·民族魂

——廖静仁资江系列散文创作概评

伍振戈

廖静仁是带着独特而深沉的人生体验走上文学之路的。这位幼年丧母，在生活道路上经历了许多坎坷和磨难，曾浪迹四方，蹬着益阳板子草鞋，把背脊弯成拱桥状爬行在资水纤夫道上的山里汉子，近年来似乎水到渠成、瓜熟蒂落般地弄起了文学，并且一发而不可收。他的以资水船工生活为主要审美视角与艺术表现中心的系列散文《纤痕》《船魂》《红帆》《在拉纤的日子里》《过滩谣》《船夫号子》《撒网人》《九峡溪的男人们哪》《资水河，我的船帮》《青龙飘峡》等篇，引起了和正在继续引起文坛的瞩目。他的《纤痕》曾先后被《新华文摘》《散文选刊》《文汇月刊》《中国新文学大系·散文卷》《中国十年散文选》等著名期刊和专集选载,《船魂》获《散文》第二届优秀作品奖,《红帆》被《中国文学》译成英、法文向国外介绍，散文集《纤痕》由湖南文艺出版社出版。廖静仁这匹带着明显的山里人禀赋气质的"黑骏马"是怎样发出充满生命力量的嘶鸣，扬鬃奋蹄在散文创作的阔野上奔驰起来的？本文试就他极具特色的资江系列散文创作，来探究他是如何对自己熟稔于心的生活进行思考和表现的，从而了解这位年轻的散文作家独特的审美眼光、日臻鲜明的审美个性以及他的作品赢得众多读者喜爱和共鸣的美学意蕴。

散文世界是美的世界。对于一位作家来说，如何从他所观照的自然对象中发现美，换言之，如何使自然对象成为审美化的对象，这是至为重要的。廖静仁笔下的资水何其美哉！它的美，不是那种“清风徐来，水波不兴”的恬静美或“日出江花红胜火，春来江水绿如蓝”的明艳美，而是粗犷之美、骁悍之美、狞厉之美。那险峻的崩洪滩“两面危崖，将河道逼得成了一条细缝，轰隆隆的水声，犹如千万匹嗥啸的野兽从江峡中撞过”；那九峡溪的源头雷打洞“幽幽深深，流水挟带着彻骨的寒风从洞内溢出，发出一种很是奇异的声音，嗬嗬嗬，嗥嗥嗥，让人听了，心惊肉跳，毛骨悚然”。资江的这种狞厉之美，使人联想到中国古代的青铜饕餮，“在那看来狞厉可畏的威吓神秘中，积淀着一股深沉的历史力量。它的神秘恐怖也正只是与这种无可阻挡的巨大历史力量相结合，才成为美”的。美的奥秘也许正在这里：廖静仁笔下的资水河的艺术形象体现着自然规律与人的社会实践的统一，自然形式成为与人的社会生活实践紧密结合的感性存在形式，概言之，成为“人化了的自然”，因而也就获得了审美的意义。你看，尽管那崩洪滩、九峡溪惊涛裂岸，逞凶肆虐，但都不是被“手握着那根闪着幽幽光亮的竹篙，像一尊雕塑立在船头”的船工们，被“一双双铁铮铮的脚掌紧扣着路面”的“纤狗子”们一次次地征服了吗？那滩头峡崖上记录着资水河畔一代又一代纤夫艰辛的“纤痕”，不正是“力与美的雕塑”吗？那“从母亲肩头卸下”交给女儿的渗透着血痕的“纤搭肩”，不正是人与自然抗争的凭证吗？那在“使整条资江也感到战栗的呐喊声”中起锚闯滩的“红帆”，不正是生命跃动与生命力量的显示吗？马克思说：“劳动的对象是人类生活的对象化；人不仅像在意识中那样理智地复现自己，而且能动地、现实地复现自己，从而在他所创造的世界中直观自身。”廖静仁在他的散文中所创造的资水河和自然形象已实现了原始意义的自然对象超越，它明显地人格化、情感化和社会化了，成为人类控制、改造、征服和利用自然的强大力量的确证。我们能够从这个“人化”的自然世界中“直观自身”，感受到客观自然事物的规律性与人的实践力量的目的性的统一、真和善的统一，感受到一种生气灌注的人类战胜自然的振奋与自豪，从而产生审美愉悦。我想，这也许就是廖静仁笔下资水河形象美感的根源，也是这条汤汤大江精魂所在。

廖静仁不仅为我们描绘了作为“人化了的自然”的资水河的形象，更重要的是，还为我们描绘了作为“对象化了的人”的资江船工的群像，即写出了大自然对人的影响、磨炼、陶冶和塑造。人与自然的对抗，堪称人类史上既悲且壮的一幕。正如黑格尔所说，人类在自然力的无限里“感到自然的无限的时候，他们就被激发了勇气，要去超越那有限的一切”。人可“化”自然而然，自然亦可“化”人。在廖静仁的散文中，自然“化人”主要体现在以下几个方面：其一，历史道义的召唤。《红帆》中的船女一家，在驾上滩船艰难地走“S”字的时候，系帆篷的绳索被拉扯断，兜着满风的帆篷叹息着跌下垂直的桅杆，拉纤的母亲连人带纤缆坠入滚滚江中。处理完丧事，船照样起锚。“没有人怨恨生活，只有一片为死者惋惜的抽泣声。”面对着吞噬生命的险滩，船女“仿佛在一夜间就长成了大人”，她那“显得有些单薄的肩上”感到有一种道义重任的降临，于是她“沿着那条窄窄的、弯弯曲曲的纤道，匍匐地向前走去”，“走向那群铜雕般的纤夫行列”。何等悲壮！其二，强者意识的觉醒。《过滩谣》中的“我”跟随堂伯走上艰难的纤道，到得崩洪滩脚下，“被这条闻名整个资江的险滩吓得目瞪口呆”。然而，那凝重深沉的过滩谣号子以“惊心动魄的呐喊”在“呼唤着我”，“听不到哪怕一丝一缕的呻吟和叹息”，于是，“仿佛有一种能穿越洪荒、穿越茫茫黑夜的力量在冲击我的胸壑”。一个懦弱者的灵魂在这苍凉、激越的过滩谣号子的冲击下，终于发狂般地吼叫着：“我来了！——我来了！——”重新“迈进了这支负着人生苦痛，却又能征服激流险滩的队伍”。何等沉雄！其三，伦理精神的升华。“独饮酒，独划拳，独杀鸡，独过年，咯号人莫呐驾船”。长年艰危的水上生活，陶冶和塑造了船工们豪爽侠义、同甘共苦、见义勇为的群体生存意识与禀性气质。你看，“不管是不是我爸爸他们一伙的纤夫，只要到我们家歇脚的，总是要吃过饭了才让走”，为了救助危难中的外地货船，“伯父三下两下扒掉衣服，毫不犹豫地毫无畏惧地纵身跳进了滚滚狂涛”，竟至殉身。“船帮如骨肉”，何等神圣！其四，人生哲理的感悟。《船夫号子》中那“深沉，凝重，含着哀怨，含着追求，含着喘息，含着自豪”的“——咿哟哟——嗬！”声，呐喊着一个“永恒的主题”：彼岸！彼岸！《撒网人》中的撒网人为了“一瞬间的安慰”（找到翻卷着银白色细浪的鱼群），竟在“狭窄得顶多只能涉过一只脚板”的江岸蜿蜒小径上整整走了三天，结果发现原是一种错觉。尽管如此，撒网人的“手中仍然牢牢地握着那根棕红色的钢绳”。邈邈人生路，引人沉思！如果说自然“人化”乃是大江精魂所在，那么，自然“化人”便是大江的驭者——船和船工精魂所在了。即是说，人在征服自然的过程中，原来与人对抗的自然异己力量转化成了“人的无机的身体”，成了“人的生活和人的活动的一部分”，人由此而变得更加充实、强大和不可战胜，成为更加充满理性精神的新生活的创造者，成为能激起历史和生活的庄严感、自信力与坚忍不拔的奋斗进取精神的更加完美的人。我想廖静仁散文中的"船魂"的美学魅力是否正源于此呢?

艺术天地是象征的广阔天地。从一定的意义上说，真正的艺术总是象征性的。廖静仁散文的深层美学底蕴，我以为也是在于它的本体象征意味。它描写的本体（场景、人物与事件）是高度写实的，但却包含着超越本体的意味。资江纤夫拉着古老而沉重的木板船在与激流险滩拼搏，他们"死死地把铁钯般的脚掌抠进积雪，抠进地面。尽管北风呼呼地嚎叫，他们的身躯却在咝咝地冒着热气；他们那弓成桥拱状的脊梁，在嘎巴嘎巴地作响；而那一双双粗手，都颤颤抖抖地向前伸着，企图能抓到一点能够牵引自己的东西——哪怕是一根细藤，哪怕是一根小草"——这不就是我们中华民族的子孙艰难行进的缩影吗?《船魂》中，驾毛板船在江谷中随波涛翻滚的父亲一条腿被纤缆无情地勒断，仍以惊人的毅力用另一条腿站立起来，发出撕心裂肺的一声吼喊，抓过那根伴随了他整整半辈子的竹篙，以迅雷不及掩耳之势刺进咆哮的激流——这不就是我们中华民族精神之所在吗?这种精神，与民族审美心理结构相切合，显示出一种生命不息、奋斗不止、百折不挠、强大辉煌的生命力量，一种悲壮的、标志着生命永恒意义的崇高美。《资水河，我的船帮》中的伯父殉身后，承受着巨大痛苦的伯母"一行浑浊的老泪，已把苦涩冲刷成纵横的沟壑"，而门前倏忽间聚集的成百条船上，正跪倒着一片黑红脊背的汉子（那是些面对着飓风狂浪敢于将苦难笑饮狂餐的铁铮铮的汉子），为了表示对伯父的哀悼，在严寒中竟全都赤裸着上身；其时，"世界一派静穆只有资水汤汤，如天与地的啜泣……"令人回肠荡气，热血沸腾，仿佛觉得有一股潜在的力量颤抖着跃动着奔突着陡然间从身心中迸发和膨胀开来。我想，这也许正是廖静仁所执着追求的渗透着民族精神的强者、勇者、胜者文学的美学力量吧。

廖静仁“找到了自己”。他不愧是位男子汉，他的散文透着男子汉的阳刚之气。他的富于精神个性的散文中的“自然—人”的艺术表现方式，显示出他的独特的关于人与自然关系的美学思考。这位有才华、有希望的男子汉才三十岁，正是“闯滩”的好时光。扬起“红帆”，背起“纤缆”，向着更高的文学目标进发——这是我和众多喜爱他的作品的读者对他的热切期望。

后记

又要出书了，将要出版的是《廖静仁散文选》(上下卷)，依照惯例，是要有一篇序和后记的，该记些什么呢？凡人实难免俗，那就不如干脆记点俗事吧。

从湖南省文联退休已经八年，还至本处后，既无老人需要尽孝，又不需要帮儿女们带已经长成了少年的孩子，我们夫妻俩只需要自己照顾自己，安享晚年。感觉一身轻松，可以随心所欲地生活了。

诗意的日子，神仙般的生活，过着过着就又想起还是该做点什么。哦，剩下的岁月就做一点剩下的事吧。这样就想到了要把已经出版过的散文集再遴选一下，出版一个精选本。

一般来讲，若不是畅销题材，出书是很难的。但我却始终认为自己是命运的宠儿，想要成就什么，都总会遇上贵人相助。果然，心想事成，在编辑出版本书的过程中，原供职单位、湖南省文联党组书记夏义生曾多次过问，还惊动了老领导并文友、尊敬的“市长诗人”谭仲池。湖南省文艺发展基金会也向我伸来橄榄枝，愿意给予支持。他们的关爱，像一场及时雨，让我的这个选集得以顺利出版。

需要感谢的人还有很多，如陈曦明、谢群、赵涛、陈国媛等以及在编辑过程中付出辛勤劳动的陈天成并张立云夫妇。

诚如我文中开篇所说，这是在剩下来的岁月中做的一些剩下的事，而且说不准还会有大把的岁月做更多更有趣的事。日后再娓娓道来吧！

是为后记。